清詩話全編

道光期十一

張寅彭　編纂
張宇超　朱洪舉　點校

国家出版基金项目
NATIONAL PUBLICATION FOUNDATION

上海古籍出版社

第十一册目次

問花樓詩話

問花樓詩話提要

《問花樓詩話》三卷，據同治十一年羲經堂刊陸氏傳家集本點校。撰者陸鎣（一七七五—一八五〇），字勝修，號藝香，江蘇吴江人。諸生。首有道光二十四年甲辰陳文述序，謂陸氏郵示此篇，讀而序之，知即作於此年。三卷略以唐、宋元明及本朝分之，皆就本人讀詩、交遊記録，以得之家中先人者爲多。其先祖輩中有與吴梅村、徐乾學、張大受等名家交往者，有與顧嗣立同編宋元詩者，有以詩受知于鄂爾泰者，亦一儒素世家也。故陳序頗善其能述祖德。言唐宋詩稍可提及者，如疑《四嬋娟詩》非孟郊作，疑《石林詩話》記歐陽修自詡《廬山高》詩非篤論等。其家學大抵宗唐詩，故論宋詩以歐陽修爲正宗，而病蘇、黄之自成家、廢古法。又推元詩佳作如林，於明詩七子多恕詞，可謂一以貫之。論本朝則能賞袁、蔣、趙爲繼國初嶺南、江左後之獨開門户者，是亦有識。

問花樓詩話序

語云「善射者不言射」，故羿、逢蒙無傳書，而以善射名天下。後世善詩者，唐之李、杜，宋之蘇、黄，其生平論著最多，要其於文未嘗有譜，其於詩未嘗有話也。自文譜興，文之義法以亡；詩話繁，詩之源流以晦。蓋作者執己見以守故常，借空言以廣聲氣，愚類刻舟，陋同窺管。自宋、元以來，作者林立，求其話之足據，書之可傳，蓋寥寥焉。吴江陸君藝香，以名茂才稱詩吴中，與余交最久。頃郵示其所爲《問花樓詩話》，余讀之，有三善焉：守師説，善一；述祖德，善二；實事求是，不拘故常，不侈標榜，善三。其言簡而賅，質而當，信藝林之佳話，詩壇之傳書也。因讀而爲之序。道光甲辰冬，錢塘陳文述雲伯拜題。

問花樓詩話卷一

吴江陸鎣藝香著

王虚舟侍御論書云：「魏、晉小楷，經宋、元臨橅，妙處全無，形狀亦失。惟唐人碑刻，雖經剥蝕，存者去真跡僅隔一紙。從此學之，上可追蹤魏、晉，下亦不失宋、元。」先廣文論詩，斷自唐代。嘗曰：「漢、魏尚矣，詩至唐，規模備而變化極。學漢、魏不成，爲歷下之贋鼎；學唐而得其精神變化，可軼宋、元。」殆猶虚舟論書之意與？

唐詩人推李、杜。元侍御論杜詩曰：「盡得古今之體勢，兼衆家所獨專。詩人以來，未有如子美者。」李文叔云：「孟子言道，如項羽用兵，直行曲施，舉世莫當，何其横也！左丘明之於辭令亦然。嗣後退之於文，謫仙於詩，亦皆横者。」合二公之言以論李、杜，信乎其相伯仲也。先廣文有言：「荆公事執拗，選《四家詩》，以歐公居太白之上，謬矣！夫李、杜豈可以優劣論哉？」

名家詩如一丘一壑，遊覽可盡。大家詩如長江巨岳，非讀萬卷書、行萬里地者，難窺其涯涘。先廣文嘗舉以教學者。

子昂古直，曲江深穩，其源皆從漢、魏來，餘子不及也。先輩論詩，五古以淵閎静雅，骨氣高妙爲上。三唐作者，無論李、杜，如王、孟之沖澹，高、岑之勁拔，韓、孟之奇奥，元、白之曉暢，皆足上薄漢、魏，下掩宋、元，故曰詩至唐而極盛。韓有放縱處，孟却簡素，故昌黎一生推服東野尤至。其贈張籍詩曰：「張籍學古澹。」「古澹」者，簡素之極致，籍固未之能逮焉。一「學」字，可見古人論文，分寸不苟，非若今人信口揄揚已也。

昔人謂「詩中有畫，畫中有詩」，然亦有畫手所不能到者。先廣文嘗言：「劉文房《龍門雜咏》：『入夜翠微裏，千峰明一燈。』《浮石瀨》詩：『衆嶺猿嘯重，空江人語響。』《石梁湖》詩：『湖色澹不流，沙鷗遠還滅。』錢仲文《秋杪南山》詩：『反照亂流明，寒空千嶂净。』李祭酒《别業》詩：『片水明斷崖，餘霞入古寺。』柳子厚《溪居》詩：『曉耕翻露草，夜榜響溪石。』《田家》詩：『鷄鳴村巷白，夜色歸暮田。』此豈畫手所能到耶？」先廣文嘗命爲唐人摘句一小册，以供卧遊。橐筆餘生，因循未果，書以志憾。

世言「太白仙才，長吉鬼才」，要其奇絶處，自足推倒一世。如《金銅仙人辭漢歌》、《雁門太守行》、《官街鼓》，驚才絶艷，玉溪、飛卿瞠乎後矣。往與同人登采石磯，議躋長吉配食太白祠中。日月如流，宿諾未踐。每誦「秋墳鬼唱鮑家詩，恨血千年土中碧」之句，從古才人，生前偃蹇，身後冥没，彼長爪郎固已自知之而自道之矣。

《休洗紅》、《西洲曲》皆古樂府題，長吉自出機杼，飛卿轉入窠臼，人才相懸，豈止升斗！

《華清宫》詩，共推義山、牧之二作。崔魯詩見於《唐音》、《品彙》、《漁隱叢話》、《舊長安志》，共四首，皆工麗可誦。余尤愛其「草遮回磴絶鳴鑾，雲樹深深碧殿寒。明月自來還自去，更無人倚玉闌干」。殊淒婉欲絶也。

唐人佳作林立，選家以愛憎爲去取，遂失廬山真面。先廣文嘗云：「讀古人詩，須讀全集，選本最誤人。中唐詩人如劉夢得、杜牧之、張文昌，皆卓然成家。夢得詩如《莽絲泉》、《秋螢行》、《生公講堂》樂府絶句，《杜司空席上》諸作，宛有六朝風致。律詩至晚唐，義山而下，牧之爲最。宋人評其詩：豪宕奇麗，排偶中時有奔逸之氣。蓋確論也。文昌擬樂府諸詩，綽有妙緒。五言近體如《聽泉》、《夜到漁家》、《山中贈日南僧》、《酬韓庶子》，七言如《贈王秘書》、《謝裴司空寄馬》、《贈茆山楊判官》、《哭丘長史》諸作，東野所謂『一卷冰雪文，避俗還自攜』者也。選家無識，隨意去取，古人之真，日就湮没，可勝嘆哉！」

夢得、牧之喜用數目字。夢得詩「大艑高帆一百尺，新聲促柱十三弦」，「千門萬户垂楊裏」，「青城三百九十橋」。牧之詩「漢宫一百四十五」，「南朝四百八十寺」，「二十四橋明月夜」，「故鄉七十五長亭」。此類不可枚舉，亦詩中之算博士也。

古人學問事功，多爲書名所掩，逸少之襟抱，河南之忠鯁，世但知其能書而已。張旭草書名震千古，吴中舊家有藏其《春草帖》者，詩曰：「春草青青萬里餘，邊城落日見離居。情知海上三年别，不寄雲間一紙書。」佳作也。又石刻三首，其一《桃花磯》，選本多有；其二《山行留客》，其三《春遊值雨》，選者多遺之何耶！

今世談詩者曰韓、蘇，曰郊、島。先廣文云：「韓、孟並世，韓才雄而肆，孟骨高而韵，且島非郊匹也。」司空表聖曰：「島詩刻削多佳句。」唐有李洞者，愛誦島詩，鑄象而禮之。警拔處足配浪仙。

唐七言絶句，多被管絃。唐初諸公，拘於對偶，故有半律之名。玄宗妙解音律，一時人才輩出。自李白《清平調》後，元、白之徒，新詩艷句，流於歌咏。唐史稱李賀樂府數十篇，雲韶諸工能絃唱之。又稱李益才名與賀並駕，一篇成，樂工賂取，協之聲律。蓋唐代優伶采取當時名人詩句入歌，固常事也。蜀王衍嘗命宫人李玉簫歌所譔宫詞，五季猶沿舊習，今亡矣夫。

唐《柳枝》、《竹枝》諸詞，音節頓挫，有古樂府之遺意。

劉言史《樂府雜詩》：「月光如雪金階上，迸却玻璃義甲聲。」余初讀，不曉所謂。比閲杜詩注：義甲者，伎人護甲，或銀或玻璃。其曰義甲，猶婦人假髻之曰義髻云。

徐凝詩俗劣，《瀑布》詩爲髯蘇所呵。余獨愛其宫詞一首：「水色簾前流玉霜，漢家飛燕在昭陽。掌中舞罷簫聲絶，三十六宫秋夜長。」

唐人好爲宫詞，王建《宫詞》多至百首，宋南渡後，失去七首，好事者取唐詩七絶句補之。余次第考之：「淚盡羅巾」，花蕊夫人詩；「寶帳平明」，王少伯詩；「日晚長秋」，樂府《銅雀臺》詩；「銀燭秋光」，杜牧之詩。余家藏舊本，七首特全，先廣文擬重付梓，力未遑也。

楊仲弘選《唐音》，自言詳於盛唐，略於晚唐。許渾，晚唐之尤劣者，取之極多。高棅編《唐詩品彙》，於渾詩取至百首。渾賦凌歊臺曰：「宋祖凌歊樂未回，三千歌舞宿層臺。」余考《南史》，宋祖劉裕清簡寡欲，嬪御至少，豈有「三千歌舞」之事哉！近日名流，目不觀書，强弄筆墨，如渾者又可勝道耶！

羅隱、羅鄴、羅虬皆有集行世，號「江東三羅」。楊升庵盛稱羅鄴爲江東之冠，尤愛其《閨怨》、《南行》二絶，而詆呵昭諫不遺餘力。余謂昭諫忠義之士。按《吴越備史》：「梁受唐禪，羅隱勸王舉兵討梁，曰：『縱無成功，猶可退保杭、越，奈何交臂事賊？』王以隱不遇於唐，必有怨心，及聞其言，心甚義之。」《後村詩話》：「隱有《江東集》十卷，自廣明以前，光啓以後，乘輿播遷，宇内亂離，見之賦咏。」余嘗誦其《歸五湖》詩云：「江東日暖又花開，江東行客思悠哉。高陽酒徒半凋落，終南山色猶崔嵬。聖代也知無棄物，侯門未必用非才。一船明月一竿竹，家在五湖歸去來！」曠懷高調，視奴事朱温之杜荀鶴輩，猶糞土矣。

馬戴、許渾齊名，戴殊超絶。其《薊門懷古》云：「荆卿西去不復返，易水東流無盡時。日暮蕭條薊城地，黄沙白草任風吹。」雅有深致。《楚江懷古》一首，柳吴興無以過之，嚴羽推爲晚唐之冠，信哉！

往在家塾，先廣文授讀表聖《廿四詩品》既，讀其《與李生論詩》云：「詩貫六義，停蓄淵雅，近而不浮，遠而不盡，然後可以言韵外之致。」頃摘其佳句可供吟玩者，如「坡暖冬生笋，松凉夏健人」，「棋聲花院閉，幡影石壇高」，「馬色經寒慘，鵰聲帶晚饑」，「得劍乍如添健僕，亡書久似憶良朋」，又「孤嶼池塘春漲滿，小闌花韵午晴初」。真所謂「渟蓄淵雅」，極「韵外之致」，皮、陸角險鬭奇，方斯遠矣。

白傅《對酒》句云：「相逢且莫推辭醉，聽唱《陽關》三叠聲。」《陽關》聲者，即右丞《送元二使安西》詩。詩曰：「渭城朝雨浥輕塵，客舍青青柳色新。勸君更進一杯酒，西出陽關無故人。」余按唐陽關在遼西，去長安一萬里，庾信詩「萬里陽關路」是也。貞觀十四年平高昌，置安西大都護府。唐時多事西域，送客恒於渭城。右丞詩，大意謂遠行可悲，餞酒休辭。而三疊之説，久而未得其解。頃從劉太守假得李伯時《陽關圖》臨本，其後有三疊譜式。略曰：「疊者，重也，明也。於文三日。揚子雲曰：『古理官決罪，三日乃行之。新莽以三日過甚，改從三田，非義也。』三疊者，一歌不足以盡其情，故至再至三，猶笛有三弄，瑟有三調，鼓有三撾。舊傳《陽關三疊》，今世歌者每句再唱，或每句三唱，皆非是。余得古本，每句再唱，第一句不叠，乃知古本三疊蓋如此。」圖爲文待詔臨本，題志字畫遒媚，可寶也，因録以貽好事者。

東野有《四嬋娟》詩，宋人繪爲四時圖，以花當春，以竹當夏，以月當秋，以雪當冬。詩曰：「花嬋娟，泛春泉。竹嬋娟，籠曉烟。雪嬋娟，不長妍。月嬋娟，真可憐。」余謂東野詩嚴冷峭厲，不作軟媚語，此詩靡麗，疑是僞作。

「朱櫛凭闌眺錦城，烟籠萬井二江明。香風滿閣花滿樹，樹樹樹頭啼曉鶯。」劉駕《登成都迎春閣》詩也。《秋懷》云：「秋來何處開懷抱，日日日斜空醉歸。」《望月》云：「酒盡露零賓客散，更更更漏月明中。」意新調別，録之以備一格。

近日諺語曰煞，煞音近廈。宋孝宗見《容齋隨筆》，曰：「煞有好處。」煞猶甚也。唐羅鄴《嘉陵江》云：「嘉陵南岸雨初收，江似秋風不煞流。此地終朝有行客，無人一爲棹扁舟。」鄴詩「不煞流」，猶言不甚流也。唐人喜用方言，大率類此。

顧況詩「遠寺吐朱閣，春潮浮緑烟」二句，情詞明麗，其集不載，因知古人詩文遺佚者多矣。

詩宜含蓄，唐人不露論鋒，所以可貴。庾子山本梁臣，後入東、西魏，又事後周，歷四朝十主。唐人盧中《讀子山集》云：「四朝十帝盡風流，建業長安兩醉遊。惟有一篇《楊柳曲》，江南江北爲君愁。」按庾信《楊柳曲》：「君言丈夫無意氣，試問燕山那得碑？」蓋欲自比孟堅從竇憲立功塞外，究亦書生大言耳。盧詩隸事精切，風刺之意，都在言外。

楊徽之「新霜染楓葉，皓月借蘆花」，自云語有神助。余往來江上，月夜泊舟青蘆亂葦間，江聲月色，蘆花颯颯如雨，煮茗兀坐，心魄俱瑩，因知天地間，江山風月，相借而成，坎止流行，無非妙趣。

詩有一字之差，工拙迥別。劉駕在晚唐，詩格最卑；東坡，大才也。駕詩「馬上續殘夢」句，妙絶一世，坡老易作「瘦馬兀殘夢」，了無意趣矣。

梅花詩，譚者盛稱林處士，不知唐人先有佳作。釋齊已《白蓮集》中《早梅》詩云：「萬木凍欲折，孤根暖獨回。前村深雪裏，昨夜一枝開。風遞幽香出，禽窺素艷來。明年如應律，先發望春臺。」崔道融咏梅詩，楊誠齋愛其首聯，以未見全篇爲憾。後得於説部中，詩曰：「數萼初含雪，孤標畫本難。香中別有韵，清極不知寒。横笛和愁聽，斜枝倚病看。朔風如解事，容易莫摧殘。」齊已詩，表聖所謂「空山鼓琴，沈思獨往」者也。道融詩，袁昂評書「舞女低腰，仙人嘯樹」，正復似之。二首雖使和靖誦之，當亦嘆絶。

金山在江中，距城數里，與焦山相伯仲，余往來登眺地也。古稱金鰲、浮玉，江、漢入海之門户，即今京口金、焦是已。金山舊有張祜詩刻，山陰王季重《遊金山記》亟稱之。先廣文云：「張詩結句衰颯，韓垂詩遠勝張作。」詩曰：「靈山一峰秀，岌然殊衆山。盤根大江底，插影浮雲間。雷霆嘗間作，風雨時往還。象外懸清景，千載長躋攀。」昨信宿山寺，問訊老僧，求季重往日糊名評詩之處，絶無知者，即賣墨刻頭陀，亦懶不解事。江山猶昨，佳客無多，古今所同憾也。

金山下有郭璞墓，一名石牌山。璞死於姑孰，今太平府治，豈葬此耶？堪輿附會之説多此類，無足辨者。

焦山舊名浮玉，一云以隱士焦光得名，或云即焦先。昔人謂金山如輕裘公子，焦山如休糧道士；金山如艷婦，焦山如處女。金山題咏甚多，焦山顧寥寥焉。蓋金山瀕江，舟行較易，焦山在驚濤急湍中，非好遊者不能至也。北固山多景樓，明時已圮。余嘗登山望大江，雲影横空，金、焦兩點，如青螺對峙玉盤中。傍徨巖石，樓雖圮，景猶昨也。因憶唐人周繇多景樓詩，其一：「盤江上幾層，峭壁半垂藤。殿鎖南朝像，龕禪外國僧。海潮春砌檻，山雨洒窗燈。日暮疎鐘起，聲聲徹廣陵。」其二：「每日舒晴眺，閒吟只自娱。山從平地有，水到遠天無。老樹多封楚，輕烟暗染吴。雖居此廊下，入户亦踟蹰。」繇詩絶佳，今人罕稱之者。

先廣文嘗言：「古人詩文字有疑，似不可輕改，坊刻舛累尤多，須得善本校對乃可。」因舉王右丞詩「東南御亭上，莫使有風塵」，「御」訛「卸」，江、淮間無卸亭。孟襄陽詩「行侣時向問，涔陽何處邊」，「涔」訛「潯」，涔陽近湘水，潯陽更遼隔也。杜詩「天闕象緯逼」，言闕天則星河垂地，卧雲則冷翠沾衣，見山中殊於人境。闕古「窺」字，王荆公改「天閲」，或云「天闕」，皆非也。又杜詩「握節漢臣歸」，本是

「禿節」；「新炊間黃粱」，本是「聞黃粱」。「禿節」用《後漢書》：「蘇武以禿節效貞」；「聞黃粱」者，炊熟飯香耳。又唐張泌詩「溪風送雨過秋寺，澗石驚瀧落夜潭」，佳句也，今本訛作「奔龍」，殊駭人聽。杜牧之「秋盡江南草未凋」，言江南地暖，「未」訛爲「木」，失原旨矣。昔人藏書少而善本最多，今人善本少而藏書易多，坊賈射利，肆行點竄，殆亦文字之厄與！

問花樓詩話卷二

吳江陸鎣藝香著

宋承五季之陋，勳臣如趙中令，詞臣如陶學士輩，間事聲韵，藻采既蕪，風格未振。歐陽公起而振之，一時人才挺出，梅聖俞、石曼卿、蘇子美之徒，皆能自樹立，東坡、山谷踵接其後，宋詩於斯極盛。然救弊之功，倡自廬陵。先廣文云：「宋人譚詩，舍歐陽而崇蘇、黄，亦是一病。蓋蘇、黄雖各自成家，多廢古法；歐陽力矯淫靡，獨標風格，有漢、唐規矩。」

歐陽公叙梅聖俞詩云：「世謂詩人少達而多窮，非詩能窮人，殆窮而後工。」葛勝仲叙陳簡齋詩，陳無己叙王平甫詩，皆云：「詩能達人，不能窮人。」余謂士之窮達有命，詩之精深微妙，惟窮者而後工耳。

歐陽公文章政事，衣被天下，喜奬後進。足跡所至，多山水遊宴之樂。余往過滁州，望瑯琊諸山，誦公《醉翁吟》，低徊久之。公生平名作如林，《石林詩話》言公所作《廬山高》，今人莫能爲；《明妃曲》後首，太白不能爲，少陵能之，前首少陵亦不能爲。先廣文云：「公於詩步趨李、杜，取徑昌黎，虚心服善，從未稍事夸大，石林之語，豈篤論哉！」

杜默字師雄，歷陽人，或以爲濮州人，誤也。石守道《三豪》詩，謂永叔豪於文，石曼卿豪於詩，師雄豪於歌。曼卿、師雄晚節益縱酒。熙寧末，師雄以特奏同出身，得一縣尉而卒。歷陽今爲和州，聞其故宅在州西南豐山中，子姓聚族而居，手植梅歷七百餘年矣，老幹作花，香郁殊絶。朱竹君學士校士和州，爲築亭，顔之曰梅豪，誠韵事也。

東坡不喜杜默詩，嘗云：「默之豪似京東學究，飲村酒，食死牛肉，醉後所爲者。」先廣文云：「默師事石守道，與姜潛、徐遁爲石門高弟。石贈詩云：『師雄二十二，筆距猛如鷹。玉川《月蝕》句，氣欲相馮陵。』李文定公八月十五日生辰，默作《中秋月》詩以獻，句云：『蟾輝吐光育萬種，我公得此爲心胸。老桂根株撼不折，我公得此爲清節。』造語固自豪爽，惜傳詩寥寥耳。」

「樂意相關禽對語，生香不斷樹交花」，曼卿《題金鄉張氏園》句也，朱子極賞之。他如「平蕪遠更緑，斜日寒無輝」，「天寒河影淡，山凍瀑聲微」，「中散向人疏懶甚，步兵因酒過差多」，皆清健有深致。

曼卿《下第集句》詩云：「年去年來來去忙，爲他人作嫁衣裳。仰天大笑出門去，獨對春風舞一場。」考《宋史》，曼卿以真宗朝録爲三班奉職，歷太子中允，又嘗令金鄉。年去年來，爲人作嫁，文人坎壈，從古所嘆，況不如曼卿者哉！

蘇子美以景祐進士，累官集賢校理，監進奏院，坐用故紙鬻錢宴客除名。是會李定不與，遂摭其事言於當道者，以興巨獄。梅都官所謂「一客不得食，覆鼎傷衆賓」也。除名後，流寓蘇州，作滄浪亭自適。其詩清麗，《晚泊》云：「晚泊孤舟古祠下，滿川風雨看潮生。」《夏晝》云：「樹陰滿地日卓午，夢覺流鶯時一聲。」子美有雋才，歐陽公嘗叙其集曰：「斯文，金玉也。」積羽溺舟，積毁銷骨，故君子必謹於跬步云。

歐陽公《詩話》：「聖俞、子美齊名，子美超邁絶倫，聖俞獨造閑澹。」先廣文嘗摘其佳句爲一帙。《納凉》：「竹陰過晚雨，林表見殘虹。」《泛江》：「斜陽鳥外落，新月樹頭生。」《寄永叔》：「五更千里夢，殘月一聲鷄。」《秋日》：「懸蟲低復上，鬭雀墮還飛。」《經田家》：「南嶺禽過北嶺叫，高田水入低田流。」《東溪》：「野鳧眠岸有閒意，老樹着花無醜枝。」語似平易，實未經人道。每一展誦，手澤宛然，舊業不增，長喟竟夕。

魏野號草堂居士，有《草堂集》，世傳其《謝寇萊公見訪》詩：「驚回一覺遊仙夢，村巷傳呼宰相來。」宋自開國以來，尊禮巖穴之士，如陳圖南、种明逸輩，待以賓友，養其高望，一時士大夫，咸知折節下士。南渡以後，此風熄矣。

余少從家塾，舉林處士「風回時帶笛，烟遠忽藏村」句，比似老杜「返照入江翻石壁，孤雲擁樹失山村」，孰爲工拙？先廣文云：「少陵沈雄，處士清遠，各極其妙。」處士工書，和婉深勁，有晉人風韻，世人但愛其《梅花》詩，非知處士者。處士客臨江，有李諮者未遇時，處士云：「此公輔器。」比卒，諮罷三司，爲州守，與其門人素服臨七日，刻遺句内之壙中。种放終身不娶，處士亦然。放没，朝廷録其姪世雍同學究出身。逋教兄子宥，登進士甲科。善人有後，信哉！

坡公才大如海，其詩旁見側出，都成妙諦，承學之士，靡然從風，奉爲圭臬，豈容贅贊。先廣文愛其和陶詩，以謂此老晚年進境。其和《歸田園居》、《時運》、《田舍始春懷古》、《三良》諸作，多見道之言。佳句如「春江緑未波，人卧船自流」，「城東兩黎子，室邇人自遠。呼我釣其池，人魚兩忘返」，「驚雀再三起，樹端已微明。白露凈原野，始覺丘壟平」，子由所謂「精深華妙，無老人衰憊之氣」者也。

仙言長生，佛説不死。李長吉詩云：「幾回天上葬神仙。」坡公《和神釋》云：「仙山與佛國，終恐無是處。甚欲隨陶公，移家酒中住。」合二詩觀之，可以訂二氏之説矣。

白傅詩「漢宫佳麗三千人，三千寵愛在一身」。陳後山《妾薄命》云：「主家十二樓，一身當三千。」語簡意盡。考亭謂其筆力高妙，信不虚也。

苕溪漁隱辨《江西宗派圖》云：「吕居仁自言傳衣於江西，作《宗派圖》，自豫章而下，列陳師道、潘大臨、謝逸、洪芻、饒節、僧祖可、韓駒、晁沖之、謝邁、王直方等共二十五人，以爲豫章法嗣。其叙大略言：『唐自李、杜、韓、柳後，作者多依仿舊文，豫章始出而力振之，盡兼衆體，後學同聲並和，體制雖殊，宗派則一。』愚謂豫章自出機杼，清新奇巧，是其所長，若言盡兼衆體，則未也。李、杜而後，代不乏人，英詞傑句，卓然成立者衆，云皆依仿舊文，抑又謬矣。吕氏所列二十五人，其間知名之士，有詩傳世者數人耳，其餘無聞。此圖之作，殊非確論。」考亭有言：「後山雅健，魯直纖仄。」先廣文嘗云：「今之俎豆山谷者多矣，二公之論，可爲知者道耳。」

「晝睡欲過午，好風吹竹床。溪雲生薄暮，山雨送微凉。」文與可《睡起》句也。其《過友人谿居》、《晚次江上》諸作，有韋蘇州、孟襄陽之風。《丹淵集》余家有藏本。

「野次小峥嶸，幽篁相依緑。阿童三尺箠，御此老觳觫。石吾甚愛之，勿遣牛礪角。牛礪角尚可，牛鬭傷我竹。」山谷《題竹石牧牛圖》句。圖筆蒼勁，書學山谷，無款識。頃從友人假觀，適吴山子過談，余愛而誦之。君曰：「太白《獨漉篇》：『獨漉水中泥，水濁不見月。不見月尚可，水深行人没。』山谷巧於用古如此。」

宋人詩有絶似唐人者，陶弼《次虔化縣》詩：「暖雪梅花樹，晴雷贛石溪。」《僧寺》云：「花露生瓶水，松風落架書。」《早行》：「照枕殘霜月，吹燈落葉風。」按《宋文鑑》，弼仕仁宗朝，嘗官兩廣。漁洋録宋陳輔題壁詩云：「名之顯晦有數，任華、盧延讓詩極鄙俚，反得流傳於後，是可慨也。」

南渡後，放翁爲一大宗，其詩清豪奇宕，不名一家。先廣文云：「翁非詩人也。在朝屢陳得失，議論剴切，孝宗嘗稱奬之。以言曾覿、龍大淵，忤上意，斥不用。范成大帥蜀，辟爲參議官。皓首歸來。少不治生産，老不丐祠禄。嘗有句云：『家藏萬卷讀至老，固願少出蘇黎元。』讀者可以想其藴抱。世多以其爲韓氏作《西園記》少之。觀其臨終《示兒》詩：『死去元知萬事空，但悲不見九州同。王師北定中原日，家祭無忘告乃翁！』君國之念，至瞑不忘。翁之生平大節，可概覩矣。」

家藏劉須溪集，版刻精好。須溪少遊象山之門，廷試對策，忤賈似道，抑置丙第。以親老乞濂溪書院，屢薦不起。宋亡，隱居以終。其《題蘇李泣别圖》云：「事已矣，泣何爲！蘇武節，李陵詩。」噫！詩止十二字，摧藏掩抑，余每讀而悲之。須溪有《戲題》一首：「無人知坦腹，水影半簾苔。笑看青蟲墮，垂絲忽上來。」藴藉有致。

謝皋羽《晞髮集》，久無傳本。先月圃公所抄宋遺民諸詩，余兒時曾見之，比録副卷，藉便吟誦。皋羽詩佳者甚多，如《廢居行》、《古叙嘆》、《冬青樹》諸作，膾炙人口。余尤愛其《效孟郊詩》云：「閒庭生柏影，荇藻交行路。忽忽如有人，起視不知處。牽牛秋正中，海白夜疑曙。野風吹空巢，波濤在孤樹。」幽思險語，寒夜讀之，如入深山，嗒焉忘返。

宋詩好議論，元詩近詞曲，昔賢固有定論，然有元一代之作不可廢也。自李空同倡不讀唐以後書之説，前後七子唾棄元詩爲不足道。漁洋《論詩絶句》云：「鐵厓樂府氣淋漓，淵穎歌詩格儘奇。耳食紛紛説開寶，幾人眼見宋元詩？」爲空同輩發也。鐵厓，楊維楨廉夫。淵穎，吴萊立夫，淵穎者，蓋其門人宋金華輩所私謚也。鐵厓樂府出少陵、二李之間。明洪武初，召修禮書，賦《老客婦謡》以進，至京留百有十日而歸。宋金華贈詩云：「不受君王五色詔，白衣宣至白衣還。」蓋紀實也。淵穎工古文，七言歌行尤奇肆。

余家世儒素，藏書不富，而架多善本。嘗見寧波孫原理所輯《元音》，宋公傳所編《元詩體要》，中間佳作如林。於時方事帖括，未遑究心。猶記先廣文跋《乾坤清氣集》云：「是集所載汪水雲、瀛國公、元遺山以接宋、金之墜緒，而下及張以寧、危素等開有明之先聲。」集爲明人耦武夢所輯。武夢眇一目，自號犗牛，朱竹垞尤推賞之。余早歲饑走，藏本多散佚，偶論元詩，附記於此。「日落牛羊歸，渡頭動津鼓。烟昏不見人，隱隱數聲櫓」，元人陳孚遠《歸帆》句也，佳處豈減摩詰耶！

元詩以虞、楊、范、揭爲稱首。陶九成《輟耕録》：「楊仲弘載每言虞伯生集不能詩，既得詩法，遂極超悟。有以三人詩問者，集曰：『仲弘詩如百戰健兒，德機詩如唐臨晉帖，曼碩詩如美女簪花。』或問君詩如何？曰：『集乃漢廷老吏。』雖自負，聞者以爲公論。」先廣文嘗舉以教及門云：「詩有見地，亦有功候。此中深淺，古人自知，兼能知人事，有存於詩外者。」

客有從楚南來者，爲余誦元人張雄飛《題岳陽樓》云：「樓上元龍氣不除，湖中范蠡意何如？西風萬里一黄鵠，秋水半江雙白魚。鼓瑟至今悲二女，沈沙何處弔三閭？朗吟仙子無人識，騎鶴吹簫下碧虚。」岳陽自少陵一詩後，有作者皆凡響耳。雄飛在元不著名，其詩横絶一世，少陵而後，此其嗣音。

劉誠意功業文章，有明一代諸臣之冠。在元季有《覆瓿集》，入明有《犁眉公集》。其擬樂府諸篇，評者云在文昌、仲初之間。所爲《二鬼》詩千有餘言，尤瓌異，蓋一以比宋金華，一以自況。如云：「生鳥必鳳凰，勿生鴞與鵶。生獸必麒麟，勿生豺與狸。生甲必龜貝，勿生蝓與蜞。生木必松楠，生草必薺葵。勿生鉤吻含毒斷人腸，勿生枳棘罥利傷人肌。」公之藴抱，使盡用於時，誠救時賢相。《感時》詩云：「十羊煩九牧，自古貽笑嗤。任賢苟不貳，多人亦奚爲？」先廣文以謂深識治體之論。「偶應飛熊兆，尊爲帝者師」，誠意《題釣渭圖》句，蓋自道也。「夜涼月白西湖水，坐看三臺上將星」，和王文明絶句詩也。後人喜傅會，造爲公望西湖雲氣，語坐客云「後十年有帝者起，吾當輔之」云云。嗣是堪輿緯讖諸卜算不經之説，皆指爲公作矣。

高青丘才氣俊逸，當明初一掃元季綺靡之習。《虎丘次清遠道士韵》詩，直逼大謝；《牧牛詞》尤澹樸。余讀其《登雨花臺望大江》、《夜聞謝太史誦李杜詩》諸作，輒爲擊節。世言啓賦詩，帝有所嗛，坐法死。或云以《題宫女圖》。按青丘詩云：「小犬隔花空吠影，夜深宫禁有誰來？」又有《題畫犬》

云：「莫向瑶階吠人影，羊車夜半出深宫。」有明宫闈嚴肅，二詩刺庚申君事，忌者傅會成獄耳。

西涯樂府，先荻存公謂其過涉論鋒，近世評者亦以爲似鐵崖史斷。陳元孝稱其得古詩之遺，風刺並見，别成一格。余愛其《花將軍》一首，淋漓馳驟，一時無兩。

北地倡復古之説，歷下諸子從而和之，於是前後七子標目壇坫，噉名之士争相附和。虞山抨擊不遺餘力。然夢陽《擬古》詩以及《東山草堂歌》、《士兵行》、《林良畫兩角鷹歌》，獨標風格。元美詩如《太保歌》、《江陵伎》、《尚書樂》、《袁江流》諸作，豈于鱗輩所能望其涯涘耶！惟橅擬過甚，遂貽指摘。迨鍾、譚出，《詩歸》一書，流毒海内，詩亡而明社以墟。士習文風之盛衰，可以占國運矣。

問花樓詩話卷三

吴江陸鎣藝香著

國朝談詩者，風格遒上推嶺南，采藻新麗推江左。言嶺南者，翁山豪宕，藥亭深穩，而清蒼高渾，吐棄一切，則推元孝。洪穉存《論詩絶句》：「藥亭獨漉許相參，吟苦時同佛一龕。尚得昔賢雄直氣，嶺南猶似勝江南。」翁山著有《翁山集》，藥亭著有《六瑩堂集》、《獨漉堂》元孝集名。

江左詩人，自昔虞山稱首，而才情焕發，聲律綿麗，合肥、婁東，鼎足而三。虞山早附東林，喜聲華，好譏彈文字，合肥直諫，婁東晚出，雖云同調，進取或殊。錢唐周迂翁，高尚士也。《過拂水山莊》云：「孝穆山莊猶竹石，總持故宅尚鶯花。名高那許遺纓紱，情重難教棄室家。」穉存《論詩》云：「早年壇坫各相期，江左三家識力齊。山上蘼蕪時感泣，息夫人勝夏王姬。」合二詩觀之，虞山有定論矣。

漁洋《皖江懷古》詩：「憶昨經過射蛟浦，今朝還望盛唐山。大江日夜流如昔，武帝雄風去不還。天馬蒲梢空塞外，蜚廉桂館自人間。茂陵抔土秋風裏，玉女何曾解駐顔！」按《漢書》：「元封五年冬，南巡狩，至於盛唐，望祀虞舜於九嶷，登灊天柱山，自潯陽浮江，射蛟江中，獲之。薄樅陽而出，作《盛唐樅陽之歌》。」或以城中一指巖即盛唐山，巖僅高阜，未足名山。按《方輿紀要》：「唐開元間，改霍山縣爲盛唐縣，治六安。今六安西三十里有武陟山，以漢武南巡登此得名。宋白云：『盛唐縣西有山名盛唐，當即此地。』」

元學士揭曼碩《宿長風沙》句云：「長風沙，長風不斷行人嗟。」又云：「茅舍參差數株柳，時平尚置官軍守。青裙老姆市鮮魚，白髮殘兵賣私酒。」李白《長干行》：「相迎不道遠，直至長風沙。」即此地。余往來江上，孤篷信宿，魚猶昔也，村店酒味殊劣耳。

安慶人文薈萃之區，國初詩人遺集鮮存。頃於書肆購得石孝廉天外、汪先生梅湖詩卷。石名龐，字晦村，天外其别號也。卷中《秋墳鬼》一篇，尤奇崛。詩云：「不知秋墳鬼，寂寞誰氏子？」又云：「長夜自吟詩，喚醒青天耳。抱恨入夜臺，死亦無知己。」蓋取長吉「秋墳鬼唱鮑家詩」爲題。七言云：「入廟幾回呼項羽，荷鋤誰解葬劉伶？」其迴文賦尤多，每首千有餘言，屬對工緻，絶無飣餖習氣。詩格在盧仝、杜默之間。殆亦負才跅弛，窮而不遇者耶！

梅湖詩格清高，余尤愛其《送許幼仲往雲田阪》二詩。其一：「秋水草堂僻，與君鎮日閒。棋彈松子石，艇繫蓼花灣。索果兒牽袖，談詩僧叩關。無妨共鷄黍，飽飯看青山。」其二：「物役總爲累，送君還損神。滿村紅葉路，一笠白鬚人。過阪天應晚，沿村犬亦馴。桃花潭畔水，愁煞老汪倫。」二詩情景俱勝。他作佳者甚多，無暇備録。

趙秋谷《譚龍録》，爲漁洋作也。秋谷嘗從問聲調，秘不相示，論詩又多異同，適有譏斥漁洋詩者有「清秀李于鱗」之目，嫌隙遂成。余按《漁洋精華録》，五七言高調逸響，情景不匱，不得以《南海集》留别諸作爲全龍累也。簡齋詩云：「一代宗工才力薄，望溪文集阮亭詩」，穉存比之「唐臨晉帖」。余友顧蒹翁大令，老於詩者，亦云：「漁洋愛好，標格自新。」余早事佔畢，於詩㸌涉藩籬，録此用當指南。

古人無以詩文爲壽之例，前明以來，公然有作，圭峰、震川兩家，間刻壽序，亦一時風氣所尚爾。先方伯公退居林下，年逾古稀，梅村祭酒以同里素交，爲詩稱祝。詩曰：「金門掉臂即蓬萊，石室烟霞待爾開。三徑春遊鳩杖出，九苞朝食鳳雛來。夢懸西掖雙鳴珮，坐對南山共舉杯。却喜文孫傳弈葉，五雲遥見日邊迴。」於時桐城方拱乾、華亭王廣心皆有作，高華典則，允讓婁東。今梅村集不載此詩。昔石林題南澗詩曰：「不可使千秋後集中有上生日詩。」蓋宋人最嚴此例。想婁東編集，猶用葉語，抑偶遺之耶？

王廣心字農山，華亭人。詩曰：「鶴髮仙翁萬里姿，當年歘歷聖人知。伏波内殿曾圖米，召伯甘棠足畫祠。挽去鹿車春荏苒，種來庭樹玉參差。相逢尚有吴門侣，一入崑山採石芝。」農山成進士，未登仕版，工制藝，與尤西堂齊名。歸愚宗伯謂其「雕鏤襞積，瓌奇古艷，幾社風流，至是而極」。是詩「伏波内殿」、「召伯甘棠」云云，蓋總括先方伯平臺召對，定州遺愛。農山不以詩名，詩却工緻，才人之筆，信不可測也。

方拱乾字坦庵，與先方伯同年鄉榜，入國朝仍官詹事。詩曰：「苹鹿同歌四十年。」又云：「長余九歲聞還健，更嘆東山卧獨堅。」方以少子科場事謫戍寧古塔，捐貲贖還，絶域歸來，坎坷畢世，視公之戢影林泉，始終一節，宜其有餘羨矣。

孫豹人曰：「古人爲詩，各有所寄：陶公於酒，謝靈運於山水，李供奉於神仙，皆有寄而然。」余謂豹人所言，就其全集而言。然古人爲詩，單詞片語，平生之志趣寓焉。查翰林初白從駕南海子捕魚，賦詩有云：「笠檐簑袂平生志，臣本烟波一釣徒。」詞意稱旨。同時有查聲山學士，内侍傳呼「烟波釣徒查學士」以别之。張志和自號烟波釣徒，偶經拈出，興趣超然。每誦一過，爲之神往。

作詩忌寒乞態。余經年遠客，金盡裘敝，擬賦敝裘詩未果。頃讀《研溪集》，中有《敝裘》詩一律，工雅無酸氣。詩云：「幾度西風促暮砧，漫傾殘笥付縫紝。絲紋斷續難容綫，毛裏稀疎不受鍼。猶有餘温勝短褐，還將獨夜抵重衾。歲寒惟爾堪相倚，忍爲豐貂易素心。」集爲鄉先輩惠元龍所著。先生湛深經學，詩乃餘事，而意徑獨造，風格殊高。其《出門》云：「饑寒迫腐儒，顛倒作奇想。」十字道盡千古措大肺腸。

周侍郎櫟園有言：「國朝詩推寧人、野人二家。」野人姓吴名嘉紀，江南泰州人，詩名《陋軒集》。寧人先生以經濟考證名天下，詩之工拙，姑無深論。余讀《陋軒集》，喜其曠懷孤寄，静夜披讀，如對高僧，如聞異香。其《哀羊裘爲孫八賦》云：「孫八壯年已白頭，十年歌哭古揚州。囊底黄金散已盡，笥中存一羔羊裘。晨起雪花舞，取裘覆兒女。亭午號朔風，兒持衣而翁。風聲雪片夜滿牖，殷勤自解護阿婦。裘之温暖誠足珍，不得衆身爲一身。吁嗟乎！長安天子非故人，羊裘泠落對邗水。他年姓字齊嚴光，今日饑寒累妻子。」《新僕》云：「語少身初賤，魂傷家驟離。饑寒今已免，力役竟忘疲。長者親難浹，新名答尚疑。猶然是人子，過小莫輕笞。」野人落拓布衣，不事聲華，微侍郎，夫孰知菰蒲中大有人在耶！録二首以存梗概。

「七里水環花市緑，一樓山向酒人青」，吴園次《題虎丘酒樓》句也。虎丘爲自古笙歌酒肉之場，作者如林，二語真色界之詅癡符，酒國之解酲湯。

世傳馬章民殿撰未第時困甚，合肥龔尚書讀其行卷，甚嗟賞之，歲暮贈白金八百兩，明年及第。余愛其《咏陸賈》一首云：「莫問尉佗裝，千金豈在眼？請看馬上公，何曾問生產！」殿撰信奇士，尚書宏獎風流，亦豈可多見耶！

徐虹亭檢討，吴江人，與潘次耕同舉康熙己未鴻博，年未七十，乞歸不出。嘗題先黄中公小像曰：「這箇老翁，有些認得。疑以爲植杖之農夫，迺畬經以自力。以爲荷鋤之鄰叟，嘗抗譚乎古昔。更并世機、雲，方今沮、溺。噫！吾亦頹然，久辭館職。越陌度阡，無多相識。幸與老翁，相從釣弋。二十年，翁既百齡，吾亦八十。」黄中公爲先方伯胞弟仲達公所出，吴江縣學生，績學能文，一衿終老。檢討歸田後，嘗共晨夕。國初老輩風流，令人欣羨。檢討工詞，所刻《菊莊樂府》，名動海外。著有《南州草堂集》三十卷，詩格在唐中晚間。余尤愛其《十八灘》絶句云：「萬壑千峰送客舟，槎枒怪石水交流。嶺猿莫更啼深樹，只聽灘聲已白頭。」

張翰林大受字曰容，江南嘉定人，世居匠門溪上，覃研經史，奬掖後進，學者稱之曰匠門先生。喜吟咏，工駢語，《湖鄉小景》、《山居》諸咏，膾炙人口。有送先鄴書公歸葑溪詩云：「吴淞瀰漫甫里塘，君家散人居此鄉。憶昔扁舟過君飲，葦花鳧鷺臨書堂。盍不懷此出爲客，身騎瘦馬看斜陽。長安公子敬愛客，强留四載心徬徨。袖中刺滅衣半敝，策蹇歸趁園花香。石首魚鮮蘭筍嫩，菜畦麥壠連村黄。養鴨闌邊鬭新鴨，手摇柔櫓歌《滄浪》。我病何緣苦躑躅，暫從馬服窺經箱。趙陵春社不同醉，秋雨好待葑溪航。」鄴書公與四世祖即山公爲再從兄弟，其同懷兄諱淹字小范，康熙乙酉駕幸蘇州，召試入選。尋與長州顧庶常俠君同編宋、金、元、明四朝詩，屢拜嘉魚文雉之賜。以疾卒於良鄉旅舍。有《青箱堂詩文集》，俠君爲之序。俠君工詩古文，有集二種，曰《秀野堂》、《閭丘集》。

雍正元年，鄂文端公建藩江蘇，以古學振興多士，先曾祖馥園徵君，以《古風》二首擢高等。《冷氊漫稿》中失載。詩曰：「和風吹穠李，疾風吹勁草。天風非有私，萬物貴自保。至道有根機，浮名何足寶！白日莫蹉跎，紅顔倏醜老。」其二曰：「居山畏狼虎，入海畏蛟螭。斂蹤閉柴門，庶其免阽危。奈何世網密，荆棘生坦夷。撫膺爲長嘆，蹙蹙靡所之。」其詩與即山公詩同刻《松陵詩徵》及《南邦黎獻録》。文端以武功起家，立朝多所建議，其在苗疆，屢著勞績，而被服儒雅，宏奬善類，至今士林猶争誦之。

《薤露》、《蒿里》，皆古挽歌詞，大都嘆人壽之無多，比繁華於去水。先廣文嘗手書先高祖即山公《蒿里曲》一首以示，且教之曰：「昔賢謂淵明自祭文爲知道，公此首深得古人修身俟命之義。」詩曰：「生前不努力，身後將奚爲？所以古賢達，聞道貴及時。」詩止四言，語簡意質，可以達觀，可當勸學。

吴漢槎兆騫以科場事謫戍，太倉王虹友有《聞漢槎戍寧古塔》詩云：「欲叩君門萬里賒，驚聞遠戍度龍沙。文章只道金難鑠，謡諑翻成玉有瑕。減死蔡邕方出塞，哀時庾信未還家。可憐空橐歸來日，豈有明珠載一車？」同時梅村祭酒《悲歌》贈行，余每讀一過，欷歔唤奈何也。按方坦庵《絶域紀略》：「寧古塔無疆界，無城郭，八月雪，春多風，夏多雹。病無醫，無陶器，無鹽。或云其地即金之天會府，信人迹罕至之區。」而漢槎科場被罪之由，久而未得其首尾。頃閲《石鼓齋雜録》，前疑始釋。蓋順治丁酉科，尤侗、湯傳楹不第，乃爲《鈞天樂傳奇》，隱姓名曰沈白、揚雲，三鼎甲曰賈斯文、魏無忌、程不識，並主考何某，描憮盡相。科臣陰應節據以糾參，殿廷覆試不完卷者，鋃鐺下獄。漢槎本奇士，戰慄不能握管，審無情弊，減死謫戍。漢槎事出無辜，西堂雅人，乃以弓影蛇杯陷人於罪，賢者固如是耶！先即山公有《和徐健庵尚書喜漢槎入關》原韵二律，其一中聯云：「輸金幸值金鷄放，涅玉依然白璧還。」與虹友先生「文章」、「謡詠」二語相發明，蓋公論也。漢槎著有《秋笳集》。其歸也，徐尚書與宋文恪公捐金贖之。健庵原唱具《澹園集》。

語云「百足之蟲，至死不僵」。魏閹身被大僇，死後其徒葬西山碧雲寺側，或曰魏閹衣冠墓。曩讀華亭王文恭詩曰：「摩挲碧雲舊碑碣，忠賢姓氏猶高揭。」又云：「安得雷火一夜踣此碑，更倩龍宫之冰洗羶羯。」未幾張侍御奏請削平，誅奸魄，洩公憤，誠快舉也。余嘗謂魏閹死後，氣力尚能涸重泉而崇名山，況於生前，口含天憲，威福自由，無怪乎生祠之遍天下也。先廣文《閹祠嘆》云：「福州老守風骨奇，神羊一角當堯墀。力排群喙發高論，從此七閩無璫祠。道山亭畔一輪月，至今父老懷清輝。」先方伯由郎中出守福州，清風亮節，具詳福州名宦。述祖德詩總三首，讀者謂其字挾風霜，聲出金石。余槖筆依人，每念先世遺編久未付梓，書以示兒輩。

蟂磯靈澤夫人廟，世傳漢昭烈之配孫夫人，省母歸鑾江，聞昭烈崩，哀慟投水，葬此山。習俗成訛。按劉淮《靈澤辨》曰：「漢史建安己丑冬，孫權表備領荊州牧，妻以妹。辛卯冬，權迎妹去。迨辛丑夏，備即帝位，立夫人吴氏爲后。是夫人自辛卯去蜀，至辛丑已十載矣。壬寅夏四月，昭烈崩於永安，世傳聞訃投水葬此，果何據耶？按史丁亥冬，權母吴氏卒，己丑，夫人始歸劉，又安有母可省耶？」蔡甘泉大令《蜈磯》一律，「白帝」、「蒼梧」，猶沿前誤，因書諗後遊者。

先廣文嘗言：「長江、大河，泥沙俱下，不似井泉清潔。讀古大家集，須存此見。」近日譚者於袁、蔣、趙三家各有微辭，然鉛山雄直，甌北排奡，隨園舌如蓮，筆如劍，皆能於嶺南、江左諸家而外，獨開門户者也。

國朝語賢相，首稱桐城張文端公。公告歸怡情山水，所爲田家詩，淳古質厚，王、孟不及。「誰憐靈武麻鞋叟，老向空山拜杜鵑」，潘次耕贈桐城錢飲光句也。飲光著有《田間易學》、《詩學》，蓋詩人邃於經者。其書東海公爲刊傳之，版久逸矣。

往讀姚郎中姬傳詩，郎中既時出遊，而余甫就館，未通面也。兹録其佳句於右：《由宿松向黄梅》：「月澹松滋郭，雲生天柱峰。」《黟縣》：「雨歇群山響，春深萬木齊。」《德化縣》：「夜潮千嶂閉，明月九江寒。」《樅陽漫興》：「斜陽萬里背人去，落葉千聲與客悲。」《懷葉書山》：「伏生老有殘經懼，韓愈師爲舉世憎。」《岳陽樓見月》：「雲間朱鳥峰何處？水上蒼龍瑟未終。」文房、水部有替賢矣。

鐵冶亭制軍能詩善書，著有《梅庵集》。余友陳大令雲伯出其門下，制軍嘗稱其詩似梅村，清俊過之。余愛其《夜宿老虎峰》云：「短衣長劍控劣馬，行人夜宿虎峰下。虎峰如虎高崔嵬，峆岈口向青天開。其下虎穴虎所聚，夜夜虎腥吹入户。三更月黑風蕭蕭，鄰家逐虎聲喧呶。四更月黑星掛樹，彎弓躍馬前山去。」其《題明六王畫像》七古，尤雄偉。著有《碧城仙館詩鈔》。

張白也刺史善度曲，工詩，所著《海鷗館詩鈔》。《春日道中》：「過村驢識店，喚渡水膺人。」《晚行》：「饑驢飽飲寒塘月，昂首一鳴山鵲驚。」梅伯言郎中爲作摘句圖，戲題其後云：「古有鄭鷓鴣、崔孤雁，君他日亦當從易名之典。」信名流之雅謔也。

碧城仙館摘句圖

碧城仙館摘句圖提要

《碧城仙館摘句圖》三卷，據道光二十四年刊本點校。輯者管筠、薛纖阿、文静玉，同爲陳文述妻妾。管字湘玉，一字静初，法號摩鉢，錢塘人；薛字雲妮，號小花神，江蘇吴縣人；文字湘霞，號琴園内史，吴縣人。首有道光二十四年李晨蘭序，乃爲刊行作。又有管、薛、文三婦四序，管筠二序作於道光二年、六年，薛序作於十八年，文序作於二十三年。諸序歷述二十餘年間三婦遞續爲主人陳文述選詩摘句，所謂「閨中衣鉢」也。其身份誠於現代倫常所不宜，其舉則不失爲隨園女弟子群後之又一韵事，非盡如劉聲木《萇楚齋隨筆》所譏「祖述隨園，專取其短」者也。文述乃嘉道詩壇名家，其人詩才不可謂小，詩識則不精，故詩風雖屢求變，而終以學「梅村體」之成就爲最著，得與楊芳燦並稱此體中興。此種「摘句圖」，例以兩句一聯爲録，多限於律體，未能見陳詩所長。文序戒須與主人各集併讀，即補短之意。又仿司空圖《詩品》，細立六十六小目，每目一、二十聯不等。卷二、三之七言各「品」，略作詮釋。其中稍著特色者，如「静細品」謂「静至於細則深」，「溪山品」接「湖山品」後謂「溪山視湖山更幽」；「神味品」謂「詩以色香味兼備爲佳」，「濃艷品」謂「色勝香」，「清艷品」謂「香勝色」，故「女真品」雖云「大道不分男女」，體會實偏於陰柔細緻。又「傷逝品」歸友朋，「悼亡品」歸骨肉，亦顯近情之真摯細膩。

「隱逸品」特標柳下惠與陶淵明並，似以示閨中之序不亂。然至「比喻品」將《莊》《列》之寓言、《三百篇》之比、興三者合一，細甚忽焉疏甚，此則非僅諸姬之失，亦可窺文述詩觀之精粗不諧也。

序

碧城詩，甲子以前余在人間，天尊老翁歲録一册寄余。自歸碧落，久不相聞矣。前年寶華宫開，小花神恒誦「腰細不妨仍佩玉，口香何事更餐花」、「晚霞艷作衣裳色，春雨細聞環佩聲」、「十眉翠畫春楊柳，雙髻紅簪露牡丹」，謂色、香、味十相俱足，此少年綺語，小花神未忘愛緣所致耳。今得所寄《摘句圖》，閒與諸真評賞，騰空賞「採藥一肩銷歲月，簪花雙髻帶烟霞」，蘭香賞「三生石上中秋月，七女樓中滿地花」，雙成賞「春呼白鳳栽靈藥，曉約青鸞掃落花」，雲翹賞「春深瀛海看雲氣，夜静君山玩月華」，雲英賞「五銖解佩通靈氣，雙髻簪花學道裝」，采鸞賞「碧海穠花簪鳳髻，玉天新月畫蛾眉」，弄玉賞「月華滿地都成水，花氣浮空不辨香」，明香賞「童子玉爐三澗雪，仙人丹竈兩峰雲」，飛瓊賞「潮平小海驂鸞去，烟暝重湖跨鶴歸」，皆飄飄有凌雲之意。余謂天仙之才，究當以「山中夜静聞仙樂，江上秋空見彩雲」二語爲第一。若「舉頭便有鴻濛意，撒手思爲汗漫遊」，「好向人天分界處，直窺父母未生前」，「我從孽海翻身後，來證恒河浩劫前」，「掃除塵妄周沙界，粉碎虛空作道場」，此自道得力處，不減登壇説法，不當以工拙論。至「紫峰晚樹啼寒鵲，碧澗秋花響暗蟲」，「水漲黛湖聽雨夜，雪深香海落梅天」，「月上夜從花影轉，風來秋帶樹聲聽」，「水通花海浮香外，家在春山積翠中」，人間好語，亦深得烟霞之致。謫仙之目，惜不令四明狂客見之也。甲辰七夕寶華宫學士李晨蘭書。

序

昔明遠迴軒歸華別葉之作，玄暉鳴佩紅藥蒼苔之篇。風臺水殿，柳吴興之逸情；翠幄金扉，鮑子卿之高致。句法之美，六朝尚矣。三唐以後，厥製尤精。少陵詩史，擅林花水荇之詞；太白仙才，艷明鏡彩虹之體。莫不推敲一字，斟酌寸心。誠以句法者，詞華之權輿，篇章之羽翼也。

頤道先生冰雪爲心，珠璣在手。詩境之富，囊括百家。句法之工，深入三昧。沉思有得，僻性所耽。格既益工，律乃逾細。筠侍几席十有五年，每於翠墨之餘，輒作錦囊之貯。蓋高薨概日，必銖寸之咸宜；寶玉連城，藉雕鐫而益貴。譬之遊天台者，以赤城石梁爲鉅觀；泛溟海者，以蓬萊瀛洲爲仙境也。爰仿《詩品》之作，名以摘句之圖。鴛侣雙雙，鶴聲一一。玉十雙而爲珏，錦百兩以成純。微吟數過，如聆鸞鳳之音；試舉一聯，盡作雲霞之色。謹叙。

道光二年歲次壬午花朝後一日，碧城侍史管筠書於小鷗波館。

余爲碧城主人録摘句圖十五年。道光乙酉，仲姬雲妮來歸。因語言而證文字，悟最上乘，遂從子婦汪允莊宜人受唐人詩，能分别優劣。會主人有漢上之行，余承大婦龔宜人之託，代主家務，不復能從事筆墨。仲姬朝夕侍余几席者逾年，於去取間頗能領略。因以舊日所録俾之，此亦閨中衣鉢也。主人庚甲中桃花星七重，花月之緣，正未有艾。他日得有替人，可轉付之。家務吾亦將謝責，當與子茹芝飲泉，嘯傲於青山緑水間矣。品目不全，用表聖《詩品》以未當也。

道光丙戌八月，小鷗波館主人書於頤静軒。

《碧城摘句圖》，摩鉢夫人手録。自道光丁亥春公子歿於漢上，夫人爲主人持家，無暇更理筆墨，以稿本見付，屬爲續録者十二年。戊戌，琴園内史來歸，余因隨夫人奉道，以稿本轉付之。余於吟事本非所長，且右手指弱，不善作書。内史小停雲館詩，與夫人小鷗波詩，並見重藝林，書亦工秀，不減衛茂漪。美女登臺，仙娥弄影，且下筆敏速，每日數千，不以爲苦。主人三十年中賦詩萬首，得此内記室爲之選擇繕寫，不負此曠代逸才矣。

戊戌七夕，碧城左室小花神薛纖阿書。

余爲碧城私淑弟子者十餘年。主人詩逾萬首，尚以未窺全豹爲憾。道光戊戌夏來歸，主人營賓霞室館余。主人子婦孝慧宜人尚在，海内閨秀中詩家宗匠也。因得晨夕奉教，問詩法。仲姬雲妮夫人以《碧城摘句圖》屬爲續録，用摩鉢夫人前例也。因得盡讀未刊諸作，摘録五、七言，凡三卷，各爲之品第。主人詩逾萬首，七律居半，故録之特詳。後之學詩者欲仿句法，則茲册盡之矣。至章法則有

《詩髓》在，有《頤道堂全集》在，有《戒後詩存》在，有《西泠五集》在，有《華胥七種》在，有《秣陵集》在。靈鳳一羽，足知九苞。後世有桓譚、鍾嶸其人者，茲册不妨與各種並傳也。

道光癸卯仲秋，碧城右室琴園内史文湘霞書。

碧城仙館摘句圖五言卷一

高渾

秋風生海樹，明月上江樓。　帆檣上海月，樓閣入江烟。　萬峰皆拱嶽，一閣獨摩空。　明月日觀上清曉，天門開翠微。　衡嶽千峰雨，湘陰一路花。　乾坤容酒琖，天地入扁舟。　河漢青天舊時色，長城萬古情。　星海秋宵月，天山日暮雲。　秋風洞庭樹，明月岳陽樓。　秋風樊口樹，夜，江山赤壁秋。　翠落中峰瀑，青留太古苔。　近游三萬里，小別五千年。　落日漢陽城。　鵲飛明月樹，魚戲白雲池。

曠逸

微雲秋月色，急雨夜潮聲。　闌干雲外出，樓閣雨中閒。　樹老齊梁寺，帆通楚蜀船。　長風片帆穩，落日大江平。　嶽祠秋色遠，楚甸月華多。　虹收殘雨没，雁帶斷雲飛。　天空初雁過，江闊亂帆開。　暝烟沉遠磬，空翠壓疎闌。　疎星江浦樹，殘月海門潮。　古今皆逆旅，天地本籧廬。　樓臺仙苑晚，雲樹洞天深。

雄秀

萬峰盤輦路，一綫上天門。　江流鳴急雨，風力折迴潮。　青冥雙闕起，蒼翠萬山來。　龍堆江塔立殘月，海檣停遠烟。　翠合千重嶺，雲飛百道泉。　烟波平遠堞，星斗壓扁舟。　天遠盤雕千里雪，雁塞萬家秋。　彩霞初日上，碧樹早潮來。　羌雲屯虎帳，洮雪壓狐裘。　絶塞朝盤馬，陰崖夜射雕。　瀑痕明石鏡，峰影濕香爐。影，秋高急雁聲。

澹遠

微風夜船静，澹月春山空。　近村遲上火，遠水細生烟。　夜船連雨泊，春澗帶花流。　月明蘿静蛩初響，松閒鶴未歸。　烟銷山影澹，風軟水痕遲。　楚水鷗邊白，君山雁外青。　秋陰松徑湘水遠，雲歛洞庭陰。　樹静風鳴葉，庭空月浸花。　空山成獨往，静夜發微吟。　得句有禪味，笠，夜雨草堂燈。　遠鐘寒寺出，柔櫓畫船來。　落葉橋邊樹，斜陽水上亭。　流水動花影，空林詠詩皆梵音。　潮聲隨月落，帆影入烟空。　蘿花飄白衲，松子落紅藤。　紡燈出疎樹，漁笛破涼静鳥聲。　萍葉隨潮長，藤花卧水開。　花氣熏禪衲，泉聲澹客襟。烟。　澹如雲在水，靚似月當花。

幽静

花落無人處，泉生不語中。　池魚行柳絮，林鳥飯松花。　天空初下露，林静欲無烟。　春烟烟暗聞漁唱，林疎見紡燈。　松雲晨避客，蘿月夜窺人。　池竹烟中密，林花雨後生。　林杪浮新一簾雨，夜色半庭花。　月林秋徑静，花榭晚簾深。　檐端看葉脱，窗外見潮生。月，城陰澹晚霞。　清光松露月，夜氣水生烟。　晚霞蘆絮外，新月竹陰中。　行魚吹雪過，啼鳥隔烟聽。　微波簾影重，殘滴水紋生。　樓燈驚宿鳥，潭月照行魚。　夜色千家樹，秋聲兩岸蟲。　水曲藏漁艇，花陰見寺門。　雨鳩啼屋角，晴蝶繞籬根。　寒犬吠深巷，荒雞鳴遠村。　幽蘭在深谷，獨鶴語孤烟。

冷雋

竹林秋筍瘦，苔磵晚花肥。　林烟沉晚寺，湖月浸春城。　殘雨低蘆岸，炊烟出竹林。佛香消作雪，僧影瘦於梅。　夢滴青蘆雨，涼歸碧樹烟。　蟲寒棲墮葉，雞瘦啄殘花。　松鼠嚙殘雪，竹禽啼冷烟。　苑冷螢空弔，樓空燕不來。　高士小茆屋，枯僧破衲衣。　藤瘦猿啼樹，松閒鶴啄苔。　氣凝千樹雪，冷潄一湖冰。　棲鵲話雙樹，落梅香一池。　畦霜封菜把，隴葉聚桑根。　破竈燒紅葉，荒籬翦碧蔬。　野草有寒色，垂楊作雨聲。　林烟散雲影，田水合溪聲。

倜儻

月華吴甸曉，雲色楚江秋。　春緑参天樹，秋紅滿地花。　月上池邊樹，雲開水底天。　青溪新講席，黄海舊騷壇。　題詩過水府，吹笛下江關。　愛才蕭穎士，懷舊杜司勳。　城闕秋雲外，樓臺暮雨中。　梅嶼林君復，鶴田孫太初。　燕臺眺斜日，吴苑夢殘春。　永懷鍾阜月，相憶敬亭雲。　秋色菊三徑，雨聲松六朝。

清妙

梅花千萬片，流水兩三聲。　静可参禪悦，清能發道心。　烟霄一聲鶴，花海萬株梅。　空林澄道氣，流水澹禪心。　閒泊古梅樹，遠招雙白鷗。　一鷗烟外立，雙燕雨中飛。　美人香雪外，漁父水雲間。　一曲春塘水，千枝野渡花。　波平江路永，夜静月華鮮。　雨聲昏似夢，湖水遠於天。　開軒弄華月，横海玩秋雲。　凉生臨水竹，月上隔簾花。　斷雲山寺曉，空翠畫橋秋。　微波秋水遠，細雨晚山來。　燕尋泥壘宿，花對月輪圓。　桐陰清曉簟，松影上春衣。　斷雲浮夜水，新月滿春林。　青山秣陵曉，微雨鏡湖秋。　暮霞孤舫遠，微雨畫簾重。　晚山濃入畫，遠水澹生烟。

沉鬱

江山自戎馬，天地正風塵。　滄桑餘汐社，天地入詩瓢。　冰雪空山裏，文章劫火中。　百年雙禿管，四海兩空囊。　江聲沉佛磬，山氣澹禪燈。　野樵靈谷樹，荒隴孝陵瓜。　青綾寒入夢，紅燭冷燒春。　斷垣羈燕語，廢殿濕螢空。　游蹤遍吳越，往事感齊梁。　秋葉深宮斷，春櫻寢廟殘。　夢隨行殿月，淚濕故宮花。　野花香客夢，驛樹送華年。　山雨沉胥口，湖雲暗石樓。　鶯聲三月少，猿嘯四山多。

朗潤

碧烟圓泖合，黃葉細林秋。　月上珠簾夜，香凝畫戟秋。　晚風長笛起，細雨畫船歸。　焚香春話雨，觴月夜傳花。　涼生臨水竹，月上隔簾花。　紅燭尊前影，青山海上秋。　晚波三泖合，殘雪九峰寒。　稻葉明秋露，蘆花起夜潮。　梅花陶谷近，棋墅謝墩遥。　雪明香海樹，春暗月林花。　鴉啼江國曉，人遠海門秋。　岸樹鳴風葉，江城浸月華。　月色夜船静，琴聲秋館涼。　華林天似水，芳苑夜如冰。　藕花芳榭曉，菱葉畫塘秋。　暮霞孤舫遠，微雨畫簾重。

明麗

百花承輦路，片月下宮牆。　華月宮城樹，春聲禁苑鐘。　宮樹疎瓊島，明河帶鳳城。　落花隨輦路，啼鳥出宮牆。　晝長浮水箭，風定隔花鐘。　水氣金堤濕，松陰碧殿圓。　行宮横碧嶂，輦路入桃花。　層臺唐繡嶺，複道漢甘泉。　風疎滿城柝，秋響萬家砧。　看雲丹鳳闕，聽雨碧雞坊。　闌干花四面，樓閣樹中間。　鶴舞金尊暮，雲開鐵笛秋。　梅花詩社夢，明月畫龕禪。　芳樹香浮水，春山緑進城。　影環仙嶂曲，香壓畫樓低。　落葉疎宮樹，涼雲澹御溝。

穠艷

雲衣千峽蝶，花勝兩鴛鴦。　翦燭紅窗晚，停樽畫舫秋。　楊柳風前樹，櫻桃雨後花。　鳥尚歌聲囀，花仍舞態閒。　勸客蒲桃酒，垂鬟芍藥花。　軟玉蒸香芡，輕紅煮瘦菱。　仙鬟雙玉女，春色萬桃花。　池暖魚吹絮，林香燕語花。　玉釵秋入夢，翠袖晚生寒。　簾影飛蝴蝶，箏絃唱鷓鴣。　羅裙碎蕉葉，翠袖掩桃花。　雜花低鏡檻，細雨下簾鈎。　日月簪華勝，河山擁翠鈿。　琴箏兩桃葉，香雪萬梅花。　才人季芳樹，仙女婉凌華。

奇警

絕壁留苔篆，空林結樹癭。　籃輿入雲氣，芒屩踏泉聲。　鵂鶹語深殿，魑魅出荒陵。

雲氣窺窗入，飛流阻客行。　鴉啼故宫雨，龍挂太湖雲。　白雨翻孤蜃，青天畫兩虹。　檢書箋瀚海，橐筆畫祁連。　滄海千年樹，羅浮五色花。　白礮秦時月，青堆漢代烟。　海市萬重樹，河源幾點星。　潮聲吹地轉，海色上天來。　大海風横捲，長江水倒流。

真摯

傳烽驚孔道，漫水梗河渠。　書生論海運，野老話長星。　餘生問蓑笠，歸夢託蒲團。

他鄉燈火夜，中歲弟兄情。　花月三生石，江湖兩鬢絲。　故人憐遠道，游子念寒衣。　樹老慈烏喚，天空斷雁飛。　故里驚風鶴，前塵話雪鴻。　葛嶋營生壙，蘇堤問舊居。　凍雀棲仍語，飢烏倦亦飛。　鳥聲喧密樹，魚影聚新蒲。

山水

草堂萬峰裏，松樹六朝餘。　翠落中峰瀑，青横太古苔。　巖花落古殿，林雨響空潭。

茆亭卧林影，松路入潭烟。　嵐烟暗樵笠，林雨濕僧衣。　澗雨鳴殘瀑，巖花落古藤。　林鳥偕雲宿，巖花帶瀑飛。　落葉滿寒殿，斷雲生古潭。　猿徑紅藤接，雞峰翠磴斜。　山路茶田外，人家桂崦中。　溪上水花落，雨中山鳥啼。　掃花青嶂外，採藥白雲中。　松葉山城暗，梅花水寺深。　輞水寒淪月，樊川晚晝晴。　梅花靈隱寺，明月冷泉亭。

行旅

秋山新輦路，夜月古長城。　呼鷹元菟郡，飲馬白狼河。　積靄消深樹，朝烟聚隔河。　暮烟猿聲啼峽雨，鶴影過江雲。　驛柳迎官騎，山花送客程。　雪程緣坂騎，烟寺隔湖鐘。　停橈吴岫遠，秋樹楚江斜。　吴船平似水，蜀道遠於天。　秋聲荒戍角，江影夜船燈。　雨中秋漲急，月，燒燭照江雲。　河流下殘月，樹影隔明星。　烟波平遠堞，星斗下扁舟。　馬踏烟外暮帆孤。　塔影浮江郭，鐘聲度野橋。　天花飄白衲，海雪踏青鞵。　鶯啼荒戍雨，亂山雲。　夜月江灣曉，西風海樹秋。　疎星隨棹起，圓月對船生。　暗雲沉夜雨，流水急秋潮。　楓樹吴江驛，蓴絲薛瀫湖。　鄠杜秋風客，瀟湘夜雨船。　霜月荆門樹，雲帆漢口船。　響鈴孤驛騎，交縴兩來船。

巧合

詩人謝蝴蝶，歌者鄭櫻桃。　皮牀邀笛步，觀局勝棋樓。　斜陽雙塔寺，細雨百花洲。　大兒孔北海，小婦趙陽臺。　玉女洞中屋，銅官山下田。　柳隱真佳麗，松圓亦老蒼。　丹青畫禪寺，金石隱仙庵。　全身喜神譜，半面壽陽妝。　繁花梅尉宅，新月柳姑祠。　細雨青楊巷，春衣皂莢橋。　梅花何水部，明月杜司勛。

自然

水上飛新燕，林間見牡丹。　花深聞鳥語，池静見魚行。　停橈彩虹下，問渡白鷗前。　林鳥棲還起，池花落更開。　斜陽烟際寺，新月水邊樓。　水風吹作雨，落月澹於塵。　小坐白雲上，静聞流水聲。　晨昏依老屋，花木理閒居。　夜雨生新水，春山有落花。　風月湖山美，神仙眷屬閒。　葛隖營湖館，秦亭起墓廬。　牆陰采桑路，日暖焙茶天。　柳邊新畫檻，池上舊妝樓。　清與水無際，澹如雲在空。　笻杖梅花外，蒲團松樹間。　新水長蒲葉，曉涼開荇花。　月來花滿地，雲起水浮天。　河流下殘月，樹影出明星。　閒庭花氣静，芳樹鳥聲和。　鳥聲喧密樹，魚影聚新蒲。

碧城仙館摘句圖七言卷二

曠逸品

曠逸爲詩家難到之境，惟胸次境地超然塵表者能之。録曠逸品。

山中夜静聞仙樂，江上秋空見彩雲。　舉頭便有鴻濛意，撒手思爲汗漫遊。　三更星斗金尊落，萬里江山玉鏡秋。　第一江山開玉蕊，無雙亭榭發瓊花。　天圍遠海無窮碧，雲入長江徹底清。海水西流秋色遠，天門東指日華生。　明河隱隱星千點，碧海茫茫月半輪。　依然風月孤飛鶴，如此江山幾點鷗。　彈罷白雲秋欲語，聽來明月夜無聲。　仙樂自成空外響，天花不作世間香。　月華滿地都成水，花氣浮空不辨香。　唤起長星休墮地，放他明月去行天。　雪泥何處鴻忘矣，華表重來鶴惘然。　焦山水月高僧梵，陶谷烟霞羽客棋。　雲開帝子停舟渚，月上仙人壓笛樓。　天水空明遥入夜，湖山清曠最宜秋。

清華品

水木湛清華，詩中佳境也。松風水月，當以静悟得之。録清華品。

明河别苑風吹樹，秋水空廊月浸花。　到門白舫銜涼雪，隔岸紅樓畫彩雲。　露氣濕花低曲録，月華移樹入簾櫳。　松影滿庭明月寺，簫聲隔岸彩雲橋。　花影隔溪人載酒，月華滿地客吹簫。花海香生梅萬樹，蘆田露下鶴雙飛。　水榭微波秋落葉，江樓斜月夜聞簫。　秋晚斷鐘來野寺，夜深斜月上江樓。　海樹星隨河影轉，江樓潮湧月華來。　停雲水榭秋橫笛，聽雨江船夜翦燈。　帝子幽蘭晨得氣，仙人玉笛夜飛聲。　粉圍香陣詩仙夢，月地花天畫舫秋。

冷雋品

神寒味永，郊島佳境，非微之一輩人所知。録冷雋品。

紫峰晚樹啼寒鵲，碧澗秋花響暗蟲。　雨昏畫壁寒生蘚，花壓朱闌冷臥泥。　水漲夏陂花鴨泛，雨昏春塹竹雞啼。　虛館鳥啼空砌雨，幽林花墮廢池烟。　客路曾經涼水寺，家山最憶冷泉亭。幽澗暗生寒溜急，疎闌涼壓暝烟秋。　棡庭葉落秋陰減，樫案留香晚篆微。　徑飄落葉黃堆晚，門掩寒塘緑浸秋。　莎邊蛩語朱闌暝，蘋外鷗波畫檻涼。　烟舫翠深緣檻荇，雨簾紅濕隔闌花。　空廊鸚鵡和烟語，水榭琵琶帶雨聽。　空池烟閣鷗相語，落葉空廊鶴未還。　雪樹影斜寒月轉，冰池光碎凍星沉。　繡户久勞蛛網織，畫廊應積燕泥多。　月窺蘿屋應難補，烟斷荒厨不易生。　斷橋茆屋荒村曉，破衲孤僧野寺秋。　猿尋楓子閒攀雨，鶴守梅花瘦踏烟。　松影和烟畫空壁，蘿陰帶雨濕虛堂。　廢港花深棲壞蝶，斷垣月落咽寒蟲。　斷垣有樹鴉争宿，芳徑無花蝶自飛。　樹頭殘月白沉水，屋角曉雲紅濕花。　殘月照花疑有雪，春寒如水欲成冰。　翠微亭上人懷古，紫極宮中夜感秋。

明秀品

麗於清華，和於泠雋，中晚佳境。録明秀品。

緑蘿影暗銀燈暮，紅藕花殘玉簟秋。　顧愷畫禪金粟影，温岐詞品玉爐香。　珠箔飄燈移畫壁，玉壺行酒謙漁莊。　紅滴櫻桃官驛雨，翠深盧橘佛廊烟。　月上夜從花影轉，風來秋帶樹聲聽。　行魚過檻圓波静，沙鳥窺簾落日斜。　泉聲咽石奏清樂，花影滿廊開畫屏。　銀燭露桃長似畫，金尊烟柳不知秋。　繡幰曉看瓊島樹，玉杯春餞尚湖花。　蘭淀池臺新驛路，蓉湖烟樹舊家鄉。　洞庭秋晚起長笛，太華夜寒聞遠鐘。　琴尊觴詠華燈夜，花月江山畫戟秋。　紅藕香中停宿鷺，白蘋花裏見行魚。　官閣新凉秋雨過，女牆殘月夜潮來。　黄月簾櫳花似夢，緑陰庭苑夜如秋。　彩鴛菱葉迴塘晚，白燕梨花小苑春。

澹遠品

澹之一字，襄陽近之，遠則尚謝不敏，以句外有神也。《詩品》云：「澹不可收。」言遠也。録澹遠品。

芳草自憐爲客久，暮雲何事寄書稀。　世外桃源何日到，山中蓮社幾時開。　佛國有緣今再到，仙山何事不重游。　隱者自宜甘澹泊，仙乎原不稱繁華。　高人晚節清如許，老圃秋容澹可知。

夕陽紅似日初出，秋樹緑疑春未歸。　四山泉響隨風遠，一路松陰帶雨多。　是真絶代銷魂者，其奈終身落魄何。　涼從碧樹陰中起，秋在銀河澹處生。　海上仙心秋萬里，客中殘夢月三更。　流水百年成過客，扁舟今日又重陽。　一天湖雨生新水，二月山城見落花。

恬適品

「神恬務閒」，孫過庭《書譜》語也。詩至恬適，近自然矣。録恬適品。

水通花海浮香外，家在春山積翠中。　江燕初來逢細雨，河豚欲上有桃花。　殘星一笛客欹枕，明月半帆秋放船。　滿庭苔蘚都生筍，一樹桫欏正著花。　風裏餘紅猶旖旎，雨中新緑最澄鮮。閒來寫字如坡老，醉裏題詩似謫仙。　眼從雲水光中寫，人自清涼國裏來。　素月夕陽新畫閣，白沙翠竹舊江村。　水曲曲邊還有路，花深深處別開門。　高花秀木疎簾外，沙鳥風帆畫檻前。　小院風來飛柳絮，空廊雨過濕茶烟。　花氣藹如人好語，禽聲妙似客清譚。　晚檻卧花仍曉色，秋林啼鳥亦春聲。　青箬笠從烟外過，白梅花向雨中開。　萬事無如春暖好，一生惟覺晚晴佳。　庭院夜深花欲睡，闌干風定柳初眠。　静看密蔭恬魚夢，閒數圓紋散鴨漪。

静細品

詩，静境也。静至於細，則深矣。録静細品。

落花到地飛還起，芳草如烟踏更生。　薄雲欲上初生月，微雨將來漸有烟。　秋氣乍來蘆欲雨，天香微動桂將花。　橘刺入窗鈎畫幔，藤花罥壁上琴絃。　霜華銷樹滴微雨，水影畫堤行活雲。　暖日媚霜全作雨，和風蘇岸漸銷冰。　微風似扇纔扶柳，細雨如烟恰養花。　微霜茆屋鳴殘葉，細雨林塘濕野花。　清露香疎花滿徑，微雲涼動水明樓。　潛魚隱瀨浮初出，飛鳥沉烟去不回。　春和花壽長於歲，酒暖詩情活似雲。　春來花氣濃於酒，笛裏春愁細似絲。　粥鼓久停啼鳥緩，茶烟輕颺落花疎。　巖花墮水閒公案，谷鳥啼春小辨才。　尋春亂蝶迷芳草，踏樹雙禽起落花。　水鳥飛殘一湖雨，山猿啼落半巖花。　蕉葉聲希琴韵後，梅花香澹雨絲中。　風枝翠鳥柔多態，露葉青蟲静有絲。　近水簾旌飛蝙蝠，隔花書案下蜻蜓。　桐陰玩帖涼生几，花影横琴月到窗。

烟霞品

烟霞，惟名山水有之。華陽隱居，所謂欲界之仙都也。録烟霞品。

澗水碧澄龍入定，巖花紅墮鳥啼春。　萬樹松陰開雪霽，千巖瀑水帶花流。　碧落星辰秋漢外，翠微烟樹夜鐘前。　奇石湧雲臨水立，寒泉漱雪隔花飛。　緑陰啼鳥千年樹，翠壁飛花九曲屏。　石梁瀑布寒飛雪，華頂茆篷冷隔烟。　鶯花夾道春重到，日月摩空静有聲。　欹磴白迴陰磵路，溜痕紅濕舊闌干。　松篁陰裏泉飛雪，鐘梵聲中雨雜花。　一澗幽篁僧話雨，半牀落葉客眠秋。　天門紅斷朝霞起，石壁青浮暮靄空。　千尋松樹留雲宿，雙闕桃花帶瀑飛。　六朝松石青能語，四壁烟嵐翠欲飛。

隱逸品

柳下惠三爲士師，孔子稱爲逸民。陶淵明彭澤歸來，《晉史》書爲徵士。高風隱操，不必盡潁水、箕山也。録隱逸品。

卜居村墅營農圃，高卧滄江學隱淪。　安排爐鼎營丹室，料理綸竿覓釣舟。　韓公賣藥曾居肆，萊子攜家偶灌園。　破屋近籬餘昨葉，荒庵隔水問交蘆。　松風招隱思陶谷，蘿月懷仙夢葛廬。　園客頻邀買盧橘，山妻相約種胡麻。　商洛茹芝廣招隱，天台採藥小游仙。　夕陽樵唱賡秋晚，殘月漁燈話夜分。　茶熟香温容小隱，鳥啼花笑助清譚。　屋展數椽容待月，窗移一榻與看山。　柏子焚餘烹石銚，梅花開處閉柴關。　棲來燕子仍華屋，種得梅花近草堂。　魯望種花閒事業，韓康賣藥舊生涯。　吾丘學塾前村啓，陳起書坊近市開。　梅花葛隝營生壙，松葉秦亭掃墓門。

江湖品

江湖游覽，其玄真甫里之高風乎。録江湖品。

月斜江岸征人去，霜冷河橋獨客眠。　春水漸生江路永，夜船無寐客心孤。　野花欹岸紅窺枕，殘葉隨潮緑過船。　曝蠹卧探華藏海，驂鸞飛過洞庭湖。　水雲影裏千年事，山木歌中一種愁。　一江春水東吴境，四面青山小謝家。　娥皇祠廟湘花雨，神女樓臺峽樹雲。　鄂渚雲低昏楚雨，巴陵帆遠暗湘烟。　燈下青山仍赤壁，枕邊明月又黄州。　帆影到門潮拍岸，松陰滿地月當空。　枕上三更牛渚月，尊前一夕馬當風。　客路尚驚巫峽雨，歸舟新載渚宫花。　白雲映水下秋露，明月滿江生夜潮。　七里水波烟外碧，四圍山影雪中青。　鶯花絲竹中年感，星斗帆檣獨夜舟。　舟行緑水春城裏，人在青山細雨中。

江山品

江山，形勝名蹟在焉。長吟遠眺，當不減曹孟德横槊賦詩也。録江山品。

篷背片雲殘雨過，船頭飛翠萬峰來。　峽中風雨黄陵廟，雲裏山川白帝城。　灩澦石濤秋湧雪，峨嵋山月夜横烟。　夔巫峽起千峰曉，吴楚灘平萬里秋。　山横樊口春留影，江湧峨眉雪有聲。　漢臯夜色江雲外，巫峽秋聲嶺樹間。　彭蠡波開明鏡曉，匡廬翠落畫屏秋。　烟霞林壑辭廬阜，星斗帆檣下皖城。　潮落烏江風樹急，雲開牛渚月華秋。　一塔秋燈秣陵寺，千檣夜雨楚江船。　隔浦帆檣殘月起，滿船星斗夜潮來。　雲隨山曲星横轉，潮湧江迴月倒流。　浦樹雲疎星漸出，海門潮上月初圓。　秋聲拍岸潮浮地，夜色横江月浸城。　江寺疎鐘雲外動，海門明月鏡中圓。　西來遠樹横江出，東下歸潮帶雨寒。　壓屋亂雲將暝至，隔江飛雨送秋來。

湖山品

湖山固多佳境。松陵倡和，高風猶有存焉者乎。録湖山品。

遠水碧橫鷗外舫，斷霞紅入雁邊村。　風樹秋聲微着水，月華涼影欲浮天。　微雨湖山僧寺屐，晚陰花樹酒家帘。　岸樹蕭疏林鳥散，湖田平遠水禽飛。　草深翠壁庵前路，花隱平湖寺外船。林間梵響流雲氣，水上松陰畫月痕。　訪碑黃葉前朝寺，貰醉松陰舊酒家。　蒼松隔路飛寒瀑，盤石臨流結翠陰。　酒旗半出疏林外，畫舫都排水郭前。　塍邊黃葉烟中樹，屋角紅梅雪外樓。　樓前樹色千家月，琴上秋聲萬壑松。　澗泉碧濺幾苔石，山花紅壓雙荆扉。

溪山品

溪山，視湖山更幽矣。山水之趣，幽而逾深，此境惟詩人知之。録溪山品。

銀杏葉乾新酒舍，白蘋花冷舊漁莊。　梨花水郭春人舫，門臨荷渚香初覺，谷轉松陰翠更深。　繞屋樹聲鴉散去，隔堤秋影鷺飛來。　水榭鶴歸秋雨細，山樓猿嘯暝烟昏。燕子柴門野客家。　林澗響生泉漱石，闌干影轉月銜樓。　澗水白波迴竹筧，山花盤谷溪山誰作記，輞川亭榭可無詩。　果熟野猿眠釣艇，林香水鶴上漁磯。　林猿踏葉風鳴夜，水鶴啼花雨洗春。　風裏紅影罥柴扉。　行魚依藻沉寒水，棲鳥投林入暝烟。　細雨碧滋緣岸草，夕陽紅上林花飄馬埒，雨中山果落魚罾。

隔溪楓。

村居品

村居於溪山爲近，有古意焉。録村居品。

楊柳市橋新燕語，桃花村舍亂鶯啼。　月斜松徑聞樵唱，花壓柴門夢釣磯。　山鷓鴣啼村樹静，野薔薇落水花香。　笥箕泉上淘新米，苕帚灣頭掃落花。　蠶娘門外籠桑葉，酒姥溪頭種藕花。　野雞桑下啼烏鳳，仙犬花陰卧白龍。　山雲漸起白浮樹，溪雨忽來紅濕花。　老屋舊依深隖住，小樓正對後湖開。　楓葉曉霜營水墅，蘆花秋雪夢漁磯。　白蘋香裏安茶竈，紅蓼花邊置酒罏。　夾路花隨松徑轉，宿檐雲傍草堂低。　魚箔隔烟茆舍隱，蝦籬過雨板橋寒。　山徑烟深鸚鴿語，水窗花暗鷓鴣啼。　丹楓葉墮霜檐重，紅蓼花欹水榭涼。　緣藤蒼鼠拾果竄，棲樹野禽隨葉飛。　玉罏鏘雪燒枯葉，石銚烹雲煮落花。　隔溪人語月初上，繞徑蟲聲秋欲來。　引流放泊邀鷗語，就樹開門待鶴歸。

田家品

田家專事農圃。儲、聶兩家之作，與摩詰輞川有雅樸之分。録田家品。

茆屋午晴頻過燕，柴門晝静正眠蠶。　麥隴碧翻春浪緩，菜畦黄弄夕陽輕。　老農清曉辇租穀，少婦斜陽晒木棉。　倚杖誰從烟際語，荷鋤人向月中歸。　白鷺飛來摩詰畫，烏犍行處少陵詩。炊少苦啼茆屋雀，水深空掠麥田禽。　竹林桑隴重重樹，橘坂茶田處處花。　塘角尚期來日雨，嶺頭猶漬昨宵雲。　田家籬落多芳樹，處士柴桑有舊扉。　鶴渚儘多垂釣地，馬塍原有種花田。　霽烟緑上新桑隴，曉露紅疎舊槿籬。　柳陌春融鶯哺子，草堂晝静燕將雛。　殘燈里巷催宵織，寒月村墟急夜舂。　叱犢光陰理簑笠，啼鳩門巷話桑麻。　林外參差蓑笠影，溪邊宛轉桔槔聲。

園林品

園居爲人生適意之境，一丘一壑，自足怡情，不必平泉、梓澤也。録園林品。

平橋弱柳低飛絮，曲港迴波轉落花。　水上細烟新燕語，牆頭新月晚烏啼。　雨歇芳林花滿地，月華静夜水明樓。　小齋客散鶯啼樹，水閣人歸燕語花。　嫩晴庭院初來燕，新水池塘欲上魚。淺碧微波初漲水，澹黄新月半簾花。　蝴蝶飛來書榻上，鴛鴦浮近水窗前。　鷗鳥語烟孤艇外，鯽魚吹雪畫闌前。　放鶴園林晨過雨，盟鷗水榭晚生烟。　樹環臺榭横雲碧，花壓闌干隔水紅。　秋早山堂風葉落，夜深水榭月華涼。　翠羽穿林花氣静，魚苗吹浪水紋圓。　小榭池塘烟夢曉，長廊松影月華秋。　池中柳影連波動，樓外松聲帶雨聽。　池邊樹色含烟暝，花裏琴聲帶雨秋。　琴箏細碎秋生座，水榭玲瓏月滿池。　採香籬落黄花晚，餞别園林落葉秋。　亭柯浥露生秋氣，池水微波澹月華。　蝶夢舊尋微雨徑，燕梁空語夕陽樓。　就樹别開臨水榭，隔花新起看山樓。　烏啼花笑春三徑，流水桃花屋四鄰。　樹陰滿地惟聞鳥，花影臨池不礙魚。

吟讌品

右軍禊飲，襄陽雅集。吟讌之適也，園居爲宜。録吟讌品。

百年觴詠鶯花地，一代風騷翰墨場。　題襟池館尋高會，修禊園林憶舊游。　酒邊殘燭人初醉，烟外清鐘夢未圓。　春陰簾外天如墨，寒夜尊前燭有花。　菊花秋笛風廊静，桃葉春燈水榭涼。　喚來花月金陵子，醉倒湖山玉局翁。　湖山觴詠成高會，花月滄桑感百年。　月華池館吹笙夜，花影玲瓏記曲人。　輕寒池館春攜酒，細雨簾櫳夜翦燈。　草堂高士梅花衲，水榭春人杏子衫。　珠箔當風花似雪，紅樓隔雨夢如烟。　酒邊説劍邀秋月，花裏停琴遂晚潮。　酹月夜呼紅玉琖，枕烟寒襲翠雲裘。　客來花榭壺觴外，詩在松陵倡和間。　雪後紅樓纔露瓦，雨中珠箔又飄燈。　春陰湖舫停箏寫，夜雨江樓翦燭成。　山城落葉吟秋色，水寺斜陽話晚晴。　殿春花有將離意，銷夏筵其奈別何。　晚烟池館停琴後，微雪園林對酒初。　鶯花情重如留我，琴鶴裝輕恐累人。　平鋪舞席依花障，近列歌筵就樹陰。

飲餞品

出宿飲餞，風人詠之。七子賦詩，其前事也。別緒之深，其有黯然魂銷者乎。録飲餞品。

太液滄波詩卷外，長城夜月酒尊前。　菊花曲暗風廊笛，桃葉歌殘水榭燈。　雙鬟畫壁殘尊外，半臂留香短燭前。　故國霜華楓葉外，重陽風信菊花前。　紺殿香消儈侶散，玉山讌罷酒人稀。　池塘客去鷗同散，江閣人歸燕未來。　聽筝别館燈初燼，鼓瑟離堂月易斜。　畫檻秋花含别意，琴河流水帶離聲。　微波桃葉春人舫，細雨梅花水部廳。　王謝故家原在洛，鄒枚舊侣復游梁。　對酒當歌於此别，登山臨水送將歸。　晚烟新月江樓笛，春樹明霞水郭船。

登覽品

登高作賦，眺覽爲宜。燕公文章，得江山之助，惟詩亦然。録登覽品。

潮汐欲浮高閣去，雲山如待謫仙來。　天際斷霞飛鳥外，鏡中空翠畫闌前。　牧馬漸歸荒戍卒，飛鴻遠送渡江儈。　西來雲氣初飛雨，東下江聲正落潮。　闌前花發迷香海，林外峰多擁翠鬟。　花影泠環三徑静，雁聲寒壓萬家秋。　千里風濤歸大海，萬重蒼翠擁層巒。　何處綵雲横白帝，此間銀漢隔黄姑。　二水浮花環畫檻，萬峰飛翠撲琴臺。　八面危闌俯烟水，三層高閣醉神仙。　笑盤螺髻千層上，醉攬蛾眉兩點秋。　早春烟樹開新霽，殘雪江山畫晚晴。　夕陽挂樹前朝寺，流水漂花别浦船。　千尋翠嶂江邊寺，一角紅闌海上樓。　江流浩蕩金尊外，秋色蕭疎鐵笛中。　九派晴川歸海去，萬峰霽色送春來。　醉看花影扶雲上，卧聽潮聲入海流。　遠水碧從鷗外見，斷霞紅到雁邊無。　伍相祠邊潮湧雪，曹娥江上月横烟。

雅游品

雅游於湖山爲宜。東南稔烟波藪澤也。録雅游品。

攜琴林杪尋僧寺，吹笛松陰卧酒家。 雙槳暮雲横笛去，一船涼月載花歸。 紫裘畫舫吟香海，翠袖叢祠憶釣灘。 碧樹千家秋色裏，畫樓兩岸月明中。 緑水春陰同打槳，青山夜雨獨挑燈。 萬緑樹中飛酒盞，小紅橋外泊湖船。 最佳風景宜今日，大好溪山有此亭。 遠烟竹樹尋僧舍，殘雪梅花問酒樓。 石泉槐火詩人夢，野寺松陰老衲家。 滿船涼月人吹笛，隔岸紅樓夜翦燈。 幾番花事春陰裏，無數鶯聲細雨中。 晚涼池館花留客，秋水樓臺月近人。 六朝烟月長千里，三月鶯花短簿祠。 花海定知籠鶴去，翠微何處抱琴回。 幾叠暮雲仙女廟，一鈎新月美人灣。 泉聲帶雨通幽澗，山影横雲隔畫樓。 畫舫到從春雨後，叢祠都在緑雲中。 山翠林香隱君宅，烟霞花月美人湖。

西湖品

湖山以西泠爲最勝，矧舊居也。呼吸湖光飲山渌，宜五柳先生賦《歸去來》矣。録西湖品。

松篁樓閣秋陰裏，金碧湖山細雨中。 水漱玉壺容貯酒，天留石屋與藏書。 山樓笛送雲歸嶺，水寺鐘隨月渡湖。 青山紅樹巢枸鴝，流水桃花合澗橋。 半篷疎影浮梅檻，一盞寒香薦菊泉。

蘋葉烟波漁婦舫，梅花烟月美人湖。　簾卷春陰交翠雨，鏡澄秋影浸明霞。　梅鶴偶然爲眷屬，湖山依舊起樓臺。　宿樹晚雲閒不落，隔湖空翠遠能來。　青蘿浦上吟秋雨，黄葉樓頭倚夕陽。　松篁陰裏開書閣，荷芰香中過畫船。　放棹去尋林處士，扶筇來訪葛仙翁。　一雙笛婢楊公濟，三兩琴僧蘇子瞻。　蘇堤雲樹遲游舫，花海烟波夢釣磯。　白社蘇梅互絃酌，青山林葛共烟霞。　别院午香薰野麪，疎籬朝雨上秋瓜。　瑶華洞口千官塔，青蔕梅邊萬歲藤。　湖中水暖鸕鷀浴，陌上花開蝴蝶飛。　斷橋花落埋春蘚，空院人稀裊翠藤。　鶴渚别營高士隖，鷗波新署美人湖。　古墓空山高菊澗，幽居臨水散花灘。　新柳影嬌依畫舫，早梅香澹隔行厨。　山色如烟復如黛，湖光宜雨亦宜晴。　蘿浦舊栽荷百畝，蘇堤新種柳千株。　一湖碧水開明鏡，三面青山擁畫屏。　湖心月出人人醉，陌上花開處處香。

鄉味品

故園茶筍，鄉味宜人，有張季鷹蒓鱸之思。　録鄉味品。

竹厨燕語春燒筍，松院鶯啼午焙茶。　香鋪箬葉新茶具，寒酹梅花舊酒瓶。　採茶天氣和烟焙，種菜生涯帶雪鋤。　山僧雪霽開新釀，鄰圃霜寒餉晚菘。　河豚上市鶯桃賤，江鮆登盤燕筍香。　新泥曉斲黄山筍，晚飯香烹碧澗芹。　澗邊碧浣纔挑菜，林外香生正煮茶。　微陰竹院晨挑筍，晴日茆檐午焙茶。　新柳影嬌依畫舫，老梅香澹隔行厨。　梅花影裏邀寒衲，菜把香邊問凍厨。　大好茆茨容憩息，本來蔬筍最清華。　愁看竹葉開尊淺，笑約梨花洗甕圓。　厨下齋烹瓠葉美，筵前樂奏菊花新。　竈婢科頭分菜把，厨娘纖手芼蒓羹。　沽來鶯脰湖邊酒，買得鵝肫蕩口魚。　秋薑芼鼎烹螃蟹，春筍登盤薦蛤蜊。　鄰女乞傳新食譜，寒家仍是舊山厨。　麻姑鹿脯供仙饌，宋嫂魚羹入御厨。　雪裏園官供菜把，雨中漁父餉蒓絲。　剥來蕩口雞頭芡，摘取潭心雉尾蒓。　金琖春行女兒酒，玉盤宵薦美人蟶。　玉版味鮮調鴨臛，金齏香嫩芼蚶羹。　三徑漫栽霜後菊，全家且飽雨中薇。　翠釜和烟烹早筍，芳園帶露翦春蔬。

行旅品

不經行旅之况瘁，不知故鄉之可樂。摹寫旅况，仿佛江貫道、郭河陽畫本。録行旅品。

五溪烟月聞猿度，三峽雲山立馬看。　雨昏折坂青楓濕，月冷湘皋苦竹寒。　華嶽雲深花百驛，武彝路曲翠千盤。　征人霜鬢天涯感，少婦雲鬟故國情。　關山盡是銷魂路，花月偏多失意人。　思婦樓頭聽暮雨，征人馬上看春山。　紅濕露花迷楚驛，緑低烟柳掃蘇臺。　殘夜月華侵客枕，扁舟風色犯征衣。　柳暗花明籌驛路，餳香粥白卜行期。　風力到帆帆漸峭，日華浮水水初平。　流水曲隨田岸轉，好風緩送客帆行。　秋横鐵甕潮初上，舟過金山月正華。　春流繞郭家千里，秋嶂横烟路百盤。　滄海帆檣前夕事，明河砧杵舊人家。　錦官城郭江皋柳，玉壘山川驛使梅。　卧看殘月移林影，静聽天風響夜泉。

屬國品

白香山詩，雞林宰相辨之。作者之詩，琉球、朝鮮、日本諸國皆購藏之，翰墨之緣遠矣。録屬國品。

福禄樹森天使館，臙脂花發女君祠。蕉園雪霽眠烏鳳，櫻島潮生上緑螺。梅洋東下三千里，葉壁西迴四十更。琉球

鵝黄月上遥同夜，鴨緑江寒遠送秋。水鐘寺外鷗盟夢，玉筍峰前鶴守梅。花月關山新驛路，海天翰墨舊因緣。朝鮮

秦代藏書問徐福，唐賢高詠和王維。雪浪穩憑風力送，雲帆正對日華開。日本

四萬里程天浩渺，二千年事史荒唐。雙鳳闕前雲羃海，九龍帳裏夢酣春。鴛鴦奇陣南交出，鸊鷉樓船西極來。英吉利

碧城仙館摘句圖七言卷三

宫禁品

唐人宫詞，樂府居多，太白《宫中行樂詞》略見一斑。録宫禁品。

槐陰永巷三秋雨，雲影星河涵柏子，月明水殿浸荷花。　紫霞帔影清於水，白玉簫聲細似絲。　槐陰永巷三秋雨，花影宫牆半夜潮。　碧草春埋雙鳳輦，蓮花秋冷九龍湯。　翠華宫苑灤河静，珠樹烟波海淀涼。二分柳色明湖水，一路松陰繡嶺花。　冷到莓苔閒畫舫，飄來槲葉舊妝樓。　花裏圖書開玉殿，月中歌舞上瑶臺。　祇今但見珠簾下，當日曾聞翠輦遊。　未央柳色低朝雨，長樂鐘聲隔暮烟。　繞郭玉河添晚漲，隔湖瓊島畫春陰。　雙龍闕下秋初霽，五鳳樓前日正中。　春旗芝蓋迴龍淀，御柳宫花賦鳳城。　三海波明仙島出，萬花香擁翠華來。　水殿荷花西子面，風堤楊柳寶兒腰。

京輦品

雲裏帝城，雨中春樹，九天閶闔，光景長新。録京輦品。

金鑰掖垣花影細，玉珂宫漏月華沉。　烟外晚鐘横白塔，雪中華月上朱樓。　西風落葉宫槐陌，古道斜陽禁苑鐘。　花落瀛洲開水殿，月明瓊島畫妝臺。　宫柳暝烟新驛路，禁鐘春雨舊宫牆。

苑城春柳低朝雨，宫井秋槐暗暮烟。　雁背疎星五更笛，鳳城明月萬家砧。　歙湖露冷宫槐陌，斜谷烟深細柳營。　池面緑垂芳苑柳，牆頭紅濕上林花。　金閨當日通侯第，玉帳於今上將家。　俠客三更灞陵雪，才人二月曲江花。　鏡横曉影澄潭碧，花壓春陰隔苑紅。　再嘗京洛塵中味，重入邯鄲夢裏游。　銅龍里第明湖北，玉蝀闌干御苑西。

臺閣品

京洛交游，長安人海。宣南燈火，非江湖結客比也。録臺閣品。

天上故人同扈蹕，江南詞客獨登樓。　天上文章君領袖，人間花月我清狂。　兩賦聲名重芸館，十年臺閣踐華林。　已分青山卧花海，轉勞黄閣念苔岑。　京洛交游同輩在，貞元朝市舊人稀。　金爵觚稜通夢寐，白狼槃木憶歌辭。　琅嬛仙館留新詠，雲繪芳園憶舊游。　西園裙屐神仙侣，東閣琴尊宰相堂。　玉河曉霽吟新柳，瓊島春陰餞落花。　乍看太液滄波起，又見長安落葉飛。　波洄瓊島簪毫入，香擁瑶階綬佩行。　東華烟月前番夢，西苑文章幾輩才。　芳樹穠花歸院路，疎星澹月早朝詩。

關塞品

唐人樂府，關塞擅場。以律體行之，不减龍標、供奉。録關塞品。

長城月色回中近，仙苑松陰塞上寒。雪塞桃花前度別，玉關楊柳幾回攀。驛繞寶雞通蜀棧，山盤金馬下滇池。瀚海凍雲沉戍角，長城冷月上邊牆。青海夜寒烽絶塞，玉關春斷磧連空。北來山勢横元菟，西去河聲走白狼。華岳雲低秦苑樹，黄河月上漢宫牆。塞上銀河秋萬里，回中玉帳夜三更。落日已懸鴉背外，秋陰直到馬蹄前。野鷗春浴金溝淀，戰馬秋閒石匣營。花落酒壚燕市曉，月明滄海薊門秋。四十九旗新帳殿，萬三千里舊邊牆。離宫春色迷青海，輦路秋痕入翠華。箐竹碧雞連蜀棧，梅花白馬唱《涼州》。

軍旅品

王粲從軍，枚皋草檄，弓衣盾鼻，與想像者不同。録軍旅品。

壯士長榆方出塞，將軍細柳定連營。苜蓿曉烟嘶戰馬，櫻桃細雨濕征旗。雪封戈壁春馳驛，雨過河源夜洗兵。紫膩明駝秋出塞，青燈玉帳夜譚兵。室家節物征人感，雨雪關河戍士寒。綺羅人物傳烽外，金粉樓臺浩劫中。幾處帆檣驚海島，頻年征調遍神州。夷馬長嘶京口驛，鬼奴争據滿洲營。三年重畫新符券，八將空悲舊戰場。山中雲樹三生石，海上烽烟百戰場。烽火連天愁海上，干戈滿地話燈前。敵釁早知開百粤，民情先要奠三吴。香港無妨通市舶，虎門何事撤漁舟。戰艦乘潮雲日麗，戈船下瀨海天秋。遠道曾過星宿海，有人新譜玉門關。玉帳談兵春雨細，銀河洗甲暮雲涼。

懷抱品

詩人各有蹤蹟，亦各有懷抱。阮公《詠懷》，所以見重古今也。録懷抱品。

夫子文章原典雅，才人酒色亦辛酸。　潦倒名場衫潑墨，蒼茫宦海鬢添絲。　名士中年誤聲色，才人末路感滄桑。　十年宦海嗟浮梗，一角家山夢采芝。　醉吟湖海新詩卷，夢繞雲山舊衲衣。　經歲棲遲憐薄宦，十年飄泊誤躬耕。　軟聽粱燕和烟語，香惜瓶花帶雨飄。　感舊吟成飛絮外，懷知人在落花前。　文字因緣消酒琖，功名殘局感棋枰。　羈客閒情紫峰雨，孤舟殘夢白門花。　秋士羈愁雙鬢雪，春人殘夢兩鬟花。　蘇蘭嬌婢雙眸月，桑苧衰翁兩鬢星。　白傅仙龕棋換劫，樊川禪榻鬢添絲。　梅尉久從吴市隱，龐公曾灌漢陰田。　四海交游容乞食，百年身世託浮家。　家居東菜西魚地，人在南花北夢中。　中唐詩老白居易，東海仙人藍采和。　棲鵶新種先生柳，放鶴閒尋處士梅。　骨肉文章嗟夢寐，期功絲竹慘年華。　薄宦本同南郭隱，故人休誦《北山移》。　蒲柳飄零問蹤蹟，蓬萊清淺話家常。　客舍舊栽惟杞菊，故園餘地祇松楸。　出處何曾關氣數，行藏聊復了因緣。　皖國舊游曾幾日，蘇臺重住問何年。　何日始爲陶谷隱，前生原是曌庵僧。　粥鼓全家妙香室，蒲團終夜小華胥。

贈答品

情往似贈，興來似答，矧長言詠歎之。録贈答品。

江上征帆爲我卸，山中仙洞待君游。　名士文章希有鳥，男兒身世可憐蟲。　才子文章蘇玉局，美人消息鬱金堂。　梁苑文章賓客盛，彭城風雨弟兄緣。　海内詩人謝蝴蝶，江南樂府鄭櫻桃。畫手真如吴道子，美人誰似董飛仙。　海隅烽火愁新局，河上琴尊話舊游。　魯望鄉心戀苕霅，杜陵客夢憶夔巫。　我將招鶴歸梅嶼，君倘驂鸞繼石湖。　名士逢君常下榻，仙人知我愛居樓。　湖上舊游容我續，壁間殘墨賴君留。　雪鴻留蹟娱今夕，風鶴驚心話去年。　勝地知公足茶隱，故鄉嗟我負漁莊。　連夕琴尊公等在，當年鐘梵幾回聽。　屈子《離騷》多古怨，香山樂府是仙才。　才子官宜居水部，詩人家本住山陰。　臨濟禪宗如識我，琅邪山色欲親人。　禪味可如梅子熟，交情應比菊花清。　四海交游名士酒，十年離合故人書。　秋水蒹葭勞悵望，春風桃李賴栽培。

懷人品

《停雲》「落月」，懷人之作，亦《風雨》「雞鳴」意也。録懷人品。

三生夢寐聞筝後，一曲蒼涼罷酒前。　金谷懷人初罷酒，石城何事又移家。　薊北烽烟人出塞，江南花月客登樓。　音書迢遞逾千里，詩卷光陰動十年。　金谷園中花似雪，玉門關外月如霜。桃花潭水空留我，梅子山光最憶君。　酒國詩壇雙秃管，名場宦海兩空囊。　懷知我正思隨會，薦士人誰繼孔融。　謝家子弟如師友，梁氏夫妻似主賓。　書來雪嶺三秋雁，夢落烟江一夜潮。　萬里可憐仍作客，十年依舊未封侯。　難消別館停雲感，易觸空灘聽雨愁。　萬里關河來酒後，十年離合動燈前。　幾度音書花有淚，十年離合夢無痕。　花月游蹤香雪海，家鄉歸夢水雲亭。　異書滿屋挑燈讀，寒雨連宵對榻眠。　楊柳樓頭一尊酒，櫻桃花下幾封書。

神味品

詩以色、香、味兼備爲佳。長言詠歎，味爲之也。録神味品。

水漲黛湖聽雨夜，雪深香海落梅天。　湘苑清尊烟外晚，楚山團扇畫中秋。　嫩日未蘇垂柳岸，曉烟猶濕落梅村。　重簾讀畫留香坐，疏箔飄燈聽雨眠。　五更澹月斜連曉，一院陰蟲碎並秋。　昔游近憶春如影，殘夢重温味似酥。　二月東風春似水，六朝殘月夢無痕。　樹聲到枕秋初覺，花影翠葉横牀夜未眠。　一曲古琴清露下，數聲長笛暮雲秋。　絶代美人秋影瘦，過江名士宦情疎。　翠葉園林居士里，白沙村舍女兒家。　前塵似水人何在，舊夢如烟我又來。

濃艷品

濃艷者，色勝香也。録濃艷品。

十眉翠畫春楊柳，雙髻紅簪露牡丹。　鏡宜春影波秋影，花是濃妝月澹妝。　花裏十眉環捧硯，酒邊雙髻坐吹笙。　七十鴛鴦同命鳥，一雙蝴蝶可憐蟲。　流連白紵停箏地，惆悵紅羅擫笛時。　久識采鸞能寫韵，因尋史鳳與題詩。　𡎺來水軟山温地，親見花明雪艷人。　蕩魄簾櫳仍北里，銷魂花月在南朝。　金柳偶題楊妹子，瓊花閒訪菊夫人。　雙鬟争捧紅藤杖，半臂頻添紫綺裘。　閒與丰姿愁與態，笑生嫵媚語生香。　問渡偶過桃夏里，停雲曾訪杜秋家。　桃葉軒窗眠緑綺，梅花亭榭冪紅羅。　帳掩彩鸞湖鏡曉，袂招朱鳳嶽雲秋。　十眉螺黛天山掃，雙臉臙肢北地開。　家鄰水軟山温地，人在環肥燕瘦間。　鴛鴦廳小圍燈坐，蝴蝶門遥背月開。　香篆暗消金鵲尾，琴絲低按玉龍腰。

清艷品

清艷者，香勝色也。　録清艷品。

晚霞艷作衣裳色，春雨細聞環佩聲。　腰細不妨仍佩玉，口香何事更餐花。　麻源仙女原纖爪，楚國宫人是細腰。　病憐楊柳纖腰瘦，妝洗梨花翠黛底。　照影池花嬌笑靨，銷魂宫柳瘦纖腰。秋影瘦於前度月，春人嬌似未開花。　色即是空花弄影，愛而不見月沉烟。　玉笛聲遲花似雪，珠簾影細鬢如鴉。　對鏡看山雙翠黛，捲簾酌酒兩紅螺。　趙國才人工鼓瑟，巫山女子善吹簫。　月華秋扇涼憑榭，花影春衫夜泛湖。　翠袖月華秋渡海，明燈花影夜譚禪。　二月微陰新緑樹，六朝殘夢舊紅樓。　蘆簾紙閣銷魂地，霧鬢風鬟絶世人。　爾賡《小雅》思君子，我讀《離騷》望美人。　陶谷烟霞隱仙宅，秦淮花月美人舟。　寸心宛轉爐烟外，雙筯闌干燭淚前。　游女洗紅花十八，美人采緑月初三。　鏡檻文鴛開畫障，井闌青鳥啄黄昏。　月浸樓臺秋水近，花環枕簟夜香多。　之子來時千里月，美人行處一林花。　窗外桐陰清夏簟，枕邊桃葉夢秋衾。　閒愁似水浮花片，殘夢如烟上柳條。　梅花自昔稱知己，桃葉而今有替人。

奇麗品

沉博絶麗，賦家所長，詩亦有之。録奇麗品。

金戟兩行扶月上，銀燈四壁照秋來。　湘管題襟花四壁，吴鉤拂燭月三更。　開寶文章新史館，湖山劍佩舊軍壇。　蓬萊樓閣驂鸞地，花柳湖山駐鶴年。　幸從瓊島偕佳耦，最憶瑶臺讌列仙。　雲間飛瀑龍門峽，石上蓮花寶掌坪。　陰洞石門封古蘚，天池飛瀑下殘花。　寒月破雲生海角，夜潮驚雨響船頭。　山盤龍鳳千峰雨，碑卧牛羊萬隴烟。　三萬里圖屏障外，四千年事酒樽前。　天上求漿皆沆瀣，海中釀酒是醍醐。　輪轉地毬環島嶼，波澄天鏡静艨艟。　東下蛟鼉多怪物，北來魚鼈是蒼生。　一雙玄鶴空同上，三五明星華嶽前。　山簪江帶迴環勢，地鼓天鐘浩蕩音。　畫戟凝香花四壁，寶刀傳讌月三更。　十隊瓊花金雁澀，三更銀甲鈿蟬涼。　樹疑龍漢年間種，花自昆明劫後開。　蠻觸君臣蝸世界，檀槐郡國蟻封疆。　玲瓏闌檻横天塹，金碧樓臺壓海潮。

滄桑品

少陵詩入蜀始佳，以天寶後多故也，其有滄桑之感乎。録滄桑品。

吴苑更無麋鹿在，越臺曾有鷓鴣飛。　建業春風曾玉樹，廣陵明月又瓊花。　幾樹丹楊新别苑，一坏黄土舊迷樓。　金輿玩月殘山在，玉殿移花舊夢空。　玉塞棲禪龍北去，金臺餞客雁南飛。　北去宫衣愁細馬，南來輦路泣啼鵑。　殘山賸水悲家國，細柳新蒲感歲華。　燕代河山賸坏土，漢家宫闕見孤燈。　行殿莓苔寒北闕，故宫烟柳感西湖。　翠華宫闕迷秋草，金碧湖山冷暮雲。　銅鼓詩篇新卷軸，翠華宫殿舊山河。　香消玉冷無銅雀，賸水殘山有石麟。　滄海烟波無故壘，吴門花月有遺宫。　螢飛翠鈿餘荒苑，花墮珠衣泣故宫。　東風燕麥嗟摇蕩，細雨鶯桃感别離。　高卧曾吟義熙柳，清風誰採首陽薇。　蜀道無家悲望帝，湘宫有淚泣娥皇。　棋局縱横星换劫，蓬萊清淺海揚塵。

懷古品

詠懷古蹟，少陵之遺風也。録懷古品。

石門高鳳新營宅，嵩嶽盧鴻舊草堂。　司空棲飲王官谷，摩詰園林華子岡。　地鄰句漏仙人宅，門對咸平處士家。　青山香雪梅銷嶺，涼月烟波柳毅祠。　茅盈自有修真訣，种放應無封禪書。　十年謀國師黄老，一夕移家入翠微。　雨昏破屋瓊花晚，霜冷孤山檜樹秋。　梵天古寺鰻何在，玄蓋孤雲鶴未回。　滃洲故壘埋秋草，瀛海新祠隔暮雲。　開國君王能將將，傾城佳麗説卿卿。　飛龍帝子餘荒殿，躍馬公孫賸廢營。　蔡邕自合稱知己，劉表何緣不識君。　明月半規弦子國，桃花一樹女王城。　徑通寶祐長橋路，門對咸平處士家。　橋通永叔平山路，人作樊川水榭看。　武帝旌旗此江水，漢家樂府有詞章。

比喻品

《莊》、《列》文章，寓言十九，《三百篇》亦以比興爲佳。録比喻品。

閒鷗性嬾長臨水，野鶴心孤遠避人。　鴻因避弋頻留蹟，鷗到忘機亦嬾飛。　春雨畫梁留燕宿，秋風老樹借烏棲。　花間解網魚仍在，竹裏開籠鶴不飛。　名醫治病籌方苦，國手圍棋落子難。　悟到升沉歌小海，歷殘消長送春潮。　孤鴻江上寒頻唳，獨鶴天涯倦亦飛。　鴛因獨宿寒無夢，鸞爲單棲嬾不飛。　荆棘太多終礙路，芳蘭雖好莫當門。　一角天涯鷗信宿，十年塵海鶴孤飛。　苔似美人翠環佩，花如仙子雪肌膚。　雲閒鎩翮棲黄鶴，天外修翎翥彩鸞。　鶴因松老長思卧，蝶爲花多嬾更飛。　玉是碾餘空有屑，錦經焚後更無灰。　紅豆子稀鸚鵡瘦，青楓葉落鷓鴣單。

映帶品

積字相生，有流風迴雪之致，則映帶之妙也。録映帶品。

畫摹院體詩宮體，寒憶江城雨禁城。　梁間燕語釵頭燕，池上鴉窺鏡裏鴉。　涼月浸花花浸月，澹烟浮水水浮烟。　江邊月落潮先落，海上春歸客亦歸。　歸舫正逢歸雁後，落帆恰趁落花前。

菱唱遠隨蓮唱起，蘋花涼並蓼花開。　花海有緣偏宦海，扁舟何日是歸舟。　賦寫閑情騷寫怨，花消英氣酒消愁。　人在春城對春雪，夜燒官燭詠官梅。　兩鏡引光光引鏡，一燈流影影流燈。　樹聲春夜如秋夜，花影朝陽到夕陽。　春子夜兼秋子夜，紫丁香間白丁香。　柳葉漸青桑葉白，藤花欲紫杏花紅。　登臨雲海游花海，憑眺晴湖泛雨湖。　鶴市君應攜鶴住，琴河我亦抱琴回。　著雨山花隨雨落，隔烟水鳥掠烟飛。

藝苑品

名流書畫，皆詩境也。　録藝苑品。

烟鬟秦女新團扇，蕃馬屏風小畫屏。　畫闌點筆楊花扇，水榭題襟杏子衫。　行旅關山江貫道，畫屏烟樹李營丘。　敢將州宅誇元九，且乞丹青寫葛三。　高吟李杜韓蘇外，縱筆歐虞褚薛前。　數行逸少親書字，一卷維摩所説經。　開闢班曹親藝苑，掃除何李舊詩壇。　碧落觀碑留舊本，翠微亭碣落空山。　直鋪地軸爲箋紙，更點滄江作墨池。　三層樓上烟霞契，萬卷書中翰墨緣。　彩筆每題朝鏡後，烏絲頻寫夜燈前。　書多服朮茹芝語，字有簪花嘯樹情。　二月鶯花喬戚里，六朝烟雨趙樓臺。　十年賦誦張平子，萬首詩編陸放翁。　梅花香裏安吟榻，流水聲中洗硯田。　史筆彦威存漢統，詩篇開寶有唐音。　花影世傳張子野，井華人唱柳屯田。

哀輓品

哀輓之作，性情所寄。鼎湖弓劍，見攀髯之忠愛焉。録哀輓品。

目斷翠華悲永夜，夢回金殿覺秋生。　斑竹痕多秋雨細，蒼梧天遠暮雲深。　山莊寂寞銀河外，原廟高寒白露中。　宮井鵶啼花泣露，鼎湖龍去水增波。　景陽秋早銅墀冷，長樂宵深翠殿空。　漢殿春歸泥乍落，茂陵秋早葉初飛。　上苑風迴凋玉樹，高臺露冷泣銅盤。　萬叠雲横悲遠道，九疑天暗泣重華。　苑花蕭瑟底寒雨，陵樹蒼涼鬱暮烟。　華表鶴歸應此夜，鼎湖龍去已經年。　漢殿春魂悲化燕，楚宮秋夢感啼鵶。　兩行導引游仙曲，一卷清涼讚佛詩。

傷逝品

友朋則歸之傷逝。録傷逝品。

回翔臺閣君長住，飄泊江湖我僅存。　鵩集承塵雲似墨，鶴歸華表夜如秋。　孤兒葛帔寒猶昔，愛妾羅裙典欲空。　燈涼別館停雲散，葉落靈巖暮樹空。　巫峽雲深歸鶴遠，荊門月落暮猿啼。　雨昏東閣人何處，月冷西湖鶴未歸。　琴尊東閣荷衣舊，風雪西華葛帔寒。　雲水前身春夢覺，海山何處月華游。　吾谷春寒林墮葉，尚湖秋冷水生苔。　雪堂置酒虚前約，水寺煎茶感舊游。　梅里雲山華表鶴，蓉湖烟月草堂鷗。　青衫有淚丁沽遠，翠袖無家丙舍寒。　豈知葉令鳬飛到，不見蘇公鶴駕留。　辛家樓遠雲銜月，丁字沽寒樹隔烟。　塵夢喚回銷燭淚，情禪參破感茶烟。　永叔行觴曾此地，山陽聞笛已經年。

悼亡品

骨肉則歸之悼亡。録悼亡品。

三春舊夢吟棠棣，九月繁霜感蓼莪。　蘿花晚翠開華表，楓葉秋紅冷墓門。　青山埋骨君長往，白髮驚心我獨愁。　池草緑銷尋夢地，燈花紅冷讀書堂。　思子臺空朝雨暗，夢兒亭圮暮雲遥。　曠野樓臺寒月影，空林環佩夜泉聲。　平蕪野犢眠霜印，老樹啼烏上月輪。　徽音告逝嗟中壘，道韞云亡愴右軍。　墓門何日營華表，塚路他年恐黍離。　雨絲風片停橈路，社鼓餳簫祭墓期。　倘許墓田營北墅，終期阡表立南陽。　殘燈畫壁昏紅幔，澹墨書堂黯碧紗。　種到棠梨紅謝劫，拂來苔蘚碧銷魂。

悼亡一

早師桓孟期偕隱，晚學劉樊謝世緣。　生趣偶然託魚鳥，清齋久已謝雞豚。　湖山有約遲花海，天地無情入醉鄉。　爲我愁風復愁水，與君營奠更營齋。　賢姬代任艱難職，孝女能酬養育恩。　地下團圞何日踐，天涯飄泊幾時休。　鶴降那知非弔客，牛眠或者是佳城。　白雲縹緲家山曉，紅樹蕭疏水國秋。　悼飛仙。

悼亡二

交比良朋能耐久，心同慈母敢忘恩。　哭君恩誼肝腸斷，念我衰遲涕淚揮。　祇因恩義如山重，兼有情緣似海深。　可憐苦累無完日，如此艱難少替人。　仙藥滿囊頻寄我，道書盈篋最懷君。　補到寒衣鄰婦泣，藏來珍藥社翁悲。　待營華表遲歸鶴，先勒豐碑葬采鸞。　帶草書中金蓋語，浣花箋上玉清名。　尚餘繡像華妝麗，深恐癯仙蕊佩寒。　人天不改河山誓，生死難忘伉儷情。　誰使黃泉抱葵藿，自營華表植松楸。　拈花證道知何日，落葉歸根在此中。　團雪散來嗟返袂，洗紅唱罷別開尊。悼摩鉢。

悼亡三

棲遲水遠山長地，斷送蘭熏玉潔人。　夜雨詩壇頻問字，朝雲公案解參禪。　腰迴弱柳原多態，骨瘦香桃更可憐。　故人似玉能無感，好語如花亦是才。　香海舊游空有約，羅浮殘夢渺如烟。　虛有簾櫳垂縹緲，更無燈火話温存。　貝葉三生原有約，曇花一謝竟無聲。　萬斛香銷塵夢短，五銖衣薄淚痕多。　遥夜夢回孤枕上，殘尊淚滿禿襟前。悼小花神。

空房殘蘚新愁積，繡被餘香舊夢温。　空山誰種冬青樹，仙女親攜萼緑華。

招魂品

深深葬玉，鬱鬱埋香，「秋墳鬼唱鮑家詩」。　録招魂品。

畫奩蝨竄香銷粉，團扇蝸行濕膩涎。　梨里春寒花作雪，櫻湖波冷水生苔。　虎山環佩埋香地，鶴市笙簫會葬人。　芳草夕陽靈鬼怨，梨花寒食女郎祠。　夜氣化烟殘月墮，春陰如雨落花寒。　影幻野塘波似雪，魂歸清夜月如烟。　埋玉土香春燕識，雨花天遠夜烏哀。　南湖烟月無新塚，北郭雲山有舊家。　寒食春泥悲麥飯，空山細雨感梨花。　一抔香土留孤塚，三尺璚碑寫斷腸。　畫裏佩環生紫玉，夢中簫鼓葬西施。　解佩夢回蘭室冷，吹簫人去鳳樓空。　罷酒昔年金谷聚，埋香何處玉鉤斜。　靈臺埋玉悲鉤弋，弱水揮鞭哭盛姬。　商女曲中明月上，宫人斜畔落花多。　春燕棲來雲母帳，夜烏啼上月華門。

懷仙品

詩人近仙，故多懷仙之作。録懷仙品。

松花春釀仙人酒，荷葉秋裁處士衣。　童子玉罏三澗雪，仙人丹竈兩峰雲。　紫閣鸞棲萬年樹，青城騾嚙滿山花。　春深瀛海看雲氣，夜静君山玩月華。　白猿卧處松千尺，黄鶴吹來笛一枝。　萬重松樹迷金闕，一路桃花上玉京。　嘯歌天地登樓醉，吐納烟霞枕石眠。　畫像任留吴道子，丹經曾讀葛仙翁。　夢挽銀河弄飛瀑，醉眠白石漱天池。　玉女導前鸞捧詔，金童侍側鶴銜書。　樓閣祇應仙獨醉，闌干可有客閒凭。　朝玄道士烏衣女，太白仙人紫綺裘。　沽來裴姥墩邊酒，採得蘇仙洞裏花。　葛洪自著《神仙傳》，尹喜親傳《道德經》。　豈有丹經傳鄭隱，可無仙館立楊羲。　客來處士青山下，秋入仙人鐵笛中。

隱逸生涯新釣艇，神仙蹤蹟舊漁磯。　碧海孤飛千歲鶴，白雲静養萬年松。　辟穀君爲赤松子，餐霞我是白猿公。　棲遲瓊島還瑶島，遊戲青城更赤城。　壺裏丹經通造化，松陰棋局歷滄桑。

女真品

大道不分男女。海外桃花島，女隱真居之。録女真品。

采藥一肩銷歲月，簪花雙髻帶烟霞。　潮平小海驂鸞去，烟暝重湖跨鶴來。　碧海穠花簪鳳髻，玉天新月畫蛾眉。　十海樓臺守龍虎，九天環佩下鸞皇。　搗藥禽歸寒夜碓，掃花人去冷春祠。　雙髻花枝簪笠重，滿身雲影壓衣輕。　句曲園林仙館近，華陽巾帔洞天遥。　曾向香壇傳玉斧，久從墨會識靈簫。　三生石上中秋月，七女樓中滿地花。　梅林花謝香沾袖，茶隖烟深翠掃裙。　五銖解佩通靈氣，雙髻簪花學道妝。　何處相逢陸修静，有人曾見李騰空。　貝葉池邊閒飼鶴，寶華宫裏共驂鸞。　麻姑本是方平妹，華姥曾呼杜契兄。　久從道姥傳心法，更禮玄君作本師。　丹訣儻從飛祖得，霓旌應自霍僮還。　同懷跨鳳驂鸞志，各有餐霞服霧方。　天許魏壇新卜宅，我知樊榭舊移家。　地原燕國夫人宅，壁有曇陽仙子書。　春呼白鳳栽靈藥，曉約青鸞掃落花。

禪悦品

拈花微笑，得意忘言，詩入佛境，至矣。録禪悦品。

維摩説法前因在，彌勒同龕舊夢非。　春烟茶鼓朝朝梵，暮雨齋鐘寺寺燈。　清磬聲遲雲出定，天花香散樹忘機。　旃檀林外花飄雨，彌勒龕前果證禪。　中歲湯休仍返服，工詩賈島亦參禪。散花天近維摩詰，飛錫聲遲諾矩羅。　佛樹瘦於脇尊者，天花艷似拳夫人。　聖燈照處紅千點，佛鳥飛來翠幾行。　潭上諷經魚入定，林間施食鳥投齋。　僧甕遠貽龍井水，佛龕分供馬塍花。　猿獻果來花滿笠，鶴聽經去羽爲衣。　潮音解習松間梵，香積行籌竹裏厨。　静會佛言甜似蜜，細參禪味美於餳。　好向人天分界處，直窺父母未生前。　香積厨開禪世界，伊蒲饌證佛因緣。　我從孽海翻身後，來證恒河浩劫前。　掃除塵網周沙界，粉碎虚空作道場。　到此方知梅子熟，有人曾悟木樨香。　湖海百川皆酒味，山河大地盡琴聲。

應體詩話

應體詩話提要

《應體詩話》二十二卷，據上海圖書館藏張爾耆鈔本點校。撰者楊秉杷，字閑庵，江蘇婁縣人。諸生。有《禮説記》、《夏小正注》等。楊氏歷乾、嘉、道三朝，中年漫游燕趙齊楚間，後居京師十餘年，無所遇，歸里著書，年七十二卒。按此書卷五有「秉杷於嘉慶十八年瞻仰（闕里）宫墻」，卷六有「凡唐堯元載甲辰，至今道光二十四年甲辰，凡四千二百有一年」云云，略可推知寫作時間。卷帙頗富，專輯國朝各種應試、應制詩及有關行事，如「考試用五言排律」、「七言明試之始」二則，述乾隆年鄉會試用五排，而鴻博試改五排爲七排，巡幸召試、大考翰詹亦多用七排，兩體所用有别。「復宗室鄉試」一則記嘉慶六年預爲宗室人士辨考，其卷不由房考閲薦，直呈皇帝，欽定第一者次年全國會試亦中式。「茅」一則記嘉慶間錢黼堂視學江左，詩題多用十三經，以勵士子根柢。「鄉試改九月」一則，記道光十一年因長江洪水，鄉試改至九月。「試題出王漁洋句」乃是道光十二年松江府童子試之事。諸如此類，集於一書，爲體甚殊。又以事關考試，因一字平仄異讀、出典誤用被放者不乏其例，故審音辨字之條目甚夥，此亦清人詩韵聲調字義考據之學發達之一詩外因也。此書另一可觀者，「賦得」詩外，亦廣採御製詩及「恭紀」詩，由此乃在記録君臣間政事内外之互動事跡，尤詳於康熙、乾隆兩朝。大者如康熙爲孔府書匾，乾隆開四庫館等；細事如諸帝賞賜之物，書畫筆墨、日用器物，乃至果蔬食品，無所不有。上下應酬唱和，事甚詳細，頗可觀清前中期朝廷倡導文事以促進政治之盛況。楊氏嘗舉漁洋、秋谷之争以辨詩與「應體」之關係，既首肯「詩中須有人在」，而應體則「不能盡得詩與人合者」；漁洋「興會」之説固佳，「然不可謂非詩中之瑕疵，應體尤宜謹慎」。（卷十五）詩識甚精。全書旁搜博採，然漫列無歸，幸有卷首小目，差示排列蹊徑，可稍助閲覽。

應體詩話目次

卷一

卷二

卷三

卷四

卷五

卷六

卷七

卷八

卷九

卷十

卷十一

卷十二

卷十二

卷十四

卷十五

卷十六

卷十七

卷十八

卷十九

卷二十

卷二十一

林展卷疾書

卷二十二

應體詩話卷一

婁縣楊秉杷閑莽撰

睢州湯文正公棄僉事而從孫夏峰講性理，已非常人所能。乾隆中請從祀孔子，以輔導無功而止。道光初，盧淅復奏，禮臣議曰：「后夔典樂，不能以化朱、均；尚父陳書，無足以格管、蔡。」論遂定。其《院中宿直》詩曰：「清切推丹地，瞻依近紫宸。龍池鐘漏晚，鳳沼月華新。古水流霜影，宫雲濬玉津。聖皇開治象，元化正含淳。幸備班行後，叨承異數頻。端貞期拜獻，樗散媿冠紳。年老才將盡，憂多道轉親。夜深星斗闊，始悟與天鄰。」一日聖祖命録平日詩文進覽，至「年老」二句，聖祖佇思久之，曰：「何謂『憂多道轉親』？」斌對曰：「臣幼遭亂離，半生在憂患中，嘗隨事體認天理，於道理轉覺親切。詩詞樸拙，不勝惶恐。」作《乾清門奏對記》以志。

題中實字有宜虚做，有宜實還。槊，《説文》釋矛，《通俗文》：「矛長丈八謂槊。」東坡賦「横槊賦詩」本此。見一館課「横槊賦詩」詩，但作兵器。

《前漢・律曆志》：「陰六爲吕，吕以旅陽宣氣。大師謂之陰聲，大吕、應鐘、南吕、函鐘、小吕、夾鐘是也。」《説文》：「干，犯也。」《十洲記》曰：「東風入律，青雲干吕。」予謂此不過律吕互舉，若曰「和風應候，絳雲在霄」耳。「吕」字不必過泥，「干」字不容深解。聖經賢傳，一字異同，漢、唐、宋諸儒尚有不能盡解，解之而不能盡當者矣，況《十洲記》之約略成文，月氏使之侏儒莫辨乎？唐林藻曰：「應節偏干吕。」令狐楚曰：「青霄干吕雲。」王履貞曰：「干吕見青雲。」彭伉曰：「祥暉上干吕。」皆渾言之。近人作《青雲干吕》題，未有縷悉之者。毛大可解「應節」如「冬至雲出箕」、「立春雲出房」，朱笠亭斥其謬。陳訏謂是月所配之吕，如黄鐘配大吕，干，大吕之丑位；或是月所生之吕，如黄鐘生林鐘，干，林鐘之未位。

韓子曰：「白玉之卮無當。」《廣韵》：「當，底也。」元稹詩：「翻成無當卮。」作丁浪切。近人多本之。王漁洋《述舊》詩用七陽韵叶曰：「玉卮豈無當。」惠定宇曰：「當位、當罪，後人音丁浪切者，古人皆讀平聲。」

枚皋自詆其文骫骳，曲隨其事，皆得其意。而應試詩正以屈曲如題爲工。作詩必此詩，體裁如是。

何義門少工制藝。閻百詩將明二百年名家制藝之錯解題、誤用事者標數百條，曰：「代聖賢立説，豈有使別字、用謬事乎！」義門後選制藝《行遠集》，悉如其指，曰：「如此方見制藝之難。」予謂試帖詩承太守縣大夫之命，歲科、鄉會試，朝考，進身之階，不可草草；應制賡揚，上塵天鑒，尤非應教應令比。事貴核，詞宜精，此編時時辨正，竊附百詩之論。

《莊子》曰：「惠子倚槁梧而瞑。」《循本》注謂琴瑟也，俗作倚樹解。

魏時禁酒，徐邈私飲沈醉，趙達問以曹事，曰「中聖人」。時謂酒清爲聖人，濁爲賢人。蘇詩：「公特未知其趣耳，臣今時復一中之。」則可讀平聲。《通鑑》：「周宣王成中興之名。」注：「當也。」杜詩：

「今朝漢社稷，新數中興年。」則可讀去聲。俗謂「中酒」必當作去聲讀，「中興」必當作平聲讀。梁詩正《恭和御製咏楓》有「天漿也復一中之」句。

乙，《說文》：「玄鳥也，一作鳦。」陸機《文賦》：「思乙乙其若抽。」一作「軋軋」，難出之貌。《說文》徐注：「與甲乙之乙相類，其形舉首下曲，與甲乙字少異。」《字彙》：「《說文》燕乙之乙、甲乙之乙，字異音異。隸文既通作乙，而燕乙字亦與甲乙字同音，故甲乙之乙亦云燕鳥。」今以「倉庚」對「紫乙」者多矣。

顧炎武所著書有禁燬者，不得盡見。見其《謁周公廟》詩云：「道化千年後，明禋一國中。禮猶先世守，制比百王崇。配食惟元子，烝嘗徧列公。祠田還割魯，氏系獨傳東。舊史書茅闕，新《詩》采《閟宮》。巋然遺殿在，不與漢侯同。」予至曲阜謁周文公廟，東序以魯公配，兩廡以卅餘公從祀，此詩「公」韵所指也。然桓公亦在列，予作《桓公不當從祀說》。

華亭王氏三兄弟，查爲仁所云「江左諸王，人人有集」者也。文恭公以博學宏詞改翰林，儼齋尚書以第三人及第，而薛澱總憲參其間，尤力於詩。其《擬午門頒曆應制》云：「頒朔誰當親受賜，九重回首隔雲霞。」朱子曰：「《離騷》九天，諸家云有九天，據某觀之，只是九重。蓋天運行有許多重數，裏面重數較軟，在外則漸硬，想到第九重成硬殼相似，那裏轉得愈緊矣。」《字典》曰：「天形如卵。」自細察卵白，其中之絪緼融密處確有七重，第八重白膜稍硬，最後九重便成硬殼。可見朱子體象造化之妙。今西洋曆說天一層緩似一層，此七政退旋，所以有遲速也。

乘查事近多命題，而或從「槎」。按《公羊傳》：「山木不槎。」《尚書》：「刊木。」注：「刊槎其木。」未有與「桴」相通者。《博物志》曰：「仙查犯牛斗。」《拾遺記》曰：「臣查浮海，十二年一周天。」《廣韻》曰：「查，水中浮木。」《集韻》訓查同槎，俗所本也。裘麟「查客至牛斗」詩題本《博物志》。《瀛臺》詩鄒一桂「乘槎欲接明河影」，彭孫遹「欻爾乘槎疑近斗」，張榕端「乘槎牛斗津」，姜宸英「水似乘槎上」，陸棻《平滇凱歌》「仙槎勿復問張騫」。

世用伯樂事，「樂」作盧各切。《廣韻》伯樂相馬，一作「博樂」。《唐韻》「魯刀切」。

牢丸者，屑米麪，摶如彈丸，煮烝爲食。束晳《餅賦》：「四時從用，無所不宜，其牢丸乎？」俗謌牢九，蓋俗字丸作九，而又謌也。歐陽公不能辨。《陰氏韻譜》收「牢丸」入上聲九韵，陸游《包》詩曰：「牢九已登盤。」歧中歧矣。趙文哲《代人恭和元夕煮浮圓子》詩曰：「牢丸空月映，角黍訝波圓。」是已。

《唐韻》古音謂「花」、「華」並叶，始(後漢)《(魏)書》李諧賦。五經、諸子、《楚辭》、兩漢之書有「華」無「花」。晉以下間有「花」字，疑後人所改。予按今日多用「花」字，而「桐始華」、「唐棣之華」之類則不得作「花」字。抑《詩經》「花」字或叶「車」，或叶「途」，則皆音敷，不音譁。

陳無己論蘇東坡詞「如教坊雷大使之舞，雖極天下之工，要非本色」，予謂近人以《風》、《騷》之筆作賦得詩，猶是。

陳鴻寶《披沙揀金》詩曰：「不向山中老，宜爲席上珍。」「席珍待聘」，注：「席，陳也。鋪陳往古堯舜之善道，以待聘召。」呂氏謂：「席上之珍，自貴而待賈者也。」後世從呂說。

《禹貢》：「西至于太華。」陸德明讀如字，又户化切。「華陽黑水惟梁州」，注胡瓜、胡化二切，今皆讀去聲。若《巨靈擘太華》題，幾不知有平聲矣。諸城劉文正公詩曰「太華誰能擘，遺蹤想巨靈」是也，「華」本作「崋」。

《前漢・律曆志》曰：「黄帝使伶倫取竹之解谷。」注：孟康曰：「解，脱也；谷，竹溝也。取竹之脱無鉤節者。一說昆侖之北，谷名也。」《通鑑綱目》曰：「黄帝使伶倫取竹於解溪之谷。」近人多從司馬公說。沈初《鄒子吹律》詩曰：「嶰谷調元氣，燕山轉沍寒。」則未審所出。

彭孫遹《首春懋勤殿應制》曰：「玉蠡晨鐘静，銅虬晝漏頻。」案：彭蠡，里弟切；以蠡測海，憐題切，與螺通，蚌屬，《文子》「聖人法蠡蚌」是也。邱庭漋《滕王高閣臨江渚》詩曰：「烟横彭蠡曉。」

吴穀人《石蜐揚葩》詩不著一字，《荀子》曰：「東海有紫蛣。」《臨海水土記》曰：「石蛣生附石，身如小竹，大有甲，正黑中食。」《海碎録》曰：「龜甲有華，所謂石鮭揚葩。」《江賦》注曰：「《南越志》曰：『石蜐形如龜脚，得春雨則生華，華似草華。』」江淹《石蜐賦序》曰：「海人有食石蜐，一名紫蘠，蚌蛤類也。」《本草》：「石蜐狀如蟹螯，其色紫。」則二物同名，「蜐」、「蛣」同字。《通雅》云：「紫蜐紫蘠，即今仙人掌。」予按：仙人掌不可食，淺紅華。

「鐙緣起草挑」詩，多目「草」爲稿，本《春明退朝録》，曰：「公家文書稿，中書謂之『草』，樞密院謂之『底』，三司謂之『檢』。」

貫休詩曰：「千水千山得得來。」蓋唐人以「得得」爲特地，方言也。今人作得意解，誤會馬異《送皇甫湜赴舉》詩「馬蹄聲得得，去入天子國」也。

「廑」有勤、覲二音，義同。近人鄉試用作出句第三字而被斥者矣。

「如月之恒」，注：「恒，古鄧反，弦也。月上弦而就盈。」今多作胡登切。聖祖萬壽詩，宋犖曰：「升恒日月自常新。」勵杜訥曰：「頌溢升恒遍八垓。」沈初《恭和寧壽宫聯句詩》曰：「升恒日月帝圖欽。」周長發《聖駕南巡》詩曰：「星雲景慶輝丹扆，日月升恒紀玉函。」《平定回部》詩曰：「呼嵩殿陛祝升恒，景慶星雲太史占。」

《唐韵正》曰：「旂，古音芹。」《説文》旂从㫃，斤聲。徐鍇曰：「斤、旂近似，聲韵家所以言傍紐也。」然《詩·魯頌》「旂」與「芹」叶，《小雅》「旂」與「晨」叶，以《説文》斤聲考之，此字原有斤音，非傍紐。又《説文》旂从斤聲，訓旗，有衆鈴，以令衆也；旗从㫃，其聲，訓熊旗五游，以象罰星，士卒以爲期也。析旂、旗爲二，況司常熊虎爲旗，交龍爲旂。《左氏》「三辰旂旗」，畫異物，建異名，章識雖通，制度自别。國制，滿洲及蒙古、漢軍以八旗分隸屬，譌作旂。司馬温公旂、旗相近，早論之矣。參旗之旗，从其。徐乾學《南巡》詩曰：「孟春參旂中，龍兟啓青陽。」與愚山相似。

張良圯上授書，《漢書》注應劭從水，詳里切，汜水之上也。張泌改從土，作頤音。宋祁云：「舊本從水，泌説非也。」胡旦《汜橋贊》亦從水。若從土，則應從《説文》，謂橋爲圯。李白詩「我來圯橋上」，是「我來橋橋上」矣！宜以應説爲是。《字典》曰：「圯從人己之己，圮上從已矣之已。」近人賦得此題，有「雁齒橋横處」句。

邵遠平《南郊陪祀恭紀》詩曰：「壇宇卿雲覆，天街燎火陳。」俗「卿」字作磬音，同慶。卿雲亦稱慶雲，慶乃「卿」字去聲。轉平聲，即卿也。《易・大畜・傳》「有慶也」、「道大行也」，《睽・傳》「志行也」、「往有慶也」，「行」、「慶」並叶。班固《白雉》詩「慶」與「精」、「英」成協，皆庚韵也。顧炎武曰：「《易經》『慶』字俱讀羌音，『行』字俱讀杭音。」然《易》自有叶「羌」字者，未可廢「卿」音之本聲。張文端《滇南蕩平》詩：「普天甘雨慶雲中。」曹一士《文治日光輝》詩：「糺縵卿雲現。」沈德潛《重華宫》詩：「五色卿雲入夢頻。」觀保《恭和幸貢院詩》：「日華東出慶雲深。」徐以升《南苑大閱》詩云：「天垂景慶帝垂裳。」作仄用。

近人盍簪作首笄解，緇深切。然《易》注「簪，疾也。以信待之，則群朋合聚而疾求也。」王肅讀子感切。李鼎祚曰：「簪，舊讀作攢。」王貢《彈冠》詩曰：「盍簪欣道合。」侯果始有「簪篸」之訓。晁景迂云：「古冠禮未有簪名。」

璉本作槤，從木，連聲，力展切。《集韵》作陵延切，與連同。高士奇《上躬祀南郊恭紀》詩曰：「羽籥諧《韶頀》，瑚璉列夏商。」主《集韵》。此係端慧皇太子名下一字，嘉慶年間，奉旨臣下之名有用此字者，改寫「槤」。

「滋蘭九畹」，《離騷》注曰：「十二畝爲畹。」左思賦注，班固曰：「畹，三十畝也。」《説文》曰：「田二十畝也。」三説不同。予以許叔重爲折衷。金甡《含薰待清風》題起句云：「九畹及春探。」不過引起蘭之出身耳。

宋筠《恭賦御製飛躍禽魚静》詩曰：「睿思高比嶽，聖學静如淵。」自恭上仁宗睿皇帝尊謚後，館閣詩文敬避「睿藻」、「睿鑒」等字。

王鴻緒《三月二十五日駕幸賜金園恭紀》詩曰：「昔年彩旄幸園林，守職躬違警蹕臨。今遇春城移雉扇，喜隨花徑聽鑾音。池魚猶仰飛龍意，巖草俱榮向日心。平地忽升霄漢裏，玉皇到處五雲深。」「裴相亭臺重午橋，衛公泉石擅唐朝。止聞詞客騰瑶什，不載名園歷鳳鑣。此日桃溪臨宿衛，一時蓬徑倍春韶。隆恩踰分榮無比，編作《雲間》《谷口謡》。」

王九齡《暮春苑中直廬詩》曰：「若木升朝旭，芳園值暮春。雲含天子氣，花落相公茵。百囀鶯歌巧，千章柳葉新。軟塵驚忽起，流水響朱輪。」

聖祖兩次南巡，駐蹕松江行宫，後詔爲沙門奉佛之地。華亭李進《恭紀》曰：「下土迴仙仗，諸天轉法輪。二巡臨玉趾，一氣化金身。鐘磬花宫梵，亭臺御苑春。芝雲成緑字，片碣仰嶙峋。」謹案：行宫在南門内少右，大門向西。

諸錦《恭和御製玉甕詩》曰：「騰踔魚龍刻，波濤沆瀁驚。元虚難賦狀，伯益未經呈。神物傳瓊島，宗儀記《輟耕》。玉尹光照世，甌固德彌貞。」「浩劫隨流水，提攜等菜罌。欲沈星劍氣，幾錮寶珠明。遭遇興朝重，題詩秘殿榮。雲霞天上句，戛擊侍臣賡。」「澤馬披圖括，山車應器鳴。共球九圍式，河海百祥并。禹鼎功同鑄，皇輿績用成。衢尊含湛露，萬國賀昇平。」五律得記事體，難矣。

梁詩正《恭和玉甕歌》云：「要識遭遇合有時，聖情豈爲玩好扣。瑜瑾潛光終必發，寶物尚爾賢寧不。千金市骨致神駿，長此幽遐無阻艴。」

宋至《恭賦御製遥亭先得月》句云：「勝地三光聚，天題五字成。」可謂簡明。

道光八年江南試行海運，時鄉試詩題曰「海不揚波」。

吾邑秀甲園在安樂二圖，本明徐爾鉉宜園，國朝王文恭公頊齡葺治，康熙四十四年，聖祖幸之。紫藤，賜御書「蒸霞」二字。越歲復幸秋水軒，頊齡作詩，繪圖以紀，圖藏大内。賜詩有「居然秀甲九州山」句，因以名園。文恭公所居世恩堂在竹竿匯，康熙四十一年賜額。

賜金園，王文恭公弟鴻緒別墅，省父時，拜白金之賜，故名。在所居竹竿滙敬慎堂西，四十一年賜匾。聖祖四十四年幸焉。御書「松竹」二字、「萬物静觀皆自得，四時佳興與人同」聯以賜。四十六年，復駐蹕是園，鴻緒有詩恭紀。唐皇幸竇希玠宅、韋嗣立山莊，沈、宋作爲詩歌，一時傳爲盛事。安知千載下，魚藻君臣，更居其上者哉！

松江處天下極東南境，少名人遊蹟。自仁廟翠華載涖，增色山川。讀高不騫詩，可得大概。《入趙屯浦》曰：「江南湖北一衡茅，争羨升仙王可交。顧我當時漁浦口，呼來直上御船梢。」《青浦有懷》曰：「夜泊唐行鎮乘月，夏司徒句繫人思。試吟青浦宸游至，千載燕公恰有詩。」《皇甫林晚眺》曰：「白羽濤從八曲回，紫垣門映夕曛開。十年不過童游處，林外看添候蹕臺。」

婉孌草堂在吾郡崑山下，明董其昌繪圖。後入大内，高宗屢賜題賞。錢陳群和云：「圖成婉孌華亭筆，也是倪黄一輩人。盤谷豈殊畫禪室，游歌雅慕寄情親。」盤公亦有婉孌草堂。

袁簡齋《賦得雪》詩曰：「有情妝卧宅，無夢響朝靴。」讖語耶？自謂耶？

王士禛《恭紀恩頒賜御書四絶》，其三曰：「謨誥文章雅頌詩，鸞停鵠峙幾人知。毫端已見宸心正，不待誠懸筆諫時。」所謂善翻，正是紀實。

士禛《御苑人參應制》曰：「秀色青葱别舊蹊，移來雙闕翠痕低。不因身到甘泉館，幾見仙苗五葉齊。」葠産遼陽深山，三椏五葉，間成人形，爲上品。蓋神皋鍾毓，厥草效靈，實王氣悠久之徵。吉林寧古塔所産已爲稍遜。上黨者，奴才視之矣。

乾隆廿七年，陝西巡撫畢沅製《吴江櫂歌卅首》表進。

諸錦《恭紀南郊禮成》詩曰：「圜丘方六變，鄜畤異乾封。」雍正三年，諭避聖諱，此字本有期音，嗣後除四書五經外，凡遇此字，加邑爲邱，讀作期音。九卿會議，惟圜丘如故。秉杷謹案：方丘當亦如之。

《詩傳》「在軾曰和」、「在鑣曰鸞」，疏：「亦鈴也，與鸞相應和。」《載見》曰：「和鈴央央。」明是二物。徐倬《春雨應制》曰：「響逐和鑾細，波添彩鷁微。」鄭虎文《金柅》詩曰：「和鸞寧共聽，乘石豈同詩。」並以鑾聲之和解。雙頂《恭紀翰林院落成》詩曰：「日暖籠華蓋，鸞和擁玉鑣。」

「元戎十乘，以先啓行」，箋：「元戎先前啓，突敵陣之前行。行，户郎反。」案：猶行伍之行也。朱《傳》：「行，道也，猶言發程也。叶户郎反。」昌齡《青海平定》古詩用江、陽韵，曰：「三門九伏授方略，元戎十乘爰啓行。」從鄭。

綏遠將軍蔡毓榮女名琬，字季玉，户部尚書高其倬繼室也。著《藴真軒詩鈔》。尚書拜《耕織圖》之賜，夫人敬賦詩云：「土膏欲動柳毶毶，春社將興酒滿壜。好鳥連朝催布穀，春花盈幅乞分蠶。井桃有信將舒蕊，溪水多情早放藍。聖世恩光霑率土，不分江北與江南。」「邨邨烟樹景低迷，斜板橋通小港西。少女風來多浸種，社翁雨過各扶犁。苗魚浮動成群去，秧馬分行逐隊齊。信是春郊東作始，欣看田畯醉如泥。」

《賜和恭親王讀御製冬至齋宫詩第二章命擬一首》詩曰：「乾乾惕若宿齋宫，默貫天人夙夜中。祇以寸心通上帝，總因萬姓禱蒼穹。律回葭管豐年兆，氣轉鴻鈞大地融。崇祀精誠昭感格，躬膺福祉永無窮。」王名弘晝，世廟第五子。著《稽古齋集》，初成於雍正八年，高廟在潛邸爲序。乾隆十一年重訂鏤板，高廟復爲之序，御筆親書之。

質莊親王名永瑢，高宗純皇帝第六子，有《九思堂詩鈔》。其《放鹿》詩曰：「臨場優詔下，駭鹿出危機。爲用三驅禮，旋開一面圍。聖心嫌盡取，仁網釋餘威。遥想殘陽路，甡甡度石磯。」

輔國將軍博爾都字問亭，别號東皋漁父。深研性命之旨。工詩，有《問亭詩集》、《白燕棲草》。其《早朝》詩曰：「洞門曉啓接天安，劍佩琳瑯擁百官。北極晴雲連樹暝，西山落月上衣寒。疎星影動明金闕，殘漏聲沈度玉闌。獨媿無才兼歲晚，聖恩回首報應難。」

南苑者，始于元，廢于明。我朝爲靈囿，所謂南海子也。周百六十里，有七十二橋三臺，建行宫三處。歲逢聖駕大閱，臣工多咏歌記之。賽爾赫云：「禮崇舊典三驅洽，旗展鮮雲八陣開。」「七校按行分雁翼，五雲作隊引龍旌。」法海云：「雲移仁網開三面，風逐霜蹏散五花。」「畿内更嫌文囿小，編氓深喜聖恩寬。」鍾音云：「聖治敷要甸，皇圖鞏澗瀍。帝心非務遠，孝德在承先。」

孔子之先五世同封王爵，二千年來未有之典。竇啓瑛詩曰：「榮褒光五葉，曠典邁千年。」「雍」、「雝」、「廱」三字，本有數義，而《周官》注引逸《詩》「有昭辟雝」、《詩》「於樂辟廱」、《白虎通》「天子臨辟廱」、《漢書》「三雍」、《後漢書》「辟雍」、《魏志》「幸雍」，則三字一義也。伊爾敦閣學《太學慶成》詩曰：「文明開晉晝，曠典值臨雍。重道先洙泗，崇儒首辟廱。」則與下文「趨蹌禮數恭」、「鵷班倍恪共」，俱換字而欲換義，强、彊並押。秦少游不中魁選，入選場者，尚慎旃哉。

康熙五十三年，特旨考試八旗滿洲人等，詩題「賦得恩向日邊來」，莊恪公喀爾吉善曰：「九重雨露自天來，寵賜殊恩沛草萊。車馬自慚稽古力，巾箱深負説經才。向陽有志情難達，大照無私光獨迴。世世銜恩難報稱，萬年願祝紫霞杯。」

丙申詔試八旗能詩文者三千人，選十八人，諸生山圖與焉。山圖字伏幾，後由武舉人官安定門千總，有《印月齋詩稿》，所遇奇矣。

覺生寺大鐘，明永樂年造，吾鄉沈度書佛經鑄于上。萬曆中由大内移萬壽寺，日令六僧擊之。天啓中或言西山白虎口，不宜鳴鐘，遂卧置之。國朝雍正十二年，移之覺生。名家多咏其事，鄂容安歌有曰：「聖朝聲教訖四海，於論鼓鐘聞辟雍。詩書禮樂震金鐸，更將正覺開顓蒙。」所謂不放倒架子者。容安襲勤襄伯，官兩江總督，大學士鄂爾泰子也。殉節伊犁，謚剛烈。詩多未刻，今所傳《鄂虚亭詩草》一卷，蓋有心者爲之掇拾也。

滿洲長海，姓那蘭氏，字匯川。父有戰功，當蔭官矣，乃以布衣終。有《雷溪草堂詩》，號雷溪居士。辨金石器，往往多中。衣食或不給，而讀書之志不移。《聞西師振旅》句云：「雲飄組練歸榆海，花滿弓刀入玉關。」

侍郎夢麟有《平金川》詩五古一百六十韵，離奇瓌偉，取法昌黎。

順治二年，交城麒麟生。七年，平定麒麟生。康熙二十四年十一月，廣靈農家牛生麒麟。魏象樞有七律二首。二十八年，江北西管鄉産麒麟。是年春，聖祖巡幸杭州，告祀禹陵而還。夏月，餘姚産麒，鎮海産麟。《浙江通志》作二十九年。乾隆《鎮海縣志》。

應體詩話卷二

海鹽朱閣學方增宏奬風流，不遺一善。大考「八月其穫賦」、「昨夜窗前葉有聲」詩。詩曰：「西風昨夜吹庭館，忽聽窗前颯颯音。落葉滿階驚曉夢，涼聲一徑動秋心。夕陽古渡仍紅樹，斜月疎簾尚緑陰。此日籬邊聞語蟀，舊時枝上憶棲禽。」「幽懷曾觸高樓笛，清韵還添小院砧。瘦碧半叢餘弱草，濃青十里減平林。回思烟樹縈遥浦，又看霜楓染遠岑。獨有蒼松留勁節，常沾雨露九重深。」「樹」字複。仁宗親御丹毫，圈「夕陽」一聯，擢第一。

吴學士信中，玉松先生子也。先生嘗劾兩江節相，草起學士。大考「澄海樓賦」、「鑪烟添柳重」詩，列一等，驟遷入南書房。爲人謙光和至，狀元二字，早克去矣。道光初告養歸，遽卒。大考詩曰：「柳色看逾重，鑪香御仗前。細霏千縷篆，添罩幾層烟。鵲尾薰時透，鶯聲壓處偏。春饒迎輦地，陰合養花天。浥浥温馨護，垂垂密蔭圓。霧濃兼百和，風軟稱三眠。玉案依相近，緜絲染更鮮。願持楊尹句，松棟祝堯年。」

以《莊》、《易》等語入詩，謝康樂所倡，少陵多效之。或歎爲妙絶，苦效不休，而東坡舉《遺悶》「致遠思恐泥」示人，謂不足學。予案：偶然爲之，未爲不可。曹秀先《聖駕南苑大閲》句云：「雲上于天開宴樂，地中有水象師貞。」齊召南《聖主躬耕耤田》句云：「乃擇元辰當吉亥，曰咨羲仲掌中春。」勵宗萬《恭和御製幸翰林院》句云：「所貴因文而見道，須知業廣乃功崇。」查慎行《恭祝萬壽》詩曰：「不息天行健，無私帝好生。與民同後樂，爲政必先勞。」宋犖《萬壽》句云：「有命自天皇極建，無爲而治俗還淳。有此武功何赫赫，矢其文德更彬彬。」徐葆光《平定青海》句云：「警戒無虞惟稷契，修和有夏在顛天。」鍾鳳翔《耕耤》詩句云：「明德惟馨修盥薦，吉蠲爲糦萃華精。」嵇璜《和幸貢院》句云：「知人則哲誠難矣，觀國之光尚勖哉。」陳元龍《南巡》句云：「虞孝親安天下養，禹勤水治地中行。」蔡升元《乾清門奏事》句云：「曰明曰旦誠求莫，無黨無偏允執中。」

趙甌北翼，人稱其詩與簡齋、心餘齊名，我愛其《陔餘叢考》史學深也。甲戌試中書，題「紅藥當階翻」曰：「薇省詔華麗，名葩燦玉除。地當承露處，花是殿春餘。映日敷紅艷，因風動綺疏。影摇青瑣闥，光照紫泥書。非詎偏如贈，將離若故徐。過甎陰不定，傅粉晝難如。清切仙墀内，舒長晝漏初。綸扉方視草，恰對五花舒。」切本事。《庚辰集》所録與此異。

上海曹侍御錫寶，于和珅勢灼時劾其家奴劉全，錢南園之亞也。仁宗親政，曹獨蒙贈官廕子。其《循名責實》詩曰：「名實寧虚假，常思責望專。持衡知有準，卓鑒貴無偏。表裏詳終始，源流别後先。勉旃勤爾業，毋曰舍其田。玉韞山多彩，珠潛水自圓。誠形原不爽，體用妙相宣。觀物咸如此，程材豈偶然。敦崇欽聖治，雅意仰精研。」

南園名灃，《雲陰送晚雷》詩曰：「斜影孤輪入，層雲四面堆。天將陰以雨，山漸殷其雷。纔覺蟠霄過，仍聞奮地來。石林高自震，江樹隱如摧。黯黮烟俱合，光芒電忽開。餘聲傳海嶽，暝色滿樓臺。

甘澤敷應徧，輕涼暗欲催。欣逢鳴盛日，比户仰昭回。」公没後詩亡，法式善、師範輯得百餘首，録成二卷，曰《南園詩存》。姚姬傳先生序，稱蒼鬱勁厚，得古人意云。

《遠遊》云：「二女御，《九韶》歌。使湘靈鼓瑟兮，令海若舞馮夷。」王逸注：「美堯二女助成化。」百川之神，皆謡歌也。則湘靈乃湘水神，不可目爲堯女。如爲二女，則重上文。然唐錢起「常聞帝子靈」，魏璀曰「蘽竹二妃靈」，因湘夫人而誤合爲一。近人有「舊識湘妃怨，遥傳帝子靈」之句。湘夫人，《禮記》疏引之。

鮑照《白頭吟》：「清如玉壺冰。」自盧綸有「循吏政初成」句，後賦此題，無不贊美當官，豈本唐人《冰壺誡》乎？福明安朝考《賦得玉壺冰》結句曰：「聖明冰鑑裏，提挈正堪邀。」卷進呈欽取，未引見，即蒙欽點，句成嘉讖。

《古今注》：「長安御溝，謂之楊溝，植楊其上也。」亦曰章溝，《西京賦》「虎威章溝，嚴更之署」。賈稜詩：「章溝柳色新。」唐人多咏御溝新柳，本朝實事，今作《御河新柳》詩，亦頌揚體，不獨楊柳不分。

紀文達公曰：「詩押虚字最難，苟非限韵，不必作繭自縛。」吴省欽《御製重華宫茶宴廷臣内翰林復成二律》曰：「蠲逋免賦力紓矣，海賁山琛情翕然。」《恭和聖製新正重華宫茶宴廷臣及内廷翰林用平定苗疆聯句復成二律》曰：「渠魁戢戢皆殲厥，神武洋洋不殺夫。」並工穩。

《前漢·天文志》奎曰「封豨」，主溝瀆；《後漢·蘇竟傳》奎爲「毒螫」，主庫兵；《春秋合誠圖》奎主武庫；惟《孝經援神契》作奎主文昌。宋乾德年五星聚奎，引爲文明之瑞。今多主《援神契》，不獨秦蕙田「奎垣瑞氣近三台」、劉綸「宿聚奎三占象迴」、史貽直「奎斗星明接曙台」也。陳元龍《平北》詩曰：「奎星十二指前茅。」則用《合誠圖》、《蘇竟傳》二説。然《天文志》「西方十六星，象兩髀，故亦曰奎」，則「二」當作「六」。

《前漢書・霍去病傳》爲「票姚校尉」，《史記》作「剽姚」，服虔音飄摇。荀悦《漢紀》作「票鷂」，音頻妙、弋召反。蓋勁疾貌，故以名官。唐詩「票姚」平聲，且改「票」爲「嫖」。《正字通》入平聲。徐葆光《平定青海》句曰：「金城五郡領嫖姚。」陸棻《平滇凱歌》曰：「百蠻羅拜漢嫖姚。」庶弗爲莊綽所譏。

覃韻之「函」與咸韻之「函」異。積善《玉韞山含輝》詩用「含」韻，乃曰：「毓秀矜崑産，藏珍藉石函。」

王文簡公謂，善押强韻，莫如退之，却無一字無出處也。予案：應制詩得此訣，可以賡歌喜起。

今江蘇省曰三吴，《韵會》以爲吴郡、吴興、丹陽，《水經》以爲吴興、吴郡、會稽，《指掌圖》以爲蘇、常、湖。予按：吴興今隸浙江省湖州府，會稽今紹興府，亦隸浙江，則三吴兼吴、越言。許汝霖《聖駕南巡恭紀》曰：「數百萬租同日賜，積逋更貸三吴償。」從之。

《爾雅》：「哉，始也。」疏：「哉者，古文作『才』。《説文》：『才，草木之初也。』以聲近借爲哉始之『哉』。」《書》：「朕哉自亳」，「哉生魄」從之，而「哉生明」，《釋文》：徐音載。吴省欽《三讓月成魄》詩「哉生輝自吐」，則㫗義須探，屬對雅切。

「予」，《唐韵》余吕切，《廣韵》弋諸切，《正韵》羊諸切，並與「余」同。郭忠恕《佩觿集》：「予本無余音，後人讀之也。」顔師古《刊謬正俗》：「《曲禮》：『予一人。』鄭注：『余、予，古今字。』因此皆讀『予』爲『余』。《爾雅》：『卬、吾、台、予、朕、身、甫、余、言，我也。』此『予』之與『余』，但義訓『我』，非同字也。《説文》：『予，相推予也。』『余，詞之舒也。』各有意義，本非古今字別也。」吴棫《韵補》：「予當讀與。《詩》『或敢侮予』、『將伯助予』，《楚辭》『目眇眇兮愁予』、『何壽夭兮在予』，皆無余音。」高宗御試《杼軸予懷》詩，吴省欽曰：「啓予誠逭爾，言懷故邈然。」不用康成説。

詩家用「鄂不」，叶五物韵。《正韵》：「芳無切，與柎通，花萼跗也。」《詩》：「鄂不韡韡。」《箋》：「承華者，鄂也。」鄭樵曰：「不，象萼蔕形，與柎通。」陸璣《詩疏》：「柎作跗。」《左氏》「華不注」。伏琛《齊記》引摯虞《畿服經》：「不，與『鄂不』之『不』同。」李白詩：「兹山何峻秀，緑翠如芙蓉。」蓋因華跗而比擬之。胡傳讀「不」如「卜」，非。古詩：「使君謝羅敷，還可共載不。羅敷前致辭，使君亦何愚。使君自有婦，羅敷自有夫。」《康熙字典》案：「『愚』當讀若『吾』，疑模切，與敷、不、夫叶。敷、不、夫本同模韵。」《正字通》「不」改音符，叶夫、愚，非是。予至濟南見華不注山，上豐下儉，孤秀恰似荷華，然土人呼「不」作幫鋪切。

「囊」，《説文》：「槖也。」然《詩》：「于槖于囊。」明是二物。近人《錐處囊》詩只渾説。《詩傳》：「小曰槖，大曰囊。」《集韵》：「有底曰囊，無底曰槖。」

昔有用「雲夢」叶東韵，或謂「雲夢」當入送韵。按《左傳》、《漢書》，「雲夢」有平、去兩音。如曰卒無補於風規，祇以招其怨尤，則余不敢以小人度君子。故心有所疑，胥筆于此。

本朝兩開博學宏詞科，「詞」或作「辭」，或作「辤」，或作「儒」。《唐書・陸宣公傳》：「以博學宏詞登科。」此確不可易。詞，《説文》謂「意内而言外」。《公羊傳》：「《春秋》之信史也，其詞則丘有罪焉爾。」《史記・儒林傳》：「是時天子方好文詞。」《晉書・郭璞傳》：「璞詞賦爲中興之冠。」《舊唐書・張九齡傳》：「張説常謂人曰：後來詞人稱首也。」又《説文》：「辭，訟也。」「辤，不受也。」而《論語》：「與之粟九百，辭。」則以「辭」爲「辤」。《曲禮》：「不辭費。」則以「詞」爲「辭」。《楊修傳》：「絶妙好辤。」則以「詞」爲「辤」。三字皆通久矣。

武進劉文定公宏博第一，《賦得山雞舞鏡》詩曰：「山禽自是饒珍致，舞入銀華意更閒。乍啓雕籠驚的皪，旋開寶匣訝璘斒。空明仿佛寒潭上，來往依稀夕照間。顧影未須憐刷羽，窺奩何計憶棲山。風翻錦翼才飄袂，日映花冠却整鬟。赴節婆娑矜獨立，回身綽約喜雙攀。空花蹴處簷枝亞，虚翠交時砌蘚斑。似擬投林齊戢戢，可能對語更關關。雲回雉尾還呈態，月轉螭頭尚照顔。如許攬輝依鳳闕，定教接翅起鵷班。山梁縱説棲遲好，畫檻寧辤飲啄慳。冰鑑倘容長耀彩，微翎雖倦豈知還。」「山」字三見。如唐人《湘靈鼓瑟》詩兩用「不」字，相避爲難。杭世駿曰：「誰將翠羽出花關，朗對青銅意態閒。」起句用韵。齊召南曰：「好趁賓鴻來聖代，高攀儀鳳出塵寰。」對結。高廟御筆圈劉詩「可能對語更關關」，擢第一。

杜詔以諸生進《迎鑾詞》、《梁溪望幸詞》于聖祖行在所，賜詩。已而召入，書《御製金蓮花賦》。時同召者八人，各賦紀事詩。詔獨上一詞，得列第一。旋與纂修《歷代詩餘》、《詞譜》，既舉順天試，壬辰賜進士，改庶吉士。

德清蔡啓僔、從子升元，並第一人及第。升元《紀恩》詩曰：「入對彤廷策萬言，句臚高唱帝臨軒。君恩獨被臣家重，十二年間兩狀元。」庚戌、壬戌。升元《恭紀賜宴》詩曰「下直歸攜袍袖滿，團圞兒女盡分甘」，與朱彝尊《恭紀上以肴果賜及家人》詩曰「比鄰漏下驚窺户，兒女燈前笑攬衣」，同一情景。詩到真時，讀者笑樂。

張鵬翀奏進經史，蒙召對，賜御書「文綺」，作《紀恩》六絶句。次日畫《春林澹靄》，即題其上以進。高宗即用其韵，題以賜之。鵬翀又吟六首，仍用前韵以進。賞松花石硯，鵬翀再叠前韵紀之。一時士大夫依韵同賡，以志盛事。

鵬翀進《日長山静》便面，題八絶句。聖製即用其韵以賜。鵬翀仍前韵以進，有「爲問吟風還弄月，何殊夕惕與朝乾」之句，寓箴於頌，此其一端。又進《經史法戒》詩五十首。

一日高宗御門，鵬翀以腹疾先歸，被召不及。御製詩責之，並命依韵和進，俾當自訟。鵬翀曰：「虞廷宣召待賡詩，抱疾遄歸日午時。晝寢詎堪雕宰我，碩言端自媿蛇蛇。」

乾隆九年十二月廿六日，召張鵬翀入乾清宫西暖閣，賜「福」字。鵬翀口奏《紀恩》詩：「至尊玉殿親書福，先賜親王及近臣。格外恩波飛墨雨，拜瞻天翰動龍鱗。」

《詩》「夏屋」，《傳》：「夏，大也。」《箋》：「設禮食大具。」王肅云：「大屋。」《檀弓》：「見若覆夏屋者矣。」注：「夏屋，今之門廡。」朱子用王説。楊升庵引字書「夏屋，大俎也」，以《禮》「房俎」爲比。後人多從朱子，不但蔡升元《恭紀恩遣中使詢視屋宇》詩「巡檐夏屋樂渠渠」，張鵬翀《恭和粉團詩》「夏屋還垂溜」而已。惟洪梧《夏屋渠渠》試帖用舊注。

陳元龍《神武平北》詩曰：「天末一星餘畢昴，重煩玉弩振威弧。」「搏虎人歸誼玉帳，分營角起響金天。」「大荒自古無人渡，斷岸從今有棹痕。斗象南看皆奉朔，流沙西去亦稱藩。」「從來異域書難信，今日輿圖遠更真。」此等題目，貴切當時事勢，第曰歌頌功德，千韵百篇不能了。且不似黄、張《中興頌》，瞿佑譏其多誤也。

范忠貞公《瀛臺入直》詩曰：「曾看龍舸泛湖西，映日紅花色更齊。每憶長安直北望，青山重叠白雲低。」詩載《吾廬存稿》，詞意與題不類。按其卷帙編次，似在浙江作。

忠貞被拘時，戴賜冠，衣辭母時衣，吉旦、諱辰、朔月、月半，奉時憲書一册，北向拜跪，且朝夕奉對畫壁遺稿，尤千古所罕有也。其《至日》詩云：「憶昔日南亞歲時，趨陪鵷鷺拜楓螭。到今雲窟孤臣泪，上苑誰傳雁帛知？」《元日》云：「遥瞻北闕申華祝，獨誦《南薰》憶舜琴。弱骨倩人扶拜舞，不禁揮淚五雲深。」《元日望闕》云：「春回兩鬢復霜侵，愁病翩翾次第尋。飧雪三年如一日，傾葵百面結同心。遥依北斗同陽雁，何日南薰侍舜琴。拜舞但能長叩首，模糊泪眼白雲深。」《初度憶帝闕》云：「國恩世澤萃孤忠，我生之初更有終。短袖不堪瞻碧闕，破襟尚可愛清風。武侯心事身猶在，文正家聲樂已窮。黍谷吹葭知律轉，萬年天子日長中。」則《正氣歌》之亞也。

高宗東巡盛京，恭謁祖陵。胡寶瑔作《大禮慶成》詩五律一百五十韵，鋪張揚厲，無唇吻告勞之病。仔，祖似切，經生家相傳如是。《廣韵》有子之切，恪靖公詩曰「繼志重仔肩」，作咨音。

曹一士《越裳入貢》詩：「滄海無波日，青雲干吕時。炎方重譯至，卉服望風馳。粤自成周世，重逢清晏期。三千餘歲月，萬里外藩籬。馴雉登金砌，文犀燦寶羈。朝天衣錯落，頌聖語侏㒧。目眩祥光繞，神驚采鳳儀。人原同血氣，天不限華夷。拜賜心誠悦，歸帆路渺瀰。再來攜侍子，永世荷恩施。」

董邦達《恭和御製冰嬉原韵》曰：「元冥移律候，上苑鬬奇觀。欲試馮河勇，先陳宿衛官。晶瑩臨雪竇，蹀躞到滄灘。迅若星流曜，紛如浪激湍。形緣輕倍捷，力與巧俱殫。豈屢前車鑒，還同弭節安。弄丸能詎數，超距技非難。涉險猶占利，臨深未怯寒。珠宫真睒睒，玉宇更珊珊。極目疑飛鶻，翔身類聳鸞。縱横鵝鸛陣，馳驟雨風壇。臣媿語冰者，從徒壁上看。」冰嬉爲本朝典令，藉以肄武，讀此可知其概。

聖祖御試知州陶爾燧二律，以「賦得芳氣有無中」、「雨中春樹萬人家」爲題。

康熙癸未，賜楊瑄掛數珠，恭紀曰：「戒珠昭異數，秩命重朝端。忽沛便蕃錫，優加侍從官。細攢紅韎韐，閒綴碧琅玕。的的光交映，垂垂縷屈盤。章身逾鶡綬，襮采絢貂冠。銀管行間佩，瑶珂曉並寒。一時齊拜手，同列總騰歡。不羨三英粲，還將四照看。小臣慙負乘，素食凛河干。有夢隨仙仗，無能奉玉鑾。榮雖叨借紫，心未展懷丹。祇覺銜恩切，彌思報稱難。」

聖祖嘗賜侍從春盤，瑄時奉斗齋，特予素膳。紀恩有「清齋偏許膳調蘭」之句，其《恭紀賜砥石硯》

有「體示直方臣節在，中含虛受原注：下有一格可容紙墨。睿懷存」之句，《恭紀賜碧玉印池》有「浮筠旁映層波碧，從《藝文類聚》。渾璞中含一寸丹」之句，俱有寄託云。

張匠門大受詩有風骨而不乏采，聖祖南幸日，嘗召至御舟賦詩，因入館修書，後爲翰林。

王項齡侍宴景山前殿，蒙賜御筵棗一金盤，恭紀句云：「赤心敢擬蕭琛寵，嘉實欣霑方朔仁。」嘗隨滿漢諸大臣詣兩宮，蒙賜茶飯，恭紀云：「鑾輿豐沛朝陵去，聖孝晨昏敕使迴。居守濫隨丞相後，問安還向濯龍來。銀盤饌賜駝峰美，玉椀漿流鳳餅裁。自是宮闈傳懿德，萬年彤管仰崔嵬。」又曰：「起居聖母趨長樂，賜食宮門晝漏遲。禁臠喜充藜藿腹，天漿拜捧鳳凰池。兩宮壽豈黃裳吉，四海昇平黔首嬉。獨有小臣慚竊禄，惟將歌頌答皇慈。」

辛未元日，太和門賜宴，中柑子甚佳，攜歸者衆。項齡有句云：「朝正鳴佩隨班舞，錫宴傳柑拜賜多。」

嘉慶五年閏四月，奉敕選翰詹三十人，各書扇五柄。五月，復選十二人，分書養心殿屏幅。張問陶與焉，恭紀一律云：「寫徧人間十萬箋，揮毫新到九重天。儘能收斂山林氣，敢擬尋常翰墨緣。扇摺湘紋香在手，屏開玉版望如烟。蕭閒公事仍風雅，未負頭銜是散仙。」

乾隆癸巳，開《四庫全書》館，命翰林諸臣取院中舊藏《永樂大典》分種編録，每卷尾餘紙分賜諸臣。翁方綱作歌曰：「中天帝文《四庫》啓，秘館特遣儒臣披。尾曰侍郎臣拱上，院體細楷沙晝錐。幅餘繭素燦如雪，詔給臣等供其私。歸來作牋效減樣，試墨但媿無好辭。」

四十四年三月二十五日，御試翰詹于正大光明殿，高宗步至諸臣試席間。方綱恭紀云：「風來五明扇，步起九光雲。」

婁縣黄達於殿試日蒙賜桃，有句云：「故是綏山曾種得，誰云方朔會偷來。」黄曾偕同縣王匏如、范瀛山編《唐人試帖纂注》行世。

陸錫熊《庚子元旦》詩曰：「筴增萬歲天開子，占協三登日次辰。」《辛亥元旦早朝》詩曰：「兆應悉新年大有，筴增太乙壽無疆。」工切不可移易。

故事，歲首重華宫小宴聯句，惟南書房翰林得與。乾隆三十九年，奉旨召錫熊入，并賜如意畫軸，後以爲常。蓋方官翰林侍讀，以撰《四庫全書提要》稱旨也。

御園立「彙萬總春」之廟，以事花神。癸卯廟成，高宗題句，錫熊恭和曰：「春光閬苑問誰司，像設規摩偶肖之。秩祀山川同受職，名標紅紫各知時。歡迎仗鼓開逾密，香浥官幡護莫遲。催得萬花齊候駕，不嫌風信過辛夷。」

嘉定錢大昕少詹，周歲能言，晬盤獨取一筆。既以翰林扈從熱河，恭和御製詩進呈，並荷褒獎。辛巳以記注官扈從五臺山，中途恭和詩稱旨。回鑾命賡《游千佛洞》詩，餘臣皆不之及。

錢陳群進《耤田禮成頌》五章，集《易》、《書》、《詩》、《左傳》、《戴記》爲之，章八句，句四言。王編修嘉曾，文恭公曾孫也，嘗進高廟《六旬萬壽頌》九章，集《周易》、《尚書》、《毛詩》、《左傳》、《小戴記》爲之；駢體序九百言，集《文選》爲之。

癸巳元旦朝賀，大宴群臣畢，世祖召内三院輔臣學士及部院寺卿、祭酒、都給事中、掌道御史三十四人，宴保和殿。魏象樞時長吏垣，與焉，垂問年籍科分，酒肴皆出大内，得觀諸國所進樂舞雜劇，恭紀詩曰：「合殿初收萬國琛，紫微垣内接綸音。風高九譯當筵布，雲擁三台傍闕深。蒲柳氣涵君子日，簪工情愜聖人心。侍中經席誰堪遜，濫竊銀幡不敢簪。」

汪琬《世祖章皇帝輓詩》曰：「已致昇平胙，兼高孝治名。彌留念文母，謂昭聖皇太后。倉卒託阿衡。寢殿陳龍輴，離宮徹翠旌。猶傳罪己詔，嗚咽走蒼生。」「南苑停調馬，每歲駕幸南海子，必累月。是冬纔駐蹕數日。東邦罷貢鷹。詔罷高麗貢。車書方正統，弓劍忽遐升。玉几嗟空設，鑾輿憶舊乘。蒼茫哀痛日，大誓復金縢。時輔臣率百官誓于正大光明殿。」

「徯我」之「徯」，注疏：「胡啓反。」集注：「胡禮反，或曰音奚。」趙文哲《恭和高宗初入江南境》詩曰：「來蘇群徯我，不獲切時予。」

「雩宗」之「宗」，鄭讀若禜。文哲《恭和耕耤》云：「重民先穡事，考典協雩宗。」從本音。

昭烈帝與關、張三義之説，實難措詞。文哲《恭和御製登霞城閣原韵》詩云：「禁扁陵雲筆，依然耀廣衢。名仍三義舊，業創百年劬。道路傾高誼，風雲緬壯圖。珠囊空繼漢，玉座尚留吳。已定君臣分，宜更伯仲呼。聖朝有常秩，考典薦瓊蘇。」

山陽阮葵生《恭和高廟千尺雪》曰：「仙園頻引愛山情，石溜調琴澈耳清。練影如虹垂峭壁，居然絶跡擅飛行。」「湍流圓折拗如環，濺玉跳珠不暫閒。比似支硎應更勝，此間合署小廬山。」「界出青山雪幾層，水觀真契聖懷澄。泠泠不落聲聞果，如見光明證大乘。」乾隆五十二年，以刑部侍郎扈從灤河，覆校文津閣《四庫全書》，和詩三十餘首。時臺灣林爽文初平，俘至部，侍郎侍廷鞫，晝夜無少間，而校書和詩如常。

蒙山茶入貢以供大祀，吉陞保詩曰：「瞻雲凝露表丰儀，仙手排成三五枝。緣爲聖朝神器享，故留清品紫英芝。采從廟貌衣冠肅，製有調和鼎鼐宜。王道蕩平須款款，承恩多在首祥時。」

杭世駿《元旦雪中早朝》詩，不可易置他年元日：「霏微瑞雪屬朝家，灑向鵷行燦歲華。地道無心融麗景，天公作意放奇葩。銅池氣轉重凝澤，彩仗晴烘細著花。慚愧陽春無雅奏，感恩仍許酌流霞。」

靈石何道生《恭紀緬甸孟隕歸順納貢》詩曰：「蠢爾蠻壃學負隅，天威久貸後夫誅。梯航自入周王會，誥諭寧須陸大夫。風静木邦來象齒，月明洱海走鮫珠。節旄盡落歸蘇武，豈但煇煌《職貢圖》。」

康熙二十五年，御製觀象七儀，其象限、紀限二儀測術尤密，從古未有。李鍇有《觀象臺二十四韵》詩：「肇迹顓蒙闢，昭文象緯懸。健行標斡運，靈曜亦蟬聯。覆冒綱維集，盈虛氣朔宣。處高疑倚蓋，居默等淪淵。宿昔神明洽，儀型睿哲傳。造機符動静，剖器敵方圓。洛下功初述，鱗于治自專。錯銀星度密，注水地輪便。聖智通幽渺，天工絶後先。雙樞交合契，都柱直任權。梁裹觚棱厲，跗平締構堅。石渠深轢輂，銅羃徑張弦。管隸横簫側，弧分紀限邊。渺茫窺日馭，毫髮析星躔。歲月頒千禩，乾坤蕞一筵。世難求髣髴，誰足語蹏筌。矗立青冥表，憑淩沆瀣鮮。山龍迴局曲，雲海極雕鐫。

六合環嘗綴，三辰軌舊沿。華林遺製薄，文德巧思偏。瞻眺成真遇，低佪得暫延。王蕃徒酌古，虞喜謬安天。弱莛喑宏響，秋蜩惑大年。儻容恣寢伏，或擬著新編。」鍇字鐵君，係勳臣後，乃偕其妻赫含星氏桓若隱盤山鷹青峰下，揚扢風雅以終。嘗以元任官庫筆帖式薦鴻博，又舉經學，皆不遇。著《春秋尚史》、《睫巢集》、《後集》。漢軍文學，推第一人矣。

應體詩話卷三

嘉定錢侗庚午順天鄉試《正誼明道》詩：「功利祛私見，君仁致太平。誼衷宸辨正，道積聖躬明。秋矩乾行絜，春衢履坦亨。體嚴方外守，心闡執中精。制事規金鑑，綏猷秉玉衡。鵠形求繹己，龍首導由庚。十字丹書儆，雙輪紫極貞。大公端睿化，至論擷經生。」理致題以《西崑》體行之，最爲醒目。

《正字通》曰：「《家語》：或讀史云：『三豕渡河。』子夏曰：『己亥渡河。』『己』譌爲『三』，『亥』譌爲『豕』。」或曰干支内有五亥，己亥位居三，「三豕渡河」是隱語。《説文》：「亥爲與豕溷。」李陽冰曰：「古文亥比豕加一畫，《説文》溷亂，不足信。」近人《三豕渡河》詩曰：「漫傳三豕渡，須訂六書譌。」主舊説。

「觀」字古玩切者，訓視也、示也；古凡切者，亦訓視，而不若朱子觀示、觀瞻之釋爲明。蔣元益《管中窺豹》詩：「賓戲容兼彎，童觀未覺慳。」不用古音。紀復亨《青歸柳葉新》詩：「頓教還舊觀，正好暢新機。」用古音也。

「拔茅連茹」，王肅音如；《易》韵讀孺。《詩》：「匪茹來茹。」箋：「音汝。」徐音如。《前漢書·董江都傳》音汝，《王莽傳》音如。「茹藘之茹」箋及《爾雅》疏皆音如。茹毛、茹草、茹葷，皆音人庶切。餘音或平或仄。《正字通》以連茹、不茹、茹毛義列如音，以來茹、形茹等茹列孺音。《字典》非之。何道生《如茆斯拔》詩：「連茹豈繫匏。」仍王説。徐葆光《平定青海》詩：「在野白茅連茹拔。」仍《易》韵。劉成駒及吴穀人有《鍊石補天》詩。《茶餘客話》、《陔餘叢考》女媧之説備矣。予案：《説文》：「女媧，古神聖女化萬物者也。」鄖陽竹山縣西女媧山，相傳鍊石處。王象之詩「女媧山下少人行」是也。載在《戴記》，而不定男女，況其他哉。

「僾逮」，玻瓈類也，能照小物爲大物，見《丘陵學山》。近人眼鏡詩未用。至「靉靆」，見《正字通》，《洞天清録》、《方輿勝略》、《名物通》則用之矣。眼鏡見《陔餘叢考》。

漢《安世房中歌》：「桐生茂豫。」顔師古曰：「桐讀爲通，言草木通達而上也。」予案：史晨《饗孔廟後碑》曰：「桐車馬於瀆上。」其義相似。劉（邠）〔攽〕《刊誤》：「桐，幼稚也。」嘉慶丁丑會試，雋者多從顔注。

《説文》：「綸，青絲綬也。」《晉紀》云：「王敦欲伐甘卓，遣使送白綸巾。」謝萬著白綸巾，音姑頑切。世傳武侯軍中服之，訓爲黑色。唐李頻《和友人下第北遊》詩：「何必陶家有白綸。」與「身」、「春」同韵。今人或稱綸巾，作倫音，由此。

《詩緝》：「玉佩鳴丁璫。」《韵會》一作「丁當」、一作「丁東」。韋莊詩又作「丁冬」。曹仁虎「夜雨滴空階，點急遞丁冬」。

「罘罳」，多異説。《漢・文帝紀》：「未央宫東闕罘罳災。」當是連闕曲閣，以覆重刻垣牖，其形罘罳然是也。若屏及網，似不足書「災」。曾見闕里殿楹多絡銅網，韓文懿公詩：「罘罳璀燦簷前色。」張南華詩：「罘罳曉日上東蒙。」太學大成殿亦用銅絲絡簷端。劉藻詩：「殿廡罘罳麗。」

《詩》：「南山有臺。」《傳》：「臺，夫須也。」《疏》：「夫須，莎草也，可爲蓑笠。」「臺笠緇撮」，《傳》：「臺所以禦暑，笠所以禦雨。」《箋》以臺皮爲笠。徐鼎曰：「臺一作薹，此草爲笠，借爲笠名。」予案：《都人士》《傳》「臺、笠，二物也」，孔、鄭、徐氏並爲一物。近《臺笠聚東菑》詩不分明。

《戰國策》「趙起兵臨羊場」，《史記》「羊場之西」，注：「太行山坂通名。」予案：今人以小徑爲羊場，古人則實指其地。

「膏」，古勞切者，言澤也；古到切者，言以潤物。「春雨如膏」，舊作平聲。吴剛曰：「化工深醖釀，靈雨溥恩膏。」陳步瀛曰：「滋苗濃似醴，潑土膩如膏。」嘉慶初元，恩科會試，詩題《春雨如膏得稀字》，三年大考，是題得「訛」字。高宗聖製，「膏」作去聲讀。謹按：聖製《夜雨》詩按語：「春雨如膏，常言也，然弗多見。茲翻《左傳》，始知由來。季武子曰：『小國之仰大國，如百穀之仰膏雨焉。』後人本此。」若夫「陰雨膏之」，則見《詩經》。「膏膏」宜對《管子》之「風風」。

吾郡三泖冬温夏涼，月上波平，尤宜秋夕。往年提督爲其子弟擇師，或曰：「某也賢。」乃見之，問此邦名勝，某曰：「三泖作卯音。爲古。」提督曰：「泖同柳字，生不識字，去之。」予案：「泖」，《廣韻》莫飽切，《集韵》雖有力九切，然訓水貌。藩使傳題《泖湖放舟》，女士袁寒篁云：「一鏡涵幽艇，悠然閒思孤。天光渺何際，水色浸虛無。蓴渚棲游鷺，蘋洲浴野鳧。輕帆飛片片，風裹度吴歈。」又云：「微瀾千頃碧，一葉泛清波。隱現山眉淡，蒼茫雲影多。蓀蘭瀠浪靜，荇藻漾風和。漁笛聲悠遠，飄颻倚棹歌。」女士字青緗，雍正時華亭人。本姓王氏，母早没，事父盡孝。著《唳鶴灘緑窗小草》。

今上御名下一字，《易》「萬國咸寧」句第四字，功令字中作一畫一撇，近人于「丁寧」字作「錞于」。案《周官》：「以金錞和鼓。」注：「錞于也。圜如碓頭，大上小下。」《晉語》：「載以錞于、丁寧。」注：「淳于，形如碓頭；丁寧，鉦也。」一説如鐘，有舌謂之錞于，通作淳于。然《國語》注作二物。

鞦韆，本云千秋，祝壽詞也。語譌轉爲秋千，後譌爲鞦韆。吴穀人《簫聲吹暖賣餳天》詩「晴景畫秋千」。

鮓，海魚名，或作蚱。《博物志》曰：「鮓魚，今曰海蜇。」然蜇一種似蟹，可食，見《集韵》；一種似鰌鮓，見《類篇》。而鮓即水母。彭芸楣及鐵夫先生有《水母目鰕》詩。

《爾雅》兩「桑鳸竊脂」，「竊」，一作淺解，一作偷解。近日詩人止作偷油解，蓋易著筆耳。夫《爾雅》上句與「剖葦」對文，故有偷義；下句與「元藍」對文，故有淺義。然一作衍文。

《西京雜記》：「鼎，匡衡小名也。」《前漢・匡衡傳》注：「衡，少字鼎。」又「無説《詩》，匡鼎來」，注：「服虔曰：鼎，猶言當也。若言匡且來也。」齊次風詩：「來逢匡鼎頤堪解。」不用服説。

雁齒，不但橋也，羊齒草亦名雁齒，見《爾雅》郭注。張文敏公百齡《柳橋晴有絮》詩有「淡將黏雁齒」句，指橋。

鴻與雁别，見《詩傳》、《月令》注有之。鵠亦名鴻，見《説文》。予疑《孟子》「鴻鵠將至」，《史記》「安知鴻鵠之志」，並不當作大雁解。今詩人鴻、雁不分。

道光十一年，大江南北，洪水横流。改鄉試九月，詩題「采菊東籬下」。鄉試少以「菊花」命題，乾隆丁酉江南題「黄花晚節香」，胡鐘曰：「天非矜晚節，人自賞孤芳。品逸誰爲伴，心清别有香。丰標塵外遠，意味淡中長。」

十二年松江府試童子題「河干多是釣人居」，本朝王漁洋句。

砥石山硯，盛京名産。楊瑄云：「流潤松花波尚膩，含珍砥石德尤温。岳靈修貢登昭代，文府書勳自至尊。」又云：「文杏匣開雲鬱律，春蕉紋細縷迴縈。」閣學著述甚富，久未剞劂，近鄉人張應時刻其《蘿村集》一卷。

哲緑魚，即哲魯魚，似鱸色黑，出松花江寧古塔。瑄受賜詩曰：「貢出松花微帶雪。」松花江，國語曰「松噶里必拉」，「松噶里」者，天河也。口外有箬漠鮮者，亦似鱸，細鱗重唇，有黑斑，伊遜河尤多。蒙古謂之「濟伯格」。

蔣雍植秦樹幼作詩文，人目爲奇童。既以獻賦入官，辛未，皇太后萬壽，《早朝》詩句曰：「從此八荒開壽域，遞增十字紀鴻名。」

吾邑張文敏公墜馬傷右臂，適命和《落葉》詩，遂左手楷書以進。警句云：「遊戲聊同二月紅，何妨撒手付長空。」「黄枯緑嫩回環轉，只在清寧大化中。」「此際香巖枯木定，色根清净獨觀音。」「要知九夏裳裳有，即是三冬個個無。」「大椿過八千年後，一樣臨風剩橛株。」公通釋典，詩文中往往流露。所居秀野橋西世澤堂，康熙五十一年賜額。其孫鑑善琴，高宗賜詩有「鑑也無忘勖家學」句。

高宗御製《落葉》詩七律六首，乾隆七年張照奉勅書勒石，群臣自鄂爾泰下二十三人並刻于後。題難合應體，而兩「愁」字尤難見巧。張廷玉云：「禾黍家家慶有秋，山林遥落莫深愁。」阿克敦云：「就中領得清疎趣，不羨張衡詠《四愁》。」梁詩正云：「解道榮枯等閒事，多情楚客底須愁。」張廷璐云：「盈虚探取循環理，天地何心愉與愁。」敷文云：「欣瞻睿賞抒宸翰，腐敗猶無棄置愁。」勵宗萬云：「東籬尚有寒花在，寧爲飄颻惹暮愁。」胡寶瑔云：「蜷枝挺立龍鱗久，任飽霜華不用愁。」劉方靄云：「軒豁一時清耳目，等閒消息爲誰愁。」范廷楷云：「小臣載筆志深秋，喜讀龍章解旅愁。」皆别具手眼。

是題好句，則鄂爾泰之「何來錦色因曾見，此是秋聲不可無」、「澗底葉乾朝過鹿，林端月冷夜栖烏」，張廷玉之「莫把柴溪同一視，個中或有爨桐音」、「牆角影稀山盡出，渡頭烟冷水微波」，徐本之「傲霜黄菊方舒艷，耐冷青松不改柯」，阿克敦之「碧空澄徹見天心，不比春山花木深」，劉統勳之「山間樵徑迷難度，天際烟林澹欲無」，梁詩正之「一天霜露酣清曉，匝地丹黄繪好秋」、「林疎遠嶂分濃淡，枝瘦前村半有無」、「輸他黄菊猶存徑，羡爾青松不改柯」、「征客踏殘榆塞月，漁人載滿芷湘舟」，張廷璐之「雲中辨樹枝梢見，林際觀空色相無」、「待得春光迷大地，依然繁蔭見交柯」、「月明楚岫來遊屐，楓老吴江送客舟」，蔣溥之「掃來蕭寺和僧影，收拾青黄一徑中」、「窗前不礙雲來往，庭下頻驚風有無」，「春風有待應重秀，生意還餘不盡劉」，錢陳群之「空山鎮日無人掃，幽澗經時帶雨流」、「更餘蔀屋添薪望，盡入周流睿覽中」、「因風直欲群飛鳥，遲月應無礙遠柯」，德齡之「看取高枝懸碩果，不妨悴葉逐飛蓬」，趙大鯨之「鶴栖清露聽逾警，徑入寒雲杳莫尋」、「一春紅雨嘗縈夢，三徑孤松未改柯」，敷文之「春風尚憶鶯啼樹，夜月空憐鳥宿柯」，勵宗萬之「委地紅疑三月雨，夕陽黃雜萬山秋」、「收得足供宵讀火，莫教零落亂山中」，嵇璜之「巖際忽看真色露，村邊還有暗燈無」，裘曰脩之「氣霽遥空千嶂出，烟消極浦半痕無」、「踏枝恐誤巖前鶴，繞樹頻啼月下烏」，觀保之「已敷新黛留餘蔭，獨聳繁枝對晚風」、「但使根株欣得地，還期歲月漸成陰」，于辰之「天意但殷堅古幹，霜枝宜與點清流」、「神工鏤玉形維肖，高烏歸巢晚易尋」，胡寶瑔之「未令著地蕭蕭下，故欲淩波旋旋流」、「颸來尚襯淵明菊，掃後猶依仲蔚蓬」、「曾催行客霜鞍未，代得家書繭紙無」、「來春煦嫗還舒蕚，此日飄零不改柯」，劉方藹之「亂堆荒徑憑誰掃，行跡空山何處尋」、「聽雨孤燈猜未有，掛梢涼月礙全無」、「月窟常新高影桂，松心寧改舊時柯」，沈德潛之「空村堆去添寒色，斷澗飄餘礙淺流」、「打窗似聽清宵雨，平砌方知昨夜風」、「雲依疎樹稀留迹，月到寒林不受陰」、「鋪却石牀僧未掃，封將樵路客難尋」、「林下聲乾聞步鶴，枝頭霜冷想棲烏」、「閒共雲衣回古洞，遠兼雁影度滄波」，金文淳之「斷嶺幾層峰盡出，澄江一片水空流」、「滿城似落重陽雨，捲幔新延萬里秋」、「碧宇無邊凝望好，不須宋玉動深愁」、「最愛帝城佳麗處，不遮樓閣五雲中」、「何處好風來木末，有時寒月到庭陰」、「漁舟波盡衝烟渡，樵徑聲乾著屐尋」、「更與遠天添空闊，也隨高鳥入虛無」、「轉眼緑陰春又滿，蕊珠仍復粲三株」、「空谷風高常聚響，寒潭潦浄不生波」、「璿章披豁壯高秋，兑悦能消萬品愁」，范廷楷之「如何一夕乘秋去，翻愛寒叢守故株」、「孤蹤到處皆安土，殘夢回時未改柯」、「誰似白榆常歷歷，不爭榮謝傍銀河。」道光十三年，大考翰詹，欽命賦「落葉」，田嵩年一等第一。時有孝慎皇后大事。

張鵬翀恭和是題，獨切聖駕謁陵。有曰：「天旌澹拂飄蕭影，宮井深填寂寞秋。」「皋壤更增寥廓感，橋山高望迥生愁。」「五陵佳氣長無減，鬱鬱葱葱尚萬株。」於孟冬陪祀，齋宿官署，疊韵再和，有「官閣轉添詩興好，不隨枯苑攪離愁」、「成功易退看黄葉，好景難忘是緑陰」、「吟入疎鐘連上苑，夢隨殘籜逐孤舟」之句。十月二日，奏事圓明園，奉旨恭和三疊韵：「大似包荒函衆穢，直同傾否散群陰。」「昨朝頒朔奉春秋，紀歲寧縈别歲愁。」又四疊：「敢緣變化隨敷艾，幾受滋培比茁蓬。」别有《落葉三十首》，寓意咏物，無一語蹈襲。郭景純《江賦》猶三用陽侯，使事不重，竟非易言。

蔣士銓《恭和南苑賜哈薩克布魯特塔什罕回人等觀烟火燈詞原韵》，語多闓合：「羽獵纔停百戲開，萬枝鐙火照樓臺。扶輿忽湧光明藏，特地憐渠昧谷來。」「火樹銀花照眼新，暖暖蓬島欲頒春。纔知日出扶桑處，月鏡星毬也似輪。」「海子波明駕綵虹，天家臺殿在虚空。合圍慚愧回中夜，獵火星星與爝同。」「丹霞滿現赤城標，黄幕分明在絳霄。試看青蓮千疊綻，應知玉燭萬年調。」「不夜城開擁禁林，良宵故事可相尋。天光一爍群陰伏，共見重華法祖心。」「角觝魚龍戲最奇，神機約略見于斯。三更爆竹如雷震，不異陰山破敵時。」「組練旌旗駐水隈，試燈已足懾諸回。再然烽火轟神礮，只恐西人破膽來。」「不爲宸遊玩物華，天王柔遠惠頻加。投明棄暗如觀火，故遣降王走傳車。」士銓《恭紀聖武遠揚西域效順大閲禮成》五古千二百言，詳贍典實，箋訓者戛戛難之。

純帝幸杭，漁子例設具打魚，以奉睿覽。特命罷之，作詩以紀。士銓恭和云：「龡人以時梁，數罟盡休罷。澤虞掌水嬉，不綱聖仁在。紫淵實華鱗，類族市司買。縱之游浩蕩，圉圉忘觸礙。吾皇綜名實，曰咨百爾寀。人物産化區，分職有專宰。民歌育育魚，厥詩可旁採。兆爲牧人夢，烹則校人罪。開網出潛鰓，義取震故解。恩波濫中沚，素鬣謝沾浼。罷魚回凫舟，歌頌接欸乃。全身溥川利，民氣增十倍。」予案：「潛雖伏矣」之潛，同「潛有多魚」之潛，作槮義，與本章意義尤合。

高宗八旬萬壽，彭元瑞恭集御製詩句，譔《萬壽衢歌樂章》三百首，同鄒奕孝填綴宫譜，駢注進呈，命金簡以聚珍板印。既竣，簡請照欽定文廟樂譜，御製補笙歌樂譜頒行。初，西域金川大功告成，高宗親行郊勞，有凱歌之製，樂章用一字一音古法，載《律吕正義後編》。兹依放節奏爲之。

昔有賦「亥既珠」者，以「冬丁」、「不已」屬對。予疑不對，蓋爲少陵「雜耕心未已，嘔血事酸辛」誤也。

是年元瑞上《萬壽》詩，用八庚全韵。序曰：「數旋生而隔八，歲襲吉以由庚。」上召見，諭長律最重格調，八庚百八十有九字，一字一韵，遂至末句與首句不粘。應於首句入韵，以成偶數。

是歲也，外國諸藩皆遣使朝貢，賜燕紫光閣，復宴御園。帝手卮以賜，并製詩篇，命能者和焉。朝鮮國正使行判中樞府事李性源和曰：「堯階春葉報中旬，湛露恩深法讌頻。薄海歡欣同玉帛，寰區慶祝競神人。陪筵每感黄封遍，賜醖那安御手親。五紀馨香躋八耋，南山北斗總歸仁。」安南正使翰林院侍讀陳登大和曰：「虞階何待舞經旬，玉帛初通雨露頻。煦育肯分千里外，綏懷渾似一家人。幸陪周宴清光接，近挹堯尊咫尺親。新寵歸來分海國，共將華祝頌皇仁。」琉球國副使正議大夫鄭永初和曰：「御極垂衣正八旬，普天沐德獻琛頻。四夷駢貢蒙皇化，五代同堂仰聖人。召入華筵龍液酒，飛登紫苑鳳卮親。天顔咫尺霑恩湛，永祝昇平萬壽仁。」

中山官生鄭孝德《恭慶聖母皇太后萬壽》詩曰：「球藩奕葉荷絲綸，累譯來王拱紫宸。萬里風恬波静海，三山日暖草回春。惠覃遠塞休聲徧，恩覆炎荒壽宇新。喜值慈寧綿聖算，叨隨屬國頌皇仁。」「華府琉球王殿名。門前膺册封，一方阜壽沐恩隆。三平琉球村名。村酒千家碧，萬歲山取望闕嵩呼之義。花四野紅。地應離明長捧日，天瞻乾極遠呼嵩。今朝恭慶璇宫福，躬沐春暉虎拜同。」「文教遥敷島嶼邊，辟雍詔許沐陶甄。手摩鼓碣春光暖，身托槐陰舊蔭妍。豢養恩波深似海，栽培德化博如天。幸邀聖母長庚日，同效華封祝萬年。」「炎徼常懸向日心，喜將姓氏附青衿。履長共慶徽音遠，稱壽同霑聖澤深。玉宇祥雲浮鳳闕，瑶池瑞靄徧雞林。從知海屋添籌永，難老松齡邁古今。」「律轉初陽繡綫長，九霄慶靄正無疆。聖皇孝德高千古，壽母慈暉照萬方。日下尊親同覆載，春臺頌祝徧梯航。自欣陪隸隨多士，恭上南山壽一觴。」「聖壽緜緜慶九圍，純禧稠疊賜慈幃。珠連五緯明丹陛，璧合雙輪擁紫微。閬苑書繙瓊玉檢，瑶階綵試衮龍衣。共歡天意同人意，於萬斯年仰懿徽。」「禹拜皋颺頌母儀，許陳任韎奏侏㒧。兩階羽雜氍毹舞，六律鐘調《韶濩》詩。歡洽敷天長燕喜，慶流薄海普鴻慈。謳歌此日同中外，歲歲年年祝介禧。」「萬國車書拱帝京，普天齊唱九如聲。春明露掌開瑶席，日麗彤階捧兕觥。錫類無窮綿景福，推恩有永洽皇情。虎闈幸聽康衢頌，山阜歌吟喜載賡。」

琉球官生梁允治，字永安，入國子監官學，呈教習詩曰：「奇文詔許共窺探，萬里從遊意興酣。海外長瞻星聚北，帷前真喜派分南。藏書有庫常兼四，淑世餘肱已折三。更羨同門人濟濟，春風春雨灑青藍。」其國俗，子弟年十六以上入學，月試《四書》文，或五言四韵、六韵詩，佳者升入仕籍。其入監官生，向祇四人，嘉慶七年增副官生四人。然其俗不設科目，不用制義，所欲講明者，《四書》、《五經》、小學、《近思録》諸書，學爲詩賦論序。雍正八年，其子弟入監，教習官但教制義，歸國不副所願。乾隆二十二年，又遣子弟入監，始令讀書，學古、律詩，駢、散文，遂有成章可觀者。

世宗閲蔡嵩寓中筆札，有舉人顧成天《詠皇城草》詩，似查嗣庭、吕留良輩譏刺之意。於是查成天已刊詩，則有《恭輓聖祖仁皇帝》詩：「血氣尊親頸盡延，容真如地蓋如天。已增虞舜巡方歲，竟少唐堯在位年。」「何人不解君臣義，罕喻君臣一綫情。深淺豈真關貴賤，冷窗摇筆泪縱横。」「鑾輿六度接窮簷，日角天顔愓仰瞻。此日鼎湖龍已去，空教昂首望龍髯。」「京國遊踪出塞垣，九重猶想對臨軒。悲魂恍惚驚魂定，聞道新皇已改元。」世宗嘉其仁厚善良，召對，賜居花語山房，直皇子講讀。賜進士，授編修，以言事去。高宗登極，晉侍講。初入直時，呈所著《東浦草堂文集》，賜以序言，又《題鏡容》詩一律。李心衡《此君軒漫筆》謂《恭輓》詩七律十章，及謂歷官少詹，皆誤。《南滙縣志》作授編修，尋告歸者，亦誤。

德清徐倬，歷官翰林學士，告歸，值仁廟南巡，進《全唐詩選》一百六十卷，蒙褒賞，擢禮部侍郎。或人賦得始制文字，「黄帝」、「蒼人」屬對，俗美其善用《西溪叢語》侯剛氏爲黄帝衙人之工妙。然羅泌謂《論衡》倉頡，字盡作「倉」，《春秋》倉葛字不從「草」，《廟碑》作蒼頡之非，且「倉」本可對「黄」。

早朝詩不切時事，千手雷同，宜覽者倦矣。趙翼《己卯元日早朝》曰：「彤廷冠佩賀元辰，今歲朝儀分外新。雞鹿塞俱編屬國，麒麟閣已畫功臣。呼韓稽首班行肅，契苾駢肩宿衛親。紏縵五雲金闕朗，太平中外一家春。」

翼《恭紀高宗八旬萬壽》詩最新，句云：「但從御極紀春秋，已過梁唐晉漢周。後五代僅四十五年，上御極年已過之。」「二千年内只三朝，三代後，人君年八十者，惟梁武、宋高、元世祖三帝。還逐吾皇景運遭。」「重譯萬方胥象表，一堂五代衮龍袍。」「露湛衢尊千斛酒，香霏月桂萬年枝。」「見説靈椿八千紀，如今八秩尚初筵。」雲菘第三人及第，歷官貴州道。暮年重宴鹿鳴，受三品服。先是散館引見，高宗曰：「趙翼文自佳，而殊少福相。」翼恭紀詩曰：「文章似惜楊無敵，骨相兼憐廣不侯。」

應體詩話卷四

「敦」音最多，而「渾敦」之敦，杜本切，疏言「混沌」異言。嘗見《撲滿》詩曰：「有器渾敦體，惟開一線天。」王文簡公誤「玉敦」爲平聲，且不能爲賢者諱。

列聖功德，賦天繪日，我知其難。高宗聖節八月十有三日。乾隆五年，屆三旬萬壽，張鵬翀進詩三十首，有云：「花甲整齊纔半度，秋光管領恰中分。」可謂精切。詩上下咸平，用其全而適合，庚、青、徵似虚其一而不知。奉旨指出，鵬翀重爲繕册，并叠韵三十篇以進。有「銜恩頌德葵誠切，書誤還邀巽命寬」之句。又有句云：「聖人生日近中秋。」

「衣德」之衣，疏如字。徐於既反，注：服行其德。蓋服膺之意，猶衣十升之布也。鵬翀《經筵紀事》曰：「詎以規爲瑱，惟思德可衣。」作實用，作平聲。胡寶瑔《謁陵慶成》曰：「紹衣符三五，綿長紀萬年。」從徐。

文廟靈星門，義不從「櫺」，予載《闕里見聞》。南華《丁祭歌辭》曰：「龍光凝日照櫺星。」健庵《恭和聖祖幸闕里詩》曰：「奠瘞櫺星路。」吴襄《臨雍禮成》詩曰：「炯炯櫺星駐采旄。」尹繼善亦曰：「門啓櫺星俎豆香。」周長發《恭和雪浪石歌》曰：「位置妥貼櫺星門。」然《左傳正義》：「蔥中豎本爲靈。」則靈本通櫺。

《洪範》「平平」，宜雙用。周玉章《南苑大閱恭紀》詩曰：「遵道于今仰蕩平。」《南華經史法戒》詩曰：「無黨無偏王道平。」作單用。至《恭和乾清宮聯句百韻》詩曰：「泰階王道平。」則用「泰階平」之典。「王道」二字是足詞，當別論。

鵬翀《恭和聖製元宵粉團聯句詩五十韻》，有「甘白皆能受，升沈總不驚」之句，時服其能見身分。時奉敕群臣咏《元宵聯句》，及錢陳群，有「風團謝家絮，霜點洞庭橙」。出句云「一氣雙丸轉」，賡吟諸臣小語云此對正難。帝命中使奉饈來，信手賜對云「元宵百福并」。

唐律題有《昭君》，館中以「秦雲如美人」命題，村塾試帖有咏香奩詩句矣。或曰經史何如？予曰「踰牆摟處子」、「易内飲酒」，亦可課士耶？文妖經賊，願持風雅之權者中流砥柱。

朱埏之椒雨，虹舫先生兄，學博而未掇一第。嘗輯同館八韻詩爲《瀛海探驪集》，其言曰：「襏襫之野，不可以陟廊宁；袚冕之飾，不可以遨曠林。縵纓虬髯，非粉緑所施；苦竹哀匏，非笑歌所節。體各有宜，詎容陵雜。《詩》三百篇，若《鴛鴦》、《魚藻》諸什，即今應制遺意。厥後金馬石渠之章，大抵權輿于此。第逞瑰奇者，侈靈均之土伯；託隱廋者，衍莊姬之龍尾。餖飣瑣屑，纖巧嬛薄，皆暌對揚之體。」閣學門弟子馮泉、毛寅初、田椈同注其集，詳略得宜。本朝典故，尤加意焉。蓋諸詩頌揚，並切熙朝實事耳。

《歲時》、《初學記》等以十月天時和暖似春，故曰「小春」。孔平仲詩曰：「菊花羞逼小陽春。」高宗御製《小春説》用朱子《小雅》注：「陽十月也，時純陰用事，嫌於無陽，故名。」有老翰林作是題，未點所出。

南海程可則《元日御前金龜》詩曰：「靈心從雒水，垂象叶羲文。自以金甌質，來參玉鼎群。圖開光鑿落，春入氣絪緼。願比千秋鏡，年年奉聖君。」予聞明道先生今乏嗣，現襲博士，乃伊川先生後爲後。可則爲父行述，稱南渡之變，明道冢孫昂攜夫人邵適嶺南，居南雄，復至南海没，葬西樵山，子孫寖盛云云。見程士偉刻《海日堂集》卷七。

吴稷堂《聽彝堂試體》詩膾炙人口。然而《禮記》：「女媧之笙簧。」言女媧笙簧之善。《鍊石補天》詩曰：「笙媧功小小。」蓋從李善媧簧也。《左傳》「石言于晉」，怪事，乃《山呼萬歲》題曰：「石言神果降，詩月離于畢。」當讀如「儷偶」之儷，非「離别」之離。《日下船》詩曰「是氣同離畢」。「以蠡測海」之蠡，瓠瓢也，憐題切，非里第切。《愚公移山》詩曰：「功真同測蠡。」《刀劍録》：「周昭王鑄五劍，以投五岳。」《莊子》：「齊岱爲鍔，周宋爲鐔。」其《金人捧劍》詩曰：「豈借嶽爲鐔。」《觀》卦應去聲，「出谷」非黄鳥，其《燕乃睇》詩一則曰「隆棟協《觀》爻」，再則曰「晥鶯慚出谷」。杜工部反經史字音，《示兒編》譏之，吾願才人之作學人也。

乾隆五十五年，高宗八旬萬壽，製《八徵耄念之寶御製記》，副章曰「自强不息」。吴省蘭詩：「聖主念徵文紀璽，芝泥字字耀垣新。」

乾隆乙未會試，欽定詩題曰「燈右觀書」。王蘇《痕都斯坦玉墨瓶》曰：「攻玉痕都境，回疆二萬恢。器成瓶水挈，室仰墨雲開。印度鋼爲錯，隃麋麝作煤。波分蒲海潤，質自柳城裁。瓊葉花千楮，金壺汁幾杯。精良燈右伴，追琢極西徠。丸記廷珪古，工推喀嗎才。敷文天招煥，灑翰絢蓬萊。」

元稹《早春雨》詩：「香雲輕淡覺微和，風送春聲入棹歌。」「風」一作「誰」。予案：「誰」字渾而「風」字滯，且作「誰」字則十四字中自有「風」字在。何道生有《風送春聲入棹歌》詩。

「泰山霤穿石」，本《漢書·枚乘傳》。雷維霈詩云：「一綫玲瓏落，千尋吐納來。」又云：「涓滴年俱久，磨礱歲共推。」趙秉沖《奉仁宗敕録御製詩》寫作「霤」字，入石，摘去花翎。秉沖，文哲子也，賜舉人。工篆隸，供奉南書房，隨圍中鵠，賜孔雀翎，歷侍郎。

鐵夫先生《蝴蝶上階》云：「采芹香不厚，餐蓿興同孤。」又云：「詩好名空在，官閒夢亦無。」妙切本事。然先生官終華亭教諭，入貲爲國子典簿，未任，竟成詩讖。

鄧奇逢曰：「嚴滄浪論詩，以如鏡中象、水中月、羚羊挂角、無迹可尋者爲上乘，似獨不可施於試帖。以試帖有題，必須摹擬。若在可解不可解，最誤學者。」

沈德潛別解謝靈運「首夏猶清和」句，乾隆五十八年，天津召試，欽命詩題用此得「潛」字。儕嶠云：「雅詠思靈運，沿訛笑德潛。」蘭士云：「賦漫徵平子，訛真陋德潛。」

乾隆六十年，御製《賦得臨風舒錦詩得當字》，主尚絅立義，若臨風而舒，則近炫燿慢藏而弗爲貴矣。《庚辰集》注唐閻楚封《臨風舒錦賦》，以賦之明麗當如此爲韵，知爲論賦之語，然莫省所出。或因中有「擬潘文而更麗」句，遂以鍾嶸《詩品》附會之，此語果指潘文，不應云「擬而更麗」。予案：吴稷堂是題詩用潘岳事。

嘉慶元年考試差，詩題「麥浪得和字」，聖製詩注：「麥喜風，否則鬱滯弗結實，故謂之麥浪。」彭元瑞教習庶吉士，用爲詩題，並自賦八韻。同官屬而和之，多以之校士。句本鄭昂林處士《幽居》詩。

敕編《石渠寶笈續編》，時以項聖謨畫《天寒有鶴守梅花圖》呈覽，命登載。

蔡升元嘗受玻璃器皿之賜，恭紀云：「試欲酌春酒，持滿戒器盈。對茲冰壺潔，願況臣心清。」

徐嘉炎侍直南書房，賜御書臨蘇軾書陶潛詩，恭紀曰：「應識宸衷褒逸操，懸知天藻賞奇才。」

沈宗敬嘗被命畫扇，句云：「難描帝室山河壯，漫寫江南水石蒼。」

詔選宋、金、元、明四朝詩，以顧嗣立領館事。恭紀云：「四部紛綸群玉堆，編摩首命並蘭臺。」又云：「詞章結習是前因，碌碌甘隨十九人。卷列四朝詩作史，地分三館德爲鄰。」本注：「同館被命者二十人，是日《歷代詩餘》、《廣群芳譜》二館亦同宣旨。」王時鴻奉詔選録四朝詩，恭紀曰：「幾暇編摩事汗青，廣搜姓氏勝雲屏。君臣異代邀欣賞，今古詞人好敬聽。句入非常金石集，事同不朽鼎鐘銘。未容取舍憑胸臆，百遍吟來筆屢停。」時鴻分選宋詩，凡所採輯，悉遵聖諭。

叔黨《斜川集》久不流傳，康熙年，詔索之，未得，故四朝詩中只録一首。乾隆年，《四庫》館開，詔儒臣從《永樂大典》中搜羅遺籍。周編修永年得叔黨詩文，後仁和吴長元從各家選本考訂增補，爲書六卷。

孔子表字，雖未奉文敬避，然豈敢漫稱。有《盂方水方》詩起云：「主德宣尼諭。」予謂割裂謚法與字，或曰：「子不聞左思『言論準宣尼』，劉越石『宣尼悲獲麟』耶？」予案：左、劉本不足據，且其時尊孔子者未至也。

山谷言近世少年不肯深治經史，徒取給于詩，故致遠則泥。參苓之言，不但以詩入詩者當奉之弗失。

科舉初依勝朝故事，不似唐人用詩。自試鴻博以五言排律，既大宴儒臣，首擬漢柏梁臺體，命諸臣以次繼作，於是詩道盛昌。乾隆年試鴻博，以「山雞舞鏡」七言十二韵詩命題，爲七言明試之始。嗣此巡幸召試、大考翰詹，間用此體。於是遂有七言排律選本，而學子亦從事矣。

卉中晚香玉，種出西洋，名「土馝贏斯」。聖祖錫以嘉名。吳省蘭詩曰：「姑射冰肌抹麗顔，團團軟玉繞柴關。韵流却暑招涼會，香氾疎風淡月間。紈扇輕延微作態，羅衣薄沁不勝慳。姍姍影逗初烟動，脈脈神交委露閒。撲鼻多生相惜慣，搔頭無力可憐孱。情移瑶圃情誰喻，夢託薝林夢未還。如許温柔虚品第，特邀甄賞點仙班。酹花清句花應笑，照我軒屏雪一灣。」「抹麗」，《南方草木狀》作「茉莉」，《洛陽名園記》作「抹厲」，佛經作「抹利」，王龜齡集作「没利」，洪邁集作「末麗」，《廣群芳譜》一名「末利」、一名「抹麗」。或曰本外國語，無正字。

查慎行《謝賜玻瓈眼鏡》詩曰：「玉比晶瑩鏡比圓，一時披豁覩青天。明珠吐暈泥沙外，爓火分光日月邊。名紙尚堪題細字，秘書仍許對新篇。此生視息真何幸，雙眼摩挲敵少年。」「霽月光風在紫垣，海西佳製賜頻煩。潭空秋水清無底，壺貯春冰薄有痕。絶勝金鎞除脆膜，不須藜杖照黄昏。曾經隔霧看花後，老戀餘光盡主恩。」

阮葵生曰：康熙癸未，賜少宗伯孫岳頒水晶眼鏡。虞山蔣文肅時以庶吉士直内廷，奏臣母曹年老眼昏，上亦賜之，時以爲殊榮。蓋製法尚未傳世也。安溪李相公有《眼鏡賦》。乾隆五十六年，大考翰詹，詩題曰「眼鏡得他字」。

陳鵬年奉命直武英殿纂書，恭紀云：「思歸未忍赴衡門，直爲孤臣戀國恩。葵藿不知天地德，松筠常有雪霜痕。兩膺金虎分名郡，再入銅龍近至尊。驚捧温綸如夢寐，華顛徒愧赤心存。」公有氣節，情見乎詞。

錢栻《竹裏泉聲百道飛》詩云：「濃黛浮筠翻瀲灩。」蓋用《拾遺記》「蓬萊有浮筠之（翰）〔簳〕」之典，注引《禮》「竹箭有筠」，誤。鄭虎文《玉水記方流》結云：「磨洗登螭陛，浮筠達萬邦。」阮學浩《良玉比君子》云：「炳英會有浮筠質。」則深于經術。「浮筠」即「孚尹」，不止言竹。世多屬竹。

「拾璣羽而失鵬鯨」，魏泰譏黄庭堅語。作應體詩尤不可用古人未用之事，及《十三經》外僻字。因題頌揚，易也；有題本不稱，艱難措詞，名手能作頌揚，豈非巧力兼備耶？梁九山《運斤成風》云：「殳斨羅舜陛，利器仰磨礱。」《五劍在空》云：「自天馳紫電，指日掃氛雰。」倉曹《人物志》云：「黼座書屏久，儲名盡禹皋。」《十手所指》云：「所望群加額，騰歡慰具瞻。」王儕嶠《以指喻指》云：「撫辰調淑序，妙理五弦揮。」鐵夫先生《夏蟲語冰》云：「條銜承聖化，小智以時徵。」《蟻穿九曲珠》云：「羶慕慚輪悃，恢游聖寓洪。」

唐有仄韵排律。高宗《御製靈珀詩》，王蘇恭紀是題。

何硯農《折巾一角》詩一氣旋轉，試帖中化境也。曰：「有道先生出，中途雨偶逢。倉皇忘擁蓋，彳亍但扶笻。跬步行偏緩，從頭點已濃。乍看巾綷縩，無改度雍容。首訝積雙髻，山疑側半峰。儒冠紛則效，新製偏章縫。豈必儀堪式，由來士所宗。同舟仙侶在，人望説登龍。」

桐城張氏文端公與子少詹事廷瓚、文和公、禮侍廷璐、工侍廷瑑，及孫檢討若潭魚床、侍講若需中畯、閣學若靄晴嵐、若澄鏡壑父子入相，一門鼎貴，人各有集，彙刻制體，爲《講筵四世詩鈔》十卷。一日，文端公及孫在豐扈從南苑，夜值大風雨，聖祖曰：「兩翰林恐油幕未具，得無有沾濕之苦？」時漏盡三鼓，命中使傳諭移于五店皇莊。英恭賦詩進呈曰：「秋郊雲霧暗空濛，静夜攤書燭影紅。聖主慈仁深念及，小臣風雨直廬中。」「草濕烟深夜漏遲，特傳温諭出龍墀。頓忘帳外秋聲急，身在遥天雨露時。」一日聖祖在南苑行宫，方張鐙伸紙作大書，中夜傳學士喇沙里至前，問曰：「兩翰林此時作何事？」對曰：「在直廬讀書。」上曰：「可令兩人各賦良馬詩。」喇沙里請問良馬狀，上曰：「此不必論，古人以騏驥比君子，所謂驥不稱其力，稱其德也。」英恭賦二首云：「天閑龍種本星精，一片桃花萬里行。金勒乍銜疑電繞，玉鞭初動覺雲生。遠隨日馭過青海，遥逐霞光度赤城。幸傍鑾輿稱上駟，調良獨擅渥洼名。」「顧影天街燦錦韉，驊騮得傍聖人前。華山歸馬修文日，冀野登臺市駿年。芳草每銜仙仗裹，紅泉常飲禁雲邊。從來騏驥如君子，伯樂欣逢與共傳。」

乙丑除日，英侍宴内殿，賜青果，詩曰：「至味多從辛苦得，翻嫌梨棗太甘人。」

賜廷玉御書大「福」字，恭紀云：「聖皇賜福偏群倫，先許恩暉及近臣。受祉敬承天語切，擘窠驚見御書新。象同義畫千秋麗，義比箕疇九數陳。銀榜高懸光四照，履綏申頌太平春。」

乙酉春，廷玉侍直松江行宮，賜食蓴菜，紀恩述事曰：「九峰如畫影崔嵬，三泖波平任溯洄。張翰何勞動歸思，蓴羹分自御筵來。」物産增一典故。今已乏蓴菜，而吴江人能爲蓴葅，可藏數朞。

廷玉恭進《萬壽無疆》詩曰：「帝壽萬齡周甲始，韶華三月逐年新。」切六旬三月。徐用錫云：「輦路鶯花三月麗，康衢簫鼓萬年春。」戚麟翔云：「半月前人修上巳，浹旬後佛浴清和。」則俱切時日。王維《天長節應制》但切金天爲秋，不能切月日也。查慎行云：「萬年三月節，四海一家春。」

廷玉蒙賜御書「澄懷」二字，恭紀云：「久沐恩波依帝座，更將止水勵臣心。」

英掌翰林院事先後十二年，種槐十八株於署。洎請告，世宗在潛邸賦詩寵行，有「喜有鳳毛成五色，相將阿閣舊巢居」之句。後廷玉兼攝掌院學士，恭紀詩有曰：「回憶先臣典石渠，白頭猶掌紫泥書。閣中藜火光仍在，窗外槐枝蔭有餘。弓冶承家慚任重，鉼罍溢量愧才疎。鳳毛曾荷天褒寵，欲繼超宗遜不如。」

廷玉入講論書史畢，賜暖硯一枚。諭曰：「此朕新製也，賜卿爲三冬視草之用。」時方批答奏章，研朱未乾，恭紀云：「黼座陳書細討論，親承賜硯拜殊恩。研來御筆朱尤濕，捧到寒窗火尚温。端石總含蒼碧色，古銅深刻寶錢痕。玉堂新樣人争羨，況復心裁出至尊。」

乾隆九年，葺翰林院落成，車駕臨幸賜宴，送大學士掌院事鄂爾泰、張廷玉進署，以張説「東壁圖書府」五律字爲韵，賦「東」、「音」字兩首，敕群臣各分一字賦詩。廷玉得「圖」字曰：「卿雲籠玉署，黼座啓蘿圖。磚影迎天步，金聲仰聖謨。龍文成五采，虎觀拜諸儒。襄贊臣何有，賡揚帝曰俞。宴歌魚在藻，詩叶鳳鳴梧。兩世桓榮席，捫心感愧俱。」蓋廷玉亦掌院事廿一年矣。高宗舉十八學士登瀛洲事，顧鄂爾泰、廷玉曰：「二卿實不媿唐之房、杜。」廷玉《恭和御製賜宴賦詩後復得七律二首并示諸臣原韻》，有「俯伏花磚承指顧，載聆榮譽重逡巡」之句。

八月二十六日，瀛臺賜宴，用唐臣李嶠《甘露殿侍宴》詩爲韻。御製賦得首尾「月」字、「霞」字，諸臣又分韻賦詩。

湯泉在遵化州西北福泉山下，傍具冷泉，均其氣候。聖祖以地近孝陵，屢經臨蒞。歲時兼奉太皇太后遊賞。其上建宫，樸而不華。康熙辛酉三月，召從臣周歷遊眺，諸臣歡欣鼓舞，各賦詩恭紀。

徐文定公元夢創製詩枕，名手多與題咏，猶施愚山詩帳故事。其《恭和聖祖瑞雪》云：「高唱正宜方白雪，餘音併欲繞朱絃。」

尚書法海《懋勤殿恭紀》云：「天階玉燭有光輝，五夜披星對紫微。自謂侍臣趨直早，不知深殿已宵衣。」「晝漏稀聞出玉墀，春風暖閣日遲遲。乾清宫裏圖書滿，盡是君王御筆批。」「每有微風到玉墀，九重廣達四聰時。閶闔莫謂君門隔，民隱深宫盡得知。」

文端公福敏夏日侍皇子瀛臺讀書，製詩示勸曰：「高柳脩篁四面陰，纖塵不到講筵深。細旃廣厦無煩暑，要道微言須會心。物我相關方是學，驕矜偶見便非欽。子臣交責非容易，莫爲嬉游廢討尋。」不愧輔導。

洪承疇之在明也，統三十萬兵，號百萬，破於大淩河。承恩公夸岱有應制詩曰：「大淩河上水，猶自壯軍聲。曾以三千衆，來摧百萬兵。指揮欽聖略，駕馭盡群英。吾祖擒明將，奇勳一箭成。」可見其盛。

堂子，我朝大禮也，《新會典》詳其儀。見吟咏者，覺羅吉善《恭紀聖駕四幸盛京》詩：「堂子拜天，我朝家法。」

通政夢吉《恭紀平定兩金川大功告成》曰：「雪棧迎曦銷祲孽，參墟拱斗會星辰。」

鐵保編二十四旗自天潢迄公卿、大夫、士、庶人，以及武士、閨媛，古今體詩百有三十四卷。嘉慶九年經進，仁宗製序，賜名《熙朝雅頌集》。

聖祖第二子名允礽，理密親王。《恭和御製見龍行》曰：「長川大澤龍所都，飛空上下風雲俱。我皇乾健協龍德，坐清海若馴天吴。是時江流凈如練，蜿蜒百尺垂縈紆。伏朝御座鱗甲動，指揮似有神靈驅。昔聞黄龍出江滸，負舟猶復儆神禹。豈如聖德造化參，郊藪來遊翔且舞。點翰惟嚴顧諟心，中正粹精居九五。禎符叶應非偶然，萬古臣民欣作睹。」

刻稿存拗體，爲章法地耳。鐵夫先生《江村笛好晚登樓》詩，與穀人祭酒《孟浩然夜歸鹿門》詩是已。

先生《早菱生軟角》詩曰：「緣知胸雪白，露出性崚嶒。探刺真何有，模棱諒不能。」自抒胸臆，論世者宜知之。

文端公鄂爾泰著有《西林遺稿》，曾開府吳中，以古學造士。嘗會課士子於春風亭，以「邑有流亡媿俸錢」命賦，有《南邦黎獻集》。讀《恭和昭陵石馬歌》中數韵，可知原委：「聖朝啓運戰與農，輟耕調馬群摩弓。文皇雙馬特超絶，騊駼騄耳堪齊蹤。艱難馬上得天下，天下從兹集純嘏叶。至今斲石傍昭陵，始信人間有神馬。雲臺烟閣銘功宗，策勳此馬將毋同。在天之靈憑陟降，嘶隨列缺追豐隆。」

漢軍徐湛恩，字沛皇，由武進士官侍衛。以詩受聖祖知，頻預拜賡。改員外郎，歷官直隸副河督。有《通介堂詩稿》。

仁廟第十七子果毅親王，名允禮，著《春和堂集》、《静遠齋集》、《奉使紀行詩集》。有《熱河行宫應製》曰：「灤河北拱萬山層，别殿輕飈掃鬱蒸。清蹕朝從黄道出，天階遥見紫雲凝。披襟風拂瑶林樹，入座涼生玉碗冰。觀稼省耕真樂事，舜絃聲裏頌升恒。」

丁未，賜慎靖郡王御園避暑讀書。王恭紀二律，有曰：「一簾花雨催吟筆，十畝濃陰蔭讀書。」「披書静喜山當牖，琢句清看水隔簾。」王名允禧，號紫瓊道人，聖祖仁皇帝第二十一子。有《花間堂詩鈔》、《紫瓊巖詩鈔》。王飲食被服比寒素，齋居左右圖書，一覽輒得其旨。延接博雅端慤之士，日相劘切，以故學益邃，藝益高云。

上元後，惇叙殿宴宗室，又千叟宴時，俱作《柏梁》體聯句詩。諸王不能詩者，恭請皇帝代吟。

乾隆九年，駕幸翰林院，詞臣侍宴賦詩。非甲科，雖公孤不得與。特命賽爾赫以宗臣侍。明年宴瀛臺如前。公字慄庵，一字曉亭，號北阡，遇能詩者下之。著《曉亭詩鈔》。其《松山歌》曰：「錦州城南多崾嵎，路入坡隴低復起。行行曠望見廣原，一掌平開渾如砥。東南突兀聳高阜，行人指説松山是。松山之上一松無，風過濤聲清入耳。此山得名不記年，半土半石形迤邐。漢魏北燕遼金元，有明至今一彈指。人民城郭凡幾更，此山依舊蒼然峙。我來山下訪舊事，當年戰壘無遺址。緬邈崇德五六年，神兵禦敵渡遼水。彎弧洞鐵氣如虹，俯視將軍埒羊豕。千騎轉戰杏山前，路隔松山十八里。戰鼓驚天海浪翻，百萬覆軍强半死。凱旋牧馬瀋水陽，天助龍飛良有以。今日田園古戰場，萬縷炊烟墟落裏。沈吟懷古向秋風，殘照松山暮微紫。」《杏山行》曰：「杏山山上石屼嵺，杏山山下水瀏洸。山前山後沙土紅，疑是當年覆軍血。憶昔將軍初上馬，羽檄交馳偏天下。貔貅十萬出雄關，遮日旌旗隘原野。畫鼓三通不交戰，觱篥聲中轍先亂。二千鐵騎儼天人，大箭長弓一當萬。霜摧敗葉草偃風，血流海色波濤紅。功成不坑長平卒，祇今竹帛褒元功。吁嗟推轂竟何補，獻俘解縛拜聖主。有人東望尚招魂，衣冠昔葬燕山土。」松山、杏山二戰，我國家王業所開，録之使萬世下有考焉。

朱倫瀚由武進士官副都統，著《閒青堂詩集》，善指頭畫。聖祖、高宗均有題畫詩，供奉内廷，比文學臣。聖祖嘗書所畫扇，賜高麗國王，王請厚幣乞畫。姬傳先生論其詩不主故常，不背乎文章之理。其《九日菉漪園登高應教》有「眼底浮雲征雁去，閒中幽徑菊花開」句。

青浦陸箕永由諸生獻賦聖祖行在所，賜監生。内殿纂修《佩文韵府》，賜裘，恭紀曰：「頻年自分守章逢，忽拜珍裘出九重。寒氣溥回春浩蕩，榮光較勝翠龙茸。稱身祇懼恩難副，稾筆深慚職未供。聖世更無煩補衮，垂衣萬載頌時雍。」

乾隆中，熱河建文廟及文津閣，儲《四庫全書》。王昶《恭和御製至避暑山莊即事得句原韵》：「年年望幸動輿情，玉塞神皋喜氣生。已仰樂山兼樂水，矧逢宜雨更宜晴。宫牆數仞金絲備，書閣千函典册盈。總是鴻猷超邃古，親瞻鉅典快交并。」

應體詩話卷五

毛山子遇順云：「《四時讀書樂》，翁森作。森字秀卿，號一瓢，仙居人。宋亡，隱居教授。從俗本録者，多繫朱子。厲鶚選《宋詩紀事》，据《仙居志》定爲森作。近學院以『數點梅花天地心』試掄貢之士，限『森』字，士茫然。」予按：猶朱柏廬《治家格言》亦譌朱子耳。柏廬名用純，崑山人。錢文端家藏文徵明畫《四時讀書樂》詩意，春夏秋冬各一幅，手書詩于後。既陳睿覽，文端跋語亦盛稱紫陽，有《落花水面皆文章》詩曰：「紫陽學海共尊聞」，亦誤爲朱子。注者無能正之。

祝御史德麟《笙磬同音》詩原注：「案《周禮》『眡瞭掌』、『擊笙磬頌磬』，鄭注：『磬在東方曰笙。笙，生也。』《儀禮·大射禮》『笙磬西面，其南笙鐘』，鄭注：『東爲陽中，萬物以生，是以東方鐘磬謂之笙，皆編縣。』《詩》《毛傳》：『笙磬，東方之樂也；同音，四縣皆同也。』即朱子亦但言磬樂器，而不言笙，則所謂笙磬者，猶笙鐘，不得爲二器。蓋八音中石最難調，《商頌》『依我磬聲』，言有一定之聲，而衆聲依焉。磬既與琴瑟諸樂同音，則樂無不和。而後以雅、以南、以籥咸不僭也。唐李益作未能發揮，猶不失斯旨。近世賦此題者，大抵笙自笙，而磬自磬。」予謂唐人「笙磬聞何處，淒鏘宛在東」，視此有遜。

祝止堂《悦親樓外集·夢筆生花》詩有「異夢入江淹」句，主講我郡，以「夢筆生花」出賦得詩題，得

「江」字，王鐵夫先生監院駁之，改得「訛」字。夢筆生花，李白事，江是夢五色筆。止堂謂誤據《南史》。

乾隆丁丑，高廟再幸江南，試獻賦士於金陵，詩題《鴻漸于陸》。有一吴人押「漸」爲平聲，被放。或曰「漸」有平仄二讀，吾邑沈大成力辨平聲之非。沈以詩筆名，經史手自校勘，經宗漢學。有《學福齋集》行世。王蘭泉《鴻漸于陸》詩曰：「素有隨陽願，欣逢就日時。置身親斗極，流影照江湄。飲啄何曾計，扶摇有所思。一行書宛轉，數點陣參差。鶴共鳴皋遠，鶯慚出谷遲。風山占卦象，霄漢仰光儀。聖世栖鸞日，熙朝紀鳳時。圖南知可遂，振羽上天逵。」

《西京雜記》：揚雄著《太玄》，夢吐白鳳。李群玉詩：「子雲吞白鳳，遂吐《太玄》書。」近人多用《西京雜記》。

張仲雅雲璈曰：「清明前一日爲寒食，相傳以爲介子推故事。」按《後漢書・周舉傳》：太原一郡以介子推亡月，每冬中輒一月寒食。《太平御覽》引《桓譚新論》亦言太原氏以隆冬不火食五月。「月」疑「日」字之譌。予按：唐詩多以清明前日爲寒食，近日賦得詩多以唐詩命題，無不用「楊柳」、「餳簫」諸典，從《荆楚歲時記》。

文勤公阿克敦兩使西番，其《河源飛鳥外》詩曰：「當年持虎節，曾憶下西番。」結句用己事，於試帖爲變體。按窮河源，見《史記》、《元史》。我朝康熙四十三年，命侍衛拉錫窮河源，謂在鄂敦他臘，即《元史》火敦腦兒，譯言星宿海，至崑崙約一月程。乾隆四十七年，侍衛阿彌達奉命往青海窮河源，言星宿海西南，河名阿勒坦郭勒。蒙古語「阿勒坦」，黄金也；「郭勒」，河也。水黄，周三百餘里，入星宿海。自此合流至貴德堡，色純黃，始名黃河。阿勒坦郭勒西，巨石高數丈，名阿勒坦噶達素齊老。「噶達素」，北極星；「齊老」，石也。崖壁黃赤，上爲天池，中流泉噴湧，釃作百道，皆金色。入阿勒坦郭勒，實河之上源，又在星宿海上，在今回部中。水伏流而出青海之阿勒坦噶達素齊老，始經星宿海，詳審精密。無論拉錫但得其半，即《元·地理志》亦未晰。而太史公《大宛列傳》不知崑崙，更難得解。

嘉慶辛酉，復宗室鄉試，欽命《四書》題「親親」二句，詩題「登高無秋雲得無字」。果齊斯歡字益亭，號味山，四品奉恩將軍。十五善射，中式壬戌會試。欽命《四書》題「孝者所以事君也」三句，詩題「弧矢威天下得全字」。其卷不由房考閱薦，主試公閱進呈，欽定録取味山第一。詩云：「弧矢威棱振，神謨七德全。静持安若艮，迅發健於乾。赤羽星飛鏃，烏號月滿弦。射雕驚倏忽，盤馬應抽旋。巧力功兼至，鈎闓法遞傳。三驅勤獮狩，九伐震垓埏。彗孛從茲伏，共球莫不虔。天聲壧處聽，武義永昭宣。」由編修終廣東將軍。「壧」同「巗」，見漢《郊祀歌》。

張仲雅曰：「『相風』之相，今皆讀去聲。按唐吴融《便殿候對》詩云『半竿斜日下相風』。作平聲。然李義山《河内》詩云『孤星直上相風竿』。又作去聲。『相』有察伺之義，似讀去爲是。」予案：動静字，唐多誤用。若吾輩爲之，則彈笑不休矣。彭孫遹《乾清宫御試紀恩》詩曰：「風定相烏邊。」梁詩正《落葉》詩曰：「摇摇影逐相風烏。」

仲雅云：「刀斗，今皆作刁斗。按《方言》『舞升謂之刀斗』。《史記·李將軍列傳·集解》引孟康説，以刀斗爲鐎器。皆作『刀斗』。據《佩觿》及《復古編》，『刀』字本有都牢、丁聊二反，俗始以『刁』別之。」予按：今本《李廣傳》作「刁斗」，《韵會》作都牢切、丁聊切，是切非反。朱軾《青海平定》詩曰：「雲擁旌旄清朔漠，霜嚴刁斗靖關河。」

馮集梧述其父言曰：「予小時見諸經生家，大都不習爲詩。有習者，父師輒嚴禁之，爲妨舉子業。迨予入詞館，則同館中亦有入館始學五七字句者。乾隆二十二年，特詔鄉會試用五言排律詩，後改詩入第一場。而翰林館課及學使者之試生童，類皆有詩。天下學士，始翕然知所從事矣。」

凡一題二典者，各隨命題本意爲之，如限韵不露端倪，則當用前事。如「如石投水」，一見《列子》，一見李康《運命論》。衛肅用留侯事，又有二事分點者。

馮鷺庭輯《同館試律約鈔》，注「太乙乘蓮」，引《廣博物志》漢遺史，且曰：「按《淵鑑類函・花部》載此事，語多不同。係引《拾遺記》，蓋本諸《群芳譜》。」今檢《拾遺記》無其文，有注吴稷堂詩者，亦作《拾遺記》。

《開元天寶遺事》：「張説爲相，人惠一珠，紺色有光，曰記事珠。或有闕忘之事，則手持弄此珠，便覺心神開悟，事無巨細，涣然明曉，一無所忘。」馮鷺庭曰：「此云事有闕忘，非專爲讀書也。方回序《小學紺珠》曰：『唐燕公患多讀少記，得紺碧大珠，握以自照，則所讀所記，了了不忘。故後人摘書小説奇事，名《紺珠集》。』則知專以記遺書爲説，有自來矣。」予按：張錦芳《記事珠》詩起曰：「數典良非易，奇珍若起予。」通首亦不專指讀書，蓋從王仁裕語也。又按：紺，《論語》疏：「玄色。」《説文》：「帛深青揚赤色。」《博雅》：「蒼青也。」《釋名》：「青而含赤色也。」則與我朝所尚青色，俗呼天青、紅青者相似。

「五經無雙許叔重」，時人語，第四字與第七字協。吴騫《拜經樓詩話》詳之。予按：古東、冬、江通音，如「殿中無雙丁孝公」，見《後漢書》；「人醇工龐，商朴女重」，見《淮南子》。此「重」字義取鄭重，音切直容。近人《五經無雙》詩破聯云：「叔重通經籍，紛綸息雜哤。」梁九山《亥有二首六身》詩曰：「故應資叔重，取殿《説文》篇。」

高宗親爲考證，以鹿麋角皆解于夏，改定仲冬爲麈角解。御製《七十二候》詩，每因物以正謬，如豺獺焉知報本之誠，鷹鳩必無互化之理。虹藏小雪，氣已稍遲；雉雊小寒，時猶太早。蜃蛤爲於大水，原非親見之言；螻蟈鳴在夏初，自異能飛之類。當日詞臣於詩賦中遵引之矣。知古典尤當知今典，斯爲博學。陳初哲《麈角解》詩曰：「是麈非麋也，誰訛解角名。著書儒者謬，格物聖人精。尾大看無誤，頭童辨始清。本爲群鹿主，能應一陽生。脱等枯枝落，茸偕凍草萌。行來麈可避，觸處石無聲。玉柄譚方盛，黄鐘律已更。回瞻逢澤畔，依舊挺崢嶸。」

葉抱崧曰：「西河毛氏選唐人試詩，目曰『試帖』。」按《通典》稱明經先帖文，然後行試。帖經之法，以所習經揜其兩端，中間惟一行，裁紙爲帖。凡帖三字，隨時增損，或得四，或得五，或得六爲通。「試帖」之名，蓋與詩賦無涉。

趙損之有《甕聽》詩，許小歐作七排詳矣。法行于軍中，掘地丈許，中置一甕，静夜伏地潛聽，十數里中人馬行聲，雖銜枚卷甲，皆歷歷可聞。自此深一尺，則遠十餘里，以次遞增，可及百里。

笭箵之箵，《廣韵》蘇挺切。元結傳自釋語，與「生」協，蘇舜欽《松江觀魚》詩與「腥」協。後陸游、黄庭堅、秦觀、陶宗儀詩皆作平聲，入九青韵。金甡《得魚忘筌》詩曰：「維昔笭箵帶。」惟葛正華《漁舟繞落花》詩曰：「笭箵飄飄去。」從古。

鴻博待試，恩給月廪。秦松齡恭紀云：「上林未給尚書札，客舍先分少府金。」絲莼，松江嘉味。徐蘈坡詩云：「魚鱗吹浪碧，雉尾蘸波澄。蔓惹鷄頭芡，根牽烏角菱。緑蘋穿縷縷，翠藻襯層層。晚摘銀筐晒，晨餐玉釜蒸。細同鱸膾切，滑比蟹脂凝。薑嫩羹堪薦，菰香飯共登。吴中歸思發，洛下旅懷興。好譜《湘湖曲》，秋風憶季鷹。」

左太沖《三都賦序》譏及盧橘、比目，可知矯前人之弊，以徵實爲事，通人本色也。毋假稱珍怪，以爲潤色。

曹仁虎《老人星見》詩曰：「錫九軼周齡。」按：《禮》疏，皇氏作鈴鐸解。世好以别解解《四書》，而《十三經》注疏儘有異説，若用于詩賦雜文，視近代人説爲雅。

乙酉，召十三儒臣入蓬萊島，并賜蓮花一瓶。蔣廷錫作《賜蓮圖》紀之，勵廷儀題曰：「維蓮能虚中，離立色愈好。維藕有清節，處污質愈浩。於以礪臣心，於以規友道。君子風可掬，冰壺德堪澡。眷懷爾我閒，百年式相保。」

聖祖欽定測時儀器，嘗設西洋儀器測地之圖，召群臣觀之。賈國維詩曰：「聖衷妙神契，新裁出機杼。」

福敏《乾清宮侍宴賦柏梁體詩恭和御製原韵》有云：「青陽令節方三始，黄耇耆英在四筵。」

鄂爾泰《恭和御製翰林院宴畢駕幸貢院七律四首原韵》曰：「幾聞玉趾移亭午，來自詞垣論曰辛。」「量校不收無行客，獎成深許讀書人。」御製句云：「從今不薄讀書人。」「南朝風月徒爲耳，北斗權衡有是哉。」「國器半爲貧賤士，棟材常起末微官。」史貽直曰：「徘徊滄海探珠地，惆悵荆山獻玉人。」阿克敦曰：「海底千層收欲盡，竿頭百尺進猶難。」德齡曰：「已遺旌旄問姝者，更同喜起詠熙哉。」「石多似玉分須急，金必披沙揀最難。」勵宗萬曰：「日邊氣旺青雲客，山外歡回泣玉人。」「盡除宿弊持衡易，特命新題勸説難。」汪由敦曰：「繡楹寶帖榮觀國，玉版奎章懋作人。試看和風吹長養，八紘隨處布陽春。」御製詩并御製書聯扁額發直省貢院，恭奉勒石。「鳳皇鳴矣梧生矣，元首明哉士勗哉。」「披沙不道求金易，抱璞應憐獻玉難。」劉統勳曰：「價比連城真贋别，目迷五色鑒裁難。」梁詩正曰：「漫言場屋科名易，須識朝廷拜獻難。」嵇璜曰：「天筆大書珠斗焕，帝歌賡作慶雲開。」「從今郭隗臺邊路，不數千金買駿來。」「文期有用爲佳耳，士聽無譁尚慎哉。」「題目禁中由御定，主司簾内異粗官。」鄂容安曰：「巨典鴻文超令甲，景雲旭日正先辛。」是日庚午。「從容天步登龍路，辛苦風簷立鵠人。」董邦達曰：「多少風檐辛苦泪，翻從感激聖恩來。」秦蕙田曰：「正期志節侔三代，詎以文詞貿一官。」鶴年曰：「鑾輅所過如挾纊，不關候值小陽春。」「弊清簾外蒐羅易，題出宸衷擬議難。」劉綸曰：「風雲並護三千籍，雨露先沾十八人。」「自此登龍真得地，至尊親駕六飛來。」「每懷宵旰求賢切，彌覺文章報稱難。」于敏中曰：「文運百年周甲子，秋期八月過庚辛。」「若論觀國才非易，語到知人哲最難。」觀保曰：「頒來丹詔逢先甲，算到良時届下辛。」二十八日辛未。「遭逢如此人知否，辛苦猶蒙帝念哉。」「萬歲三呼千載會，重瞳一顧四門開。」裘曰修曰：「經術一時推學者，股肱他日待良哉。」「試看雷雨經綸起，未覺風雲際會難。」「聖朝玉尺高懸處，不使良材爨下殘。」楊述曾曰：「振興士氣俱升矣，稠疊王言實大哉。」竇光鼐曰：「闊到海波能育物，明如天火受同人。」「文章自要争千古，科第寧惟博一官。」高宗幸貢院後，試題命出，遂爲例。張鳳孫詩所謂「挾書弊已清簾外，欽命題還出禁中」。

翰林院有孔子廟，其土地舊傳韓文公。高宗臨幸時，親舍菜孔子，遣祭昌黎。劉綸詩曰：「昌黎作社儀兼備，宣聖親祠典更崇。」今别建土穀神祠。

雍正二年，殿試後在保和殿考《四書》文一篇，詩一首。

阮葵生曰：「己未宏詞科，施愚山以『奸』韵降等，錢唐王嗣槐以失韵黜落，鈍翁、稼堂皆有錯處。明人疎于韵學，雖名家亦多誤用。國初名流如梅村、西堂輩皆不甚切究。温公曰：『修萬物之體用，莫過於字；包衆字之形聲，莫過於韵。』故讀書須識字，作詩須辨韵。」予按：己未李來泰以東韵出「逢」、「濃」字。

阮吾山曰：「番禺莊滋圃狀元朝考《春蠶作繭》詩：『經綸猶有待，吐屬已非凡。』家大人讀而賞之，此狀元宰相語也。後果協揆。」按：此公試童子時作，吾鄉王丕烈賞之。

高澹人《咏風鳶》：「笑伊雙翮本無能，偶藉吹嘘驟乃爾。一朝線斷風力微，瞥墜塵埃污泥滓。」淺甚。張硯齋相國詩云：「霞舉軒軒五色繒，高危那敢不兢兢。九霄日近增榮采，四野風多仗寶繩。本是無心舒薄翼，何須著力使長肱。槐烟榆火清明後，應是天池六月鵬。」真金華殿中語，應制體須如是，吾山云。

高宗《欽定四書文選》，張鵬翀詩曰：「天縱聖人親點定，經生頭白媿紛如。」又撰《皇后親蠶詞》六章曰：「宫闈雅化媲《周南》，浣濯恭勤賦《葛覃》。繭館乍開春苑曲，鶯花三月事親蠶。」「星明天駟映蒼龍，苑窳神光兆慶重。元后翟車承玉輦，先蠶俎豆倣先農。」「風光容與媚春陽，共助金籠與玉箱。一脈直承嫘祖祀，不須學祭馬頭孃。」「祀事躬親薦鞠衣，桑園烟靄拂雲旂。瀛臺上接銀灣水，光粲天孫織錦機。」「初浴紅蠶傍碧川，桑條縷翠候三眠。上山起箔功成早，占得清和四月天。」「湔裾祓禊舊風沿，蠶事初開甲子年。從此女紅勤萬國，好教芸館紀新編。」鵬翀嘗拜御筆「松竹雙清」之賜，築雙清閣，并編其詩曰《雙清集》。

華亭張榮字景桓，好古負奇，作詩三萬餘首，刻行《空明子詩集》十卷，百之一耳。巡撫湯公以《九峰烟雨》課士，景桓詩曰：「一自淩岩論列後，九峰天外落雲間。雲間地卑當澤國，平蕪如鏡少高山。東有大海勢浩渺，西有三泖水潺湲。襟以申江白似練，帶以吴淞細於線。獵城之北列九峰，烟雨荒涼看不見。古木蕭條翠靄中，浮雲疎處開宫殿。僧房鐘鼓動寒烟，晚雅帶雨歸如箭。九峰位置若雁行，松爲佩兮竹爲裳。登高極目發長嘯，一片雲山正渺茫。憶昔柳陰聽曉鶯，桃花成浪逗春情。踏青士女喧千陌，烟雨還輪暖日晴。」其兄弟從子貴顯者衆，而景桓以校官終。

有「鑒空衡平」詩，不還出處，或注作《朱子語類》。原本王充《論衡》。

姚範《長命縷》曰：「小物效岡陵。」「陵」字近人避用。畢沅《山呼萬歲》曰：「辰居星拱北。」鄭虎文《玉繩低建章》曰：「辰居儼式憑。」「辰」、「居」字連用，亦近所避。

繁纓即樊纓，一物也。《周官》注：「樊讀如鞶，馬大帶也。」《禮器》疏：「繁，馬腹帶也。」《儀禮》注：「纓，今馬鞅。」《周禮》注：「纓當胸，削革爲之也。」《左傳》注：「纓在馬膺，首如索裙。」陳雲莊曰：「染絲而織以爲罽，繁與纓皆以此罽爲之。」蔣雍植《德車結旌》曰：「非緣亡大旆，豈爲惜繁纓。」以爲一物。

放翁字，《居易録》：「當作去聲。」陳嗣龍《秋山瘦益奇詩限觀字》曰：「好景傳於越，高吟憶務觀。」不又爲王景文續耶？

吾家出於越，廉夫先生族也。《春秋》：「於越入吴。」注曰：「於，發聲也。」《史記》作「于越」，注亦謂發聲也，與「於」同。《荀子》則作「于越夷貉之子」，而于溪入越地得名，宋劉昌詩獨取之。

「日月其除」之除，遲倨切。温常綬《三餘讀書詩得餘字》曰：「寧憂日月除。」作直魚切。

鄂爾泰嘗蒙琉璃瓶荷之賜，敬依原韵恭紀曰：「好相不殊空裏色，真香恰似有中無。」《恭和御製咏竹原韵》曰：「萬竿蔽千畝，深翠縝繁陰。自有鳳鸞集，曾無苔蘚侵。虛中涵妙理，疎節動高吟。日月移寒暑，終年祇此心。」

夏雨初霽，高宗恭侍孝聖憲皇后園中遊賞，作五言律詩。鄂爾泰敬和曰：「蘭殿慈暉永，龍池霽景多。一人崇色養，六月紀歡歌。花笑鳥争舞，荷香魚戲過。驪珠四十顆，手捧樂云何。」

張英《試馬歌》曰：「國家典禮有深意，恐有鹽車困騏驥。便是金臺市駿心，伯樂一顧空幽冀。」得體之言，與沈德潛相似。

西苑侍直，命觀稻田、菜畦、蠶舍，英詩曰：「池館蕭疎農作繪，君王清燕稼先知。」

英有《賜櫻桃》句云：「薦廟祇因先百果，承恩舊許賜千官。」不知題目而自知題目，咏物佳作也。又有《賜高麗人參》詩曰：「紫團名重舊神京，瓊液金枝色最瑩。山澤常看雲氣護，海天朝映日華生。俯憐弱質宜仙草，特賜靈芽荷聖情。時飫甘香同湛露，勝含雞舌在西清。」

聖祖命供奉周道寫英小象，裝潢賜之。英恭紀有云：「香近御爐熏絹素，墨和仙露點鬢眉。三毫頰上頻添取，多在天顔指顧時。」又曰：「麟閣勳名慚竹帛，瀛洲文學愧丹青。」

便面畫雙鷺碧蓮，題曰《路路清廉圖》，奉敕賦詩。英曰：「精白勵臣衷，含清藻繪中。蓮香披淺瀨，鷺羽立芳叢。皎潔心常似，塵埃意已空。聖懷勤賞咏，長此振清風。」

陳維崧《賀蘭國入貢歌》曰：「一人屈紒立且蹲，血色之罽光璘璘，十指裹革不得伸。一人鶡鼻皮肉皺，錦襻兩頭穴若囷，以手藏之手不龜。其餘賤者十餘人，相隨市上行皴皴。桃花鬖髿飄魚鱗，寶刀切菜兼切銀。俗愛禮數能謹馴，恭敬掀却頭上巾。觀者雜沓填城闉，問事不省顔色嗔。嚶嚶咿啞微鼓唇，船中貢物錯疊陳。琥珀大者如車輪，珊瑚一丈顔色新。沈檀迦楠高等身，有時拉折摧爲薪。白牛香象尤絶倫，竹批雙耳不動塵。下視凡馬徒狺狺。嗚呼中朝儉德薄海臣，不寶珠玉惟仁親。史書康熙六年春，賀蘭之國皆來賓。」「賀」同「荷」。

元始有獻獅者，康熙年西洋貢獅子，館閣多有題咏并繪圖云。身如黃犬，尾如虎而稍長，面圓如人，不似他獸之狹削。吼聲如無數銅鉦斗合擊。牛馬聞之，無不戰栗。王漁洋《大西洋貢獅子歌》曰：「古云狻猊日走五百里，遠隔流沙生月氏。康居疏勒曾一獻，丹青顧陸矜神奇。夙聞其名思一見，玉關迢遞天西陲。況復野干日鳴噪，安得一吼驚嗄咿。聖人有道十七載，景風海外舟車馳。玄龜象齒紛置驛，文犀桂蠹羅庭墀。大秦之西國絕域，懸橦度索來數期。厥有神獸倏方物，波濤遠迸蛟龍隨。海人泉客盡避徙，朱衣絳(績)〔幘〕不敢窺。形狀瓌詭氣奮迅，目光睒睗毛彨彨。巨髯毿毶尾如斗，勁毫柔毳相離披。發聲殷其雷破壁，顧盼已却千熊羆。乳虎犛牛望辟易，何論六駮兼文貍。搏象搏虎具全力，威在齒尾非毛皮。上林晝開射熊館，詔付象胥有職司。聖朝寶德不寶物，百獸率舞良所宜。五風十雨兆民足，騶虞在囿麟來嬉。寫入《職方》舊圖繪，二《南》萬古傳《風》詩。」

聖祖之詣闕里也，親製祝文，行九拜禮，親書扁額，留曲柄繖，俾丁祭陳之。姜宸英詩：「祝辭親製皇帝獻，告虔幣嘉酌清酤。贊稱九拜獻三跪，此事今有古所無。青雲留拂翠華葆，垂露交輝金榜烏。」高宗遵祖制行之。秉杷於嘉慶十八年瞻仰宮牆，想見列聖崇儒重道之盛云。周長發恭紀曰：「道重尼山典禮成，特留紫蓋煥軒楹。」

高宗登極，遣祭闕里，勒文於碑，碑石作鐘磬音。後駕臨試之，果然，題詩於陰。錢陳群和云：「試果云然人亦云，由來一見勝千聞。萬年有道龍飛日，早向靈鼉卜右文。」

長洲吳廷禎字山掄，初名棟，前後試有司者二十有三，皆第一，顧不得一衿。借陝貫舉京兆，旋以異籍斥。己卯，仁廟南巡，士多獻詩，上拔廷禎第一。復鄉舉名，入直武英殿，癸未成進士，入翰林。

常保住《聖駕南苑大閱恭紀》云：「周典遵冬狩，虞田命夏官。海子縈波碧，都人覲渥丹。天章輝玉藻，文德譜《猗蘭》。」觀保《臨雍禮成恭紀》云：「紫詔從容頒鳳采，『彩』字三用，故易之。素王統緒接蟬聯。」巧對工絶。

應體詩話卷六

「寧復離須臾」，近人賦「不踰矩」詩。按「離須臾」之離，郎計切，義訓去也。若「宿離不貸」之離，吕計切，相近；義訓偶也，相懸。《詩解》從《中庸》，音從《月令》。

吴穀人《紅蓼花疎水國秋》詩曰：「餘艷落江湖。」又曰：「鄉味在蒓鱸。」成讖語。是題當暗切鴻雁。

「落花三月暮，芳樹一鶯留」，穀人《春晚緑野秀》詩也。

西溪昔以梅勝，今改觀矣。聖祖賜幸高士奇西溪山莊，士奇詩云：「乍春開總翠，驟暖落繁素。」予曾訪之。

聖祖幸時賜詩，并御書「竹窗」二字。士奇詩云：「雪蕊烟梢光睿藻，竹窗梅岸洽宸襟。」

高宗幸紫陽書院賜詩，沈德潛和云：「地近聖人居，品冀千人俊。肄業恒于斯，禔躬勤以慎。比草遠賫菉，擬香佩蘭蕳。勿裨異説行，要使前修振。鹿洞緬宗風，明明古人訓。有孚自盈缶，不恒恐貞吝。嚴辨取與介，熟審去就分。耀錦失藴蓄，炫玉召瑕吝。諸生勿自畫，羽翮期千仞。諸生勿躁急，萬里貴日進。願言頌天章，游泳文明運。」可作書生座右銘。

内府王羲之書《内景經》、《曹娥碑》，嘗許儒臣觀之。陳廷敬詩曰：「龍跳虎卧在眼底，置身鳳闕當天門。」又有懷素書，張英詩曰：「藤影盤時鶴欲棲，劍鋩舞處蛟堪截。」又有顔真卿書《朱巨川誥敕》，有唐、宋璽，廷敬詩曰：「平原大節何嶙峋，端人正士儼垂紳。世人學書工側媚，塗飾形貌無其真。」英詩曰：「平原雄勁若有神，内制猶存寶篆新。」

朱子書古拙，御府亦藏之。廷敬詩曰：「考亭樂道亦游藝，縱横妙得蒼史意。頓挫盤蹙勢更奇，行空天馬群鴻戲。」英詩曰：「骨氣蒼嚴數晦翁，偶然藻翰皆能工。始信真儒自淹貫，臨池原不比雕蟲。」是謂知言。

仙人楊義和書《内景經》，宋徽宗題爲右軍書。江南韓氏家藏，後歸天府。有蝦鬚草爲小簾裹之，以避濕氣。高士奇詩曰：「香檀秘笈護何帙，蝦鬚小簾纏裹密。」又曰：「此卷向在江南久，結緑懸黎價無偶。千年異跡册府登，肯使終爲塵寰有。」

《淳化閣帖》以賜畢士安本爲第一。士安有跋，亦藏内府。士奇詩曰：「《淳化》祖本鐫摹工，流傳人間稱第一。」乾隆中摹刻。

本朝屬國，高麗最爲恭順，使者衣冠古雅，容貌晳秀。唐孫華詩曰：「折風紗幘屋微高，廣袖朝衫紆帶組。雍容猶見漢官儀，便旋不作白題舞。」形容恰當，非鑿齒雕題所可望者。

《禹貢》「三江」，説者紛若。世宗詔減蘇、松浮糧四十五萬兩，陳璋作頌曰：「三江五湖恩波揚，兩郡家室盈倉箱。」主九峰也。《字典》：「松江，《禹貢》『三江』之一。或作淞。」亦從蔡氏。

鄭任鑰拜砥石硯之賜，恭紀云：「守静尚默乃可久，不緇不磷無玷污。品方質厚硯之德，豈以瓦合矜時趨。」

瀚海石大者如馬肝，小者如珠如玉，如瑪瑙珊瑚、蜜臘金。中虚而外朗，起膶紋。又有如梅如桃，如山柿、石榴子、牡丹牙。或曰：此即馬肝石所孕也。剖而出之，瘢不似，告者曰：此初剖也。日炙、風掃、雨濯、霜雪侵，剥落盡，則光璀璨矣。見《西北域志》。内廷陳設有此，查慎行詩曰：「女媧補天煉五色，散落人間人不識。年深道遠莫致之。瓌寶仍爲天上得。」

擘藍，北方有之，芋形蔔味，載《群芳譜》。高宗御畫之，且製一詩。沈德潛恭題，即次原韵曰：「擘藍譜入《群芳》中，兄視園葵弟山薤。養成木本挺磥砢，霜雪夜侵常不壞。味甘差可佐稼穡，性淡未須埒薑芥。一經御筆賜描摹，窮簷風物饒生態。安得山左遍地生，劚取充飢萬民賴。蚩蚩肉食厭肥膿，此品未嘗何足怪。」金川呼圓根，歉歲作糧食。

高宗幸金山，鯉躍入舟。德潛詩曰：「波心忽見騰鯉魚，鱗甲黄金尾蒼赤。入舟知是盛世瑞，豈比鰲身映天黑。」

德潛《恭和御製觀采茶作歌原韵》曰：「雀舌嫩，緑雲老，一旗一槍品恰好。南高龍井最擅名，采茶人走空山道。青裙縞袂各攜筐，競上巉巘攧鷹爪。歸來文火續續添，土銼香生勤焙炒。上等先充官府租，山家留得知多少。品泉品茶雖有經，此事毋庸太探討。我皇貢茗不求佳，後蔡前丁枉機巧，民間辛苦深宫曉。」道光七年，予至龍井，不見茶樹，土人云：采之傍近數里，仍其名以美之耳。

蔣溥《恭和御製柳絮原韵》曰：「天風擡舉不沾塵。」「擡舉」出《孟子正義》。

高宗御製《柳絮》詩七律五首，乾隆八年，張照奉敕書上石，群臣鄂爾泰以下和者十六人，并刻于後。嗣後高廟賜臣下聯句詩，命梁詩正、莊親王永禄、汪由敦、錢汝誠、王際華、劉綸、于敏中、董誥、梁國治等書之，以入翠珉者甚多。

嵇璜《和柳絮》曰：「樓頭帶月三分白，天際隨雲萬態忙。認取靈和標格在，飄茵墮溷兩無妨。」「團堦亂入苔痕淡，撲硯微添墨瀋肥。」「未免有情先北地，轉因無力愛東風。」「爲近仙闌邀睿藻，瀠洄不逐御溝紅。」

皇帝親耕禮，歌《三十六禾》詞。吳華孫詩云：「《三十六禾》詞宛轉，億千萬里畝南東。」

長白山高二百餘里，綿亘千餘里，雄觀峻極，扶輿靈氣所鍾。上有潭曰闥門，周八十里，源流深廣，鴨緑、混同、愛滹三江出焉。夏廷芝詩曰：「插天長白聳丹霄，鴨緑瀠洄江水遥。」鄭虎文詩曰：「長白雲開龍虎躍，渾江鏡浄日星懸。」混同亦號黑龍江，所謂「白山黑水」。張玉書詩曰：「白山浮玉氣，黑水渡真人。」山名只見《名勝記》、《明一統志》，自今以後，大書特書，不一書矣。

山之東有布庫哩山，下有池曰布勒瑚里，相傳有三天女，曰恩古倫、次正古倫、次佛庫倫浴焉。有神鵲銜朱果置季女衣，季女吞之，有身。生男，弱而能言，體貌奇異。長，母告之故，錫姓愛新覺羅，名布庫哩雍順。與舠乘之，母陵空去。天男順流至河步，登岸。有三姓争爲雄長，日構兵，見而異之。衆曰：「此天生聖人也。」推爲主，以女百里妻之，奉爲貝勒，其亂乃定。遂居長白山東鄂多理城，國號滿洲，是爲開基之始。滿洲國書作滿珠，漢字作滿洲者，「洲」字義近地名，假借用之，相沿從俗云。阮學濬詩：「朱果盤根曾協瑞，喬松聳翠更淩霄。」胡寶瑔詩：「武履吞朱果，星臨貫紫躔。」貝勒立國數世，有不善撫其衆者，國人叛，戕害宗族。有幼子遯于荒野，國人追之。會神鵲止其首，追者遥望鵲棲處，疑爲枯木而返。於是隱其身以終。自此後世俱德鵲，誡勿加害。數傳至肇祖，恢復雪仇，居赫圖阿拉，創業焉。三傳爲興祖，興祖生景祖，景祖生顯祖，顯祖生太祖，建都興京，肇基帝業，後遷瀋陽。太宗建國，曰大清，瀋陽今曰盛京。

太祖福陵山曰天柱，在盛京城東北二十里；太宗昭陵山曰隆業，在盛京城西北十里。凡民間地名「福林」、人名「招麟」亦避。國書簡而從同，不似漢字之繁異也。

滿洲初無字，太祖命巴克什額爾德尼、噶蓋以蒙古字改制國書，二臣難之。太祖曰：「以蒙古字合我國語音，聯綴成句，即可因文見義。」遂裁定國書，頒行傳布。許元仲有詩。

太祖肇造清書，聖祖御製《清文鑑》二十一卷，分三十六部、二百八十類。汪師韓《龍書》詩曰：「皇朝文命敷，糺縵光華被。垂訓肇龍興，承基纘聖世。自兩文成來，（榜式達海、額爾德宜俱謚文成。）詞臣所專肄。經大義微言，史編年紀事。各各窮幹支，往往破疑貳。綜博定清文，瞭如寶鑑對。綱領三十餘，毛目二百類。蟻磨運左旋，龍賓呼十二。弩磔昉形模，點圜循位置。四聲該平仄，萬物括開閉。約之宗諧聲，衍之藴六義。」

無錫秦松齡十九歲官庶常，世祖召試咏鶴，有「高鳴常向月，善舞不迎人」之句。指示閣臣曰：「此人必有品。」置第一。以逋糧罣吏議，旋以鴻博徵，歷諭德，又以主試罷歸。聖祖南巡，給原服。紀恩云：「前事豈忘投杼懼，新恩終解拾塵疑。」

嘉慶間，錢黼堂侍郎視學江左，詩題多用《十三經》，以勵根柢。一日賦得「藉用白茅」，按朱輔《溪蠻叢笑》：「三脊茅，出麻陽苞茅山，茅生三脊。孟康曰『零茅』，揚雄曰『璚茅』，皆三脊也。齊桓責楚『苞茅不入』者即此。《史記》：江淮一茅三脊，而杜以爲未審。《正義》沈氏云：『以靈物不可常貢故。』」予謂江淮非楚有。

《易》「鬼方」，注疏皆不指何地。陸德明引《蒼頡篇》云：「鬼，遠也。」《後漢・西羌傳》謂武丁征西羌鬼方，引《詩》「自彼氐羌。」《文獻通考》云：「《商頌》：『撻彼殷武，奮伐荆楚。罙入其阻，裒荆之旅。』言荆楚背叛，高宗能出兵伐之，美其功也。又曰：『惟汝荆楚，居南國鄉。昔有成湯，自彼氐羌。莫敢不來享，莫敢不來王。』言湯時遠方之國皆來朝見，汝居中國之南方，乃背叛乎？此責之之辭，非謂高宗時氐羌也。時高宗亦伐荆、楚，蔚宗不詳，誤引此詩以附合耳。」《竹書》云：周王季「伐西落鬼戎」。《後漢・章帝紀》云：「克伐鬼方，開道西域。」則鬼方宜是西羌，蓋西南夷羌番之屬。《詩》：「覃及鬼方。」傳：「鬼方，遠方也。」《禮》：「脯鬼侯。」疏引《周本紀》作「九侯」，謂聲相近。張英《恢復岳州奏捷》詩有「狼烟息鬼方」句，吴達善《平定金川》詩有「寬仁及鬼方」句，引用精確。

國制，侍衛戴孔雀翎鶡翎。張南華詩曰：「賜翎正好隨冬狩，御前侍衛颭花翎。」「玉翎羽衛兩行趨。」錢葆酚曰：「華纓孔翠毛。」

回文，詩戲也。南華《回文春帖》曰：「新年一氣轉林芳，淡靄凝梅早吐香。銀勝叠雲裁歲首，綵豪書日紀春王。」「清琴奏叶歌財阜，緑酒斟宜度歲華。橫嶺雪香浮翠暖，輕雲曉日逗窗紗。」「迴文錦似回春早，繡被推看麥隴晴。梅賦麗辭新柏頌，才多感遇喜時清。」「《陽春》奏曲倚和音，麗藻天垂合雅吟。香滿袖攜歸院省，光榮染袂拂花林。」「高雲映曙轉光風，歲肇勤民念切躬。膏溢土時耕雨緑，渚浮香處浴鷺紅。」「天開治世御飛龍，福祚綿餘積慶重。聯佩玉聲和樂奏，烟新著草醉春濃。」

西藏活佛來朝，賜宴，坐外藩王公上。南華詩曰：「列坐先承賜玉漿，昇平法曲奏宮商。番僧漫詡天魔舞，漢語應通葉護王。」

朱運使孝純字子穎，父祖爲達官，而子穎少時衣食不足。所交皆當世名賢，姚姬傳先生訪其家，坐客無氈，而豪氣横眉宇間。先生序其詩曰「雄才」。嘗承高廟旨作畫，其詩所云：「載筆曾登天子堂，天子顧笑神揚颺。揮豪一掃十丈紙，中官宣賜雲錦緗。」

《湯泉應制》，魏象樞句云：「山龍隱躍徵文物，地德温和助壽杯。」「橋山弓劍瞻依近，蔀屋桑麻擁護深。」李天馥云：「祥光鬱作橋陵瑞，暖氣蒸爲宇宙和。」

五臺山貢天花，天花生古樹，嫩則青色，爲菌可食；老則色絳，爲芝可作屏。賜王士禛，士禛詩曰：「春直銅龍晝未闌，忽傳天語下雲端。名山包貢來中禁，珍賜封題出大官。曾耻稻粱糜厚禄，敢忘藜藿負儒冠。宛然身到清涼境，聖主恩深勝露盤。」施閏章和曰：「靈卉蒙將麗藻誇，驚分珍饌出天家。秀疑漢殿銅池草，潔比雲霄玉樹花。生摘餘香如帶露，烹來仙液勝餐霞。共傳藜閣承恩重，不數東陵五色瓜。」

張新標《羽獵應制》曰：「宵旰深宮警晏安，龍旂清野簇雕鞍。本緣細柳觀兵出，不等長楊縱獵看。赤羽驟揮千隊擁，金鞭迴控萬山盤。侍臣燕醴還詞賦，應念輕貂御體寒。」

邱象升《恭紀賜觀嘉禾》曰：「欣傳嘉穗獻龍樓，率育知紓宵旰憂。魯史大書登萬寶，周王《無逸》驗三秋。豈勞魚夢占豐歲，未待豚穰慶滿篝。從此普天皆買犢，坐銷兵甲事東疇。」

陳廷敬《聖德萬壽》詩有「仙桃結子春三月，御柳垂條歲萬行」之句，妙切時景。又《侍宴外藩郡王賜石榴子恭紀》曰：「風霜歷後含苞實，只有丹心老不迷。」

駕御瀛臺，再試江南丁酉科貢士，題擬《御製太極圖序》、《允乎齋說》。齋，帝讀書處也。楊才瑰詩曰：「《太極圖》涵天地秘，允乎齋納斗星光。」

平湖陸棻以《賦金蓮花》詩稱旨，其《平滇凱歌》有云：「相期入殿朝三帛，豈意當關誓六師。」「開疆依舊通花馬，奉使無勞祀碧雞。」「征南將令嚴無犯，逐北軍鋒勝不驕。」「十行飛札標三洞，一片鳴鉦響萬山。」「綉面蠻丁芟紫棘，花眉苗女摘青桑。」謹案：順治元年，命攝政睿親王多爾衮代統大軍，往定中原。明平西伯吴三桂致書，言李自成攻破京城，九廟灰燼，帝殉社稷，賊僭號逞殘，神人共憤，乞師除暴。我兵薄山海關，三桂迎入，大敗賊，賊遁。晉三桂平西王。睿親王至燕京，明官民迎賀。王迎世祖，九月，駕至燕京定鼎。我軍至，自成西遁，令諸將隨三桂剿之陝西。復遁湖廣，死。三桂封藩雲貴；尚可喜封平南王，藩廣東；耿精忠封靖南王，藩福建。康熙十二年，三桂反，滇黔多爲脅從，遂率衆窺湖廣。明年，精忠亦反。尚之信强其父可喜從賊，可喜憤死，之信降賊。命將出征，以次收服，三桂伏冥誅，其孫世璠踞滇。二十年，大兵進討，世璠自殺。二十一年，磔精忠于市，之信賜死，三孽悉平。

金山周藹聯字懷芳，號肖濂，由校官從軍楚、蜀、滇、黔，歷左江道。紀恩云：「綠牌昨喜瞻天日，丹翰旋蒙注姓名。」後任永寧道，有《豳風》排律詩，未梓。

綠頭籤，高士奇句云：「黄羅高捧綠頭籤。」老查句云：「綠牌曉奏知名姓。」

聖祖幸闕里，祭禮成，留曲柄黄繖，增林地十有一頃；賜衍聖公毓圻蟒袍，其祖母陶氏「節並松筠」額，官周公及諸賢後裔世襲博士。親覽石刻孔子憑几行教諸象，廟中遺井，命汲而嘗之。韓菼詩曰：「鬚眉默契存金石，鹵簿親留重廟廊。」「十丈豐碑青染黛，一泓聖水碧無泥。」「祭田增後豐珠粒，文幣頒時耀綺羅。賜額中閨旌節操，拜官哲嗣永山河。」「祖母」，《本朝館閣詩》誤作「母」，兹依《幸魯盛典》改。

徐乾學《西苑》句云：「淑氣暗通三島月，和風先拂萬年枝。」

聖祖幸西苑觀荷，賜近臣燕。王鴻緒詩曰：「蒼龍曉過銅池雨，朱鳳朝縈玉岫風。」「自是太和流玉陛，不須天樂奏《雲門》。」

乙亥六月廿六日，陳廷敬、高士奇、王鴻緒謝恩暢春園。聖祖召張英、勵杜訥、顧藻、胡會恩、張廷瓚、史夔、孫岳頒同至韵松軒，賜饌。登舟，溯山澗，至淵鑒齋觀荷。賜名酒時果，復令徧觀嘉卉，遂至佩文齋，恭閲御書數百幅，各賜千葉荷花一瓶。諸臣有詩紀事。鴻緒云：「聖朝異數何優渥，留作瀛洲盛事誇。」

徐秉義《瀛臺賜燕》詩曰：「流霞欲浄樓臺迴，湛露初晞草木香。」「錦纜迴波多駕鵠，輕帆截浦不驚魚。」「雲中恍奏鈞天樂，花下真開暖玉尊。」「得餐玉屑看顔駐，已到華胥却夢回。」「魚麗」之麗平聲。徐潮《南巡》詩有「整齊魚麗習韜鈐」，徐秉義《聖武成功》詩有「魚麗成前列」之句，如字讀。

回疆種瓜，與稼穡等，或長或圓，赤黄緑白，色異而種亦不同。自戡定後充貢，在秋冬之間到都，以蔗霜封之，亦能遠餉。聖祖南巡，因賜徐倬。倬咏云：「更有嘉瓜來域外，近臣奉出水晶盤。」

曹鑑倫《聖武北征大功告成》詩曰：「九盤夜渡黄河水，三略朝提玉帳書。」「漢將莫誇臨瀚海，聖人親已到狼胥。」「蕃歌人踏關前月，鐃曲風傳塞上春。」「晨回雁磧雲迎馬，夜渡龍沙雨洗兵。」「千群龍馬來西極，萬里江山鑠北關。」康熙中，沙漠噶爾丹違誓狂逞，乃發兵進勦。三十五年二月，聖祖親統六師征之。五月，駐什巴爾台。賊遁，追而大敗之，乃還。九月，啓蹕巡塞北，駐楝斯垓。噶爾丹使至，諭以親降，期七十日。七十日過，則發兵矣。回鑾。三十六年二月，復親征，駐寧夏。噶爾丹已死，衆悉降，遂班師。

張廷瓚夏日入直，奉敕賦詩二律，有「幾年載筆趨鸞掖，今日揮毫集鳳池」句。

金德瑛《恭紀大閱》詩曰：「正當雪積霜凝候，挾纊恩深士不寒。」用意高超。

瀛臺賜宴，伶人演柏梁賦詩故事。沈德潛句云：「好譜《柏梁》新樂府，歌聲按自李延年。」

正月十日，重華宫小宴，命和詩者東坐，餘皆西坐。聖製二律，德潛和云：「歌誦虞唐真幸矣，班聯《風》《雅》亦欣然。」高宗叠原韵二首賜之。

德潛《恭和御製初登金山原韵》曰：「驚濤萬叠一螺青，齊魯風沙頓改形。絶頂松杉巢鸛鶴，半空樓閣駐仙靈。森嚴劍佩千官從，浩蕩江天六御停。指點東流到瀛海，徒兒浦外杳冥冥。」

程景伊《恭和瀛臺賜宴詩》曰：「鏡中綺閣明于畫，檻外晴巒翠欲流。侍坐禮寬容傍日，聯吟天近不知秋。」王居正云：「四面雲峰環御幄，千重水樹入華筵。」邱桂云：「我朝曠典重逢日，聖祖文孫六十年。」

《爾雅》：「蕢，赤莧。」予按：吾鄉有紅莧，烹之汁亦深紅，小兒喜之。葉莖徧作一色，疏乃曰：「今莧菜之有赤根者。」蓋郭未見莧之全赤者耳，于是益歎説經之不易矣。「莧陸」，馬、鄭、王皆云：「一名商陸。」或以莧與商陸爲二物，《博雅》曰：「莧，商也。」然無考。

歙汪楫字舟次，僑居揚州。以訓導舉鴻博，作賦數千言，詩用韵險。授史職，充册封琉球正使，賜一品服，歷福建布政使。

嘉定孫致彌字愷似，以布衣召試，賜二品服。充朝鮮采訪使，臨軒策遣。後由進士官侍講學士。

江都史申義字蕉飲，有雋才。年十五，金長真按察江左，觀風七郡生徒，以《瓊花賦》、《文選樓懷古詩》命題，列第一。嗣吉水李尚書視學江南，以《霜鐘賦》、《甓社珠光賦》試，復第一。詩湔削矜貴，少與顧書宣同里齊名，稱「維揚二妙」。漁洋嘗語人曰：「西厓、蕉飲，皆吾傳衣鉢者也。」時又稱「王門二弟子」。澤州相國侍直時，聖祖問今之詩人爲誰，相國以史申義、周起渭對，一時翰苑又有「兩詩人」

之目。起渭字漁璜，貴陽人，進士，官宮詹學士。

李必恒字北岳，高郵人。康熙三十六年，法駕親征朔漠，奉檄作鐃歌千五百言。商丘宋公撫吳，一見招致入幕，爲其多疾，更字百藥。宋公好士，禮羅偏大江南北，選刻《十五子詩》，録百藥詩獨夥。十五子者，刻詩時俱未遇，後傳臚唱者三、躋卿相者四，餘亦取巍科、膺華選，接踵飛騰以去。而百藥毷氉早死，著《三十六湖草堂詩》。

百藥同州人殷嶧，字桐高，以貢入太學。祭酒課《石鼓詩》，賦七古百廿韵，於縱横排奡中仍復金和玉節，神采爛然。乃再厄副車，以縣令老。

蔡中郎以「反舌」爲蝦蟇，文人自古多謬。今人作《反舌無聲》詩，問其何鳥，則茫然也。《易通卦》：「百舌者，反舌鳥也，能反覆其口，隨百鳥之音。」《風土記》：「祝鳩，反舌也。」《本草釋名》：「名鶷鶡，俗呼牛屎哵哥，爲形似鸜鵒而氣臭也。」《淵鑑類函》：「反舌，蒼毛尖觜，形小於鸜鵒。二三月鳴，至五月無聲。一名『望春』，一名『喚起』。江南人謂之『喚春』，聲圓轉如絡絲。」予按：一名百舌。劉孝綽、徐悱妻劉氏、韋鼎、李孝貞、鄭愔、王維、杜甫、梁鍠、劉禹錫、嚴郾、陸游詩俱作「百舌」。

唐詩曰：「窗外王孫草。」《本草》曰：「王孫，一名牡蒙，一名黄昏，一名旱蓮。」唐明皇時，姜撫上言，終南山有旱蓮，餌之延年，狀類葛粉。帝取作湯餅，賜大臣。甘守誠曰：「旱蓮者，牡蒙也。撫易名以神之耳。」予按：王孫者，草類之一，猶猴居獸之一。奈何世人以王孫代草耶？

山雞舞鏡，魏武時事。韋仲將賦之，載《異苑》，而莫得其詳。《本草釋名》：「鷩性憋急耿介，故名鵕鸃，儀容俊秀。」周鷩冕、漢鵕鸃冠，皆取其文明俊秀。鷩與鸐同名山雞，鸐大而鷩小；鷩與鷊同名錦雞，鷊文在綬，而鷩文在身，皆雉屬也。《禽經》：「首有采毛曰山雞，腹有采色曰錦雞，項有采囊曰避株。」是山雞、錦雞又稍有別。《博物志》：「山雞有美毛，自愛其色，終日映水，目眩則溺死。」竺法真《登羅山疏》：《山海經》云「鷩雉一名山雞，養之禳火災」。《南越志》「曾城縣多鵕鸃，鵕鸃者，山雞也。利距善鬥，光色鮮明，五采炫耀」。辛氏《三秦記》「陳倉山有石雞與山雞，趙高使燒山，山雞飛去，石雞不去」。《魏志》：「劉邠取山雞毛，使管輅筮之，輅曰：『高岳巖巖，有鳥朱首，羽翼黝黄，鳴不失晨。』」裴景仁《苻秦書》「苻健皇始四年冬，山雞入人家栖宿，養子而去。群聚傍渭水而游翔」。古之爲山雞詩者，温庭筠、許渾、薛能、歐陽文忠公、文同也；爲《山雞賦》者，傅休奕、宋臨川康王也；爲《山雞舞石鏡》詩者，崔護也。不知昔年鴻博諸公，更舉典幾何？

《山雞舞鏡》詩，沈廷芳之「得接清輝明炯炯，詎偕凡鳥囀關關」，獨占身分。

「以奏膚公」，「公」，功也。薩哈岱《恭紀平定準噶爾》詩曰：「整旅遥分道，膚功迅剋期。」福敏《平定青海》詩曰：「何如指日膚功奏，不見關山雨雪時。」不從《詩》文。

自唐堯元載甲辰至今道光二十四年甲辰，凡四千二百有一年。

應體詩話卷七

曹文恭公秀先《恭和聖製甘霖普降召大學士内廷翰林西苑泛舟游宴原韵》曰：「喜雨初晴愜勝觀，詔開西苑水雲寬。三山路渺浮銀漢，五兩風生透雪紈。綵扇黄旗如畫出，蓼蕭濃露和歌難。太平游覽恩波遠，昨日桑林萬姓歡。」「太液池中極目觀，鱗紋浪静碧天寬。青荷雨裛開明鏡，紫霧香飄濕素紈。得水君臣情自合，濟川舟楫報良難。却聞燕鎬輸今日，一曲熏風聖主歡。」

乾隆七年，編、檢侍班，始掛朝珠。商寶意盤詩曰：「一現牟尼五色重，陸離宛轉正當胸。欲宣梵唄酬君德，百八珠隨百八鐘。」「螭坳鵠立兩班瞻，中憲俄驚秩驟添。從此披香案前吏，果然仙佛一身兼。」

武進莊學士培因，乾隆甲戌狀元，館課「夏雲多奇峰」有「天際落芙蓉」句，未幾卒。與蔣麟昌「羊燈無焰三更碧」同讖。

「咀」，只有慈吕、子與切，無平聲。有《右執五味》詩曰：「含咀軼七牢。」《夢吞丹篆》詩云：「英華咀嚼久。」或和《幸貢院》詩曰：「久咀橄欖回初味。」

山左王惟詢按察浙江，奉旨鞫獄，而有掣肘者。平反則孤掌難鳴，附和則良心不昧，遂縊而死。先是，作《剖毫析芒》詩，何其與事合也。詩曰：「鑒已毫芒徹，仍推剖析精。辭全無所遁，獄乃得其情。律本吹毛細，才非脱穎争。有倫鋒善入，不頓刃如迎。擢髮條能數，分肌理自明。頰添真酷似，背刺或寒生。批導棼麻解，中邊破竹呈。虛堂心鏡握，抱朴語閒評。」

吴江程光少邦憲乞病歸，求書者日填户外。爲予力疾題《嘉蓮圖》三截句。有《防意如城》詩曰：「富公年近耄，勵學尚專精。意本靈爲府，防如捍有城。丁寧嚴外侮，申畫凛交争。鋒避偏師鋭，完同衆志成。動先求氣帥，輕莫縱心兵。盡仰高深量，毋寒夙夜盟。懸旌持已定，堅壁静何驚。聖德包涵大，熙春樂蕩平。」蓋嘉慶年館課，未避「錞于」。

文無加點，正平作《鸚鵡賦》事。別本《後漢書》「無」作「不」。文不加點，太白草《白蓮花序》事，世拈此題，不盡點明。

「必有餘慶」，應依《易》韵從陽，不從敬。祝曾言《大副腰腹》詩曰：「楚書惟寳心長泰，《周易》餘慶視不佻。」是。

《吴越春秋》只言范蠡去國，不傳先施事。近有以西子從范蠡泛湖爲賦得詩題者。《丹鉛録》曰：「世傳西施從范蠡，因杜牧『西子下姑蘇，一舸逐鴟夷』而附會也。」

唐白行簡有《李都尉重陽日得蘇屬國書》詩，近日賦得詩亦見是題。謝華《啓秀集》注曰：「按是詩題注，《文選》有李陵《答蘇武書》。唐李周翰注曰：『《漢書》陵降後，與蘇武相見匈奴中，及武歸，爲書與陵，令還漢。』今考《漢書》無武與陵書事。而此題且有重陽日得書，不可解。」唐人慣以小説家事命題，不足憑也。

「供給」之供，九容切，與居用切通，俗多用平聲。裕貴《林間暖酒燒紅葉》詩曰「童子燒霜槲，山僧供舊醅」是也。《華嚴經》有供養典故。

蔣予蒲《河出榮光》詩曰：「新奏安瀾績，欣徵帝治昌。磬天涵化澤，匝地燦榮光。葱嶺霞初起，蒲菖浪不揚。輝騰雲漢迴，源溯火敦長。隱約雙丸浴，分明五色彰。即今昭聖瑞，憶昔賜神香。圖勝黄龍負，祠嗤白馬禳。螭碑看紀盛，睿藻耀琳琅。」我朝有事河渠，凡遇三汛安瀾，或堤防告竣，並賜内府藏香，以報河神。河南衡家樓新建河神廟，仁宗御製碑文，詩多實事。

朱虹舫侍郎《函夏無塵》詩曰：「凱歌馳露布，函夏大功成。烽火三邊息，征塵六幕清。鷩沙恬玉塞，磐石鞏金城。驛路紅消騎，軍門緑偃旌。藻梟齊踴躍，野馬少縱横。地軸環襟帶，天河洗甲兵。楚氛雲澤浄，蜀瘴劍關平。武謀歌詩獻，皇仁溢四瀛。」嘉慶間，四川、湖廣苗匪、白蓮賊俱平，故有第七聯實事。《桃花叱撥》詩結云：「天閑隆上駟，安駿錫名嘉。」蓋上駟院御馬，仁宗賜名「安駿黄」也。

宋紹興時，樓璹令於潛，爲《耕織圖》，圖繫以詩進呈。玉音嘉獎，宣示後宫，趙孟頫奉懿旨題詩。我聖祖仁皇帝命繪《耕織圖》各廿有三幅，幅聖製七絶詩一章。世宗繼題五言詩。高宗御製《耕作蠶織圖》，用程棨書、樓璹詩韵，凡四十五首。黄瀛元詩曰：「石渠標睿藻，本計仰巍巍。」

西苑南液池北岸人字柳，數百年以上物也。乾隆中，風仆之。高宗命補種，聖製賦以志。嗣後館閣有《太液池人柳》詩賦，王愓甫先生詩曰：「漢苑傳人柳，今觀太液池。兩株明宿影，一桁颺風絲。宛轉如成字，纏綿更有姿。寫來新樣脚，畫出好要支。垂露雙摇曳，霏烟半合離。絮飛身現出，花押勢參差。張緒神清日，公權筆正時。丹毫垂聖賦，雨露幾回滋。」按「出」字、「垂」字、「露」字皆重。

康熙十年二月二十八日，召沈荃入弘德殿，出《西伯求賢圖》命題。詩曰：「白髮垂綸叟，丹書佐命臣。風雲寧預料，魚水自相親。駐馬高林晚，揚旗碧甸春。殷勤後車意，曠代有同倫。」

李天馥《早朝賜茶》詩曰：「象闕華鐘發，龍樓寶仗開。《簫韶》雲際度，環佩月中來。玉砌氍毹綵，瓊漿瑪瑙杯。罷朝香滿道，獨向鳳池西。」

李鎧《恭讀御製懋勤殿讀尚書至無逸篇有作詩應制》曰：「碧殿憂勤著，琅函法戒微。道承先聖統，心徹小人依。稽古期從欲，垂謨在敕幾。克艱交用儆，億兆奉恩暉。」

景山在宮殿北，勝國名煤山。成德詩曰：「雪裏瑶華島，雲端白玉京。削成千仞勢，高出九重城。繡陌迴環繞，紅樓宛轉迎。近天多雨露，草木每先榮。」

乾隆九年六月，御製墨蘭，並題詩，賜副都御史勵宗萬。錢陳群詩云：「南薰適幾餘，觀物得寧泰。天筆召墨卿，便與真宰會。國香几席呈，坐挹空谷最。」

香樹老長子汝誠，亦由儒臣内直。乾隆二十五年，御筆《橋梓圖》題詩以賜。陳群和云：「濡毫著紙流恩意，訓孝言慈見道華。」汝誠和云：「畫圖先後聯瓊璧，父子便蕃寶墨花。」蓋汝誠曾與大學士内廷翰林等各拜御筆。汝誠得背仿文徵明《疎林茅屋圖》，即用其韵題詩之賜也。

張若靄閣學奉敕作《五君子圖》，御製七言古風賜之。陳群恭和，句云：「聖人真賞契後彫，類聚標名寄清興。譬如貞觀慶曆間，房杜姚宋魏潞鄭。」

大明湖，視明聖湖爲小，而山色雄秀，名勝古茂過之。編修張若澄作《大明湖全圖》進覽，陳群詩所云「此日風光似尚湖，詞臣奉敕補新圖」是已。

山東巡撫準泰進瑞穀並圖，高宗製詩，宣示廷臣。陳群恭和詩結句曰：「三復宸章謨訓兼，包涵《無逸》《豳風》理。百爾有位庶勉旃，引恬而外其曷以。」

高宗南巡常州，駐秦氏寄暢園，子姓迎駕者耆壽九人，合六百餘歲，聖製詩及之。陳群和曰：「壽民能説當年盛，奎畫猶懸翠靄間。」

海寧陳氏園，高宗觀海駐蹕，以「安瀾」名之，製五律六首。陳群和曰：「信宿紆天步，風光契睿情。何曾施藻繢，亦足養靈明。」

杭州城東南宋德壽宫址，有梅石碑，歲久漫漶，相傳藍瑛作。高宗四幸武林，重過之，拂拭斷碑，始知梅乃孫杕作，瑛所畫石也。幾暇橅之，題長律一首，并跋記以正其誤，勒石垂示，賜群臣。陳群敬和云：「天趣特開生面好，化工真見出藍爲。」

老民曾受恩賞者，例用錫頂，而掛用補服，繡「皇恩浩蕩」四字。近有入畫象者，陳群《静海道中雜咏》詩所云「浩蕩皇恩被老翁」是也。

應體詩少哀挽之作，陳群《恭和御製聞沈德潛故詩以惜之原韵》曰：「不矜奇服重姱修，生際昇平眷遇稠。耄齒承恩寧覺晚，卌年被放不悲秋。禁中激賞詩篇在，松下低佪杖履留。接武《停雲》數耆舊，多將領袖説吴頭。」録以起例。

乾隆三年二月庚午，日月合璧，五星聯珠，繪圖以上，請賀，高宗不許。時館中多以命詩賦題，陳群上頌四百言。道光元年亦有是瑞，皇上亦却賀。

陳群《和御製菊花韵》曰：「自邀天筆賞，花隱豈終淪。」高宗《九日題菊五律》一章，梁詩正恭和，結云：「年年邀睿賞，寧必伴幽淪。」視僧廣宣應制之作親切。

高宗命工仿惠山聽松庵製竹爐，且詩之。陳群恭和，中云：「命工仿其製，於以寄幽調。聖心别有契，近古則深好。」

御製《題文徵明小照》七律一首，陳群和云：「即今身後邀真賞，莫向生前歎未逢。」又嘗題歐陽修象，群臣和作甚多。

高宗初次南巡，是年大江以南梅信獨遲，三月初盛。陳群句云：「東皇如有意，特地勒江梅。」乾隆辛未南巡，途中時值上元，奉敕錢陳群、梁詩正、汪由敦聯句，御製有「三學士」之目。丙子此夕，二次臨幸，亦有聯句之命。聖製有「文昌輝八座」句。時奉敕者蔣溥、汪由敦、秦蕙田、劉綸、介福、夢麟、錢維城、錢汝誠八臣，陳群後奉敕恭和《上元燈詞》，有「三台照徹成前歲，八座輝聯是當年」句。時駕駐行宫觀燈，儒臣聯句各二成，人八句，共六十四句。天藻迅發，凡九成，得卅有六句。陳群追和七排五十韵。前人未有長似此者。用四支韵。

乾隆十七年，御製《上元燈詞》八首，董東山、錢稼軒、集齋各製和作，約投香樹齋，遲明彙呈。董及二錢已入黄匣，于耐圃脱稿最先，及閲同人詩，詞義稍同，取易之。及成，漏下四鼓矣。焕若精華，頓爲改觀。香樹作詩美之。

乾隆二十五年，我軍次和闐，和闐即于闐。河中生玉，玉有緑、白、烏三色，凡産玉處皆見之，遂采歸。今回部皆屬版圖，玉河皆我境内物矣。秋月皎潔，即得美玉，館閣多以命題。陳群和高宗御製《和闐玉》原韵曰：「一玉换一馬，舊史之所稱。馬良玉亦美，同珍而異形。方其初出水，如捉龍駒生。漢宋代來貢，緑白烏各名。月光當盛處，射水孕其精。高張行七載，原注：晉天福年遣張匡鄴、高居誨入于闐，七年乃還。頗記其所經。求玉或失望，懷璧致興兵。何如玉河歸，自致上品瓊。撈玉如調馬，日見千里呈。菽粟聖所貴，殊方其敬聽。鑒兹藏淵義，昭我比德貞。秘石既陋燕，抱璞徒嗤荆。不求者自獻，物亦感至誠。地祇不愛寶，斯言信有徵。就中特達者，等之千人英。」香樹嘗言：「我作詩文進呈，必依古昔名臣格律，全無一點時派。」予因采文端公應體獨多，後之覽者，其有味乎斯言。

王蘇《和闐玉》詩曰：「良玉和闐産，奇光發瑾瑜。柳城騰寶氣，葱嶺亘瑤樞。采向波流箭，撈當月湛珠。三河開朗鑒，五德協祥符。苜蓿青分潤，葡萄緑借腴。水應連耨達，工自妙痕都。抵鵲桓生博，輝山陸氏拘。敷文聲教遠，環獻應璿圖。」

陳群《恭和御製咏木桃詩原韵》曰：「樂按瑶階奏《大卷》，貢來琪樹儼逢仙。松能化石姿顔足，木可成桃色澤鮮。覓種定從寒玉嶺，賦形須問幾千年。今邀睿藻題名後，列國風人讓帝篇。」

烟雨樓陳盆梅，高宗玩而圖之。陳群《和題烟雨樓》云：「《石鼎》體傳天上句，墨光香動畫中梅。」蓋時御樓與莊有恭聯句，用《石鼎》體故。

高宗幸避暑山莊，夜遊山月作詩，陳群和云：「抹月供清娱，撈月謝妄想。待月月徐來，步月月隨往。月光水底印，月采山巔朗。今月古人看，古月今人仰。吸月月華流，泛月月波盪。永夜月常圓，對月成佳賞。」時六月十六夜，因用「月」字十有六。

海客攜石芝，人争購之，居奇不售，曰出外海數次始得之。香樹愛其密麗天然，購以入貢。高廟御筆圖之，并題七律詩以賜。香樹詩曰：「自從天藻標題後，水府靈莖永不磨。」

乾隆二十二年，駕駐西湖金蓮池上，見查嗣瑮書韜光《答樂天》詩，御題有「何藉海寧稱好古，苕華重見碧峰前」句，陳群賦云：「書法多傳黄絹碑，每逢勝地輒留詩。當年畢罕遊蘭若，曾賞先生春蚓姿。」

婉孌草堂在吾郡崑山下，明董其昌繪圖。後入大内，高宗屢賜題賞。陳群和云：「圖成婉孌華亭筆，也是倪黄一輩人。盤谷豈殊畫禪室，游歌雅慕寄情親。」盤山亦有婉孌草堂。

辛未，陳群刊《香樹齋詩》十八卷進呈。中有題其母陳書《夜紡授經圖》，特賜二絶題之，命奉圖以進。帝御書圖首，一時公卿莫不歎羨，以爲亘古稀有。陳群恭和五首，其二曰：「陶侃房喬本食貧，組紃截髮不辭辛。敬瞻天藻來朝貴，要識賢明傳裏人。」書號南樓老人，少工繪事。陳群陸續恭進，上極賞之，每幅題賜一絶句，共十首。後勅金廷標摹成，以詩親題仿本，存《石渠寶笈》，而還原册其家。且製跋語，陳群謝劄有「拜此奇珍，永寶生生世世；被兹異數，感深鐫臀銘心」，硃筆改「感貽子子孫孫」。又批云：「常言而得奇對，成此佳文，不亦可乎！」

香樹以其大父瑞徵手篆「瑞日祥雲」、「和風甘雨」章二方進呈，高宗賜七律一首，陳群敬和。文端乞休後，乾隆二十七年，其子汝誠典江南試，命陳群至金陵見子，便道遊棲霞。伊繼善詩曰：「暫得團圞皆至樂，閒來眺覽總殊恩。」

香樹康熙間下第，後流寓天津，作《津水早春詞》，狀此邦風物殷庶，歌詠昇平。高宗春巡駐蹕，偶閱其集，遂製《津水早春詞》，用其韵，并寄命和。陳群既和，復作七古四韵以紀，結云：「嘉哉此事古未逢，留與詞臣傳藝圃。」

聖祖每于嘉平書「歲歲平安，年年如意」字。世宗亦每書此。乾隆二十七年萬壽聖節，陳群進天然竹如意，硃批云：「未頒僧紹之賜，却致公遠之貢。文而有節，把玩良怡。」既而，御畫竹如意，并御題詩鎸柄，以畫下賜，并命和詩。和曰：「根移嶰谷本天成，結束都從意匠營。宜曲折時偏帖妥，入神妙筆益奇清。鎸肌雅尚風人致，琢玉長爲君子貞。衰老猶承恩意渥，漢廷禮數愧如卿。」「造化由來自曲成，何曾雕鏤費經營。偶傳僧紹神仙跡，猶帶羅浮風月清。句裏恩光深更遠，幨間靈氣潤而貞。遥知玩賞幾餘際，信筆濡毫進墨卿。」

孝聖憲皇后八旬萬壽，高宗命九老臣、三班遊香山，用白居易詩韵以紀，敕和。陳群有「鹿馴巖畔當童扶」句，嘉賞。御筆仿梁楷潑墨法，以詩句爲圖賜之。又御筆第二幀奔石渠。既製詩以賜，有「即景猶思扶鹿人」句。按：唐會昌五年，白樂天年七十五，與胡、吉、劉、鄭、盧、張六人尚齒會，白年居後而序其事。既而李元爽年百有三十六，僧如滿年九十五，亦與焉。或但據《新唐書》遺元爽、如滿，而以年未七十之狄兼謩、盧貞補之。張諭有《香山九老圖考》。

將軍薩寄廬任副都統時，與九老會。高宗命會中臣各賦一詩，不能者不嫌代作。閣臣以其能詩聞，給筆札，詩成，上許曰可。著有《樗亭詩集》、《續集》。

乾隆辛卯，陳群祝嘏入京，再與香山高會。奉敕仍和白居易詩韻，隨諸皇子、皇孫次韻貽之。先是，陳群進詩，有「筆老健」之褒；後賜詩，有「清虚婉約」之賞。眷遇隆崇，視沈德潛過之。而研究理學，讀其《請滋培聖裔疏》，飲水知源，爲人可知已。

陳群《恭輓世宗憲皇帝》四首，有曰：「如何極象圻，纔及歲星周。」乙卯十月二十三日，恭和御製二律，有曰：「至德由來涵至性，《蓼莪》賦就益增悲。」十月三十日，憲廟誕辰，高宗恭謁雍和宮，祭奠畢，復哀吟以志思慕。陳群敬依原韻一首，有曰：「遥知航海輸誠國，尚慶呼嵩獻壽辰。」

陳群恭和高宗《鑷白》詩曰：「臣過四十見二毛，吟髭稍稍白可鑷。即今已届耄耋年，窺鏡白盡鬚與髮。松柏蒲柳俱天然，染鬚膏面以情遷。昨者慈禧錫慶典，上庠下庠皆引年。春秋增減真絶倒，忽焉耆英忽焉少。原注：每遇挑選人員，必減年以示强壯，而養老則又增年，以邀恩賚。盥誦我皇《鑷白》詩，承歡璇闈寧云老。」

攝山高處舊名紗帽峰，高宗停蹕，嫌其近俚。時賜和沈德潛詩，得「久聞攝山名，秀如玉而冠」之句，因易曰玉冠峰。趙文哲《聖駕南巡》詩曰：「攝山玉而冠，嘉名賁天筆。」

攝山最高峰，出京口即見。頂有老樹一株，蓋千年物，僅存枯榦，將百年矣。乾隆二十一年，樹復活，發條甚茂。二十二年，高宗登臨作歌。道光十有一年，金陵洪水，平地五六尺，燕子磯寺娑羅樹二株受浸而枯。今秋一株稍有萌蘖，一株則未也。或曰可以攝山老樹爲左券。

揚州九峰園，汪氏世業，奇石羅列，九峰最勝，相傳海嶽庵中物。高宗臨幸，御書「九峰園」三字。沈叔埏詩曰：「曾非三泖上，亦以九峰名。」聖製詩有「九峰園畔換輕舟」句，且賜匾聯。

應體詩話卷八

嘉慶元年，舉千叟宴，大學士署四川總督孫士毅、署兩江總督蘇淩阿、陝甘總督宜綿、山西巡撫蔣兆奎並應入宴賦詩。奉諭江南、甘肅、山西皆有查審案件，孫士毅現駐邊境緝匪，及承辦轉餉，毋庸入京。應賦詩章着交翰林院等代擬，其賞賚物件，遇便發去，以示優老眷注。

貴州户雜民苗，思州明始設府，然所治四土司耳。平湖陸世楷以貢生知府事，吳三桂甫平，民散田荒，命丈田則壤成賦。世楷至各土司境，賦詩曰：「數載孤城卧，衝寒歷遠村。荆榛山路斷，風雨野烟昏。俗異情難悉，期嚴事較敦。驅馳兼夙夜，坐席豈能温。」「竟日行荒嶺，披荆復捫蘿。山村烟屋少，溪路石田多。土曠牛常卧，倉空雀不過。窮鄉兼儉歲，未忍説催科。」「更入窮荒境，高平聚猓苗。未能通嗜欲，漸可服征徭。駭鹿投深莽，饑鷹逐迅飈。不毛今古地，誰與問芻蕘。」「山川經閲歷，觸景總堪愁。家似鷦鷯寄，身隨虎豹遊。岡巒分孔道，溪澗雜良疇。若效監門繪，應勞當宁憂。」今立二縣。

都城東便門外，有木横地，長六丈，人行左右，不相見也。傳自永樂建都，從南方致之，大而無用，置焉。人稱神木。華亭李深源詩曰：「古來神物洵有神，四百年來無人識。天章璀璨勒貞珉，從此幽光發潛德。」高廟兩賜題句，後置祠歲祭。

李號静庵，由舉人官知縣，教學都中，門羅將相。于陳孝泳座上食御賜哈蜜瓜，賦詩云：「不斂瓜華樹藥欄，遐方任土政崇寬。厥包貢自要荒服，如蜜頒將侍從官。陳供奉于南書房。千里遞傳芹並獻，九秋拜賜菊同餐。歸鞍捧處驚殊錫，拂几陳時喜聚觀。疎密苔紋縈往復，淺深黛色裹團欒。劈肌正及新硎發，流露無嫌敗絮乾。德協坤爻含内美，恩承巽命出朝端。星匏采映絲綸閣，巾給香浮瑪瑙盤。識等管中疑虎掌，寵邀天上訝龍肝。芳名頓失三芝貴，食指容沾四座歡。實遂定緣根蔓蔓，條分詎礙子攢攢。賓僚珍比瀛洲棗，齒頰芬逾楚畹蘭。煩渴底須茶餅解，飽嘗豈待蔗漿寒。從知北闕揚威遠，始覺東陵擅譽難。移植何曾勞博望，見來轉似近長安。巫山秦谷平原賦，嘉種當年惜未看。」

宜春甘士穀以同知權順寧府事，有《慶甸迎春詞》，句云：「少寒花未卸，多獵鳥驚飛。」「野芹香碧澗，細柳綻渟渠。」「有蘭如雪白，無樹不冬青。」可想其地時令。

戴斯瑄琢軒官翰林日，務爲五言八韵詩，雖應酬他作，亦用此體。自錢南園一鳴驚人，人俱不敢推轂滇人。上官舉斯瑄御史，囑毋妄言。館課以「三復白圭」命題，琢軒云：「武公垂抑戒，敬叔啓經函。時凜圭之玷，誰教輔可咸。警心同四勿，捫舌勝三緘。似諷情偏切，如銘語不劖。玖瑕寧敢懈，執玉信惟嚴。須悟辭多寡，緣分類聖凡。若思容自止，欲語口仍銜。拜獻先資慎，從斯達至誠。」

同郡馬靖字寧伯，崇禎癸酉，薦舉鷹揚。榜後棄武就文，爲文生員。甲申後，放情詩酒。有《松菊堂詩》。其《海上打魚歌》曰：「吴民生長魚鹽地，自小捕魚爲活計。驚濤出没若等閒，生涯老在烟波内。自從寇亂海禁嚴，釣竿高挂網罟棄。萬姓嗷嗷徒望洋，幾忘海錯成何味。誰將民瘼達九重，忽然苦海來春風。詔許貧民復樵捕，皇恩却共波濤洪。老漁結束携伴往，什百成群並舉網。石首河豚遍地來，東南佳味一時廣。休言此物遠人羡，海角從前徒夢見。于今滿目販鮮人，銀鱗處處應嘗徧。老人對此深歎息，二十年來頭已白。當時禁海今復開，可憐頭白何由黑。」

金山楊履基編《三魚堂松陽鈔存》，以衍陸清獻公遺緒，舉優行貢。劉穆庵督學江蘇，輯江左二十二人詩，上呈乙覽，履基《桐柏》、《孤嶼》諸章與焉。時陳榕門撫吴，問江左人才于學使李鶴峰，李稱楊履基、嘉定曹仁虎，有春華秋實之譽。曹後列侍從，而楊不遇。

婁縣焦袁熹，世稱南浦先生，爲王文恭、李文貞兩相公薦。兩徵修書，皆不赴，將赴會試，適得文貞書，遂不復應舉。所著書多《四庫》著録。高宗《題四書説》有「雲間物望久推諸」之句。汪夢雷詩云：「七字褒榮邀睿賞，千秋論定藉文傳。」

諸錦于廷試日拜賜筆一雙，恭紀詩：「願以虚心比，何當巨手携。」

于振蒙賜鮮荔枝，恭紀詩曰：「天上三漿味，人間一品紅。移根來上苑，帶葉賜離宫。色映彤廷旭，香生紫殿風。侍臣歡捧日，長此勵丹衷。」「舊譜珍仙品，新恩拜賜嘗。所生原福地，得氣在炎方。不事徵飛騎，偏宜上小航。試看香色味，何異嶺南鄉。」「外具丹砂質，中含冰雪姿。君恩分及此，臣節凛如之。玉醴應同醉，晶丸未足奇。不須呈諫果，飽德太平時。」「日啖誇三百，斯言聞子瞻。入鹹翻覺淡，和蜜轉非甜。懷核心常喜，披圖手欲拈。還調金掌露，采筆記恩霑。」

鄒一桂《翠雲山房恭和御製原韵》二首，中有句云：「山翠當胸滴，林風與耳謀。吟雲心不住，點墨意俱流。」「側磴欹行帳，遥旂渡晚峻。星燈烟霧裏，蓮漏雨聲中。」一桂工繪事，天章題詠甚夥。

孫灝《趙北口行宫恭和御製疊前歲二首》曰：「窗本臨流好，花初出窨妍。宸遊春省候，佳節禁烟前。畫舫金堤泊，雲旗采索懸。御舟横卷軸，何似米家船。」「蒲芷穿沙緑，樓臺映水明。行圍循祖制，問俗及鄉評。補助民多樂，聲聞吏不驚。再來欣賞處，猶記昔年情。」

德保《春日巵蹕途間恭和御製原韵》曰：「巡行循舊轍，得句自推陳。花鳥能招客，烟霞不負春。山迷黛螺頂，松隱曲虬身。不遇羲軒出，幽奇孰與伸。」

董子曰：「太平之世，雪不封條。」李華：「霜雪歲兼封。」則以爲瑞事。梁詩正《恭和御製雪詩》有「緑方封隴麥」句，圖鞳布《瑞雪應制》曰：「封根養麥苗。」

江聲《聖壽無疆詞》四律有云：「蓬雲初就日，桂月正横秋。瑞莢舒將滿，金莖湛欲流。」又曰：「月恒天色正，秋滿歲功全。」切八月十三日。

錢陳群《恭和御製出古北口原韵》有「遠勢晴添蒼隼健，輕程秋與紫駝驕」之句，不可易置他處。

陳群《恭和御製恭依皇祖登岱詩韵》二首曰：「古來玉檢在何處，空際白雲無盡頭。疋練晴懸吴會外，巨鼇夜抉海天浮。乾維載化迴三始，地絡憑虚控九州。坐對扶桑動天筆，好磨丹壁與重留。」「祖蹟皇猷同赫濯，方行盛典紀從頭。斗牛路近諸峰小，長養風齊萬緑浮。日觀知晨升幼海，天孫受職鎮方州。雲堂非復人間供，翠輦方回尚少留。」

應奉文字，少有以私事入之者。陳群《恭和御製燕九日王新莊觀燈原韵》詩結云：「里近毛萇詩派在，至今鴻爪許誰同。」本注云：「臣視學畿輔，曾於雪夜集諸生講學論學於此。」

杭州小有天園，汪孝子之萼廬墓處也。得邀宸章，泉石生光。予近過之，荒烟蔓草，只存司馬相公《家人卦》矣。陳群恭和御製原韻曰：「始信壺中別有天，芳園一曲近湖邊。玉梅倚石如高士，斑鹿穿林見古仙。深護翠屏宜貯月，細鋪瑶草亦耕烟。南山最好供留賞，睿想清瑩不落詮。」園本壑庵。

陳群《奉敕恭擬和敬公主花燭詞》曰：「禁城桃李著花濃，百兩來迎禮肅雝。燈引金蓮移晝永，月傾牙管浸春濃。宮中堯舜傳家訓，塞外蘋蘩拜女宗。一自相攸循令典，名藩錫慶荷崇封。」立言有體，視張燕公「翠幕蘭堂蘇合薰，珠簾挂户水波紋」，奚啻過之。

陳群《奉敕恭製定太妃九十壽詩》曰：「筵開廣殿會群真，天上恩暉展懿親。内職敬修崇四德，婺星焕采慶三辰。萱榮北館春光麗，蘭發南陔次第循。最是宫闈傳盛事，齊眉膝下古稀人。」

研，《説文》：「礱也。」《唐韻》、《集韻》、《韻會》、《正韻》無仄聲。潘尼《釋奠頌》曰：「精氣既研。」注音去聲。葉觀國《疎雨滴梧桐》詩曰：「收來堪研墨，步去應沾裾。」蓋本潘作，然以音論，與「應」字共不協。

「上苑風光不道寒」，諸錦《元日早朝太和殿賜宴作》，可謂名句。

王丕烈《勤政殿侍直》詩曰：「寶幄風清暑殿高，玉班金闕盡仙曹。戀光拱極開宸座，爽氣依人著御袍。咫尺瞻顔欽主聖，尋常供職愧臣勞。親聞天語琅琅下，共慶恩波沐海濤。」

金相《端午日應制》曰：「葵心向日依丹砌，萱草忘憂近玉堂。」雅切，開後人無限思致。

王興吾《賦得光風摇動蘭英紫》曰：「遲日宸遊淑景寬，望春春意到湘蘭。英開輦路風初暖，色映宮袍露未乾。澤草也宜同玉樹，國香應只侍金鑾。握來勝似含雞舌，休作尋常雜佩看。」切試事。

籠，《説文》：「舉土器。」盧紅切。《周官·遂師》：「共邱籠。」力董切。其實東、董二韻通也。俗拘拘動静，謂二韻各異。積善《紫禁朱櫻出上闌》詩曰：「翠籠殷勤捧。」從《地官》注。

錢維城作《聖母皇太后六旬萬壽恭紀詩》三十韻，有云：「如日之升仁者壽，以天下養順乎親。試采虞裳初作繪，含飴禹膳恰調珍。」

「轉漕」之漕，在到切。衛邑財勞切。《集韵》有徂侯切，亦水運也。張馨《聖駕南巡恭紀》詩有「雲帆粳稻漕留濟」句，則當作⿰魚凡，俗誤曹。宋犖《萬壽》詩有「復留轉漕勸吹《豳》」句。道光乙未，松江院試詩題《雲帆過萬艘》，一士「漕」作仄聲而斥。竇光鼐《聖壽無疆》詩曰：「司稼頒春亟，都漕轉餽連。」作平聲。

《上元行幄賜宴觀燈即事聯句》，高宗用七虞韵製七言律三句，梁詩正聯四句，汪由敦聯四句，御製四句，錢陳群聯四句，梁詩正又聯四句，循環遞衍，聖製五句終焉。共得三十八韵。

乾隆十一年八月二十八日，賜宴大小臣僚瀛臺，踵康熙辛酉故事。高宗先一日賦七言律四章，又用唐李嶠《甘露殿應製》詩分韵，聖製「月」、「霞」二字，各五言六韵，命大學士以下三十八人各賦一字。又令諸臣合賦《柏梁》體詩，共百有七十七韵。宴日，駕御舟，入勤政殿門。諸臣行禮畢，入殿列坐，酒行，樂三奏，罷宴。幸青淑園流杯亭，賦聯句詩，聖製首倡五言三句，命諸臣繼詠，每五臣一轉。皇帝又倡，若旋宮之意，得百有四韵。駕回，命宮使導覽風亭水榭，列坐陂岑間，觀飛瀑，聽響泉，垂釣石粱。晡，各賜内府書箋、絹、宫綺、芽茶、木瓜膏、鮮鯉、菱、藕、棗、蒲萄等有差。又每二人賜全宴一筵，品物既多，車馬從人幾至不能携載。

諸錦有《大酺謡》曰：「我生固多幸，得爲聖世民。龍飛九五位，恩覃率土濱。請陳太平象，父父子子、兄兄弟弟、夫夫婦婦、君君臣臣、老老幼幼、長長親親。無一物不得所，偶有不獲者，謂過在予一人。自有穹宇來，三五無此淳。今日樂莫樂，飲此帝力春。」

嘉慶丙子，江南秋試題「其穀宜稻」限「宜」字，一人重押「思」字，獲雋，詩刻行。

癸酉順天鄉試，欽命詩題「大田多稼」。前列數卷切定「酉」、「熟」字義，巧不傷雅。

李來泰詩平順而格律高淡，以原參議應詞科，詩賦最佳，改侍講。《紀中山朝貢》曰：「已聞聖主方焚玉，何用鮫人更泣珠。」

秦大士有《恭賦圓明園四十景》詩五言絶句各一章，四十景者，曰「正大光明」、曰「勤政親賢」、曰「九州清宴」、曰「鏤雲開月」、曰「天然圖畫」、曰「碧桐書院」、曰「慈雲普護」、曰「上下天光」、曰「杏花春館」、曰「坦坦盪蕩」、曰「茹古涵今」、曰「長春仙館」、曰「萬方安和」、曰「武陵春色」、曰「山高水長」、曰「月地雲居」、曰「鴻慈永祐」、曰「彙芳書院」、曰「日天琳宇」、曰「淡泊寧静」、曰「映水蘭香」、曰「水木明瑟」、曰「濂溪樂處」、曰「多稼如雲」、曰「魚躍鳶飛」、曰「北遠山村」、曰「西峰秀色」、曰「四宜書屋」、曰「方壺勝境」、曰「澡身浴德」、曰「平湖秋月」、曰「蓬島瑶臺」、曰「接秀山房」、曰「别有洞天」、曰「夾鏡鳴琴」、曰「涵虚朗鑑」、曰「廓然大公」、曰「坐石臨流」、曰「麯院荷風」、曰「洞天深處」。

「漸漸」二字，《小雅》言勞役也；《九章》言出涕也。言麥者，尤不當入應體，與《七發》「麥秀蔪兮」有别。而嵇璜《曉行即景恭和御製原韵》有「漸漸麥秀溝塍緑」句，錢陳群《恭和割麥行》有「歡呼亦詠漸漸兮」。

乾隆十五年二月，駕幸五臺山。王居正進詩三十首，其四曰：「省方恰與仲春宜，清蹕鳴鑾御輦遲。晉地猶留勤儉俗，衢歌想見帝堯時。」其五曰：「長將歡慶奉慈闈，聖母金輿出紫微。貝葉曇華紆輦道，嶺雲低濕從臣衣。」其十曰：「瞿曇香刹雨花臺，擬取峰霞獻壽杯。怪底仙山名望重，翠華早識聖人來。」其十三曰：「龍泉仙仗傍山村，父老都教覲至尊。只説太平無一事，不知何者是君恩。」

張馨進《平定金川凱歌》三十六首，其六曰：「屹屹層樓迴建碉，篁深箐密路葶苕。習流都藉皮爲艇，懸渡還憑笮作橋。」其十六曰：「桓桓虎旅素調嫺，破壘長驅莫逆顔。迅看六師風雨集，春風二月度桃關。」其二十三曰：「六事湔除總悦從，誓將奉職愈虔恭。自兹雪嶺牂江畔，犵鳥侗花浥露濃。」

汪廷璵《水園五首恭和御製原韵》曰：「波底天光浸蔚藍，空明擊處樂云湛。雖非解網存殷禮，任失前禽爲戒貪。」「不網師孔讓人魚，留寄人間一紙書。堪笑揚雄誇羽獵，欲將泰岱作周阹。」

「賦得雨中春樹萬人家」七律限「春」字。第一名謝墉云：「人烟濃繞桑麻曉，樹色深藏里閈春。」第二名陳鴻寶云：「烟光霧影遮全斷，柳暗花深望未真。」

辛未召試詩「賦得披沙揀金」五言八韵得「真」字，墉第一，詩云：「敢謂光難掩，緣知少更珍。」《鴻寶》云：「不向山中老，宜爲席上珍。」「席」、「珍」已見。

御試「風動萬年枝」得「名」字六韻，汪廷璵第一，押云：「御園清樾滿，不數閬風名。」按《爾雅》疏云：「檍，一名杻，又名萬年樹。」今宫園種之，名萬歲。晉華林園有萬年樹，謝脁詩「風動萬年枝」指此。唐人詩「天年方未極」、《日暖萬年枝》詩「表壽願符天」、「嘉名表聖年」，祇就字面，今多從之。

辛未御試「指佞草」，蔣雍植第一，詩曰：「堯階傳屈軼，靈草亦昭忠。勁葉知誰敵，疎莖迥出叢。想因心就日，似有氣如虹。自許沾清露，何曾畏疾風。堲讒符帝德，養善贊元功。不待神羊觸，能教害馬空。蓮蒲焉足擬，蓂莢未須同。盛世無偏黨，宜生幽谷中。」

乾隆己未朝考，詩題「因風想玉珂」，袁子才有「聲疑來禁苑，人似隔天河」句。閱卷者甘莊恪公汝來嫌不莊，欲棄之，文端公尹繼善力争入選。人稱文端愛才，莊恪知人。

休寧汪文端公由敦第在東城十三條衚衕，今名汪家衚衕。有麗景軒，嘗集名人宴此，以「首夏猶清和」分韻賦詩。

曹侍郎溶由太僕遷太常，《宿壇》詩曰：「静閟神穹紫翠遥，一天星斗照虚寥。蒼松萬歲鼯鼪伏，白玉千門海岳朝。藻火齋宫迴複道，鼓鐘冬祀肅重宵。講求漸洽升中禮，日日祠官按鳳簫。」

《投壺》曰：「有常爵，若是者浮。」注：「常爵，常所以罰人之爵也。」浮亦謂是也。《晏子春秋》曰：「『君令浮，時以罰梁丘據』。『浮』或作『匏』，或作『符』。」疏：「浮，亦罰也。」《小爾雅》曰：「浮，罰也。」今人引「浮一大白」，竟作快樂飲酒解。再《淮南子》曰：「百人抗浮。」注：「浮，瓠也。」蓋濟涉腰壺耳。若作「匏」字，疑是以匏爵罰之，與《釋山訓》小異。

太常寺仙蝶，人呼老道，翅長毛茸，通靈解語。戊申冬，侍郎德明呈乙覽，賜五律詩寵之。時德保總寺事，賦七言古詩。初，宗室侍郎塞爾赫有詩云：「萬里羅浮天一涯，奉常清署夢中家。誰教片影隨風絮，不戀濃香宿露花。栩栩居然能解語，悠悠信可共餐霞。冰霜尚有寒梅約，未入《離騷》莫怨嗟。」於是「太常仙蝶」命詩賦題矣。

熱河東砂石阪地産黑蝶，大者五六寸，土人呼「墨蛾」。蒙古人呼「爾伯克伊」。秋中例以百枚進御，云如意館中需作粉本也。

荷花紫草，江南人用以糞田。錢陳群恭和高宗《再遊支硎》詩結云：「紫草連疇豆麥青。」本注：「吴田于未插秧之前，種荷花紫草，取以爲肥壅。」

浙江錢氏多出自鏐，世有達者。宋賜鐵券，爲台州裔孫世守。高廟垂詢及之，三次幸浙，賫奉御覽，賜題七古十二韵。結云：「所嘉謝表撝謙光。」陳群和云：「以謙承之以謹守，大哉皇言日月光。」

應體詩話卷九

鄉飲酒禮，國家依仿古制爲之，其義甚深，與唐代異，而近時鮮有奉行者。張徵士庚有《甲戌上元觀鄉飲酒禮》詩，想見當時賢有司焉。詩曰：「青旛屆三辰，欣逢上元節。鉅典乘時修，芳筵絜齊設。上庠地何肅，大儀圖早揭。主人拜迎賓，執事恭就列。三讓禮致尊，四隅坐有截。煌煌正天地，輝輝昭日月。牲醴俎實開，脯醢豆芬發。祭薦偕獻酬，及介省更迭。隆殺何其宜，周旋總無褻。曜靈方正中，瑞氛藹欲結。工人始升歌，笙間遞以闋。聖皇重引年，賢守敦故轍。舉廢新觀瞻，成禮美磬折。遵憲復乞言，惇史亮能述。孝弟義既彰，黎庶情罔越。仁風接橋門，溥被四海悦。」

蔣溥進《塞外雜咏》七律十二首：《氈廬》、《駝裝》、《馬絆》、《風竿》、《雨溝》、《設卡》、《地竈》、《安市》、《征衣》、《銅畧》、《頒鹿》、《和詩》，高廟依韵和之。

乾隆二十九年四月八日，文端公尹繼善七十初度，預有旨於生日前進京，隨晉相國，仍制兩江。公詩有「好景尤多在晚春，帝心垂眷古稀人。數千里外來温旨，特許趨朝爲賤辰」，「初度欣逢浴佛期，帝恩特爲錫蕃禧。頒來無量旃檀相，長對金光拜聖慈」云云。

蔣麟昌十五歲能詩，既成進士，除編修。一日輪班值圓明園，高宗出御製詩十首命和，立就。欽拔三卷，則麟昌與沈德潛、裘曰修也。

嘉興僧明中，習書畫，嗜詩，主浄慈寺。錢文端遺楹帖云：「山間不厭僧常住，詩好何妨客屢過。」高宗幸寺見之，問和尚能詩耶？明中奏曾學作詩，賜一絶句。予編應體詩及于方外，或者誚焉。予曰：「貫休能改王貞白『波』字，孰謂僧人不知官樣乎！」

聖祖敕釐定樂章，彭羨門夙有撰著，繕進，屢邀獎賞，嗣是眷注隆甚。嘗曰：「讀萬卷書，行萬里路，下筆便有奇氣。」

曲阜裕齋上公入謝，自發軔迄禮成，凡紀恩、入覲、大捷鐃歌，以至言情寫景之作，曰《停軒集》，和而正，舒而安。

梁薌林詩守唐人，由翰林入直。高宗天章成，詩正恭繹强記，遇宣示同直諸臣屬和，則成誦矣。而謹奉繩墨，不敢輕下一字。往往同賡一詩，其成轉後，穩稱爾雅。

錢稼軒趨直禁籞，御製詩成，得手録恭讀，而已默識神會。自是詩境愈上，詩亦日富。

聖祖初視南河，王儼齋官工部尚書，歌咏盛典，經進之作，必手細書，副本亦小楷。歲久間有缺字，令子光麓屬錢香樹補成入石。尚書行草大字，法米南宫。小楷端正，内含婀娜，精神姿態，不失絲黍間。善審定古人手蹟，藏趙松雪《與石氏十札》，秀麗中寓圓勁之勢。後其子進呈高宗，爲拈趙法源流於其弁還之。尚書父農山先生，曾得唐僧義道書《法華經》一册。尚書又得松雪所書七卷，顏其室曰「二蓮居」。趙書先歸内府，義道書與《十札》同進。帝手書《心經》，留祕珠林。陳廷慶詩曰：「雲間司農真好古，墨妙緜來聚文府。後人入貢辭塵凡，獨經宸翰親題緘。敕歸王氏永世守，直比球璧珍琅函。」

高文定斌由内府洊督南河，高宗初舉南巡盛典，派閲召試卷。公平日不談詩賦，及與同事評榷試卷，進呈，舉二三人，曰：「是有清華之氣，他日當有聲詞苑。」後果如所言。沈歸愚五六歲曉四聲，以諸生應鄉試，十有七科，及成進士、入翰林，年將七十矣，授編修。純廟詢知爲江南老名士，敕和《消夏詩》十章，稱旨。自是聖製出，輒與賡和。不數年，歷閣學。帝召與論詩學源流，曰：「張鵬翀敏捷過汝，風格故自勝之。」乞休後，加禮部尚書。曾與錢陳群同校聖製，至是賜詩同稱「二老」。且天語褒嘉，一則曰「學有本原」，一則曰「道存風雅」。近滄浪亭刻象，與先賢並矣。

長洲彭氏科名，天下艷稱，然世有陰德，足以啓之。康熙乙酉、丙戌間，聖祖時巡江介，訪濂已乞身家居，特起爲檢校《全唐詩》官。

胡侍郎煦館選時，自陳能通《周易》。聖祖命與李光地講《易》，屢蒙召問。同楊名時入見，畫圖講《易》，問答數千言，有「苦心讀書人」之褒。丁未，進《耕耤詩》、《河清賦》，世廟極賞之。

立春帖子，趙宋前或云「春詞」、或云「宜春帖子」，未爲大備。宋初始分殿閣位次，若司馬温公、歐陽文忠公、蘇學士所進，始傳世。高廟行慶承歡，歲律初更，首製睿詞，并許禁近詞臣各裁帖子進御。而切定立春、元旦干支及本年時事，不可移易。錢文端公爲首，後彭芸楣輩依仿爲之，並載本集，美不勝收。

雍正四年冬季，陝、虞至邳、徐、淮上二千餘里黄河清。自世宗御極至此，凡三見卿雲，聯珠合璧，禾九穗，麥雙歧，蓮駢莖，休徵叠至。當日形諸詠歌，皆非虚語。

我朝不言祥瑞，而瑞應自來。兹録數詩，聊見一端。佘楝《萬壽日慶雲見滇南》詩：「帝孝光遐壤，天麻著瑞雲。華封方效祝，藻耀已揚芬。翼鳳偏宜遠，從龍此獨殷。碧雞籠異靄，金馬帶奇雰。漢鼎輝巫錦，唐河答放勳。元精高噴薄，協氣浩繽紛。捧日驚同麗，盈霄迥不群。五華蓬島似，六詔畫圖分。椎結披霞綺，貔貅入曉雯。非烟偏藹藹，異路亦沄沄。喬彩連朝布，歡聲數郡聞。從兹千萬歲，永戴聖明君。」

徐杞《聖治光昭河清獻瑞》詩：「乾貺殊祥協，坤輿上善呈。黄流澄卓午，碧浪見嘉平。凝潤三門皎，朝宗九派縈。洋洋涵厚澤，曲曲拱瑶京。外朗冰同潔，中虚日並晶。長瀾連洛汭，寒練繞彭城。虹彩參差映，榮光迤邐生。琉璃堆處浄，玉碗貯來輕。鏡裏牙檣轉，雲邊畫舸迎。遥通天漢迥，静界地維横。臘盡冰梅放，春回碧柳萌。金堤昭鞏固，芝檢出崢嶸。圖采浮蘭葉，星奎正玉衡。百川同浩盪，一月紀澄泓。敷錫符元極，懷柔啓頌聲。顒顒歌允翕，奕奕助文明。激濁知風肅，揚清美政行。八紘安擊壤，九有樂耕氓。晉秩承殊寵，颺言達下情。小臣叨珥筆，盛事喜同賡。」

康熙三十年，新野産麥一莖五穗。河陽趙萬邦頌曰：「穆穆我皇，作乎九土。乾符坤貞，受天篤祜。進賢用能，爰得良臣。復聖之後，蹈德咏仁。夭札盡消，廢墜咸舉。歸鴻來集，罔弗獲所。出作入息，皡皡熙熙。勞公百憂，報公五歧。頌溢道途，歡騰婦子。荷鋤而慶，我疆我理。占曰大有，維侯德昌。五歧呈瑞，三台應祥。」顏名光是，曲阜舉人。

山陰陶驥得地于南山北麓，其女夫汪文烈闢之。乾隆二十二年，天子兩幸，御書「留餘山居」，復賜詩五章。

禁中麯讌，給筆札聯句，人占名不過二三韵。香樹伸紙預拈「强」韵，排警句。比散未出者率數倍。

吴眉庵視學順天年餘，河間府學宮枯柏復生。諸生繪圖以上，詩之。

駕幸翰林院，朱玉階編修作九言詩，京都傳誦。

計草甫曰：「學詩必先從古體入，能古體矣，然後學近體。若先從近體入者，骨必單薄，氣必寒弱，材必儉狹，調必卑靡，其後必不能成家。縱成家，亦灑削小家而已。學古詩必先從五古入，次七言，次古樂府。」鐵夫先生曰：「必有韓、杜百韵之風骨，然後有沈、宋八韵之精能。」今之作賦得詩者，可知所津逮矣。

嘉慶十五年，宜山藍祥年一百四十二歲，奉諭賞六品頂戴，並御製詩、「慶錫重頤」額。禮臣請照湯雲山例賞銀，奉旨賞銀二百兩、緞五匹。潘奕雋詩：「和風鼓化宇，粤海奏耆民。豈意百齡後，重開四十春。恩綸從驛遞，睿藻自天申。史氏徵奇瑞，無須紀鳳麟。」

乾隆元年，江夏湯雲山年一百三十有一，禮臣請照加倍賞銀例，給銀百有二十兩。奉旨加賞上用緞一疋、銀十兩。十一年，又題雲山年一百四十有一，應加給銀三十兩。奉旨加賞上用緞五疋、銀五十兩，並「再閲古稀」額。

台州王世芳，乾隆戊戌迎鑾，年百有十餘歲矣。自言少充兵從征，被槍死而蘇，棄兵歸農，且耕且讀。五十八歲入學，六十三歲補廩，八十一歲出貢，九十六歲授訓導。旋入都祝壽，授司業銜。其四十六歲時，見金鯉，買放之。風雨驟至，避亭中，見魚化爲龍，作禮而去。自後心地開明，喜書「壽」字。周松藹詩：「遊庠已過服官年，秉鐸期頤萬口傳。聞説壯時曾殺賊，英雄投老即神仙。」「將軍持杖曾孫五，太史應占聚德星。染翰手書長壽字，一時圍擁看南亭。」南亭，其號也。乾隆末没，年將百有三十矣。或曰晉銜侍講。

袁果《拔達克山進馬歌》曰：「拔達克山西極西，懸度萬里窮繩梯。漢家拓地大宛外，河源視此猶狄鞮。邇來皇風光天下，一朝向化來獻馬。日月所照忻無私，中厩外厩又何假。粤稽史册無明文，推求部落憑傳聞。勃律以西大秦北，款塞貢物心孔殷。宣名上殿起拜贊，亦舞亦蹈玉階畔。雖重十譯語莫詳，依稀聽説愛烏漢。天骨卓立輝雙瞳，拳毛騰達嘶長風。鬉翦三花尾汗血，月駟不與凡馬同。朝回牽過龍樓右，天街聚看驚童叟。奚官厮養森成行，黄金羈靮猶在口。何意西海追風駒，得與天厩同馳驅。赫聲濯靈播荒外，遠略應知往代無。往年和闐貢美玉，拂拭寶光看不足。若教礪作軟玉鞍，短鬣流珠浮結緑。」

程晉芳狀貌奇甚，高宗謂似西洋人。其作《自我來京國》百二十韵詩，有「西洋殊似耳，北闕競傳之」之句。

澤州陳文正公廷敬，蒙聖祖賜御書「午亭山村」額。午亭者，其家陽城别業，緣《水經注》「沁水流徑午壁」而名。晚年手定其文，曰《午亭文編》，又《午亭歸去集》。

陽城田文端從典少游學濟源，聞父疾，雞未鳴歸，走太行山徑間，虎前後嘯翳林不輟。生平以樸誠自持，雍正四年，重陽侍宴，賦《柏梁》體，從典恰得「誠」字，曰：「皇衷感召惟至誠。」人胥以誠感所至。

乾隆間，皇六子《聞雲壑典試山左》詩結云：「晚楓鵲華帶烟皴。」「華」作去聲。

己卯順天詩題「秋日懸清光」，王永祺詩曰：「望極秋空際，晴暉迥迥明。烟光開叠嶂，雲物肅高城。律琯涼初轉，壺天暑乍清。流輝雙闕朗，射景四山瑩。露隼摶朝旭，風林炙晚榮。長郊宜牧馬，大獮正飛旌。關塞妖氛豁，樓臺霽爽横。何當攀日馭，從此上瑶京。」

張昀受六法于户曹張篁村，篁村以畫受殊遇，昀亦獻畫高宗行在所，拜大段之賜。恭紀詩曰：「吴淞慚翦半江清，紫禁親傳天語評。敢許諸家追後武，即看寒族奮前程。湛恩深浹絲綸重，令聞光昭錦繡榮。粲粲采繒輝翰墨，從今衣被荷生成。」昀子璿華，青陽教諭，世畫學。

徐瑶圃以寫象供奉，昀送其入都句云：「簪筆幸依天子席，拂箋好寫聖人容。」

康熙五十年十月朔，朝鮮國王表請頒賜時憲曆，奉旨準給，晏使臣于禮部。吕謙恒詩曰：「聖德超千古，皇綱總八垠。遐荒遵正朔，平壤遣陪臣。渡海求章舊，登階請命新。頒來黄帕裹，擎出紺題匀。晷刻推無爽，風雲護有神。丹宸恩禮渥，湛露几筵陳。宗伯方循典，行厨遂授賓。屏營承寵切，蹈舞覲光頻。近挹瀛臺氣，遥生海國春。冠裳存古制，職貢本王人。帝力占行健，天時合建寅。懸知歸異域，孤島望星辰。」

楊開沅有《京城八景》詩，《瓊島春雲》曰：「仙山凝瑞靄，春氣望中深。輪囷扶金闕，氤氲護寶林。龍文分列岫，鳳羽散遥岑。紫陌霑餘澤，崇朝頌作霖。」《太液晴波》曰：「榮光澄素沼，明鏡朗靈湫。荷浄珠擎蓋，魚游彩漾舟。瑶臺懸倒景，碧殿蘸清流。豈樂同周囿，還看潤九州。」元人題作「太液秋風」。《玉泉垂虹》曰：「方流疎派遠，屈注落迴波。拂雨滋璚樹，飛雲溉玉禾。虹橋千澗度，素練半天過。乍可乘槎上，璇源問絳河。」《薊門烟樹》曰：「緑樹接平原，濃陰識薊門。塔標林杪寺，帘指雨中村。葉密鶯聲滑，風高雁影翻。遥知佳氣滿，葱倩五雲根。」元人題作「薊門飛雨」。《居庸叠翠》曰：「雄關連翠巘，鎖鑰北門扃。虎卧臨三輔，龍盤據八陘。嵐光侵紫塞，霽色入天青。形勢神京壯，徘徊欲勒銘。」《西山霽雪》曰：「晴旭帝城西，千山玉樹迷。光分瑶闕麗，氣壓碧岑低。積素通銀海，浮嵐炫彩霓。只疑天表近，雲路可攀躋。」《金臺夕照》曰：「碧草連空暗，黄金此築臺。市惟千里駿，基合萬年培。虹散流殘照，霞飛映古苔。清時多稷契，謾數郭生材。」《盧溝曉月》曰：「桑乾流曉月，瀲灧傍微雲。轍跡因霜淺，波光帶樹分。征人餘夢醒，嘶馬隔津聞。萬國朝宗道，清華曙景紛。」

吴兆騫《封祀長白山恭紀》曰：「配極神山峻，修封帝命崇。金函新建嶽，玉檢此升中。咸秩遵虞典，昌期答漢功。星軺瞻二使，雲燎視三公。戴斗原承北，苞祇獨峙東。千年今值泰，萬歲昔聞嵩。地接興龍近，天開翥鳳雄。嵯峨分氣象，窗寮（閂）〔闢〕鴻濛。五時儀還陋，三祠禮自同。宗禋通肸鑾，展宲契昭融。圭璧陳緹帟，騂駒豁錦幪。日華遥合扇，雲氣迴成宫。列嶂輝瓊雪，雙流亘玉虹。壯哉符寶執，赫矣麗璇穹。仙靄凝巖紫，高霞鏡野紅。何須傳縱雉，已見永垂鴻。芝朮祥侔岱，枌榆祀比豐。紫壇三望徧，絳節百神通。運喜逢文命，書慙獻所忠。聖皇長有道，靈秩慶無窮。」陳世倌《謁祖陵》曰：「長白嵐光遥對席，松花江色靄浮筵。」

「仔細」，鄭重也。乾隆己卯江南詩題「月印萬川」，錢琦程作曰：「靈根徹不貳，仔細探真詮。」近日多作「子細」，干支借對。《北史・源思禮傳》：「爲政當舉大綱，何必太子細也。」無人旁。《正字通》「子」讀若薺，方語別也。俗作「仔細」。

唐律多寓干乞，且頌及主司。江西己卯「秋水長天一色」題，蔣衡擬作結云：「宗工涵雅量，多士育堯天。」癸酉「不知誰是謫仙才」題，陳雲章擬作結云：「權衡歸哲匠，衣鉢好相傳。」猶沿其習。

畢沅《王道蕩蕩》詩：「聖化恢疇伍，皇輿九域通。天衢開詄蕩，地勢接鴻濛。疆索原難限，遵循豈易窮。廓清由武烈，底定自元工。廣運神無外，光華日在中。三辰群拱極，五嶽總呼嵩。玉帛圖王會，要荒勤帝功。斂時敷錫遠，此日訓行同。」能切時事。

「香遠益清」，周元公《愛蓮説》。試士者于二月命題，作者多借以詠梅。金甡仍其意擬作云：「寒梅饒遠韵，幽賞送清香。縹緲横枝瘦，霏微引興長。金尊憑借助，玉笛共飄颺。不待巡簷索，還嗤點額妝。雪中詩思澹，林外月痕黄。避地孤山僻，懷人庾嶺芳。頗聞松竹友，時傍水雲鄉。花譜新同調，臨風憶藕塘。」予謂出此題者，與「黄花如散金」爲菊花同，不知命題者誤耶，抑作者郢書燕説耶？

金德瑛《迎歲早梅新》詩曰：「乘時熙化日，攬秀冠群材。桃李知多少，經寒尚未開。」黃樹齋謂寄託絶高，是金華殿中第一人語。

梅花典故太熟，咏之不免沾滯，庶幾其白戰乎！德保曰：「天女姿超俗，維摩意絶塵。來從衆香國，同化此花身。滿樹多原好，疎枝少更珍。先開非有意，獨笑肯邀人。偃蹇看逾媚，荒寒畫未真。氛氳成別調，淡泊是前因。貌古寧嫌瘦，山空不厭貧。逋仙曾見訪，落落尚難親。」

詩怕落套，試帖中時令尤易犯此。謝啓昆《桐葉知閏》破題：「鳳紀頒重五，龍門擢幾莖。」按切本年，下如破竹，他輩瞠乎後矣。

詩貴寄託，而試帖爲難。秦大成《賦得山雲潤柱礎》曰：「可知擎柱日，未異在山心。」筆意最高。解此則凡題多可寄託。

詩用扇對，六朝濫觴，亦曰隔句體。邱庭漋《武帝旌旗在眼中》詩二首，其二起句曰：「武帝留燒劫，曾聞習戰船。開元修故事，復見耀戈鋋。」用此格，然矮屋中不宜學步，雖見白氏《金針》、梅氏《續金針》，非爲應體。

「洞庭張樂」，猶言作樂于通衢耳。《後漢書》注：「洞，通也。」《史記》「單于之庭」亦非定處，與「洞庭波兮木葉下」句異。謝靈運曰：「洞庭張樂地，帝子瀟湘遊。」指瀟湘之洞庭。近拈是題者，往往以謝爲口實，不獨裘麟之「衡雁驚還起，湘雲遏欲停」，鄭城之「漢水依然緑，君山未改青」而已。然古人之誤甚多，膏肓廢疾，安得起而鍼之。

汪潤之《民生在勤》詩：「不匱徵生理，其勤楚訓陳。四時陰並惜，五土俗皆淳。東作經營始，南訛長養均。築場方繼夏，乘屋又先春。抑戒前修懋，蒙求正路遵。志原弧矢剔，職必筥筐親。睿鑒逾超古，宸衷首及民。相期無曠業，夙夜凛惟寅。」黄樹齋謂中四韵。謹按：御製詩八首意分貼春、夏、秋、冬，老、少、男、女，格局明整，試律創體。

樹齋曰：「七言長排，雖老杜亦不能佳。應試偶有此體，則當先謀全局。詞句亦恐犯重複之病，若能穩稱，便是傑作。」予謂古人詩筆，氣韵骨格，後世漸漸不如。若夫對偶之工整，措詞之有體，則今人遠勝古人。鍾鳳翔擬《省斂應制》七排四十韵，頗云佳構。

樹齋曰：「八韵詩須氣體充實，不可裁作六韵；六韵詩須神氣完足，不可添作八韵。」此稱體裁衣之法。

應體詩話卷十

何元烺《五明扇》詩曰：「五明曾有作，四目本無區。注久聞崔豹，名還溯帝虞。闢門詞少變，闔扇制相符。豈有雕幾飾，惟開豁達模。臣知天下治，瑞見列侯趨。棖闑螭頭近，華罽雉尾殊。路通松作棟，誤以箑生廚。承謬千年久，宸章爲辨誣。」舊題新做，録之。

「占據」之占，在二十九艷，與十四鹽異。史貽直《乾坤爲天地》詩曰：「潛龍占地位，牝馬合天經。」意取「占卦」，而似「占據」。俗「占據」字加人旁，然「佔」字有平聲，無去聲。

張英《扈從至畿輔道上民獻嘉禾數歧以示從臣》詩曰：「春風轉《韶》律，時巡歷郊原。王道廣周諮，冀以康黎元。衢路撤警蹕，羽衛祛殷繁。萬姓趨馬首，填塞窺井垣。皆言年穀好，比歲豐雞豚。麥穗三兩歧，敢以陳至尊。聖心益嘉悦，慈顔彌霽温。民天在粒食，農事古所敦。稼穡允爲寶，珠玉安足論。再拜紀惇史，大哉真王言。」

「陟」字今忌用，宗室達麟圖《聖母萬壽》詩有曰：「崑閬何須陟，升恒自有常。」勵杜訥《萬壽》詩有曰：「皇仁浩浩陟春臺。」阮學浩恭和高宗《閲視淮安石堤》詩，有曰：「熙熙陟春臺。」

高士奇《恭紀賜御饌安肅菜》曰：「嘉蔬不易致，珍味下天厨。嫩比山中筍，融如塞上酥。凍餘津轉溢，霜壓味偏腴。因憶江鄉雨，青黄幾稜鋪。」此味不祇宰相知之，想見聖皇菲飲食之一端云。

沈起元《恭和御製歷下亭原韵》三首曰：「歷下亭何處，明湖烟火間。一時名士集，千載白雲閒。花遠春如畫，波開月半灣。臨汾今日駕，新拂岱雲還。」「臺榭具今古，楹軒鏡渌波。居然海右勝，復此春風多。清濼湧寒碧，歷山浮遠螺。重華耕鑿處，漫數少陵過。」「雲旗飛彩鷁，北渚正淵泓。海岳深春氣，鶯花流水聲。藻間魚自戲，洲畔鷺孤明。遊賞宸襟暢，還餘懷古情。」濟南泉水，天下無敵，歷下亭據山水最勝處。

御製《早春過賈島故里》，陳兆崙恭和曰：「詩魂肖山骨，故里澹斜陽。有數稱才子，何人鑄法王。苦吟鶯語澀，道服水田荒。異代榮天顧，生窮固不妨。」亦切題勝。

「∴」即「伊」字，見《涅槃經》，范咸詩所云「三點成伊猶有想」也。「卍」亦出西方書，即「萬」字，咸詩所云「蓮花卍字總由天」也。沈德潛《和御製潭柘岫雲寺》詩，有「繙經遇∴卍，難字試侯芭」之句。

近日惟遼參功多，王氣所鍾故耳。田雯《人參應制》曰：「遼海黄雲覆，毉閭紫霧函。靈祇藏雨露，元氣抱巉巖。瑶草何年種，芝苗幾處劖。披榛淩絶嶺，採玉帶長鑱。土厚三根椏，泉肥九折岩。蠶頭甘可嚼，龜息坐宜銜。瘦老龍蛇縮，髯蒼虎豹饞。峆岈埋澗谷，輆轕覆松杉。爲藥功偏大，呼人格不凡。苓脂凝琥珀，薤葉走麇麚。雁下盧龍塞，風懸鴨緑帆。朝鮮使者貢，周禮膳夫監。自異尋常值，何妨什襲緘。丹中珍有托，籠内物應芟。美足侔雙璧，時方頌五咸。聖朝無賤棄，聲價邁瓊瑊。」

「委蛇」之委，於爲切，不同於詭切。蔡升元《乾清宫召對恭紀》詩有曰：「温語偏親切，深宵尚委蛇。」作仄用。

陳璋《恭和御製盆中松竹梅三首》曰：「知是千尋幹，胎禽預卜巢。貞心如不改，何慮雪霜交。」「寒玉可人意，青青曲檻旁。竿頭才尺許，落月影偏長。」「亦有横斜態，無言倚夕曛。遥知庾嶺雪，同此白紛紛。」

王文簡《滇南凱旋歌》六首曰：「鈞天樂動五城樓，玉輅前行十二斿。親見萬方頻送喜，翠華三度幸盧溝。原注：湖南、福建、雲南振旅，皆駐蹕盧溝郊勞。」「將軍收取舊山河，飲馬蘭滄萬里波。珍味天廚人不識，禁中特遣一封駝。」「升中大禮視圜丘，黄幄天清宿霧收。朝罷將軍先受賞，尚方催進紫貂裘。」「都人夾道看旌旄，萬里歸來血洗刀。鞲上奇鷹皆帶角，仗前天馬盡拳毛。」「原廟衣冠二十春，太平今見上陵辰。象犀玳瑁新供祭，巧使安南備九賓。上將謁孝陵，適安南國請封表至京。」「清時王會徧諸方，絶調《昇平》嗣《柏梁》。從此漢家新樂府，白狼添詠又三章。今年上元，賜朝臣宴于乾清宫，效《柏梁》體賦《昇平嘉宴》詩，御書頒賜。」《秦中凱歌十二首》曰：「上將一作『相』。乘春西出師，至尊推轂建旌旗。兩宫絡繹黄封下，天厩飛龍賜與騎。」「新看一作『開』。麟閣賞元功，頗牧重看出禁中。此去西人須破膽，將軍昨日伐一作『下』。遼東康熙十四年，圖公以副將軍平察兒罕，獻俘闕下。」「軍中歌舞喜投醪，令下如山戒驛騷。扶杖已聞秦父老，王師有詔肅秋毫。」「天上黄河萬里來，巨靈高掌抱雲臺。遥看丞相行營過，日射潼關四扇開。」「涇原西北駐王師，尺一無煩介馬馳。共道皇恩天浩蕩，不教京觀築鯨鯢。」「莫愁登隴望秦川，休道長安在日邊。驛騎流星催露布，捷書三日到甘泉。」「虎狼十萬競投戈，不唱三交《隴上歌》。朝見降書來北地，暮看烽戍罷朝那。本注：慶陽、固原相繼降。」「三軍解甲隗囂宫，百丈磨崖待勒功。欲紀元和天子聖，更攜參佐上崆峒。」「丹青圖畫上麒麟，五等俄驚寵命新。未許熊羆歸禁籞，且懸堂印鎮三秦。」「衮衣照露有輝光，班劍威儀出尚方。大將櫜鞬迎道左，萬人鼓吹入平涼。」「河西三將氣如虹，百戰功名次上公。詔下一時齊虎拜，漢朝争羡竇安豐。」「三月軍鋒次渭橋，旋看飲至紫宸朝。空言韓范威名大，五路何曾制曩霄。」此歌曾經御覽，見《居易録》。

夢麟《阜成門外觀征蠻師出二首》曰：「日出大旗高，霜騰萬馬豪。雷霆朝伏壘，鼓角晝鳴刀。邊徼懷明主，艱難賴爾曹。誅鯨知不遠，好憶聖心勞。」「廟算軒轅帝，天兵虎豹群。父兄惟僕射，功罪仰將軍。陣轉蠻雲黑，關開峒壁曛。擒王兼射馬，衛霍待銘勳。」明主、明君，近日不用。

聖祖親射金錢豹，蔣廷錫恭紀曰：「朔塞雲深候，南山霧隱年。韜文藏白草，焕采發寒烟。爪利騰張猛，身輕跳躍便。志貪全鹿飽，路值六龍旋。木葉千林矗，塵飛一騎先。出房金鏃疾，彎月寶弓圓。摯性思拏肉，天威易縛綿。奔逃已股慄，僵仆見腢穿。置負明駝背，攜歸行殿前。驚看人聚堵，環立衆摩肩。鬚勁垂霜潔，毫斑帶血鮮。舊曾聞艾葉，今始識金錢。雪點胸間色，風腥口上涎。真堪雄并虎，寧止倍於豜。孔武《羔裘》句，長楊射獵篇。幸隨豹尾後，窺管頌秋田。」

查慎行有《恭紀上入山行圍射獲白鹿》詩：「白鹿非凡種，仙山歲月長。出逢時有道，瑞叶壽無疆。洞口眠時月，原頭望處霜。明明開射的，皎皎入圍場。碧砮千鈞鏃，瑶星一道芒。最宜豜並獻，肯與豹深藏。至潔斑同雪，如膏色勝蒼。皮能留素質，草不療金創。雕俎充庖味，銀毫耀眼光。謬慚陪羽獵，作頌比麟祥。」

直東陵之鳳皇山者，治景陵，時有鳳來集于上，因名。

我郡蘭筍山本名佘山，先有佘姓養道于此，故名。產筍，有蘭臭。康熙五十九年南巡，御書「蘭筍山」三字，令懸山寺。郡中小考，嘗以命題。《松江衢歌》有曰：「銀牓高懸擁赤霞，蘭香山筍貢天家。」

敕修萬壽寺，蔣廷錫《恭紀告成》曰：「淨土長生境，天神護衛成。俯臨春澗闊，遥接御街平。殿閣重霄出，旗旛緑樹迎。寺傳天萬壽，鐘鑄佛千名。細雨紅塵迥，春陽碧瓦晴。獅猊裝寶座，龍鳳畫丹楹。拜處飄香氣，齋時有磬聲。柳堤看繫馬，竹院坐聞鶯。遊賞皆真趣，登臨遠俗情。深廊朝日映，古木暮烟横。西去通山徑，東來拱帝京。億年燈火盛，長向佛前明。」

聖祖賜翰林院講、讀、編、檢諸臣松花緑石硯，傳旨查慎行、吴廷楨、廖賡謨、宋至、吴士玉五人，向在武英殿纂修，著揀式樣佳者給與。慎行得夔龍大硯，恭紀曰：「砥石青山麓，松花碧水濱。天文聯析木，地產富琳珉。蘊作巖間璞，來爲席上珍。自蒙官采擇，頓發玉精神。有用逢時出，無瑕抱質純。性剛偏漱潤，膚膩不留塵。露氣鮮流葉，波光緑漾蘋。銘辭周雅古，背有御書銘曰：『以靜爲用，是以永年。』形製帝鴻新。規矩方圓合，廉隅節角匀。雕龍由哲匠，篋鳳賁儒臣。泥金漆匣。憶昨隨班入，曾經拜賜頻。隃麋兼月給，棐几亦時陳。延閣披香夕，山莊珥筆晨。詩多呈乙覽，賦每達楓宸。自罷文昌直，仍叨竊禄因。微勞蒙記憶，末路慰沈淪。優旨宣中使，殊榮逮五人。枯魚咸仰澤，病樹稍知春。臣分增慚恧。君恩視笑嚬。捧歸憐手顫，增重爲絲綸。」又《恭紀恩賜砥石山緑硯》詩曰：「扁石登廊廟，良工費綱羅。出應逢盛際，名始著巖阿。養璞埋雲霧，呈材仰琢磨。潤流花上露，青刷雨中荷。眉子殊難匹，陶泓詎足多。祇宜供玉案，敢望賜鑾坡。染翰恩長被，含毫分已過。拜嘉誠異數，榮捧並詞科。彩筆濡雙管，隃麋試一螺。便思焚舊硯，涓滴浥餘波。」

吕謙恒《自鳴鐘應制》曰：「璿玉齊虞政，銅壺紀夏時。何如鐘自擊，能使刻無差。機轉環樞應，宮分晷景移。指南車遜巧，記里鼓輸奇。全具周天度，何殊授曆儀。制同虬箭密，法擬算章施。信爾能司董，無勞更命夔。周環通晝夜，方法辨毫釐。察數寧睽黍，循聲較列眉。錚鈜流韵遠，浩蕩入雲遲。上國符三正，西溟總八維。靈臺方獻瑞，恭己象無爲。」都中自鳴鐘最行，朝會因之爲準，視日晷尤無間晴雨也。見竹垞詩。

聖祖詔減蘇松浮糧四十五萬兩，徐陶璋頌曰：「睿慮周寰宇，宸衷繫井疆。雲霄施雨露，屏扆繪農桑。德化乾坤協，恩波江海量。巽風披九有，泰運啓三陽。宵旰勤無逸，東南眷不忘。蘇松均赤子，財賦甲殊方。比户徵符迫，前朝作法涼。權衡裁舊額，剛斷焕新章。地稅休全貢，丁租更減糧。歡騰三泖畔，喜動五湖旁。《豳》籥吹風雅，箕疇應雨暘。逢年閒襏襫，隨處溢倉箱。綺陌晴霞絢，烟村粳飯香。聖心宏愷悌，吏治簡賢良。盛世雲龍合，高岡梧鳳翔。催科寬箠撻，鼓舞捷輸將。兩郡安郊土，群情拱廟堂。去奢敦節儉，息訟化譸張。熙皞追懷葛，盈寧邁漢唐。屢豐綿玉曆，願進萬年觴。生斯土者，懷允不忘。」

甘霖普降，天子召大學士、内廷翰林圓明園泛舟。蔣溥恭賦曰：「寵命遊瓊島，郊原雨足時。濕雲開碧嶺，涼意到芳池。棹引香風度，舟迴錦岸移。承恩同授簡，睿賞入新詩。」任啓運恭紀曰：「時雨天心應，蓬瀛霽景饒。風荷低畫舫，烟柳覆紅橋。勝地趨陪近，平疇入望遥。宸衷知有喜，膏澤字良苗。」黄孫懋結云：「須知天意洽，不是侈遊觀。」

康熙四十二年南巡，青浦陸箕（永）以諸生獻《九峰賦》，召試行在所，再試暢春園，命書大小字以進。賜御書《孝經》，暨衣服、筆硯、路費，敕歸讀書。四十四年，復遇南巡，奏《廬山賦》，奉旨賜監生，直武英殿，食七品俸。在翰林院行走，修《佩文韵府》。四十八年書成，授綿知知縣。此條與卷四所載略同。

方恪敏觀成總督直隸，開易州安國河成，賜名安河。又舉棉事十六則，繪圖列説以進。御題詩十六章，并命書觀成詩于幅末，足與樓氏《耕織圖》並傳。

賜陳廷敬折枝牡丹，廷敬恭紀曰：「八方風雨長靈芽，朵朵紅雲散綵霞。天意未曾私一物，上陽花勝洛陽花。」

賜張英新貢龍井、天池珍茗，恭紀曰：「披雲和露出層巒，雀舌名芽欲購難。家住江南曾未識，得分珍味在長安。」賜五臺山新貢香菌，恭賦二首曰：「包貢西來入九重，石英遥自碧雲封。君恩分得名山味，身到清涼第一峰。」「香菌離奇細石紋，紫芝瑶草鬥清芬。祇因野性甘藜藿，最愛山蔬帶水雲。」

緑蒲萄種出西域布哈爾，移植避暑山莊，形同馬乳蒲萄而無核，色正緑，西域名「奇食密石」。四字見《皇朝通志》，或「食」、「石」互異。王士禛《恭紀賜西域葡萄二株》詩曰：「御恩特賜草龍珠，手向東園劚緑蕪。未擬芳香輸橘柚，即看甘液勝醍醐。」其二曰：「天馬葡萄隔月氏，貢來新自玉關陲。蓬萊殿上初宣賜，何用崎嶇遣貳師。」又《恭紀賜櫻桃漿》詩曰：「色映琉璃得未曾，涼風長日拂觚稜。人間不識嵰山雪，天上新逢玉井冰。」

張廷瓚扈從出塞，賜新筍數枚，名「雁來筍」。恭紀二絶曰：「春林雁筍露華滋，驛使封題貢御時。自昔京華曾未識，分頒塞北遇尤奇。」「解籜香生緑玉痕，得嘗珍味荷君恩。宵來清夢留人處，家在江南水竹村。」春筍北方曰「雁來」，猶吾鄉曰「燕筍」矣。

高士奇《西苑泛舟命采蓮實攜歸恭紀五首》曰：「芙蓉池水湛天淵，蘋末風輕破浪圓。碧島丹厓方丈裏，有誰來泛采蓮船。」「曲渚蒹葭翠作圍，新涼殘暑淡斜暉。輕翻兩槳移舟入，驚起沙邊白鷺飛。」「風窗露檻接層居，水氣澄鮮浸太虚。自是君恩深瀲灩，特教天上看芙蕖。」「垂虹百尺壓鼇頭，錦石疎花帶淺流。遥見西峰開罨畫，暮蟬聲裏變新秋。」「綺岸銀塘倚棹過，雞頭菱角漾清波。臣今不作西湖憶，烟水菰蘆興已多。」

舅氏東安知縣名國珍，姓張氏，辦道。高廟二次傳問官職姓名，賜段。其子元福恭遇臨雍，進頌。是日雨雪，諸圜橋門而聽講者，人賜段一。元福有句云：「父子承恩三賜錦，公卿數典共簪毫。」

順治十二年，命西華門外臺爲瀛臺。尤侗《瀛臺賜宴恭紀八首》曰：「君王消夏蕊珠宫，垂柳垂楊面面風。緑水青山繞殿閣，千官影立畫圖中。」「新秋零露乍濃濃，曉啓天門照燭龍。十里香風吹不散，遥知蘭澤采芙蓉。」「並泛蘭橈度玉墀，分明閬苑接瑶池。大官預辦鈞天宴，内殿先頒金屈卮。」「夢到瑶京弄紫鸞，紅樓十二碧闌干。多因挾纊君恩厚，一夜西風不覺寒。」「休沐初聞罷早朝，長楊五柞暫逍遥。外人若問吹笙曲，先是《彤弓》後《蓼蕭》。」「水殿風微翠幄涼，叢蘭九畹颺芬芳。《離騷》紉作幽人佩，今日方稱王者香。」「豈樂曾聞宴鎬京，群工獨飽雉頭羹。小臣願借金莖露，還獻吾皇萬壽觥。」「河漢宸章彩鳳銜，盈廷歌咢勝《韶》《咸》。短才本乏淩雲賦，欲報慚無五色函。」

千叟宴，群臣許作七絶詩一章。何焯云：「蕊榜邀榮寵錫稀，編摩秘殿奉恩輝。厠名千叟尤深幸，接跡期頤侍紫微。」秦道然云：「既忝詞臣又諫臣，昇平無事奏楓宸。生年尚在龍飛後，已並耆年祝聖人。」吴襄云：「六旬今列千官宴，兩榜原登萬壽科。才薄何緣恩獨厚，九重雨露一身多。」

「荒涼」、「悲苦」等字，應製非宜。有用之適得其正者，如題故也。沈德潛《恭和御製燕昭王故城原韵》曰：「睥睨荒涼不可尋，汶篁移植緬寒林。至今感慨悲歌者，猶識千金市駿心。」「睥睨」，襄公六年《春秋左傳》注作「俾倪」。《史記·信陵君傳》：「侯生下見其客朱亥，俾倪，故久立。」則衺視貌，與此異。女牆亦作「埤堄」。

《易》「金柅」，注：「金者，剛强之物；柅者，止動之主。」蓋止車之木，以金爲之。拈此題者，當透發「柅」字，而以「金」字比附，方合經旨。鄭虎文有是題詩，只括大意。

丁丑三月三日，天子幸敷文書院，山長齊召南率諸生敬和聖製原韵云：「巡方依舜典，振德焕堯文。喜值隨時雨，是日微雨初霽。重瞻至聖君。來遊觀藹吉，無斁荷恩勤。鳳嶺新添采，松岡舊紀聞。辛未，駕幸書院，聖製詩勒石堂中。英才資教育，實學却煩紛。講席微臣忝，菁莪詠樂群。」「聖德同天德，光垂日月文。再臨三浙水，欣頌萬年君。稽古崇儒切，登堂訓士勤。詩篇容拜和，傳諭諸生能詩者和進。學業在知聞。但識高山仰，寧憂俗徑紛。從兹吴越地，大雅蔚成群。」

聖祖御製《静夜讀書》詩，張英恭和云：「御牀繚繞一篝香，午夜觀書燭影長。聖度此時天際滿，遥同明月照要荒。」勵杜訥恭和云：「紺幄牙籤拂御香，朝暾入座晝方長。誰知幾换金蓮燭，猶對縹緗念八荒。」「荒」字頗難，二臣並皆佳妙。

高宗幸烟雨樓，與莊有恭聯句，睿藻泉湧，帆未移晷，得詩二百餘言。有恭及第後即内直，耳濡目染者久，歷任封疆，猶不以案牘勞心，露窘澀于口吻。御筆仿小米爲「烟雨樓」三，一弆嘉興樓中，一弆懋勤殿，一貯避暑山莊。四十五年，命于山莊仿爲之。《名勝志》：「烟雨樓有三，一即嘉興，一處州括山，一沔陽州。」從此有四矣。

休寧汪文端公書法力追晉唐，兼工篆隸。既卒，帝命集其書爲《時晴齋法帖》十卷，勒石内廷。後子承霈進其詩文集，帝題七律詩一首當序。至沈德潛詩，高宗親爲製序，所謂非常之遇矣。

由敦《恭和御製荷露烹茶原韵》，有「中泠惠泉號難得，總是人間烟火食。滴滴都從天上來，啜此方知聖水德」之句。

由敦《恭和御製魚石屏歌原韵》曰：「少見多怪紛然疑，偉哉造物能爾爲。由融而結誰指揮，異石片片羅鯤鮞。頑礦乃復藏神奇，宛見渌波游泳姿。出聽豈緊聞絃徽，銜鉤那待投竿絲。乍疑妙繪綢箋遺，啖花影弄垂柳枝。或乃匠巧神工施，刻畫髫鬣分刌移。想當秋水無津涯，鱗鱗潑潑時紛其。曝腮跋浪淩空虛叶，此樂未許惠子知。滄桑何代倏若斯，帶還爲礪匪夷思。炎飈皜日暵沫滋，大鈞飛焰陶青泥。一氣所到理異宜，石凝水態層層披。魚爲石質息不吹，麻源螺蚌有先期。製屏不藉丹青緇，重以天章琬琰垂。《酉陽》《博物》驗在茲。」案「琬」字下一字今避仁廟諱，不敢用。而「徽」字上一字當缺末筆。壬辰順天鄉試，一生獲雋矣，經藝中此字未曾恭缺，磨勘。

由敦《恭和御製採珠行原韻》曰：「長源星漢波沄淪，天寶所萃多潛珍。虞衡著籍採珠户，千家散處江邊村。年年泅採貢天府，甲乙品第公評論。珠户歲以冬杪貢珠，内務府大臣暨工部會定等差。翠華東巡歷江滸，臨淵一試知其真。是時秋宇正寥泬，纖雲無翳江光新。旗丁袒入鮫人室，出没深瀨沿沙脣。足探得蚌俯而拾，剖出一一堆白銀。夜光明月雖罕見，勻圓頴采無瑕皴。迴旋迅湲沁肌骨，維舟繫石多苦辛。觀餘行賞灑宸藻，蠙璣萬斛真通神。」暢春苑前小溪，乾隆初，内侍於黑夜輒見空中朗然懸一星，光自溪出。計得一蚌，剖得兩珠綴合，一大、一稍小，巨似棗，形如壺盧。進爲天子朝冠頂。天寶所萃，惜文端未入咏也。

由敦《恭和御製詩禮堂原韻》曰：「清軒敞四垂，展謁復來茲。天秩時庸《禮》，無邪足蔽《詩》。傳心家學闡，數典祖風垂。杏雨朝烟散，槐陰春日遲。趨庭追往昔，進講憶年時。千載淵源接，留題匱睿思。」許英編入《瓣香集》，注引《琳琅集》：「内廷有詩禮堂。」而紬繹詩意，爲闕里之詩禮堂。

十三年，以貴成所進之馬，賞「驤雪座」名號。

哀公五年《左傳》「荼」字注曰：「音舒，又音徒，又丈加反。」泰山《唐大曆貞元碑》，有「荼菓」、「荼宴」字,《廣韵》九麻有「荼」字,又有「茶」字,注曰:「俗。」

熱河産葠,與遼東枝葉皆同。聖祖命蔣廷錫畫圖,并製七言截句紀事。

彭羨門嘗至僧寺,僧適製琉璃長明燈,乞賦。煎茶相待,茶未熟而賦就。

應體詩話卷十一

援，音袁者，《詩》「無然畔援」、從疏。「以爾鉤援」，《禮》「舉賢援能，不援上」，《孟子》「子欲手援天下乎」，《周官》「援四之」是也。伏波名用之。音院者，《魯語》「爲四鄰之援，結諸侯之信」是也。音換者，與「恢」同，《詩》箋「之於畔援」是也。音遠去聲者，《晉語》「侏儒不可使援」是也。而彭芸楣《刻桐爲魚扣石鼓》詩曰「如聞馬援銅」，鐵夫先生《天驥呈材》詩曰「式寧憑馬援」，作仄聲。

元結《中興頌》耑用平韵，守韵頗嚴。三句三韵一解，凡平韵所通協，皆不協，自後詩人罕用之者。錢文端《平定金川》及《回部武成頌》並仿其體。

高宗賜陳群詩有「民數無央覲鑾路，就中遥識地仙來」之句。陳群《紀恩》詩有曰：「千億萬人齊仰聖，霽顔先接地行仙。」人臣而仰承天筆，勝登仙十倍。唐皇以賢易仙，造作矣。

山莊蓮花，敖漢種，色鮮瓣大。康熙年移植，較長城内遲一月餘放，九月初未已。每與菊花同瓶對插，屢見聖製詩中。陳群恭和高宗御製《金蓮花》曰：「水芝生陸海，不用采湖壖。延蔓移烟塞，繁花綴錦川。金衣還瑟瑟，翠葉亦田田。可是圖澄咒，開同鉢底蓮。」

聖人以弧矢之利威天下，高宗每發必中。一日張照、汪由敦、梁詩正、蔣溥、錢陳群同侍，帝曰：「汝五人俱不能射，朕爲卿等各發一箭，五發五中，按簽領賞。」陳群獨多，既和《箭廳》詩曰：「當年扈從命臣前，内侍擎來賞必懸。一箭曾叨天語賜，邇來能事想仍然。」

王上舍象曾謂「桄」字不見《佩文韵府》。予按：陳群和高廟《登定光塔作歌》有「卓然千仞接初桄」句，特非叶音。「桄」字，《説文》、《唐韵》並有。

康熙三十八年南巡，御書西湖十景曰：蘇堤春曉、雙峰插雲、宋人稱「兩峰插雲」。柳浪聞鶯、花港觀魚、麯院風荷、舊稱「麯院荷風」。平湖秋月、南屏曉鐘、舊稱「南屏晚鐘」。三潭印月、雷峰西照、舊稱「雷峰夕照」。斷橋殘雪。後臣工吟咏胥遵之。

嘉慶元年，教匪亂，吴曹承燕以縣丞協守棗陽，城得完。奉仁宗硃圈其名，並賞藍翎。顧文葆詩曰：「捷書飛奏達楓宸，天顔有喜加甄叙。更荷朱闌記姓名，仿佛書屏邀異數。」

青陽王文僖公少時，吟哦田間，鄰雞雛繞足下，有鷹盤空欲下。鄰隔岸見之，急呼「速護我小雞」。公弗聞，鷹竟攫雞去。後入翰林。子宗誠，乾隆五十五年以第三人及第。嘉慶九年二月三日，駕臨翰林院，賜宴聯吟，以張説《東壁圖書府》詩爲韵，聖製長律二首，懿脩與子同侍宴聯句，恭和云：「小臣兩世叨恩賜，敬仰龍章鳳藻宣。」春敷既長禮部，而鐵保冶亭亦任尚書，而左右侍郎若英和煦齋、胡西庚、秀寧楚翹、汪守和瑟庵皆出冶亭門，時有「水部三堂三鼎甲，春官六座六師生」之諺。冶亭，春敷壬辰會試所薦士，召鐵保詢及之，乃歷叙淵源云「雲母屏風隔座」，遠勝古時。

典故二者相類，宜從其朔。如「雲母屏風隔座」，當用《後漢》第五倫，不得以唐詩有「才彰二紀盛」句，用《吴録》紀亮、紀騭事。

朱慎庵閣學，年十二賦小松，有「此時纔出地，他日定參天」之句。著《從政觀法録》三十卷，國朝名臣事實也。

往者錢侍郎按試松江，詩題「一波三折」，士子知爲論書，即録。予按：書法離鉤微斜曰捺，「人」、「大」等字是也；横過曰波，「之」、「道」等字是也。捺，古名磔。

乾隆二十二年，駕幸天平山，范氏子孫進詩者二十餘人，七人入選，各賜大合包雙段一。吾邑監生名嵲者，蒙首選，詩九首，今録其有關文正者。曰：「念昔先臣荷聖明，學醇業廣賜褒評。重光俎豆馨香遠，典册昭垂華袞榮。」「寒山聽雪響淙淙，千尺銀河天眷重。閣上宸書飛麗藻，雲蟠五采墨如龍。」「高義名園御翰鮮。萬峰羅拜笏朝天。欣逢元后重來勖，綸綍王言百代傳。」初，十六年二月，幸支硎山，至千尺雪，御題匾額曰「聽雪閣」。製五古一章、貌寒梅一枝於箋。三月重幸，製六言詩一章。幸天平山莊，題匾額曰「高義園」，製五古詩一章、《寒山千尺雪》七古詩一首、七言絶句五首。八月，頒御書千尺雪匾額曰「玉峽飛流」。十一月，頒仲淹祠額曰「學醇業廣」，五言律詩一首。壬申冬，頒御筆《盤山千尺雪圖》、董邦達《西苑千尺雪圖》、錢維城《熱河千尺雪圖》、張宗蒼《寒山千尺雪圖》。二十二年，重幸山莊，諭祭仲淹，重幸聽雪閣，御製《千尺雪》五、七古詩各一首。先是，十六年南巡，已蒙諭祭，故嵲有「重光俎豆」句。

王文恭公孫礪齋先生名祖庚，由進士官知縣，舉鴻博，不及格。需次主事，纂書進呈，并書泥金小楷《近思録》，賞沙二端。出牧隰州，升守保定。二十六年，高宗奉聖母幸五臺山，進《聖駕巡幸五臺》

詩、《平定回部》詩。諭曰：「保定繁劇，汝所進之詩頗好。」賞墨刻、貂皮、香串諸物。

查儉堂守太平，防邊感瘴，齒盡落。高廟于召對時垂詢，親爲審視。趙文哲詩云：「瘴癘身能敵，馳驅力敢慵。自天憐脱齒，伏地感填胸。」

吾郡棉布精甲天下，康熙時，丁娘子尤有名，南巡時曾獻進。聖祖嘗省觀織作，葛維嵩詩曰：「吾松丁娘子，經緯機上新。紫花花如金，白花花如銀。抱布獻天子，曾爲皇家珍。篝燈勤夜織，勞苦難具陳。一人事織作，不能衣百人。安得一娘子，化爲什百身。」陳金浩歌云：「尤墩里名。布細海寧稀，客布。殿角曾鳴一隻機。莫羨松綾花色好，經年織布妾無衣。」有風人旨。

華亭僧元壠，康熙癸未、乙酉俱接駕。其應制詩如賦「山色有無中」、「龍出曉雲堂」，俱稱旨。乙酉，賜寺額「禪定」，并匾對、詩扇。同縣明穹，俗姓吴，乙酉、丁亥兩度迎鑾，命賦詩，賜克食，呼「老實和尚」。賜「超果講寺」額及匾語御書。

乾隆四十二年，兩江總督奏山陽監生程允元，兩歲時聘平谷劉登庸女，既允元回南，而登庸没，家人流寄天津。女惸獨無依，音問不通五十餘年，各守前盟，不娶不嫁。後允元教書漕船，抵天津，聞貞女隱迹尼庵，訪知，即係原聘妻也。縣令傳劉勸諭，與允元公堂合巹，乃回淮。部議旌表，共建一坊，題曰「貞義之門」。汪大經作《白頭花燭詞》。

洪稚存《銅有士行》試帖曰：「士行尊高節，班書喻以銅。豈惟精可擬，直取介然同。沙礫鑪錘外，風霜鍛鍊中。青非誇萬選，赤亦表孤忠。鐘鼎皆天性，槍刀不宰功。金銀徒有氣，鐵石爾俱雄。

純粹偏從革，磨礲待考工。皇鈞神橐籥，就範勵微躬。」不媿所言。此詩刻入《淵雅堂》，是王鐵夫作，非稚存也。

詩人于櫻桃瓜果有用「薦新」頌語，而未能歷歷舉之。謹考禮例，薦新于奉先殿者，正月有鯉、韭、鴨卵，二月有萵苣、小葱、芹、菠菜、花鱖魚，三月有黄瓜、蔞蒿、蕓薹、茼蒿、水蘿蔔，四月有櫻桃、茄子、雛雞，五月有杏、李、蕨菜、香瓜、子鵝、桃、桑椹，六月有杜梨、西瓜、葡萄、蘋果，七月有梨、蓮子、菱、榛仁、藕、野雞，八月有山藥、栗、野鴨，九月有柹、雁，十月有松仁、軟棗、蘑姑、木耳，十一月有銀魚、鹿，十二月有蓼芽、緑豆芽、兔、鱘鰉。其豌豆、大麥、文官果，一切鮮品，及奉旨特薦者，皆隨時上獻。

王應麟《玉海·地理部·書帝驗期》：西王母于大荒國，得益地圖。張君房《雲笈七籤·墉城集仙録》：黄帝討蚩尤，王母遣使授以地圖；後舜攝位，王母遣使授蓋地圖，遂廣黄帝九州爲十二州。唐錢起有《蓋地圖賦》，闡發「益」字意。《初學記》引《帝王世紀》，作「益地圖」。《路史》稱西母進益疆之版。宋廷弼《蓋地圖詩》有「魯魚同舛誤，蓋益費參稽」句。

華晉德伯玉曰：「或有一語擒題，一韵合式，如射覆之偶中，即裒然舉首。而法律之精觕，體格之淺近，存而不論矣。是以杜、韓巨手，恒受屈于拙目，其他更可概見。」予案：由前所言，作者之耻；由後所言，非作者之咎。

吴蔚光殿試，阿文成公充讀卷官，特賞對策，且言字有帖意。旋爲大教習，以《秋水出芙蓉》課，面奬竹橋詩。次日内直，猶誦於衆也。洎文成卒，吴哭以詩云：「從今但見芙蓉出，便有傷心涕淚來。」

畢沅每入覲，必令在南書房矢音賡和。嘗進李廷珪墨，北宋刻絲山水。高宗題詩嘉賞。

予至都城天主堂，觀西洋人高守謙所爲風琴，即趙甌北集所云西洋樂器也。守謙官欽天監副。

平恕《三家渡河》結云：「折衷惟至聖，朗鑒邁西河。」蓋經高廟辨正也。陳廷慶《鹿角解》詩結曰：「及冬看麈解，睿鑒最堪欽。」宗高宗御論。

席氏得姓之繇，或曰古席老師，即席公，堯時擊壤而歌于路者。一云席本籍氏，避西楚霸王改，作聞擊壤詩者，無有點出也。

歲臘八日，高宗幸瀛臺，於桐雨軒熬粥。程維岳詩曰：「禁軒煮粥例循斯。」

本朝軍機處，猶前朝樞密院，程維岳入直詩，見一時之制度。曰：「片紙傳挑速且嚴，翱翔丹地判仙凡。相公兩語真衣鉢，筆要如馳口要緘。」「克食分頒早膳完，各衙奏事匣安排。」「硃批要摺捧中使，見面先教仔細看。」「内樞總召晷移頻，饍後召見各大臣，俱單見。惟軍機大臣，總召候旨。機務每勞天語諄。少刻相公同退出，章京鵠立聽宣綸。」「直房報匣正縱横，請印金牌手裏擎。軍機處設有金牌，請印時，以此爲信。未到午初催述旨，就中限遞一揮成。」「大臣命散小臣忙，發報交抄各按當。檢點分明齊下直，南齋低語相公旁。」「後輩我來上直初，兩人留晚共相於。該班者，留兩人直晚班，以備旁晚上或詢事，新來者當其任。小橋流水宮牆側，蘇拉閒來看釣魚。伺候直房官人曰『蘇拉』，國語閒散也。」「坐聽蓮漏静無譁，申酉交過散晚衙。策馬繞堤別墅去，園直寓舍曰七峰別墅。斜陽一抹鬧宮鴉。」「亮梆急處破宵寒，例摺查明付内官。忽有吏兵知會到，空名急進記名單。」

紀文達論「既雨晴亦佳」題，善矣。體會上文來脈，如學究制藝。然題是春景，其擬作二首俱作新秋景，謂此等題可不拘出處。

昨年學使以「射雁」命題，多知爲蘇武事，然乃虛言。元郝經實有繫書事，載史傳，尤異。

《禮記》注：「《離騷》湘夫人，舜妃也。」疏：「長妃娥皇、次妃女英、次妃癸比。」王逸注《離騷》云：「娥皇、女英，墮湘水溺焉。」《秦紀》云：「死而葬焉，非溺。」《山海經》以爲二女。此云三者，當以記爲正。鄭氏以三妃没于湘，故曰湘夫人。《博物志》云二妃。

奉賢陳桂堂入庶常，改户部，以《簾鉤》詩得名。與校《四庫書》，蒙沙段克食之賜。其《賜奶酥恭紀》曰：「校録華林暇，殊珍出尚方。汁看凝雪乳，腴比瀝雲漿。傾椀冰和液，堆盤玉截肪。煎賒鼠姑瓣，孟蜀每以牛酥煎牡丹。吮訝虎睛餹。茗荈澆腸滑，醍醐灌頂涼。鈔書懷並妙，映字裂猶香。黝似防寒具，調還列暑湯。校録時，恩賜茶湯。臣心銘退食，遺什詠羔羊。」其《賜哈密瓜恭紀》曰：「紀種東陵别，霑恩北闕前。瓜沙名最古，蜜瓣色逾鮮。味自黄瓤溢，光分縹帙妍。吟餘滋舌本，勘後鎮心田。期代時將及，甘分職恐僭。貢函三郝並，榆次貢瓜，以郝氏三昆種者爲上。鄉味二圖偏。奉賢瓜，載郡志。以産二圖者最。尚憶閒窗讀，曾覘老圃綿。丘園臣素業，風雨一犂烟。」瓜體甚鉅，長尺許，鋭其兩端，味甘美，可曬成脯，歷久不改芳鮮。自哈密臣服之後，歲歲入貢。桂堂書名重遠近，純皇帝嘗問爾學何書，對曰：「臣學張照，然後由虞、歐而鍾、王，變爲蒼古。」

「戽」字，見《廣韻》。吾鄉以桔槔取水河中曰「戽水」。古華己亥鄉舉，其《穀宜稻》詩曰：「戽水村忘痒，鋤雲俗不驚。」

古華己酉典試山東，以「壁中聞絲竹」命題，一卷有「小劫閱秦坑」句，亟取之，乃桂馥也，山左名宿，兼精六書。

介福《月到天心處》題，有「帝德辰居所」句；蔣溥《列宿炳天文》題，有「辰居高拱北」句，非今所宜。此條應併入卷五。

二尺曰正，四尺曰鵠。昔人《射中正鵠》詩，不過作靶子解。

「鬼」、「神」字入應體詩最難，韓城王文端公《總把新桃換舊符》詩云：「竹爆驚無鬼，桃符喜有神。」金甡「熚烞驚愚鬼，懽呶走稚童。妥神襲氣母，蘇蟄借雷公」，金題《爆竹聲》。

自雍正年改殿試于三月，杏花不爲狀元占據矣。然當日狀元可傳之句，吴鴻《杏花春雨》云「曾邀瓊宴客，慣引玉樓人」，蔡以臺《紅杏枝頭春意鬧》云「似占無雙品，疑開第一叢。馬蹄金榜後，人醉玉樓中」是也。他人爲之，則無謂耳。蔡作，阮氏《館閣詩續附録》作仁和李和蘭作。

尤西堂有才子之目，其《水懷珠而川媚》詩曰：「川后鍾靈秀，珠胎孕渺茫。未從離蚌腹，早已映龍堂。鏡裏明秋水，盤中想夜光。方諸潛耀采，圓折自成章。素影摇波底，清輝溢岸旁。一輪浮月魄，數點漾星芒。照乘名原貴，酬恩志未忘。聖朝如見采，合浦敢深藏。」元本唐人，循蹈規矩。

陳楓崖孝泳以篆隸供奉内廷，或傳其《賦得倉庚鳴》曰：「深院天寒暖，離亭路短長。有情邀伴侶，無譜自宫商。」自言衷曲，情文偕茂。

何焯學有根柢，其《鶯出谷》詩亦沿舊解，起句曰：「春融幽谷暖，鶯出欲遷喬。」李青蓮其開端乎？《嘉話録》言之未盡。見卷三。

有執金牲「連茹看競秀，拔萃喜兼包」句，曰：「拔茅連茹之『茹』當作平聲。」是固守王肅之言者。

《首夏猶清和》起句，朱棻元曰：「句芒初改序，玉律執朱明。」張若澄曰：「序發朱明候，清和景尚妍。」秦大士《王瓜生》詩起云：「朱明時應節。」王鳴盛《夏雲多奇峰》詩起云：「令節朱明届。」張鵬翀《薰風自南來》詩起云：「炎薰半度朱明麗。」亦今日不用。

王太守紹曾，礪齋先生子，由翰林外任。咏《螢光照字》云：「誰云欺暗室，直欲耀明廷。」真性所流，何嫌迂闊。其仲弟給諫顯曾同入翰林，有《春水望桃花》詩曰：「是否仙源路，繽紛夾岸桃。虹橋連曲塢，漁網隱平濠。灼灼春千樹，鱗鱗漲一篙。望中迷別浦，疎處見蘅皋。水北鶯聲緩，花南燕影高。綺霞蒸遠圃，嫩雨點輕舠。秦隱風流邈，劉郎往返勞。夕陽人面遠，鴨緑望滔滔。」以磨勘試卷，用王肅《家語》文，爲人側目。然乾隆二三十年間，制藝體尚宗經，不容泛涉子史也。

「皓」，《小爾雅》：「白也」，本《詩》「月出皓兮」，揚子「明星皓皓」。《説文》：「商山四顥，白首老人也。」《史記》：「四人從太子，鬚眉皓白。」顔注：「所以謂之四皓。」則「皓」通「顥」。《大戴禮》：「常以皓皓，是以眉壽。」予謂可爲四人備一解。《廣韵》从「日」作「晧」，《説文》曰：「晧，日出貌。」與四人不相應。近有以「四皓」命題，諸生謂大有講究，予謂從唐不如從漢。

四皓，或謂無其人，或謂始終不出。《五總志》引《職官要録》引《陳留風俗傳》：「圈公爲司徒。」然《匡謬正俗》斥爲漢初不置司徒。《四皓碑》曰「圈公」，與班書異。予按：隸書多借字，或與古通，或竟沿誤。吴氏謂以碑爲正，亦未必然。

《九九消寒圖》，不知所始。嘗見明宗室有繪圖而咏者。又《帝京景物略》、《酌中志》載之。金甡詩曰：「葭灰初動後，計日驗寒消。春信梅先得，新圖粉試調。蕊開争出五，萼破偶餘么。九數呈椒壁，孤芳占綺寮。朝朝妝閣罷，點點薄脂描。不覺殘年度，俄看淑景饒。暗香融白雪，醉頰暈紅潮。杏苑傳生態，何須別染綃。」

有以「蠶豆」命題，而不能指實。李時珍曰：「豆莢狀如老蠶。」王禎《農書》謂其蠶時始熟，故名。《太平御覽》云：「張騫使外國，得胡豆種歸。」指此。今蜀人呼此爲胡豆，而豌豆不名胡豆矣。尤珍《絲蒓》詩曰：「蘋末西風起，吴蒓思不勝。種移長谷遠，色映上湖澄。引蔓龍髯細，生香釵股凝。晶簾縈翠荇，冰縷雜烏菱。却愛紅鹽下，何當碧椀登。方洲秋漸晚，短艇興堪乘。佐豉芳莖脆，炊菰俊味增。更宜偕玉膾，隔浦喚魚鷹。」阮本《館閣詩》乃張熙純作。趙文哲《絲蒓》詩曰：「一夕秋風起，扁舟興又乘。上湖停采荇，別浦罷牽菱。雉紉經寒結，龜髯出水澄。花瓷紅欲滴，粉箸翠偏凝。荻港收殘雨，蓬窗促夜燈。恰逢鱸似雪，況挹酒如澠。鄉味今無恙，天涯思不勝。何當二三月，采采逐魚鷹。」

盧橘，《格物論》云：「枇杷。」一云非也。安得起作者而問之。昔有《盧橘夏熟》詩，只用「橘」字點綴，置「盧」字于不問。

閏端陽題，典故不少。乃見一詩，有「未肯忘懸縷，還愁試守宮」句，何耶？予於公卿名士，俱無德怨，非好生毛羽，而惡成瘡痏。

試帖今宜避字，梁國治《秋雲似羅》云：「深添海客愁。」劉躍雲《莎雞振羽》云：「泣露依璚砌。」曹仁虎《江遠欲浮天》云：「淒涼六代愁。」張九鎰《湘靈鼓瑟》云：「有響泪俱零。」王懿脩《春水緑波》云：「徒傷欸乃歌。」梁詩正《恭和御製荷珠》云：「鮫室方盈泪，湘妃欲綴鈿。」猶是前輩朴質處。

龍馭上賓，列聖大事，今一切詩文避之。沈起元《恭和御製曉發圓明園》起句曰：「龍馭從天下。」陸錫熊《夏載歷山川》起句曰：「龍馭扶舟後。」梁詩正《恭紀幸翰苑》曰：「龍馭一戾止。」揆叙《扈從昌平》曰：「龍馭十旬經絶漢。」沈德潛《和吟清籟》云：「龍馭駐松陰。」《土木堡》云：「巡邊龍馭歷荒城。」

在昔臨文不諱，歸愚《和桃花寺八景》云「超心寄玄賞」，則與《恭和隆興寺畫壁》云「幸逢睿鑑通幽玄」有别。

伊尹書曰：「箕山之東，青鳥之所，有盧橘夏熟。」李注：「《上林賦》用之。」張熙純詩本此，曰：「秦樹傳佳種，箕山風味諳。涉冬香未散，經夏美初含。色訝包青篛，光疑冒翠嵐。較形非赤實，比質異黄甘。雕飾從時易，芬芳入貢堪。漫矜南國頌，試向上林探。名許枇杷共，珍同橙柚參。充盤靈液湛，風日正清酣。」融會衆説，而得折衷。

「貞觀」作平用者，李因培《平秩南訛》曰：「才知稱夏假，即此見貞觀。」近有一士制藝用之，而房官四川翰林也，大抹批曰：「唐帝年號，不可入文章。」聞者捧腹。「大觀」，朱子讀去聲。有《卓犖觀群書》詩曰：「萬卷羅千載，游心縱大觀。」作平用。

姚文僖公曰：「科舉詩賦，于六義實兼賦頌，當擇其言之莊敬而馴雅者。士子不諳禁例，習于古人歌詠之遺，遂或語涉閨情，字存憂怨，體裁未協，擯斥因之。」乃取韵本，去字之觸礙、義之隱僻者，曰《選韵》，刊行場屋。部中字以偏旁連屬，謁體易明，且存六書本旨。

應試今皆限平韵，唐制限韵者少，韵在題外者亦少，大都韵在題中，任作者自拈。故《春風習微和》、《洛出書》、《霜菊》、《亞父碎玉斗》諸詩之可見者，間用仄韵。今場屋自賦得詩外，古今各體，或不限韵，則當以題字爲韵，以合古法，且避宿構。何人請試他題耶？

華亭梅春，鄉舉首題爲「君難爲臣不易」，純用駢體，如司馬幼之文表華艷者也。其《白露横江》詩本陳桂堂太守作，膾炙人口。

彭紹升有「歌院春思發，妝樓午夢驚」句，賦「柳陌聽春鶯」也。周煌有「空閨倚簾幙」句，賦「秋月懸清輝」也。人謂累德。

曹學詩《斗爲帝車》詩曰：「三垣自北徂。」「徂」字近亦忌用。

應體詩話卷十二

惲鶴生皋聞謂選詩當存其本來面目。毛西河《唐人試帖》于李虞仲《初日照鳳樓》僅存五句，曹著《曲江亭望慈恩寺杏花》僅存四句，無名氏《焚裘》僅存三句。其他字句改易，不勝舉述。兹編一存其事，一存其人，而詩之工拙，且居其次。間有不盡佳妙者，悉仍其舊。

鴻博《省耕》詩，朱竹垞最佳，兹亦不能以其傳誦在人而略之：「長樂虬鐘啓，端門羽仗排。良辰元已近，暄景暮春佳。帝念勤民切，群情望幸皆。蘋風吹近遠，蘭澤洗氛霾。銜尾中流鷁，拳毛内厩騧。農輿霑雨露，俞騎束鞬韇。沙柳津亭岸，山松驛路牌。西疇一以望，東作此時偕。于耜分原上，提筐饁水涯。杏花殷似火，菖葉小于釵。巷静餳簫市，烟澄土銼柴。杭堇浦《禁林集》「澄」作「低」。倉庚飛習習，布穀語喈喈。樂事紆乾顧，豐年協睿懷。歌時成夏諺，行處即堯階。帳殿開黄屋，人家繞翠厓。定知先稼穡，力爲減徭差。《吉日》宣王禱，空同軒后齋。星躔齊北拱，聲教已南諧。曲渚宜浮洛，芳尊迴勝淮。宸遊多悦豫，振旅入天街。」

聖祖嘗問四布衣于内直諸臣，乃李因篤、姜宸英、嚴繩孫、朱彝尊也。後舉鴻博，姜獨不與。繩孫試日目疾，僅爲八韵詩，已不録，帝特命與李、朱同授檢討。王漁洋送姜詩曰：「《商歌》一畝宫，名動萬乘尊。孤高取衆忌，當路誰攀援。」朱爲姜題畫曰：「空教天子知名字，不賦《長楊》賦《白華》。」後以薦入史館，丁丑第三人及第。

安南自宋孝宗時受封，康熙年入貢惟謹，二十二年欽差祭故王，册黎維正爲王，御書「忠孝守邦」四字賜焉。竹垞《送孫編修卓使安南》詩曰：「詞臣銜命自螭坳，親捧天書出漢郊。萬里驂鸞經北户，百夫騎象迓南交。蕉花紅壓桄榔杖，蘭葉青連翡翠巢。知有清文冰雪並，能令瘴雨洗黄茅。」《地里今釋》曰：「南交，今安南國。」漁洋詩曰：「忠孝聞天語，奎章照海壖。」

琉球自隋通道，明初析爲三，後合爲中山。康熙二十一年，遣檢討汪楫、中書林麟焻往封之。楫上言七事，其一請御書頒示，禮臣以無故事不可，帝特允四條。竹垞詩所謂「乞降御筆示海外，永使荒服輸其誠。僉曰不可帝曰可，濃墨大字揺光晶」也。汪、林二人，漁洋門人也，作四律送之，語極含渾。尤西堂則云：「人是巨川舟，雙星入女牛。」切正使之名，及二臣同事。然正是才子氣。

益都馮公請告，上《微臣去國戀主疏》，中列五事，曰皇上不宜費財，不宜遠出，勿輕遣官，臺灣不宜輕剿，關税鹽課不宜增額。聖祖嘉納之，賜御筆印章「適志東山」四字，遣中書舍人送至其家。竹垞詩云：「白頭許賜治源閒，青史難將諫録删。」

康熙二十三年，山東獻嘉禾，竹垞有「泠風時至甘雨濃，生我嘉穀黑白彤。一莖乃見抽三穂，露苗珠綴花惺忪」之句。

朱彝尊《七月晦恭紀賜藕》詩曰：「故事翻書前代少，歸田對客異時誇。」予按：明李東陽、于慎行俱有《賜藕》七律詩，程敏政别有《賜枇杷梨藕》詩。又陳維崧恭紀詩曰：「多年遭汩没，一勺荷生成。

詎料淤泥質，終承采掇榮。孤芳長襲襲，晚節信硜硜。」寄託切甚。

彝尊《正月十三日蒙賜内紵表裏》詩曰：「元老傳天語，殊恩及侍臣。禮優加束紡，價重抵雙銀。笑答妻孥問，争尋剪尺頻。光風今歲早，春服正宜人。」《三十日上自南苑回賜所射兔》詩曰：「壹發歌文囿，三驅入漢郊。乍肥淺草窟，宜入早春庖。賜向燈前出，歸從馬上捎。食經翻未得，方法試燔炰。」

金蓮花出五臺山，塞外尤多，色金黄，瓣七，雙層，如荷而小。季夏盛放，至秋乾而不落。聖祖賜名。駕自五臺山回，賜彝尊金蓮花。詩曰：「紫府蕃神草，金花近御牀。獻非緣鹿女，恩許載牙箱。一束叨殊數，千金補禁方。丁寧煩什襲，或恐夜生光。」汪由敦《恭和御製金蓮花詩》句曰：「浄植寧慚君子德，清芬故在法王家。」張榕端恭和曰：「名同君子貴，詩荷聖人題。」又有萬年花者，朵小似盞，一莖百花，色粉紅而有紅絲，雖乾不改。聖祖御賜嘉名，未見有咏之者。

賜彝尊紵，紀事曰：「上蘭初日映簾犀，天語聽傳紫閣西。織自珠宫加熨貼，擎來黄紙驗封題。折枝花訝臨風並，掉尾鯨看戲水齊。端綺入春恩再洽，稱詩彌媿在梁鵜。」案咏紵花様，今日翻新不識矣。

賜彝尊御衣帽，恭紀曰：「鶴紋初啓尚衣封，藤帽朱絲自九重。日角乍辭宫様穩，冰紈不散御香濃。玉堂掌故傳他日，清鏡衰顔話舊蹤。回憶滄江六年事，筍皮荷葉釣船縫。」高士奇《恭紀賜御用涼帽緞韡緞襪紵羅表裏》詩四首曰：「臣本棕鞋布襪人，登朝初卸縠皮巾。尚方服御頻沾賜，尺寸難消草莽身。」「華冠灼灼燦朱纓，摩頂終難戴聖情。下直晚過槐市曲，路人爭羨魯諸生。」「錦緤層層千里裝，烏皮六合稱銀潢。穿來玉礎丹楹下，舉足應生滿路光。」「內局新成鳳尾羅，寳花繡葉綻金梭。纔交首夏春衣換，早沐恩波出絳河。」《恭紀賜御用絨帽秋色團龍紗袍》詩曰：「薰絃初奏午風清，寵溢冠裳拜賜驚。昂首自知紅日近，舉身如在絳霄輕。紘綖布采規天象，黼黻昭文稱聖情。青箬緑蓑還憶否，捧歸翻覺汗顏生。」

彝尊《醍醐飯》詩曰：「絶品醍醐飯，人間總不如。素餐臣節愧，推食主心慈。九繫長腰米，兼金六寸匙。青精徒自滑，較此駐顏遲。」《銀盤菇》詩曰：「細菌多無算，銀盤大一圍。未殊榆肉脆，更較樹雞肥。御墨題猶濕，嘉蔬物豈微。流傳文館記，盛事景龍稀。」

賜彝尊鯽魚，詩曰：「京口鯽魚尺半《鳳池集》作「二尺」。肥，黄梅小雨水平磯。無煩越網千絲結，早見燕山一騎飛。翠釜鳴薑纔勑進，玉河穿柳旋携歸。鄉園縱與長干近，四月吴船販尚稀。」

二十二年正月二十日，召彝尊入南書房供奉，詩云：「本作漁樵侶，翻聯侍從臣。迂疎人事減，出入主恩頻。短袂紅塵少，晴窗緑字匀。願爲温室樹，相映上林春。」

恩賜彝尊禁中騎馬，詩曰：「魚鑰千門啓，龍樓一道通。趨翔人不易，行步馬偏工。鞭拂宮雅影，衣香苑柳風。薄游思賤日，足繭萬山中。」張英《蒙恩于禁中乘馬恭賦》曰：「書生自媿駑駘力，難報孫陽感遇心。」查慎行《賜上駟院馬恭紀》曰：「筋力將衰蒙聖鑒，嘶鳴欲效託微衷。院中例借知應免，皁裏齊驅學漸工。」後乞假葬親，睿賜騾馬二，亦有詩。

賜彝尊居禁垣，詩曰：「講直華光殿，居移履道坊。經營倚將作，宛轉繞宮牆。對酒非無月，攤書亦有牀。承恩還自哂，報國祇文章。」

武進趙恭毅公清且惠，自浙藩遷撫院，什器惟襆被一肩，書數簏而已。作勸農書曰《質言》。竹垞題其《勸農圖》曰：「我后省耕歛，蠲租起瘡痍。作繪《耕織圖》，賜予先保釐。公復纂《質言》，鏤板下有司。遠邇七十城，户誦比《書》《詩》。齊民諳《要術》，風俗公所移。」

閶門内至德廟祀吴泰伯。康熙四十四年南巡，御書「至德無名」額。彝尊詩云：「邇者鳴鑾至，恭惟嘉惠承。爲章倬雲漢，題扁照柧棱。」

彝尊《咏法酒》云：「敕自宮門下，香從内庫來。緑瓷雙罋滿，黄紙一封開。燈火將除夜，屠蘇最後杯。沈吟主恩重，入手且先催。」《傍秋亭雜記》：「内法酒，總名長春，有上用甜甘二色。給内閣者黄票，學士以紅票。」朱詩「來」、「開」、「杯」三韵，視庾信《蒙賜酒》詩「分得兩三杯」、「正值菊花開」、「王戎含笑來」，先後一致。《咏官羊》云：「考牧傳周《雅》，炰羊憶楚《騷》。肥應速諸父，瘦敢讓聯曹。家祭占丁巳，毛牀鮫圈牢。賜生臣必畜，詎忍授屠刀。」《咏鹿尾》云：「東丹王子畫，移刺楚材詩。尻截漿尤美，肴蒸味最奇。須停射工脯，不數果園貍。燒尾聞唐日，今朝宴亦宜。」《咏梭魚》曰：「雉兔關東最，梭魚味更良。刺方青鯽少，鱠比玉鱸香。賜出春初早，攜歸尺半長。罟師題字在，魚鱗有字識獲時，係十月十日。寧分小臣嘗。」

康熙四十四年，御書「濟時良相」匾，懸范仲淹祠。彝尊詩云：「近覩天書銀牓在，年年秋色照丹楓。」祠有老楓。

竹垞六歲入塾，塾師舉「王瓜」俾作對，應聲曰「后稷」。年十七，華亭王大令廷宰見之曰：「曾學詩乎？」曰：「未也。」酒至，舉古人名俾作對，「顧野王」對「沈田子」、「鄭虎臣」對「沈麟士」、「蕭子雲」對「任伯雨」、「吉中孚」對「温大有」、「楊完者」對「晁補之」、「劉辰翁」對「逢丑父」、「鄭櫻桃」對「郭芍藥」、「王僧綽」對「馬仙琕」之類，工甚。大令曰：「此人將來必以詩名世，其取材博矣。」知人則哲，大令固不可及。

阮葵生《飛鴻響遠音》之「自憐毛羽貴，豈有稻粱心」，與沈彤《鴻雁來賓》之「每懷霄漢志，不戀稻粱身」，曹文埴《鴻漸于陸》之「稻粱非夙願，霄漢是前期」，同一寄託。

碧，深青也，而又有深紅、淺碧之説。《春草碧色》詩，未免看朱成碧，然唐王轂有「淺深千里碧」句。《説文》：「黛，碧色。」鄭谷有「眉黛看時嚬」句。《論語正義》云：「白是西方正，碧是西方閒。西爲金，色白；金克木，碧色青白也。」則似淺青色。

《爾雅》「壽星」注：「列宿之長，故曰壽星。」今拈是題者，只就字面，不切角亢，亦以唐詩「祥爲一人壽」開之乎？

本韵字不應用，况重見耶。李正辭《白雲起封中》曰「靈貺是從龍」、「東西任所從」，啓人口實。

《西京雜記》曰：「雲五色爲慶，三色爲矞。」今人多以采雲爲矞雲。

阮籍詩「皋蘭對野草」，孫顧九《皋蘭葉茂》題不誤。今有以「清露被蘭皋」命題者，豈嘗讀「步余馬於蘭皋」、「蘭皋被徑」而誤哉？《霍去病傳》「鏖皋蘭下」，注：「山名。」

《周官》：「正月之吉，始和，布治于邦國都鄙。」唐避高宗諱，故以「元日和布澤」命題。一作「元和布澤」，割裂失旨。近日奈何改「治」爲「澤」？

《廣韵》：「花外曰蕚，花内曰蘂。」蘂，花心上一粒是已。俗以花之含苞者當之。然誤不自近日。梁簡文「競紅蘂之晨舒」、宋之問「紅蘂續開花」、張籍「紅蘂發青條」、王濯「焰迎紅蘂發」，皆是。至郭璞賦「翹莖瀵蕊」，潘岳賦「瓊鈒入蕊」，則花也。

《青箱雜記》曰：「朝廟供應，則忌粗野嘲啫。」予謂樂藝然，文章何獨不然？應體以春容大雅爲正則。

「涇以渭濁」，傳：「涇渭相入而清濁異。」疏：「涇水以有渭，故見其濁。」潘岳賦「清渭濁涇」是也。曹植詩「涇渭揚濁清」，唐有《涇渭揚清濁》題。今多誤解二水，且但依唐人，不知子建。

謝靈運詩：「石磴瀉紅泉。」注：「水自丹砂中流出，其色紅也。」則「紅」字自有着落，不比梁簡文「紅泉含影」泛説。近有此題結云：「丹砂尋妙訣。」則得矣。

《説文》：「高平曰原，下濕曰隰。」則作《原隰荑緑柳》詩者，應暗用「高」、「下」二字，不得泛作柳發詩。温庭筠何不考謝廣州元詩也。

「鮫人潛織」，語從《白帖》，然《白帖》用左秘書《吴都賦》。《博物志》「鮫人水居，不廢織績」，語亦仿佛。

范傳正《擊洞陰磬》詩用家諜故事，近吴穀人「吴郎舊遊在，説餅吾家事」，意本此。東魯宋蒙泉作《聲調彙説》，於五言六韵、八韵詩，引證細切，有功學子。惲敦夫宗和附刊《全唐試律類箋》後。

牽牛花，《名醫别録》曰牽牛子，始出田野人牽牛謝藥，故名。梅堯臣、劉禹錫、歐陽炯詩，無及牽牛星者。竹垞有「含苞七夕先，宜篸織女鈿」之句，初白亦屢用雙星典故，人多依之。

邵長蘅有《應宋常州試閏月立秋》詩，結云：「漸驚摇落後，宋玉動深悲。」妙切其人其事，惜語氣非佳。

曹鑑倫《聖武北征大功告成》詩句云：「九盤夜渡黄河水，三略朝提玉帳書。漢將莫誇臨瀚海，聖人親已到狼胥。」「蕃歌人踏關前月，鐃曲風傳塞上春。」「晨迴雁磧雲迎馬，夜渡龍沙雨洗兵。」「千群龍馬來西極，萬里江山鑠北關。」

勵杜訥《瀛臺侍宴》句云：「無枝純德著，不染素心彰。」切定芙蓉，立言有體。

朱彝尊《夏日瀛臺侍直紀事六首》詩曰：「暗水三橋出，明星萬户開。玉堂鈴索動，宣唤入瀛臺。」「宿葦多于薺，涼沙白似冰。朧朧深樹裏，忽露九枝燈。」「麗草雲根潤，風花烏下香。蓬萊今始到，真在水中央。」「太液新蓮葯，金盤曲宴初。君恩念獨渴，先賜馬相如。」「螭首濡毫罷，蛾眉散直歸。爐烟香未歇，荷氣復侵衣。」「紫籞千花露，金塘萬柳條。牽罾容左史，徐度赤闌橋。」

王士禛《瀛臺賜宴恭紀六首》詩曰：「朝來敕賜宴淋池，桂楫蘭舟待水嬉。渡盡雲沙回首望，緑楊風外颭黄旗。」「越羅吴錦尚方來，黄紙書名繡作堆。次第鴛行齊拜賜，涼蟬聲裏謝恩迴。」「御舟往往艤沙汀，瓊島中流日幾經。不是華林樂魚鳥，慈顔近在五龍亭。」「中旨平傳内大臣，龍眠學士命重申。捧觴跪起華裀上，蘋末風來散酒鱗。」「崇蘭風泛共徘徊，九畹揚揚取次開。鄭重天香携滿袖，移從宏德殿中來。」「太液池中百子蓮，花開十丈藕如船。酒闌宣賜歸鞍重，錯認滄洲太乙仙。」

徐釚《瀛臺賜宴恭紀二首》結云：「鈞天一醉渾如夢，猶識憂勤感帝聰。」立言有體。張鴻烈《中秋早朝》云：「小臣珥筆慙供奉，未獻千秋寶鑑篇。」亦佳。

聖祖臨雍禮成，林令旭有「共喜昇平傳盛事，聖人君拜聖人師」句。進講經書，例覆以黄絹。又有「書呈玉几開黄帕」句。

帝謁孔子禮，兩跪六叩首。齊召南《臨雍禮成》詩「家法尊師六拜崇」是也。後則特行九叩禮矣。戊辰九月五日，召南《大西門觀御射應制恭紀》七言四律，有「御苑經寒欣草淺，秋風講武值農閒」、「容節中和天子射，弛張高下聖人弓」、「豈爲從禽矜羽獵，衹緣祭獸應秋田」之句。奏進，上即賜俯和其韵。召南謹用前韵恭紀，其四曰：「揮毫如意等揮鞭，始信龍騰萬馬前。中使捧來紅映日，御詩硃筆行書。宫門看處碧當天。自慚拙學叨詞苑，頻有殊恩賜硯田。丁巳及今年蒙賜二硯。今日親瞻宸藻麗，讀書從此勵年年。」乾隆間，有請以孔子前母顔氏配鄒大夫于闕里，召南力駁之而寢。後墮馬傷腦，所讀書數萬卷，一字不識。

「膚」字只有平聲，而楊述曾《恭和御製幸翰林院詩》有「直以夔龍咨碩膚，不將嚴樂許詞臣」句。

徐葆光《聖武遠揚平定青海》詩用二蕭七言一百韻，較彭孫遹《瀛臺賜宴》詩四支韻更難。惟「天覆」、「覆載」，一典二用耳。

彭孫遹《瀛臺賜宴》詩：「遣仗初收拂霓旗。」

覺羅恩壽《聖主躬耕耤》詩曰：「司農拜手恭扶耒，京尹摳衣敬執鞭。葱犗試塗循右轉，紺轅臨路向東偏。帝心尚覺三推少，王制惟將一墢傳。百職就班容有肅，庶人終畝禮無愆。」切定本朝典制，非徒漫作頌揚。高宗後加一推，早已仰測之矣。

鄂容安《聖駕南苑大閱》句曰：「忠信在躬爲甲胄，農桑偏野是金湯。」所謂片言舉要。尹繼善《南苑大閱》詩結云：「颺言更進無荒戒，憂樂關心仰一人。」

「鑿空」之空，苦動切，不作苦紅切。本《考工記》「眡其鑽空」。《夏雲多奇峰》詩有「有路空寧鑿」之句，予不能萎腇咋舌、叉手從容而不論也。

「明君」近亦避用。梁詩正《駕幸翰林院分韻》詩曰：「優禮荷明君。」李鎧《紀恩》詩曰：「珥筆那酧明主眷。」

陳廷敬《侍遊迎薰亭》曰：「逍遥睿賞在林塘。」宋犖《萬壽》曰：「二酉餘閒睿製伸。」陳兆崙《玉甕》曰：「睿藻沖融函夏範。」董邦達《南苑大閱》曰：「親挽雕弓昭睿武。」

曹一士《所樂在人和》題曰：「政比鹽梅理，時惟樂利均。」莊培因《夏雲多奇峰》題曰：「觸石從何處，淩空得數峰。」虚實相對，猶唐人「逸韻諧金石，清音入杳冥」之類。近日則尚工整。

王會汾《披沙揀金》詩曰「滿篋知有待，躍冶本無心」，與鄭虎文《白受采》詩曰「素質非終棄，初衣肯久淹」，同有身分。

「欽明文思」，《音義》：「思，息嗣反，又如字。」會汾《臨雍》詩：「神扶文思運。」邵齊燾《恭和幸翰林院》詩：「九載文思砥礪新。」董邦達《南苑大閱》詩：「于今四海頌文思。」各從一說。

謝墉以第頌入官，其《披沙揀金》詩曰：「莫訝塗泥賤，能邀天鑒真。」吉讖也。

「魁」與「奎」異，甌北詳言之。有《和幸貢院》詩曰：「光動魁躔紀瑞辰」、「合有魁儒推學富」。

「翰」字，侯旰、胡安兩切，皆通。俗以「羽翰」只用平聲。嵇璜《圓明園泛舟》句云：「青翰舟從天上來。」曹文埴《鶯暖初歸樹》句云：「翻翰辭幽谷。」非誤。

「噴」字，普悶、普魂二切，義同。世多讀歕。陳兆崙《太學分獻》句云：「獸噴香爐横殿角。」不誤。

曹文埴《下筆春蠶食葉聲》起句云：「棘闈才思敏，筆陣縱横探。」然「縱横」之「縱」或作「從」，與「蹤」通，即容切，解殊子用切。

「莽蒼」之蒼，采朗切，「莽」亦作「茫」。白太傅詩「寒銷春蒼茫」是已。蔡新《夏雲多奇峰》詩曰：「莽蒼膚寸堆衡嶽，蓊鬱千尋聳岱宗。」作本音。

彭孫遹《乾清宫御試紀恩》詩曰：「明如燭蕊淵。」李重華《山意衝寒欲放梅》曰：「蕊奪冰霜氣。」蔡新《荷氣上薰風》曰：「暖光騰玉蕊。」阮學浩《漏聲遥在百花中》詩曰：「韵遠寧教密蕊遮。」荆如棠《一院有花春晝永》詩曰：「嘉蕊當庭硯席香。」此條應併入前第八葉。

應體詩話卷十三

順治三年七月二日，世祖出歷代珍藏書畫賜廷臣，宋權以殿學與焉。後朱彝尊詩云：「和調文武致太平，賜予圖書出内府。」

權子犖巡撫江蘇時，聖祖頒御製詩集，於吴門校刊。彝尊詩曰：「魚水君臣古不如，玉音問答駐乘輿。近來官閣無留牘，更敕香廚校秘書。」癸未駐蹕江天寺，犖請曰：「宋范成大居石湖，淳熙年賜書，刻石尚存。臣家有西陂别墅，敢乞御書二字，不令石湖勝蹟獨存千古。」天子笑而書之，後復書「魚麥堂」以賜。嘗引年以請，帝予禁苑葡萄一本，曰：「是果結實，然後請老。」彝尊詩曰：「西陂水比石湖清，雲漢天章照夜明。且莫平泉疏草木，試看馬乳後園生。」初，犖年十四，以大臣子入侍，逾歲試第一，改文資。朱贈句云：「白馬銀鞍紫絡瓔，引弓曾傍屬車行。」

明珠子納蘭成德，即納臘性德。成癸丑進士，改侍衛。朱詩曰：「通籍題氈筆，承恩改鶡冠。」二臣换職，皆典故也。雍正年後則屢見之，而有名者罕。

聖祖立訓十六條，宋犖詩云「條頒十六教民淳」是已。世宗廣爲萬言，中外奉行。

桐城張文端公，夢王敦而生，小名敦哥，長字敦復。供奉御前，不忘林壑，號圃翁。歸田，以所賜水衡錢構園，曰賜金園。與王尚書鴻緒所築同名。御書「篤素堂」扁。英有恭紀五古詩。

白櫻桃，珍品也，張英受賜詩曰：「堆從玉盌初難識，瀉向銀盤但有香。鳥未敢銜疑雪片，冰堪相映總珠光。」史鶴齡受賜紀曰：「宿雨漫教瓊玉瑩，曉霞常映水晶融。宫鶯欲啄疑珠露，綵燕驚翻避雪風。」

英賜魚兔詩曰：「紅耳霜毛碧草眠，御河春水錦鱗鮮。嘉魚盡入珊瑚網，靈獸争迎白玉鞭。山澤搜來遊獵後，恩波分自御筵前。還同門下沾膏澤，偕詠中林在藻篇。時被賜者，唯内閣翰林。」賜新貢岕茶二瓶，詩曰：「紫笋芬芳比蕙蘭，吴山越水到長安。含香瑞草封雕篋，拜賜名芽出禁闈。自瀹清泉松籟起，細傾仙液露華溥。只因身侍紅雲裏，歲歲恩波捧月團。」「茗」字見《晏子春秋》。

賜張英綵絲藥物詩，句曰：「聖澤豈需靈藥護，君恩還較綵絲多。」

近日耕耤而遇忌辰，照常用樂。惟帝出入，則設樂而不作。昔時行禮，亦徹縣也。張英詩曰：「儉德由來兼孝德，迎神此日徹歌鐘。」

徐乾學《西苑四首》詩曰：「丹禁晴開晝漏遲，上林春水緑逶迤。金堤柳弱龍媒下，玉殿花深雉尾移。淑氣暗通三島月，和風先拂萬年枝。宸遊扈蹕宜春苑，多是天街燈火時。」「綵橋珠箔壓芳塘，玉露金莖接建章。三素雲霞融晚色，九成臺殿扈朝涼。樓船乍泛荷風動，闌檻平臨荇帶長。最是昇平多暇日，從臣無事奏長楊。」「馳道朝回散玉珂，簫韶初引翠華過。西山碧巘排窗入，北闕彤雲傍輦多。隱隱官堤圍御幄，迢迢水殿接明河。臨風睿藻飛揚甚，不數横汾一曲歌。」「太液凝雲淡不高，水邊亭榭迥迢遥。蓬萊雪滿初移蹕，鳷鵲寒多早散朝。絳節爐烟縈别殿，玉河帆影動平橋。東郊未轉迎春仗，已見鶯花遍九霄。」

豐澤園，仰見敦俗勸農之盛心。沈涵詩曰：「誰識九重霄漢上，耰耡長得覩民碞。」張廷瓚詩曰：「聖人《無逸》崇民事，羅列《邠風》在禁園。」「薪傳真僞敦儒術，農事艱難廑聖人。」

豐澤園獲嘉穀，帝命大學士九卿觀之，御製七言八韵詩。董邦達恭和曰：「上苑京坻占上瑞，神倉挃栗屬神工。豈惟優渥邀天貺，還以憂勞廑睿衷。」

湯斌《賜遊温泉恭紀四首》詩曰：「山陵叠翠倚層霄，瑞靄晴臨碧澗遥。石上泉聲隨玉漏，巖邊樹色映金鑣。雲峰遠結盤龍氣，瀑水平懸踞虎橋。一奉恩榮歌鎬燕，長從仙蹕聽《簫韶》。」「碧潭波繞翠微迴，帳殿紅雲覆緑苔。閬苑烟深朝絳節，華清春曉對蓬萊。山光獻瑞天杯永，寶翰騰輝御榜開。萬國共瞻隆孝治，漫言驪阜重仙臺。」「傍巖依岫敞離宫，詔賜恩波卿貳同。閣道周迴香溜裏，衣冠趨步綵雲中。不須雕斲傷元化，惟有真淳表聖功。何事露臺傳漢主，萬年儉德仰皇風。」「薊北烟巒俯大溪，甘泉春色接丹梯。曉來嵐氣當窗入，雨過花光拂座低。摇曳霓旌依澗轉，參差豹尾與雲齊。願將景物同民樂，薄海烝生望紫泥。」

張九齡《奉和聖製温泉歌》，寓奔放于典麗，千古合作。我聖祖賜張玉書遊湯泉，應制作五古詩四首，卒章曰：「宸心軫荒遐，流潤及蟻蠅。爰宏慈孝理，徧濡膏雨澤。載溥仁儉恩，盡起溝壑瘠。四海登春臺，庥聲永金石。」不讓古人。

施閏章《聖駕侍奉兩宫幸温泉恭紀》曰：「兩宫聖善重禧日，五位晨昏視膳年。祓除有喜坤維奠，奉養無方孝治傳。」所謂貼妥。

張廷玉《暢春園春日侍直恭紀》詩曰：「侍直蓬山側，春光又一年。緑蕪酣宿雨，紅杏破輕烟。燕羽穿簾幙，禽聲答管絃。攤書忘晝永，鐘漏隔花傳。」「靈臺風物好，和氣自成春。在藻魚吹浪，銜芝鹿近人。繁花迎翠輦，芳草藉雕輪。最愛尋芳蝶，蹁躚趁釣綸。」「錦石橋邊路，簪毫日日過。柳陰春水曲，花外暮山多。雨洗檀欒竹，風梳窈窕蘿。銀河天上瀉，下界沐恩波。」「閒堦容小立，露草有餘芬。松影團成幄，花光散作雲。遠霞高處見，清籟静中聞。徙倚窗前石，衣霑紫蘚紋。」

蔡升元《賜遊暢春園恭紀十首》詩曰：「高齋淩碧漢，甲觀俯清漪。静鑑無遺照，澄淵豈易窺。燕閒仍典籍，苑囿亦茅茨。儉德尤堪紀，規模百世師。」「背山横作嶂，導水滙成溪。雨歇千林霽，春深萬緑齊。氤氳香不斷，咫尺徑還迷。何處延朝爽，高樓有御題。」「承恩中使引，先上木蘭橈。曲岸穿花出，層巒鎖樹遥。陂池臨漭沆，臺閣望岧嶤。最好晴波裏，垂楊蕩畫橋。」「牓題皆睿製，結構本天成。繪景四時備，標名萬象呈。昔聞靈囿沼，今見小蓬瀛。彷彿攜雙屐，春山隊裏行。」「嘉植多南産，移栽不畏寒。瓊枝陵百尺，虬幹鬱千盤。偏以冰霜勁，都緣雨露寬。更難饒翠色，北地長琅玕。」「閬苑群芳集，金鈴護碧紗。高低千萬樹，紅白淺深花。籠日重重錦，迎風片片霞。滋培由聖澤，春色自無涯。」「最有花王貴，仙姿迥軼群。洛城應減色，歐《譜》亦虚聞。露浥金莖重，香從玉案分。芳名多未識，十畝看瓊雲。」「峰迴披石洞，別有一壺天。巖壑生成秀，鶯花分外妍。琴聲調細溜，奩影倒晴川。應接真無暇，山陰莫浪傳。」「若比武陵源，尤堪避俗喧。桑麻新闢野，桃李儼成村。列肆符天市，平疇接禁園。吾君遊息處，念念在黎元。」「晝永還沾賜，傳餐内饌豐。瓊酥凝曉露，珠粒挹香風。飽飫恩無已，沿洄興不窮。直廬天尺五，一棹小橋東。」

勵廷儀《熱河紀事六首》詩曰：「蜿蜒連翠嶺，高下建宫垣。拱極千山伏，朝宗萬壑尊。邊陲天廣大，民物日孳蕃。總被陽和澤，冬泉水自温。」「地占佳山水，離宫闢一隅。花繁憐溜暖，穀稔喜田腴。宵旰只民事，官曹必汝俞。孰云萬方遠，呼吸念肥癯。」「風土敦龐地，天教界兩京。湖山據勝景，圖繢錫嘉名。花比蜀中錦，禽欺隴上鸚。幾回登島嶼，不復羨崑瀛。」「好景帝開先，從遊踰十年。鹿鳴窺舞鶴，魚躍狎飛鳶。船舫迴蘭棹，驊騮立錦韉。會邀天一盼，萬象解登仙。」「屋斜無定向，隨意築林丘。城市千峰逼，山村萬井稠。有居仍逆旅，無客是閒遊。伏暑崇朝雨，淒然敵九秋。」「清切依山殿，宏文啓别廬。溪雲沾硯席，巖翠滴衣裾。既愜烟霞性，重棲鸞鳳居。自慚還自喜，故舊得應徐。」本姓厲，聖祖賜姓勵，今吾邑厲氏子亦姓勵矣。

高其倬《熱河詩》曰：「天作高山地獻原，萬靈翹首奉行軒。眼中羊馬西樓富，頭上星辰北極尊。五色雲來知入夏，九州人聚自成村。年年雨露隨雕輦，千里桑麻接塞門。」

徐元夢《山莊四時應制四首》詩曰：「回蹕無多日，山莊春已深。依依芳草色，似望翠華臨。」「翠華一臨幸，觸處得清涼。雨過千山碧，風迴百草香。」「風雨欣時若，端居倏復秋。聖心閒適處，麇鹿總優游。」「霽色遍遥峰，凝寒又逼冬。九重心目近，不忘後凋松。」

湯右曾《賜遊避暑行宫紀事》八首，《無暑清涼》曰：「碧樹周阿夏景清，三才萬物廑皇情。每尋解慍歌薰句，已覺涼颸殿角生。」《萬樹園》曰：「遥青不斷緑雲鋪，萬木蒼然總畫圖。對面千林有瑶島，蓬萊高處望方壺。」《石磯觀魚》曰：「穿蒲戲藻自游行，集網垂鉤了不驚。自是至仁周萬物，一鱗一鬣總生成。」《瀑布》曰：「曾從廬阜尋巖瀑，憶到黄華問水簾。今日銀河天半落，恍疑兩地一時兼。」《石壁》曰：「迴崖沓嶂翠浮空，峭壁巉巉插水中。直是五丁開不得，天然叠出錦屏風。」《雙湖夾鏡》曰：「夾鏡澄明倒碧虚，四山晴翠繞周廬。分明圖畫西湖景，此景西湖較不如。」《西嶺晨霞》曰：「軒窗面面納虹霓，左是丹臺右玉梯。每惜寸陰勤乙覽，晨霞紅映數峰西。」《芝徑雲堤》曰：「殊形特似産芝房，行盡雲根别有莊。横截一堤銀漢繞，大羅天在水中央。」

查慎行《避暑山莊雜詠》五首曰：「朝涼夕爽絶氛霾，畫裏山莊處處佳。聖德如堯惟尚儉，采椽不斲土爲階。」「阡陌縱横蒔藝區，《豳風》《七月》繪成圖。瓜瓠豆莢田家味，帶露朝朝進御廚。」「烟光濃淡寫晴空，多少旌旗掩映中。大抵無峰無好樹，一峰不與一峰同。」「嶺複岡重不記名，石矼隨處瀉琮琤。濛濛薄霧霑衣潤，雲縷多從水面生。」「小雨初過月未升，浮浮空翠暖如蒸。不知濕氣消何處，萬竈炊烟萬帳燈。」

高郵賈國維字千仞，早擅文名，中丙子順天舉人，以籍貫被劾。聖祖南巡，獻詩賦稱旨，蒙恩賜復，入内廷纂修。丙戌試禮闈不遇，特旨殿試，登一甲第三人。其《傳臚日紀事詩》云：「忽聞御苑探花客，即是孫山下第人。」嘗與學士法海侍書内廷，帝常以「内翰林」呼之。既授編修，《紀事詩》云：「聯步常趨翰墨清，三年真愧竊芳名。」

西藏活佛有坐牀禮，徐葆光所謂「安牀佛子乍垂髫」，指此。

「緡蠻」，《詩傳》：「小鳥貌。」薛君注：「文貌。」阮學浩《山雞舞鏡》詩有「無心學語鬪緜蠻」句，從朱注。

《豳風》無麥，無三月，或曰「蠶月」即三月。王居正《麥隴青青三月時》句云：「盛朝爲補豳人句，風景深宮久已諳。」

《古今注》：「螢火，一名燿夜，一名景天，一名熠燿，一名丹良，一名燐，一名丹鳥，一名夜光，一名宵燭。「燭」一作「燈」。腐草爲之。」《詩》：「熠燿宵行。」舊訓「熠燿」爲螢，朱子謂：「熠燿，明不定貌。」宵行，蟲如蠶，夜行，喉下有光如螢。吾松呼火百脚。又以「熠燿」爲燐，以爲鬼火。《詩章句》同。《説文》：「兵死及牛馬血爲燐。」燐，鬼火也。《淮南子》以久血爲燐。陸佃曰：「燐，火之微名。」曹子建《螢火論》以爲或謂之燐。姜南並斥其誤。《經典釋文》作「熒」，《説文》、《廣韵》並引《明堂月令》作「蠲」。《吕氏》、《淮南》並作「腐草化爲蚈」。近人《腐草爲螢》、《螢光照字》諸題雜用「熠燿」爲螢。

李兆鈺《恭和螢詩》曰：「宵行如秉燭。」沈德潛曰：「熠燿波心度。」俱以「宵行」、「熠燿」與螢爲一。李時珍曰：「螢有三種，小而宵飛，腹下光明，乃茅根所化，《吕氏》《月令》所謂『腐草爲螢』者也。長如蛆蠋，尾後有光，無翼不飛，乃竹根所化，一名蠲，俗名螢蛆，《明堂月令》所謂『腐草化爲蠲』者也，名宵行。水螢，居水，李子卿賦所謂『彼何爲而化草，此何爲而居泉』是也。」

「窈窕」，《詩傳》：「幽閒也。言后妃是幽閒貞專之善女。」《箋》：「后妃之德和諧則幽閒，處深宮貞專之善女。」《疏》言「后妃在幽閒深宫之内，形狀窈窕然」。揚雄云「善心爲窈，善容爲窕」者，非也。「窈」，《説文》：「深遠也。」《廣韵》：「静也。」《揚子》注：「幽静也。」《爾雅》：「窕，閒也。」《揚子》：「窕，美好也。」喬知之詩「窈窕九重閨」，則本《箋》、《傳》。曹攄詩「窈窕山道深」、杜甫詩「烟生窈窕溪」，則屬山水言，然猶不失《箋》、《傳》之意。至古樂府「云有第三郎，窈窕世無雙」，則同《揚子》而屬男子。朱子以「幽閒貞静之德」釋之，暗用《揚子》，而别解《箋》、《傳》也。高士奇《迎鑾歸途紀恩》詩云：「窈窕溪山難問徑。」張書勳《山色有無中》詩：「乍看峰窈窕。」俱用曹、杜詩意。

題爲古人詩句，起訖有作某人佳什在者，以什爲詩之别名。龔正義鼎臣曰：「《詩》《大》、《小雅》、《周頌》，凡于其始曰『某詩之什』，其終曰『某詩之什若干篇』以上也。《周禮・宫正》『會其什伍』，先儒以五人爲伍，二五爲什，唯《魯頌》亦曰『《駉》之什』，至其終，以數不足，故曰『《駉》四篇』。然則《詩》一篇以上稱什可也。」予案：經義如天地，得其昭昭之明。一撮之土，亦足以廣識見、立根柢，何可以俗學奪哉！

張伯行《千叟宴》詩曰：「寸心自矢托愚忠，感遇承恩賴聖聰。此日瓊筵忻拜舞，捧觴獻壽五雲中。」

蔡升元《賜御用松花石硯》詩曰：「皇媧五色石補天，一片墮落東海邊。孕星吸月亘萬古，渾沌鑿破知何年。流入松花江水碧，星月時時動靈魄。偶然巨璞出人間，但以礱刀同棄擲。我皇一見非凡材，惜兹美質空沈埋。命工採取探石窟，劀雲劚雪驅風雷。興朝王地神物聚，運際文明光焰吐。昔年剥落掩苔痕，今日磋磨登御府。琢成緑玉硯玲瓏，龍尾鳳咮將毋同。因方遇圓奪天巧，華腴古色追帝鴻。聖人窮理物自格，前民利用勞規畫。尋常礪石等碔砆，一經睿製成圭璧。山之骨兮水之精，涅不緇兮磨不磷。益毫起墨壽最古，煌煌御銘千秋珍。微臣何幸首蒙賜，同列傳看詫盛事。宣來天語更分明，松膠蘭穗宜常試。髹漆爲匣玻瓈光，蟠螭壓紐瑜瑾良。石肌瑩净美可鑒，松幹倔屈清而蒼。此硯曾經列玉案，烟雲繚繞資揮翰。拂拭猶帶御墨香，縚緘常見榮光爛。玉堂法物輝璠璵，傳家瓌寶稱球圖。硯田筆耕本儒業，況從天賜尤魁殊。因思臣質本瓦礫，椎魯由來未雕飾。甄陶感得造化功，頓教璞石增顔色。願托貞珉勒寸私，難窮墨海紀洪慈。一生忠義研磨老，記取東坡《石硯》詩。」

陳廷敬《賜紫貂文綺白金恭紀三首》詩曰：「去歲含毫侍玉墀，錦裘天上拜恩時。衣冠曙色交龍衮，鵷鷺春温集鳳池。禁苑久依簪筆地，直廬重詠賜貂詩。微勞一髮何曾效，輕暖頻年愧聖慈。」「紫纈青綾出尚方，恩深奏謝閤門旁。機絲巧度金梭月，刀尺頻沾錦綺香。袖拂螭頭爐氣暖，步隨龍尾珮聲長。許身衮職無能補，空覩宮衣滿篋箱。」「榮光賜予報重重，内裏分金敕禦冬。赤縣尚鐫初進字，瑶函纔啓御前封。記恩未忍輸泉布，索米從教罄釜鍾。不羡長門空賣賦，腐儒執簡慶遭逢。」

命陳元龍教習庶吉士，因示館中諸君子四首，有云：「清如冰玉從來冷，堅似喬松詎可移。」「能甘寂境才方老，不坐空山道未堅。」玉堂中人，當作座右銘。

大臣年七十以上，許乘馬入紫禁城。特賜陳元龍内府肩輿出入，恭紀詩云：「策馬徐行度禁門，朝朝出入感殊恩。又憐雨雪霜蹄滑，特賜肩輿翠幕温。禮邁公侯驚受寵，榮加耄耋敢稱尊。朽株難報栽培德，盛事千秋永不諠。」

蔣廷錫《賜蜜漬荔支》詩曰：「嶺南三度荔支芳，蕉核釵頭塞北嘗。入眼乍驚紅玉顆，剖開猶記絳羅囊。十分崖蜜霜添味，萬里銀盤露帶香。滿口甘腴同拜食，九天今日飽瓊漿。」《夜光木》詩結曰：「此身恍入琉璃界，寧羡金蓮蠟炬紅。」查初白有五律詩，結云：「頓教虛室白，臨卷勝螢囊。」夜亮木，生塞外山中。枯木根入土千歲，煜有光晶，置之暗室，可以燭物。仰經聖祖、高宗賦咏。

賜鄂爾泰扇，恭紀曰：「一握蒲葵雅自珍，五明題賜墨痕新。南薰不是風風力，到手深慚把柄人。」

賜張廷玉鮮魚，恭紀曰：「叨隨鵷鷺侍甘泉，初割蓬池第一鮮。昨夜多魚曾入夢，定知寰海兆豐年。」

賜張廷玉筆墨，恭紀詩曰：「職忝文林貴，身依黼座親。懷鉛春復夏，吮墨暮還晨。盡覩瑯嬛秘，還分御案珍。彩毫光燦爛，烏玉色玢璘。栗尾雙枝重，松烟萬杵勻。濯宜秋水潔，製按歙川真。毛穎爲秦令，陳元本絳人。夢花開五色，問價值千緡。錦繡函先啓，珊瑚架早陳。遠勝雞距健，常覺麝香新。簪去趨華省，磨時選結鄰。照形如可鑑，運腕若通神。青鏤何堪數，元霜未足倫。紀恩書鳳簡，稽古愧龍賓。敢説臨池好，無勞畫荻頻。願隨惇史後，歲歲侍楓宸。」

汪琬《迎鑾紀事四首》詩曰：「遥望龍顔漸儼然，鵁頭綵纖繚祥烟。不愁日與長安遠，此際重瞻尺五天。」「咫尺天威大道旁，最慚衰病失趨蹌。誰知分外承恩顧，不忘先朝執戟郎。」「雲漢宸章迥不同，小臣拜賜草堂中。山南父老驚相語，夜有榮光上燭空。」「竹屋茅檐寄此身，門依村曲對嶙峋。白雲深處青山下，僥倖君恩作散人。」

「澹蕩」，俗作恬淡解。汪由敦《恭和御製載月詩》有「微風澹蕩遊，憑虛若不勝」之句，張映辰《薰風自南來》有「由來澹蕩恩如許」之句，戈濤《新鶯隱葉轉》詩有「韶華澹蕩辰」之句。

劉謙吉《陪祀聖廟》句云：「三代遺文傳《石鼓》，諸生太學重橋衡。」

內廷及取士之榜，多用朝鮮國貢物，宋楠所咏「高麗紙砑輕雲母」是已。

王原《咏硯池冰》云：「憑添玉册千行白，與照冰心一寸丹。」

應體詩話卷十四

高宗《御製題獨樂園圖用東坡韵》詩，粱詩正恭和，有「倘起坡老觀，或教面發赭。元音叶宫商，懸鐘無一啞」之句。

聖駕遊東甘澗古中盤諸勝，御製《即景》五古三十韵。詩正未經扈從，駕旋，命補圖諸勝景于屏幅，仍敕補和，書之屏間。

詩正《恭和御製甘露寺詩》曰：「翠華指吴會。」謂巡幸江、浙二省也。

乾隆八年，駕返盛京，經山海關，登澄海樓觀海。御製首倡，命張照、粱詩正聯句，禁用「水」部字。照等殊苦艱澀。既御製《咏雪》，擬蘇軾《聚星堂》體，兼用其韵，詩正恭和，因有「澄海樓前舟似葉，驚濤萬頃堆寒雪。陪吟曾覩灑仙毫，禁令森傳愁窘絶。今朝即景會賡詩，承命先教氣再折」之句。

詩正《恭和御製御門日雨》句云：「聖澤已昭三日應，天心早鑒萬幾勞。」《恭和御製山雨》句云：「應是山靈貪浣沐，却教天筆助波瀾。」

高宗見路旁麥苗，待澤孔亟，秋禾尚未佈種，惄焉有憂，賦五古一章自咎。群臣恭和，頗難措辭。詩正云：「五事驗庶徵，王省厥惟歲。禹湯罪己詔，歷歷載前記。詎諉時數偶，藉釋君心累。我皇宏在宥，民命實攸司。三春甘澤愆，五夜焦勞寄。桑林虔請禱，引爲己咎致。雲漢未呈象，恫瘝早厪意。

轉漕侍近畿，補救術云備。敢徇媕婀輩，侈談豐稔瑞。鑾輿度郊原，目擊尤心繫。但期三日霖，便可百憂置。胡乃帝屯膏，偏遺風揚翳。聖德終格天，臣媿無容地。仰惟當宁懷，益重在廷戾。清夜一捫心，分憂者何事。空自對宸篇，賡吟彊詮次。」可以爲法。

詩正《奉敕恭題御製豳風圖》曰：「周家王業繇田官，《豳風》《七月》陳艱難。點染成圖配《無逸》，藝苑流傳趙松雪。我皇監古念民依，長爲兆民愁寒饑。農桑大計軫宵旰，貌瘦祇蕲天下肥。田家風景時在目，毫端萬象烟雲簇。精神意態總如生，寫竹胸中有成竹。日星旋轉占枯榮，春鶊秋蟀聞鳴聲。草笠軒軒風影動，機絲軋軋蟾光清。連村力作無游惰，想見當年勤勸課。歲終朋酒躋公堂，宸衷應喜歌時康。故知寶繪原心畫，不假臣工申鑒誡。題辭便可録周《詩》，設色何須仿元派。耕織先朝續事施，此圖更是太平基。即看《三百》全摹出，領要常將八幅披。」

詩正《恭題御筆梅花小幅》詩曰：「風神冰雪繪應難，想像孤山水石間。乍拂仙毫隨意落，頓教凡艷盡情删。垂枝牆角相看瘦，倒影溪灣獨對閒。待入晴軒招益友，清標逸格定誰攀。」大内有三友軒，貯前人所畫松、竹、梅名蹟。

高宗《仿倪瓚平江別墅圖》，詩正恭題五古一章，有「泉林愜真賞，載展發天造。爾乃運仙毫，陳迹一以掃」之句。詩正奉敕題古畫及董邦達山水甚夥。

詩正《恭和御製再依皇祖示江南大小吏韵》詩曰：「聖祖昔南幸，聲教肅巡掫。垂訓何精詳，萬物符甲剖。元氣培兩間，於今曆紀久。我皇善繩武，東南仰矯首。爲民慎求牧，召父兼杜母。秀導譚

《詩》《書》，野驅力隴畝。百慮方謀初，萬全乃善後。救災如救焚，良箴敬佩守。維皇勗官司，一體聯僚友。下恤民瘼艱，上資國脈壽。勞勞宵旰心，群工幸毋負。」

錢唐江潮平時已足駭人，秋日最大。高宗幸武林時則暗漲，殊異往昔。御製長歌一首，詩正恭和云：「人言馮夷罷擊鼓，中流不復鳴鏜鏜。不知海若正效順，詎敢騰觸聲硼硠。」

高宗御製《氈廬》詩，詩正恭和曰：「度地揞持穩，隨程舒卷如。延青窗半敞，生白室中虛。乙夜明然燭，重簾護展書。莫論寬與窄，天地一蘧廬。」

《前漢書》注：「雄曰翡，雌曰翠。」《博物志》亦言二者有別。詩正《恭和御製過靈隱至韜光原韵》，其頷聯云：「一聲啼翡翠，萬个秀明玕。」則不必泥也。

蜾蠃之説衆矣，見予《群經考辨》。詩正《恭和御製夏日御園閒咏》有「蜾蠃泥乾自祝兒」之句，用舊解。

御題茶名曰「三清」，御繪梅花、蠟梅、水仙、山茶，題曰「清風四友」。詩正有「味沃三清標韵事，圖成四友發韶春」句。

詩正《恭和草色詩》結云：「到處軟茵供小坐，天情遐寄試吟恬。」「遐」字近亦忌用。陶爾穟《恭祝萬壽十章》，一則曰「遐邇頌咸登」，一則曰「遐陬遵正朔」，一則曰「漸洽到遐荒」，「遐」字當時雖不知避，然意複矣。蔣士銓《恭祝萬壽》五古詩，亦有「真宰包鴻蒙，未可紀遐算」句。

詩正《恭和御製夏日御園閒咏》有曰：「聖性迥超玄箸外。」路斯道《清機發妙理》詩曰：「無窮奥蘊超玄箸。」詩正又有「拂檐清響玉丁冬」句。「丁冬」句應併入卷三。

勵廷儀《恭賦御製木紙扇》詩曰：「人間匠作一時空，便面新裝奪化工。翦羽已輸千縷翠，裁紈寧許半銖同。拔從木屑群材外，得近龍香掌握中。舒展漫隨團扇伍，揮毫猶得寫薰風。」

勵宗萬《恭和幸翰林院詩》有「治超貞觀年間主」之句。應併卷十一。

于振《聖駕東巡恭謁祖陵》詩曰：「高山天作發祥初，長白縈迴結隩區。鴨濬仙源瞻王氣，鵲銜靈果啓鴻圖。」切定熙朝故典，非泛作上陵頌。

聖駕謁陵，行敷土禮。凡詩文中，今不敢泛用文命事。查鎧《恭覩御書功存河洛額》有「敷土底績能湮洪」句，既切本事，且在當時爾。

陳世倌《恭謁祖陵詩十首》，其八言《大狩》，結云：「却笑揚雄誇《羽獵》，何如吉甫咏《車攻》。」

沈德潛《恭和御製恭謁孝陵原韵》詩曰：「佳氣皇陵厚，中朝帝業鴻。作京仍冀北，入統自關東。大武開文德，曾孫溯祖功。寢園隆薦鬯，觸緒緬英風。」《恭和御製恭謁景陵原韵》詩曰：「六十年深愛，寰瀛永不忘。敬承知子啓，聖德識孫昌。繼緒懷垂統，傳心實見牆。松楸瞻拜處，洒泪浥壺漿。」

聖駕東巡盛京，恭謁祖陵，大禮慶成，陳世倌詩有「宣威不獨鼓貔貅」句。《爾雅》曰：「貔，白狐。」《説文》曰：「豹屬。」《廣雅》：「貍貓也。」《書·傳》：「虎屬。」陸璣《詩疏》曰：「似虎，或曰似熊。遼東謂之白熊。」貅，《史記》「教熊羆貔貅貙虎」注：「此六者猛獸。」《禮記》注：「貔貅，亦摯獸也。」則貔、貅明明二物，且爲四足而走可知，俗不能識。

蔣溥《恭和御製知時草原韵》詩曰：「萬寓皇仁浹，仙莖進海西。候如模轉易，眠比柳高低。綴朵圓金燦，敷陰嫩緑萋。移根融地性，按晷合天倪。手撫隨風偃，枝翻應漏齊。嘉名增《爾雅》，幸荷聖人題。」草出西洋，名「僧息底斡」，歷夏秋而榮。以手撫之則眠，踰刻而起，花葉皆然。眠起之候，在午前爲時五分，午後爲時十分。

沈德潛《恭和御製安肅縣詠菘原韵二首》，録其一曰：「秋末挑來蹋地菘，桑丘彷佛遇豳風。大官也進村家饌，知是王心道味充。」

鄂方伯奏減蘇松賦額四十五萬兩，馮柷頌曰：「皇帝踐祚，化協唐虞。臣鄰密勿，風企都俞。治益求治，勵精以圖。綢繆補救，仁惠覃敷。顧兹澤國，爲財賦區。税額偏重，獨松與蘇。爰稽《禹貢》，厥土惟塗。厥田下下，江河其瀦。有宋制賦，尚薄于儲。元時括勘，倍屣以殊。明仇負固，税視私租。繼雖酌減，難甦鮒魚。洎乎晚季，更竭徵輸。民稠勤業，不就疎蕪。國家肇造，無藝悉除。按圖因革，未究根株。仁皇巡狩，軫念民痛。洊多捐貸，困猶未舒。龍飛九五，嗣祚之初。彌縫繼述，波潤有餘。東南引領，庶其及乎。待澤兩載，漸次規模。謂方伯任，即内司徒。畀之封疆，特許陳謨。承宣分陜，福星湴吴。保釐伊始，忍峻追呼。求民之瘼，撫籍嗟吁。密章入告，三奏天樞。以剴切故，聖心躊躕。親藩慨議，積重難拘。綸音遂沛，闓澤須臾。省五十萬，以安向隅。粟紅貫朽，豈惜錙銖。四百年來，無此歡愉。如大寒後，忽煦陽烏。如瀕飢饉，得大有書。恩膏普被，浹髓淪膚。既賡拜手，功誰歸與。倘非補牘，何由簡孚。敢忘曲突，僅德焦顱。郇伯膏雨，不啻隨車。山甫清風，載披穆如。明良此日，歌滿康衢。山永水長，九峰五湖。金湯鞏固，帶礪勿渝。請看兩郡，化日華胥。太平萬載，願託菰蘆。茲逢其盛，矢此吳歈。」方伯號毅庵，後任總督。馮字古浦，婁縣布衣，入大府幕，工詩，有至行。

聖祖幸海子捕魚，賜群臣，命賦詩。查慎行云：「銀鬣金鱗照坐隅，烹鮮連日賜行廚。感踰學士蓬池膾，味壓詩人丙穴腴。素食餘慚留匕箸，加餐遠信慰江湖。笠簷蓑袂平生夢，臣本烟波一釣徒。」稱旨。內侍傳「烟波釣徒查翰林」，蓋同時有「聲山學士」也。與「春城無處不飛花」韓翃同一佳話。

巡方時，許扈從諸臣戴草笠。慎行詩曰：「臺笠都人制，黃冠野服姿。直疑雲覆頂，不怕雨催詩。涼燠俄能換，陰晴兩自宜。從臣齊戴德，美蔭荷皇慈。」

雪中，慎行戴青氈大帽，上顧見大笑。口占紀之曰：「大於暖耳覆雙肩，冰雪騎驢二十年。今日重蒙天一笑，白頭還戀舊青氈。」

召查慎行入淵鑑齋，乘舟至瑞景軒、蕊珠院、露華樓，徧觀各種牡丹。恭紀四首，詩曰：「宣喚欣承異數加，高從雲漢泛仙槎。行陪閬苑神仙侶，看徧春風穩重花。濃淡何心隨造化，丹青難貌是韶華。旃檀別殿分明到，只作華胥好夢誇。」「艷極真宜過雨看，枝頭肅肅尚朝寒。盤盂向背開瓊扇，瓔珞高低現寶鬘。白日光中雲五色，明波濯處錦千端。天邊頃刻成新瑞，點出靈砂九轉丹。」「萬卉千葩未覺稠，掃宮老監記牙籌。薌林不斷通三島，花海無邊際十洲。佳氣茵蒀蒸作霧，餘霞縹緲結成樓。蕊珠一本尤奇絕，徑尺重臺兩並頭。」「瑤堦釦砌望迴環，映徹層層著色山。御譜新標題品外，花名凡九十餘種，皆皇上新定。佳名微別淺深間。心如草木春知閏，天並君王霽在顏。一片爐烟成百和，袖中攜得國香還。」

賜慎行佛手柑，恭紀曰：「筠籠珍重貢炎方，羅帕玲瓏照玉堂。縹蔕經時猶帶緑，芳苞映日已全黄。長隨錦荔迎凉到，遠勝新橙透甲香。别與傳柑增掌故，立秋時節賜山莊。」

賜慎行食榆錢糝，恭紀曰：「天上星榆歷歷看，春風吹綻小團欒。柔條摘處青成串，新火烹來翠滿盤。槐葉冷淘難比色，藜根舊糝記同餐。他時誇向田翁説，此味曾經賜大官。」

賜慎行哆囉雨衣，恭紀曰：「短褐頻趨道路塵，青氈猶是向來貧。爲憐襏襫隨朝士，特賜哆囉出罽賓。燥濕推恩慙厚庇，短長稱意荷終身。從今聽雨聽風候，儤直堪誇楯桂人。」

御試入直詞臣《賦得歲寒堅後凋》詩，奉旨查慎行同作，不用應制體。曰：「物性終難改，天行歲有常。平時滋雨露，晚節鍊冰霜。鶴骨清添勁，龍鱗老變剛。鬱葱生意在，寒律總春陽。」

立春後一日，慎行《和聖製咏雁恭次原韻》詩曰：「不戀江湖闊，仍爲北嚮鴻。羽毛知自愛，一一待春風。」

慎行《應皇太子令早春喜雪》曰：「同雲迴合曙光中，恰喜占年兆歲豐。三白連綿餞殘臘，六花翔舞向東風。暎空有色高逾見，到地無痕暖漸融。好借渡江梅柳意，亟裁詩句報春工。」《彤庭雪霽》曰：「曈曈霽色啓黄扉，瑞靄遥生旭日暉。白玉堦墀增皎潔，丹霄臺殿倍光輝。融成雨露滋仙境，化作陽和滿帝畿。共喜太平真有象，宫梅苑柳漸芳菲。」

慎行奉旨作《裕親王挽詩二首》曰：「禮絶三公上，親爲萬乘兄。分忘敦棣萼，衈賜備哀榮。傍邸愁雲結，回鑾泪雨傾。時上駐蹕塞外，聞王訃，即日回都哭臨。桐陰留畫像，存没感皇情。上嘗命畫工寫御容，與王并坐桐陰下，蓋取同老之義。平居友愛如此。」「尚覺春秋富，俄驚泉路長。友于歸聖主，文獻失賢王。海闊星沈象，天空雁斷行。舉朝哀挽切，感動爲宸章。」

賜慎行帶數珠，恭紀曰：「星聯珠貫入承明，是日同直共七人。章服驚叨四品榮。一串牟尼呈五色，同時裘飾粲三英。循環豈易充臣數，祝聖惟當轉佛名。長恐維鵜譏不稱，也如老馬錫繁纓。」

甲申十二月十九早，慎行奉東宫令：南苑冬夜寒甚，偶見硯池結冰，以「硯池冰」爲題，汪灝、錢名世、查慎行、蔣廷錫四人，可各賦七律一首，又自製七律以示改正。慎行云：「研朱滴露一泓寬，喜見冰花結作團。粉色映箋雲母白，墨光鋪几水精寒。入懷珠玉生匳底，呵氣蛟龍上筆端。計日東風先解凍，詞源如海富波瀾。」

慎行《奉旨題畫扇上佛手柑》曰：「名並黄柑種不同，巧從佛號示玲瓏。菩提證果雙林下，優鉢拈花一指中。色映金繩長帶露，香開寶掌自生風。聞思大士應微笑，拔拂先教鼻觀通。」

甲申除夕晚宴，聖祖御製詩有「平生惡酒難堪飲」之句，慎行恭和詩結句云：「小臣與凛豐侯戒，既醉恩深聖訓中。」

丙戌八月十三日，駕幸翁牛特，時八公主下嫁于都倫郡王。慎行恭紀曰：「一統車書域，三朝雨露天。名藩星拱極，法駕日臨邊。遐裔元家貴，崇姻聖代聯。肅雝輿衛盛，錫賚禮文全。事與和親異，恩加屬國專。不煩湯沐邑，特給水衡錢。甸服居相近，華風被獨先。丹青開殿宇，錦繡裹山川。

封爵原仍舊，王庭遂不遷。副車常侍輦，駙馬每從田。負弩鑾鑣下，呼嵩豹仗前。從看外孫國，望幸自年年。」

石匣城南村民駕牛犂田，聖祖駐蹕，親履田間，扶犂行百餘步。觀者萬人，咸謂聖主重農勸穡，千古未有。慎行恭紀曰：「雲捲三秋稻，霜清百頃陂。君王除警蹕，郊甸正鎡基。近接鑾輿過，群瞻玉趾移。羽林分仗立，耕叟執鞭隨。龍見天垂象，牛馴帝解縻。沾犂皆雨露，被隴即京坻。久悉艱難意，重蒙疾苦咨。事傳千載盛，恩豈一夫私。自昔豐穰慶，嘗聞史册垂。紺轅曾屢駕，黛耜亦頻施。千畝周官籍，三推《月令》儀。大都修典禮，已謂致恬熙。幾見勤民主，行當省歛時。西疇躬自蹈，田器手親持。積厚培尤力，居高履愈卑。九州胥樂土，萬乘是農師。《擊壤》歌相勸，吹《豳》繪總宜。人歡聲動地，風遠播爲詩。作所陳《無逸》，鳌成付有司。小臣慙頌述，振古孰如兹。」

聖祖賜慎行高麗米糭，諭曰：「此米本出高麗，自太宗朝歲貢百石，爲端午上供。」慎行恭紀句云：「雲帆不却三韓貢，拜賜還教紀祖功。」

喬白田侍讀有家伶管六郎，以姿技稱。己巳南巡，召至行在，曾蒙天賜，嗣益矜寵。初白詩云：「春色滿園人盡妬，君王前歲賜金來。」

陳子文爲部郎時，屢召赴南書房，作行楷書，前後再賜宸翰。洎出守石阡，慎行送以詩，有「一麾自擁君恩出，礱石先應刻御書」之句。

皇太子召慎行赴西園，賜觀聖祖御書匾額大小二十有九。恭紀曰：「晨曦燭地光相並，列宿周天數有餘。」

慎行敬業堂，聖祖御筆也。有恭紀詩。皇太子賜「初白庵」扁額，因以爲别號，庵實未有也。亦有恭紀詩。

初白與猶子聲山先後由翰林内直，嘗蒙東宫召對，呼初白曰「老查」以别之。初白有「每當宣唤慙臣老」之句。

老查《鰣魚》詩曰：「辛苦漁榔逐販鮮，江城一尾賣千錢。朝來下箸還三歎，半月前頭遇貢船。」本注：「四月杪在濟寧，鰣魚已入貢矣。」

多論那拉之西有喇麻寺，西藏僧一百五人。蒙古一部落供養一僧，聖祖臨幸時，俱來迎謁。慎行詩曰：「西僧迎輦列香旛，擊盋吹螺動法門。番界從來知佛大，而今更識帝王尊。」

沈約《謝司徒賜北酥啓》，《唐摭言》宣宗賜韋燠、孫宏銀餅餡，皆乳酪膏之所爲，即今乳酥餅也。自古宫中重之。慎行詩「銀餅渾如秬鬯香」。

興安嶺北有落葉松，秋冬凋落，與凡木同。慎行詩曰：「千盤百折上興安，寒燠平分咫尺間。忽見萬松齊落葉，人言山後是陰山。」天地間有日月所不照者，霜露所不隊者，安得作汗漫游探盡之。

秦氏寄暢園，聖祖南巡，屢蒙賜題。中有古樟一本，嘗傳問此樹無恙。慎行詩云：「平安上報天顔喜，此樹江南只一株。」

癸未，慎行《恭祝萬壽》詩有云：「萬年三月節，四海一家春。」癸巳詩曰：「難老祥徵仁者壽，誕生聖在佛之先。」「玉燭萬年三月節，鴻鈞一氣四時春。」

六月十八，駕幸釣臺，召慎行等隨行，賜膳釣魚。慎行句曰：「百頃風潭雷雨過，萬魚銜尾候真龍。」

癸未八月二十八日，駐蹕伊遜河源。上親射石熊，以熊掌賜從臣。慎行恭紀長歌曰：「千峰萬峰争落木，秋聲蕭蕭氣肅肅。連朝纘武大掩群，殪盡山中雪斑鹿。西風卷地餘怒號，虎豹股栗豺狼逃。老熊何物敢自匿，出林獨叫求其曹。天威赫業揚雲罕，搗穴直窮熊所館。公然人立向人啼，正值琱弓彀初滿。皮毛與石孰比堅，不聞射石石亦穿。須臾三發三命中，摇尾大似求哀憐。忽看趫捷如猿鳥，騰上千年松樹杪。神機别以火器攻，霹靂斜飛貫脆腦。半空拗折青珊瑚，松耶熊耶墮地俱。皇心因材有生殺，倔强那得逃天誅。雉飛兔走清林莽，重馬馱來徧行賞。鷙性寧非恃爪牙，焚身至竟因蹯掌。駞蹄鹿尾猩猩脣，舊傳此味配八珍。大庖祇合供御饌，榮施何幸加詞臣。臣聞南山之下渭水濱，從禽搏獸空鋪陳。賦家漫誇三十六，終日射侯原非真。豈如吾皇勇且仁，除兇服猛胥躬親。已靖六合無纖塵，山林兼使異獸馴。他年珥管紀上瑞，郊藪行見遊麒麟。」石熊，《皇朝通志》未載。

魏環極予告歸，帝書「寒松堂」額以寵其行。慎行送行詩曰：「嶽嶽寒松表御書，新堂歸到好懸車。」

郭于宫于《中州集》之外，復搜輯金人詩二千餘篇，進呈御覽。慎行詩曰：「補亡千載下，自任一何毅。零落四千篇，緝紉成繪繢。圖經佛道藏，搜採靡不暨。經進卷倍前，乙覽爲增欷。」予以《金史》

無《儒林傳》，鈔諸書爲《金儒傳記》三卷，惜所據書不能多。

宋堅齋爲兵部侍郎時，奉旨繪《西苑圖》，吳寶崖作《西苑龍棚詞》百首。慎行詩曰：「員嶠方壺咫尺移，太平景物萬年期。丹青繪出殊難肖，輸與文人絶妙詞。」

王丹思先入武英殿修書，同事先後得官。丹思爲奏事者所抑，復爲畫供奉。作《芍藥賦》，其結語曰：「開時不用嫌君晚，君在青春最上頭。」初白戲呼爲「王芍藥」。癸巳，以第一人及第，查寄詩曰：「有命難終屈，多才豈易量。蹉跎留畫苑，瀟灑赴文場。一賦辭成讖，三年願果償。喜聞王芍藥，秋後領群芳。」

徐倬《恭紀聖恩》起句云：「龍飛四十二年春，就日瞻雲萬萬人。」查慎行《元日乾清宫早朝》結句云：「親見蕘蓂新吐露，龍飛四十二年春。」頗切，然衹可偶爲之。

「抒」，只有神與、丈吕、徐吕、象吕四切，無平聲。查慎行《恭紀賜觀御書大學經傳》詩曰：「欲令聲振鐸，端賴筆抒虹。」梁詩正《圓明園泛舟》詩曰：「宵旰餘閒抒睿慮。」

梁詩正《恭和落花》句云：「芳事易經三月雨，多情難護一闌風。」「要知錦繡根荄在，開落都歸長養中。」「儘教色相空真有，應識顛狂老漸無。」「見説漁郎迷洞口，悔將羯鼓促庭柯。」「興盡一時同訪戴，客來前度合思劉。」「仙家疊示拈花義，香海憑看起滅漚。」

張玉書句云：「白山浮王氣，黑水渡真人。」

應體詩話卷十五

「菰蔣」之蔣，即良切，亦作上聲。今姓必從上聲，未審所出。顧圖河《蜻蜓立釣絲》云：「白蘋風起菰蔣岸。」從平。彭孫遹《瀛臺賜宴》云：「頗饒菰蔣紛漂泳。」張英《西苑侍直》云：「門連菰蔣暗。」從仄。

蔣廷錫畫進塞外花卉七十種，御製《咏山藍翠雀花》五言絶句于卷首。廷錫恭紀詩結云：「從此山藍與翠雀，自天題品冠群芳。」《佩文齋廣群芳譜》有藍雀花。

「可汗」讀若克韓，《唐韵》胡安切，異侯旰切。高其倬《喀爾喀部書所見》詩曰「漠北兼無可汗牙」，不如宋楠《謁陵》詩「列陣先應懾可汗」之是。

汪由敦《恭和御製賦得手植檜》曰：「後凋知澤永，不朽以人傳。宸章題至再，迴軼大椿年。」「巋」，正音區韋切，又有苦軌、區愧避孔子名。二切。汪由敦《檜》詩曰：「得地斯栽者，淩空獨巋焉。」或曰誤者，或者誤也。

汪由敦《恭和柳絮》曰：「晴翻繡箔千門曉，暖逐香車九陌塵。恰爲帝城增景色，赤闌橋外簇遊人。」「剩有落紅千萬片，補巢同作杏梁泥。」「烟雨漫催三月去，鶯花併作一春忙。」「漫空蛛網黏難褪，貼地榆錢卷共飛。安得禦寒同吉貝，掃來裝作萬家衣。」「吟入瑶箋興不窮，色香無著繪虛空。魚吹鏡裏微生浪，燕蹴簾前乍受風。」劉統勳曰：「悠揚自趁芳菲節，留取濃陰蔭暍人。」「丈室散花寧易墮，楊枝滴露不成狂。」「舒卷浮雲同闊達，兩無根蒂未相妨。」「機洋溢處當軒舞，勢接連時撲地飛。」「波添太液浮萍合，繞岸芳華緑映紅。」其《恭和落葉》云：「山間樵徑迷難渡，天際烟林淡欲無。」「隴首一篇淩鮑謝，江楓五字駕曹劉。那知寫入宸章裏，變化真如碧海漚。」

王時鴻承詔選四朝詩，恭紀有「登朝多士文明盛，下第書生氣象新」、「向來委珮豐貂地，纔見裝棉大布衣」、在起居注館宣旨。「得比詞曹專所事，便爲聖代不虚生」、「月宫籍上慚流輩，天子書中忝姓名」之句。

魏廷珍《恭和聖製千叟宴》詩云：「生逢壽主都增算，身列仙班幸有年。」吴襄《賦得修竹成陰手自栽》云：「未試冰霜節已堅。」德齡《擬館試爲愛寒花晚節香》云：「不妨孤賞後群芳。」

沈耿巖珩以談經講學爲務，輯《十三經文鈔》。其《瀛臺紀恩詩》爲西堂、羡門所推許。

唐新羅王獻詩，宋大中祥符間注輦國表文，人疑代作。今朝鮮人朴齊家字修其，一字貞蕤，官檢書。乾隆、嘉慶時三使天朝，盡識都中博學君子。既歸，寄詩云：「中華博覽人，有時還慕余。抗交略名位，情真非面諛。」著《貞蕤稿略文》、《貞蕤稿略詩》。予嘗見其行書屏幛，頗合古法，詩則雜用仇十洲、趙承旨也。

臨雍講學，向稱幸學，雍正二年特改詣學。查祥詩云：「詣學名頒玉詔新，寅衷謙德備楓宸。」

大成殿易以黃瓦，嗣是觀保有「片片琉璃翼瓦連」、張湄有「重以金碧琉璃光，猗與美富埒朝廊」之句。

槍礮爲近時武備，見于咏歌者，留保之「轟雷掣電火連營，疊礮叢槍共一聲。響徹八門開紫極，雲排兩翼現金城」，汪由敦之「千行飛電紫，萬道漲烟青」。

西堂云：「白硾紙堅宜采筆。」

張英《宸翰篇》：「奎壁分光照石渠。」《天府寶翰篇》：「鴻寶常騰奎壁光。」胡會恩《侍觀宸翰》：「仰矚奎躔頌日新。」興國《翰林院落成》詩：「奎壁分光超百代。」指宸翰而言之。伊爾敦《太學》詩：「共仰奎光麗。」

「推擠」之推，他回切，灰韵。「推擇」之推，昌錐切，支韵。汪霦《南巡》詩用四支，而有「一夫不獲若己推」句。

李鎧《恭紀聖恩》詩「挾纊温生慚鵜翼」句，然「鵜」字只有梯、啼兩音，吴音或作替。

常州聽松庵《竹罏圖》有四，其一九龍山人爲真性海上人製，其二履齊寫，其三吴珵寫，其四張宗蒼奉敕畫。明人倡和盈帙。高宗幸惠山，親灑宸藻。乾隆己亥，知縣取入官廨，不戒於火。帝於幾暇補作第一圖，命皇六子補第二圖，貝勒弘旿補第三圖，侍郎董誥補第四圖。御製詩冠卷端，補録明人詩文，以還舊觀。又出内府所藏王紱《溪山漁隱》卷，賜弆山閣。一時士夫恭和元韵，具見雍容盛事。

世宗敕建宗學，高宗定考試法。宗室恒仁詩曰：「聖朝文治超前代，教養先施本支内。兩翼黌宮憶舊恩，五年選舉歌新惠。」公字育萬，號月山，襲輔國公，後以不應封失爵。著有詩集、詩話。其《丙寅八月二十六日瀛臺賜宴恭紀四首》詩曰「鳳蓋西華出，蜺旌上苑來。典因惇叙舉，筵爲慶成開。對酒歌《麟趾》，揮毫費麝煤。天潢風雅盛，獻賦有奇才。」「海宇承平日，京師大有年。民方忘帝力，主已念臣賢。醉飽群情洽，賡揚異數偏。仁皇遊幸處，盛事續堪傳。」「温綸稠叠下，鵷鷺拜恩時。文綺頒中使，精鏐出度支。漫誇撤錢會，合咏賜衣詩。此日天顔喜，寧惟近侍知。」「筵上黄花早，樓前丹桂秋。龍舟來太液，鳳吹滿瀛洲。時過稱觴後，恩霑賜宴優。雲中又望幸，早晚五臺遊。」國朝宗潢人文，自紅蘭貝子岳端首倡風雅，問亭將軍博爾都、紫幢居士文昭、曉亭侍郎塞爾赫後先輝映，遠追河間、東平之盛。公年卅有五而卒，詩清微朴老，足媲前人。

乾隆乙丑，張泓任劍川，改建孔子廟。破土時，土中出白氣如曳練，直上霄漢。奉主入廟時，采雲如鸞鳳，五色繽紛，覆之新殿，自巳至午。諸生皆作詩以紀。泓號西潭，漢軍鑲藍旗人，歷官迤西道。著《買桐軒集》、《滇南新語》。

「豉」，見《前漢書·食貨志》。華亭吴懋謙《咏豆豉》，《御纂古今圖書集成》采之。陳金浩《松江衢歌》所謂「金匱圖書藏未遲，曾收《豆豉》一行詩」也。

康熙乙酉、丁亥，南巡捐賦，百姓建亭皇甫林以紀。金浩詩曰：「皇甫林西水繞門，亭高百尺謝留恩。鳳皇天馬排雲出，兩度飛騰迎至尊。」

雍正初元，上海兵得一碧玉印，提督總兵官高其位上之，後入閣。金浩詩曰：「龍紐瑞符應佐命，太公未許老戎行。」郡城潮汐，晝夜兩番，王文恭公入閣時，潮一日三至。高大拜，亦三至。

雍正元年，黄之雋以庶常撰《中元祭聖祖》文，稱旨遷官。七年，顧成天以舉人哭聖祖詩進覽，賜對，得官翰林。金浩詩曰：「金管題詩一第高，承恩只爲抱烏號。玉堂早有絲綸手，秋薦哀辭濕御袍。」

聖祖南巡松江，江氏幼童以能書大字入見，而名不著。金浩詩曰：「何處神童有雋才，空傳捧硯殿頭來。」

青浦孔宅見唐人文字、宋人圖經。聖祖南巡，題「聖蹟遺徽」匾額，而《四庫書提要》疑之。紀、陸二公，不亦悖乎！金浩詩曰：「横溪孔宅未荒蕪，堂上還傳車馬圖。龍篆留題標聖蹟，佇看古柏鳳將雛。」

金浩詩曰：「偏袒右肩登殿坐，侍臣誰笑醉僧顛。」爲癡和尚作也。和尚，婁人也，雍正時薦入都，未幾放歸。

長言之不足，而咏歎之，詩本旨也。然貴達意而止，若刺刺然意已盡而語不休，雖百韵何足貴乎！瀛臺侍直，竹垞止五絶四首，漁洋只七絶六首。

崑山吴脩齡曰：「詩中須有人在。」旨哉言乎。予于八韵詩，不能盡得詩與人合者；若應制則貴與時地相蒙，使後人讀其詩而知其人，可以論其世。無爲「詩特傳舍、字句過客」，如《談龍録》所譏。

王文簡論「詩家惟論興會，道里遠近，不必盡合。如孟詩『暝帆何處泊，遥指落星灣』，落星灣在南康」云云。予謂引用舛錯，固不害其詩之佳，然不可謂非詩中之瑕疵。應體尤宜謹慎。《天作》曰岐，《殷武》曰景山，《閟宮》曰泰山、龜、蒙。古法具在，作詩當自通《三百篇》始。

次韻以意赴韻，不得自便。其險韻當紆餘爲妍，預爲之計。然不得横生倒插，以致文義乖違。張鵬翀《恭和聖製乾清宮聯句》，齊召南《恭和御製玉甕歌》，灑灑洋洋，齊鑣方驥。

和韻須别出手眼，不可苟且輕下。沈德潛《恭和落葉詩》云：「南山豈獨萎夫須。」《落花詩》云：「欲喚春歸聽栗留。」韻本容易，運以典故，因難見巧。

石琢堂曰：「古之詩人，自《三百篇》以來，皆先有詩而後有題。試帖則因題作詩，必于命題之義細意熨帖，不得放言高論，鹵莽從事，其難一；制義命題，止于四子五經，詩題則百家之説，皆可取資，士子非博極群書，將茫然不知所謂，其難二；其體近于對颺，命意必莊，遣詞必雅，一切艷冶粗豪之語，皆不得雜乎其間，其難三。惟其難也，非專心致志，不能造乎其極；雖使李、杜復生，未必其能工也。」

駕幸翰林院賜宴，中和清樂，奏玉署延英之章，汪由敦詩：「東壁詩篇追自昔，延英樂府記番新。」項景襄《春日扈從恭紀》之「更無凡迹到，只有異香來」，與葉方藹《瀛臺賞荷》之「更無凡迹到，只許近臣來」，句意相似。

高其倬《熱河》詩曰：「昆圃原宜苑，神山自有樓。星躔連尾分，職覲近皇州。地勝清無暑，湖平滿不流。聖人行處好，塞麥十分秋。」

法海《南苑晚雪》句云：「睿藻歌宜麥，天心重力田。由來勤恤意，憂恤萬民先。」

鄂爾泰《恭和御製咏竹》曰：「萬竿蔽千畝，深翠續繁英。自有鳳鸞集，曾無苔蘚侵。虚中涵妙理，疎節動高吟。日月移寒暑，終年祇此心。」

李兆鈺《恭和消夏蟬》云：「上林棲得所，無事遠螳螂。」《扇》云：「微涼生殿閣，翔洽萬方同。」以切貼勝。

觀保《恭和柳絮》句云：「願逐迴風堯陛舞，素心一片漫隨人。」「若使化機無住著，縱教沾帶也何妨。」「宛轉若能依净土，飛揚便可駕長風。」沈德潛句云：「只是裝棉虚想像，聖心對爾念無衣。」「淡質故應烘薄日，輕身自合受和風。」「吹向玉皇香案徧，纏綿還繞朵雲紅。」《恭和落花》句云：「縱隨流水香還在，直到成泥艷始無。」此條應併前。

張馨《南巡》詩有云：「游賞都因隆孝養，登臨總爲福黎黔。」

平伊犂，駕謁闕里，祭告山陵。許集句云：「非是宸遊娱景物，一人展孝更尊師。」

「覆幬」之幬，徒到切，爲正音。亦有徒刀切。許集《恭紀平定伊犂》詩云：「覆幬安有外，繼述在於兹。」是已。

「大宛」之宛，當讀於袁切，不但《前漢·叙傳》與「勤」字協，作於云切也。許集《恭紀平定伊犂》有「納款早來看宛馬」句。

張廷瓚《扈從南巡恭紀》截句曰：「赭黄華蓋軟風吹，童叟争看鵴首移。羽衛不教傳警蹕，天顔豈獨近臣知。」

張英《暑中直知稼軒紀事四首》其一曰：「稻畦瓜隴翠芃芃，移入城西御苑中。靜聽桔槔深柳外，不須丹藻繪《邠風》。」或曰此編次序顛倒，曰《學而》第四章曾子之言，「暮春者」數言，在《先進》篇末也。

高宗躬耕藉田，尹繼善恭紀十二截，有云：「御耦加推禮數優，春陰敷緑滿平疇。民間作苦親嘗徧，犂犢還驅未肯收。」「布穀聲中復間歌，詞臣三十六嘉禾。陽回寸草皆生意，不獨豐年黍稌多。」

「稌」字，以他胡切爲正音，亦有他魯、動五二切。梁文山《耤田》詩曰：「但願黍稌歌大有。」

沈德潛《恭紀聖恩》詩曰：「罘罳流影耀珠襦，奏對班聯俯禁廷。」則作銅網。又曰：「小臣親沐官家問，知是江南老腐儒。」則以殿試日蒙清問故耳。

内府藏王羲之《快雪時晴帖》、獻之《中秋帖》、珣《伯遠帖》，曰三希堂。敕沈德潛賦之，有「吾皇寄託別有在，字同義異窮聖真。寓意於物匪留意，頤情養性常如春。遊心理窟無止步，濂溪《易通》曾有云。唯士希賢賢希聖，聖人希天直欲探天根」之句。

張玉書《敬觀御筆倣蘇軾書》句云：「自是憐才睿慮殷，豈獨清詞激天賞。」

賜蔡升元元夕觀烟火，有句云：「此夕歡娱遍朝野，吾君宵旰何曾忘。華燈垂燼頻問夜，宫漏迢迢夜未央。」

吴綬詔《賦得蠶月條桑唐律》結云：「椒宫陰教肅，衣被萬方覃。」此頌揚之僅見者，亦相題目何如耳。

秦大士《腐草爲螢》句云：「不欺光自鑒，應候意偏慳。」《河鯉登龍門》句云：「漫倚飛騰力，還知造化恩。」《松柏有心》句云：「冰霜常自厲，桃李漫爲容。」「幽懷惟抱石，本性不知冬。」俱有寄託。

賜高士奇禁中乘馬，有句云：「雖無千里騰驤力，不負天家豢養心。」又云：「敢憶長林豐草畔，願因驅策盡平生。」

宋末龔開作《駿骨圖》，高江村跋語不能賦詩，祇録老杜《瘦馬行》於上。後入高宗睿覽，賜題七言古詩一章。敕沈德潛題之。有曰：「平湖詹事有語不敢吐，氣怯力薄難爲辭。一朝得邀聖人顧，天葩揮灑縈神思。」

鄂爾奇《平定青海》詩八首，其六曰：「降虜中宵感再生，共傳天語羨承平。宸心覆載原同量，京觀應除紀武名。」寫得「耀德不觀兵」之意出。

「降下」之降，讀去聲，《唐韵》有之。以爲正音，則始《玉篇》。然「羽鳥曰降」與「降婁中而旦」，《釋文》並户江反，《集韵》、《類篇》收「降婁」入絳韵，《字典》非之。朱軾《平定青海》詩有「全銷兵氣霜降日，盡惕天威草偃風」，獨用古音。「白露降」，雖德明不釋，愚以爲當同「羽鳥曰降」之音。

徐元夢《青海平定》詩曰：「聖皇本不矜神武，爲掃塵氛靖九邊。」

徐以升《恭紀大閱》句云：「亦知世治兵無用，誰道時平戰可忘。」

徐秉義《聖武功成》詩有「斮鯨斬檮杌」句，或問二物。予按：鯨，《説文》作「鱷」，海大魚也。《左傳疏》：「雄曰鯨，雌曰鯢。」然鯨可該鯢，鯢不可該鯨。以《爾雅》之鯢似鮎，《本草》謂在山溪。《莊子》或並言鰌，或並言鮒，則鯢是小魚。檮杌：解惡木者，《韵會》也；解瑞獸者，《周語》：「商之興也，檮杌次于丕山也。」音從儔者，杜注《左氏》：「檮杌，頑凶無儔匹之貌。」然徐詩從朱子惡獸名之解。

徐倬《西山大閱恭紀》曰：「鼓雷殷地發，笳吹順風飀。」按：雷發聲，當倚謹切，或從磤。

康熙年曾立皇太子，故彭孫遹《瀛臺賜宴恭紀》詩有「貳體元良有穀詒」之句。嗣後家法不顯立太子。嘉慶年皇長孫誕生，提督仙鶴齡倩人撰賀表，用「前星耀采，少海騰輝」句，而皆獲譴。秉筆者不可不知今典。

己未，皇太子大慶，祭告頒赦。尤侗作詩曰：「北極啓天閶，東宮應少陽。軒圖虹渚繞，殷土燕禖將。初旭臨璇室，前星出畫堂。朝三稱世子，儲貳體元良。寶册垂高殿，金衣錫御牀。鼎凝主器重，蒙養聖功彰。玉葉初承寵，瑶花遂發祥。虞歌月復旦，漢樂日重光。甲觀吹春琯，椒闈獻壽觴。《思文》昭《下武》，太任媚周姜。嬪御同嘉慶，疑丞喜拜颺。貽謀本列祖，降福自維皇。清廟崇牙羽，郊壇薦鬯香。山川來擁護，社稷祚靈長。勞賜先三事，恩施及四方。輶軒周海甸，綸綍遍江鄉。解網空圜土，招弓問澗岡。龍樓瞻踴躍，鳳闕想翺翔。出閤《詩》《書》近，臨雍鐘鼓鏘。勳華一家在，千載詠皇唐。」

「鏤」字，盧候切，惟王延壽《魯靈光殿賦》與「珠」相叶。《韵補》謂叶淩如切。又劍名，作力朱切，不可借用。張英《瀛臺賞荷應制》詩有「太平盛事鏤銀甕，遊藹新詩愧錦囊」之句。又《恭紀賜紫貂金綺》詩有「自愧涓埃全未答，但鏤銀管效謳吟」之句。

《邶風》「居、諸」，疏：「語助也。」時文家有作「日月」字用者。路斯道《賦得詩書至道該》云：「但覺羹牆留寤寐，敢忘雨雪費居諸。」

趣之訓意，若指趣是已，叶有千候切。張衡賦與「陋」相叶，李善本作「趍」。至《月令》「趣民收斂」，《釋文》又作「趨」，音促。俗以「指趣」作「旨趨」。歸愚《賦玉壺冰》云：「君子秉心惟共矢，直臣勵節每同趨。」

少陵詩：「駞背錦模糊。」從「糢」者謬，且無此字。施閏章《恭紀召試體仁閣》詩有「射策笑糢糊」句，張廷璐《成均石鼓歌》有「手捫指畫嗟糊糢」，皆字誤。

朱子「子程子」之稱，世或訾議，是拘何休「子冠氏上，著其爲師」之説。然以子論，不專屬於師。於師，嘉之之一耳。阮學浩《敬觀湖南嶽麓書院御書道南正脈扁額恭紀》詩曰：「南渡先覺子朱子。」私淑先賢，視《公羊》「子沈子」之例，似異實同。

元代玉甕，見《輟耕録》，後流入道觀鹽菜。高宗出内府泉，易置承光殿。群臣多恭和御製《玉甕歌》，沈德潛句云：「異物且貴況奇士，努力明盛毋蹉跎。」意最高妙。甕徑四尺五寸，高二尺，圍圓一丈五尺，鐫聖製《玉甕歌》于上，並刻詞臣四十人應制《咏玉甕》詩于柱間。

溧陽陳大崙，字紫山，辭學華贍，書近王澍、張照。官司業時，以扈從賡詩稱旨，擢侍讀，歷學士。讀書邸第，夏月客來，艷稱庭中紫薇，而陳猶未知也。恭和高宗《對雪》詩曰：「璇宇茫茫爾，瓊崖皜皜乎。」又嘗賦《玉甕歌》，刻承光殿石柱，館閣榮之。歌曰：「地不愛寶坤珍闢，瓊崖顯出瑶琨石。黝如黑谷内含貞，浄比銀濤外浮白。大匠規形象圓海，搜奇抉怪工摹畫。雲根鑿破窪中虚，四圍滔滔走潮汐。浴日翻風浩淼間，螺峰隱現蓬山脊。紛綸水族不可紀，出没騰淩駭河伯。天工人巧合雙奇，灝氣蒼茫呈地脈。雨來忽似點千波，風度静看澄一碧。金元故物久湮埋，盛朝獻自浮丘宅。昔置廣寒尚寂寥，今入承光勤護惜。睿藻揮餘玉液流，絶勝泰岳藏金册。若作罇尊貯萬鍾，飲和億載歌堯陌。」

應體詩話卷十六

瀛臺迎薰亭，芙蓉夏盛，陳廷敬侍遊，恭紀七排詩，有云：「已同葵藿傾朝日，不與春華競艷芳。」「尤」乃「尢」本字，見《正字通》。《説文》「尢」在乙部，从乙，又聲。

《書》、《左氏》、《戴記》「供」字並九容切，而「供養」之供多作居用切，義實相同。張鴻烈曰：「小臣珥筆慙供奉。」蔡升元曰：「特詔趨陪供奉班。」皆是也。

韓菼《大捷凱歌》曰：「最是除殘解慍候，春風琴遍海西春。」「桔橰戍遠惟瞻斗，楊柳人歸不到秋。」秀甚。

「無厭」、「厭德」，《經典》平去通用，吴才老詳言之。高士奇《侍遊暢春園》句云「五載饜菁蕪」是也。

士奇《侍宴西苑》曰：「金蜺陳綵仗。」

語涉外國，尤宜得體。德齡《東科爾寺》有「一統華夷盛」之句，《渾水》有「降胡過萬帳」之句。

歷山之名不一，嘗見歷城南山下有虞帝廟，官祭。山中又有廟，象設二妃。沈起元《恭和御製歷下亭原韵》有曰：「重華耕鑿處，漫數少陵過。」

《尚書釋文》「量衡」，力尚切。《禮記》「量幣」，音亮，又音良。《左氏》「量力」，音良。《字典》曰：

「古亮、良通。今讀『度量』、『器量』爲亮，『丈量』、『商量』爲良，二音遂分。」姜宸英《恭頌聖駕親視河淮巡行江浙》詩曰：「比量皇恩真似海。」從古音。

「鞮鞻」之鞻，《釋文》九具反，又力具反。《廣韵》洛侯切，《玉篇》從之。王式丹《奉詔增皇輿表》詩曰：「要從鞮鞻增圖籍，豈爲華離問史胥。」從陸氏。

亶父所居山有兩岐，故名。《爾雅》「岐」旁亦從山，《後漢書・張堪傳》：「麥穗兩歧。」顔延之《赭白馬賦》：「臨歧矩步。」注引《爾雅》。蓋重貳之義，可通作歧，而「克岐」、「岐伯」，不可作「歧」。式丹《西苑觀麥應制》云：「青林碧沼環千畝，甘雨和風秀兩岐。」是已。

潘耒《扈從温泉》詩曰：「天分箕尾祥光聚，地接園林淑氣鍾。」應體自宜切題，或疑是圖經「四至」、「八到」者，不然。

徐釚《瀛臺賜宴》詩有「鳥銜魚子衝波白，燕蹙蓮衣墜粉紅」之句，池上光景逼真。或謂紀恩而作此等語，未免掃興。陳鵬年《雪中入直》句云「飢雀寒如入直人」，亦同此，賴結句「獸炭龍團皆拜賜，同將雪水試茶新」救之。

李鎧《瀛臺》詩有「庶幾勵苦心，永以貞素節」之句，指蓮藕之賜言。

「翠微」字義，實不易解。《爾雅》郭注：「近上旁陂。」邢疏謂「未及頂上，在旁陂陀之處。一説山氣青縹之色。」世多作山頂用，且以字面幽艷好之。覺羅滿保《恭隨聖駕北巡駐蹕湯山》詩起句云：「羽林遥映翠微峰。」

長白山禮以望祭，邱象隨詩曰：「誠恪何須廟。」《詩》：「犧尊將將。」傳：「尊有沙飾也。」《釋文》：「犧，素何反。」《禮器》「犧尊」疏：「刻爲犧牛之形以爲尊。」《博古圖》多牛形尊，《皇朝禮器圖》因之。湯右曾《釋奠》詩曰：「韵用流金石，尊看潔象犧。」協四支。齊召南《玉甕》詩曰：「何用丹青飾象犧。」協五歌。近祁侍郎試松江解經士，秉杷臚舉衆説，辱承拔置第一。

姜宸英《上辛祈穀》詩曰：「唯皇均雨露，乘日動鎡錤。」王式丹《菊殘猶有傲霜枝》曰：「孤心非附熱，勁節豈驚寒。天意遲清景，吾生愛古歡。」查祥《恭紀耕耤》五排三十六韵，叙次分明，切定本朝掌故。凡作應體詩，當自此等詩入手，準繩可循。至「爲饎欣妥侑」句，用虚其切，不用昌志切，用《集韵》。

「應」，有於陵、於證二切。《正字通》作去聲。《康熙字典》辨其誤，姓氏當作平用。而沈德潛《落葉》詩曰：「美人黄土憐嬙旦，賓客西園念應劉。」

《管子》：「其施五尺。」注：「施音遺，大尺之名。」後世名「墨」，俗解爲繩墨，以色配物。《周語》：「不過墨丈尋常之間。」注：「五尺爲墨，倍墨爲丈。」今木工各用五尺，以成宫室，其名爲墨。則墨者，工師之五尺也。《小爾雅》：「五尺謂之墨。」

陳維崧《辛酉元旦早朝》詩曰：「捲盡宫鴉翠輦過，千官虎拜溢鸞坡。未央日上黄初映，太液風來緑始波。歲紀重光連作鄂，天開越巂繞牂牁。時王師已渡滇南鐵索橋。詞臣願進《平南頌》，競託喻糜盾鼻磨。」

姜原、簡狄並見于《詩》，然下筆最難得體。皇甫冉挽恭順，包佶、白居易挽昭德，錢起挽貞懿，頗有真摯語。維崧《春日沙河城外恭送仁孝孝昭兩皇后梓宮紀哀詩》曰：「鳳翣逶迤翼曉風，蕆塗迢遞日曈曨。雙移金盌宮初閉，並襲珠襦隧暗通。天上春經三月暮，人間泪作百花紅。君王自鼓《離鸞引》，哀策臣僚總未工。」「極望山陵紫翠開，至尊親祖鳳城隈。涼蟾玉鏡圓仍缺，綵燕瑶筐去不回。長信花飛飄急雨，昭陽車過響輕雷。微臣私屢黄門感，併入簫笳此夜哀。」

王士禛《孝昭皇后輓詞六首應制》曰：「金卮流塵掩，瑶齋寶幄空。禁花零曉露，苑柳泣春風。思媚傳千古，深恩徧六宮。唯留歌詠在，應與二《南》同。」「上壽慈寧日，人知内則賢。徽音殊未遠，文母至今憐。泪濺鶯花色，神傷祓禊天。淒涼餘故館，猶近濯龍前。」「祕殿傳金策，神人覆玉衣。四星初應曜，一鑑忽藏輝。脱珥言猶在，乘雲馭不歸。皇情宵旰切，永巷漏依稀。」「萬乘親臨送，容車出國門。羽儀辭禁掖，笳鼓望陵園。素旐浮雲慘，青山落日昏。臣民同雨泣，哀動鳳皇原。」「西汜沈寒月，中天澹夕陽。愁雲低壠樹，春禁罷公桑。楚輓蘭風寂，虞歌《薤露》長。通靈應有夢，可到紫宸傍。」「渺渺沙河道，淒淒玉輦空。綺疏扃夜月，繐帳肅靈風。故劍皇心切，謂仁孝皇后。祠官禮數同。榮名綸綍貴，早賁九原中。」

尤侗《恭送仁孝皇后孝昭皇后兩宮大葬擬挽歌四首》，録其一曰：「天家今日葬英皇，十萬旌旗護便房。争看雲中降帝子，不須黼帳夢遺香。」

侗《恭擬端敬皇后挽詞》貴妃董氏。曰：「伴侣重尋蓴緑華。」曰：「吴宫簫鼓葬西施。」曰：「何日離魂招葉喜，他年外傳寫伶元」，《世祖哀詞八章》，其六謂端敬皇后，有「蜀道淋鈴憶玉環」之句，終覺不類。

周長發《孝賢皇后輓詩》六律，結云：「侍臣潛制泪，上殿慰宸衷。」立言有體。

「干」，孔曰：「楯也。」疏：「今謂之旁牌，方言曰楯。」自關而東或謂之楯，或謂之干，關西謂之楯，施紛以持之。孔注《費誓》云：「施汝楯紛，紛如綬而小，繫于楯以持之，且以爲飾。」予疑「蒙伐有苑」，義本因此，鐵夫先生有《蒙伐有苑》賦得詩。旁牌今名籐牌，編籐爲牌，背立兩耳以持，亦籐爲之。鼻上施牛纓，面則飾五采。或謂行陳多是古法，予謂稍存其意耳，不獨車戰槍礮之古今迥異也。

錢起《巨魚縱大壑》詩破題云：「巨魚縱大壑。」范與良謂其老氣無敵。愓甫先生《王尊叱馭》破題云：「王尊叱馭雄。」同此老境。或曰究以拆點分點爲排律正宗。

江總《賦得一日成三賦應令》五排詩，只是渾寫大意。鐵夫先生刻畫「三」字云：「賦誚含豪馬，詩吟授簡江。六詩争箭急，三度擲金摐。鶴舞琴心叠，龍文鼎足扛。直看言綴萬，不待管操雙。倒峽駒奔隙，迴戈烏掠窗。陽關篇外續，太華筆尖峴。《秦論》詞空費，《吴都》氣已降。餘情重刻燭，笙叶間歌腔。」同課推服。

元和蔡雲不騖聲氣，以青衿終。著《借秋亭試帖》四卷，題新詩雋。其《夏壠風來餅餌香》云：「牢九憑沿誤，頗能考據然。」《卿士惟月》云：「哉魄又哉明。」則作平聲。

上海趙子瞻，字半眉，既領順治十四年鄉薦，以主司被論，兩經臨軒覆試。制藝與詩賦、論序雜試，拔置上卷，後成進士。官推官，坐事免。閉門課子，以詩詞自娱。

婁縣潘齡，字眉頌，工詩善畫。恒親王延爲師，梁園應教，頗見嘉賞。聖祖幸王邸，王以齡畫上，御批「老筆」。授職不就，曰：「臣布衣足矣。」上曰：「天下有只等大布衣。」年六十歸，王贈詩五絶句。許纘曾贈句云：「山中不愧真高士，殿上曾呼大布衣。」

齡同縣人徐是㑌，字景于，亦爲恒親王府經師。古文學震川，繪事學香光，爲黄唐堂高第弟子。嘗作《閔荒》詩二絶，王見之，爲請發粟。景于曰：「生平惟此五十六字爲有用。」著《古春堂集》。

户部王圖煒，鴻緒子。配蔣，名季錫，字蘋南，常熟御史伊女也。康熙四十四年，幸賜金園，鴻緒供職在都，季錫恭接太后駕，召對稱旨，賜珠環段匹。乾隆間，長子興吾任江西布政使，以母所畫花鳥百幅進，收入内府。有《清芬閣詩集》、《花譜》五百種、《鳥譜》百種。子興敬，婦淑，蔣文肅公女。而女可玉適海寧侍讀陳詮，並能詩工繪。寫生家號曰蔣派。

嘗見《鷫霜裘貰酒》詩，而不知「鷫霜」何解。《説文》：「鷫鷞，五方神鳥，與鳳皇爲伍。一作鷫鸘。」司馬相如《上林賦》：「鴻鷫鵠鴇。」郭璞曰：「鷫，鷫鸘也。」揚雄《蜀都賦》：「䨥鶤鷫鷞。」《正字通》曰：「長頸緑色，似雁，皮可爲裘。」然神鳥當不易得，相如家貧，何以致此？盡信書，不如無書。孔氏穎達曰：「《釋畜》于馬無鷫爽之名，或作霜。賈逵云：『色如霜紈。』馬融説：『鷫爽，雁也。其羽如練，高首而修頸。』馬似之。」則馬從雁名，别是一説。

高藥房崇瑞主講柘湖書院。一日以「秋蛩」命題，生徒問何物，予曰：此字近人譌解作蟲。《爾雅》疏：「蛩，江東人呼蚰蜑也。」音鞏，不音卭。若《山海經》之「蛩蛩」，獸也；《淮南子》之「飛蛩」，蝗也。《説文》：「蛩，秦謂蟬蜕也。」《集韻》：「蛩，音拱。百足蟲也。」《爾雅》：「蟋蟀，蛬。」《正韻》通「蛩」，則詩題所本耳。

觥雖設于饗禮，然以行罰。《昏禮》雖云反馬，而納采不見用牲。乃《卷耳》言「酌彼兕觥」，《漢廣》言「言秣其馬」者，是便文之辭耶？抑實有其事耶？

黄陂楊兆傑以兵部郎奉詔安南，漁洋送之云：「即看金馬獻彤庭，不用飛鳶愁毒霧。」時國王黎維禧侵奪都統莫元清高平地，故有是命。

漁洋《題張氏賜金園》曰：「承恩暫許休沐歸，朱提賜出蓬萊殿。」

廬陵張貞生官翰林學士時，僦寓會館，蓬蒿滿徑，突無炊烟。辛亥，帝將謁陵，又有遣大臣巡察之議。貞生於乾清宫面奏過戇，下吏議，落職，蒙恩但鐫二級歸。漁洋送之云：「上殿似聞辛慶忌，行吟休擬楚靈均。千秋公議存青史，應爲朝廷惜此人。」尋奉特旨召用。

王士禛于宋犖所恭覩世祖御畫《渡水牛》，赫蹏紙上，戲以指上螺紋成之。恭賦詩曰：「章皇握乾符，武功燀旁魄。孚齋世祖宫中游息之地。春晝長，游藝睠圖籍。泉壑窮窈窕，烟雲羅幽賾。寶繪賜近臣，往往等球璧。常從青箱堂，奎藻覩赫奕。營丘及河陽，到眼堪一擲。想見憂勤暇，勝情寄山澤。戲作《渡水牛》，生態妙盤辟。肉怒垂星圓，筋突陰虹直。脰似滿黄鐘，角堪叩白石。彈指九牛毛，森疎如刻畫。水波稍演迤，浮鼻未没脊。髣髴緑楊風，掩映春蕪碧。神武十八載，文教洽重譯。干戈與弓矢，包用黄牛革。《小雅》賡宣王，爾牛何濈濈。旄旟牧人夢，考牧《周官》職。應知翰墨餘，與世登衽席。龍髯去已遠，謳思徧荒僻。雲漢爛天章，典謨布方策。聖主念紹庭，率由正無射。小臣沐皇風，流涕記飛白。」先是，士禛于王崇簡青箱堂恭覯世祖章皇帝御筆山水小幅，故云。

宣武門外善果寺壁有世祖御書唐人「洞房昨夜春風起」詩一首，自署癡庵道人。士禛詩曰：「壁間龍鸞書，歲久猶峥嶸。」

順治十六年十一月壬申，世祖經昌平明崇禎帝陵，悽然泪下，酹酒于前。癸酉，帝閲明帝諸陵。甲戌，遣祭崇禎帝。士禛紀事詩曰：「天壽蒼涼石獸陳，荒原驚見翠華春。君王泪灑思陵樹，玉碗金凫感侍臣。」又曰：「見説温泉仗，經過畢郢原。天言傳近侍，小隊駐期門。玉座人間閟，銀蠶地下温。冬青當日泪，真荷兩朝恩。」此千古未有之典，亦千古未有之題。

尤侗《賜藕恭紀》曰：「碧藕如船太液池，侍臣分賜折瓊枝。生成天上玲瓏骨，拔出泥中冰雪姿。蓬館攜來秋色裏，草堂批向晚涼時。君恩欲解相如渴，引起羈人萬縷絲。」

御試《省耕詩》係己未三月朔，十八日萬壽節，尤侗詩末云：「佇看鸞輅返，共進萬年觴。」解此用意用筆，自不作泛泛頌揚。惟「鳴鳩拂其羽，戴勝降于桑」一聯，自然而近拙，「哀鴻」亦不嘉耳。

辛酉，瀛臺賜燕，群臣各有紀事。毛奇齡謂「時京師夏蘭最少，先列玉梗千朵，貯大缸南書房下，諸臣渡紅橋，即許觀翫。當時紀事，獨不及蘭」。今案：王士禛有六絶句，其五曰：「崇蘭風泛共徘佪，九畹揚揚取次開。鄭重天香携滿袖，移從弘德殿中來。」尤侗有絶句三十首，其廿二曰：「水殿風微翠幄涼，叢蘭九畹颺芬芳。《離騷》紉作幽人佩，今日方稱王者香。」何不實事求是。

順治十五年，王胥庭侍講筵次，上語及老僧四壁皆畫《西廂》，却在「臨去秋波」悟禪公案，王以尤侗《臨去秋波那一轉》制藝對，上立索覽，親加批點，稱才子者再。又摘其《討蚤檄》示曰：「此奇文也。」無何，有以侗《讀離騷》樂府獻者，上讀而善之，令教坊内人播之管絃，爲宫中雅樂。時侗罷推官歸，世祖升遐，漁洋寄詩云：「南苑西風御水流，殿前無復按《梁州》。飄零法曲人間徧，誰付當年菊部頭。」侗爲泣下。後二十年，舉鴻博，官翰林。

順治己亥九月殿試，西堂門人徐元文狀元及第。尤贈詩曰：「芍藥初生蕚，茱萸更作春。」侗《湖南凱歌》曰：「青草湖邊萬馬渡，黄陵廟口五花營。雕弓已破瀟湘竹，羽扇還麾雲夢烟。」康熙時，瀛臺之宴在七月廿一日，西堂詩紀頒幣曰：「吴綾越綺望如雲，奉手疑沾百和薰。正值銀河初渡後，天孫織就錦回文。」

制試例貴描題，如「于」、「於」之不可易，「唯」、「維」之莫能通。南交之「趾」從「足」者，見《王制》、《前漢·地里志》；從「阜」者，見《前漢·武帝紀》。而《後漢·南蠻傳》曰：「其俗男女同川而浴，故曰交阯。」《正字通》曰：「亦作趾。」近年大考翰林，欽命《落葉賦》、《賦得研精耽道詩》、《馬援征交阯論》，有二人誤「阯」爲「趾」，列四等，奪俸。

沈約所謂詩病，非爲試帖言，而試帖能通其意，尤善。昔秦小峴侍郎掌教雲間書院，極言小韵之病。

雙聲叠韵，葉表謂古人所忌。然「元首」之歌、《周南》之首，已肇端矣。周春作《杜詩雙聲叠韵譜》，引證賅博，作賦得詩者，間用一二聯，自覺諧鬯。

吴鶱槎客曰：「詩避三巧：巧句、巧意、巧對。三者大家所忌也。」乃有《天河洗甲》詩：「露布馳何捷，星羅淡欲浮。」《節璽相信》詩：「絲言千里遠，布告萬方知。」《毛舉細故》詩：「須知言有體，争奈舉同毛。」則尤有意爲之。

劉後村云：「詩至三謝，如玉人之攻玉、錦工之機錦，極天下之工巧組麗，而去建安、黄初遠矣。」予謂試律至今日，工巧絶倫，而乾隆九家實開風氣。

蔣湘帆衡寫《十三經》，高東軒相國進呈，賜國子學正銜。乾隆五十七年，刻于國子監，經諸臣考定。每石覆以黄布，防侵污也。

《茶餘客話》載成語一句，合平上去入者，即「鐙盞柄曲」之類，可云博矣。而「能者在職」、「邦有道穀」、「神保是格」、「言以道接」、「君子是識」等句，上去有誤。甚矣，音韵之學之難！

《本草正誤》曰：「鶬鳥，或作鶬，似鸕鷀而白。」人誤爲白鸕鷀。又似鶬而背緑，腹背紫白色者，名青鶬，一名烏鸔。

《唐韵》：方甄，秦穆公時人，善相馬，一名臯。《列子》：秦穆公時九方臯，善相馬也。九，姓也，方臯，名也。甄音因。予案：「甄」本音甄，後音真。孫奕誤引《女箴》，與形、人爲協，而不信莊季裕説孫堅以前無真音。《佩文韵府》真、先並收「甄」字。如限此字，當用真韵，以先後之別，且不得泥古而不遵今。

吴白華輯《官韵考異》，凡字無異讀，及有異讀而《韵府》不載者，俱不之及。於一字有二三讀者，以平上去入分列，釋其義，別其用。雖爲蜀士設，而講音韵者不能盡廢也。

華亭徐振，字白眉，康熙年貢士，有《山輝堂詩集》。曾之朝鮮，有《竹枝詞》云：「方物年年貢内廷，紫貂華豹皂雕翎。遼東黄鷂奇無敵，畢竟輸他黑海青。」「豐碑功德頌先皇，異石瑯瑯爛有光。錦砌玉闌紅粉壁，到來羅拜一焚香。」原注：「太宗文皇帝德綏朝鮮，其君臣感化，勒石漢山下，顔曰『功德碑』，作亭護之。」

劉禹錫曰：「詩用僻字，須有來處。」予謂應體詩不可用僻字，雖有來處，宜酌量用之，無論《爾雅》中字，如《詩》之「騤」、《左氏》之「彀」，已有舌撟不能下者矣。鵝曰右軍，操指梅子，通人齒冷。然班孟堅曰「隋侯明月」，揚子雲曰「和氏玲瓏」，已肇其端。

高宗御試散館詩題「麥浪」，沈初作二首，列一等第一名。

《天禄琳瑯》，大内藏宋、元、明板書函，分錦與青、褐絹三色。《千家注杜詩》向列宋板，高宗聖訓指出卷中有「皇慶壬子刊」字，初《恭和重華宫茶宴用天禄琳瑯聯句韵》曰：「函别霞舒輝列架，槧分燭照朗清宵。」

沈初《恭和十二月二十日復雪》句云：「春雪喜當連臘雪，林花知是讓天花。」《恭和二月八日雪》

句云：「花前欲門花朝艶，社後還分社雨滋。」格調相同，而並切題。

初嘗奉勑咏芝屏曰：「朵殿文屏設，祥莖製特殊。四圍涵玉采，一片劚雲腴。色𨣽爐香染，華凝筆露敷。延齡符聖壽，靈瑞紀璇圖。」而《己丑春帖子詞》曰：「朵殿芝屏輝五色，長承慈壽蔭雲孫。」《恭紀皇上六旬萬壽》曰：「蘭殿承暉芳晝永，芝屏挹瑞曉雲生。」並用此典。非合其《御覽集》觀之，不知所指。

藏書文淵閣，命仿范氏天一閣式。沈初恭和詩云：「名於典故合，製取畫圖陳。」初《應製題史可法遺像恭和御製原韵》曰：「一載小朝猶草勁，百年遺廟有椒芳。狼烽夕照城空守，《燕子》《春燈》政不綱。餘閏尚難儕昰昺，中興無望繼高光。易名題像因垂教，匪僅褒施毅魄揚。」

皇六子質郡王，集時流畫十二幅，而自繪山水一幅冠諸首，題爲《畫禪集腋圖》。初應教題詩曰：「知仁樂山水，游藝皆通神。六法首氣韵，斯言得其真。《畫禪》羅衆妙，各各工點皴。幀首獨簡淡，逸氣流烟雲。超然萬象表，始覺真天人。譬之諸菩薩，一一證法門。合觀衆論説，乃覺維摩尊。物物各見道，鉅細難等倫。筆底驅造化，遠水秋山痕。」

辛丑會試，欽命二場詩題「賦得王良登車」，未曾限韵。主試以「行」字試舉到之人，迨發，和御製詩，乃得「心」字。初恭和云：「撫御聖皇心，名言寓意深。登車茲入詠，馭馬即爲箴。在右標風采，其馳叶雅吟。附輿人並古，列宿象垂今。盡攬空群驥，常懲詭遇禽。授綏迎緩緩，分轡去駸駸。藝術工無匹，勳華治可尋。德旌昭順軌，遵路萬方任。」

初《恭和野無伐檀》云：「欣兹闢門典，豈賦《伐檀》章。樂志梧桐莑，忘情河水長。」又曰：「爲廣薪槱化，多儲楨榦長。」《應制賦得燈右觀書》曰：「低便短袂展，斜映蠟燈融。」又曰：「静理妙能寄，會心斯可風。」或救或不救，任其自然故。

初恭和高宗御製《題林逋二札》，四用蘇軾韵曰：「東坡昔題詩後詩，御墨三賡曲院曲。」又曰：「披賞復覩新什裁，如九成奏《韶箾曲》。」

董誥畫進松、柏、梅、竹、水仙，曰《五君子圖》。高宗五叠咏之，初恭和云：「君子人寧讓物居，樹人理即訓樹政。」

高宗《御製漢純素鑑歌》，初恭和云：「尚方製鏡各殊式，千載珍逾璧盈尺。維兹純素繡暈斑，範作清防謝采飾。語云鑒形非鑒情，觸物誰能運遠識。聖心鑒古掞天藻，寓意乎物言爲則。如日如月炳離明，爲圜爲金象乾德。豈徒論世在炎劉，治忽從來理不隔。包含金鏡九齡書，朗照太平增潤色。」

初又應制《詠定瓷娃娃枕》曰：「瓷出定州古，枕于夏日便。肖嬰看宛宛，覆葉恰田田。一世羲皇上，群生衽席前。宸衷廑若保，樂意叶薫絃。」俱得古意。

初恭和高宗御製《入杭州即事成什》原韵詩，最爲自然：「中宵嘉霔甘盈甸，一色芳林緑到城。好景半村連半郭，春光宜雨復宜晴。山開宿靄侵晨翠，花傍鳴鑾夾道迎。老幼駢肩齊額抃，聖人來洽萬民情。」

應體詩話卷十七

乾隆甲子，齊次風丁父憂歸。明年，高宗以經史考證未成，特敕即家編纂《戴記》、班書。書成，上之。蘭皋作《台山雪中讀禮著書圖》，周蘭坡詩曰：「温綸褒美賁赤城，更錫祕書等鬯卣。向來蠹簡謌豕魚，欲借空青豁矇瞍。黄封文梓貯琳琅，緑字芝函出岣嶁。《禮》家《小戴》觀會通，史氏孟堅擅醇厚。孰考於古證於今，兹事端合付齊某。」用東坡《石鼓歌》韵。

齊召南進《平定西域頌》，《騷》體七言十二句，而駢體序一千五百言，變體也。

周長發《恭紀聖駕謁陵禮成》曰：「緑江涵瑞靄，朱果兆祥徵。」石帆以甲辰進士選庶常，授廣昌縣，左遷樂清校官。丙辰舉鴻博，復入翰林。紀恩詩云：「四换頭銜七品官。」可謂奇矣。與張南華皆美髯，才思敏妙，亦相頡頏。館中稱詩者，不曰「兩髯」，則曰「兩檢討」云。

丙寅三月廿七，召長發試南書房，《恭和御製覺生寺大鐘歌》，援筆千言，噌吰璀璨。嗣是應制鴻篇未嘗不稱旨也。

長發《恭紀聖駕謁陵》詩，一則曰「肇基貽燕翼，創業溯龍興」，再則曰「龍章新籥舞，燕喜及雲礽」，屬對似襲而異。

長發《恭和御製江南潮災歎九首》，寫得聖君仁愛之心、下民待哺之意盡出。風人雅人，端推此種。

長發《恭和登華蓋峰歌》、《固爾札廟火》，句句用韵，多險字。而《固爾札廟火》用韓愈《陸渾山火和皇甫湜》韵，並效其體，乃能妥貼排奡，不見痕跡。

舉鴻博者，大吏先試以詩賦雜文。乙卯，周蘭坡應試《春雪》詩曰：「令轉青陽萬象輝，履端瑞雪喜霏霏。放鳩韶景花皆出，翦燕芳辰絮欲飛。鳷鵲觀前瓊瓦合，鳳凰池上碧城圍。彤墀曉色連青嶂，紫極清光滿翠微。鳥歷司權飄晝輦，龍精戒旦上清旂。瑶枝琪樹均霑渥，玉節蜺幢任指揮。賦罷苑中堪對酒，朝回天上更侵衣。池冰初解寒澌積，園柳將舒嫩葉肥。蝶粉勻時闚月榭，鶴翎刷處闘雲扉。緣甍冒棟風相送，入户穿簾日未晞。縟甸平畦聞野祝，神皋盈尺應春祈。堆從梨蕊消難辨，迸入梅花認亦稀。北闕禁烟融霽景，南榮宫樹轉朝暉。傳柑簪得銀旛退，拾荔携將珠顆歸。璐戺十重陳貝賧，瑶樞一串散鮫璣。仍思染翰蓬池上，披拂陽和近紫薇。」

王蔚宗山春，予邑人，詩、賦、制藝，並負時名，僅以優貢任宣城主簿。其《胥江舟中見荷蘭國使》詩曰：「聖德動四裔，皇風被九垓。迢遥荷蘭國，挂席渡江隈。衣冠自結束，侍從羅輿臺。天子重綏柔，所至郵亭開。牲牢出上腴，迎送遴高才。金璧不受獻，天章手親裁。去留聽自主，王度丹心推。譬如慈父子，與爾何嫌猜。吴門古華郡，臨眺飛檣桅。拱北心已切，雲漢方昭回。請看九門内，賓館森崔嵬。彝軫常絡繹，豈必由招來。」

昨年太守以「行馬」命題，人多咏李義山詩。余聞《曹攄別傳》雪夜門士撩寒事，杜子春《説梐枑》楊光禄優崇事，並是舉典。《三餘贅筆》爲鹿角，《茶餘客話》謂俗名攩衆。清文曰蝦醢。

同郡姚太史宏緒，一姓文采風流，三百年不乏。輯《谷水文勺》、《松風餘韵》，自三國逮勝朝，闔郡人文，搜羅逮徧。其《金蓮花應制》詩曰：「名花來古塞，種異若耶溪。露浥金莖潤，光涵□炬齊。碧根盤玉盎，翠葉映璇題。應荷栽培意，長榮紫殿西。」

太史第三子培和，仕陝西副使。雍正八年孟冬月晦，沙州叩祝萬壽聖節，賦詩有「渥水流長期赴海，鳴沙山近效呼嵩」、「由來北斗尊皇極，恰遇西方祝聖人」之句。季子培益仕刑部郎。官中書時，值軍機，拜徽墨之賜。紀事詩有「祥雲繚繞天門開，墨華一朵從天來」之句。

大令念曾，比部季子也，《咏晚桂》云：「不信枝頭粟，猶含粒粒芒。仙心工百鍊，老將殿群芳。獨領三秋色，平分萬斛香。高情無冷暖，濁世有炎涼。艶肯朝華門，天留暮景光。晚成誇大器，佳日逼重陽。氣味依然辣，風標一倍蒼。姮娥垂兩鬢，料得也飛霜。」

《荀子》：「梧鼠五技而窮。」楊倞曰：「梧當爲鼫。」《淮南子》注：「許慎曰『窮鼠五技』」云云。一曰鼫鼠非鼠，乃螻蛄也。漁洋《十一月十八日紀事詩》曰：「鼫技悔已窮，蟻援復何冀。」《上巳》云：「搜穴翦狐鼠，燃犀照魑魅。」則此鼠或指螻蛄。

吾郡有讀書堆，顧野王修《輿地志》處。或曰宋避諱改「墩」爲「堆」，命題者多仍之。然《爾雅》郭注曰：「江東呼堆爲墩。」則作「堆」爲是。

《淮南子》曰：「覩瓶中之冰，而知天下之寒。」吴穀人、李介夫並有《瓶凍知寒》八韵詩，本此。

《廣雅》曰：「景天、螢火，燐也。」《吕氏本草》曰：「螢火一名照夜。」張耒《螢》詩：「只有秋來熠燿飛。」傅咸《螢火賦》曰：「覽熠燿于前庭。」潘岳《螢火賦》曰：「喜熠燿之精。」蕭和《螢火賦》曰：「觀熠燿之群遊。」郭璞《螢火贊》曰：「熠燿宵行。」蓋自古混之矣。今塞螢極大，光可燭三尺許。此條當併十三卷。

有以「蚓笛」試士者，《席上腐談》曰：「蚯蚓與螻蟈同處，鳴者螻蟈，非蚯蚓也。吴人呼螻蟈爲螻蛄，故諺曰：『螻蟈叫得腸斷，曲蟮乃得歌名。』」予案：《孟子》之「姑」，即螻蟈，不獨吴人名之爲蛄。然《古今注》曰：「蚓善長吟于地中，江東謂之歌女，或謂鳴砌。」《抱朴子》曰：「蚓無口而揚聲。」《劉賓客嘉話》曰：「瓊州地名朐腮。朐腮，蚯蚓也。土多此蟲，常至夜江畔出其身，半跳於空而鳴。」《物類相感志》曰：「蚯蚓鳴則阜螽跳躍。」《蠡海集》曰：「蚯蚓前竅一，而備五用焉：視、聽、嗅、食、歌。」則蚓實能鳴，鳴聲如笛云。

三家村童子師笑余好談考據，指其徒所讀《千字文》曰如何？余曰：「『勅』當作『梁』，『吕』當作『召』，此吴坰説。『清潔』宜改『清貞』，此吴枋説。」乾隆時以「金生麗水」爲賦得詩題，近日館閣詩題有「焉哉乎也」。聖祖御書，勒在樂石，前代書家之載《淳化閣帖》，引用之見《陔餘叢考》，更僕難終。彭元瑞、吴省蘭、王芑孫跋聖製祝釐，重排换意，各出心裁，尤通儒所宜知也。

見近人有「借書一鴟」試帖，題本蘇詩。然東坡原疏考證，《五總志》引唐張一字書當作「瓻」，俗訛爲「癡」，久矣。

高宗五旬萬壽，周長發獻五排律一百韵，七陽韵。「星雲昭景慶」，不作「卿」字；「一人賡有慶」，不協平聲本韵。

國學瑞槐，元許文正手植。乾隆中復茂，高宗御製詩，長發和云：「直幹三千尺，昌期五百年。樹依三百輩，椿比八千年。」一説槐非許公所種。

黄徹曰：「規諫之辭，須切直分明，乃可以感悟人主。若以『薰風自南』爲陳善閉邪，恐導諛側媚。説持兩可者，皆得冒敢諫之名。」予按：是説本大蘇，矢音賡和者當引爲戒。然《高宗彤日》祖己不曰君，而曰民，則聖主賢臣，時有不敢斥言之隱。

石屏張漢由檢討授知府，丁巳舉鴻博，再授檢討，晉御史。著詩四十餘卷，未梓。《恭和御製喜雨詩》曰：「甘霖倒注鳳池中，一抹青山入澒濛。賢相寧因李德裕，直言匪借息夫躬。緑雲驟擁宫槐暗，蒼水遥霑禁草芃。夏雨雨人書歲有，天心仁愛聖心同。」頌不忘規，沈、宋所不能到。

無錫顧鈺，乾隆丁未會試第一。詩題「四時爲柄」，有「柄握生成總，功操温肅全」之句。近日爲失粘矣。歸安姚文僖公文田最講理法，詩宗紀文達公。其《春寒花較遲》詩第八句曰：「東皇竟未知。」第十一句曰：「東閣開還未。」亦相避爲難耶？

乾隆戊申，江南鄉試詩題「圭璋特達」。程錦紱云：「屈繅隆彝器，張旜對使臣。」衛珽云：「聖主中孚貴，行看繅采陳。」「繅」從早音，本注疏。然蘇曹切，乃正音。薛世璜云：「表襲雙楹共，繅垂七就匀。」是用騷音。《春秋世譜》，盧仝詩以女媧爲女子，本《乾鑿度》。

荆溪儲秘書玉函以《紅牡丹》詩得名。辛巳朝考，《賦得五月鳴蜩》詩曰：「翳來槐一葉，吟到月三更。」遂入選。

張文端公爲諭德時，《咏梅》云：「嘉名他日傳調鼎，記取蟠根在草茅。」王漁洋見之曰：「此宰相語也。」常熟歸少詹丙辰下第，居京師，袖詩與漁洋相質，多和平恬淡之音，無憤懣叫哮之氣。漁洋曰：「君必狀元及第。」蓋知詩者性情之事，《含神霧》謂「詩者，持也。所以持人性情，使不失墜」也。己未果中狀元。

文端公有句云：「秔稻年年觀穫樂，子孫世世讀書聲。」聖祖親書聯幅以賜。秦蕙田句云：「緬維文端公，相業韓范徒。風雲構神契，篇什達宸居。至尊親洒翰，奕世留璠璵。」

國俗祀用特豕，尤重喫肉禮。元和韓封公是升爲禮邸客，有詩曰：「神堂伐鼓聲淵淵，祝史禱告神幮前。墨豬伐毛浄於雪，元酒灌地清如泉。既無魚菽列鼎俎，又無棗栗羅豆籩。蕭光燎火夜達旦，盛服對越心加虔。氍毹暖襯髹漆几，膳夫片奏鸞刀鮮。衆賓席地嚼復嚼，不拘坐次緐文捐。撐腸拄腹歌既飽，淋漓羹汁饞流涎。我本田間人，社肉分殘年。今來助祭饜膰肉，如游八蜡伊耆天。高帝子孫守藩服，報本反始家法傳。雲車風馬倘歆格，鯫生低首精誠專。佑我皇祚甦民困，神戈指處銷鋒烟。」

東生有《留别質郡王次贈行韵》詩曰：「崇臺何必築黄金，愛士高懷衆所欽。賜畫舊曾捎鳳尾，贈詩今又聽鸞吟。先太王曾賜墨竹。西園跡阻賓筵盛，北渚心儀學海深。他日虞庠如與宴，紫苔月榭願攀臨。」又有《留别禮親王次贈行韵》詩曰：「四載重爲别，秋風颺去旌。竟歸臨頓里，不上岳陽城。深拜賢王惠，寧愁旅橐輕。西園一樽酒，無限故交情。」

醫巫閭，自古奉爲北鎮，聖祖御製碑文。廖騰煃恭紀詩曰：「危峰天際鬱嵯峨，長白遥分淑氣多。勢壯東京齊岱嶽，光連北極帶遼河。明禋禮舉神爲格，翰墨香浮帝作歌。《虞典》封山今再見，蛟龍長護此巖阿。」

河陽趙士麟，早遭元二，後際承平，詩筆動關名教，推爲南中弁冕。其《己亥平滇紀勝》詩曰：「熊羆南下萬民蘇，後舞前歌滿路衢。疾似秋風驅敗籜，藹如霖雨潤焦枯。帝王自具懷柔策，將士多嫻尊俎謨。從此太平應有象，市廛喜見醉人扶。」

高宗幸焦山，觀古鼎，作七古紀事。晉寧李因培以督學賡和諸篇，爲滇南儒臣未有之榮遇。《古鼎》句曰：「《鶴銘》摩厓字湮泐，龍鼎照水雲蕩吞。」

章佳文端公尹繼善歷任封疆，惠沾黎庶。其《入覲》詩曰：「九重廑念是江鄉，蔀屋年來少蓋藏。疾苦未全登奏草，帝心早已切如傷。」「多年積潦閔淮徐，元氣於今尚未舒。四野飛鴻猶滿眼，頻諮景象近何如。」直陳民隱，寓規于頌，不愧大臣風範。

尹文端初主試，高宗以新婦生子調之。劉松臺從未分校，自謂監試似未字之女，賦詩云：「杏苑懸弧典故新，每因生子憶生身。陵雲老樹枝分後，可念當年手種人。」「宮花彩映繡衣新，半老依然未字身。自笑殷勤還學養，宜男却是讓他人。」

諸城劉文正公光明正直，燭照先幾。進《平金川》詩千有八十八字，四言一篇，事高往古，詞壓文人。所謂有德者必有言，惜不能備録。

錢唐梁文莊公進和御製詩，每逢劇韵，必蒙嘉奬。王蘭泉異之，公曰：「蘇東坡善次韵，每遇艱險處，恒以譬喻出之，是以信手驅駕，毫無窒礙。吾竊得此秘，故能游行自在，天然湊泊耳。」

咸寧劉鑑太空，少孤，事母孝。聖祖西巡，鑑獻百韵詩，蒙恩奬賞。後由甲榜令山西，有善政。南宋德壽宮，即今宗陽宮。舊有穹石，高宗南巡，頗拂拭之。後大吏運致都中，賜名「青蓮朵」，紀以詩，並敕儒臣賦之。梁詩正有云：「即今重荷天睞存，翠膚新著麻沙痕。遠致雖非聖主意，珍異何啻儕瑶琨。」

詩正《恭和御製征衣原韵》曰：「聞道長裾不利趨，況隨行獵歷川途。短衣佩劍風猶在，缺袴從軍制未殊。已喜跨鞍輕矍鑠，不憂舉步礙榛蕪。書生鞭弭周旋處，也製征袍與衆俱。」

錢唐陳兆崙句山有《韓文讀本》，藝林奉若規矩。其《恭紀賜鹿肉》詩曰：「一臠分needle獵騎還，霜毛猶帶染輪斑。烟浮豐草長林外，味在松花柏子間。作炙送杯憐僕倦，下鹽爲脯笑余慳。平生頗切庭縣愧，須認君恩異等閒。」

成哲親王曾題太僕陳句山先生遺集，秀水汪如洋謹次原韵曰：「含毫三歎渺何因，彷彿龍樓坐接茵。一日未忘師友分，半生虛現宰官身。定文辛苦秋窗雨，感舊蒼茫月榭塵。神理青山如可作，祇應合掌向天人。」二人先後入上書房。

新建裘曰修《奉敕題江村草堂圖》曰：「應是白蘋洲上，居然黄葉村邊。鹿門有客招隱，蓮社無心結緣。乍可浮家泛宅，兼之鋤雨耕烟。臣亦江湖舊隱，畫圖重與周旋。」

秀水鄭贊善虎文有《平金川》詩，録其一於此：「峨眉横絶指金川，鳥道羊腸路幾千。（城）〔域〕外河山歸禹服，寰中日月共堯天。不矜兵力誇三捷，自有宸謀出萬全。一怒安民功勒石，漢家勳業陋燕然。」

鎮洋汪少司空廷璵《題皇六子燕坐圖》曰：「花香鳥語有禪蹤，静掃蒲團簾影重。小憩便參尊勝座，無言兼息辯才鋒。庭前苔長聽經石，屋角雲移作禮松。結習未除凡骨在，一瓶慚伴六時鐘。」

紀昀恭和高宗御製《九日侍皇太后宴並賜内外王公諸臣食即席得句》原韵曰：「帳殿崔嵬曉氣澄，重陽不數宴孫陵。花開松漠圍黄纈，香佩萸囊製采綾。五色安輿雲對捧，萬年仙酒露新承。題餻勝事龍沙北，自古登高到未曾。」文達講賦得詩法極精，而所作或不副所言。如《秋月如圭》云「無瑕原似璧」、「修來原是斧」之類，已可商。

長律運意忌複，至字面或可不拘，然相避尤佳。昔人《恭紀藉田》云：「曉發驂青輅，晨興駕玉虬。發趾青旗展，回鑾翠幕稠。」

乾隆二十七年，順天鄉試詩題「月中桂」，紀文達爲同考，一卷文佳而詩遜，已中復落。别撥一卷與紀，視其詩，第七聯曰「倚樹思吴質，吟詩憶許棠。」則躍然曰：「吴剛字質，李賀有『吴質不眠倚桂樹』句，而不入選本。非見《昌谷集》者不知也。華州試《月中桂》詩，許棠第一，而詩不傳。非見王定保《摭言》、計敏夫《唐詩紀事》者不知也。中彼卷之『開花臨上界，持斧有仙郎』，何如中此詩乎！」放榜乃朱孝純。

馴象典列朝儀，江都蕭霖作《貢象行》，有詩史才。句曰：「浴處常翻百頃波，豢時每例千官俸。食料寧須論後先，朝儀實自關輕重。遠人來格喜天顔，異獸争輸光聖統。上方錫宴歌九功，舞向金階競喧閧。我皇德盛尤沖虚，旅獒一册殷勤誦。」

哨鹿爲本朝家法，朱編脩筠詩曰：「古塞八月霜嚴威，天風發發妃呼豨。雲荒葉脱木不飛，哨鹿之制傳行圍。木蘭以北山崔巍，野鹿乳字交匹妃。杈枒環角頭則頎，圓花遍體毛毵毵。銜草相食鳴相依，歲歲游牝群無違。此時帳殿漏依俙，寒星錯落宵未晞。虞人鹿冠衣鹿衣，先導天馬驅騑騑。斯門左右挽玉鞿，眅分壯士密指揮。赤燉照山山夜暉，猛獸惕息逃嶇崎。嵰峎大谷人迹稀，哨聲肖鹿窮幽微。鹿聞相慕如歔欷，什伍來即疑乍非。須臾躑躅不顧歸，處處伏莽窺以睎。百得一失防幾希，壯士前搏若括機。血膋生取利刀刉，若咀芝英華之嘰。肉中實玉天然肥，仙人之饌神福穖。陛下永命無疆祈，作詩紀實匪雕幾，奏之樂府陳帝畿。」

仁和沈景熊《西江古鐘歌》曰：「維皇至治誰比蹤，聲教廣被協堯《雍》。德動天地大樂出，西江爰獻蒼姬鐘。徵祥已邁汾陽鼎，典寶不減東序鏞。齊孟周景不可見，對此厥象羅心胸。欒銑角甬雕刻巧，禮圖繪畫真傖儂。面各四乳乳四面，三十六乳如攢峰。寸挺戛擊乳乳異，春容轇轕聲丁冬。銘文可識籀史篆，結體古秀蟠蛟龍。正月乙亥誌造作，子孫世享何敬恭。至今相對猶鄭重，恍如入廟來朝宗。更愛完美剥蝕少，朱斑燦爛耀丹彤。百神呵護信不易，紫泥土碧光茸茸。我昔遨遊過渝水，幸覩此物誠歡悰。摩挲不釋加考核，摹寫鈎勒全姿丰。爲綏爲雅未敢定，《集古》《金石》相追從。乃知真是三代器，一十二律殊聲容。非編非篪亦非持，依時大小無相重。此地舊爲墨莊宅，當年什襲恣清供。長留已及數千載，湮没久被磚苔封。一朝應瑞現牛斗，鏗然出土驚三農。九牧上貢天子喜，皇皇寶貴珍方琮。命付太常重審定，《韶》音復作慶遭逢。短章作頌且志遇，會見儀鳳來邕邕。」篆文其大鐘名似雅，小鐘名似綏，御鑒定爲鎛鐘，并依制增置廟祀。

裘文達公嘗以南昌彭元瑞、鉛山蔣士銓並薦，故純廟御製詩有「江西兩名士」之目。然心餘竟以編修終，文勤則早直西清，應奉文字無不蒙獎賞者。其《恭跋御製全韵詩》重排《千字文》爲之，撰《乾清宫前鐙詞》，駢體尤工。

嘉定陸遵書以繪事供奉，多題于上。其於山水册云：「松色連青嶂，層樓挹曉霞。九天瀉飛瀑，流得到山家。」

上海陸錫熊以進士獻詩賦，官中書，升至郎中。編纂《四庫書》，授侍講，終副都御史。平時進御之作，工而不穠，婉而能切。

宮殿門聯，撰自翰林。乾隆癸未、甲申間，多嘉定曹仁虎撰，絶妙好詞，不讓彭中堂。其《恭紀純廟肇建辟雍釋奠講學禮成》四支五排詩百廿韵、《代頌東巡盛京上陵禮成》一東五排詩百韵，高華工整，模範詞林。

高宗特予勝朝殉節諸臣謚典，入祠崇祀。馮給事培恭紀詩曰：「雍齒封原假，韓通傳竟遺。由來亡國社，未得表忠碑。河嶽精靈迴，《春秋》義例垂。易名洵曠典，異代疾風思。」華亭王鼎詩云：「祠祀已聞邀特旨，《春秋》褒典聖人公。」

李世傑由捐納小吏，歷總督、尚書，政績在田文鏡、李衛上。引疾，蒙賜人葠，乘轎入直。管世銘詩云：「上藥起衰馳鳳嶺，安輿扶疾到龍樓。」

秀水祝維誥少有才名，自直薇垣，屢隨清蹕。灤河、遼海，悉記以詩，激壯遒上。歸愚極稱之，而以典籍終。

乙丑會試，帝親命題。主司閱卷畢，封進十卷，御定甲乙。陳元龍名在第二，恭紀曰：「御筆緘封命試題，五雲深處棘闈低。文場千古添佳話，努力摛詞應聚奎。」「慎選真才仰聖心，主司鄭重辨璆琳。闈中未敢輕書榜，捧進黄封候玉音。」「不才何意壓群英，甲乙標題自聖明。一榜十人恩更重，只今天子有門生。」後遂爲例。其甲乙則主司所擬。

吴江潘耒《上巳修禊應制》曰：「芳林遲日麗，元巳禊堂開。鳳輦排雲出，鸞旂拂霧來。昆明浮瀲灩，太液静瀠洄。草樹天光發，亭臺淑氣催。皇情多悦豫，法從盛趨陪。帳殿依巖曲，旌門敞澗隈。逍遥登閬苑，取次泛蓬萊。仙掌三霄露，堯廚百醖醅。金人看捧劍，玉女試流杯。攬秀皆瑶草，探奇必鳳臺。銘功萃燕許，賦事集鄒枚。鎬飲還非樂，汾歌未是才。恩魚迎棹轉，靈鳥扈船回。聖澤苞三極，皇靈暢八垓。乘春聊燕喜，弭節且徘徊。潤入天街柳，光生輦路苔。多慚樗散質，深愧豫章材。清切依丹地，森嚴接上台。褰裳歌復旦，延首詠康哉。願作春工綫，山龍待翦裁。」次耕以布衣舉鴻博，授檢討。康熙十九年，詔更定殿廷章樂，次耕上議增五事。逆藩悉定，獻《平蜀》、《平滇》二賦。既坐浮躁左遷，四十二年南巡，復官。越三年，又南巡，陳中堂廷敬欲薦起之，賦《老馬行》以謝。生而善記，或試之憲書，過目倍誦，不舛一字。於聲韵反切，幼得神悟，著《類音》八卷。

戊午元日瑞雪，上宴群臣圓明園，賡《柏粱》體。閩中楊枝春與同榜館選諸臣，依倣聖製，首句恭引原作，成百韵一篇，載《青圃詩鈔》。

嘉慶十年，廬陵監生況元禮上陳五事，奉旨嘉許，賞白金百兩、大段二疋。紀云：「没世不稱君子疾，無夫失所聖皇仁。」「芻蕘不棄傳經語，朽腐能甦賴化工。」

應體詩話卷十八

毛西河曰：「初盛唐多殿閣詩，在中晚亦未嘗無有，此正高文典册也。近學宋詩者，率以爲板重而却之。予入館後，上特試于殿上，嚴加甄别。時同館錢編修以宋詩體十二韵，抑置乙卷。」唐人最重二應體，一應試、一應制也。人縱不屑作官樣文字，然何可不一曉其體，而漫然應之。

康熙時試鴻博，拆卷後，上曰：「詩賦韵亦學問中要事，何以都不檢點！賦韵且不論，即詩韵在取中中者亦多出入。有以冬韵出『宫』字者，有以東字出『逢』、『濃』字者，有以支韵之『旗』誤出微韵之『旂』字者，此何説？」衆答曰：「此緣功令久廢詩賦，非家絃户誦，所以有此。然亦大醇之一疵也，今但取其大焉者耳。」上是之，定五十卷。

内廷賜宴聯句，許代爲之。乾隆中，《新正聯句》預擬御製句成，其餘命内廷翰林以次擬就，臨時乃填銜名，外廷詞臣亦非即席自作。睿製曰：「聯句何妨有捉刀。」

沈歸愚「因風想玉珂」題「節以清飈送，音緣天籟通。隱隱梧垣外，遥遥銀箭中」，及《折檻旌直臣》題「呼籲聲偏激，旌揚忠可教」，今日俱爲失粘矣。歸愚五年之内，晉秩列卿，敕和詩章，殆無虚日。或用其韵，而仍和聖製者十居三四。隨所攄寫，因事納規，皆寓忠愛之忱。高廟虚衷善受，賜詩曰：「笑予結習多難遣，嘉汝臨文不忘箴。」

德潛《恭和紙鳶》云：「戾天也足逍遥趣，不羡圖南海運鵬。」《恭和詠松》云：「材大自逢匠石，不愁偃蹇空山。」同寓寄託。而《恭題御筆畫梅》後，御製即用德潛韵，仍題畫上，重命賡和云：「瘦到十分清到骨，孤芳獨受九重知。貌將姑射仙人態，傳出西湖處士詩。幺鳳自隨群玉樹，都梁合逗上林枝。從兹冷蕊沾膏潤，敢道槎枒已後時。」不啻爲己寫照。

高宗《題黄公望山圖》云：「我欲壽之以佳作，德潛筆墨猶能爲。」末云：「試評此畫得所否，更須紙尾揮韓碑。」敕德潛和韵曰：「敕命小臣題紙尾，迫窘詰屈安能爲。昔年曾跋《富春》卷，今閲此本俯仰生齋咨。天章雲漢敬賡和，秋蛇春蚓敢望岣嶁山尖碑。」此歐陽氏所云「聖賢相遭，萬世一遇」。

德潛《恭和湖心亭》句云：「三面總圍山遠近，四隅莫辨水西東。」《天竺寺》句云：「一佛地分中上下，三生緣話去來今。」貼切見長。

德潛《和高資港》七言律，有「禍亂」、「喪軍」、「血流」、「鬼語」等字，亦是稱題爲之。歐陽公改蘇明允《權書》中「崩」、「亂」字，奏于朝；哲宗書鄭谷《雪》詩，改「亂飄」爲「輕飄」，可見人心好惡所在。媚兹一人，言宜得體。《四牡》之「悲」，《常棣》之「死喪」、「喪亂」，《天保》之「崩」，是謂質樸。然外此不多見。

乾隆十三年九月，高宗詣暢春園，恭請孝聖憲皇后聖安，即視事于觀瀾榭，引見于大西門。其地長樓爲聖祖閲射處，乃親御弧矢，發二十矢，中一十有九。儒臣侍列與觀者援唐臣玄武闕觀射故事，賦詩上陳。帝用侍郎齊召南韵製四律紀焉。

康熙五十二年三月十八日，聖祖萬壽聖節，揆叙因新龍華寺祝釐，賜名《瑞應寺》。夏午，廣庭植木，文光果實，並蒂騈顆，青熒光澤。湯右曾賦七律詩以紀。《志乘》誤作值經筵，奉命賦《文官果》詩。湯右曾授吏部侍郎，赴熱河謝恩。聖祖問揆叙曰：「聞右曾工詩，有刻者，可令進呈。」揆叙奏刻者未見，臣寓適有所作《文官果》詩。命即取閲。隨御製賜和，有「叢香密葉待詩公」句。舉朝屬和，傳誦天下。

乾隆二十二年，諭會試二場表文，易五言八韵唐律詩一首。御史袁芳松奏準自己卯鄉試始，於二場經文外，試五言八韵唐律一首。四十七年，以副都御史覺羅巴彦學請，鄉會試第二場排律詩移第一場制藝後，以第二場性理論置經文後。於是首場四題，皆由欽命，且律句謹嚴，難以揣摩，試事益昭鄭重。

「友于」見淵明、子美詩，「貽厥」見昌黎詩。近制藝文用之，應體詩亦用之。或疑鄭五歇後。孫同先生《應詔述懷》詩曰：「籲俊絲綸舊典型，濫叨汲引近明廷。栽花未敢誇懷令，乞米何當認歲星。榮遇兩朝慚接武，感懷三世説遺經。巨鐘萬石憑誰撞，何意搜羅及寸莛。」「自分風塵老此身，登車攬轡一逡巡。三年薄宦情何極，十載清華夢未真。宋代詞科推伯厚，漢廷儒術重平津。騷壇盟主今誰健，萬柳東風何處春。」先生以甲科任知縣，鴻詞報罷，卒官太守，非其志也。

費衮有言：「荆公、東坡、魯直，押韵最工。而東坡尤精于次韵，蓋其胸中有數萬卷書，左抽右取，皆出自然，初不著意要尋好韵，而韵與意會，語皆渾成，此所以爲好。若拘于用韵，必有牽强處，則害一篇之意，亦何足稱。」予按：今人應制恭和之作，是古次韵，既要詞宏，又要學博，庶合補之所言。《梁谿漫志》曰：「東坡《謝賜御書》詩叙天下無事，四夷畢服，可以從容翰墨之意。末篇因事諷諫，《三百篇》之義也。」或者笑曰：「有甚道理？後説到陝西獻捷。」此豈可與論詩。若使渠爲之，定衹做一首寫字詩矣。

杭世駿曰：「承轉開闔，提唱不已，乃村夫子長技。」予今或采佳句，或寄深意，或以記事，或以存人，而詹詹村夫子言，概不闌入。

朱翌論「疾風知勁草」有五典，近州郡秋試進士詩，止本《蕭瑀傳》，可見急求售者多不學，自宋已然。

翌曾論盍簪、笭箵、螟蛉，又言蒲、柳二物，博矣。然楊蒲柳，引《説文》，不引《爾雅》，猶疏。織女三星，在牛上；女四星，在牛東。杜云：「牽牛出河西，織女處其東。」誤織女爲牛女，久矣。近人有《天孫雲錦》詩，未能辨正。

范希文曰：「雙字用於五言，視七言爲難。蓋一聯十字耳，苟輕易放過，則何所取也。」予按：賦得詩八十字，不宜雙字，且嫌薄弱。

義山《茂陵牡丹》詩連用古人，《對牀夜話》有「點鬼簿」之誚。王鐵夫先生《老當益壯》詩「𡋯叔」等字，爲事所使。曾子固疑六一居士泛以畫舫之舟，秉杷亦云。儕嶠《易重一斤》詩連用京房、邵氏、班生、程子。

范景文云：「詩用生字，自是一病。苟欲用之，要使一句之意，盡於此字上見工，方爲穩帖。」蔣予蒲《積雪爲小山》曰：「寒應侵粉壁，高不墮烟鬟。」朱方增《飛泉挂碧峰》曰：「遠勢盤蘿磴，斜痕濕薜衣。劃開青嶂色，界破白雲圍。」孫爾準《野含時雨潤》曰：「緑蒸春靄闊，紅浸夕陽酣。」戴衢亨《老樹飽經霜》曰：「夕陽摇紫翠，秋色變丹黄。」吴錫麒《鞠有黄華》曰：「中央含土德，一色鑄秋烟。」法式善《春泥秧稻暖》曰：「頓烘青穲稏，全罨碧玻瓈。」汪學金《晝爾于茅》曰：「烟隴喧晴旭，霜鐮破曉雲。」《林表明霽色》曰：「梅塢争寒艷，松崖破暝陰。霜蹄驕去馬，風翼粲歸禽。」俱得鍊字訣，但見跳脱，不覺生也。

詩用金玉珠翠，謂之至寶丹。然八韵中用之，多賞爲富艷，吾不敢對所好而令相駿馬也。

葉紹翁曰：徐鳳少監《代嗣王謝賜玉帶表》，用《禮記》「孚尹」，以「尹」爲平聲。凡用經釋音，當以首釋爲證；用史釋音，當以末釋爲證。徐用第二音，故主司疑其平側失律，過矣。

古人易音，若白樂天「照地騏麟袍，雪擺胡騰衫」、「闌干三百六十橋，少陵將軍只數漢嫖姚」，李嘉祐「門臨蒼茫經年閉」。張(祐)〔祜〕、蘇東坡多用「茫」爲側。晏殊謂詩人乘俊，語當如此。然抒寫性靈、吟弄風月則可，以之應試則不可。不然，何爲之律？

李東陽曰：「朝廷典則之詩，謂之臺閣氣，却不可少。」予謂此體也，非氣也。體不可無，氣不可有。豈爲詩文言而已。

沈隱侯謂古儒士爲文，當易見事、易識字、易誦讀。予謂約説不可執一，若以應試，則不可易。荆南進士「先」、「添」並叶，陳鵠引以爲戒。人縱熟于韵學，作詩賦不檢韵書，往往有此病，不但誤解異義而已。

部曹推舉諫垣，制由科甲。康熙丙申，詔試部屬，時仁和貢生柴謙官刑部郎，賦詩稱旨，遂擢中臺。

丁亥，聖祖南幸，錢唐諸生姚之駰著《類林新咏》，呈行在所，蒙留乙覽。辛丑成進士，歷御史。錢唐徐本《恭紀聖主躬耕耤田》曰：「旭日旌旗輦路分，肇開東作邁思文。然蕭默祝千邨雨，秉黛深鋤一片雲。柳漸鳴鳩春意滿，杏初飛燕午風薰。衮衣成禮臨黄幄，次第公卿致力勤。」「鳳城環繞緑疇多，群仰躬耕駐玉珂。兆姓盡知敦本意，老農齊唱得年歌。兩岐定見舒新麥，同穎欣看長瑞禾。帝德天心相契合，豐登寰宇共諴和。」

大蘇「看畫以形似，見與兒童鄰。作詩必此詩，便非知詩人」，此一時興到語，或有爲言之。不然，何方薰謂其畫蟹瑣屑毛介，曲隈芒縷，無不備具乎？且《烹茶》、《秧馬》詩工於賦物如此乎？

徐潮《瀛臺賜魚和趙少宰韵》詩曰：「冰覆霜鱗色瑾瑜，承恩齊向苑中趨。臨流欲躍千髻集，繞樹争携萬木呼。波飫蓬池名最美，影連緋袋寵先殊。還須共識和羹意，免得庖人越俎虞。」感恩躍順，人所同情；眷念寅恭，尚書所獨。

《荀子》：「善爲《詩》者不説。」予曰非也。不淫不傷，興觀群怨，非説《詩》乎？聖人非善於《詩》乎？

順治年，御翰爲明思陵立碑，奉勅詞臣賦詩紀事。華亭宋徵璧曰：「白馬黄巾灑血鮮，野人多半泣寒烟。秦碑漢篆新恩渥，如覩憂勤十七年。」「盛際唐虞各一朝，年來兵甲已全消。揄揚往烈憑謨誥，虎脊龍文出九霄。」

錢芳標《荷蘭國入貢歌》曰：「碧瞳紺髮西來使，臺笠峨峨罽衣紫。平明跪捧金花牋，國字横書獻天子。三百里犦八尺駷，遐方異産何由來。肉鞍碨磊儼駝種，連錢蹀躞真龍媒。王家駁牛那足數，瑶池歎玉差其伍。珠犛牽來天厩中，觀者咨嗟立如堵。其餘筐篚雜沓陳，鶻刀鸞鏡玻瓈珍。白檀之木黄票記，瑪瑙血色堆嶙峋。有綺細若黐江鱗，織成純用金與銀。氎文彷彿月氏製，雅青錯間猩紅新。我聞荷蘭在海島，苗裔茫然史難考。巨舶浮洋歷歲年，陽侯颶母愁三老。方今天祚玉曆昌，雁臣影國争梯航。東欵朝鮮南日本，聲教更訖中山王。交州黎氏稟正朔，暹羅花錫充尚方。傾心不羡漢槃木，通譯欲過周越裳。孰知九重尚恭嘿，却駿焚裘古同德。大盈不積華山歸，貳師博望無顔色。獨喜《箾韶》初奏時，率舞蹡蹡兩階側。」芳標字葆酚，中書，舉康熙丙午鄉榜。乞養歸，舉鴻博，母憂不赴而没。應製之作，高華典麗，爲時所重。

張照《奉敕題畫桃》曰：「曾聞珍果著仙經，閒畫雲臺似斗形。千歲三偷頭未白，萬年一實子猶青。仙由齒頰芳甘得，道在蓬壺草木靈。太上微言寧有此，漫誇降自玉衡星。」《菊》曰：「花品疇同古逸民，此花有骨不開春。空山之中八九月，千載而上兩三人。行傍巖厓思采采，如聞潭水尚粼粼。潔兹筐筥齋心訪，日月精英冀得真。」

張照《賦雕牙畫》詩，上曰：「張照詩有蘇、韓之風。」

上海蔡宗卿嵩《恭和御製千叟宴詩》曰：「玉階晴閃玳筵華，蓬島春回雨露賒。壽世聖還世壽聖，星輝夜夜燦澄霞。」

華亭高太常層雲《岳州報捷紀事》詩曰：「一戰收荒徼，三湘動凱歌。揮旄旋地軸，洗甲挽天河。左勁齊飛箭，前途盡倒戈。虒翻沙苑馬，聲振蔡池鵝。陳夾渾張翼，圍圓儼設羅。鞭霆走魑魅，爨水泣蛟鼉。沓沓鱗游釜，紛紛蜜聚窠。當車心已矣，巢幕意如何。諭檄乘風去，降旗接日過。疾疑飈捲籜，散比葉辭柯。整旆容仍壯，投醪色自酡。恩威宜並用，刑賞必殊科。坐使妖氛滌，方當霽景和。岳開圖更寫，湖靖鏡重磨。農父尋臺笠，佳人拾錦梭。瘡痍還漸起，軫恤貴無頗。逐北真超越，征西尚委迤。棧通來枸蒟，筦度掃牂牁。盾墨題安遠，標銅待伏波。功成繪丹碧，層閣紫霄摩。」

楊瑄《恭紀賜止血石》詩云：「神方採自《靈樞》秘，上藥親從御府頒。閬風苑裏傳珍久，勅律天西韞采深。」

詔毀魏忠賢墓，華亭徐給事賓詩曰：「勝國幾危三巨璫，熹朝魏氏更披猖。一時雷電飛東廠，無數忠貞殞北堂。已礫木魈消海甸，猶存石馬汙山莊。乾剛特允青蒲奏，净掃西山草木芳。」

吾邑徐是敚《賦得山寺日高僧未起應恒親王教》詩曰：「最是山高得日先，祇園偏與睡鄉連。半生所見皆成妄，一覺無言也是禪。魂魄自恬塵外境，滄桑已付夢中天。不知殿角松杉影，移過西廊第幾磚？」

吾邑徐檟《佘山蘭筍歌》曰：「東南饒美竹，筍峰筍獨良。劚之甫出土，與蘭同其香。嘉名先帝賜，厥貢入上方。御翰蒼崖上，滿山生輝光。我來偶駐此，山人餉盈筐。解脱稚龍籜，呈露球琳琅。旋汲紅泉水，試煼翠釜湯。噴鼻滿蘭氣，虬髯爲之張。珍重九畹味，出自千畝鄉。啜罷眠雲磴，齒頰有餘芳。」

崑山葛景中，字蓮乘，官來安訓導。設教青浦，有《蘭筍謡》曰：「《水經》不注佘山名，《竹譜》不傳蘭筍號。何人用意採幽沈，厥貢年年帝京道。帝京奇食羅海山，終教玉版開天顔。千里使星移日下，一行垂象賁雲間。百僚奔馳萬民喜，錫以嘉名自今始。空谷幽蘭合讓香，會稽竹箭誰云美。培塿難酬帝渥深，空中萬歲騰清音。籜龍好護春雷蟄，長奉君王旰食心。」

康熙乙酉，聖祖巡松，詔求名士可備顧問者。提督張雲翼以高不騫對，召試《馬射》駢體序及詩。時已晡，不騫不創稿立成，稱旨。詢知爲宦裔而貧，賜帑百金，命以布衣纂修南薰殿。九年，授翰林院待詔，兼三朝國史收掌官。累朝秘書在皇史宬，命入檢之，作《檢書行》曰：「宫中聖人憑三冬，過目萬卷羅心胸。初唐政要明寶訓，相應豈惟笙與鏞。緬想善本求言同，臣承鳳皇詔益恭。際曉徑去躡紫閣，簡編小大隨横縱。拓窗始意納清旭，北風振檽如琤瑽。縹囊緗帙一覽間，百年前物抽無從。東華厩馬逸氣鍾，玉鞍試上行雍容。小南城南折旋進，皇史宬扁張崇墉。夢遊先輩有不到，趨庭步陛乘懽悰。含人手啓魚鑰匴，禁軍伏地語喁喁。燿如雲帆轉曲岸，洞門雙扇開硌礱。宬製穹頂竹半筒，旁牖冶鐵塗以彤。峩峩石室相對立，長磴連亘巨璞攻。安置金匱二十六，籤牌夭矯拏虬龍。造端《大清實録》字，中右二祖左太宗。自餘廿三事則豫，堯時奚啻超黃農。四圍嶓篚衆星共，經經緯史光焰重。

誰歟紛綸卷倍萬，《永樂大典》堪當衝。傳之高拱録其副，亦類漢世尊蔡邕。鴻都虎觀千載上，祇今私幸逢難逢。藝苑秘寶探無外，銀印一笥留塵封。文命敷于武功後，纍纍忍使洪鑪鎔。諸珉日夕迷舊蹤，還鑣西嶺寒烟濃。道旁觀者謬儒雅，奮飛何必蓬萊峰。嗚呼奮飛何必蓬萊峰。」

上海樓儼，字敬思，原籍義烏。幼孤貧，嘗爲人鼓鑄，執書而讀。有貴人見之，署爲傔從。究心詞章，精于律吕。師朱竹垞，以詞學鳴。康熙乙酉，聖祖南巡，獻《織具圖》詩詞，擢第一，薦《詞譜》館纂修。議叙，歷江西按察使，有《蓑笠軒詩詞存稿》。

胡寶瑔《殺虎行》曰：「金飈獵獵原草長，龍旗耀目豹尾揚。君王秋獮開獵場，萬馬平分荼火光。佽飛諸將多年少，珠韉一出風雲翔。鞭影横抽弓影瘦，僕姑未發弦已張，射麋麗龜走且僵。踠伏視之初疑石，作威欲出始潛藏。欻然人立目如電，迎風怒吼奮氣張。捨鞍肆搏先養鋭，從容漸進未與當。舉步欹斜讓牙爪，翻身横擊扼其吭。銜人奮起力不敵，失勢一落仆道旁。將軍殺虎如殺鼠，馬前赤手獻我皇。重瞳有喜方賞勞，不誇勇力啓禽荒。國家自重干城選，非熊有兆慶無央。」

華亭諸生范嶧，文正公二十一世孫。族人瑶駕屋千尺雪上，高宗賜「聽雪軒」額，題詩以賜。嶧恭和曰：「翠華幸南邦，風光呈眼底。萬笏固森然，千尺亦灑耳。寶翰落珠璣，山川增輝美。寵以聽雪名，厂閣此仰止。豈徒愜宸遊，且以奉慈喜。錫類自今昭，銜恩從此始。異數沛臣宗，叩祝將何已。」

吾縣陳枚能於寸紙尺縑，圖寫群山萬壑，以顯微鏡照之，峰巒林木、屋舍橋梁，及諸人物，靡不具備。雍正年間，供奉畫院，賞内務府郎中銜。給假歸娶，恩賚優渥。紀恩詩曰：「偶緣一藝九重知，出入常教傍玉墀。家事細微邀主眷，天恩鄭重恤臣私。賜來宮扇輝宸翰，捧到瑶卮識御甆。匪獨綵衣能稱體，官階新拜掌儀司。」

臣工工畫，如慎郡王允禧、宗室綿億，及馬元馭、惲壽平、蔣溥、王時敏、董邦達誥、王原祁、關槐，畫院冷枚、郎世寧、孫祐、周鯤、丁觀鵬、金廷標等，多蒙列聖題咏。而於陳書《看雲對瀑圖》，特署女史於姓名上。月季花，高宗御賜名「長春花」。

王錫康，字衢平，奉賢諸生，工詩。諸城劉文清公賞之，俾應召試，家貧，不任行李而罷。有《恭和御製靈巖雜詠疊沈德潛韵》詩，其《響屧廊》云：「山腰築迴廊，地勢得寬敞。春風躡利屣，步步瑽琤響。甲楯五千來，勝境蕪榛莽。官刑警淫風，古訓式曩往。」

張興載，字坤厚，號晦堂，文敏公從子。署新陽訓導。著《寶禊軒詩存》。九歲能詩，《詠鶴》云：「警露三霄唳，陵雲五岳心。」有《新陽江櫂歌》，其一曰：「玉桂塔名。臨江二百年，湍迴浪捲欲浮天。櫂廊炊熟紅蓮米，愛説仁皇泊御船。」蓋康熙乙亥，南巡駐新陽江，老農顧需獻紅蓮米邀賞故耳。

華亭張鳳孫，字少儀，兩中副榜，舉鴻博、薦經學，俱被落。由小官至雲南糧儲道，改刑部郎。有《金牀行》曰：「博南山南北睒北，江沙晃漾黄金色。洪爐百鍊得精鏐，一流貨取十千直。蠻兒嗜利夙輕生，刳木爲牀臨不測。終朝之獲無錙銖，失足往往蛟鼉食。元明中使亟徵求，騷然一方廢耕織。投崖落塹不知數，貢作宫釵助容飾。國家百度鑒有殷，可因則因革則革。課從初額更不增，聊爲職方存舊式。恢揚前烈屬我皇，眷顧西南念民力。特頒明詔減什五，令甲永懸石深刻。昔聞古聖淡無營，斸金沈珠示沖德。物華地寶豈不貴，嗜慾一開恐難塞。百金中止作露臺，漢文用以肥其國。今皇節儉實過之，要與黔黎共休息。金牀金牀盍舍旃，莫與風濤相轉側。」

華亭僧元瓏，字牧堂，俗姓李，或曰興化人。住持瑞應禪院。康熙癸未、乙酉，南巡接駕，賜名禪定寺。賜元瓏扁聯及宸翰摺扇，命書扇進呈。詩曰：「恭迎法駕出金閶，南北間關道路長。千里撥雲瞻泰岱，一帆移日渡淮黄。繞堤柳樹風前緑，隔岸桃花水畔香。屢奉至尊巡幸處，野僧仍侍御舟旁。」

婁縣婁近垣，字朗齋，爲道士。入都，世宗嘉其禮斗誠恪，授提點，住持欽安殿，封妙正真人。乾隆間，奉旨祈禱晴雨有驗，賜予尤多。有《快活歌》曰：「快活快活真快活，一切葛藤都擺脱。如今不用覓真詮，任我去來活潑潑。時人不解真實義，只得遇緣參活佛。誰知活佛眼睛前，争奈凡夫愚不識。此心何異頑石頭，此身不啻朽株橛。聖恩一指髑髏碎，恰似盲人見日月。見見之中絶見聞，方得名爲大休歇。眼聞耳見也尋常，不動遍行八萬億。舊時窠臼潑生涯，一一於今都掉脱。我非我兮彼不知，彼非彼兮我都識。大地原來真是我，一切非我是真説。不知往古與來今，誰道長生及寂滅。憑他春夏與秋冬，任聽炎蒸寒徹骨。東西南北懶拈名，懵懵懂懂忘分别。自在縱横無定體，即是天仙三世佛。閒跨泥牛海底行，或乘木鳳雲中涉。千峰頂上弄瘋顛，十字街頭打鶻突。穿衣喫飯只隨緣，混俗同塵應時節。有酒一杯復一杯，有歌一闋復一闋。愚人笑我是誑言，誰解我言真老實。由他笑我非笑我，我只如今且快活。」載世宗《御選語録》。

蒲城雷國楫，字松舟，署婁縣事。著《龍山詩鈔》。又有《盍簪集》，選近人詩，采松郡詩獨多。其自作《萬歲亭》詩曰：「龍潭翠輦未經行，瞻仰穹碑萬歲亭。禹甸豫遊恩自溥，鼎湖父老涕猶零。霜林寒駐高春日，鏡水宵涵拱極星。五十載餘佳氣繞，巋然遥映九峰青。」亭在白龍潭之陽，康熙年，萬民恭刊賜復綸音者也。

應體詩話卷十九

春闈雨雪，高宗念士子衣履沾濡，各予白金。汪松泉恭紀詩曰：「春雪凝膏動曉輝，欣聞天語達重闈。勤農望切期登麥，愛士情殷重解衣。有志敢先天下樂，以上述上諭中語意。銜恩不爲一身肥。朱提拜賜歡聲洽，濊澤均霑自古稀。」

趙翼散館日，高宗獨呼其名，宣見垂詢。詩稿先呈御覽，恭紀詩曰：「三十餘人試殿墀，姓名獨荷帝疇咨。小臣未敢他途進，聖主真懸特達知。詩草行書呈滿幅，甎花跪奏語移時。廿年牢落菰蒲士，何幸親承雨露私。」

趙翼《木蘭較獵恭紀》曰：「祭貙令肅正新涼，路指周陆較獵場。夜火千屯山氣紫，秋風萬騎塞塵黄。清時邊備無傳警，絶徼軍威正撤防。自爲昇平勤肄武，豈徒棽麗侈長楊。」「行闕嵯峨倚翠屏，名王俱入宴彤廷。嘗新鰲蟹勝淮白，魚名。奏捷頭鵝有海青。酒醉瓊漿清暑殿，香霏金粟廣寒庭。欲知湛露恩深處，璈管鈞天十日聽。行宮大宴十日，過中秋節，即入木蘭。」「啓蹕旌麾肅隊齊，舌人添譯玉關西。轡調八駿皆宛馬，刀帶千牛有霫奚。哈薩克進八駿馬，降夷多備宿衛。霜信遲猶留嫩草，潦痕退已少輕泥。木蘭好片清秋景，黄葉青山百鳥啼。」「千三百騎布圍成，番部簽來歲踐更。拂鐙鞭追飛兔影，鳴髇箭作餓鴟聲。烽烟前代防邊地，裘褐中朝保塞兵。最是獲禽頒賞處，滿營膜拜頌恩榮。」「哨鹿三更帳殿開，隨行數騎盡銜枚。地當深入多熊館，物有相招似雉媒。獲雋呼燈山外火，割鮮行酒馬前杯。相如何用憂銜橜，天子曾經殺虎來。上哨鹿，手殺一虎，有御製《神虎槍歌》紀事。」「獵罷歸程馬首東，諸番曉送繡旗紅。路分塞外龍堆雪，秋入關南雁陣風。黍熟市低沽酒價，犂閒人課索綯功。宸遊别有欣然處，繡甸年年慶屢豐。」木蘭行圍，周一千三百餘里，南北距二百餘里，東西距三百餘里。歲白露後，鹿始出聲而鳴，效其聲呼之可至，謂之哨鹿，國語謂之「木蘭」，今爲圍場之通稱。

翼《南苑大閲恭紀》曰：「雪晴南苑曙光皚，翠輦親臨閲武來。千步廣開盤馬地，一旗高颭晾鷹臺。風雲捲陣戈揮日，烟焰騰霄礮震雷。特許遠夷觀壁上，威聲早過白龍堆。」

乾隆壬午，順天鄉試題「月中桂樹」。甌北云：「月殿森嘉植，敷榮玉宇涼。浄根寧著土，老幹久經霜。不識何人種，常留太古香。花真能四照，譜不入《群芳》。暘木應輸秀，星榆敢較長。味增丹杵藥，艷映素娥妝。信識干霄迥，應多浥露瀼。蕊珠宫闕朗，攀折許吴剛。」論者謂突過唐人，惟複字不免耳。

平瑶海聖臺出錢文敏公門。公嘗稱其館課「一鉤楊柳外，仿佛上弦初」。己卯，文敏主江西試，瑶海改官知縣，入闈。公途中見新月，懷瑶海曰：「涼風已見催秋去，碧漢何嘗待客還。不信一鉤楊柳月，此詩只合老途閒。」

國子生武進周清原，有詩名，大學士馮溥見其雍試諸作，目爲奇才。《白丁香》句云：「月明有水皆爲影，風静無塵别遞香。」傳誦都下，上達宸聽。及爲翰林，召見，親誦其詩而奬之。清原與妻沈采蘋事親最孝，聖祖稱爲孝子，書《孝經》賜之。

嚴繩孫畫、書、詩並極雋妙，年餘五十，旅食都城。以布衣試鴻博，但作《省耕》詩，不得進呈。聖祖親閱，亟命取進曰：「史局不可無此人，諸臣獨不聞唐祖詠『南山陰嶺秀』二十字入選乎？」授檢討，轉中允，乞歸。

乙丑正月二十五日，試翰詹保和殿。越二日，親擢十一人，再試乾清宮。蔡升元完卷後，召對移時，抵暮，命侍衛執鐙伴至閤門。恭紀有云：「五題親再試，群彦許相隨。歸院金鐙晚，還家玉漏遲。」

長洲舉人吴廷楨，以冒籍褫。康熙三十八年，迎駕蘇州獻詩，命登御舟賦詩，賜韵三江，廷楨云：「緑波瀲灩照船窗，天子歸來自越邦。」思不能屬，窘甚。御舟自鳴鐘丁丁然，乃續云：「忽聽鐘聲傳刻漏，計程今已到吴江。」睿覽有喜，復舉人，入直武英殿。好事者戲呼自鳴鐘爲「救命鐘」。既中進士，官翰林。

乾隆二十五年，安徽學政劉墉奏嗣後歲科試童生，兼作五言六韵排律一首，並學官月課，一體限韵課詩。二十八年，貴州學政李敏行奏嗣後選拔生員，删去判語，改爲五言八韵排律一首。

初專習一經，乾隆五十八年五經並試。特旨《春秋》用《左傳》，亦是科始。鐵保詩云：「五經備合掄才法，三《傳》全消聚訟紛。」

戊戌，世祖親覆試丁酉江南貢士古文詩賦，拔武進吴珂鳴第一，而禮闈被放，特賜進士，改庶吉士。

聖祖召舉人查慎行、錢名世，監生何焯、汪灝于南書房，屢試詩及制義，賜焯、灝舉人。

康熙九年十二月十九日，召蔡啓僔、孫在豐、徐乾學、牛鈕、博濟、德格勒、沈獨立奏事畢，命啓僔、在豐、乾學立御座旁，上曰：「今日無事，汝三人可各賦一詩，滿庶吉士講書可也。」傳旨賜坐。詩成，並蒙睿獎，賜茶而出。

蕭山陳至言直南書房，命賦詩「曠然塵慮清」五律。臨軒批閱，天語褒嘉，誦至「天空一片明」句，尤蒙獎譽，置第一。

康熙甲戌散館，狄億夢友人誦「日華高照處，佳氣正絪緼」，至期「仁是天地之心論」、「賦得別館春寒淑氣催」五言十二韵，即用夢中句作結。自陳未精清書，再留教習三年，時年甚少耳。

沈世奕、旭初、朝初，父子兄弟，並在翰林。甲戌，朝初以洗馬入直，聖祖召見西暖閣，試《御前金蓮花》詩，又命書字。庚辰，以學士召試暢春苑，賜御書詩幅。自授職後，六蒙御試，多邀温旨。其紀恩詩有曰：「兩世三人蒙簡擢，廿年六試荷優容。」

王拙園宫詹，高門華冑，早入玉堂。曾邀御試乾清宫，賦詩第一。

聖祖既平逆藩，置酒乾清宫，飲燕近臣，賜坐殿上。樂作，群臣以次奉觴上壽。依漢柏梁臺故事，帝賦《昇平嘉燕》詩，首倡「麗日和風被萬方」之句，九十臣繼和，御製序文勒石。

義烏朱之錫爲宏文院編修，世祖幸館時見之，嘉其勤，給筆札賦詩。有「禁内盤盂皆敬勝，猶懷筆諫效前賢」句，覽之大喜，命坐，賜茶及袍。

御試或鄉會命題詩，多得字。乾隆八年，試翰詹《折檻旌直臣》詩，五言八韵，限三肴。乾隆二十二年，浙江召試詩題「循名責實得田字」，御筆草書，諸生不識，多押「因」字、「思」字，押「田」字者只二人，難定去取。次日，復以「蠶月條桑」考試得「留」字，童鳳三第一，即押「田」字卷也。四十九年，召試浙江諸生《賦得南坍北漲》得「心」字。五十三年，天津召試詩題「賦得周而不比得同字」。孔氏曰：「忠信爲周，阿黨爲比。」「忠信」、「阿黨」字面，尤宜韵語。

三十一年，庶吉士散館，「賦得鹿角解得訛字」。詩題古今多同者。鄉試切「月桂」等句，尤難枚舉，惟録其大者。乾隆七年散館，「鴻漸于陸得羅字」；廿二年，江南召試，「鴻漸于陸得時字」；廿七年，浙江召試，「春雨如膏得逢字」；二年朝考，「披沙揀金得金字」；十六年浙江召試，「披沙揀金得真字」；十三年朝考，「玉壺冰得瑶字」；四十年散館，得「消」字；五十五年朝考，「臨風舒錦得文字」；六十年散館，得「當」字；四年散館，「春蠶作繭得咸字」；三十年浙江召試，得「同」字；三十四年散館，「至人心鏡得虚字」；四十九年江南召試，得「無」字；五十二、五十四年散館，並「石韞玉」，先得「和」字，既得「真」字；二十二、五十八年散館，並「和闐玉」，一得「珍」字，一得「圖」字。

嘉慶七年，副將韓自昌陣亡，其兄加業死事于前，命建廟致祭，名雙烈祠。獲康二麻子，即戕加業者。乃傳首祭廟，併告其母。玉麟詩《平定教匪誌喜聯句》，仁宗首倡，而王公大臣謹和。「賜塋賜廟荷恩施」是已。王文雄陣亡，予子爵，以其母年餘八十，賞銀千兩。額勒登保母没，賞銀五千兩。慶成父没，亦賞銀治喪。總兵孫清元父母均故，而妻又亡，奏請治葬，仁宗以其帶兵不可驟易生手，勅官携銀付其親族禮葬。詩又云：「賫推屺岵歡依膝，官給松楸沁入脾。」

嘉慶丙辰狀元趙文楷，仁宗御殿傳臚，有「文楷嘉名期雅正」句。本注：「科場文體期于雅正，本科狀元趙文楷所冀顧名思義，以副其實。」

康熙十七年九月二十四日，幸盤山古中盤，命僧超正賦詩。二十五年十二月一日，幸盤山青溝禪院，御書唐詩廿八字，又「山從人面起，雲向馬頭生」十字，賜僧智朴，并命賦詩。

長垣崔徵璧，由進士守懷慶。康熙癸未冬，西巡，還渡孟津，命隨至沁河，賦詩講《易》。歷工部侍郎，著《詩韵鵠》。

聖祖於科一、二場，皆親命題，黄封御筆，昔所未有。王九齡詩云：「紫泥密下瞻天筆，黄紙新刊列御題。」

試場詩文先後，當依命題所列，不得以詩文體例爲次。厲樊榭詩致頗佳，其應制科誤寫論題于詩前，遂罷。非藍縷當放也。唐禮部選格注。

乾隆二十二年會試，禮部侍郎介福自揚州行在所賫旨及詩題，以三月六日至都宣旨，即奉充總裁官入闈。

吴綺官中書，世祖詔譜《楊繼盛傳奇》，稱旨。即以繼盛官官之，綺有詩紀事。

奉命宣杜詔、洪聲等八人入直内廷，寫《金蓮花賦》。聲賦紀恩詩進呈，澤州相國奏拔第一，賜松花硯。

京都金臺書院，昔申笏山官順天丞時，以膏火不足，謀諸方總督觀承，撥貲助之。申公以詩名，每扈從幸熱河，恭和高宗御製詩，既進，傳旨嘉賞。

李佳士環岡，寶應諸生，纂書武英殿，知懷仁縣。因公罣誤，觀察晏公命賦《秃筆鈍劍破琴病馬》，甚佳。晏爲之地，起復大湖縣尹。

泰州陳厚耀成進士，李文貞公以算法薦。聖祖親示筆算諸法，賜書籍、儀器、瓜果及夜光木，奉敕賦「夜亮木」詩。

曙峰同州人程府尹盛修，官御史時，進咏樂章十二篇，曰《斷罟匡》，曰《市價對》，曰《辟戰諍》，曰《乘船戒》，曰《撤屏悟》，曰《侍宴規》，曰《從獵諷》，曰《佳鷹表》，曰《宫體箴》，曰《用筆喻》，曰《觀鐙諫》，曰《三司告》。上嘉之，賜段二端，筆墨二種。

桐鄉馮浩，乾隆元年舉人，戊辰進士，歷官御史。六十年，預行丙辰恩科鄉試，重宴鹿鳴，紀恩詩曰：「弱冠前頭竊桂枝，扶衰重聽鹿鳴詩。萬年聖壽推恩日，一氣乾元錫福時。馬識舊途猶引步，花翻新樣更標奇。文場故實誰經見，留與鄉邦秀彦知。」

壬午南巡，駐蹕寶應之汜水，詔立湖神廟。江都程名世令延作《迎神》、《送神曲》曰：「衝風起兮湖之波，駕兩龍兮驂黿鼉。簫鼓進兮紛以歌，清酤陳兮肴核多，仿佛其來兮神人以和。」「滔滔兮波濤鼓，日暮兮神靈雨。來不測兮去不停，奠椒漿兮河之滸。三時不害兮降樂康，神則旋兮中錫無疆。」

水利既興，瘠土可爲膏壤。甘肅惠農渠，其明徵也。工竣，通智作頌紀之曰：「邊庭諸父老，常幸戴堯天。豐熟年年慶，恩波世世傳。一方成樂土，二萬是良田。無限風光好，都由鳳詔宣。」

南昌羅憲汶，字植于，明庶吉士。闖賊之變，不屈。入我朝，由檢討歷少詹。侍世祖游瀛臺，應奉賦詩，稱旨。以養母歸，所居里有漢柏，著《漢柏居集》。

鮑皋步江，乾隆初薦鴻博，以疾辭。顧中丞咨訪及之，皋詩曰：「願托青松枝，歲寒心不易。藏用獨守道，報公以静默。」

錢塘吴昇《恭紀聖駕駐蹕趙北口》詩曰：「十二橋邊綵仗陳，春郊瑞靄接重闉。東沽西淀恩波溢，北際南垂闓澤新。百里暖雲連虎帳，千門斜月警雞人。露華今夜濃於酒，五座星臨析木津。」

高其倬《勸農》詩曰：「天章垂象麗昭回，萬里宸心念草萊。行省勤農頻奉詔，尚書親爲課耕來。」「千畦碧毯稻初抽，龍尾車鳴澮水流。從識太平真氣象，緑簑黄犢遍青疇。」「柳外烏烏拍手歌，耕餘小憩坐坡陀。誰知不按宫商處，一段中聲近太和。」「荷筥嘻嘻婦逐姑，饁耕南陌走相呼。破衣敗笠偏珍貴，堪入風謡與畫圖。」「高墾山巔下水湄，白頭田父跪陳辭。五風十雨三時順，始是殘年飽飯時。」「隴畝今年異昨年，東隅荒棄種西偏。刀耕争敢遺餘力，滇土原多歇歲田。」「力穡今年倦入城，疲氓怕聽打門聲。但教守令平徭訟，不下衙街已勸耕。」「漫因作苦輒嗟吁，勞力原非賤丈夫。説與青箱呈種事，耕犂天子歲親扶。」時總督雲南。

奉天爲陪京，高其倬詩曰：「皇家大業首遼瀋，有漢關陝唐汾并。膏原坱圠二千里，崇墉岌嶫一十城。薇局中開應箕尾，王氣直上聯魁衡。」

納蘭容若初名成德，後避東宮嫌名，改曰性德。大學士明珠子，由文進士選侍衛。聖祖命賦「乾清門應制」詩，譯御製《松賦》，皆稱旨。著有《通志堂集》、《淥水亭雜識》。鄉試爲徐健庵所取士，遂受業焉。刻其所藏宋元明人經解，書成而没，板庋崑山，世目爲《徐氏九經解》。其《湯泉應制》詩曰：「清時禮樂萃朝端，次第郊原引玉鑾。河岳千年歸帶礪，林園三月拜衣冠。便從畿甸親民隱，更啓神泉示從官。非獨炎靈鍾坎德，池波深處不知寒。」

閣學牛鈕，姓赫舍里氏，由翰林侍讀，己未御試擢第一，即日擢學士。駕幸馬蘭峪，觀湯泉，命大臣賦詩。時學士方使朝鮮，不得與，及還朝，命追賦，刻之石。

湖廣萬苗歸化，敬獻靈芝。趙宏恩詩曰：「掛甲開疆破浪頭，羽書先散萬苗愁。花貂畫戟金鈴夜，瘴雨蠻烟鐵騎秋。五色舞酣青草寨，二絃彈斷白雲洲。猓猔報國無他物，一朵靈芝入鳳樓。」

雍正七年十二月二十二日，揭陽縣慶雲見，王士俊頌曰：「維皇緝熙，德協于天。帝曰予懷，遹昭遹宣。何以昭之，何以宣之，慶雲綿綿。彼海之濱，莫不敬兮。彼海之外，莫不順兮。曰我后聖兮，惟其有聖矣，是以有慶矣。慶雲駢臻，帝德之誠。慶雲孔多，萬邦之和。粵有慶雲，觀乎天文。慶雲粵有，天子萬壽。」是年河源縣産嘉禾，有一莖六穗者，有一莖五、四、三穗者。士俊職任承宣，頌曰：「聖人當陽，萬彙遹昌。爰産嘉禾，媲美陶唐。總總其穗，作作其芒。農夫之慶，蹐彼公堂。維帝雨露，生之育之。既滲漉之，又霑足之。卿雲爛兮，函之蓋之。黄河清兮，沾之溉之。麒麟鳳皇，豐稻粱兮。蓂莢屈軼，同耿光兮。帝受鴻禧，居總章兮。黛耜耕耤，載青陽兮。釋奠先農，歲豐穰兮。乃獻嘉禾，帝悦康兮。維粤之民，毋爲稂莠，莫不良兮。維粤之士，毋爲荑稗，德不爽兮。維粤之吏，毋懈稼穡，民勿能忘兮。荷天之寵，千秋萬禩，永无疆兮。」

日月合璧，五星聯珠，洵熙朝嘉瑞。劉嵩齡詩曰：「重輪附彩從容現，七曜聯暉次第明。一人首出能兼照，萬象昭回悉近光。」德新詩曰：「曈曈朗曜娵訾次，的的清光營室中。」昌齡詩曰：「交暉似向崑崙轉，朗映疑從赤水求。」

廣西自遭鋒鏑，不舉鄉試十年。康熙辛酉復之，期在壬戌二月，巡撫郝公疏請廣額，寶應喬萊以侍讀主試。汪楫詩云：「獨倚金鐃酬鳳闕，宏鋪鐵網藉烏臺。」徐秉義詩云：「萬里霜華初就道，十年烽火乍掄才。星軺曉逐戈船下，桂樹香侵杏苑開。」

凡擬前代題目，不可溷入後世典故。謝希逸託王仲宣賦月，而用長沙桓王事，失於點勘，不能解也。

武陟王化鶴，於康熙三十三年閏月四日召試豐澤園，拜酒饌茶果之賜。恭紀詩云：「層軒舒綺席，列衛遞瑶觴。皎潔擘魚膾，清泠厭蔗漿。大官傳絡繹，重案接芬芳。餅捻膏環膩，茶分紫筍涼。」化鶴，丙辰翰林，事母以孝聞。著《主敬要言》，其學頗醇。

負鼎干君，誣聖千古，若用於韵語，自古有之。翰林院落成恭紀，覺羅盛格有「三漿杯捧堯尊滿，六膳羹調湯鼎鮮」之句，經聞有「堯酒盈尊捧，湯厨調鼎嘗」之句。

應體詩話卷二十

康熙四十四年三月二十八日，允孫鋐請，御製孔宅扁曰：「聖蹟遺徽。」對曰：「澤衍魯邦，四海人均化育；裔分吴會，千秋世永蒸嘗。」傳諭學政張廷樞曰：「朕書行草居多，這是懸掛孔廟匾對，筆筆都用楷法，須選良工製造。青浦未必有好工匠，着你帶往蘇州，刊刻好了懸掛。」廷樞恭紀詩曰：「錫圭崇禹跡，薄海奏安瀾。問俗三吴幸，施恩兆姓歡。宸游臨谷口，聖蹟遇江干。棟宇連雲峻，松楸落日寒。一封由草莽，四字錫金鑾。鄭重頒多士，丁寧諭學官。綸音如對越，書法特加端。更命臣親往，須教字細刊。摹來同琬琰，製就等琅玕。諏吉懸前殿，偏隅聳大觀。雕梁疑舞鳳，繡柱忽翔鸞。地僻非凫繹，天高儼杏壇。兒童齊踴躍，父老久盤桓。廟制今誠焕，皇心此獨殫。尊師推瘞璧，頌德沛儒冠。文行宜加勵，應知欲報難。」上公孔毓圻詩曰：「衣冠思祖澤，遺跡在茸城。瞻仰經千祼，羹牆切兩楹。翠華逢戾止，玉輅喜親行。停舫垂清問，迎鑾普頌聲。封章陳上舍，陛見引諸生。宸翰球圖重，王言典誥榮。魯邦增氣象，吴會益文明。眷顧君恩渥，微臣歌載賡。」江南提督一等侯張雲翼詩曰：「僻壤瞻佳氣，當春正鬱蒼。珮環留聖蹟，風雨護宸章。峰接尼山遠，溪沿泗水長。宫牆千古在，應勝魯靈光。」鋐，青浦貢生，奎文閣典籍。嘗與黄朱芾編《皇清詩選》，琉球國使臣見之，購數十部而去。

是秋，殿東桂樹放丹色四枝，孫鋐繪圖作賦，進呈御覽。後每歲必放兩三枝，且易其處，又詩以紀之，和者甚衆。許昭來曰：「丹桂秋風一夜開，欣欣獨發傍高臺。天工應訝奎章麗，故遣姮娥仙種來。」黄宗琬曰：「草木咸知帝眷隆，氤氳烟雨繞庭中。等閒叢桂沾新澤，變换雙枝擅化工。香粟暗分蟾窟種，花神巧鬥杏壇紅。連蜷欲待重瞳顧，先吐丹英表土衷。」

聖駕南巡，諭祭陸贄祠，賜以匾語。吴縣墓柏重青，寶應喬億詩云：「聖朝雨露被先哲，宰木亦放虬枝長。」王峒齡爲作圖傳焉。

吴兆騫《咏長白山》曰：「長白雄東北，嵯峨俯塞州。迥臨滄海渚，獨峙大荒秋。白雪横千嶂，青天瀉二流。登封如可作，應待翠華遊。」又有《長白山賦》。

長白山有瑞樹，高十餘丈，大數百圍，作十有二枝，莖葉具松、檜、白楊、遮勒穆期、紫樺、白樺、密克特、白榆八種，並生靈芝其上。萬木環衛，如星拱北。神皋鍾秀，開我朝萬年有道之基云。

嘗見《蘇武看羊》詩，用草實事。草實名「默克爾」，生漠北。野鼠取藏爲糧，喀爾喀人多掘得之。恭繹高宗御製《讀蘇武傳注》，闢《漢書》張宴注，謂武取鼠並草實而食之之謬。千古訛傳，一旦發蒙振聵，即師古是蘇林之説，以爲取草實而食之，亦未詳。蓋耳目所限耳。

龍葵，葉似酸漿，子大似珠，有黑有赤，俗以之當苦菜。伏讀高宗御製《月令七十二候苦菜秀》詩，釐辨品彙，洵足正千古訛傳。近人作《苦菜秀》詩，何能解此。

草荔枝，叢生，朱顆，味甘似普盤而無核。塞外興安及烏拉有之。聖祖命移植避暑山莊，錫以今名，較閩産未易伯仲。并蒙高宗題咏，儒臣有拜賜而咏之者。

近人有《天燭》詩，即南天竺也。不知又有北天竺，高宗賜名，並蒙題詠。叢生塞山絶壁，結實纍纍，色赤，類南天竺子。

見近人《榅桲》詩而惑之，恭繹高宗御製詩注引，釐辨精詳，始知榅桲爲梨别種，與遼陽山温普不相類。温普似樝，甘而酢。或借榅桲書之，皆謬。

《周官》「蟈氏」、《月令》「螻蟈鳴」，注並訓蛙。今塞外有榛蟈，類蟋蟀、絡緯，善以翼鳴，土人呼叫蟈蟈。伏誦高宗御製鴻章，正名辨物，永垂格致之經，而解千古之惑。

關外塞蟬，較内地大而音直。蒙古名「綽爾齊」，仰經高宗題詩。

瀚海一望斥鹵，無溪澗山谷，而沙中往往有螺、蚌、甲。伏讀聖祖御製《幾暇格物編》，燭見古來西北本係水區，非即沙磧，實發前史所未言。

海東青，鷹屬也，身小，能入雲擒天鵝。黑龍江寧古塔所産，向以小而摯者爲隼，今無其名。伏讀高廟《鷹始摯》詩按語，釐辨名類，足正古來《禽經》之謬。西域霍罕汗嘗進白海青，爲鷙鳥之英。喀爾喀貝勒阿約爾、霍罕額爾德尼伯克、土爾扈特貝子錫喇扣肯相繼來獻白鷹。

伊犂鸑鷟爾，正黝色，尾中散白點如雪糁，赤睛黄匡，翎駢半雉扇。尚書阿桂還自伊犂所獻，郎世寧奉敕繪圖。

予謂古無騾，或引《上林賦》「駃騠驢贏」、《史記》「單于乘贏」，予愧服。既知沙磧産野贏，耳亦長，蒙古謂耳爲「奇勤」，故以名之。恭繹高宗睿題，並正史遷之謬。乃知前史好奇，不足信也。

高宗四幸盛京，覺羅吉善恭紀詩曰：「大清受命，神聖創承。示大一統，化洽福凝。惟皇繼序，憲天法祖。祇謁勤修，展誠四舉。陪都巍巍，沃野千里。翠蹕所經，臚歡洽喜。寶城玉座，肸蠁孚通。祖孫一德，堂構丕崇。洪伐華名，普天怙冒。良玉新礲，册函貯廟。烝衍烈祖，鞏我鴻圖。迓釐萬億，宙合歡呼。文德煒煌，實維先緒。禮樂百年，縹緗《四庫》。遡其過澗，名示不忘。彬彬彧彧，而熾而昌。維壇維廟，基隆先業。堂子拜天，我朝家法。丹雘重煥，制度具詳。兩京並建，延慶孔長。神皋奥區，金城星布。雉堞增修，萬年鞏固。六飛親蒞，瑞靄氤氳。版泉涿鹿，益慕前勳。禮成行慶，共拜恩綸。式燕樂豈，頒爵群臣。皤皤耆民，偕偕士子。膏渥均霑，嵩呼帝里。正供普蠲，恩沛來年。辟以止辟，解網釋愆。實惠在民，外藩同載。寵賚有加，王者無外。祥騈瑞輯，上天降康。神休錫羡，覃及萬方。典重禮隆，古稀天子。聖壽延洪，萬億及秭。」

錢唐金志章《戊午元日侍宴太和殿恭紀》詩曰：「金碧觚稜繞瑞烟，朝元禮罷啓瓊筵。螭頭日麗黄麾正，雉尾雲開寶扇圓。醽合千官歌宴鎬，舞陳《七德》奏鈞天。太平湛露霑恩渥，拜挹堯樽頌萬年。」

陳萬策《恭和聖祖御製覽孝經衍義有感而作》云：「春色陔蘭茂，年芳砌荚催。浮雲愁眺望，愛日喜追陪。在廟《周詩》感，于田《舜典》哀。遺編勤乙夜，要道貫三才。瑞紀靈烏集，符徵白兔來。懽心萬國合，壽域八埏開。孝德光前籍，天經入睿裁。秋風徒自恨，紅葉已成堆。」

乾清宫御試「賦得薰風自南來」，常熟王峻句云：「虞廷至理今方見，唐殿微吟意未該。求言不棄誠懇諫，作頌還收吉甫才。」

嘉慶十三年九月，達賴喇嘛坐牀，詔遣喀拉沁王等往莅其事。事畢，達賴喇嘛遣使者隨天使入貢。定遠方積詩曰：「珪玉鳴鏘絳節新，賢王銜命出楓宸。恩加西極崇真教，喇嘛有黄帽、紅帽之分。紅帽者，工下乘之術，番民多崇信之。我朝列聖相承，恩賚甚厚。佛望東瀛拜聖人。今年達賴喇嘛拜詔，始行九叩首禮。一等筐箱金字表，萬方冠履玉街春。從知盛世真無外，日月光中盡帝臣。」又曰：「居然冠履上楓宸，一例黄衣拜聖人。駝馬萬蹏居作市，筐箱百里望生塵。喇嘛入貢，隨行輒數千騎，大抵挾奸商爲利耳。中廚絡繹皆豐饌，番使過境，州縣皆優犒之。使者矜莊儼貴賓。爲語諸奴休睨我，如來從古是州民。西招歷代活佛皆蜀番部中人，入貢使者，亦强半蜀之五屯及衛藏人。」別有廓爾喀《入貢》二首曰：「使者真隨萬里風，間關重譯語難通。辭家月竄天根外，學步堯封禹甸中。往日旌旗鏖百戰，即今筐篚贄元公。使者抵蜀，猶問福文襄、海蘭察公安否。明光列宴如聞鼓，會有恩波浥《大東》。」「征西部曲舊崢嶸，半領通侯半列卿。永憶涼州吹鐵笛，漫勞横海截長鯨。孤軍勃律朝吞雪，萬鼓崑崙夜勒兵。怪得外臣垂涕過，交河番骨尚縱横。」

初，廓酋困濟嚨不屈，奔前藏，籲救王師。事聞，復其國，詔封濟嚨王。時張熙賡令蜀，奉檄册封，乃作詩曰：「騰驤飛騎出西招，鳳咮銜書下聖朝。千仗擁來無量佛，兩階舞出小蠻腰。分藩雅有輸誠切，錫馬偏逢異數邀。應識皇恩真浩盪，占風測海自今朝。」

己亥二月四日，高宗御經筵，翁方綱以校理侍文淵閣，敬作長歌以紀，可見一時制度，云：「中天書庫照萬方，《群玉》《册府》開文昌。今之文淵古祕閣，帝作之記文聿詳。勒碑閣東仰宸翰，復書於閣於中央。匯流澂鑑榜四字，倚天照水金煌煌。又題先天生一義，成之地六陰含陽。五奇六耦象結構，最西一架其梯桄。前臨方池後叠石，石回軒砌池暎廊。文華後簷主敬對，以次而北圍紅牆。昔聞迤東五楹制，東西内署分兩房。金元上溯宋三館，書目輯到孫與張。何幸重開際熙代，集成圖史垂縹緗。聖人有作道統備，聲金振玉謨洋洋。詔裒《四庫》極萬種，天禄特啓諸琳瑯。四方購獻卷各萬，散篇大典搜遺亡。武英繕録兼校刻，文淵規式爰料量。先是浙中范氏閣，獻書因繪來帝傍。帝曰麟臺有故事，領閣直閣咨官常。提舉校理及檢閲，翰林詹事局與坊。遴選俾充典司職，《全書》薈要齊軸裝。五年奏最褒錫屢，二月講幄春晝長。是日御講《易》《論語》，先勞無倦益道光。《論語》「先之勞之」一章，《易》「自上下下」二句。墀下講官拜稽首，橋邊緑樹仁風翔。天光下臨步升閣，萬卷一氣生晶芒。雲團九光日五色，精神萬古會一堂。傳心東殿儼晤對，羲農軒堯舜禹湯。諸子諸史總别集，純乎至理非文章。帝以躬行爲論説，即以實踐爲收藏。不須辟蠹用芸葉，自有至治爲馨香。臣等校讎日何補，周阿趨步徒彷徨。源於孰討津孰逮，文源、文津二閣。淵乎大海誰爲梁。聖學高深極廣大，遊其下者胥以匡。目營非可寸尺度，面立更恐行習忘。昔者胡儼顧清賦，僅侈臺榭誇芬芳。元《秘書志》事無紀，宋《崇文目》卷既荒。禮儀職官與經籍，由乎百世等百王。每來閣前輒惕息，况承謦欬瞻丹黄。作君作師本合一，中規中矩慙趨鏘。不獨一十六載憶，香案西側陪班行。」覃溪長考据，詩宗東坡，此作是資故事。

汪琬《聞駕幸湯泉》詩曰：「律當無射候，嚴趩向新豐。鞠映鑾輿艷，雲迎輦路紅。天王停采仗，文母駐離宫。騎從皆群駿，追陪儼上公。靈泉來滚滚，佳氣繞悤悤。源自丹砂發，流將碧落通。登臨紆睿覽，游豫愜宸衷。玉甃凝香霧，紗窗障朔風。陽回温谷内，春在繚垣中。惟羡瑶池水，能專浴日功。」

汪琬《皇帝行幸歌》曰：「金殿初開鹵簿長，詞臣扈從儼戎行。不知玉輦游何處，惟見旌旗出建章。」「天壇南望瑞烟多，柳色陰陰接玉河。芳草不生沙路浄，九重法駕日經過。」「期門控騎蹋平蕪，遥自宜春越鼎湖。多少侍臣思獻對，不知曾獲白麟無。」

聖祖於甲子十月，南巡蘇州，汪琬恭迎于滸墅，俯詢吴中秋成。琬對曰：「今歲歉收，夏大水，秋不雨。」作紀事詩云：「旱潦螽螟政苦頻，窮檐無復見京囷。至尊特地垂清問，是處吴儂頌聖仁。」所謂主聖則臣直。

惠齡以軍功賞還翎頂，吉陞保詩曰：「暖氣招回金翡翠，洪鈞鼓動赤玲瓏。」勒保亦以軍功賜雙眼翎，吉陞保詩曰：「舊寵丹楓尊一品，新恩翠羽焕雙睛。」

金川平，大將軍拜四團龍掛雙眼孔雀翎之賜。詹事阿琳句云：「四團華衮粲，雙暈翠翎翹。」陸錫熊恭和高宗《題釣魚臺》原韵曰：「淮陰遺跡想英雄，澤畔漁竿策未窮。壇築秦中方拜將，功成沛里亦歌風。解衣畢竟先餘子，躡足何曾誤乃翁。一自睿篇光覽古，雲臺持較有初終。」耳山有《恭紀平定兩金川大功告成》七言古詩一百六十韵，詳贍足備考鏡。

祈穀壇宇，覆翡翠瓦，名「青陽玉葉」。錫熊詩謂「青陽玉葉麗層霄，帝座中壇陟降遥」是已。

熱河建學選士，文雅漸興，儒臣承輯《熱河志》，則志九域者所未及也。錫熊句云：「絃誦諸生同魯國，輿圖九域愧王存。」「存」字亦穩。

又恭和高宗《題文津閣》原韵曰：「巖傍積書宜傑構，府開群玉暢幽尋。化成已愜觀文願，津逮常殷鑒古心。千輛載來欽日課，萬籤插後待天臨。更從豐水勤洄溯，次第奎光入睿吟。」工巧，亦後生奉爲圭臬。

嘉定王閣學鳴盛，弱冠有志經學，後見惠徵君棟，謂「漢學亡者三：《易》、《書》、《左傳》。予爲《易述》，漢學幸存」。西莊因出《尚書從朔》就正，遂撰《尚書後案》三十卷，附《後辨》一卷。後有赴日本者，載《尚書後案》百十部以往，頃刻而盡，呼爲「王夫子」。蓋當年七子詩早流入其國，大學頭默真迦曾贈詩章也。其同年雨齋、阿公、肅公奏對時，嘗及鳴盛名。高宗純皇帝曰：「此人學問甚好，是一个大書櫃。」

杭世駿《奉敕恭次御製秋日郊行新秋試筆食荔枝有感韵》，賜瓜果。詩成，賜扇二握。記事云：「借硯中書省，摛毫政事堂。先呈元老看，一字費平章。」「賜果君恩渥，陳詩史筆慙。侍臣宣喚數，長到石橋南。」「懷核知循禮，巾絺特許嘗。對人誇説徧，齒頰有餘香。」「畫扇擎來重，揚風愧未能。只疑襟袖裏，暑月尚懷冰。」

怡僖親王著《明善堂詩集》，命大宗題句曰：「寶玉分頒重展親，日華宫裏露華新。讀書笙典儲千篋，報國葵心向一人。禮樂獻平推並席，文章鄱桂許扶輪。獨慚作賦輸枚叟，給札曾叨梁苑賓。」「捧出緹緗五色霞，太平歌咏樂無涯。清詞麗句淩黄絹，夕膳晨羞賦《白華》。煒燿壽萱當晝永，檀欒修竹夾池斜。一編直抵璠璵貴，蘭坂吟成未足誇。」王名弘曉，號冰玉道人。明善堂者，乾隆五年賜匾也。有《射虎行》云：「山深圍廣路阨塞，鬱葱林木高百尺。人馬横衺雁翅排，嵐氣迎眸寒威逼。仰看衆岫羅如星，層巔俯視曦輪升。合圍未畢方前進，忽聞一陣寒風腥。縱目遥看咸住步，言是山君當歧路。掉尾張牙正負隅，馬怯人驚面相顧。猛獸不除人必殘，獵士賈勇如林攢。相持搏擊兩不讓，巖頭立馬真奇觀。我皇親自率禁旅，一箭横胸洞肺腑。從兹惡劣得翦除，扈從諸臣齊蹈舞。昔聞射虎但耳聞，何似隨鑾目見真。聖君神武本天縱，盛事應當記史臣。」

應教之作，小題而能闗合其人其事者，若德齡侍郎《題荔枝圖應慎郡王教》曰：「河間好古通禪悦，會心非即亦非離。卧遊妙獲無上果，時於眼鼻舌證知。我愛此圖物色生態盡天巧，不受世上蜜煎酒漬之人爲。」是已。

成哲親王工書，汪如洋題其《詒晉齋臨絳帖》後曰：「尺五仙莊夏清餘，渺然心畫見皇初。真成曠世卿書感，勝對前朝祖石儲。换取金丹原在骨，驂殘退筆總如魚。重摹欲竭單微力，井角階陰計未疎。」「贉錦裝成近十年，較量波磔付群賢。矜憐俗學無師甚，斂抑文名未進前。北宋四家誰踵企，蘭亭五字亦言詮。藏真實賴傳真手，不獨金龜翰墨緣。」

又屬賦《盆中古梅》曰：「遭逢雖寸心，風骨猶傲岸。」得體之言。

讀汪潤民《賦得麻姑爬背》詩，可悟立言之體。曰：「鳥爪飛仙幻，塵心下士奢。幾曾肩許拍，翻覺背思爬。握想荑痕弱，搔隨鬢影斜。擘麟纖倘試，擲米狡猶誇。縹緲鴻摶雪，玲瓏蟹過沙。輕應失芒刺，鈍欲笑薑芽。薄譴鞭先及，餘聞酒更賒。瑶壇千古蹟，何處望雲車。」

洪稚存《綺春園雅集應教》詩曰：「名園一棹水沄沄，柳正披香草乍薰。畫舫已教延碧月，紫藤偏欲上青雲。欣傳檄報秦關捷，不礙顔從魯酒醺。雅有剡溪牋百幅，醉餘書許乞羊欣。時觀成親王所書堂額，亦乞寫「卷施閣」榜。」「昆明湖水接天流，揖客都從水上頭。正好柳陰三弄笛，未妨花裏一登樓。迂疎尚荷賢王禮，擾攘誰分聖主憂。殘盜莫矜盤踞穩，早看飛將下神州。」

趙文哲應制詩文，多代人作。其《恭和御製閩省進冬花佛手原韵》曰：「拈花何所示，翦葉尚餘薰。入座滋盤露，傾筐帶嶺雲。金輪飛粟影，玉案挹蘭芬。漢殿傳柑好，燈前訝未聞。」又《恭和御製上元節恭侍皇太后宴原韵》曰：「衮龍自作斑斕舞，尊蟻親看瀲灩斟。」工切。

文哲《赤水求珠》詩起句曰：「誰探軒符祕，靈珠湛水幽。」

壬午高廟南巡，文哲呈五古詩十八章，第九章用尤韵，結云：「恩膏流九土，萬象占崇丘。」不作期音。

應體詩話卷二十一

蔣士銓《塞宴四事詩》，其一《詐馬》。札薩克擇良馬，列二十里外，束鬉尾，去羈韉，以童子馳之。擊鎗爲節，遞施傳響，則衆騎齊騁，矞越山谷，不踰刻而達。掄其先至者，優賚焉。元人謂「詐馬」，乃「咱馬」之訛。蒙古謂掌食之人曰「咱馬」，呈馬戲畢，治食賜食也。所云「只孫」，乃馬色耳。今蒙古謂「積蘇」者是。蓋詐馬爲蒙古國俗，漢音云「跑」等者也。一《什榜》，蒙古樂名。楊萬里有「全蕃長笛横腰鼓，一曲春風出塞聲」之句，蓋名樂爲「番」，本塞外語，而傳誤耳。今俗云「十番」，或本之。器有笳、管、箏、琶、絃、阮、火不思之屬。將進酒，則鞠跽筵前奏焉。鼓喉而歌，和囉赴節，有薛訪車子之能。一《相撲》，蒙古尤重，燕禮必陳之。我朝亦以之練健卒，名「布庫」，蒙古名「布克」。脱帽短褠，兩兩相角，以搏捽仆地決雌雄，勝則飲之。厄魯特則袒裼爲之，雖蹶弗釋，必控首屈肩至地爲勝。賞以羊臛，則拱臂探擲，顧盼呿吞，聲若飲歠。一《教駣》，《周官》「教駣、攻駒」，後人知攻駒，不知教駣。惟蒙古猶能之，謂之「騎頟爾敏達騁」。馬三歲以上曰「達騁」，「頟爾敏」則未施鞍勒者也。札薩克歲驅未馴之馬，廣置原野。王公子弟之雄傑者，執竿馳縶之，加之羈韉，始則怒騁驌趯，或豨突兔脱，嘶齧雷殷。馭者騰趠而上，控磬自如，須臾調良。篇長不録。見《簪筆集》。

丁祭出入殿門，舊有長揖之禮。士銓詩曰：「登堂師道容長揖。」後命劉墉攝祭，始去之。

琉球至聖廟，天朝使臣，每月朔望，恭詣行禮。周煌《行香恭紀》曰：「三山霑聖澤，萬世仰人師。「萬世師表」額今摹懸其上。俎豆猶循魯，宮牆詎陋夷。升天階莫及，觀海水難爲。不是遭明盛，桴夷若爲隨。」

《孟子》：「雞豚狗彘之畜。」《漢書·張禹傳》：「後堂理絲竹筦絃。」字義重僿，自古爲然。然不似劉越石「宣尼悲獲麟，西狩泣孔丘」，一事兩用，一人二見之爲尤也。

昔有賦《蟭螟巢蚊》，用子休字，被斥。不知漆園吏之字子休之見《列子》。伯樂姓孫，名陽，見《莊子·馬蹄》疏。乃有用《揚子》而致疑者，未見《子虛賦》注張楫云云也。

吴穀人有《宵必顧杼》詩，題本《天禄閣外史》，然僞書也。有《蟭螟巢蚊睫》詩，不還出典。語出《晏子春秋》、《列子》。梁九山《磁石引針》詩亦不點出處，語出《易》疏、《鹽鐵論》。

唐試帖，王損之有《賦得濁水求珠》詩。徐日漣《唐詩清麗集》注引《抱朴子》「識珍者必拾濁水之明珠」。然今《抱朴子》無此語。

昔學使以《賦得竹閉緄縢》試松江諸生，依文詮釋，已戛戛難之，何暇論考證乎？予按：《毛詩》「閉」一作「䩛」，《儀禮》注作「柲」，《周禮》注作「⿰韋必」。

康熙年編《全唐詩》，千以紀人，萬以紀詩，洵稱巨制。日本上毛河世寧子静輯其國中所傳之零章斷句，爲《全唐詩逸》三卷，淡海竺常撰序，稱天明八年戊申，實乾隆五十三年也。世寧爲昌平學都講，著《日本詩紀》五十卷。

吴藏海謂詩切對求工，必氣弱；寧對不工，不可使氣弱。予案：作應體于近時者，異是。山谷謂若能留意五言六韵詩，取青紫如拾芥。予案：近日衡文者，往往以詩之工拙，定制藝之取舍。求舉之士，知所從事哉。

璇題，乃椽端，非題榜。今人多從題榜，沿倪巨濟《謝御書表》之舊。

程尚濂息廬《大閱恭紀》詩有云：「魚麗彌爾縫，鶴列理其棼。」「麗」俗作去聲，「縫」俗作平聲。此詩頗深經訓。

昌黎多倒字以稱韵，蓋本之《詩經》「京周」、「斯螽」之類。《李翊碑銘》「陵於」、《校官碑》「萃蒸」，然不可爲口實。

一字兩解，固可並押。「靡有孑遺」、「則不我遺」，古人質樸，且未起韵學也。《焦仲卿妻》詩：「此婦無行節，舉動自專由。」「吾意久懷忿，汝豈得自由。」今人不得援以爲例，矧試帖而可連押耶？

《開元道德經》，翻本多訛，石刻在易州者，迥異俗本。「如春登臺」，王弼、顧歡、高翿本並同。他本作「如登春臺」，出題用典者多從俗。

朱笠亭《唐試律》不選仄韵，謂非時所尚。乾隆中，敕儒臣用唐人詩句，分韵賦五律詩，半係仄韵。載《詞林典故》。朱成書在二十二年，未逢斯盛耳。

仄韵詩，出句第五字今多用平聲，唐律則不拘。如豆盧榮「春風扇微和」、張謂「日落山照曜」之類。

賦得詩全在細切題目。李華《海上生明月》詩：「漸出三山岊，將淩一漢橫。」可謂切題。而陳本猶議其漏「海上生」，只似「池上月」。可知當通首搏捖題字，不遺餘力。

「宋玉登高怨，張衡望遠愁」，摩詰《秋日懸清光》句也，賦「秋」字工矣，而衰颯非試帖所宜。汪潤民《聲在樹間》起句云：「宋玉悲秋早。」正與右丞同也。

鄉試詩題，用桂花典故，不勝紀載。然而桂，春花也，故裴乾餘《早春殘雪》詩有「零落偏依桂」之句。《酉陽雜俎》譏曲江「桂華秋皎潔」之誤，若以秋放者爲真桂，則併王右丞《鳥鳴磵》詩，不省所云。

王融字應作上聲，而有《新萍泛沚》詩結云：「元長佳句在，作叙勝《蘭亭》。」

金匱楊方伯揆以侍讀從軍西藏，蒙賜孔雀翎，恭紀曰：「翩翩影麗侍臣冠，聖代從來鳥紀官。奉出雲霄真翼翼，裝成戎馬自桓桓。翱翔定許隨風舉，顔色還宜就日看。試學山雞争拜舞，路人休更笑號寒。」「池上徘徊歲月深，奮飛無術每沈吟。梳翎誰識嫌籠意，秃尾長懷擇樹心。分向紇干成凍雀，寧期廣囿作祥禽。一番翅翮從天假，占籍真應隸羽林。」「斜風搖曳錦屏舒，鄭重君恩勝賜魚。一種毰毸堪愛惜，幾回豐滿待吹噓。簪毫歸想趨鸞掖，佩劍行還逐隼旟。聞道東南飛處好，朝班鵷侶共相於。」「人似鵜鶘去復還，同時文采見斑斑。（户部巴得齋同邀恩賜。）争誇送喜憑烏鵲，特用威儀比白鷴。（五品服。）弱質何緣成吐綬，微生知感合銜環。載吟《朱鷺》鐃歌曲，奕奕髟纓過萬山。」

荔裳《廓爾喀納降紀事》曰：「天弧星傍帥旗明，萬里奇功七戰成。昨夜將軍新奉詔，臨邊許築受降城。（廓爾喀乞降，大將軍具奏報可，始許之。）」「隼旟虎節玉麟符，細柳營開見亞夫。要識番人心讋慄，和門搏顙聽傳呼。」「願編億兆作王臣，佛土重聯香火因。遣使輸誠先詣闕，代身不用鑄金人。」「襁負歸仁大衆歡，蠢居芻牧永相安。梯山從此敢言遠，日出處瞻天可汗。」「番書不與梵音通，奉詔稱名上九重。誰譯華言成訓詁，帳前郡掾有田恭。廓爾喀文書與唐古忒大西天不同，通譯甚難。惟千總馬廷相能深曉之。」「休論雕脚與穿胸，回面皆叨聖度容。印綬好誇夷邑長，唐繒新領白狼封。封其酋長拉特納巴都爾爲廓爾喀王。」「方物虔修進上台，喜看通貢到重垓。不因地瘠求鹽穀，香象渡河天馬徠。進馴象、番馬。」「千層錦綺彩霞舒，百結流蘇八景輿。孔雀二雙犀角十，居然南粵尉佗書。所進金銀、絲緞、孔雀、犀角、象牙、肉桂等物，中有番轎一，形製特異。」「殊音異節類俳倡，僸侏何堪隸太常。自是使臣辭令好，親賡槃木獻三章。獻樂工二，其歌不莊，來使乃爾興次日另製以進。歌咏聖德，頌揚得體。」「犬牙壤地莫相侵，更返華嚴布施金。所掠扎什倫布諸物悉獻出。鈔掠歸人尤感激，佛天重見泪盈襟。前藏噶布倫丹津班朱爾於濟隴被掠而去，至是始歸。」「推心置腹更何疑，秋肅春温總聖慈。幸列要荒求内屬，爻閭休後五年期。請二年一備職貢，大將軍以其道遠，令五年一貢。」「東鶼西鰈會祥符，月蝟遥開《益地圖》。聞説同時英吉利，占雲航海達皇都。英吉利國在東南重洋外，未通中國，兹亦遣使來貢。」

康熙十七年，大西波爾都加理亞國以獅來貢，劉德新恭紀曰：「地過流沙宿海鄰，狻猊作贄亦來臣。旅獒底貢同周室，宛馬征求笑漢人。豈識中原無虎豹，旋看郊藪有麒麟。縱多雄力憑誰試，閒煞銅顱鐵色身。」劉累官温州知府。

鄧漢儀云：「公風雅絕倫，常過大伾，標題厓壁皆滿。」予按：《書》疏曰：「山再成曰伾。」張揖以爲在成皋，鄭氏以爲在修武、武德，臣瓚以爲修武、武德無此山，成皋山不再成，今黎陽臨河有山，蓋大伾也。蔡氏謂黎陽山在大河垂欲趨北之地，故《禹》記之。若成皋之山，既非從東折北之地，又無險礙如龍門、厎柱之須疏鑿，西去洛汭太近，東距洚水大陸絶遠，當以黎陽者爲是。古今言地里者，多附會古蹟，不知裕公所咏何處？

鐵夫先生詩巧對，如《狄青元夕張宴奪崑崙關》云：「上元紅燭宴，下令白旗頒。劍逐流星入，弓隨滿月彎。」《棣萼如德》云：「萬間懷夏屋，一息履春冰。」《夏雨雨人》云：「旬剛符甲子，畦弗病丁男。」《偃伯靈臺》云：「露布旋馳羽，霜刀不吼雷。」《搏黍爲鶯》云：「《月令》殊嘗彘，風番過養蠶。」《六藝道德本》云：「鏘鸞馳以範，懸鵠示之正。」《枕善而居》云：「寐歌雖獨自，枕藉敢忘諸。」《痕都斯坦墨瓶》云：「此中霏有露，以外接無雷。」《園柳變鳴禽》云：「反舌争迎曉，誇腰恰放晴。」《閏花朝》云：「月滿三朝宴，風流宿世緣。」俱自然。

題遵先帝御論辨正者，九家詩中最多。若王芑孫《王瓜生》曰：「《呂覽》徵瓜候，稱名傚紀王。種應嘉首出，氣或稟中央。蔓引低懸緑，華疎嫩綴黄。臍環寒削玉，肌粟脆生香。斜宛鵝眠項，輕敷鶴爪霜。抱寧嫌内苦，剖自沁心涼。摘露緜緜遠，摇風磊磊長。尚方春薦早，包杞重含章。」何道生《五明扇》曰：「闔扇非團扇，方言例箑誣。五明名可證，四闢理相符。數恰居中合，稱還作哲乎。迴排雲糺縵，默召福涵濡。建極開三統，當陽照八區。賓于真穆穆，來者信于于。不有宸章焕，安知舊説膚。」又有《王瓜生》詩曰：「訛記宸章訂，王黄本一瓜。飣盤期可按，爇火術寧誇。蔓引千絲嫩，青鸞半臂斜。臍環春入抱，肌粟露分華。生脆超蔬筍，甘香沁齒牙。緜緜滋秀瓞，簇簇映疎花。名莫黄苑誤，稱休草挈差。園官諳物候，早進陋唐家。」王蘇《禹耳三漏》曰：「好奇傳禹耳，虎觀論難衷。莫漫誇三漏，猶夫達四聰。八音原自順，一瑱未能充。言詎無稽聽，謀因作哲通。聃應周史異，重豈晉文同。竅鑿形模外，門分想像中。五明書可證，二理相誰工。疑竇滋千古，宸章訂舜瞳。」法式善《雲上于天》曰：「水也雲之體，還因習坎成。直從天上覆，不比地中行。噓氣騰三極，流膏沛八瀛。月波浮淰淰，星渚驗盈盈。但覺風輪鼓，誰知雪練横。解經儒者誤，釋卦聖人精。位協《中孚》德，緜傳下濟情。《宋書》兼《晉志》，考訂未詳明。」

何道生《人字柳》云：「御柳呈嘉瑞，重栽自液池。象人曾有種，成字獨標奇。秀比禾同穎，形殊麥兩歧。垂珠摇曉露，倒薤漾晴絲。波磔無多處，風神絶妙時。摹來新樣脚，不減舊腰支。賦就輝丹筆，圖成映赤墀。靈和誇蜀産，應讓此丰姿。」

鐵夫先生《秋山紅樹多》曰：「紫障開猶未，丹崖到果麽。」《細麥落輕花》曰：「霏雪應如此，隨風又者些。」

鈕祜禄氏希光者，滿洲人，適員外郎伊嵩阿。夫病篤，割股以療，不驗，誓以死從。夫屬以弟妹幼，女又無依，乃矢志十年，昏叔嫁姑，舉家事付娣。越歲，嫁女之次夕，賦詩而縊。君舅協辦大學士文勤公永貴録以上達。高宗硃批：「着伊家好好收藏。」特恩旌獎。其《述志》詩曰：「蔦蘿松柏爲婚姻，崢嶸夫婿超凡倫。盈門不須誇百兩，入座却喜驚千人。三周御後諧紅燭，華屋金堂伴珠玉。春風秋月見情懷，得事秦嘉願已足。一從清館理瑶琴，恩禮殷勤契合深。白璧寒冰知妾志，高山流水識君心。如賓如友意方遂，誰知運阨龍蛇歲。得疾三旬尚未痊，馳驅千里隨朝貴。病中作客病彌增，書報平安那足憑。去後妾惟心戚戚，歸來夫已骨稜稜。倚枕纏綿勢愈重，「重」字誤押。膏肓二豎誰能送。一時和緩總虛聲，百劑參苓皆浪用。眼看一局欲全輸，百計維圖拯我夫。聞説通靈惟割股，此時那惜肌膚苦。白刃如霜忍痛剜，一臠偷持和羹煮。愚孝愚忠一寸忱，皇天后土鑒應真。今日瘢痕在弱體，當時血迹滿羅巾。人定勝天竟虛語，精神耿耿渾無補。瑶琴錦瑟歎凄涼，可憐一旦成千古。傷心萬事盡凋零，弟妹多人尚弱齡。伯道無兒悲似續，中郎有女痛零丁。妾亦何心立人世，泉壤同歸蚤決計。餘生尚在非貪生，强持妾意從夫意。臨危執手語諄諄，嫁娶經營委妾身。泣言身了事未了，惟恃卿存即我存。我夫託我深知我，我不報君烏乎可。一死從夫妾不難，前言不踐死何安。九原會有相逢日，遲速須知事一般。向平嫁事今已竟，十載要盟此日應。夜臺銜命報夫君，嚼蘗肝腸差可證。」

滿洲寧古塔氏瑩川，字如亭，好讀經史，工草書、蘭竹，兼能騎射。侍讀學士巴克棠阿女，尚書鐵保之夫人也。著《如亭詩草》。《嘉慶元年正月五日交泰殿朝賀禮成恭紀》曰：「疎星耿耿玉階環，銀燭輝煌識御顔。漏盡雞人分報曉，九天傳語列朝班。」「簾啓金鉤鳳輦迴，繡幢翠蓋倚雲開。畫樓十二春風暖，環珮聲中仙樂來。」「翟衣初試拜昭陽，香霧氤氳裊殿廊。朝罷金鑾傳御語，親承鳳旨賜茶湯。」「霏霏瑞雪降嘉辰，袖惹鑪烟寶座春。回首瓊樓金闕遠，九重天上步芳塵。」肩輿上殿，不朽盛事。

漢軍按察使楊重英，乾隆三十三年，隨征緬甸被執，抗節不屈，囚於佛寺。訛傳已降，下其子長齡圜土。越二十一年，緬甸奉表投誠，始還，道卒。得旨垂獎，駕蘇武而上之。乃釋長齡，授侍衛。重英女瓊華，當父在緬甸，素服茹蔬，常常周恤其弟。既有恭紀詩曰：「廿載棲遲寄緬僧，纍臣心迹玉壺冰。九重明詔稱蘇武，萬口訛言説李陵。地拆金沙雲盡瘴，天開銅壁鐵爲繩。鐵繩，橋名。白頭辛苦蜻蜓驛，痛哭迎親恨未能。」其人傳，其事傳，其詩亦傳，羞煞河梁涕泣。

錢唐方芳佩，字芷齋，號懷蓼，巡撫汪新繼室。著《在璞堂稿》、《續稿》。恭和高宗《瑞石洞飛來石》詩二首曰：「瑞峰嵂崒淩江海，盤空常作風濤駭。清平七寶相迴環，窊窱洞壑此爲最。屹然臺榭創建初，鬱蔥佳色開仙都。霓旌搖曳恣幽討，五雲縹緲駐鑾輿。」「宸藻垂輝煌，山靈慶無限。自是春來雨露濃，奇葩異卉氛氳產。稜稜一片飛來石，爲迓翠華先駐此。昭回雲漢焕天章，人間未敢參妙理。」

于耐圃學使試日，命題甚早，以題紙作鐙，傳示士子，即以「題燈」爲詩題。汪夫人擬作云：「青雲路迴覓丹梯，共向龍門屬品題。出水驪珠先照乘，流光豐劍豈然犀。沈吟已勵三冬學，披卷應無五色迷。灼灼雙輝曾遍照，論功還勝杖頭藜。」「纔離問字譚經處，忽見龍門最上層。似對青藜情爽朗，共傾紫電思飛騰。光爭棘院三更月，眼醒寒窗十載鐙。明日權衡分次第，洛陽紙價許誰增。」夫人長女纘，字嗣徽，著《侍萱吟》。次女紉，字畹妹，號香隱，著《觳音集》，善鼓瑟。適教諭王御，工彈琴。御，文恭公玄孫，文園給諫仲子。

王德宜號雲芝，郡長紹曾女，員外汪農室。農即方夫人子，一門風雅，華屋所難。宜人有《語鳳巢吟藁》。完顔夫人惲珠輯《國朝閨秀正始集》，作雲芝著《黔中吟》。蓋未見後來彙刻本也。湖廣苗民、湖北白蓮賊同時平定，宜人喜賦曰：「聖代修文息戰争，再陳干戚有苗平。波翻瀚水鯨魚掣，月冷蒼梧甲帳明。鼓吹鐃歌傳露布，風聲鶴唳識天兵。王師伐叛如時雨，沅芷汀蘭得更生。」「萬里山河版籍同，愚民自陷網羅中。右鋤封豕摧株力，左剪長蛇破竹功。秋老枯松聞偃革，春深細柳話平戎。即看夢澤妖氛靖，江漢風清壁壘空。」「蜂腰鼠首寄旄頭，接壤干戈一戰收。三楚風烟通僰道，九疑山色入邊愁。黄榆古戍寒雲冷，白骨平原蔓草留。回雁峰前沙似雪，不須繒繳更防秋。」「旌旗電掃赴荆門，叔子風流今尚存。大樹功勳懸日月，平安烽火静乾坤。浮湘定慰瞻雲望，撫士猶思挾纊温。螳臂當車更何益，敢違天憲背皇恩。」宜人弟妻戴若芬，號月邨，崑山人，著《父書樓詩》。工琴，擅繪花鳥。夫子景高病篤，刲臂肉療之，竟不效，苦節三十年。

康熙年試鴻博，時侍衛諸近環列，人或濡墨屬稿，作囁嚅瑟縮狀。喬石林則展卷疾書，千餘言立成，日猶未昃也。名列第五。

應體詩話卷二十二

聖祖第七子淳度親王，名允祐，蒙賜聯句「心作良田百世耕」，王恭賦詩曰：「靈臺方寸即良田，家法新從聖主傳。貽向本支千百世，耕耘歲歲是豐年。」

聖祖御製《讀孝經衍義》詩五言八韵，第三韵「哀」字，臣工恭和，頗云不易。李光地曰：「兆億歸同敬，孤鰥惻所哀。」解此用意，足稱登金門、上玉堂。

光地由大學士乞休，御製餞詩，敕諸王、諸皇子及扈從大學士、學士、尚書、都御史、翰林群臣俱賡和。光地恭和曰：「嶺海微臣謬厠儒，身親武烈更文謨。深仁膏雨從天下，和氣陽春匝地敷。無力宣勞恩未報，有心師古道難符。翻驚垂老膺殊寵，載得光華滿驛途。」「輸忠爲國慕前儒，薄植寧能佐典謨。曠職每承天網闊，乞身又得帝恩敷。長河有夢依龍衮，稗海無烟仗虎符。戀主區區同犬馬，繫心紫闥竟征途。」「帝庸撰作餞卑儒，盛有親賢效矢謨。三闋工歌《麟趾》繼，九成樂奏鳳文敷。繽繽散藻承天象，郁郁流華繞日符。節謝四明慚二傳，青門何以耀歸途。」

仁和道士施遠恩，雍正壬子應選詣都，乙卯，賜題賦詩，授提點，有《環山房詩》。

明中，字烎虚，桐鄉施氏子，早爲僧。雍正十二年入都，世廟于千僧中選留有根器者二十二人，明中與焉。詔住吉祥苑池南，參究禪宗。乾隆初，還主聖因寺。十六年，進《聖駕南巡頌》，和御製詩。

二十二年，移住净慈，賜御製詩，及對聯。

乾隆四十五年，藏僧班禪額爾尼進《古稀祝蝦樂章》三章，曰：「宅中和會延鴻祥，法王綏御臨當陽。穆穆大紫瞻圜方，金城寶界天中央。乾端坤倪德莫量，勗哉庶職咸才良。滂洋𤰞富來穰穰，宸儀永固歌天慶。」右第一章。「妙喜如意香界開，廣場選佛熙春臺。古稀天子萬福偕，匪今斯今吉大來。陰陽諧燮含八垓，讚宣寶卍雲縵回。」右第二章。「相光震旦開金輪，無疆聖德壽萬春。純純常常維日新，矢音來賀颺尊親。」右第三章。采入《皇朝文獻通考》。

樂與詩同而異，我朝臣下歌詠功德，多屬紀實之文。其奏進入選，載《皇清文穎》、《幸魯盛典》、《平定兩金川方略》諸書内者，康熙二十年，葉方藹上《皇雅》四篇：《涇丘》、《關隴》、《南紀》、《巨浸》，徐嘉炎上《鐃歌鼓吹曲》十四章：《聖皇出》、《遼水奠》、《安隴右》、《豫章翻》、《掃七閩》、《海波平》、《平五羊》、《桂水深》、《殲渠魁》、《洞庭湖》、《收成都》、《克黔陽》、《定昆明》、《文德舞》，袁佑上《平滇鐃歌》十章：《聖同天》、《出師初》、《皇矣》、《於鑠》、《民畝》、《昔夜郎》、《萬方平》、《於都》、《審天心》、《山石》。二十三年，徐元文上《東巡雅》十三章，李振裕上《親祠闕里雅》一篇，顧汧上《述聖政雅》二篇、《東山》十章、《南薰》十章，金居敬上《聖駕幸闕里樂府》十二章。二十八年，趙執信上《大駕南巡樂府》四章：《東南春》、《歲星謡》、《江水清》、《桃花然》，彭會淇上《聖駕南巡風謡》十章。三十六年，陳廷敬上《聖武雅》三篇、《惟天》十有一章、《皇矣》十有一章、《武成》十有一章，王士禛上《平北雅》一篇，杜臻上《聖武神功蕩平漠北鐃歌鼓吹曲》十二章：《揚聖武》、《神機捷》、《峙金湯》、《踣猘獸》、《天駟煌》、

《天行健》、《穽孤雛》、《伏天誅》、《衢歌繁》、《武功成》、《光芝檢》、《陳王會》，陳論上《聖武功成鐃歌鼓吹曲》十章：《聖武昭》、《行天討》、《虔祭告》、《命將帥》、《嘉祥應》、《三出塞》、《廣招徠》、《大無外》、《凱歌還》、《辭尊號》，宋駿業上《平北雅》三篇：《成命》、《皇祐》、《天監》，沈涵上《聖駕北巡鐃歌》四章：《撫萬國》、《乘法駕》、《紫壇高》、《六龍旋》，姜宸英上《大駕親平沙漠還京凱歌》七篇：《皇矣》、《有山崔嵬》、《從軍樂》、《絶大漠》、《二儀樂》、《雄狐》、《歌凱旋》。雍正二年，錢陳群上《聖武遠揚青海平定鐃歌》三章：《麋之窮》、《賊母俘》、《屈群醜》。乾隆八年，沈德潛上《聖駕恭謁祖陵大禮慶成樂府》十章：《聖大孝》、《發鑾輅》、《盛京樂》、《謁三陵》、《懷祖烈》、《禮成宴》、《群蕃朝》、《大狩閱》、《永錫類》、《六龍迴》，萬承蒼上《帝鑒樂府》十章。十四年，梁詩正上《平定金川雅》四篇：《有繹》、《戎車》、《繁雲》、《鑾鑣》，夢麟上《聖武遠揚雅》。四十二年，程景伊上《平定兩金川雅》四篇：《苞蘖》、《寅威》、《周阹》、《凱澤》。

乾隆四十七年正月十五日，賜外國使臣宴，於正大光明殿觀燈。朝鮮使臣等獻詩，賞八絲緞及絹箋筆墨。四十八年正月十二日，山高水長筵燕，朝鮮使臣獻詩，賞同。四十九年三月，安南國入貢，恭遇南巡，陪臣接駕金陵，欽命題作詩。八月，赴熱河瞻覲，奉旨作詩，並賞段紙筆墨。

五十年正月，賜千叟燕，朝鮮陪臣李徽之、姜世晃並預宴賦詩，恩賞有加。蓋亦耆年也。

康熙十七年正月，召學士陳廷敬、郎中王士禛，命各以所作詩進。誦廷敬《賜石榴子詩》：「風霜歷後含苞實，只有丹心老不迷。」蒙恩獎美。命至南書房，徹御膳賜之。命二題賦詩，夜漏下乃退。

是年夏五月十一日，駕幸景山，命學士張英、侍讀高士奇從。上賦《夏日登景山同翰林張英高士奇作》七截詩一章。七月十八日，書是詩以賜二臣。

七月，幸西山，將至潭柘寺，命士奇於馬上聯句二首。御製曰：「嶺腹層層小徑斜。」士奇云：「穿雲陟盡石峪岈。」御製曰：「澗中草屋流泉繞。」士奇云：「萬匹龍驤擁翠華。」御製曰：「蟬鳴草木動薰風。」士奇云：「蛺蜨雙來引御驄。時有雙蝶飛導仗前。」御製曰：「潭柘幽深聊駐輦。」士奇云：「省方不與豫遊同。」

聖祖諭翰林官清苦，巡行扈從，所以備顧問、資講勸也，無令艱於資裝。嗣後帳幙、飲食、馬匹、器具，皆令給於內府，永著爲令。張英恭紀詩有「頓忘野色風塵溷，直覺皇仁覆載同」、「賜粟恩光沾玉粒，調蘭香氣出金盤」之句。

恩賜扈從南巡諸臣橙糕。張廷瓚恭紀曰：「霜染橙黃八月時，釀成佳味滑流匙。侍臣分得雕盤賜，篷底清芬盡日知。」「紫禁朱櫻迴不如，金膏須自大官餘。承恩未敢輕嘗却，留待香溫茗熟初。」

四十八年十月，上於紫光閣閱武舉騎射，講官張鵬翀侍。會瑞雪降，上賦《太液池泛舟詠雪示詞官張鵬翀》五律一章，宣登御舟，賜坐。和詩畢，隨入朝，賦《詠雪紀恩》詩四章進呈，復示詩二章，命和。

大學士張廷玉，癸丑請假回籍，舉其父賢良祠典禮，賜白金、書籍、御用冠帶、珍裘、文綺、豐貂、人參、玻璃磁器、古玩雜佩之屬，命内務府製安安車一輛，選良馬四匹以賜。其入陛辭也，世宗手賜玉如意一枝，諭：「願爾往來事事如意。」

沈德潛以乾隆四年入翰林，上知其績學晚遇，眷顧有加。聖製詩成，時與賡和。嘗呈所作，上賜和《覺生寺大鐘歌》，即用其韻，有「我惜德潛老始達」之句。既請假葬親，上賦五言律六韻，以寵其行，誥封三代，復製五律一章。假滿赴都，上賦五古詩以賜，以請假時奏對及還朝日月，故有「朋友重然諾，況在君臣間」之句。以去時曾命侍皇子讀書，故有「善爲道孔顔」之句。

康熙二十一年上元節，宴内閣九卿、翰詹、科道九十有三人，歡忭暢飲，笑語無禁。倣《柏梁》體賦詩，御製首句曰：「麗日和風被萬方。」群臣以次賦之。御製御書詩序，詩則詔沈荃書之，刻石養心殿。

二十三年重九，召皇子諸王、大學士、九卿以下翰詹、科道及武大臣之能詩者九十四人，賦《柏梁》體詩。欽定八庚韻，硃書黄籤，分給諸臣各一字，授几賜坐，筆墨燦陳，酒肴羅列，命能飲者不必限以三爵。御製先成宣示，諸臣詩就，書于所分之簽進。皇子諸王、大學士、九卿等上壽，賜酒食觀劇，并賜餻餠瓜果有差。

乾隆四年正月二日，召諸王、大學士、九卿、翰詹、科道等賦《柏梁》體詩，錫賚有差。御製首句曰：「洪鈞氣轉叶韶年。」

十一年八月，以海内乂安，有秋共慶，命于二十七日宴王公及近支宗親。二十八日，宴大學士、九卿、京堂、翰詹、科道于瀛臺。或文學侍從，或翰墨素嫻者，入宴賦詩。承應上陳柏梁臺賦詩故事，用李嶠《甘露殿應制》詩韵。御製「月」字、「霞」字二首，大學士以下分韵者三十有八人，復倣《柏梁》體。御製首句曰：「金風玉露慶西成。」諸臣以次賡韵。令各泛舟選勝，復宣工詩者四十五人，至流杯亭聯句。上用十一真韵，賦起二句，又出一句。諸臣各蟬聯對屬。每臣工五人聯畢，上仍續四句。如是者數四。命赴水亭垂釣，賜御書、文綺、珍果、鮮鱗而歸。大學士張廷玉、福敏皆年逾七十，令携杖而行，故睿作有「許扶靈壽杖」之句。廷玉之父曾侍聖祖西苑宴賞，兹與其子若靄共陪此會，故聖製有「三世方明陪御賞」之句。

康熙十六年三月，命學士喇沙里以翰林官所作詩賦詞章，及真行草書進閱，令書漢字，以御臨蘇軾楷書賜。

十七年八月，王士禛、陳廷敬、葉方藹、張英入直，和御製《賜輔國將軍俄啓》詩，令翼日携名字印章入内，各書一幅裝池，隨御筆同賜之。

康熙二十四年正月，御試翰詹諸臣經史賦、「懋勤殿早春應制」五排詩。越二日，擢徐乾學等十一人，再試「班馬異同辨」、「乾清宫讀書記」、「扈從祈穀壇」七律詩。修撰蔡升元納卷後，召對移時，抵暮，命侍衛執鐙送至閤門。以乾學及韓菼、孫岳頒、歸允肅、喬萊學問優長，文章古雅，均加賞賚。五十四年，御試詞臣「明四目達四聰論」、「爲有源頭活水來」詩，三十四年，試詞臣有賦論而不用詩。儲在文第一，命直南書房。

乾隆二年，御試翰詹諸臣，欽命題「爲君難爲臣不易論」、「藏珠於淵賦」、「賦得薰風自南來七排十二韻得來字」。上親定甲乙，賜御製《喜雪》詩墨刻，及沙葛、筆硯。八年四月三十日，試翰詹諸臣，欽命題「禮以養人爲本論」、「藏珠於淵賦」、「折檻旌直臣詩五言排律八韻限三肴」。賞賚黜陟，後遂爲例。時由部屬等官入翰詹者不與。閏月七日，另欽命題「知人則哲論」、「賦得數問夜如何五言排律六韻得中字」。制「繙繹題論」。初十日，覆試休致翰林，欽命題「長勺之戰論」、「螢光照字賦」、「賦得渭北春天樹五排詩八韻」，仍留原任者六人。

康熙三十四年，聖祖御製《日講畢同翰林張英高士奇勵杜訥看荷》詩七截一首。

雍正四年重陽節，賜皇子宗室及百官九十四臣燕，作《柏梁》體詩，御製序。詩首句曰：「天清地寧四序成。」

純廟七旬萬壽，吴省蘭重排周興嗣所集《千字文》以進。八旬大慶，則集嗣興文爲五律二十五首以進。六巡淀津，省蘭方督學順天，進《春圻臚豫詞》百首，恭集御製詩。仁宗巡幸天津，龍汝言方爲貢士，恭集御製詩，成七律上呈。後日大魁天下，實基于此。

智朴工詩文，甲申春，聖祖經盤山，獻五言律二首，蒙用原韵製二詩以賜。

高宗幸金山，作《重題玉帶》詩，命金廷標繪《留帶圖》。竇光鼐《聖駕四巡江浙》詩云：「依舊金山寺，重題《玉帶圖》。」

光鼐《恭紀金川功成》詩：「容易與役驛相押。」

高宗御製《新正重華宮茶宴廷臣及内廷翰林用洪範九五福之五曰考終命聯句復成二律》，臣工和者難之。光鼐云：「茶宴例仍惟舊矣，《範》言義衍恰完然。」「吟聯疇福篇方備，歌續《韶》章律又成。」可謂善于措詞矣。初，東皋與錢稼軒館試同列四等，後並擢中允。竇紀恩詩曰：「宮僚得同臭，天奬比連琳。」

初，九老會以三品以上大臣，既以王世芳年逾百齡，授司業銜，獲與盛會。竇光鼐《皇太后萬壽》詩曰：「期頤增越叟，快與覲慈顔。」

錢大昕恭和高宗純皇帝御製《鹿角椅》原韵曰：「五紋歧出質猶全，想見仁皇射獵年。櫜建虎皮兵不試，椅名鹿角用長緜。欲存大路椎輪儉，詎鬬雕文刻鏤妍。手澤依稀神鑒在，文孫繩武志殷然。」蓋聖祖曾御者也。

黄之雋之徵鴻博也，果親王欲延文學之士，必欲一見。見之，以年老廢學辭。王命題《賦得古人已用三冬足》詩云：「從古三餘宜讀書，況逢冬乃歲之餘。爲嫌晷短焚膏繼，那避天寒映雪初。朔吹聲中吟互答，梅花香裏味堪咀。金門曼倩饒文史，竊愧衰遲學不如。」王不可强。

聖祖之詣孔林也，親摘蓍草，并詢文章草。衍聖公毓圻恭紀詩云：「靈蓍枝見采，文草蔓經量。」按：文草蔓生，柔細如絡石葉，出似十字。衍聖公云：「冬夏不凋，根葉花實，具五色五味。」王澤宏恭紀詩云：「不獨壇名杏，兼看草是文。四時潛受氣，五色爛披雲。聖主垂清問，遐陬播異聞。應嗤大同殿，三秀頌紛紛。」

早御稻米，色微紅，較長，味甘香。豐澤園中有水田數區，布玉田穀種，九月登場。聖祖于六月下旬，循行阡陌，時穀穗方穎，而一科高出，實已堅好，因藏之，命待來歲驗其成熟早否。至期果先熟，自此生生不息，歲取千百，賜名御稻。頒於江浙令種之，今廣被南方，一年再熟。

有沙蓬米者，枝葉叢生，米似胡蔴而細，宜沙土。鄂爾多斯尤夥，而食之者寡。聖祖御製《幾暇格物編》，親辨嘉種，性可宜人。從兹流傳播殖，利賴群生。又有烏拉白粟米，莖幹葉穗，較倍他種，熟亦先時。初生烏拉樹孔，土人以其種獻，遂流布日廣。

（吴忱、楊君、張宇超點校）

葯坡詩話

葯坡詩話提要

《葯坡詩話》十卷，據道光二十六年刊本點校。撰者王溥（一七六七—一八五一），字楚泉，號葯坡，安徽六安人。嘉慶諸生，設館課徒爲業。此書有道光二十五年自序，述其始末，成帙於嘉慶十一年丙寅至二十一年丙子間，付梓則晚至是年。又云徐鏡溪（啓山）「屬將後來聞見所得及交游往來增加撰次」，今觀卷八後頗有道光紀事，卷十尤頻記二十年後事，可略知其撰述次第。王氏家世小康，處嘉、道承平餘勢，侍親課徒，從容遺日，以紀存鄉先生之流風遺文爲職志。其人讀書甚細，於唐宋以來筆記、詩話、書目、總集等談藝之誤，詩人用韵、用字之出入，下及本朝漁洋、竹垞、歸愚、隨園諸名家，皆有辨析，歷歷有據。如《隨園詩話》謂「委蛇」一詞有十二變，實出洪邁《容齋五筆》，王氏又爲續考出十四變例，一詞凡二十六變矣。又細繹古今詩作之韵讀不諧者，亦詳爲排比，有不載字書者亦不遽爲否定，采「自己詩文不必用，人有用者未可輕訾議」之立場，可謂持平。平居交游不離詩。所録六安人詩，上下文野靡遺，詩多敦實而不失風調，識趣頗不俗。如卷七録王履中一律云：「冰鑒分江表，雲程憶渭陽。棘闈針芥合，蕊榜姓名香。宅相羞無忌，群空辱九方。龍門千尺峻，小子亦升堂。」此四十字層折甚多，而一氣流轉，字字老當，許爲五字長城。又如陳廷慶與唐仲冕唱和用「饞」字韵，陳氏多達一百三十餘首，刻爲《詩饞》一帙，吴錫麒爲作四六文小引，王氏亦極歎賞。即布衣、婦幼之作皆佳什，所謂「感懷有文章，傳到布衣難」。著録明人張可仕選《布衣詩》一百卷，徽人閔景賢輯《布衣權》彙載有明三百年布衣之詩，今皆不聞其書存否。閨秀詩人湯清玉二十而終，有《紫筠軒詩略》五卷。其《論詩》詩有句：「若與抄胥講性靈，翻欣飣餖是詩人。豈知三百葩經句，有我方驚妙入神。」從反面著論，化入「有我」一詞，可謂舉重若輕。作者所處時地，隨園之餘熱仍不減，所謂「秋風破浪過長江，聞道隨園兩字香」，録有王灼《過隨園》、許所望《過訪隨園贈簡齋先生》等，詩亦不俗。全書録存一地之風雅甚備。末附王氏弟子程遠大一跋，述詩品、紀事本事、詩格、詩式、詩評、句圖種種體例，「至歐陽氏始有詩話之名，司馬涑水續之，後來遂盛」，論甚確鑿，有乃師之風。

葯坡詩話自序

嘉慶丙寅冬，家大人司鐸奉賢，溥隨任在署。其地舊名青村，雍正間始立縣治。東南皆茫茫巨浸，城内亦蓬蒿蔽路，人烟不過百餘家。常日庭可張羅，至炎夏尤苦岑寂。故侍膳外，質問經史，間草詩話數則，以代斑斕之戲。大人亦時舉家鄉前輩遺文佚事以示，因隨筆撰録。久之，亦已成帙。既大人感患風痺，連歲未痊，其事中輟。逮丙子秋奉諱回里，時許芷江詞丈正輯詩話，嘗索稿往觀。嗣是仍理冬烘舊業，閣置已久。今夏徐鏡溪水部自河工歸，偶談及此，因取稿呈閲。鏡溪謬謂中所采録，聲華黯淡未經傳布者居多，且一二考辨處，亦足以訂譌悮，慨然以剞劂爲任，並屬將後來聞見所得及交游往來增加撰次，合成若干卷。自維固陋一隅之言，詎堪以質大雅？而鏡溪拳拳之意，余不得辭，亦聊以供藝苑之譚資云爾。道光乙巳冬仲，葯坡王溥識。

葯坡詩話卷一

六安王澪楚泉氏輯

桐城張文端公與姚耕壺司馬各有《春山八詠》，和者百餘家，彙刻成集。吾鄉黄先鳴中翰珂和其《嶺上雲》云：「欲觀變化從龍日，著意氤氲出谷時。」文端嘗謂此二語，三代下，惟諸葛武侯足以當之。又《松上鶴》云：「仙胎自不侶凡禽，偃蓋雙栖俯衆林。兩翼漸蒼千載近，一枝高託五雲深。濤翻夜雨酣幽夢，白占蚪柯守勁心。獨愛歲寒堅晚節，數聲清唳出遥岑。」文端原倡《最高原上村》云：「數家碪杵隔寒原，一幅林巒對小軒。緑樹陰中聞水碓，夕陽多處見柴門。嵐光嘗借炊烟色，山徑新添野燒痕。昨夜鄰翁歸較晚，犬聲如豹月黄昏。」《溪上路》云：「山深溪徑自縈迴，地僻人稀滿緑苔。春隴草生黄犢過，槿籬花發白衣來。偶添略彴前村近，閒倚孤筇野客陪。盡日總無車馬到，往還鷗鳥莫驚猜。」司馬原倡《燒後草》云：「仍鋪小徑青鞖軟，薄襯寒沙翠縠繁。」和文端《陌上花》云：「盤馬故回嬌女面，聽鶯疑唤侍兒名。碧茵韋曲吹香醉，紅雨旗亭惜别情。」數語極細膩。其餘和者，如《原上村》云：「麥隴風來晴有浪，槿籬雨過月無痕。」《池上梅》云：「霑來雨露姿逾絶，浴向華清冷較多。」《陌上花》云：「小助村妝偏有態，細翻花譜半無名。」《尋巢燕》云：「眼顧舊棲文杏穩，口銜新釀落花香。」皆佳，不及備記其名。

六安城臨淠河，即《水經》所謂沘水。每春夏間，山水驟至，有百川灌河之概，故「官橋春漲」向爲州中八景之一。最愛夏虛舟先生聲詩云：「鳩語春陰暗，濤頭百尺强。浪吞千嶼没，雲黯四天忙。燕翼飛愁弱，蛟涎奮欲狂。世人珍野鶩，潮定説錢塘。」先生康熙丙午舉人，秉鐸吴江。詩稿不甚多，而清拔可誦。如《題畫》云：「疎柳清風白石邊，空江波浪欲兼天。一竿不入非熊夢，收得烟光滿釣船。」《湖濱即事》云：「城南别圃太湖涯，林木依微薄霧遮。極目連天惟菜麥，家家屋角有桃花。」《有感》云：「樗散無端世網攖，寸心中夜百憂縈。未甘狂藥隨人飲，誰許污流傲獨清。海鳥豈宜鐘鼓饗，冥鴻原薄稻粱情。玄真蓑笠嚴陵釣，會向烟波送此生。」嘗聘入浙闈，《贈薦卷門生》有云：「誰知仍落佺期紙，空作先容杜牧緣。」又《空郊》云：「林氣經霜净，湖光受雨肥。」《題李謐齋草堂》云：「檐際每留雲共宿，溪聲多與月同來。」皆佳。

李櫟庵先生應禎手抄書數十種，皆極精潔，爲人所寶藏。嘗評唐劉方平「萬影皆因月，千聲各爲秋」句，云：「如大堂頭説偈，令人言下徹悟。」性愛潔，老而無依。黄虞淵先生嘗館之，與共晨夕。兹從《虞淵集》得其《繭虎》一律云：「豈是西陵巧作勞，於菟縛向鬢雲高。因懸人艾欣兒輩，小綰兵符詫虎韜。衆惡悉除知猛性，細文能炳信奇毛。射生不藉裴旻手，但倩蠶娘金錯刀。」惜係小題，不足以概先生。虛舟先生嘗祝其八十壽云：「鸑鷟才名自妙年，老來海鶴益翛然。孤清標格孟東野，瀟灑情懷白樂天。卷帙手抄身與等，詩篇吟就里争傳。即今八十神偏旺，家世由來是謫仙。」「三載歸來奉介筵，靈光竊喜獨巍然。緹縈能致倉公養，楊惲還傳司馬編。好我豈惟稱把臂，交君猶未敢隨肩。于今更有香山意，圖向罇前作少年。」虞淵云：「此可當櫟庵小傳讀也。」

虞淵先生曉早歲即負盛名，惜抑鬱名場，晚年僅以明經任宜興學博。嘗遨遊滇、黔、楚、豫間，所至無不尊爲士林耆宿。有《虞淵集》二十卷行世。才富識博，固以古文擅場，而詩亦宏括，不爲錚錚細響。如《贈家定山兄守松江移鎮京口》云：「長江金鎖在，有力挽天河。柳色春城柝，軍聲雪夜鵝。橫戈還按轡，清嘯復高歌。遥望南征使，池塘許夢過。」《懷汪石潭之姑蘇喜聞粤捷可訂歸期》云：「嶺外稱王土，驚心隔歲笳。尉陀仍奉詔，張翰久思家。吴市簫宜罷，鄉音耳漸譁。急歸秋意好，傳語到梅花。」《過釣臺》云：「昔年曾上釣魚臺，白日青山放眼開。此際中流催暗渡，應知還是故人來。」「我亦扁舟不爲魚，客蹤相禁曳長裾。但看十月裘何在，還道先生不我如。」城西大悲禪院門，有先生題聯云：「綠水腰圍，野鳥聲中尋衲侣；青天眼放，菜花香處叩禪關。」語極佳，書法亦秀雅。

咏飛來峰者多矣，余最愛大梁周龍客在延句：「予悔殘年輕遠出，汝從何處亦飛來。」超脱有意味。龍客《攝山園稿》宗仰多在宋人，警句如：「卧病不知春信早，懷人無耐雨聲多。」「未霜草已先秋白，帶雨花猶送客黄。」「乞食自違年少志，典衣初識旅中情。」「一幅溪山當寺挂，半輪霜月對人清。」皆逼似劍南。又《謁楊椒山祠》有云：「史上久傳排賊疏，卷中今見唾姦詞。」自注：「公於疏草後填三小令，以唾嵩。惜今《椒山集》不載此詞。」

《分甘餘話》謂：「周雪客在浚有《天發神讖碑歌》，頗奇偉，即所謂囤碑者也，在義興國山。」按，天發神讖碑在江寧學尊經閣下，囤碑在宜興國山，漁洋似混二爲一。雪客、龍客，皆周櫟園子。

岳參戎濬，大將軍鍾琪之子。乾隆初，任六安營，與紳士往來唱和，有祭第孫雅歌投壺之風。後遷去，留別句有云：「三峽未歸川裏客，五年先別社中人。」

灊臺在霍邑城南，四圍皆水，上有寺，頗饒勝趣。順治中，縣令李公居一復建二亭於上，以爲遊觀之所。汪菩水先生浴日贈以詩云：「高臺直與指封山名平，翠擁雙亭不日成。踏遍苔痕窺鳥迹，聽酣流水答松聲。探奇蓮岳慚新句，招隱芝田負舊盟。獨讓使君傳郢雪，青山今屬謝宣城。」先生丁亥進士，授陽武令，以骾直忤大吏，告歸。

馬于蕃先生晉錫康熙癸卯解元，任崑山教諭。以不逮事母爲恨，終身不茹葷酒，江南北無不知馬孝子者。亦有《登灊臺》句云：「山生水國盤渦裏，人在秋光淡靄中。」先生孝行載《一統志》，固不藉詩傳，而詩才亦超。

明季之亂，六安兩遭寇燬，被禍尤酷。傳駱念庵先生士憤爲賊傷，垂斃，一女子見其上若紅傘罩之，因以布裹其項，得生。旋舉丙戌鄉試，歷官柳州太守。先生生平淳厚力學，精詣六書，亦以孝行載《一統志》。《泊楊子港》云：「綠波一望水無涯，紅蓼黃蘆接岸斜。三五小舠飛不住，櫂歌聲裏到人家。」《贈某公》云：「玉綻寒梅欲送花，同人此日各天涯。才高虎略心王室，地傍烏衣似謝家。可但籌邊趙充國，群推下筆賈長沙。明君虛左嘉謨日，姓字徐看入絳紗。」餘如：「風號古木驚栖鶻，雨打寒邨咽吠尨。」「窗蕉半捲風難舞，籬菊孤擎凍亦開。」「秋臨塞北鴻先覺，寒到江南客未回。」皆極雄健。又「木魚聲渡秋江冷」七字，尤爲王阮亭所賞。詩名《冰壺集》，乃官鄖陽司理時所刊，非全豹也。先生又著有《全史韵要》刊行，按朝代以四字組對成文，大勝《十七史蒙求》、《龍文鞭影》等書。

「橫笛何人夜倚樓，小庭月色近中秋。凉風吹墮雙梧影，滿地碧雲如水流。」「渺渺孤城白水環，舳艫人語夕陽間。林稍一抹青如畫，知是淮流轉處山。」二詩宋牧仲見之淮北旅舍，題其後云：「新詩寫向黄泥壁，未許人間識姓名。」事載《漁洋詩話》，沈歸愚遂以無名氏選入《國朝詩别裁集》。其實次首乃秦太虚詩，載在《淮海集》，不知何以諸老皆迷。惟漁洋云二詩大似北宋名家，猶覺老眼無花。

嘗讀《中州集》劉内翰瞻絶句：「傾欹石片插漣漪，上有蕭蕭楊柳枝。荇藻半浮苔半濕，浣紗人去不多時。」表弟楊叔度鐸曾戲評其上云：「干卿甚事。」予因思詩人妙緒，往往在管閒事。明施會元顯云：「蹇驢駝病出京華，細策吟鞭數落花。借問呢喃雙燕子，隔江楊柳是誰家。」國朝費密《觀競渡》云：「澄潭猶在白龍飛，畫舫齊排競渡歸。各下繡簾人隱約，究中誰著百花衣。」皆情詞斐亹，大可增人想書。至「隔岸橋通何處路，倚樓人是阿誰家」二語見《堯山堂外紀》出之方外，尤奇。

詩文之靈動者，世謂之活脱。據《鶴林玉露》云：「大抵看詩要胸次玲瓏活絡。」朱子文集《答許順之》云：「《齋記》子細看來未甚活絡。」又《答林德久》云：「來喻雖亦無病，然語意終未親切活絡。」則宜言「活絡」爲是。蓋「活脱」字前人所用猶云「酷似也」，觀楊誠齋詩「小春活脱是春時」、史彌寧詩「楚山活脱青屏様」可見。

《臨漢隱居詩話》載荆公家婦女多能詩。吴奎妻長安縣君，荆公妹也，佳句最多，著者「草草杯盤供語笑，昏昏燈火話平生」。吴安持妻蓬萊縣君，荆公女也，有句云：「西風不入小窗紗，秋意應憐我憶家。極目江山千里恨，依前和淚看黄花。」劉天保妻，平甫女也，有「不緣燕子穿簾幙，春去秋來那得知」句。又云荆公妻吴國夫人，亦能文，嘗有小詞。予又記《能改齋漫録》蔡元度夫人，亦荆公女也。嘗見洪覺範詩，讀至「十分春瘦緣何事，一掬鄉心未到家」，曰：「浪子和尚耳。」亦必於此道有慧心者，惜魏泰未之采録。

樂府《廬江小吏行》自來讀者多玩其詞，而忘其事之害理，惟當塗黄左田先生詩云：「子甚宜其妻，父母不悦去。奈何焦仲卿，以死殉厥婦。阿蘭有小姑，阿母無稚孺。不孝無後大，小吏何足數。千古惟姜龐，珍羞託鄰嫗。久之姑感悲，呼還復如故。仰事俯蓄間，詩也誠無負。寄語後來人，勿爲詩人誤。」可謂眼前名理被先生道破。

《中山經》：「苦山有獸焉，名曰山膏，其狀如逐，郭注：即「豚」字。赤若丹火，善詈。」注謂好駡人。袁子才《過禰衡墓》有云：「落筆争誇賦鸚鵡，駡人何苦學山膏。」用來恰好。

先高祖雲谷公登順治甲午賢書，任彭澤令。著有《古處堂文集》。詩稿散失，今惟存《江上》一律云：「朝夢初驚覺，黄頭促早征。風催帆脚穩，潮涌浪花明。得酒耽微醉，看山愛小晴。鄰舟相問訊，同輩最關情。」味詩意，似猶是當年鄉試舟中作。公在彭澤，黄岡王西澗材任嘗贈詩云：「柴桑終日領清風，白水青山面面同。萬里江聲流泱漭，九屏峰色鬱鴻濛。春田自種家家雨，綺樹堪留處處紅。家世青箱原有本，泰階行待拂絲桐。」長洲孟端士揆云：「一水環山處，分符有俊人。地仍彭澤舊，政報浚儀新。鳧舄雙飛曉，桑麻百里春。客中王翰過，何幸託芳鄰。」又桐城張文端公寄詩有云：「元亮當年嬾折腰，東籬叢菊任逍遥。太原治行聞天下，切似吴公莫學陶。」蓋公履任未五載即有退志，故文端特諷及之。

詠物詩亦須以魄力勝，雕鏤家縱極精妙，已落次乘。因憶尤駿夫先生《鏡中燈》詩，浩氣行空，有神無迹，真才人之筆。翁實齋先生數章，雖就題比擬，亦雄偉奇警。尤詩云：「憶昔驂鸞覲紫皇，蔚藍宮闕曉蒼蒼。分來殿上金蓮采，導入花間白玉堂。一墮碧霄悲電火，空從午夜認星芒。龍文寶氣無人識，秋水驪珠只自傷。」「歎息塵埃拂素奩，更將一炬徹中邊。可知捫籥談天客，不識金門鍊魄仙。陽燧閃來花灼灼，燭龍銜處影娟娟。鏤空照膽渾閒事，靈府春光萃衆妍。」翁云：「冰盤錯落迸珠璣，未盡春臺色相微。丹桂有根開月殿，芙蓉及第夢金妃。霜寒鐵面心猶熱，星隔銀河願屢違。昨夜遊仙何處所，桃源宛在問津歸。」「霜花何處水悠悠，楓葉澄江一點秋。夜静鮫人揚錦出，月明神女弄珠遊。電光乍閃青天笑，爐火誰煎碧海流。我欲乘潮登大浪，坐看紅日上峰頭。」駿夫先生名崧，諸生。與實齋先生最契，一夕忽謂實齋曰：「我死，君當爲我地。」翁大詫異。未幾，西山水灾，遂罹其難，生平著述亦俱入洪濤。時僅及中年，人謂其「秋水驪珠」句乃詩讖云。

西山水灾在雍正丁未七月，實齋有紀難長古，所謂「白日慘淡天地愁，千山萬山老蛟出」是也。時駱西瞻先生乘屋飄泊兩晝夜，手抱酒瓮，且飲且歌，遇救獲免。嘗有「半生騎馬半乘船，屋上遨遊却未然。豈是虬龍迎李白，漫言牛女待張騫」等句。又：「四山蛟噴水横流，平地俄成十丈洲。耄稚各隨禽鳥散，田廬盡付鼈魚遊。生仝太古洪荒世，望失今年大有秋。不謂滄桑如此易，老人添得幾多籌。」先生名堯夫，即念庵太守子。所居本在百川交滙之地，當水退時，其弟和民名堯雍謂必無生理，從下流兩岸積屍中撿認厥兄。暑濕蒸浥，嬰沈疾，幾殆。未幾，西瞻生還，人欽其誠摯。

穌民先生有《羊市早發》句云：「星移月落曉風涼，起視鄰帆次第張。我亦隨人催放棹，可知不爲利名忙。」

翁實齋先生鼐與兄虞宗先生彝皆志尚恬退，惟詩文自娱。實齋以明經授徒江淮間，所至欽其名望。周旭之太史嘗謂其詩和平恬淡，自鳴得意，不爲世俗囂張語。又云詞意真樸，讀其詩如見其人。《登太白樓》云：「選勝須登太白樓，探奇曲折上峰頭。一痕天影江疑合，四面濤聲地欲流。壯士功名尋野廟，仙人笑貌滿滄洲。我來瞻拜羞今昔，詩酒弓刀兩未酬。」《雨中寄陳倫表》云：「老值凶年廢嘯歌，柘枝檀板慰蹉跎。河流滾滾聲如此，村雨聲聲花柰何。座上詩書前輩少，貧交子弟故家多。不堪別去還相問，濁酒誰能挽逝波。」《題鳳陽旅舍》云：「酒癖詩狂老未休，又攜書劍事閒遊。梨花未白梅先綻，好趁春風下楚州。」《長干塔》云：「寒雲漠漠是唐陵，九級曾從天半憑。祗爲六朝愁不盡，老僧新鎖上三層。」《白菊》云：「盈盈玉露點秋苔，送酒無人只自開。消得西風多少恨，蘆花江上夢初回。」當夏湘人先生從盧運使雅雨之出塞也，先生正病。夏來拜別，先生猶云：「爲我語塞垣主人，他時月白星寒，度玉關而西，訪兩公於瀚海之涯者，則老夫是已。」其神氣勃勃，乃未幾，竟歿。子其直先生，諱士挺，爲刻《實齋詩鈔》及《花草餘音詞》各三卷。小詩如：「柴門無過客，曉日明窗牖。忽忽無所營，夕陽在高柳。」又：「小鏡出深土，古篆精如許。只見面上光，不識背後語。」亦有致。

虞宗先生號半癡道人。嘗得其《寫心集》一卷，皆雪蘿先生手鈔，評點工整，若將以待剞劂者。閱此，知老輩之不忍没其友，令人心感。《寄友》云：「瀟瀟蘆荻滿江秋，風雨無端入畫樓。南去暮雲千里色，北來飛雁數聲愁。村醪屬婦閒時窨，草榻呼兒竟日留。幾度思君成悵望，憑闌惟見月當頭。」《答友》云：「半椽茅屋數畦蔬，避得塵氛且讀書。引日闚人穿甕牖，牽蘿隨意補蝸廬。風迴菜麥香偏遠，雨過林巒畫不如。深謝故人勤問訊，桃花多處是吾居。」又：「蘆岸晨飛雪，楓林晚作霞。」「犢犁紅杏雨，艇釣緑楊風。」「薄霧橫鋪樵徑白，夕陽斜挂客帆紅。」皆佳句也。

夏湘人先生之璜慷慨好義。盧運使謫塞外，先生以知己之感，毅然隨行，一時義聲遠著。高西園贈行詩云：「椽筆能投事更誇，烏孫相伴走天涯。蘇門不少秦晁客，只喫龍團餅子茶。」陳古漁云：「三徵尚却連城聘，一諾能輕萬里行。」先生困躓場屋五十餘年，乾隆庚子以優貢生恩賜舉人。卒年八十有六。

《橐中集》即湘人先生塞外所著，前載紀行一册。嘗與僕三人迷大澤中，晨起，雪光激射，一僕爲之喪明。詩約百餘篇，方南塘謂其學韓、蘇，實有神似。《除夕放歌》云：「生平四十三除夕，半在臯城半笠澤。就中更憶六年餘，曾向淮陰作羈客。客中滋味備經嘗，未覺他鄉異故鄉。盍簪列炬喧櫪馬，梟盧喝雉催飛觴。今年却走燕然道，但有黄沙同白草。晨星幾點毳房烟，萬疊荒山冰浩浩。男兒意氣本嶔奇，寂喧冷暖非吾知。穹廬一枕且酣睡，雪壓鬚眉惺自怡。」《立夏雪》云：「長安花落久過時，磧裏冰霜未有期。昨夜祝融新秉令，却教滕六橫相欺。平添一尺龍沙影，凍裂三更鐵被池。誰道飛霜成罕事，只今四月尚流澌。」《望長城廢垣》云：「萬里邊防萬里長，那知原不恃金湯。于今四海爲家日，故壘頽垣自夕陽。」先生即虚舟先生孫。貌奇古，晚年鬌髮蒼然，眼皮下垂，以二銀撑撑之，見者無不肅然起敬。

元張思廉《縛虎行》：「白門樓下兵合圍，白門樓上虎伏威。戟尖不掉丈二尾，袍花已脱斑斕衣。捽虎腦，截虎爪，眼視虎，如貓小。猛跳不越當塗高，血吻空腥千里草。養虎肉不飽，虎飢能噬人。縛虎繩不急，繩寬虎無親。座中叵耐劉將軍，不留猛虎食漢賊，反殺猛虎生賊臣，食原食卓何足嗔。」此詠白門樓斬吕布事也。蓋惜昭烈不救布爲失計。豈知布素以勳位在昭烈上，嘗弟蓄之，其不能反爲用也，明矣。且魏武何人？欲以丁原、董卓例之，亦殊愧論世知人之道。然詩之氣體老横，音節俱古，固不失爲佳構。

袁子才《隨園詩話》采取太繁，往往多舛，今姑摘一二於後。如「白頭波上白頭翁」一章，唐鄭都官詩，而以爲宋人。「南陵水面漫悠悠」一章，杜紫微詩，以爲元人吴仲圭。「歸來月墮汀洲暗，認得山妻結網燈」，陸魯望句，以爲宋人《漁父》詞。「造物與閒仍與健，鄉人知老不知年」，陸放翁句，以爲今人涂爽亭。至云北魏繆襲著《尤射經》。按，襲見《三國志》，乃曹魏時人，非北魏也。云：「《宋史》有唐寅，字伯虎，亦載《文苑傳》。」按，宋唐伯虎見其弟庚《傳》，本名瞻，字望之，後改名伯虎，字長孺，不聞名寅。又：《東觀漢記》光武與訟逋租于嚴尤者朱祜，非李通也。此在開卷第一條，不知何以即錯。

何義門用「既生瑜又生亮」語毛西河，規其無稽，終身愧悔。王阮亭有《落鳳坡弔龐士元》詩，人多譏之。近崔念陵進士有《責關公華容道放曹操》五古。又秉燭待旦事，文士往往引用，此皆爲小説所誤。然考《三國志》及《英雄傳》，載魯子敬家富於財，性好施與，張子布嘗毀其少年粗疏，其爲人與今《演義》中所説殊不似。而宋人詩亦有云：「未必下流須魯肅，腐儒空白九分頭。」疑小説家非必盡鑿空無據。即如生瑜生亮語，此豈杜撰所能。蓋載籍失傳，後人多不見原本。善乎趙甌北《關索插槍巖歌》有云：「書生論古勿泥古，未必傳聞皆僞史册真。」

閔長文先生而學，國初歲貢生。少時家有婢，名茶香，頗娟慧。偶植蘭庭中，先生過，挑之。婢戲以泥彈其頰，適爲夫人所鬩，先生不知也。晚間，夫人曰：「社燕至矣，有一絶請教，可乎？」誦云：『雕梁畫棟不安栖，閒逐東風下上飛。欲採茶香猶未得，嘴邊空帶紫泥歸。』」一時傳爲嘉話。

閔夫人張氏，字蓼仙，喜讀《南華》、《楚辭》。每閨政稍暇，即與先生酬唱，有「嘗因讀史忘春去，每爲敲詩却夜眠」之句。惜年僅三十外即卒，刻有《蕉窗遺詠》，西江楊維節先生序之，今録數章。《秋暮》云：「山紅柿葉凋，水白蘆花老。野徑無樵人，凉風動秋草。」《送外試》云：「一劍向南州，光氣噴牛斗。平生千古心，不勸別離酒。」《即事》云：「于飛燕燕穿花喜，茶蘼蹴落霏香雨。紅入幽叢不見衣，蒼苔緑潤弓鞋底。」集中詞尤佳。《浣溪紗》云：「夜午河穨玉宇深，齊紈薄薄沁秋痕，爲聽蟲語立苔陰。　葉墜桐枝風漸峭，禽翻蘿影月偏明。侍兒欲寢故催人。」《巫山一段雲》云：「柳色鏡中明，花香暗襲人。春歸故作不關情，恐教愁著心。　閒起逐苔行，幽禽隔竹鳴。忽聞花徑小鬟聲。可知鬥草贏。」《鳳棲梧》云：「砌竹禽翻霜欲盡。荒榻愁蛩，唧唧驚孤枕。明月不知人未寢，隔牆偷去梧桐影。　夜永衣單風乍冷。詩骨癯癯，好似春來病。吟罷新詩難續詠，遠山樹色蒼烟暝。」

康熙間，楊雪蘿先生藏書甚富。其家有岩居川觀樓、秋水草堂、百硯齋等處，古今載籍並名人書畫充牣其中。先生名友敬，以經學與望溪、武曹諸公遊。生平喜表章故人遺跡，前後刻行約百十種。晚以明經舉孝廉方正，授太和學博。在吳中嘗有句云：「天外雲開山似洗，松間月出氣如秋。」姜鶴澗繪之爲圖。又《山樓夜坐》云：「夙有樓居志，雲間置此身。天風寒落雁，山月夜依人。境僻勞機息，心閒舊夢馴。僧廬知不遠，烟際曉鐘頻。」《復覽山懷古》云：「高山終古鬱嵯峨，野寺依稀挂薜蘿。爲看輕烟生絶壑，忽聞幽梵出叢阿。星移物换求仙侶，鳥語化香載酒過。武帝旌旗空在眼，不堪回首問銅駝。」先生著述亦富，《困學日程》一書尤關理要。

先曾祖繡林公年譜《自叙》云：「四歲能彈飛鷺，人目爲奇童。性孤介，不妄交接。中年蹭於場屋，遂以吟咏自適，不求進取。著有《泠善閣詩集》。」《題南昌寓壁》云：「地與衡廬近，山逢省會平。晚風吹客冷，春雪點窗輕。勝覽滕王閣，名標新建城。南州誰下榻，遊子暮牽情。」《遊灊臺寺》云：「峭壁介中流，翛然物態幽。苔皴山骨瘦，花暈石蘅秋。亭擁千竿竹，篙移一葉舟。塵勞那可謝，到此欲淹留。」《過巢湖》云：「一陂秋水勝春濤，曉趁長風放客舠。青嶼遠看山樣小，白鷗閒傍浪痕高。空明景向境中得，飄渺天從水上遭。最喜輕飄如駛過，狂歌逞我片時豪。」

叔曾祖雪鴻公嵩始居城南村莊，名曰「環溪」。其地渠水四繞，花木蘢蔥，望者有伊人宛在之慕。姜鶴澗嘗題畫册寄云：「略彴斜通處，溪山别一村。遥知陶令宅，緑柳正當門。」即此也。時州刺史臨沂高公淑曾、河東楊公恢基，往往屏騶從過訪，盤桓竟日。暮年遷居鳳皇臺，則入山益深矣。公《溪上竹枝詞》云：「楚萍謝絮漾湖光，湖水新添三尺强。低屬渠儂輕盪槳，莫教驚散睡鴛鴦。」「早禾耘罷穎含胎，間向田塍薙草萊。約束一肩城裏去，鉼中换得醁醽來。」「禽聲好在樹陰中，下有機張伺牧童。打得雀兒争决勝，倒騎牛背飼青蟲。」又《歸途望溪舍》云：「絲絲垂柳受風斜，門揜蒹葭水一涯。隔日未從溪上過，青蓮又放幾枝花。」亦詩中有畫。

雪鴻公詩初學右丞，家宓草先生著謂足與輞川諸咏接武。後喜集放翁句，故亦多效其體。《晚景》云：「近夕輪蹏絶，山梁我獨留。村横烟影淡，林弄笛聲幽。歸鳥争投樹，遊魚乍脱鉤。好風忽轉北，齊掉柳梢頭。」《泛舟》云：「五尺漁舟小，飄然接混茫。童能歌欵乃，儂亦詠滄浪。月爲出林大，風因渡水凉。暫停西岸側，逼近稻花香。」其他如《散步》云：「破雲孤月瘦，映水一燈虚。」《近城》云：「柳梢穿半塔，烟際隱孤城。」《和鈍翁師》云：「高閣生虚籟，遥山得小晴。」《送人》云：「雪霽園梅香有信，泥融徑草凍無痕。」《喜晴》云：「柳眼開時鶯欲語，梨花淡處蝶消魂。」皆佳。公小楷直逼晉人，年八十餘猶臨摸不倦。所刊《向山堂》諸帖，至今爲人寶貴。乾隆初，大吏欲舉公鴻博，苦辭獲免，僅以明經終。著有《六經圖》行世。

黄魯直譏人詩中「賢能」之「能」作「奴來切」者。《甕牖閒評》引《荀子·成相篇》：「世之災，妒賢能，飛廉知政任惡來。」潘正叔贈王元貺詩：「游鱗萃靈沼，翔翼希天階。濟川用舟楫，致治由賢能。」云前人嘗有此音。予謂尚不止此。《後漢書·黄琬傳》：「欲得不能，光禄茂才。」《邊讓傳》：「君明哲以知人，官隨任而處能。」注皆音奴來切。《東京賦》：「因進距衰，表賢簡能。」與「臺」、「災」字叶。阮籍《詠懷詩》：「誰云君子賢，明達安可能。」與「萊」、「哉」字叶。阮瑀《七哀詩》：「身盡氣力索，精魂靡所能。」與「來」、「萊」字叶。郭璞《山海經圖贊》：「鵸鵌辟火，物各有能。」與「災」、「來」字叶。魯直果誤矣。

丁飛濤《送汪舟次檢討奉使琉球》云：「已奉春秋知正朔，何年南北併中山。」沈歸愚謂本二琉球，後併爲一，故問之。而予記《明史》琉球本一國，於元時分爲三，曰中山、曰山南、曰山北。英宗時，復爲中山所併。謂本二琉球，殊欠分曉。且事隔二百餘年，欲問之誰？

《歸田詩話》云：「陳克子高《題三品石》云：『臨春結綺今何在？屹立亭亭終不改。可憐江令負君恩，白頭仍作北朝臣。』《題望夫石》云：『望夫處，江悠悠，化爲石，不回頭。山頭日日風和雨，行人歸來石應語。』二詩皆超出常格，而意警拔，不與諸詩同。」按，《望夫石》乃唐人王建詩，世多傳誦之，豈陳克竄爲己作，而歸田亦未之見耶？

明季卿大夫當鼎革時，亦有甘心隱遯者，往往被薦舉，迫削不得行其志。獨吾六郝侍御于庵錦一薦得辭，遂終身退居九公山麓，至順治末年方卒。其《九公山房詩稿》有《山居十詠》，皆五歌韵，極寫其田野之趣。今録三章云：「九公廿載別，今始挈家過。雨集香生麥，風來緑綻荷。村墟入望迴，夜杵助愁多。悵我淹淹病，胡爲羨玉珂。」「山居儘寥廓，生事近如何？善病餘詩債，偷閒飽睡魔。碧溪雲影亂，緑樹鳥聲多。爲愛東鄰叟，一樽時載過。」「朝氣西來爽，雲深岩自波。留篁裁杖古，爲圃翦蔬多。木石容人鈍，耕樵笑我魔。寒楓夕照外，時聽采薇歌。」侍御在朝時，名譽甚重，與倪鴻寶、夏彝仲、陳卧子、曹秋岳諸公多有往來，諸什見之集中。又《九公山房帖》尤得《閣帖》神髓。横幅一紙，書五律十數章，字既古雅，詩亦可愛。如《久雨》云：「密密連旬雨，青苔四壁生。亂雲低入户，新竹半當楹。好友千山去，虛堂一榻横。昨宵詩夢好，和鶴月中行。」《真州道中》云：「一棹下中流，西風怒不休。人喧飛鳥外，帆擁大江頭。潮打冬青鋪，雲荒帶子溝。明朝起豪興，吟上餞暉樓。」款落近人汪士慎。不知何許人。昨閲《畫徵録》，知徽郡人，善墨梅，筆致疎落，家于維揚。

明季流寇騷擾江北，朝議增設撫臣，爲楚豫聲援，開府于六，史閣部實膺其任。賊嘗三次犯境，皆大敗之，紀功碑至今猶存。公有《六安署病中感懷》詩云：「待理猶煩苦抱痾，公餘側枕奈如何。民飢猶已嗟艱食，兵悍逢人欲弄戈。撫字無能先布德，催科寧忍復爲苛。白雲交瘁燕山下，國手誰憐妙劑多。」公遺集只此一律，外四絶句。想生平亦不暇吟詠，即間有之，都已放失云。

宋儒吕原明講《孟子》，有《感哲廟一笑喜爲二絶》云：「水晶宫殿玉花零，點綴宫槐卧素屏。特勅下簾延墨客，不因風雪廢譚經。」「强記師承道古先，無窮新意出陳編。一言有補天顔動，全勝三軍賀凱旋。」余謂詩則佳矣，惜「墨客」二字似猶未當。

順治乙酉，大兵南下金陵，明祚以亡。含山諸生張秉純，字不二，聞之，絶粒五十一日而死。賦《絶命辭》四章，傳于世，云：「三百年來養士恩，匡扶宇宙愧無能。死生亦是尋常事，留取丹青作報稱。」「逢人漫説宋文山，樓上三年坐卧難。我亦布衣飢不死，西山無面復相看。」「太湖渺渺萬山重，清夜書聲接曉鐘。事到散場人去後，青山依舊白雲封。」「秋夜深深月影斜，泉臺歸客話偏賒。從今形影皆堪弔，無復樓頭問菊花。」其時長干有一丐者，曳杖挈瓢，且哭且歌，至通濟橋投河而逝。檢其瓢中得一詩，云：「誰把乾坤忽動摇，風吹淮水冷蕭蕭。逢人莫訴傷心事，乞丐如何愛此瓢。」二事余幼時見之和州戴務旃本孝詩集中，後因禁書焚燬，今其集久不可得矣。

《正氣歌》：「爲嚴將軍頭，爲嵇侍中血。爲張睢陽齒，爲顔常山舌。」按，嵇侍中與睢陽、常山皆以慘毒致命，嚴顔經張桓侯義釋，未嘗身死，而文山以四人並言之者，蓋「有斷頭將軍，無降將軍」二語壯甚，其時亦所謂「有死之心，無生之氣」也。

唐太宗使蕭翼賺《蘭亭》一事，後人或訾之，謂其以帝王而爲此詭譎。潯謂不然。後世權奸及鄉里豪横，往往以珍玩害人身家。《蘭亭》真迹既爲秘寶，太宗何難籍没一僧寺，示匹夫懷璧之罪。顧委曲計取，此正厚德，亦風雅之甚。第劉餗《嘉話》又云：「太宗爲秦王時，使歐陽詢求之，以武德二年入秦王府。」二説不同。然蕭翼嘗有《宿雲門東客院》詩云：「路入山西更向西，雨和春雪旋成泥。風吹疊巘雲頭散，月照平湖雁影低。拄杖負書尋遠寺，倩童牽鹿渡深溪。今朝獨宿巖東院，惟聽猨吟與鳥啼。」又《留題雲門絶句》云：「絶頂高峰路不分，嵐烟常鎖緑苔紋。獼猴推落臨岩石，打破下方遮月雲。」宋高似孫謂此二詩俱在雲門作。所謂拄杖負書者，正訪《蘭亭》時也，則固明明有徵矣。

高駢信吕用之妖言，以五采箋寫《太白陰經》十道，置后土夫人神座之側。又于夫人帳中塑一緑衣少年，謂之韋郎。廟成，有人于西廡棟上題一長句云：「四海干戈尚未寧，漫勞淮海寫儀型。九天元女猶無信，后土夫人豈有靈。一帶好雲侵鬢緑，兩行巍岫拂眉青。韋郎年少耽閒事，案上休誇《太白經》。」何光遠《鑑誡録》謂此羅隱詩。字句多不同，而此爲優。好事者競相傳誦。余謂此詩固以譏駢與用之，然收句亦太輕薄矣。蓋唐人小説每多妄誕。《周秦行紀》載牛僧孺事，公然與前代妃后狎宴。或者謂李贊皇門下所爲，欲甚太牢公不臣之罪。而韋安道遇后土夫人，污衊神靈尤甚，不知安道自述與抑他人僞撰與？

《清異録》：「晉出帝不善詩，時爲俳諧語咏天云：『高平上監碧翁翁。』」又陸放翁詩注：「紹興間禁中呼秦太師爲『太平翁翁』。」

陸放翁詩：「拭盤堆連展，洗鬴煮黎祁。」自注：「『連展』，淮人以名麥餌。」又《酌中志》：「取新麥穗煮熟，剁去芒殼，磨成細條食之，名曰『捻轉』，以嘗此歲五穀新味之始也。」「連展」、「捻轉」，蓋即一物，聲音相近而字各不同。今世俗猶有此稱。

宋薛宣《浪語集》有句云：「犺獚應難致。」注：犺、獚皆出石門山中。犺類猨而緑，獚類狗而黄，音黄，去聲。薛集載《宋詩鈔》四集，犺譌爲犺。按，字書無犺字。

《東觀餘論》云：「小宋太乙宫詩：『瑞木千尋竦，仙圖幾弔開。』注：《真誥》以一卷爲一弔。殊不知《真誥》所謂弔即卷字，蓋從省文。」溽按，《真誥》以一卷爲一弓，其字弓下從一，與弔字别。弔字固無卷字音義也，殆譌。

「滿斟碧酒泛菖蒲，先醉婆婆後小姑。婆醉有儂儂有壻，小姑醉煞倩誰扶。」余幼時即誦此詩。「不是瓜州即潤州，和烟和雨暗江秋。誰來此地舒閒眼，看爾東西南北舟。」此金壇于翁慕周畫扇所題。「傍石疎林傍水亭，雨晴常見遠山青。遊人愛説紅塵事，只恐沙鷗也怕聽。」向見一册子書之。又：「地暖漸生眠鹿草，松枯欲折挂猨枝。澤國曉寒楓暈酒，江天風急雁書雲。」亦早年流覽所及，極愛其風調，今皆不知吟者何人。

葯坡詩話卷二

六安王潯楚泉氏輯

六之潘氏，自元末總管名通者隱居始。有明一代，科甲纍纍，而侍御鏜、行人鋭尤以忠諫照耀史册。惜其家文籍盡爲寇燬，康熙中徵其《缶鳴》、《團山》等集，已渺不可得。今惟州乘所載寥寥數章。侍御《登指封山》云：「萬壑奔朝積翠峰，漢家曾受茂陵封。鶯旂雉扇今何在，惟有晨雞與暮鐘。」行人《九公山》云：「懸崖老石聳亭亭，上有泉流石竇清。洗鉢攜茶自煎喫，人間何處説中泠。」行人諫南巡，廷杖，後至嘉靖初復官，旋糾桂萼忤旨，坐素病狂易，罷歸，蓋誣之也。《湧幢小品》竟以爲确，非也。

明太僕楊匏庵先生四知，崇禎戊辰進士。初任湖北知縣，劉黄岡子壯爲其鄉闈所得士。尋以循良擢御史，剛健嚴毅，建言甚多。後巡視兩關，積勞致殞。室張夫人泣血叩閽，陳盡瘁死事狀，贈太僕少卿。其子行達以選貢入國朝，爲遺民。嘗過居庸，感賦云：「關門五月冷相侵，朔氣蕭蕭易古今。輿疾當年期馬革，鞠躬到處變鴞音。謨猷已共河山壯，歲月空驚草木深。下馬裵回尋舊壘，西風蔌蔌淚霑襟。」「當年烽火照甘泉，介馬單驅破戍烟。三輔青燐生白骨，一時紫塞偏口絃。手披荆棘還天宇，身作星河護極躔。盡瘁可憐終食少，撫膺何處問高天。」又：「已除兒女青氊戀，猶念豺狼白簡爭。」皆實蹟也。太僕風骨棱棱，而詩特清婉。有《華嚴道中》一絶云：「路轉羊腸日漸斜，山腰清瘦見黄花。隔溪一犬牢牢吠，知有寒春脱木家。」亦廣平《梅花賦》之比。

夏頷庵先生來，虚舟先生之卯君也。《詠張季鷹》云：「幾先未必當時意，江上蓴鱸本繫情。」作翻轉看，更高。又《鶯脰湖》一律云：「霧净烟銷放眼平，遠天岫色映波横。帶腥烏鬼隨潮没，賽雪銀魚上網明。」惜忘其後半。

浙江泰順縣即古羅陽鎮，明景泰中，因梟丁梗化，始立縣治，國朝康熙時荒凉猶甚。黄茶村先生俞曾宰其地，有《雜言》數章云：「終日盤餐半虀藿，數椽茅舍苦依栖。亭無曲檻山爲壁，署有危樓石作梯。夜静人喧群逐鬼，漏殘天曙罕聞雞。只緣性帶烟霞癖，收捲雲巒供滑稽。」「荒郊一望一凄然，水瘦山窮别有天。鵠面秋成猶乏食，鶉衣冬至尚無綿。杉皮蓋屋權充瓦，卵石堆墻不用磚。撫字何由登衽席，青燈挑盡未能眠。」「松聲鳥語日喧譁，不羡蘇門百萬家。田似石梯全靠嶺，堂如農舍亦稱衙。市頭每過生風虎，竈底常聞叫月蛙。獨坐匡牀籌富庶，可憐無地植桑麻。」「繁華自古説甌東，誰信羅陽破格窮。縱目荒城山叠叠，傷心鬧市草芃芃。秧耘喜集雲中雁，稻熟愁聞海上風。正在刈禾驚不定，前村傳語過飛熊。」「偶學披圖便愴神，遺民頭白半無姻。生童慙愧三千字，吏役蕭條四五人。斗室每虞侵雨雪，訟庭恒苦對頑嚚。自來不解遵王制，多士猶冠折角巾。」讀先生詩如身及其地，今又百餘年矣，聲教廣被，想人烟輻輳，當非昔比。

茶村嘗從戎于滇、黔、楚、豫間，緣軍功授邑令，歷仕三省。著有《汶遊草》、《浪遊草》、《羅陽雜詠》、《歸來雜詠》，而《羅陽雜詠》多爲人傳誦。人謂愁苦之言易工，不知先生詩實以性情勝也。先生元昆西石佩，諸生，蚤卒，刻有《雲林閣遺句》。次先鳴中翰珂，刻有《竹窗天籟》。其《白湖砦晚眺》云：「曲水繞長堤，蓮塘鷗鷺迷。缺牆迎暮靄，高柳挂青霓。地勝群山小，田誇蚤稻齊。女中名尚在，不愧范韓題。」蓋其先宮保室鄧夫人，當流寇騷擾時，嘗率衆禦寇砦中，屢見方略，史閣部旌以「女中韓范」云。

秦時刻石頌德諸文，惟《琅邪臺》二句爲韵，餘皆三句爲韵。二十九年登之罘，刻石，其辭有云：「皇帝明德，經理宇内，視聽不怠。作立大義，昭設備器，咸有章旗。職臣遵分，各知所行，事無嫌疑。黔首改化，遠邇同度，臨古絶尤。常職既定，後嗣循業，長承聖治。群臣嘉德，祗誦聖烈，請刻之罘。」《索隱》以「怠」叶旗、疑韵，音銅綦反，引《國語》范蠡曰「得時不怠，時不再來」力知反爲證而「尤」與「罘」二字不注。按吴才老《韵補》：「尤，於其切。罘，貧悲切。」是此段皆支韵，叶也。然《韵補》於「怠」字引劉歆《列女贊》「齊姜公正，言行不怠。勸勉晉文，返國無疑」，「尤」字引《楚辭·九章》「信讒諛之混濁兮，盛氣志而過之。何貞臣之無辜兮，被離謗而見尤」，「罘」字引揚雄《羽獵賦》「荷垂天之畢，張竟野之罘。靡日月之朱竿，曳彗星之飛旗」，而不引此文，皆摭近而遺遠。又按，《易·雜卦傳》「謙輕而豫怠也」，與上時、來字叶。《詩》「大夫君子，無我有尤」，與下之字叶，則更在前矣。

高南阜鳳翰《泰州題壁》詩：「鴟墮無端逢腐鼠，角觸那信有神羊。」袁子才謂：「『觸』字韵本無平聲，惟毛西河引《西京賦》『百獸凌遽，騤瞿奔觸。喪精忘魄，失歸妄趨』，以平聲押，其博覽如此。」予謂《樂記》「衛音趨數煩志」，「趨」讀若「促」，是此賦「觸」字，當仍屬本音。又揚雄《羽獵賦》：「票禽之紲踰，犀兕之抵觸。熊羆之拏攫，虎豹之凌遽。」《韵補》：「觸」，如遇切。「觸」、「遽」爲韵，與《西京賦》正同，亦未見以平聲押也。疑西河之論多牽强，而南皐亦不免好奇之過。

毛西河謂杜《和早朝》詩，「仙桃」語俗，「龍蛇」、「燕雀」非早朝時所能見。五六遽言朝罷，少次第，故當遠遜王、岑。此論誠是。蓋工部詩品，原不必以此一篇減價。阮吾山《茶餘客話》謂：「『龍蛇』、『燕雀』二語，非身到其地，不知其確。」且謂：「西河官翰林，朝會之期，大半熟睡未醒。雖爲京官，無異聾瞶。以官爵傲人，肆口謾駡，似屬可笑。」大抵西河生平持論多偏，故人于西河往往求瘢索垢。其實儒者讀書論古，究于古人無怨惡，何必不平其心？

王孟津《詠女士官秦良玉援遼》云：「辭家萬里靖邊氛，天步艱難敢怨君。擐甲已藏虬母鏡，揚鞭不著石榴裙。迢遥夢繞巴山月，凛冽身栖鐵嶺雲。處女從來原脱兔，莫言巾幗是將軍。」沈歸愚曾謂：「孟津詩每入荒幻，如『耳聾香殿徹，雲猛石牀平』之類。」誠是。然此詩詞調高朗，固可録也。

桐城張吾未純與太和金野君質往來六安最久，雪蘿先生爲刻《兩詩人剩編》。聞吾未貌魁梧，負奇氣，嗜古器法物，常質衣營購不恤，書法亦佳，而顧自晦于醫。其《夜坐寄友》云：「萬木含秋籟，虚堂卧獨遲。美人隔烟水，明月共相思。作客竟何補，著書空爾爲。來朝理筇竹，好訂白雲期。」《題畫》云：「髣髴曾遊地，泠泠蒼翠重。亂山横古寺，一徑入深松。老鶴長於客，孤雲嬾似儂。最憐天盡處，玉削兩三峰。」玩集中多造平淡，宗仰似在陶公。雪蘿先生謂其狀難寫之景，含不盡之意，信然。又《秦淮絶句》云：「六朝金粉舊秦淮，舞榭歌樓罨兩涯。玉鏡臨波開曉日，風吹花影上鸞釵。」秀麗中亦饒逸致。短句如：「一水十三曲，四山千萬峰。」「鉤簾花弄色，滌硯水生香。」「山雲觸石起，江雨鬥風來。」又：「千尋瀑布碧垂地，萬丈奇峰青刺天。」「沙頭野鶴如高士，天際孤雲似美人。」皆佳。

吾未與尤駿夫兩先生性情相似，而詩亦往往互相傾倒。尤有《秋夜懷吾未》詩云：「海内稱詩客，誰登大曆壇。故人今在遠，樽酒若爲歡。兔魄一輪潔，蛩聲午夜寒。何因重聚首，冰雪話心肝。」及尤罹水災後，吾未嘗弔之云：「騷雅尤夫子，專城未易降。可憐蘇埠水，竟作汨羅江。意氣真誰偶，疎狂得我雙。扁舟今過此，拭淚掩篷窗。」

野君《鴻泥集鈔》專攻五律一體。《秋日過環溪草堂》云：「曲折沿溪路，耽幽每獨尋。漁罾懸蓼岸，牧笛響楓林。地迥容高卧，身閒耐苦吟。交情嵇阮在，不厭酒杯深。」先生以畫名，多不知其能詩者。然如：「荒城秋雨濕，野店晚風凉。」「淡烟浮小院，缺月挂疎桐。」其風味固不愧名家也。

舒城任智泉爲《上江詩選》徵詩至六，諸老輩多極文酒之樂。任旋往霍山，楊桂園先生迥贈別云：「騷客知名久，清秋喜社同。論文虛若谷，得句穆如風。杵臼交纔訂，湖山興不窮。明朝南霍去，望眼逐丹楓。」然《詩選》多登應酬之什，去取失當。如《初集》之施愚山，一代宗工，僅采五律二章，甚可笑也。桂園先生字寫圭峰碑，畫品尤高潔。以選拔司訓廬江，卒年九十有餘。

程杏牆先生峻話別任智泉云：「何意蘭亭客，摶沙此日同。來隨黄菊雨，吟盡白蘋風。蹀躞人中驥，聲華爨後桐。茫茫惜分手，雲黯萬山楓。」先生與楊浣初先生逢元同舉壬申鄉試，楊中甲戌會魁，官武緣令。程官淡水同知，丙午死林逆之難。

舊藏有萬曆間潘緯八分書一軸，字畫極蒼勁。自書其二絶云：「溪上仙翁麋鹿群，隔溪姓字不曾聞。紫芝歌罷無人和，醉向青山卧白雲。」「茅屋荒村老此生，利名無累一身輕。耳邊何物堪清聽，不是松聲即水聲。」按緯，歙人，别有詩見《明詩綜》。惟款署「齊雲大隱者」，不知爲何人。

翁其直先生號紅外，亦以文行重鄉里。有争鬥者，聞先生至，多各愧去。在友人席間，有句云：「柘枝紅粉自風流，老去徵歌興味休。人世策勳無我分，加銜惟有醉鄉侯。」晚年病目，又號半盲。

外祖周魯山先生諱世景，《四十自序》有云：「雅賦壎篪伯仲篇，二難我實愧聯翩。父書未悟憑兄詔，祖硯同磨仗弟賢。敢羨九傳依一室，漫誇三鳳並隨肩。家庭師友殊堪樂，駑馬還期著後鞭。」讀之，孝弟之心，油然以生。先生工篆刻，畫筆亦精妙。著有《環山樓草》、《三餘堂雜吟》等卷。《在正陽關晤王崑美》云：「河干揖别幾經年，琴劍欣逢古渡邊。懸榻久疎風雨夜，傳鴻疑著漢陽鞭。長貧仲子還如昔，浪迹王郎可勝前。共訴離愁腸百結，夕陽簫鼓鬧前川。」

外祖同胞三人皆有聲庠序，白首同居。長諱世奇，字瓊山，季諱世求，字省山，外祖其仲也。瓊山先生，霍邑貢生，殁後選阜寧訓導。生平嚴氣正行。時懷甯進士翁愚亭立準掌教賡颺書院，課文之暇，間爲手談諸戲。嘗云：「我輩閒居爲不善，見周君昆仲，良用自愧。」故其輓瓊山先生云：「霜風悽切渭河濱，鄰篴驚聞大雅淪。半世文章傳後嗣，此邦名教託斯人。盤飱幸接忘年契，談笑從知入夢頻。記取重陽後十日，每逢籬菊益傷神。」

《遁史詩集》者，徐太史莘叟先生致覺所著。太史曾學詩於錢虞山。典試楚闈後，年未四十，即棄官歸，遨遊吴越間。晚年卜宅西山，去城百里許。葛巾野服，居然隱士風流。《答劉公戫吏部見懷原韵》云：「奕奕天曹客，封題問酒星。人從蓬島望，眼入小山青。一著師川讓，千年漁父醒。知君兼吏隱，逸興接郊坰。」《感懷》云：「少年任俠擲黄金，垂老何人弔季心。殘雨獨收蛙一壑，夕陽自帶鳥千岑。詩文欲輟無他好，酒肉常删也得禁。記向南山初種豆，門庭羅雀到如今。」《重陽獨酌》云：「冷雨淒風菊不花，在貧如客漫爲家。有樽興趣過元亮，無帽風流倍孟嘉。逃俗地惟存北郭，齋心書只放《南華》。銀荷葉下殘棋槊，簾捲高峰月半斜。」《齊雲山》云：「竟日梟雛泛槳牙，梵王高處隱空花。河魁直宿應今夜，虎豹和僧作兩家。竹箭萬竿非渭水，村墟一帶盡流沙。風光尤有春三月，處處山頭唱採茶。」《五人墓》云：「栖老莓苔姓字芬，寒烟深鎖斷碑文。歸魂那解歌蒿里，孤塚常看泣暮雲。鴟革乘潮應有待，魚腸論義不如君。最憐五百田横島，青史芳名了未聞。」太史順治己丑成進士，與兄月鹿考功致章文名藉甚。時宰某欲招致門下，畀以鼎甲，先生不可，故抑置二甲第三。其《雜感》詩有云：「茫茫今與古，禍福人自取。伯夷死名場，盜跖死利藪。已知利無益，不識名何補。萬物天所愚，鴟鴞嗜腐鼠。」蓋其胸次浩落如是。

月鹿先生，乙未進士，歷官考功員外郎。嘗榷稅杭關，移檄浙東諸生會課，湖上名輩如毛奇齡、范光陽，皆其所得士也。生平喜臨摹，詩不多見。《國朝詩略》載其《十月遊湖心亭》一律云：「歌罷還留日欲晡，山容先醉入屠蘇。盤旋落葉楓能舞，攀折長條柳未枯。舊宦如談天寶事，空山擬畫輞川圖。人情一似西湖水，易別人情難別湖。」考功書法，與難弟太史皆寫《閣帖》。老年神化之境，雖王孟津不及也。

太史楚闈所取解元石鯨，字浪秋，詩、字皆奇古，亦名士也。嘗贈太史古琴一張，題名「一斛舊秋水」。少時曾見之，不省所謂。後讀杜詩始知。

邱比部秩西時成，康熙丙辰進士。生平遊歷，皆紀之以詩。初宰郫縣，著有《蜀中紀》。既自部曹丁艱歸，有《西江遊紀》、《粤遊紀》等卷。陸酣桐先生嘗謂比部才力甚健，而能以婉麗出之，故耐人吟咏。《青泉寺晤釋靈遠》云：「惜别東皋對菊英，小山白社結深情。爲緣涷雨停征騎，暫過雲堂話舊盟。錫卓香岩魯子地，原注：寺爲子敬故址。花飛法界皖江城。挑燈示我西來意，同聽蓮花漏幾更。」《廣南除夕》云：「彩勝朱聯萬井丹，羊城春早不知寒。半間老屋留鴻爪，一歲梅花付釣竿。檢曆剛餘今夕剩，敲詩獨聽夜更闌。何當紅燭憐宵寂，作意開成錦穗看。」《途遇同鄉史兩勛斌》云：「帶裘曾識舊襄陽，十載分符鎮粤鄉。把臂恰逢元夜月，披襟快接令公香。珠江春暖榕陰緑，賭墅風清荔子黄。爲問青城饒逸興，追歡可逮少年場。」《晤表弟徐廣濤湛源》云：「爲晤南州入越川，蒲帆吹上孝廉船。草堂夜雨追鴻序，晴署春雲看鶴眠。彩勝不殊京洛俗，梅花獨讓洞天妍。此行已遂羅浮夢，更聽循聲著日邊。」時史官都閫，徐任博羅縣丞。歲貢生，由崑山訓導陞。

史兩勛閫戎，家世武秩，而亦工詩。與同時江奕鴻總閫戎，俱有儒雅之目。江，康熙戊辰進士，著有《讀史百詠》。嘗守備河南汝州、宜陽，先後民變，大吏以其名德，令往懾服之。公諭以大義，皆得平息。未及奏聞，而事已寢，故功不顯。兩地爲刻《汝洛公頌》一卷。其佳者如廩生馬駥云：「將軍詞賦自珊珊，銅柱勳名更不刊。一劍霜華澄汝水，滿囊烟雨壓騷壇。雄才直欲追班馬，偉略應教比范韓。何必稱戈親對壘，妖魔聞處膽先寒。」候選州牧李景厚云：「兩河儒將推羊叔，百里戎才屈鳳雛。」布衣張勵云：「汝水於今歌緑野，始知儒將不佳兵。」存之以見中州風雅。

先高祖任彭澤時，邱秩西比部贈詩有云：「操同江味俱稱淡，名並青山不礙孤。」又虛舟學博在吳江，徐召偶先生亶成寄懷云：「宦情冷似落楓水，才氣高於立馬峰。」皆切其地生情，故妙。召偶先生，著《培蘭吟草》。即莘叟太史次子，以明經終。

霍山張味青先生《送友》句云：「滿地清霜沙磧雁，一林黃葉板橋驢。」絕妙畫意。先生名繼曾，雍正間以拔貢舉賢良方正，官華亭教諭。所刻《懷岳堂集》，只七律一體數百首，其實各體俱工也。

姜鶴澗實節，明給諫忠毅公垓子。鼎革後，流寓蘇州，楊雪蘿先生與交最稔，嘗爲刻《鶴澗老人題畫詩》一卷。如《春江蚤發圖》云：「萬里江流駛，乘風直上天。我將吹鐵笛，驚起老龍眠。」《焦山讀書圖》云：「漢詔且不起，秦人將奈何。焦先岩下石，千古白雲多。」《白頭公鳥》云：「霜鬢逢春可自由，老人端的爲多愁。不知小鳥緣何事，也向花間白了頭。」《黃鶴山樵聽雨樓卷》云：「湖天過雨水冥冥，吹緑東風草一汀。絕似銅坑橋上望，遠山如髮向人青。」又嘗見舊扇一柄，題云：「芳草牛羊雜馬群，數家烟火自成邨。孝陵西面無人到，落日青山滿寺門。」此詩不在卷中。

州城西石崖下，有「龍爪」二字。相傳宋建炎間曾現出，時有焦炳、焦煥兄弟二人，各舉文、武進士第一，故《志》有「龍爪現，狀元見」之謠。不知何年淤塞，至乾隆己卯復爲大水洗出。刺史邵厚庵先生大業曾賦長古紀其事，云：「六城城西湃河側，石骨連拳穿城窟。就中一石深盤根，大書龍爪其文白。傳聞有宋建炎間，水落沙飛露靈迹。同時焦氏弟與兄，文武彤廷各第一。謡歌朗朗自昔稱，龍爪現兮狀元出。洎今六百有餘年，影匿光沈求不得。乾隆己卯廿四年，此石忽如日月揭。父老驚喜兒童呼，快睹争先頌聲徹。搢紳先生告長吏，長吏聞之寸腸熱。天時人事非偶然，會見英才應時發。急令吏人摸其真，裝潢懸之光照壁。人有傑兮地有靈，千古誰能異此説。」惜石質不堅，「龍」字漸就剥落。嘉慶初，表兄楊召林重爲摸刻，並屬予隸書宋東田刺史思楷七律於後，然終不能經久耳。

潘寄嵐先生彬，生平數奇，年三十外，始以百韵詩受知州刺史，得補弟子員。中年落拓名場，遊歷江浙間，結交盡諸名宿。潘稼堂稱其少年天才駿發，下筆千言，風馳雨驟。晚年痛自繩削，雕肝鏤腎而出之，務汰膚詞，吐露真骨，意匠一新，誠得作者苦心。《過金山寺》云：「曾聽孫張説，舟過剛自今。低佪愛雲樹，倉卒負魚禽。帆影妨回望，山靈似索吟。有如得名士，一揖未交深。」《約戴竹屏先生見過》云：「居止東西隔，尋常夢執經。汗應憐我赤，眼獨向君青。甕擊村醪熟，盤炊野菜馨。小巢虚一額，洗硯待題銘。」集中歌行長律甚多，不能備録。是二章，仍少作也。戴名衡，州乘稱其博學篤行，刻有《竹屏剩稿》。讀先生詩，亦可想見其人。

《五雜組》云：「涿州之涞水道中有大桑，高十餘丈，蔭百畝，即漢昭烈舍前之桑也。今千五百年矣，而扶疏如故。」予按，《吉金貞石志》載：金王庭筠《涿州重修昭烈帝廟碑記》有云：「鬱童童兮羽葆蓋，悵籬樹兮今安在。」又元陳剛中《過涿州》詩云：「車蓋不復見，但有秋草黃。」是其樹在金元時已無有，則此桑非漢物可知。

杜工部《送楊六判官使西蕃》詩：「子雲清自守，今日起爲官。」假「雲」對「日」，兩句一意，唐詩此類甚多。元、白、劉賓客輩《汝洛唱和集·九日送人》云「清秋方落帽，子夏正離群」是也。宋龔鼎臣《東原録》謂：「『今』宜作『金』。蓋金日磾本休屠王太子，與母閼氏没入官，輸黄門養馬，武帝嘗奇之，賜湯沐衣冠，拜爲馬監。唐中興時，贊普必有相類者，故甫用之也。」微論本詩上下語意不合，即金日磾之名，亦從未有以「金日」二字稱之者，語殊近鑿。「清自守」，《東原録》作「清白守」，亦誤。

唐李商隱、温庭筠、段成式三人，詩相似，又皆行十六，故世稱「三十六體」。《新唐書》於商隱傳末不言其故，但云時温庭筠、段成式俱用相夸，號「三十六體」。豈非故示鶻突？蓋語有不容不叙明者，此類是也。

吴楊溥既禪位李昪，昪營道室送之茅山。溥嘗有詩云：「江南江北舊家鄉，二十年前夢一場。吴苑宫闈今冷落，廣陵臺榭亦荒凉。烟凝遠岫愁千叠，雨滴孤舟淚萬行。兄弟四人三百口，不堪端坐細思量。」味其詞，亦可哀矣。予謂李昪先爲徐温養子，名知誥，内圖其家，外圖其國，其姦惡不在莽、操下。緣竊據偏隅，知之者少，幸逃唾罵爾。

《五國故事》王延彬一律甚佳，云：「兩衙前後訟堂清，軟錦披袍擁鼻行。雨過緑苔侵履迹，春深紅杏鎖鶯聲。閒擕久醖松醪酒，自煮新抽竹筍羹。也解爲詩也爲政，儂家何似謝宣城。」延彬爲審知猶子，襲其父僞封於泉州。能爲詩，亦好佛理。宅中聲妓多北人。將求妓，必圖己形，而書其歌詩於圖側，曰才如此，貌如此，以冀其見慕。審知諸子多凶暴，延彬頗有文士風趣，所謂醴泉無源者與？

桐城張吾未《湖南乞巧詞》云：「明月西樓敞素屏，漫陳瓜果賽雙星。旅人衰病無須巧，只乞秋風過洞庭。」語意極超脱。閨秀張蓼仙《七月初六夜》句云：「茶鐺活火煮新秋，愛月先登乞巧樓。欲架鵲橋猶未許，今宵更勝隔年愁。」情致深婉，自是閨中人吐屬。又《歲華紀勝》載有閨秀李國梅字韞庵者一絶云：「微雲淡月露華新，結綺筵開瓜果陳。乞巧輸他兒女事，老逢令節一閒人。」何其老重。

明經陶備三先生恪，工制藝，無知其能詩者。嘗得其《昞怡閣間詠》一帙。《喜小齋落成》云：「謖謖松濤靜有聲，蝸廬低結兩三楹。半簾風月貯清味，一枕蟲魚却世榮。騎竹兒捎花際蝶，蒸梨妻餉晚窗羹。廟堂箕潁知誰是，且趁春光入眼明。」頗有劍南風味。又《哭楊前民甡》云：「青山一幅時皴賣，白晝重關學坐禪。」亦得其生平。

前民先生一號辮僧，明太僕四知孫。歲貢生。志尚高潔，書畫皆入神品。黄左田先生嘗題其畫云：「書傳山谷草書法，畫在梅清伯仲間。要識此君不凡處，挑鐙乘醉寫秋山。」

歙邑張古井冰精岐黄，善寫意花卉，而詩才亦超。與黄硯亭先生本田交最契。先生癸未進士，官淮安教授。卒後，古井挽之云：「捽碎牀頭七尺琴，天涯從此絶知音。一千里客風塵老，三十年交氣誼深。把臂每憐詩外趣，剪燈曾話酒邊心。汪汪雅量難重見，鄙吝愁生又自今。」「經年一榻卧維摩，銷減豪情廢嘯歌。擬弄曾孫娱晚景，難求丹藥起沈疴。秋心到此悲吾友，春夢從教喚阿婆。我亦頹齡行自念，病貧而客奈如何。」

乾隆初王晴嵐先生在都候選，構有叢菊山房。一時名士往來，多唱酬之樂。合肥令松江廖古檀景文有《紀事五章》云：「錦幔高張曲徑新，滿庭花放絶紅塵。香風竟日吹襟袖，把盞欣依似菊人。」「鼉鼓聲沈倒玉壺，棋枰酒疊疊喧呼。興來擬倩傳神手，繪出天涯快叙圖。」「安排象管與銀箏，客至清謳喜互賡。記得醉中行小令，朦朧猶唱《楚江清》。」「侵晨催赴歲寒盟，瀹茗清談意盡傾。歸路踏歌花影亂，鳳樓譙鼓已三更。」「金石交期氣似蘭，雲衢同騁紫騮鞍。他年風雨應相憶，携取清吟當譜看。」王名文燮，選平魯知縣。

陳藏器《本草》云：「砂挼子，生砂石中，形如大豆，背有刺。能倒行，旋乾土爲孔，常睡不動。生取之，置枕中，令夫妻相悦。」見《北夢瑣言》。明湯若士《武陵春夢》詩云：「細語春情惜夜紅，妨人眠睡五更風。明朝翡翠洲邊立，拾取砂挼置枕中。」

「獨坐燒香静室中，雨聲初罷鳥聲空。瓦溝柏子時時落，知有寒天木杪風。」宋張戒詩，載所著《歲寒堂詩話》。自云：「此絶句非余得意者，而陳去非獨稱誦不已。」按，戒《詩話》以陶、阮、李、杜爲宗，議論亦極純正。其生平詩必多可觀，惜所見之僅也。

詩家多以婦人比花，然如「國色朝酣酒，天香夜染衣」及「若教解語應傾國，任是無情亦動人」，第形容其艷麗與神韵爾。至杜牧之《晚晴賦》「雜花如婢如妾」，是以人而婢妾花矣。若林和靖妻梅，人尤艷稱之。儻遇阮宣妻，恐嶺上三百樹不免濯濯。

熊吏部文舉《雪堂文集》有《金陵懷古》二律云：「燕雲萬色已凄其，尚是君臣宴樂時。淮水不聞嘶戰馬，石城先見豎降旗。潮回野岸家何在，人去空江事可悲。正是霜楓凋落葉，栖鴉寧有上林枝。」「憶昔樓臺漾彩霞，六朝濃艷此爲家。春回尚記門前柳，雨散都成陌上花。桃葉渡邊驚牧馬，石頭城外數歸鴉。如何白首梁江總，偏向清溪弔麗華。」吏部南昌人，崇禎辛未進士，知合肥縣。龔芝麓爲其所得士，師生最相洽。流賊嘗兩犯廬郡，皆能堅守無恙。行取進京，歷官部郎。當闖賊西竄時，吏郎與芝麓數人已潛遁百餘里。因衣食俱乏，聞國朝招徠明臣，遂復入京，洊陞至少宰。先是，南渡諸臣多將在北諸人定入逆案，故此二詩，亦多譏南人之誤國也。

雪堂在明季才未盡其用。入國初，立朝未久，即告歸，不復出，故多感慨興亡諸什。其《雜詩》云：「白髮銓臣慣帶愁，曾垂清淚曲江頭。無因説向金仙去，殘月栖栖下鳳樓。」「泣血鐫書虎豹關，書生無分見龍顏。可憐一紙南遷疏，飄向溝塗雜草菅。」自注：予勸南遷等疏，亡國之後，與紅本俱委泥塗，市人當廢昏賣之。「浪子中書記阿誰，鳳池三載氣葳蕤。如何四海爲家富，却乞殘膏補漏卮。」通州相國氣岸驕蹇，警報日急，自立簿醵錢助餉，外無措置。「紈袴悠悠百不聞，殿前專對李將軍。明知一擲江山麗，猶向東華望陣雲。」李臨淮輕佻少年，一切京營城守重務盡委之。然亦有風神絶佳者，如《偶題》云：「西風吹夢一纖温，細翦蘭膏補月痕。銷盡紫烟金鴨冷，珊珊疑有未歸魂。」此或在早年耳。

《國朝詩别裁》有侍郎趙玉峰士麟二律，謂滇南遠隔萬里，風詩難采，侍郎詩亦只見此二章。潯偶得其《朝天集》一卷，古今體皆備，蓋其初會試時所著。由滇省至直隸，凡所經山川古迹，皆見之吟詠，並道里遠近，亦載之歷歷，真得著述體。《别裁》所選，即在集中。外有《準提閣》云：「高閣清虚四望開，漁舟盪槳出沙隈。荒山蕭瑟惟羈旅，千里湖光撲面來。」《葛鏡橋》云：「傳説成橋日，神人自此過。石紋凝砥柱，山勢接黎峩。晝冥飛禽少，江寒水怪多。葛侯勳績茂，安穩出風波。」《龐德公墓》云：「載酒來登高士丘，襄陽耆舊幾人留。鴻飛海外辭劉表，龍卧山中識武侯。廬舍已荒縈蔓草，妻孥無恙樂田疇。千秋魂魄長依此，月朗風恬策杖遊。」可采者尚多。

又《雨村詩話》載滇人李鶴齡能詩，王夢樓守臨安，未之知，及去，見贈句云：「玉堂老鳳留衣鉢，滄海長虹卷釣絲。」夢樓逢人便誦。嘉慶丙寅，沙雪湖明府琛亦滇人，署篆六安，刻有詩集。潯因隨先學博往松郡，未及見。

小峴山在含山，《六安州志》無之。而《楊升庵集》載：六安小峴山産茶，名小峴春。則是實有其山，而《志》遺之。故盧雅雨向任六安，嘗有句云：「我欲沈碑投小峴，摩挲殘碣不勝愁。」又州先輩夏湘人先生詩文署款，亦時自稱「小峴山人」。

歌場舞席，往往不能無詩。惟名人出之，倍見身分。宋韓魏公開府長安，李待制師中過之。李有詩名，席間使爲官妓賈愛卿賦詩。詩云：「願得貔貅十萬兵，犬戎巢穴一時平。歸來不用封侯印，只問君王覓愛卿。」蓋李名位稍後，承命不敢辭，又不可稍涉輕佻。此以英雄之氣寫旖旎之情，愛卿聲價亦異常增色。元龍麟州先生，負海内重名。過福建，憲府設宴，有妓名玉帶者佐酒，憲府請賜詩。先生句有云：「老夫記得坡仙語，病體難禁玉帶圍。」既不拂人意，又不失所守，風流諧謔，何等大雅。

李衛公《步虚詞》云：「仙女侍，董雙成，桂殿夜寒吹玉笙。曲終却從仙官去，萬户千門空月明。」

又：「河漢女，玉鍊顔，雲軿往往在人間。九霄有路去無迹，裹裹天風吹佩環。」此見《彦周詩話》。予記漁洋《居易録》所載，前首句云「仙家侍女董雙成」，次云「河漢玉女能鍊顔」，皆七字，似較此三言兩句爲妥當，從之。

明杭人吴東昇，年八十卒。臨終詩云：「屬付兒孫送我終，衣衾棺槨莫豐隆。停喪只好經旬外，出殯須行正路中。念我行藏無大過，請僧超度有何功。掘坑埋了平生事，休信山家吉與凶。」東昇，武弁也，而胸襟超脱乃爾。

唐令狐綯薦李遠爲杭州。宣宗曰：「朕聞遠詩有云『長日惟消一局棋』，豈可臨郡？」此特詩人閒適之詞，非必實然。而《陳留志》載阮簡爲開封令，縣有劫賊，外白之甚數。簡方圍棋長嘯。吏曰：「劫急！」簡曰：「局上劫亦甚急。」其高率如此。此則大害于理，貪閒嬉而不顧民命，真宣宗之罪人矣。且志亦史類，以此稱其高，何以爲勸戒。

古成之，字亞奭，廣之增城人，端拱中第進士。有張賀、劉師道者，嫉廣南人右己，夜召飲，置喑藥焉。比臚傳成之，不能應。太宗怒，扶出。後再登第，與選。上聞前事，欲置二人于法。成之申救，謝無有。張乖崖奇其才，辟知綿州，長于文章政事。遇異人韓泳，邀以仙術，謝曰：「方以親仕，非所願也。」卒于官。或曰終以仙去。事具《湧幢小品》。予記他書成之有《憶羅浮》詩云：「憶昔羅浮最上峰，當年曾得寄仙蹤。憑闌月色出滄海，欹枕秋聲入古松。採藥静尋幽澗洗，寄書閒仗白雲封。紅塵一下拘名利，不聽山間午夜鐘。」意成之原此道中人與？然予重成之不在此，其以德報怨雅量，誠不可及。

楊雪蘿先生尊翁五十生日，雪蘿時在蘇州，諸名宿皆有詩。兹擇其尤者録三章。彭省軒定求云：「風期南國藴餘芳，五十如今鬢未蒼。肯構已知能繼述，承先尤自有文章。庭中柏樹千年老，石上菖蒲九節香。竚看黄麻下鸞背，笑攜官醖比瓊漿。」顧伊在汧云：「雲衣月扇列仙家，丹井銀筩路不斜。老眼光欺青簡雪，佳兒文並赤城霞。池魚泳水閒吞墨，庭鶴梳風静煮茶。燕喜最憐幽谷好，錦葵開作碧桃花。」姜鶴澗實節云：「一脱韝緤便九霄，先生何事愛漁樵。清風獨守遺書在，磈礧還憑濁酒澆。啓匣劍光思舊澤，樓開山色見前朝。不須太息遭逢晚，五十勳名未是遥。」又本地諸老輩詩録二。八十五翁駱念庵士憒云：「奕葉清名孰與參，玳筵開處映弧南。仲桓絶業群爲頌，子幼高風我素諳。藹藹庭前衣絢綵，振振膝上味分甘。逍遥坐致箕疇五，世誼情深更祝三。」程載錫之光云：「儒雅千秋屬道南，薪傳奕奕更誰堪。庭標叔度能傾戴，籍擅鳩官待問郯。原注：藏法物甚多。自喜丹鉛咀至味，何心金紫博餘甘。却疑虎觀征車急，歆向連鑣校秘函。」

世以好飲而無酒德者爲惡客。而山谷詩云：「雪裏過門多惡客。」自注：「不飲者爲惡客，見《元次山集》。」又一絶云：「破卯扶頭把一杯，燈前風味唤仍回。高陽社裏如相訪，不用閒攜惡客來。」余自以生平不勝杯勺，酒席間差幸無過。孰知遇涪翁，且不免爲門外漢哉！

葯坡詩話卷二

六安王潯楚泉氏輯

仁和進士倪春岩先生廷模，官安徽知縣，曾三署六安州事。《和夏湘人先生八十自壽韵》云：「門庭如水欲張羅，老友頻來受益多。塞北直教投筆去，橋東不用杖藜過。三千白髮頭猶强，九萬青雲志未磨。聞説武陵遊有約，繫匏如我耐春何。」原注：時紳士約遊桃塢，未果。此詩三四句，一指其從盧雅雨運使出塞，一謂其精神矍鑠。蓋湘人及楊桂園兩先生，皆年近九十，猶能御女，真奇人也。倪又有《留別》句云：「十里香風茶葉市，半塘春水桔槔人。」

婁縣諸生陳燕蘭，號垞香。有《霍山竹枝詞》云：「春雷昨夜報金芽，雀舌銀針儘内衙。柳外龍旗喧鼓吹，香風一路貢新茶。」「曾向山間問土宜，此中風物別珍奇。錦雞作臛渾閒事，異味還輸玉面貍。」玉面貍，一名果子貍，專食諸果，故其肉肥嫩，兼帶香味，真奇品也。錦雞貴重，人豈肯食，作臛者雉雞耳。又《山王河道中》云：「來往灊臺曲徑賒，谿山罨畫野人家。晚霞著色楓香樹，曉露新妝蕎麥花。此地田疇多畎澮，頻年生聚足桑麻。西風送我遄歸去，猶聽兒童唱采茶。」垞香，康熙間人，有《望岳吟》。蓋在霍山時著，第不知客遊耶？抑幕席也？

明恭順侯吴姓，先世韃靼人，永樂中内附。歷軍功，世襲侯爵。康熙時，有名穆字鏡庵者，牢落東南，至六安，依其妻族，後卒於姑孰。雪蘿、桂隱即駿夫兩先生爲刻其《柿麓詩鈔》。有《寫懣詞》云：

「甲申五月始生儂，正值烏號上起龍。齏粉金甌終帝統，苓通鐵券畢侯封。東陵失盡鉏瓜圃，南國流爲賣菜傭。七歲父攜抛舊土，客兒飄泊到龍鍾。」讀之身世可憫。柿麓駢體文尤工，其《桃花扇題辭》，人多誦之。

石印山在和州，孫皓時石印成文，妄以爲有天下之兆，故名。桐城方息翁扶南詩云：「天險長江日夜流，誰知木秣下巴邱。井中得璽開三國，石上成文誤九州。荆楚黄旗初授甲，洛陽青蓋竟封侯。當年枉使英雄嘆，那得生兒盡仲謀。」沈歸愚謂「木秣」係隋滅陳時事，不無假借。按，秣，芳吠切，見《晉書·王濬傳》。正是本事，何云假借？又《汪舟次楫出使琉球辭其畫像》詩云：「豈是中朝第一流。」歸愚謂用東坡贈子由使契丹句：「單于若問君家世，莫道中朝第一流。」顧亦忘先爲唐李揆事，何也？

先伯秋崖公嘗云：歸愚先生一生精力在詩，故於考據或疎。如《杜詩偶評》中以「褒公」爲「殷開山」，評劉大山《藤杖歌》以「博山侯」爲「張禹」，皆誤。蓋褒公段志元，博山侯孔光也。又《别裁集》施愚山《不得宋荔裳妻孥消息》詩：「張堪妻子應誰託，巢卵長抛虎豹叢。」歸愚謂張堪無託妻子事，此約略之詞。不知張堪託妻子於朱暉，其事載暉傳，而竟不考如此。

陳元之先生爾善，明季知夔州府，遷兵備道。值寇梗，不通音問者十餘年，故其詩多感慨興亡、懷思鄉里之作。嘗記其《長相思》詞云：「夢頻頻，淚頻頻，憶到家園醒後驚，血淚染啼痕。寒又更，暑又更，目斷江天烟水橫，遥山點點青。」及國朝定蜀，始以僧服款軍門，給符，還六安，年已八十餘。謁墳墓，逾兩日卒。著有《吏隱堂稿》。

聞如愚先生愚有《過釣魚臺》句云：「徑同世態曲，山備畫家皴。」膾炙人口。臺在州東南百里，極秀麗，而四圍皆山，不知何緣得此名。又《雙塔寺》云：「雙塔何年廢，春深寺最幽。菜花黄夾路，竹葉密遮樓。梵唄音難辨，諸天象不侔。如如大自在，僧室似虚舟。」聞氏居河西，爲吾州世族。先曾祖《泠善閣詩集》與倡和甚多，蓋至契也。其尊人介祥，號潛臺，與兄道字吉旋，並以明經官學博。《志》稱潛臺先生稿甚富，藏於家。今竟無從得見。有《灊臺寺》一律云：「山深古寺日初晴，淡淡垂楊緑未成。崖閣猶餘題壁字，徑苔新破曬經僧。西風作意催花落，夜月無聊向客明。此處凄凉收不盡，暮鐘分送入荒城。」又小詩云：「攤書菉竹下，竹影映書碧。粉蝶過牆來，閒從書上立。」語頗幽秀。又《實齋詩鈔》有《祝聞孔傳魯五十》云：「不信老滄洲，詩才壓選樓。俗人争小草，高士重千秋。兒識能文樂，兄分入世愁。一簾疎雨後，局内有丹丘。」孔傳先生即如愚先生弟，知其世多文行。

邱秩西比部《西江遊紀》附載商丘宋山言至《過黄梅縣》一絶，風調極佳。云：「松杉漠漠雁飛回，水石縱横一徑開。冷雨凄風吹不斷，籜冠欹側過黄梅。」比部云：「黄梅山水頗佳，有浙蘇風景。」

霍山葉函齋先生名風，詩以魄力勝。余不緇嘗題其稿云：「項羽雄風戰陣開，拔山蓋世渡江來。我觀壁上徘徊久，不數漁陽老將才。」然予特記其清儁者，如《謝友贈梅》云：「減君明月三分影，增我春風一首詩。」余名白，亦霍人。《登南嶽山》云：「兩淮練白無非水，三楚螺青盡是山。」

族祖於岸公名先登，幼與汪菩水進士齊名。自言十一歲時遇亂，爲人擁至獻賊前，奇其壯貌，命養之。後以不能乘馬，縛一大鵝使騎之，得自匿草間亡歸。生平質直好義，有友陳泊翁者，不知其名，贈公有「骨稜世見皆如鐵，色相生來本渥丹。汲古胸中蟠篋笥，授徒門下盛簪冠」云云。又陶備三明經輓公云：「醉飲醇醪四十年，圍鑪對榻意纏綿。塵談自覺輸夷甫，屐倒群推比仲宣。經授春噓盈絳帳，箱傳業舊只青氊。金風一夜摧芝玉，腸斷哀猨淚涌泉。」公孫露豐先生希湛於溽爲兄弟行，溽總角時，先生已臻古稀矣。其《訓子》詩云：「十葉只期延泮藻，三公敢望植庭槐。」蓋自其先世皆諸生，以讀書砥行爲主，不求進取。至先生已歷九代，子名羹，乾隆庚戌入泮。羹孫芑香，嘉慶己巳亦弱冠補弟子員。尤方嚴有古道。州前輩登科甲者，多出門下。先伯秋崖公，其叔輩也。幼從之學，終身以師道自居，不稍假借。乾隆丁酉冬，沐浴更衣，端坐而逝。先期自書訃狀，並有「問余渺渺歸何處，不近蓬萊近蕊珠」之句。後山中有扶乩者，嘗與錦江向太史日貞同降壇。竊疑先生素講理學，此殊不類其生平。豈所謂神仙者，原在端人正士中，非必藉修煉而然與？

嘉慶戊午，表伯楊筠邨先生蕤設教鏡心禪院。有新筍發地尺餘分爲二竿者，山長黃左田先生據劉美之《續竹譜》，爲寫《瑞竹圖》册子，並題云：「琅玕千个翠雲濃，一榦雙竿喜乍逢。簫史徵材應並截，管城拜爵欲分封。人中麟鳳生同日，原注：「宋王應麟、應鳳同日生，又同舉鴻詞科。見《寧波志》。」科目郊祁慶接蹤。我更吟詩供一粲，老筠猶欲化爲龍。」後學使汪瑟庵先生按臨至六，召林表兄景曾，呈圖請題。先生爲題云：「春雷一夜迸雙龍，千畝秦川漫素封。霖雨蒼生他日事，且培直幹比虬松。」「瑞株連理麥雙岐，争及翩翩玉筍奇。儻得移栽阿閣畔，齊鳴定有鳳來儀。」既發出，次日復命巡捕官取進，補題一絶云：「竹箭東南在謝階，干霄一一出群材。却慙不是伶倫手，猶有琅玕未截來。」注：「召林同胞四人，列一等者三。」踰年，學使周廉堂先生歲試，召林暨弟仲矩法曾、叔度鐸曾、季因培曾，俱列前茅，故廉堂先生題句有云：「頭腦冬烘笑我頑，曹騰往往誤搜顏。者番不用金鎞刮，收盡人間玉筍班。」今名流題詠殆滿。按明人《廣客談》中載白湛淵先生之居有竹一根，上分爲二，謂物之變爲怪，未必皆瑞云云。然筠邨表伯至今無恙，其胞姪吟蕉恢曾、介坪懌曾兩兄，旋於辛酉年一登賢書、一入詞館，則此竹之生謂非瑞，得乎？

召林書畫皆工，而人尤風雅。所構淠西別墅，亦繪圖爲人題詠。姚姬傳先生修志在六，嘗屢遊其地。贈云：「落葉荒林但聚鴉，偶隨晴日到君家。竹籬茅舍臨沘水，爲瀹春風自焙茶。」「如舟小屋蔽松筠，研麝香中接古人。傳搨右軍書六十，更無人道庾郎貧。」原注：「家藏陳眉公刻右軍六十帖板。」汪璟庵學使云：「軟紅不到處，老屋枕清波。隔岸人家少，著花春樹多。閒情聊焙茗，展卷且高歌。對此一惆悵，年來負薜蘿。」宋東田刺史云：「柴門深掩蓼花灘，新竹行鞭過鴨闌。曲徑穿雲人遠近，疎籬映水月蒼寒。細烹春茗澆詩味，分料餘糧供鶴餐。自笑飲滁非六一，聽泉差喜足盤桓。」其他佳者甚多。介坪太史《春日遊灊臺寺》云：「竹松蒼翠鬱晴光，紀蹟人猶憶漢唐。白水未看灊赤壁，青山依舊繞灊堂。風和早識江春入，臺古何嫌石徑長。他日重尋幽賞趣，秋林黄葉桂花香。」時掌教霍山。灊臺亦有小赤壁，向四圍皆水，自雍正丁未河徙，故三句云。

嘗閲元遺山《續夷堅志》，載金參政梁肅天賜夫人一段事，甚奇幻。後讀郝陵川集有此詩。二君皆正人，則是其事必信而有徵。第《續夷堅志》不言日月，而郝詩云八月十五，疑遺山記事猶未詳也。

詩云：「八月十五雙星會，花月揺光照金翠。黑風當筵滅紅燭，一朵仙桃落天外。梁家有子是新郎，芈氏負從鍾建背。争看燈下來鬼物，雲鬟欹斜倒冠佩。須臾舉目視旁人，衣服不同言語異。自説吴門六千里，恍惚不知來此地。甘心肯作梁家婦，詔起高門榜天賜。幾年夫壻作相公，滿眼兒孫盡朝貴。須知伉儷有因緣，富者莫求貧莫棄。」此詩《日下舊聞》及《陔餘叢考》皆載之，詳略不一，而校本集爲勝。此從《日下舊聞》。且「吴門」字，集作「成都」。按，女子自言我揚州大族，則云「成都」者誤矣。

陵川《燕臺行》一篇尤奇警，并録於此。云：「高臺突兀燕山碧，黄金泥多土猶濕。曉日曈曨赤羽旗，燕王北面親前席。費盡黄金臺始成，一朝拜隗人盡驚。誰知平地幾層土，中有全齊七十城。禮賢復仇燕始霸，遂與諸侯雄並駕。七百年來不用兵，一戰轟然駭天下。二城未下昭王殂，火牛突出騎劫誅。臺上黄金少顔色，惠王空讀樂毅書。古來燕趙多奇士，用捨中間定興廢。還聞趙括代廉頗，敗國亡家等兒戲。燕子城南知幾年，臺平樹老漫荒烟。莫言駃騠能千里，祗重黄金不重賢。」

小詩一帙，名《排悶集》，不署姓名。其《立夏第二日》云：「花事闌珊緑葉齊，桑林處處郭公啼。三春多少愁人夢，昨夜薰風到水西。」《漫興》句云：「貧無租税真忘市，懶並居鄰不記名。」《新月詞》有云：「菱花乍掩梭微下，筆拙難描寫。清光何處最銷魂？每向樓頭柳外露三分。」皆清妙。又《古意》云：「安得花作衾，覆郎郎不俗。問花花無言，花願作郎褥。」筠郵表伯云：「此亦翁實齋稿也。」始知其遺珠尚多。

明季鄉人有黄澹之者，素豪俠，爲人所忌。一日，燈下觀書家中，聞檐際有人歌云：「風淒淒，雨嘶嘶，千金買我殺澹之。」聲未歇，而其首已不見矣。蓋劍客也。予按，唐時劍俠甚多，如聶隱娘、紅綫之流，説部書多載其事。今絶不一見者，承平之世，此輩固無所用其技能也。

婦人勻面，古惟施朱傅粉而已，至六朝乃兼尚黄。梁簡文帝詩：「同安鬟裏撥，異作額間黄。」遼時燕俗，婦人有顔色者，目爲細娘，面塗黄，謂爲佛粧。宋彭汝礪有云：「女夭夭，稱細娘，真珠絡背面塗黄。南人見怪疑爲瘴，墨吏矜誇是佛妝。」以上見《日下舊聞》。細娘、佛妝，字頗新艷。予記後周天元帝亦嘗令宫人黄眉墨妝，至見唐人詩者尤多。虞世南嘲袁寶兒云：「學畫鴉黄半未成，垂肩嚲袖太憨生。緣憨却得君王愛，長把花枝傍輦行。」盧照鄰云：「纖纖初月上鴉黄。」鄭餘慶云：「滿額鵝黄金縷衣。」楊巨源云：「落釵仍挂鬢，微汗欲銷黄。」李商隱云：「八字宫眉捧額黄。」張泌詞云：「蕊黄香畫貼金蟬。」温庭筠有「額黄無限夕陽山」及「黄印額山輕爲塵」、「小山重疊金明滅」、「蕊黄無限當山額」等句。不知黄色何以助妝，今閨閣中絶不尚此矣。又宋陳與義云：「智瓊額黄且勿誇，眼明是此風前葩。」此借以詠黄梅，殊爲雅切。智瓊，晉時魚山神女也。

閻梓薪先生鑒與兄鍪皆廩生，少負雋才，惜俱不永其年。《東英邑鄭雨屏孝廉》云：「羅刹磯頭釣錦鱸，比來秋興滿江湖。丹楓細雨黄花路，定有新詞詠鷓鴣。」先生尊人巡道公純壐，號誠齋，著有《濟美堂集》。《送弟之任鞏昌》云：「分符西去主恩新，送爾依依意倍親。已有薰風隨駟馬，還須甘雨傍朱輪。花前祗望秦時月，夢裏應憐魏闕人。壯矣此行當努力，莫耽詩酒負青春。」《插箭嶺謁楊六郎祠》云：「插箭功成宋六郎，至今廟貌傍羊腸。貔貅擁護三關險，戈鉞騰輝萬刃霜。出岫陰雲迷野樹，潑天飛雪點征裳。祭刀晒甲留芳迹，千古英風姓字香。」聞巡道公官主政時，一夕，與三人閒坐，某某談及時事，頗涉訾議，公獨默然。强問之，公正襟答云：「君子居是邦，不非其大夫，况天子乎？」未幾，公連擢，而某某皆被議。夫榮落固尋常事，而人臣邇室盟心，不當如是耶？

泰州張良御符驤嘗語雪蘿先生，欲選三仙詩爲一集，謂太白、東坡、文長。一日，舉《五日弔屈原》一律示先生，先生謂非唐名家不能。張笑出一編，則其妹玉英稿也。詩云：「汨羅千古恨深深，此日靈均何處尋。黍角徒充饞鬼腹，蒲觴不醉怨臣心。洶騰濁浪翻風雨，慘淡愁雲變古今。澤畔行吟人不見，《離騷》讀罷淚沾襟。」詠是詩時，年尚未及笄。

雪蘿先生嘗云：「吾與海陵張子交，獲睹其妹玉英稿，有云：『男兒浪説囊螢事，不識誰能晝讀書。』不覺兩頰生赬。」玉英名瑛，其爲詩能擺脱恒俗，自標新穎，爲閨秀中所僅見。《寒食》二絶云：「春晚花殘兩可憐，東風吹徹鷓鴣天。正須暖酒酬佳節，誰教人家悉禁烟。」「陰雨連宵泣子規，荒城士女盡流離。可憐幾日無烟火，那是今朝爲子推。」《中秋》云：「旱潦何堪兩事并，縱當佳節亦愁生。花經暴雨如相妒，月背寒家不肯明。殽核自成荒歲景，酒漿猶費老人情。莫言此夕無嘉讌，尚有飢民乏菜羹。」其詞筆亦清麗可喜。《題月下美人彈琴圖一剪梅》云：「無限風流筆底生。秋色盈盈，月色盈盈。分明樹下理瑶琴，遠聽無聲，近聽無聲。曾見佳人奏好音。風外泠泠，雨外泠泠。可憐形影隔江城，想到而今，望到而今。」《扇頭美人沈醉東風》云：「孰把輕紈扇，繪出青娥面。娉婷嬝娜向花前，倩倩倩。一分水墨，十分摩揣，百分妖艷。有人容可羨，昔日曾窺見。記得情嬌態更妍，念念念。

是誰家婦，是誰家女，是誰家院。」嘗見良御手札，知當日於雪蘿先生曾有冰人之託。先生以其尊人性情難諧，却之。未知後適誰氏。

李竹嬾太僕《六研齋二筆》云：「杜樊川《滁州》詩：『獨憐幽草澗邊行，尚有黄鸝深樹鳴。春潮帶雨晚來急，野渡無人舟自横。』刻集者訛『行』爲『生』，訛『尚』爲『上』，宋人遂附會其説，謂牧之有意託興，以幽草比君子，而淪落幽隱，以黄鸝比小人，而得意高顯，致唐祚垂末，而無幹濟之才。不知『行』與『尚』本是隨時直賦所見，無關比興者，有甲秀堂刻牧之行草真蹟可據。」按宋人説詩每多穿鑿，太僕謂此詩無關比興，最是。謂「生」、「上」二字爲「行」、「尚」之訛，似非。「生」字何等自然。春日正黄鸝鳴時，而云「尚有」，成何語？且此詩是韋蘇州集中指名之作。或樊川書此，偶有不同，而遂執帖刻認爲小杜句，非也。

戊子夏，有女仙自稱「雲窩仙史」，言事多奇驗。嘗問：「座中有詞林否？」批云：「有。」問姓名，云：「五行皆可。」恰與今方伯楊蘭如先生之字行可相符，真玄機也。後每招必至，詩亦清雋。嘗暗函一火刀求判，仙云：「爐火千番鍊始成，還看烈焰箇中生。無緣鑄出干將樣，午夜空聞擊石聲。」其靈慧類如此。

又有瓊峰大仙者赴乩，尤屢自稱宋進士，學道二十年，從韓十郎飛昇後辭去，留籤詩一百首以示吉凶，凡寫兩日始竟。第五十章云：「一鈎新月已沈西，摩詰先生尚未歸。今日暫分蘭臭味，來朝再啓白雲扉。」時夜已深，予伯父秋崖公猶未回也。又有云：「蘭閨無計點銀釭，雲暗梅花隱碧窗。耐得清寒情思冷，鴛鴦繡出翼雙雙。」亦閨情中絶妙好辭。

六安號處萬山，其實去城皆遠，如齊雲、復覽諸勝，多在百里内外。近郭惟小赤壁，下臨淠水，可供遊玩。當春秋佳日，約二三同志，從河下買舟，頃刻可即。轉棹而入，爲楓香澗。又數折，捨舟登陸，古藤匝路，野花送香，徐聞鐘磬數聲，飛出林表，爲鏡心禪院。琳宫幽邃，隨喜數步，老僧烹茗出，相與略談真如。晚理歸棹，順流而下，則夕陽在山，漁歌欸乃，遥看城闕，横烟霧中，亦饒有畫意。楊雪蘿先生詩云：「古木陰穠映白沙，片帆飛去響濤花。盪胸雲日無邊景，酌取清泉自煮茶。」「憲使園林盡野烟，旁有明徐中憲别墅舊址。勝遊誰續百年緣。摩挲峭壁鎸題處，始信劉郎句本妍。石上明州同劉公垓詩甚佳。」「楝花風急晚涼生，猶自沿溪聽鳥聲。常日茅齋觀畫好，此時身在畫中行。」又盧雅雨運使爲州牧時，《中秋放棹》云：「桂花村郭枕河流，佳節開衙一放舟。名蹟偶然同赤壁，戰場何必在黄州。雨餘碧樹鳴蟬路，月下青山醉客遊。我欲沉碑投小峴，摩挲殘碣不勝愁。」

霍山山水明秀，俗尚繁華，人有「小揚州」之稱。程灌芸先生在嵊《雨中春泛》數章，略見其勝。云：「連宵密雨阻征車，南浦東風换物華。柳意漸濃鶯漸鬧，留人春色到桃花。時將有燕臺之遊。」「野雲籠水濕模糊，十里青山淡欲無。幾點漁帆一帘影，和人都入米顛圖。」「處處山村逗小紅，裙腰一帶草迷濛。最憐獅子橋西路，萬樹胭肢細雨中。」「雨裏蘭橈不受塵，明珠翠羽照春津。可知珍重看花約，不獨清狂我輩人。」「暮色催人興未闌，歸帆無奈卸河干。中流燈火誰家舫，猶按紅牙拍紫檀。」先生詩畫俱臻逸品。戊子、己丑聯捷，官廣西賀縣。虧某項千餘金，撫軍某索畫二軸，爲代償之。

英山鄭雨屏先生一坊，丁酉孝廉，嘗操選政，有文名。向考試在州，正值添孫之期，心甚懸望。楊海粟表伯爲邀仙，有云：「咫尺書來古渡頭，未開緘，早已知，玉燕向懷投。」俄，信至，果生孫。云：「自黑石渡寄來，外寫平安喜信。」可謂字字巧驗。表伯名葂，試必優等，年未四十，即齎志以歿。《送別晏也堂鼎》云：「落落邗江士，萍蹤到處迎。一身千里客，四載六安城。我愧班荆晚，君何折柳輕。兩情應脉脉，翹首送歸旌。」「憶自瞻韓日，風流迥出塵。裁詩驚四座，揮翰辟千人。江上秋濤遠，橋頭夜月新。別來思舊雨，惠我倩雙鱗。」表伯喜藏書，且多秘本，每本必有「魯如」二字印章，其字也，惜身後皆散失。

四川灌縣有楊妃池，黃茶村先生爲令時有詩云：「翠黛千年餘暮柳，燕脂一點漾朝霞。」注：「妃父曾爲灌州司户。相傳妃幼墮池中，天癸適至。今日出時，池中有紅一點。」予記明人《高坡異纂》載華清宮温泉故址，石上有紅斑文，傳爲楊妃入月痕。夫山川古蹟，附會原所不免，乃至此等污穢流傳，不一而足，亦何可笑。

文人之恨，無過陳罽溪鏊者，字鼎三，屢困南闈。辛亥歲，徒步入都，肄業成均。次年，領鄉薦，遂聯捷。覆試詩，御筆親圈數句，一等獨罽溪一人。同時無不稱賀，以前科通州胡殿撰亦覆試第一也。乃未及廷試，一病竟卒。臚唱日，屢蒙上問，書生命薄，孤負知遇，可爲流涕。詩題爲「首夏猶清和」，今記其詩云：「維夏方稱首，春光駐幾分。清涼猶帶潤，和煦漸含熏。麥隴青浮浪，槐廳緑捧雲。禁烟籠柳淡，宫露著花芬。芍絢龍池燦，波迴鳳沼紋。仍披風冉冉，還愛木欣欣。地有蓬山美，詩從謝客聞。宸遊嘉賞處，恭己奉南薰。」

賈似道南竄，鄭虎臣拉殺之漳州木棉庵，誠千古快事。周櫟園《閩小紀》云：「士人言今夜深時，有燐火照人，恒聞鬼哭聲，豈似道厲魂猶未泯耶？」予因憶《浩然齋雅談》載吴人湯益《過賈相故園》一律云：「檀板敲殘陌上花，過牆荆棘刺檐牙。指揮已失鐵如意，賜予寧存玉辟邪。廢館晝飛無主燕，荒池春吠在官蛙。木棉庵下猶愁絶，月黑夜深聞鬼車。」似此語當時已有之。然似道欺君誤國，存時生理已澌滅殆盡，那得更有游魂爲厲？讀《甌北詩鈔・木棉庵懷古》有云：「可憐此樹無端辱，長使遊人訪遺躅。一樣投荒故相來，累儂不作萊公竹。著花亦將呼醜枝，息陰或更比惡木。風聲夜半似號冤，老樹精啼非鬼哭。」其持論最刻摯。

《三國志・管輅傳》：「家室倒懸，門户衆多，藏精育毒，得秋乃化，此蠶繭也。觳觫長足，吐絲成羅，尋網求食，利在昏夜。此鼅鼄也。」「化」與「夜」皆叶歌韵。按《莊子》：「其生也天行，其死也物化。静而與陰同德，動而與陽同波。」《離騷》：「初既與余成言兮，後悔遁而有他。余既不難夫别離兮，傷靈修之數化。」是「化」叶歌韵，前籍甚多。「夜」字惟陳琳《武庫賦》：「千徒縱唱，億夫求和去聲。聲訇隱而動山，光赫赫以燭夜。」讀與箇韵叶，而平聲不見。然考楊氏《古音》，「下」有蝦音，吴才老《韵補》「赦」與「貰」並讀詩戈切。此皆夜同韵字，與歌韵叶。則知輅語猶見古音，而韵書皆遺之。又《輅傳》：「内方外圓，五色成文，含寶守信，出則有章。」此印囊也。《韵補》「章」讀之人切，引《黄庭經》「可以充飢使萬神，上蓋玄畜下虎章。」錢竹汀《廿二史考異》謂「文」與「章」非韵，「成文」當作「文成」，殆亦未核。

尤駿夫有才不遇，程虛中先生極重其人，故贈駿夫有「淮南坐大袁公路，不識人間劉豫州」之句。虛中先生錫琮與鄧佩蒼先生鈺制藝皆爲人傳誦。兩先生比屋而居，幼同學，同入弟子員，又同登賢書。雍正甲辰會場畢，聞有卜者甚靈，因共詣之。先爲程卜，云：「中。」問名次，云：「第二十。」次爲鄧卜，云：「中。」問名次，云：「大奇。亦似第二十。何也？」同人咸嗤其妄。洎榜發，程果以二十名成進士，而鄧在孫山之外。俄奉恩，時是科特有續榜，鄧亦中第二十名，其事竟驗。虛中先生又有《偶興》句云：「未續詩如新積債，再看書似隔年人。」真善道人意中語。

關箖亭先生箖，庚子孝廉，官竇應教諭。生平學養深邃，静穆之氣迎人，詩文亦如之。《遊釣魚臺》云：「曲折穿蘿徑，莓苔上屐鮮。數椽茅代瓦，四壁石爲磚。稚子尋新果，山厨引活泉。何須覓真隱，此地即神仙。」又《九公山》數章云：「屋上山樹高，村後杏花白。終日但孤吟，不知身是客。」「山寺雨初來，楊花飛不起。獨立石闌邊，看人渡春水。」「高柳不長青，繁花不長好。勸君把酒巵，莫漫愁春草。」「竹外暝烟低，窗前新月墮。山寺寂無人，閒聽落松果。」「緑蘿引我行，谿壑雲無定。石路不逢人，高峰落清磬。」

雪鴻公環溪草堂，秋蘭最盛，開時必邀同人觴詠。某年，徐仲堪先生新歿，明經張在山先生即席成三絶句，云：「歲歲蕭齋去品蘭，盍簪花下慶同看。朝來又到看花處，忽憶徐陵淚暗彈。」「駢茁金稜八九枝，分明泥我索題詩。我心自有焚芝嘆，翻怪無情草木滋。」原注：今年有並蔕者。「枯吟不爲酹名花，楚些應教和晚節。「縱使秋風吹得去，美人何處是天涯。」公亦有「花開滿眼離群淚，禁得雍門汝更彈」之句。在山先生名亮乾，早遊戴竹屏之門，詩文千言立就。先祖鈍庵公以業師故，爲録所存，曰《雲窩遺稿》。仲堪先生名材，高才不偶，牢落以終，故爲名流所惋歎。

閨秀有才無行，至李清照尤可惜。所著《漱玉集》詞有云：「簾捲西風，人似黄花瘦。」閔夫人嘗題其上云：「錯玉編珠萬斛舟，從來才女更誰儔。自言人比黄花瘦，可似黄花耐晚秋。」三韓劉夫人亦有句云：「才女從來節可傳，蛾眉何事異前賢。傲霜難比黄花瘦，沾露應同柳絮綿。茶具有知羞更主，詩思無力搪重環。落霞零亂摇牆樹，孤負如珠漱玉篇。」其不免後人之譏刺也，宜矣。劉夫人忘其姓，子名克孔，順治時知六安，有惠政。

黄茶村先生有《夢亡妾》詩云：「十年埋玉淚痕枯，不幸樓頭碎緑珠。夜月孤墳魂在蜀，卒於四川。秋風伴我夢歸吴。垂鬟掩袂情猶似，軟語傷心覺後無。應是冥懷憐幼女，近來全仗祖姑扶。」又：「詩畫已無今日友，琴書偏剩舊時緣。」皆極悽惋。按先輩艷體詩甚尠，《遁史詩集》外，《茶邨集》中時一見之，摘録數章。《閒情賦》固不足爲陶令損也。《無題》云：「緑葉陰陰露翠裙，西施新試百花亭。繡牀斜倚多情思，時唾朱絨上畫屏。」「亂挽雲鬟兩鬢蓬，暗垂玉筯濕青銅。他年若有浮萍遇，願護珠簾十二重。」《即事》云：「輕敲檀板促新歌，燈下微嚬翠袖拖。纔唱一聲雙勸酒，客情旅恨總銷磨。」「鳳鞵端可作流觴，瘦小堪憐撲鼻香。親繡時興新樣子，芰荷花下睡鴛鴦。」儻遇王次回，定當把臂入林。

堂伯問樵先生，精鐵筆，其竹章尤爲人寳貴。所著印譜行世，名曰《此君印商》。詩文字畫，皆天然有奇趣。有在外寄潯伯叔輩詩云：「巖壑家山裏，僵梅三十株。年年風雪暮，兄弟共提壺。惱我無端出，幽香每恨孤。而今花盛日，把酒話余無。」題畫云：「昨向瑶池晤衆仙，歸來爛醉枕書眠。醒時香在衣襟上，袖裏冰桃花尚鮮。」先生名近仁，字力行，一字櫟形，即雪鴻公家孫。以布衣遊歷公卿間，所至争爲之迎。然性倔强，不妄徇人，故遭遇卒艱。嘗記題所畫墨牡丹句云：「掀髯潑墨寫奇姿，汩汩濃雲腕下垂。展向人前還大笑，酒酣忘却買胭脂。」其風概可想。

程楠村先生秉銓足迹半天下，所刻詩集甚富。《都門除夕》云：「殘臘杯中盡，椒盤此薦辛。二千餘里地，三五故鄉人。心向長安熱，交因逆旅真。驚看新物候，愧我舊頭巾。」《登黄山始信峰》云：「何年劃破玉芙蓉，斷壁平分薜荔封。穿石得門驚鬼斧，種松爲檻識仙蹤。自非天上無斯境，始信人間有是峰。飛渡危梁捫碧漢，瀰漫雲海盪心胸。」其《臺灣草》有云：「人來蓼國三千里，水到臺灣十二更。」又：「月中桂魄圖中樹，天上雲峰海上山。」皆奇警。先生以廪貢歷官石埭、寧國學博。

《隨園詩話》謂「委蛇」字共有十二變，徐應秋《談薈》言之甚詳。予所見《談薈》本不全，此條無有。偶閲《容齋五筆》，知洪氏已先言之矣。今識于此。一曰委蛇，本《詩・羔羊》。毛注：「行可從迹也。」鄭箋：「委曲自得之貌。委，於危反。蛇音移。」《左傳》引此句，杜注云：「順貌。」《莊子》載齊威公澤中所見，其名亦同。二曰委佗，《詩・君子偕老》：「委委佗佗。」毛注：「委委者，行可委曲從迹也。佗者，德平易也。」三曰逶迤，《韓詩》釋上文云：「公正貌。」《説文》：「逶迤，斜去貌。」四曰倭遲，《詩》：「四牡騑騑，周道倭遲。」注：「歷遠之貌。」五曰倭夷，《韓詩》之文也。六曰威夷，潘岳詩：「迴谿縈曲阻，峻坂路威夷。」孫綽《天台山賦》：「既克濟于九折，路威夷而修通。」李善注引《韓詩》「周道威夷」。薛君曰：「威夷，險也。」七曰委移，《離騷經》：「載雲旗之委蛇。」一本作「逶迆」，一本作「委移」。注：「雲旗委移，長也。」八曰逶移，劉向《九歎》：「遵江曲之逶移。」九曰逶蛇，後漢《費鳳碑》：「君有逶蛇之節。」十曰蜲蛇，張衡《西京賦》：「女、娥坐而長歌，聲清暢而蜲蛇。」李善注：「蜲蛇，聲餘詰曲也。」十一曰⿺辶爲迆，後漢《逢盛碑》：「當遂⿺辶爲迆，立號建基。」十二曰威遲，劉禹錫詩：「柳動御溝清，威遲堤上行。」右皆洪氏所記。蓋因歐陽公《樂郊詩》「有山在其東，有水出逶夷」，而丁朝佐《辨正》謂其字參古今之變，必有所據，遂悉數之如此。但謂歐公正用《韓詩》，朝佐不暇尋繹。今按歐詩作「逶夷」，與《韓詩》作「逶迆」、「倭夷」、「威夷」又有微別。且「逶蛇」見《史記・蒙恬傳》「逶蛇而北」。又《漢書・禮樂志》：「旗逶蛇。」《楚辭・九歌》：「形蟉虯而逶蛇。」皆在前。洪氏只引《費鳳碑》。「威遲」見《文選》顏延年《秋胡詩》「行路正威遲」。洪氏下引劉禹錫詩，皆疎。然據潯所見，尚有數變，爲洪氏所遺。一曰逶遲，《詩》：「周道逶遲。」《白帖》三十五引。二曰逶佗，《一切經音義》引《詩》「逶逶佗佗」。三曰禕它，《爾雅・釋訓》：「委委佗佗。」《釋文》云：「顧舍人引《詩》作『禕禕它它，如山如河。』它，羊兒反。」四曰遺蛇，《漢書・東方朔傳》：「遺蛇其迹。」注：「遺蛇，猶逶迆也。」五曰委它，《後漢書・儒林傳序》：「委它乎其中。」注：「委它，行貌。它，以支反。」六曰委施，《莊子・天運》：「乃至委蛇。」《釋文》：「蛇，又作施。」七曰蟡池，《說文》：「逶池，衺去之貌。逶，或從虫爲，作蟡。」八曰郁夷，《漢書》「郁夷縣」，注引「周道倭遲」云：「《韓詩》作『郁夷』，言使臣乘馬，行於此道。」九曰逶隨，後漢《唐扶頌》：「在朝逶隨。」《隸辨》云：「碑復以『隨』爲『蛇』。」十曰委隨，後漢《劉熊碑》：「卷舒委隨。」亦以「隨」爲「蛇」。十一曰禕隋，後漢《衡方碑》：「禕隋在公。」《隸釋》云：「禕隋即委蛇。」蓋又以「隋」爲「蛇」。十二曰委他，《隋夷陵郡太守太僕卿元公墓誌銘》：「衮黻委他。」十三曰委羽，《甕牖閒評》云：「《淮南子》：『燭龍在雁門北，蔽于委羽之山，不見日。』據許衡詩：『委羽人物已仙去，陳迹風流猶至今。』委，音於危反。羽，音俱依反。按「俱」字與「羽」不同母，疑有譌。乃委蛇也。」十四曰遺遺，《國策》：「出遺遺之門。」《金壺字考》二集補注云：「遺遺與委蛇同，言其路委蛇也。」是共有二十六變也。又《列子・黄帝篇》「吾與之虛而猗移」，以《莊子》「與物委蛇」句例之，亦當讀爲「委蛇」無疑。蓋「猗」與「委」雙聲，古人尤多通用。然未經前賢齒及，姑附于末，以備參考。

《詩小序》：「《緇衣》，繹賓尸也。高子曰：靈星之尸也。」此「靈星」二字所始見，而不知何解。《後漢書》注：「靈星，天田星也。欲祭天，先祭靈星。」故《宋史・禮志》「天聖六年，祭南郊，壇外壝，周以短垣，置靈星門」是也。今聖廟立靈星門，不知始自何時。説者謂以尊天者尊聖，其説似矣，究恐非也。余按《龍魚河圖》有云：「天填星主得士之慶。其精下爲靈星之神，黌宮係造士之區，當日立門。」蓋必主此義無疑矣。靈，今皆用櫺字。此誤由《元史》，又不足辨。

葯坡詩話卷四

六安王潯楚泉氏輯

家大人癸卯在江寧有《秦淮竹枝》十章，一時人多傳誦。其一云：「碧水弓彎繞畫檐，扁舟緩蕩酒頻添。一聲檀板輕敲處，十里紅樓盡啓簾。」黄星槎世叔云：「古有『趙倚樓』，今可稱『王啓簾』矣。」

顧君名林者，忘其字，杭人。嘗官霍山縣尉。有《閨情》六章，極佳。詠《眉》云：「春山明媚自風流，一簇雙彎滿鏡愁。不爲入時誇淡掃，畫眉人已去封侯。」《眼》云：「溶溶秋水自澄清，一綫星光百媚生。不把嬌波斜溜處，怕教人説忒多情。」《口》云：「脂香點點正難描，睡起紗籠暈未銷。試看櫻桃紅綻處，碧闌干外一聲簫。」《更衣》云：「叠叠香羅簇錦文，换來何必更重薰。才郎也説家常好，閒煞金泥百蝶裙。」《摘花》云：「玉簪金釧鬢雲鬆，只少釵梁一朵紅。花底折來還住手，怕教連理泣春風。」《彈琴》云：「香煨金鑪掩畫屏，焦桐一曲玉泠泠。偷翻譜調凰求鳳，只許雕梁燕子聽。」皆妙，在婉麗之中，不失性情之正。其《將之任所示内》云：「半生蹤迹逐風塵，一檄今朝慰老親。布被練裳休棄去，此行原不爲家貧。」亦見風概。

淮上邊維祺，一名壽民。能詩，善清談，以畫蘆雁得名。嘗以潑墨圖小照，浼友人求題於盧運使雅雨先生。先生題云：「耳熟淮南邊壽民，果然詩畫各清新。更從小照觀標格，如此鬚眉定可人。」邊意未愜，買舟來揚，以所爲詩詞就盧商酌。即席畫蘆雁大幅爲贈，而復出葦間書屋圖照求題。先生再爲題云：「雁汊門迎緑一灣，銜蘆風起塞雲還。怪教鴻爪流傳徧，潑墨原來在葦間。」乃大悅而去。

宋石中立性疎曠，好諧謔。景祐中，官參知政事。時韓魏公在諫官，言其喜談笑，非大臣體，罷參政。後歷吏部侍郎，以太子少師致仕，卒謚文定。今人傳其戲謔之語，謂爲石曼卿者，由孔氏《談苑》誤以中立字曼卿始。蓋中立字表臣。曼卿，石延年字也。《談苑》所載，初登第被黜，授三班借職，詩云：「無才且作三班借，清俸争如録事參。從此罷稱鄉貢進，直須走馬東西南。」質之延年本傳，疑是其事。其餘官郎中、除參政云云，皆與中立傳合，而延年並未爲是官。意延年人本跌宕，又與中立時代相接，故傳聞有誤。又按《涑水紀聞》亦載中立數事，與《談苑》同，而不云曼卿。可知非延年無疑。

宋高復古云：「胸中無千百家書，乃欲爲詩，如賈人無資，終不能致奇貨也。」予謂此即杜工部「讀書破萬卷，下筆如有神」意。金張建論詩云：「詩不論長篇短韵，須要詞理具足，不欠不餘。如荷上灑水，散爲露珠，大者如豆，小者如粟，細者如塵，一一看之，無不圓成，始爲盡善。」予謂此即元微之「玉磬聲聲徹，金鈴箇箇圓」意，皆深得甘苦之言。

世傳杜詩「子章髑髏血模糊，手提擲還崔大夫」可以愈瘧，人知之。而《六研齋二筆》云：「杜子美詩：『夜闌更秉燭，相對如夢寐。』療瘧法：對日握棗，書此十字於空中，仍噏日氣一口吹棗上，不換手以啖，病者輒愈。」此二句人不盡知，皆信然否耶？

曹唐《大遊仙詩・仙子洞中有懷劉阮》云：「不將清瑟理《霓裳》，塵夢那知鶴夢長。洞裏有天春寂寂，人間無路月茫茫。玉沙瑶草連溪碧，流水桃花滿澗香。曉露風燈易零落，此生無處問劉郎。」唐字堯賓，此詩見在集中。或調之云：「堯賓嘗作鬼詩。」唐曰：「何也？」曰：「『洞裏有天春寂寂，人間無路月茫茫。』非鬼而何？」唐乃大笑。晁公武《讀書志》載其事，謂今集中不見此詩。又「洞裏」作「井底」，非也。

有憎其妻者，結褵數載，衽席之愛缺如，詩人程平階基泰屢勸之。後琴瑟甚篤，連舉二子。其家感平階高誼，治饌延請，夫婦二人親出謝之。平階贈以詩云：「堂前今日醉流霞，繡褓雙兒樂事賒。自是郎君心似雪，非關小子舌生花。貪天功尚嗤狐偃，補石勞休説女媧。從此砂挼常貯枕，《螽斯》載詠慶無涯。」平階不治舉業，而喜辨音韵字畫，史事尤熟，每與談娓娓不倦。即門人水秋遠大尊人也。砂挼事見前。

黄素原先生本騏與硯亭先生本田同舉庚辰鄉試，年纔弱冠，墨卷一時紙貴。後成乙未進士，官廬州教授。成就人材甚多，至今士林思之。嘗詠《淡芭菇》八章，并有序云：「張騫出塞，攜得葡萄；馬援還軍，載歸薏苡。何如芳草，帶天上之烟霞；自入神州，供人間之嘘吸。無冬無夏，憑將問水尋花；永夕永朝，藉以吟風弄月。固已能開笑口，善助談鋒矣。僕嗜此有年，對之永日。惜非沅芷，屈大夫未列芳名；疑似海棠，杜工部曾無佳詠。爲陳好景，用賦新腔。筆愧生花，豈有粲花之論；吟成小草，聊存若草之篇云爾。」詩云：「移根吕宋始何時，嘉種寧同百草萎。摘並晚蔬休入饌，剖來密葉自成絲。問名未列桐君録，探勝偏宜楚客詞。漫説無情芳意淺，也隨紅豆號相思。」「奇芬珍重淡巴菇，風味依稀啖蔗餘。吐火葛仙聊復爾，薫香荀令竟何如。飛灰乍認吹葭管，流沫非關遇麯車。不識果然醫俗否，教人一日未能除。」「石中虛火自熒熒，敲擊真同刃發硎。供客不妨茶未熟，可人最是酒初醒。噴雲吐霧原多幻，弄月吟風幾暫停。曾傍侍臣襟袖底，退朝還惹御爐馨。」「漫覓長生藥駐顏，年時樂意此相關。紫羅囊繡葡萄錦，翠竹筒鑲玳瑁斑。繚繞薜衣松杖裏，傳呼茶竈酒杯間。良朋坐對閒揮麈，語帶烟霞不在山。」録四

不踰矩之「踰」，村塾中多讀去聲，語以平聲，而往往不能盡改。然考《金人銘》：「温恭慎德，使人慕之，執雌持下，人莫踰之。」與「慕」字爲韵。揚雄《羽獵賦》「踰」與「觸」叶如遇切、「遽」字爲韵。是古原有去聲讀，而字書遺之。又漢《劉熊碑》：「孜孜之踰。」《隸釋》云：「以踰爲諭。」按古人於字多以同音借用，此亦「踰」讀去聲之一證。

《漢書・匈奴傳》有「西域都護但欽」，注：「無音。」《老學庵筆記》云：「但姓，音讀如檀。」予按徐鉉《騎省集》：「莫折紅芳樹，但知盡意看。」自注：「但，平聲。」又唐陸龜蒙「任渠但取樂」，亦以平聲讀。則不獨姓音讀如檀也。

孔子臨河歌：「狄之水兮風揚波，舟楫顛倒更相加。歸來歸來斯爲斯。」「斯」字音梭。《老子》：「修之於鄉，其德乃長；修之於國，其德乃豐。」《易林》：「后稷農功，富利我國。」兩「國」字皆叶古紅切。古樂府：「問君可憐右萌車，迎取窈窕西曲娘。」「娘」，陳如切。唐杜甫詩：「盡捻書籍賣，來問爾東家。」「捻」讀如拈。獨孤及詩：「徒言漢水纔容刀。」「纔」字，去聲讀。宋蘇轍《巫山賦》：「覽松柏之青青兮，紛其若江上之菰蒲。惟其大之不可知兮，具撓雲之修柯。」「蒲」與「柯」叶。彭汝礪詩：「長腰

筒拍鼓，細竹葫蘆笙。」自注：「葫，音滑。」元張昱《塞上謡》：「妖姬二八貌如花，宿留不問東西家。醉來拍手趁人舞，口中合唱阿剌剌。」以「剌」字與麻韵叶。明朱有燉《宫詞》：「簾前三寸弓鞵露，知是媆媆小姐來。」按，媆，奴困切，同嫩，又音軟。此當係以軟字平聲用也。以上諸音，字書或不盡載，疑皆別有所本。自己詩文不必用，人有用者，未可輕訾議矣。

「麥天晨氣潤，槐夏午陰清」，宋龍圖學士趙師民句，《六一詩話》極賞之。而《能改齋漫録》載韓子蒼和李道夫詩有云：「麥天晨氣潤，况復雨頻頻。」子蒼，南渡初人，在師民後，與暗合耶？抑即用師民句也？

東坡《和陶詠三良》詩云：「顧命有治亂，臣子得從違。魏顆真孝愛，三良安足希？」蓋以三良之死，不能無罪。然以魏顆爲比，則其罪固在康公，而不在三良也。至其《過秦穆墓》云：「穆公生不誅孟明，豈有死之日而忍用其良？乃知三子殉公意，亦如齊之二子從田横。」直以三良之殉，非穆公之意。吾謂《史記·蒙恬列傳》云：「昔者秦繆公殺三良，而死罪百里奚，而非其罪也。故立號曰『繆』。」蓋「繆」讀如謬，是太史公已言之。况《詩》既云「臨其穴，惴惴其慄」，其爲有所驅迫，而非三子之輕於捐軀也明矣。

熊春庭一椿廳事前有大梓一株，相傳兩百年物。每至花時，燦爛若山，十數里外皆見。雙學使慶向按臨，曾目賞之。至冬季科試再至，猶有句云：「到來曾憶春光好，開遍牆頭梓樹花。」春庭尊人培三先生可傳，性友愛，每率諸弟及群從論文其下，予嘗比之韋家花樹。時春庭弟介臣太史一本尚幼，出語即能驚人，今已蜚聲詞館，惜培三先生之不見也。雙學使又有《試院即事》一絶云：「放眼高樓試捲簾，幾家曉夢正恬恬。可憐凍筆沈吟苦，今日風簷又雪簷。」

歙邑畢慕雲潛有《聞雁》詩云：「飛入沙汀清淺處，天涯兄弟共依棲。」又：「燈火三更岑寂夜，夢魂先汝到江南。」霍邑程灌雲先生謂此數語何其真摯。畢刻有《訓成堂詩集》。其警句如：「遠浦烟中斷，春山浴後明。」「殘雪有無峰向背，暝烟疏密樹高低。」「翠柏當窗風雨暮，紅蓮隔院館亭秋。」「嶺頭白綻梅花雪，林外紅餘楓葉霜。」皆善寫景。

世伯黄浣亭先生江嘗云：「每見少年人略解文字，便翹然自負。其實甘苦未經親嘗，不滿老成一笑也。」故其《詠燕》句有云：「頭顱禿盡三春雨，始向人前道作家。」又《代人題妓院中桂》云：「小山分種植墻東，著个嬋娟便不同。寄語門前車馬客，元來此地是蟾宫。」亦有言外意。先生才名早著，久躓場屋，而胸襟瀟洒，人不可及。記戊申秋闈後，過裕溪口，遭風覆舟，幸遇救。同行十數人皆無恙，惟先生手攀柁樓，出水即笑。或謂：「此何時尚笑爲？」曰：「已知不死，焉得不笑。」

吾六應童子試者約三千人，而學額甚少，故人多困小試。予舅氏周南堂先生兆駿年三十外猶未列青衿，嘗爲《閨怨》三十首以寄意。有云：「記得于歸十六年，何郎相見不相憐。凝妝共羨風姿好，妙選多疑好惡偏。並蒂蓮飄三疊浪，斷頭香繫一絲烟。看他紅粉當場貴，描瘦花容總未然。」又：「早知妙手能偷藥，應不癡情苦望夫。」「芳名未列姻緣牘，小字空題士女班。」「歌殘鶯舌春將老，燒透心香佛不知。」皆極寫其蹭蹬。時婁東陸淡明先生桂森修志在六，愛其才，每爲扼腕。是秋以詩賦受知秦端崖學使，淡明先生不禁爲之狂喜。後志竣回里，舅氏送別有云：「驪歌一闋寒山路，記會他年百歲翁。」先生爲諷誦再四，蓋其時年已八十餘矣。

向見廬江金某新刊詩集甚工，惜匆匆未及細閱。只記其《詠雪羅漢》有「別向冰天廣法門」，及「亂落天花總不言」數句，皆佳。因憶舅氏南堂先生《雪美人》句云：「玉骨珊珊縞素妝，芳魂欲斷已無腸。羞將冷眼窺韓壽，肯負清心玷沈郎。體值千金梅萼瘦，眉開八字柳花狂。春情暗耗雲容損，面拭哀梨淚數行。」真語語蘊藉。舅氏他句如《夏閨》云：「對酒廊西貪晒月，背人庭北好吟風。」《春興》云：「人坐紅樓憐晝永，馬嘶青草覺來遲。」《與友人話舊》云：「君惟如水心能淡，我欲嘗梅味怕酸。」《咏椶樹》云：「妙緒獨抽千萬縷，閏年還放十三莖。」又：「幾回聲混芭蕉雨，誤觸昭陽扇底思。」皆《才調集》中妙選也。至「室淺窗虛白，燈寒帳小紅」，「删竹憐新翠，折梅留瘦紅」，「促坐香憐春酒熟，隔窗影透夜燈紅」，予嘗爲涇邑胡海南先琅誦之。胡云：「古有『三紅』秀才，此詎不相及耶？」

夏考功彝仲子完淳，字存古。生有異稟。從陳黃門卧子起兵，死時年始十七。有集十卷。其《大哀賦》約萬餘言，不減庾子山《哀江南賦》。朱竹垞嘗云：「昔終童未聞善賦，汪踦不見能文。方之古人，殆難其匹。」《明詩綜》所選有《精衛》一篇云：「北風蕩天地，有鳥鳴空林。志長羽翼短，銜石隨浮沈。崇山日以高，滄海日以深。愧非補天匹，延頸振哀音。辛苦徒自力，慷慨誰爲心。惜哉志不申，道遠固難任。滔滔東逝波，勞勞成古今。」近見新刻《夏內史集》，删去「惜哉」二語，蓋爲有所顧忌。其實聖代之宏方，且與明季殉節諸臣同加謚贈，此等處固無妨也。存古在福藩時，以蔭授中書，故稱「内史」云。

宋道士褚伯秀，清苦自守。嘗集注《莊》、《老》、《列》三子。天師以學修撰命之，不就。有《貧女吟》二章云：「夜績晨炊貧自由，强教塗抹只堪羞。閉門静看花開落，過却春風不識愁。」「寂寞蓬窗鎖冷雲，地爐紉補自陽春。千金莫誤朱門聘，不是穿珠插翠人。」此詩較唐薛逢、秦韜玉《貧女詠》二章更有意味。蓋一希用世，一期避世，其旨趣固自不同。

盧元明《侯山記》云：「漢有王元者，隱於此山。景帝再徵不屈，就其山封侯，因以爲名。」《河南志》載宋之問詩：「王元拜隱侯。」又荆公《草堂懷古》云：「周禺宅作阿蘭若，婁約身歸窣堵波。他日隱侯身亦老，爲尋陳迹到烟蘿。」俱用其事。

杜工部《丹青引》：「斯須九重真龍出，一洗萬古凡馬空。玉花却在御榻上，榻上庭前屹相向。至尊含笑催賜金，圉人太僕皆惆悵。」所謂「惆悵」者，蓋意外驚奇之意，與上句是皆從題外烘托，極寫畫馬奪真之妙。《容齋隨筆》以圉人、太僕蓋牧養官曹及馭者，而黄金之賜，乃畫史得之，是以惆悵，杜公之意深矣。予疑杜公未必有此意。

庾信謝賜酒詩：「浮蟻對春開。」《能改齋漫録》謂用曹子建：《七啓》「盛以翠尊，酌以雕觴。浮蟻鼎沸，酷烈馨香。」予謂《文選》張平子《南都賦》：「醪敷徑寸，浮蟻若萍。」注引《釋名》云：「酒有泛齊，浮蟻在上，泛泛若萍之多者。」平子，後漢安帝時人。《釋名》，劉熙著。皆在子建前。又杜詩：「集賢學士如堵牆，觀我落筆中書堂。」《漫録》引《世説》：「衛玠從豫章至都下，人久聞其名，觀者如堵牆。」而亦忘先有《射義》孔子事。

陳後山詩：「今代張平子，雄深次子長。」「子長」之「長」，讀平聲。又《齋居》詩：「青牛白牯静相宜。」「白牯」，即水牯牛，見《傳燈録》。此借言白角簟。又詩云：「有酒與桐君。」「桐君」，借言琴也。

元遺山有妹，亦工詩。美而艷，而爲女冠。《山房隨筆》載張平章當揆時欲娶之，使人屬裕之，辭以可否在妹。張喜，自往訪之，覘其所向。至，則方自手補天花板，輟而迎之。張詢近作，應聲云：「補天手段暫施張，不許纖塵落畫堂。寄語銜泥新燕子，營巢别處覓雕梁。」張悚然而退。予以此女辭宰相妻不爲，與明中山王小女徐妙錦不欲爲成祖后，削髮爲尼，皆巾幗中奇傑也。

宜興李蠡塘太史英掌教賡颺書院最久。太史固風雅，一時人士無不從之遊者。戊子春，同人請遊桃塢，太史即席成記數百言，並七律一章。予問樵堂伯爲繪圖，並録和章於後，極爲盛事。元唱云：「尋芳郊外放船遊，棹過平沙沙上洲。烟靄村中花徑曲，風和林際鳥聲稠。偶因春服偕童冠，自有天機足唱酬。暫憩山莊拈禿管，題詩還擬姓名留。」表伯楊瓣香夫子云：「二月春風足紀遊，一舠問渡到河洲。桃源自與塵氛隔，沂水應同勝侶稠。花事正穠供嘯詠，鶯聲纔滑似賡酬。王維況有詩中畫，對酒傳觀逸興留。」夫子諱蕖，歷任震澤、金山訓導，即介坪太史之封君也。時有未與遊宴而和詩圖上者。黄遴左先生元掄云：「年年花事負良遊，咫尺仙源似十洲。趁蝶好穿紅樹密，聽鶯還借緑陰稠。諸君乘興供吟詠，老我無緣共唱酬。嘆息韶光容易逝，東風習習可能留。」黄硯亭表姑丈云：「却埽稀爲汗漫遊，遥聞仙侣集芳洲。武陵漁棹誰能入，晴塢桃花幾處稠。雲水忘情任來去，詩歌得意足賡酬。自慙最後《巴人》曲，難共《陽春》雅韻留。」楊桂園老人有云：「座上衣冠人望偉，樽前鼓吹友聲稠。」黄秉淵世伯本驤云：「摩詰畫中山欲活，青蓮座上酒争酬。」尤雅切。

閻鑑波其淵左江道，誠齋先生孫。少孤，而弱冠即以文名，蓋得力於母氏之教居多。母姓楊，號雨香，漢軍世宦，雅嫻文墨。《冬閨》二絶云：「凍合關山欲暮冬，朔風吹斷雁來蹤。低垂簾幙深深夜，一點銀釭獨照儂。」「鴛瓦鱗排玉箸齊，黄金寶鈿辟寒犀。膽瓶新折梅花供，鏤管呵寒索紙題。」《咏獸炭》云：「何物飛揚跋扈形，偏從鍛錬奮精神。威難觸面空騰勢，熱不因心漫向人。可是龍門看燒尾，非關象齒笑焚身。堪憐異狀同灰燼，一縷烟銷失故真。」又：「烟生山鬼乘朱豹，焰吐田單縱火牛。」皆佳。著有《琴餘小草》。

同時與楊夫人唱和者，有汪夫人名韶，號蒨君，著有《井桐居吟稿》。《小閣》云：「薄薄春衫淡淡妝，重簾小閣静焚香。侍兒忽報春光早，昨夜新紅上海棠。」《看荷》云：「日斜閒倚碧闌東，池面新荷別樣紅。我獨憐花看最久，白羅衫子裛薰風。」《謝雨香妹惠茉莉》云：「分携幾日夢芳姿，箋擘芙蓉欲寄詩。忽訝粉香來月底，名花原是美人貽。」「玉骨冰肌帶露妍，緑筠籠貯罨疎烟。水紋窗下停紈扇，細撚銀絲繞蔕穿。」《偶憶》云：「水閣清泠暑氣收，一彎初月上簾鉤。花憐夜色人憐影，蛩做秋聲客做愁。小扇摇時風自細，新詩寫處句偏柔。紅閨此日金錢卜，知在江淮那處遊。」蒨君爲石林先生璞猶女，風雅固有自。來適翕邑洪味須先生尋。洪工詩詞，兼精篆隸，稱閨中良友。

《食字堂詩》一卷，閩人朱宿字璧符著。前有汪涵萬先生麗日序，蓋其所賞識士也。《擬宮怨》二章云：「新題别院説迎暉，青草無人静自肥。何似昭陽歌舞地，官家終日醉忘歸。」「花事催人鳥弄聲，絲絲細雨度清明。玉鉤斜畔髯莎塚，大半君王未識名。」涵萬先生康熙初歷官邵武知府，著有《中和彙編》暨《静遠堂詩》。

邵武有詩話樓，係嚴滄浪故址。涵萬先生詩云：「雨竹風梧入翠樓，高宣大雅幾名流。一尊莫羡庾開府，八詠猶思沈隱侯。金石殷殷留故履，烟嵐在在寫新秋。吹香琢句天然韵，夜鶴飛鳴杜若洲。」又《别諸將》云：「相逢定遠快心知，惜别荒郊贈柳枝。眺遠樓前新壁壘，洋河橋畔舊旌旗。於今立馬歌驪處，却憶挑燈話劍時。莫道孤蹤殊海角，還期塞雁寄相思。」

崇禎壬午，流賊攻六城甚急。鳳督遣總兵王憲來援，且令鎮六。賊重賂之，約緩三日。憲次安豐不進，城遂陷，屠戮慘極。賊去，輜重甚盛，日行三十里，憲以賂故不追。明年，憲謁鳳督，道出安豐，晝忽晦，爲雷震死。誅擊之地，即逗遛之地，天道顯應如是。楊達可先生行達嘗作《安豐雷》，以紀其事云：「安豐野曠塵飛揚，平墟沙白蒿萊黄。雞鳴犬吠非夙昔，炎炎夏日生凄凉。將軍攬轡出公府，前驅叱咤威聲强。猊裳玉勒珊瑚佩，照耀道路生輝光。絡繹奔馳百里動，行帷偃仰坐胡牀。琥珀光浮溢香露，玉井寒冰雜酪漿。須臾昏黑日晝晦，似山開裂河决防。誰言霹靂鬥將軍，咫尺將軍永相望。健兒瞪目不敢哭，委轡離離白馬僵。憶昔此地逍遥日，六城烽火映天長。紅巾白羽蔽秋空，飛矢著城如蝟張。軍書瀝指控轅門，將軍目送飛鴻翔。飽橐從旁看屠割，紛紛赤子同牛羊。賊徒從容自逸去，血流淮泗天蒼蒼。遥憐滿眼黄金印，小空城邑大封疆。神鬼斧鉞須有時，請君試過安豐塘。」

楊筠村表伯嘗云：「少年時某科鄉試後，隨夏湘人先生及諸同人晚泊龍江關。澄波萬頃，月明如晝，相與聯句鬥捷。有云：『身依蟾窟香盈袖。』忽鄰舟一女子接云：『風鎖龍江浪拍船。』珠簾半捲，香澤遥聞，旋即移棹去，竟不知爲誰家金屋貯也。」

處士，古或稱「處子」。東廣微《補亡詩》「堂堂處子」，范蔚宗《逸民傳論》「處子耿介」是也。今人用之，鮮不以爲笑矣。

韓文公《李道古銘》：「本支於今，其尚有封。當公兄弟，未續又亡。」嘗疑「封」與「亡」叶，他未有見。偶讀《史記・滑稽傳贊》：「淳于髡仰天大笑，齊威王横行。優孟摇頭而歌，負薪者以封。優旃臨檻疾呼，陛楯得以半更。」始知公皆有本。封，逋郎切。更，居郎切。蓋太史公《南粤》、《朝鮮》兩《贊》亦俱用韻，不獨此也。

文公《送李愿歸盤谷序》：「窈而深，廓其有容；繚而曲，如往而復。」「深」與「容」叶。《易》：「浚恒之凶，始求深也。」是「深」與東冬韵叶之證。且觀上文，皆兩句一韻。可見林西仲選《古文析義》謂「容」音築，與下「復」字叶，竊疑不然。

詩貴雅不貴俗。若俗題能雅，尤爲可貴。阮芸臺先生巡撫浙江，嘗於正月十六日會課知名士，藝文畢，外加「老鼠嫁女」七律一首。内一卷先成，有云：「迨吉宛同人有禮，于歸誰謂汝無家。」雅切之至，同人皆爲閣筆。

金王元老《宿淮陰城下》句云：「惟有多情淮上月，夜深還照女墻頭。」近懷寧潘蘭如瑛《金陵懷古》云：「石城東畔無情月，夜夜來看江上潮。」此皆從劉夢得「淮水東邊舊時月，夜深還過女墻來」二句脱胎。又東坡《次韻秦少章》云：「山圍故國城空在，潮打西陵意未平。」亦用此詩上二句，而只改易數字。蓋前人名句，口頭熟習，不覺順筆流出，非必有心剽竊也。是以詩人取徑，又貴生。

王元老名寂，著有《拙軒集》，久失傳，今《四庫書》復從《永樂大典》鈔輯之。其《題涿郡蜀先主廟》云：「當年竹馬戲兒曹，笑指樓桑五丈高。時也共誅千里草，天其未厭卯金刀。宗臣嘔血重三顧，嗣子不才輕《六韜》。故國神遊得無恨，破垣風雨夜蕭騷。」元老，《金史》無傳，惟《大金國志》及《中州集》略載其仕履，終中都路轉運使。又《續夷堅志》載元老從父任平山令時，遇鬼女京娘，情好甚篤。後就舉，途次遼河淀，車軸折，京娘復顯靈拯之。臨别問以前程，京娘但言「尚書珍重」而已。不數日，達上京，擢第。明昌中，爲運使，車駕享太室，攝禮部尚書，數日而薨。爲補識於此，以廣異聞。

「六年前見傾城色，猶是雲英未嫁身。今日畫圖重識面，座中愁殺白頭人。」此《題名妓張憶娘小照》詩，《别裁集》刻姜實節名，與雪蘿先生所刻鶴澗老人題畫詩合。《隨園詩話》以爲鶴澗父貞毅公作。竊疑公當陵谷變遷後，應不至犯綺語戒。繼考之，知鶴澗老人實别有《題憶娘小照》詩，並引云：「吾今老矣，久絶夢於青樓。彼美人兮，乍歡迎於繡谷。愛他蔣詡，競邀佳客傳觴；羨爾楊華，閒拂生綃寫照。能無欲别，更撫卷而情移；忽漫狂來，竟含毫而句就。爰偕諸子，共賦新詞。」詩云：「紅燭燒殘聽唱歌，幾回戀別費吟哦。莫嗤酒醉還深酌，奈此圖中小妓何。」「自揀幽蘭插鬢枝，多情庭際步遲遲。落花垂柳嬌無力，知是歌慵舞困時。」此詩與徐名章煜者絶句五首共刻一斗幅。徐詩有「笑爾已如花一朵，不知何事更簪花」等句，與鶴澗詩皆涉淺薄，較前詩之深情老韵，相去遠矣。《板橋雜記》亦嘗載貞毅公一事，是原非拘謹小節者比。或前詩竟係貞毅作，隨園爲得其實。第此等處，嫌於其父子名兩混，故特詳識之。

徐延津先生詩一卷，不知何人所録，前題本末甚詳。名瑛，外號小冠，蓋貧而有品者。嘗於熊江皋可象處見之。其警句云：「曉霧揭開青嶂遠，好風篩破緑陰肥。」「飢雛得食還依母，癩犬無聲强吠人。」

州南同山沖，有張氏易園別墅，林木翳然，頗極亭臺池館之勝。予向館其家，曾偕熊小岩可式、胡冶莊燾往遊。次年庚申，主人瓊峰先生繼高遂移書室其中。予嘗有絶句四章。又《春興》云：「名園小住恰芳春，照眼嵐光潑翠勻。入户奇花如覷客，過橋欹柳欲扶人。境當幽處心彌静，山到深時俗亦醇。我是王猷饒素癖，茂林修竹好逡巡。」「宛轉林巒傍水坳，天然丘壑助風騷。池因待月波偏闊，垣爲看山築不高。幾日小梅陰似幄，得時春草艷於袍。閒庭近事君知否，新漲平添又一篙。」「沿堤古木聳槎枒，隱約雕闌未盡遮。行客過門貪駐馬，主人長日喜栽花。喜分野茗一旗短，白墜溪禽雙練斜。小鳥名拖白練，飛極可愛。最愛蕭晨清立處，露含新翠滴檐牙。」「方壺圓嶠事何齊，風月當前任取攜。屋角陰濃鶯去緩，籬根花艷蝶來低。撩人景物隨時换，滿目詩情總是題。更有老農能誨我，滄浪歌徹暮烟西。」瓊峰先生亦喜吟。友人葉耕雲鉏，其姻家子也。少年風雅，過訪易園，移蘭花、杜鵑數種，一宿即去。次日，先生寄詩調之云：「半畝荒園水竹阿，探幽仙客此經過。苦無佳景供青眼，可有新詩付緑蘿。眉宇照人光磊落，山花壓擔影婆娑。須知未愜烟嵐願，遽向東風轉玉珂。」時先生年逾古稀，而豪興不減。

銓部徐月鹿先生書法高絶，今漸難得。向見許丈芷江處藏有二軸。一自書舊作，云：「近郭危樓俯碧湍，倦遊孤客倚朱欄。淮淝山色樽前出，吴楚江流畫裏看。旅思逢秋增短鬢，鄉心隨雁過長安。黄花白酒登高日，玉笛金笳起暮寒。」一壽其静生二兄詩二絶，後注「時権關公路補祝者」。云：「早春將竟柳條新，是我同堂大衍辰。草緑池塘芳晝好，阿連慙媿隔江身。」「署裏花開四月初，仲兄來共浹旬居。楚州城外黄河畔，一曲《霓裳》頌九如。」詩既佳，而字尤古勁。

桐城張吾未純多鬚髯，楊雪蘿先生于舒邑沈氏竹香吟社遇之。一見，卜其能詩，自喜言中，戲爲詩序贈之。廬陽郡丞趙公東旭見之，戲書其後云：「以一髯定人之能詩不能詩，髯固美德哉。後遇長鬣者，必物色之矣。」又云：「昔吾友陳其年、龐雪崖兩太史，同事纂修。陳面如蒙倛，眉目幾不可辨，但工駢體，而詩不佳。龐形理枯腊，黄鬚數莖，如被熏鼠。能三日不飯，不能一日不詩。」又：「予初入承明，同事馮聞祖、李寧侯、牟述齋、劉晉陶四先生，咸以多髯，冠絶一時。予嘗嘲以詩云：『西清品望美而都，偉幹長髯四丈夫。聞祖下垂如倒薤，寧侯亂長似叢蒲。風吹牟子難尋面，月照劉公不辨膚。盛世選才真卓卓，果然嚇煞老坡蘇。』而四人皆不能詩。何予所見之髯皆不幸也。」閱此想見前輩風趣。然其年檢討《湖海集》詩，多爲人傳誦。沈歸愚謂其古今體皆極擅長，尤在四六與詞之上。趙公謂其詩不佳，毋乃誣髯甚歟？趙，宛平人。雪蘿嘗從問字。

《所安遺集》一卷，元進士陳泰著。賦一篇，詩八十餘首，多古體。《贈譚海陽祈雨有感》云：「東南夏旱天所惻，豈爲凶年惜甘澤。南雲老守叩天公，欲使疲民解飢色。紫麟拔秀神所都，中有海陽老人之仙宅。海陽一生詩酒腸，藉以麴糵和天漿。三更擲筆走風雨，鼻息無聲雷殷牀。蛟龍入袖誰敢索，但見繞屋飛琳琅。天明鐘動官長集，雪浪翻空泥一尺。海陽熟睡都不知，清夢正到華胥時。夜來好雨百事足，稻花吹香稻苗緑。」《秋夜次韵》云：「雨過月在窗，竹影如掃墨。起來秋滿庭，露氣清可啜。列宿木末明，流泉草間咽。何處一聲鐘，悠悠度林樾。」此集世所罕覯，偶從宋子硯莊處假歸，爲録二章，還之。

元貫雲石，號酸齋，與同時徐甜齋皆以樂府擅長，時謂之「酸甜樂府」。酸齋嘗見漁人織蘆花爲被，欲易之以綢。漁人但索詩，詩成，人多傳誦，因又自號「蘆花道人」。查心穀《蓮坡詩話》載其句：「西風吹夢秋無迹，夜月留香雪滿身。」云措語甚佳，惜忘其姓氏。爲誌于此。

虞仲翔多犯顔諫諍，孫權不悦，坐徙丹陽涇縣。乾隆初，涇邑人士分詠地方古蹟爲古樂府，翟泉初涓有《虞翻戍》云：「文臺真英雄，伯符稱人子。可憐紫髯兒，亦是豚犬耳。不爲臣魏羞，却抱受諫耻，而使虞翻至于此。」語簡而有味。

皖江王子復流落楚省，久不能歸。一道士授以筆，使畫螳螂，拍之躍去。售是術，得歸。至家，再畫，不復躍矣。後與同輩召仙，仙降乩云：「十年不見王子復，忽訝蕭然兩鬢霜。記否岳陽樓上坐，與君相對畫螳蜋。」大書一「呂」字而去。乃知前所遇者，洞賓也。婺源齊梅麓彥槐嘗有句云：「夢中雲海影迷茫，山水新安何日忘。明歲春風定歸去，不須辛苦畫螳蜋。」蓋用其事。齊後以庶常改宮縣令。

葯坡詩話卷五

六安王㵣楚泉氏輯

王荆公父子俱侍經筵，陸農師以詩賀云：「潤色聖猷雙孔子，燮調化雨兩周公。」議者以爲太過。《能改齋漫録》謂不如取杜子美《送薛明府》詩：「侍臣雙宋玉，戰策兩穰苴。」予謂議以爲過者，應爲其援周、孔爲比。《漫録》第以句法解之，差已所異者。昔柳子厚《復杜温夫書》嘗責之云：「抵吾必曰周、孔，周、孔安可當也？」況孔子之子伯魚，不能更有孔子。周公之子伯禽，不能更有周公。此之獻諛，更有甚焉者。而荆公當日竟安然受之，不聞一語謙讓，何其謬妄。

杜詩：「西山白雪三城戍。」「三城」，舊本有作「三奇」者。《困學紀聞》謂：「《唐·地理志》：彭州導江縣有三奇戍。《韋皋傳》：遣大將陳洎等出三奇。《西南備邊録》所謂三奇營也。當從『三奇』爲是。」《義門讀書記》云：「當作『三城』。地理不可好新奇也。」然亦未有明證。㵣查《舊唐書·高適傳》「適遷彭州刺史。時嘗因出西山三城，置戍論之」云云，則杜詩實指此地。《紀聞》所引雖詳，究非矣。

唐末明州刺史黄晟築館待士，號「措大營」，今謂「君子營」。青浦陳東橋逵詩云：「君子久猨鶴，遺蹤有柳營。風流傳刺史，戎馬館諸生。一代能尊士，千秋負令名。至今窮措大，弔古不勝情。」收句趣極。東橋工畫蘭，錢裴山中丞楷嘗贈詩云：「雲烟眼底經過幻，芳草天涯氣味親。楚畹騷情全在手，金荃才子是前身。」

上海孝廉黄文蓮室曹柔和，字荇賓。有《寄外》詩云：「芳草緑波人別後，小樓紅雨燕來初。」爲時所稱。

聶超然字雲溪，湖北諸生。乾隆末緣事發配六安。粗豪恃酒，非醇士也。然詩才甚健，與南堂舅氏及祝仁圃兆麟、劉愛堂錡常相唱和。有《晚登黄鶴樓》一律云：「黄鶴飛鳴最上頭，白雲斷續楚天秋。荆襄到眼無多景，江漢開懷第一樓。石嶺參差迎夕照，蒲帆高下漾中流。臨風欲辨蒼梧影，烟靄蕭蕭起暮愁。」

朱草衣山人與宣城葛雲臞鶴友善。雲臞歿，草衣搜其遺稿，致書休邑汪瞻侯，附諸名士集中。同人感其高誼，各贈短句。王神駒駿云：「白岳山人朱草衣，深情如水世間稀。零珠碎玉勞搜輯，不與雲臞舊約違。」魯鐵人逢年云：「生前顔謝猶相誚，死後誰搜孟六文。今日朱家有肝胆，過於挂劍慰徐君。」然雲臞詩不多見，惟《隨園詩話》載其佳句，云：「巢傾争宿鳥，鞭響過橋驢。」「夜雨屢遷孤館榻，秋風先瘦異鄉人。」

黄素原先生先以舉班教習，任黟學教諭。丁内艱後，始補廬州教授。其在黟也，與程君南村鴻儒最契。臨別，程畫《蘭心圖》各一，以識交悃。先生憑闌樓上，程抱琴來訪。故王春明學博灝有「一樣畫圖傳兩地，雪泥鴻爪證千年」句。後閣學戴紫垣先生題云：「勝侶攜琴不待招，松風高閣坐蕭蕭。東坡赤壁翻多事，明月扁舟聽洞簫。」「渺渺江流去住分，相思目斷楚天雲。觀瀾閣上孤桐在，惆悵鍾期不復聞。」合肥張南沙太守至軨云：「桃花潭比別情深，夢裏高山渺素琴。一幅溪藤描得出，名流風味古人心。」「記擁臯比侍講筵，披圖高致尚如仙。瓣香重下涪翁拜，回首春風黯十年。」嘉慶初，黟邑胡雪湄上舍成浚隨左田先生在六，亦題云：「臨溪閣影漾新羅，聞説先生此嘯歌。昨向北城橋上望，斜陽高柳暮鴉多。」「樵谷春風桃李妍，兒時曾一識飛仙。淮南客館秋聲裏，重見遺容已廿年。」

南城女士吴蘭卿，分宜楊比部曰鯤母夫人也。賢而工詩，刻有《悟雪草堂稿》。五律最佳。《夜坐書懷》云：「展卷忘更永，雞聲動四鄰。孤燈寒共影，殘月冷窺人。別淚征塵外，鄉思夜夢頻。天涯音問杳，空説雁來賓。」《九日懷遠兼憶弟》云：「千里悲秋客，登高倍愴神。最憐今日酒，不醉去年人。雲物殊飄泊，茱萸耐苦辛。數行離別淚，獨洒楚江濱。」《三江口》云：「水勢因春足，風聲入晚多。」《雨後》云：「喦花疏蘸水，野竹活編籬。」皆有老氣。絶句如《江樓偶興》云：「江樓一望思無涯，城角悲風捲暮笳。皎月不隨流水逝，夜深和雁宿平沙。」「古寺依然對畫樓，鐘聲月色動人愁。十年曾記歸來路，萬歲橋邊獨繫舟。」蓋夫人隨外祖桂林太守回舟嘗經此也。夫人兼通經義，友人晁棨門工部尚忠、梅生上舍燕彤竹林在都時，嘗從之學。

《實齋詩鈔・擬小遊仙》有云：「青鞵布襪出平明，十二樓邊海氣清。忽見劉安旌旆過，一群雞犬盡飛鳴。」「囊有丹書不濟貧，閒騎瘦鶴下秋旻。山頭借得仙人指，先點黄金贈故人。」家大人向亦嘗賦數章云：「欲往崑崙訪道師，鞭龍策虎任風馳。悔將紫氣行先見，早被關門令尹知。」「親受符書十七篇，免教枯骨化成烟。無何計日論身價，枉伴青牛二百年。」「髣髴羅敷陌上逢，茜裙飄洒欲乘風。行人莫訝奴顔少，子是城西百歲翁。」「巫山春樹曉蒼蒼，雨迹雲蹤兩渺茫。誰解仙家更癡絶，至今神女憶襄王。」時館滄州李隨軒先生處，先生謂能自出意匠，不襲前人面貌，故佳。隨軒先生名廷揚，官廣東臬使，告歸。

滄州古蹟有鐵獅，甚巨。家大人在滄時，有景州孝廉王浩亭運生者，亦館隨軒先生處。索詩，大人爲賦云：「憶昔寓京邸，鬱鬱心不怡。有客渤海來，剪燭共徵奇。酒酣神頓旺，爲我談鐵獅。客亦善名狀，口角光陸離。屹立不知年，鬖鬖古城涯。相傳古藩府，雙排雄傑姿。樓閣五雲罩，鴻制壯其儀。一日風雨夕，吼聲動地祇。曉來失其一，居人徒驚疑。後聞海上人，海中曾見之。上下鼓洪波，贔屭無參差。同爲范金成，靈蠢何相歧。一説更詭譎，此地古無兹。忽詫雷霆鳴，又如萬馬馳。陰霾不可辨，目炫山岳欹。颷然來東北，崩摧勢難支。神物畏人見，墮地寸不移。一足强欲起，三足苦羈羈。猛毅未稍減，生氣流鬐鬣。兩目努若電，久之苔蘚滋。班駁間文字，竭力難窮窺。至今蹲路旁，猶能走妖魑。地勢特宏敞，彷彿臺殿基。折簪與墮珥，木難珊瑚枝。山農把鉏犂，往往拾其遺。前説似近理，總之多異詞。背有蓮花盆，又將奚以爲。必求實其故，恐爲識者嗤。我恨未一見，反覆相詢咨。頃幸涉其境，依然寄神思。考据雖茫昧，能無感興衰。繁華渺何在，寂寞東溟陲。剥落秋霜蝕，黯淡春雲披。海風怒且號，若助滄桑悲。終是神俊品，塵沙莫能欺。不見鐵驢脊，土上露一絲。亦土人所云。掘之不肯起，母乃獅兒訾。」此蓋就土人傳聞成詩。後閲《一統志》云：「獅在故滄城開元寺。相傳周世宗嘗駐此，有罪人善冶鑄以贖罪者。」故復有七古一篇識其事。既大人將返都門，浩亭更以景州塔索題，謂兩人唱和以鐵獅起，不可無此以結之。大人賦云：「一柱凌空起，風霜古色横。倚天垂劍影，逼漢礙龍行。海月擁潮見，林烟撲地生。遊人百里外，指點識葠城。撥蘚探遺字，依稀大業年。祥呈布金地，劃破蔚藍天。聖藻雲常護，有純皇帝御製詩石刻。神工壽不騫。幾時登絕頂，林壑漲胸前。」

浩亭《景州塔》云：「王郎捉鞭停不發，扛如椽筆吟景塔。聲與鐵獅詩鞳鞳，恨不經過窮登躡。余曾拾級十三重，空所依傍標孤蹤。翩翩霞舉不可已，玲瓏磴道盤虛空。開門四面俯四表，耳畔烈烈拉罡風。日月跳丸雙過眼，銀河匹練垂當胸。萬古鴻濛結未散，呼吸疑與天門通。十年不字抱微誠，精神躍躍浮玉京。天遣仙子紛下迎，羽葆珠幢導前旌。佩我寶璐餐雲英，畀之金章鎸姓名。小臣拜受涕淚零，水底乖龍怒生癭。塔内有井。翻身勢欲攫通靈，阿羅微笑彈指聲。慴伏弓身如犬形，天花法雨飄泠泠。大千三千滿光晶，狂欲上天思縱横。翻然一笑塔詩成，門前驪駒蹋地鳴。人生聚散浮水萍，王郎擲筆竟欲行。指塔結願誓當了，與爾秋逢吟龍爪。」蓋龍爪石，吾六古蹟，浩亭嘗欲賦者。惜其人未幾竟歿，而「天遣仙子紛下迎」等句，乃成詩讖。

胡恪靖公寶瑔本徽籍，父廷對官婁學教諭，遂入籍松郡。十五歲時，教諭公以庭前牡丹命題，即獻一律云：「春寒收盡蘊香腴，特拆仙苞舞六銖。莫大文章王氣象，全滋雨露帝工夫。旁求休惜千金買，珍重應須百寶扶。桃李遍栽皆退聽，日輪獨映鳳皇雛。」此雖少作，已見根器不凡。至晚年致仕歸里，《述懷》有云：「青春伴我竟還鄉，一日維艄到草堂。已勝卓錐無隙地，不嫌移案抵斜牆。曳舟居陸猶環水，埽石安棊亦向陽。爲報吾廬今始有，并教韓筆省鋪張。」自注：「余出門時，黄唐堂太史贈詩云：『賣屋已無身外物，束裝惟有腹中書。』今買屋八間，可以容膝，快然自足。」夫公歷官少司馬，巡撫三省，而所居止此，其清介可想。又有云：「三千世界雙眸裏，十萬程途一瞬間。」自注：「十餘年來，馳驅已十萬餘里。」

姑尊楊小南先生春年，即桂園老人嗣君。有《寒食即事》三章，云：「紙帳寒侵欲曉天，老鴉將子破春眠。五更新雨蒸花暈，一夜東風扇柳烟。細撿囊書驅粉蠹，平分缸水種青蓮。武陵裘馬今何處，芳草盈階似舊年。」「虛窗日薄晝雲輕，負郭餳簫送遠聲。菜圃香浮知蝶醉，藕池漲暖憶萍生。飛花入幔迴風舞，止鳥忘機著案鳴。忽聽悲啼荒墅晚，多因隔宿又清明。」「年華休擬指輕彈，九十春光尚未闌。桑甲不肥蠶已化，羊裘將㪚氣猶寒。囊餘到處投膠漆，局冷從來見肺肝。每向芳晨書近事，異同存與隔年看。」末首微帶牢騷，蓋一時境遇使然。又嘗有「得意書參真解後，繫情春去落花餘」，「吟殘夜月酬詩債，醉倒西風著酒魔」等句。吟草甚多，皆隨手散失，不自愛惜，予爲代存之如此。

明太倉沈君烈承有異才，以諸生終。予幼時見其所著《即山集》，詩文皆不落凡徑。今其集久不可得，僅記詩數章。《春夢詞》云：「半狎漁樵半狎禪，遊仙不夢已年年。情灰橫被春風誘，飛出梅花帳外眠。」「葳蕤一片可憐春，撩亂芳情落紫塵。敬謝東風吹入夢，可能吹夢入伊人。」《訪春書事》云：「欲尋花信去尋遲，花上流鶯已占枝。三百金驕公子勒，十千酒捧美人卮。不褰簾額通聲福，且隔墻頭和句詩。世上風流詞賦久，俗遊春夢不多時。」後載其妻薄少君《悼亡詩》數十章，亦奇傑，不類閨閣中語。有云：「場中無命莫論文，有鬼能遮秉鑑人。却怪君文遮不住，故將奇疾殺君身。」《明史・藝文志》有薄少君《嫠泣集》一卷，而無《即山集》。朱竹垞《明詩綜》搜羅極富，薄少君詩亦載一首，而獨遺君烈。豈文人之命，身後猶奇耶？

閻靜山仁治，曠達多不拘小節。自云嘗訪舅氏於浙，道困維揚旅舍，頗涉偃蹇。一日薄暮，有客至，僕從豪侈，據胡牀，殽饌羅列，自吟自酌，旁若無人。時酒興甚濃，偶睨之，客曰：「足下能飲乎？」答曰：「能。」因命之飲。尋睨客，賦《聞雁》詩，不禁技癢，吟哦出聲。客曰：「然則亦能詩乎？」曰：「素喜爲之，但不佳耳。」因誦至「我是天涯浪遊客，最關情處兩三聲」，客大喜，洗盞更酌，相與嘯歌達旦。臨歧珍重，厚贈資斧而去。

關藻宣進士元鼎，生有夙慧，讀書過目不忘。乾隆庚寅登賢書，年甫十六。常以小華山僧自號。幼時私置一册，預列功名、年壽歷歷。學使朱竹均先生贈句有云：「六蓼逸才大隱在，暹羅慧業小華看。」喜吟而多病。《遺興》云：「滿目秋原百感增，荒檐破壁影層層。誰能廣厦庇寒士，獨對西風憶少陵。」「近市人烟疎落日，隔林秋色隱殘燈。囊中亦有茱萸種，欲駐朱顔竟未能。」《寄友》有云：「病榻經年常近藥，幽窗無事倦臨書。」《登文昌閣》云：「可憐病骨支離久，欲向琳宮問華陀。文昌閣與華祖廟對宇。」卒僅與昌谷同年。

含山張引生孝廉開來，曩鄉試自白下歸，與同人附渡江船。薄暮風逆，仍泊南岸和尚港。舟子梁山人，亦張姓。與之談，頗風雅，古詩詞曲朗朗記誦。聞引生名，索詩。次早風平，同人催解纜。張恐渡江卸帆後，詩即不可得，堅不肯發。衆皆譁然，張笑曰：「昨已載諸君行九十里，此去家幾何，恐不得到耶？必欲渡江，請過他船，余不索值也。」一時奮衣登岸者四人，張怡然無愠色。引生心重之，贈云：「細雨斜風泊淺窩，一宵清話樂如何。天門山下烟波裏，儘有吾家老志和。」

布衣熊山南炎，引生同里人。質魯而苦學詩。年五十，遇少年能詩者，必執弟子禮請質焉。然詩成即焚之，不欲留稿。引生僅記其《閨怨》句云：「可憐少婦羞人見，不敢登樓一望夫。」問焚詩何爲？云：「風詩三百傳千古，有幾篇章注姓名？」家窶甚，歿當盛暑，次日方殮尸，不腐，室有異香三日。

文衡山詩：「竹符調水沙泉活，瓦鼎燒松翠鬣香。」「調水符」，見東坡詩集。李竹嬾《恬致堂詩話》謂「吳中諸公遣力往寶雲取泉事，此未經人道，衡山拈出，可補茗社故實。」又趙子昂行書一幅，乃退之《山石》詩。竹嬾謂「不知子昂作，或古人句，其語氣似白樂天、陸放翁」，是亦未見韓集也。皆謬。

宋張芸叟有詩云：「少年辛苦校蟲魚，晚歲雕蟲耻壯夫。自是諸生猶習氣，果然紫誥盡驅除。酒間李杜皆投筆，地下班揚亦引車。惟有少陵頑鈍叟，静中吟撚白髭鬚。」蓋荆公當國，曾罷詩賦，專以經義取士，至紹聖初，以詩賦爲元祐學術，復罷之。政和中，遂著於令，士庶傳習者，杖一百。畏謹者皆不敢爲詩，故末句芸叟自謂云。然朝政至此，天下安得不亂？

唐畢耀《古意》詩云：「千金女兒倚門立。」幼時見有鈔本，一老輩旁注云：「下三字減價五百。」

王直夫道，閩之海澄人。乾隆初，知金山縣。沈酣爲詩，公案上以判筆作吟毫，興之所至，簌簌滿紙。時值端午，角黍將糖誤投硃墨硯，而不知也。滿口紅黑，侍者竊笑。其詩癖可想。《謝黄宮允庴堂序集》云：「龍支百尺莫能扛，風力泱泱抗大邦。玉尺入閩推第一，金針貽我號無雙。欲登壇坫推爲伯，望見長城已受降。玄晏《三都》元足重，未應聲價壓三江。」

戴瓏岩殿撰有祺，以考用知縣，遂乞假歸，不復出。著有《尋樂齋詩集》。自序謂讀書不多，落筆太易，其實專寫性情也。五言如：「聽雨堪清暑，看書當養痾。」「不辭鄰舍酒，懶答故人書。」「竹緣貪筍種，門喜逐山開。」七言如：「人生任意無過懶，世上妨閑獨有官。」「但作閒人何必隱，不耽佳句易成詩。」「任意抽書偏有味，逢人索酒不知狂。」「只除晒藥常扃户，偶喜尋詩也過橋。」「殘牙久缺寧思餅，倦眼新花更廢書。」皆可誦。

嚴粲《詩緝》：「後手鹁而縱，前手擲而送。」「鹁」，翾劣切，拽也。而擲字，字書失載。按前人用者甚多。王珪《宫詞》：「兩班齊賀玉關清，新奏《西州》曲破成。畫鼓連聲催擲遍，内人多半未知名。」《雪浪齋日記》：「洪覺範：『已收一霎挂龍雨，忽起千崖擲鷁風。』『挂龍雨』、『擲鷁風』皆方言。」《癸辛雜識》：「劉會孟《月詩》六言，云：『霓裳聲裏一擲，如今是第幾輪。赤壁黄樓都在，古今多少愁人。』」古無「鬍」字，後人詩文中或用之，而字書不載。李義山集《嬌兒詩》：「或謔張飛鬍。」《閒中今古録》：「奉化應履平和縣，考滿，吏部試論，雖優而貌頗侏儒，不得列。因題詩部門有云：『爲官不用好文章，只要鬍鬚及胖長。』」又《明史·項忠傳》：「劉通黨李鬍子者，名原，僞稱平王。」是正史亦用之也。

俗謂邪淫曰「嫖」，讀若瓢，不知起於何時。按《漢書·霍去病傳》：「爲票姚校尉。」服虔注：「票姚音飄摇。」而後人多以「嫖姚」字用之。如蕭子顯樂府：「漢馬三萬匹，夫壻仕嫖姚。」庾子山詩：「寒衣須及早，將寄霍嫖姚。」《司馬裔碑銘》：「有功都護，則重嫖姚。」唐李白詩：「功成畫麟閣，獨有霍嫖姚。」杜甫詩：「漢朝頻選將，應拜霍嫖姚。」皆不以爲邪淫字。即《漢書・廣川惠王傳》：「歌云：『背尊嫜，嫖以忽。』」亦只言其輕忽之意，未嘗指爲邪淫也。蓋此字《説文》作「嫖」，訓輕也，無他義，故古人且有以爲名者。《史記・功臣侯表》：「甘泉侯王嫖。」《漢書・竇皇后傳》：「生女嫖。後爲定陶長公主。」至宋宗室，猶有名「不嫖」者，見《漢王允讓傳》。想其説起於近世耳。

明祭酒陳文莊公詢，華亭人。先任翰林，忤王振，出爲某州同知。同僚餞之，爲酒令，各用三字分合，以韵相叶，以詩書一句終之。陳學士循云：「轟字三箇車，余斗字成斜。車，車，車，遠上寒山石徑斜。」高學士穀云：「品字三箇口，水酉字成酒。口，口，口，勸君更進一杯酒。」公自云：「矗字三箇直，黑出字成黜。直，直，直，焉往而不三黜？」公歸田後，有詩云：「盡日耘耔喜溢腔，非關春釀緑盈缸。生當盛世逾沮溺，養及高堂勝鄭龐。機上妻賢供執爨，窗前子肖業經邦。西成更有陶然趣，惟許堯民作等雙。」是詩墨迹猶存。年伯桂堂先生，其裔孫也，家世寶藏，近勒石以傳不朽。

桂堂先生廷慶，辛丑翰林。曾典山東試，後知辰州府，丁外艱歸。在都門以詠簾鉤句得名，云：「搴迴湘水波三折，捲上揚州月二分。」

熊氏梓花開時，嘗與同好坐其下。或謂梓花詩，前人集中惜不經見。余按《説文》：「梓，即楸也。」《韵語陽秋》云：「楸以香色韵勝，見於杜子美、梅聖俞詩。『要把楸花媚遠天』，言其色也。『楸木馨香倚釣磯』，言其香也。『圖出帝宮木，聳向白玉墀。高艷不近俗，直許天人窺。』言其韵也。」又范石湖詩：「梓花紅綻碎。」本朝高江村先生云：「此語曲盡其勝。」此花有如此數知己，雖他不經見，可以無憾矣。

徐松友先生枏，月鹿考功曾孫也。《題墨牡丹》云：「國色何須借粉脂，却將清墨寫花枝。太真縱是朝酣酒，終遜承恩淡掃時。」

鄒平張蕭亭實居，漁洋山人内兄也。其《春日試筆》有云：「一卷《離騷》千日酒，三春花鳥四圍山。」漁洋謂如噉江瑶柱，雖不嗜口腹人，亦須言佳。

金壇于慕周鐙以寫真擅名，其工細山水亦近仇十洲。性高傲，不諧俗。非其人，雖餌以重貲，弗爲落筆也。往來六安三十餘載，余等猶及交之。嘗爲余寫墨梅數枝，丰姿秀絶，並題以集句云：「南枝春信夜來温，江月多情爲返魂。誤認文君新睡起，玉肌無粟立黄昏。」「幽香淡淡影疎疎，吹角江城片月孤。遥憶題詩舊遊處，夢驚烟雨暗西湖。」辛亥冬，病卒東外華殿寺。同人買地葬之，並樹以碑。介坪中丞書，時尚爲諸生也。每至春時，楊召林、胡治莊、葉耕雲與余，常爲踏青之遊，澆其墓焉。

許蝶莊應翺性耽吟詠，而不應試，以布衣終。嘗過于君墓弔之云：「連天芳草夕陽陂，中有江南老畫師。一樹桃花伴荒塚，東風猶爲染胭脂。」蝶莊題其舅氏書齋有云：「林外方塘塘外寺，鐘催明月到疎籬。」亦佳。後客光州，又有「河橋春市鬧琵琶」句，人呼爲「許琵琶」云。

黄氏世多孝友，位天先生大本，已旌表崇祀矣。季子星槎世叔海，亦天性友愛。其庚子鄉試，得長兄節亨世伯澐凶問，有云：「誰知近日家園事，袖底書開竟失聲。」又：「自是重泉依二老，可憐何地置諸孤。」語尤沈痛。

懷寧王茗仙增以書名。素有顛伏，人以瘋子呼之，大喜。因改字峰紫，爲其音同也。與同邑詩人潘蘭如瑛至交，故亦有詩癖。《秋柳》二律云：「秋郊入望倍凄清，野店西風淡影横。極浦烟銷無限恨，夕陽蟬咽有餘聲。林疎遠露陶公宅，夢斷難尋漢將營。知否行人攀折苦，不堪重綰別離情。」「日斜信步小橋東，太息韶華迴不同。細縷慣銷清夜雨，瘦腰偏怯短亭風。靈和殿冷烏啼早，蘇小門荒燕語空。欲寄征衣腸斷處，玉關殘月影朦朧。」峰紫在六，與余最洽，每詩成，必就余斟酌。於是有佳篇，人皆謂余改焉，其實不盡然也。

春日同人郊飲小桃園。適尤惜分老人經過，詩人程平階邀飲索詩。席中有少年素與不協，老人雅不欲留，口占數絶遂行。有云：「人近桃枝我近梨，朱顔華髮各分蹊。自知原有榮枯界，何事東園曳杖藜。」「覓得桃奴助茗香，酒觴拇戰各争長。漫嗤老子龍鍾態，聲振花飛氣尚强。」老人名侃，即駿夫先生仲子。枯瘦如老嫗，而諧謔多風趣。卒年八十有餘。所居在北關外，自顔之曰「漁樵會館」。

楊升庵夫人詩詞載之《藝苑卮言》者，人多傳誦之矣。《益部談資》又載其數詩。予最愛一絶云：「懶把音書寄日邊，別離經歲又經年。郎君自是無歸意，何處春山不杜鵑。」

令狐楚《少年行》：「少小邊州慣放狂，驏騎蕃馬射黄羊。如今老大無筋力，獨倚營門數雁行。」《吹萬集》云：「驏，不鞍而騎也。」近見黎媿曾《西陲聞見録》載蘭州渡河以西，人重氣尚武。有云：「至於挽强弓，騎驏馬。」自注：「驏」，音産。按《字典》「驏」只二音：一音袒，馬帶也；一音綻，騠也。黎以此爲「驏」，不考之甚。

梁山舟《反遊仙詩》云：「人是天台狂道士，桃花多處急抽身。」蓋先生以門第才望，歷官講學，遽致仕歸，此其自寫照，殊瀟洒可喜。然又云：「升仙直是尋常事，雞犬由來亦上天。」則未免輕薄人，可以不必。若戴殿撰有祺家居後有云：「世間儘有閒雞犬，何必驅馳盡上天。」則以之自喻。至吴梅村「我是淮南舊雞犬，不隨仙去落人間」，其痛自悔恨之意，讀之尤令人可憫。

鍋底焦飯，俗謂之「鍋巴」，名殊不典，從未有見之詩文者。惟國初遺老黄九烟喜食鐺底焦飯，人因呼爲「鍋巴老爹」，遂欣然受之。嘗賦詩云：「竈養幸無郎將號，鍋巴猶得老爹名。兒童相笑非無謂，慙愧西山有此身。」「學仙恨少休糧訣，嚇鬼空多噉飯身。如此老爹應餓煞，鍋巴敢望史雲塵。」「隔江船尾競琵琶，金帳寧知雪水茶。新婦羹湯多得意，老爹自合嚼鍋巴。」「哺親焦飯記先賢，苦節多存感慨篇。莫道鍋巴非韵事，鍋巴或藉老爹傳。」九烟，名周星，江寧人。崇禎庚辰進士。除户部主事。甲申後隱居不仕，故詩中多含譏刺。

明世襲指揮同知侯承祖，當國變時，守松郡城，殉節。二子世禄字功藩，世蔭字美漢，皆死，族滅。相傳功藩守城時，粉書女牆句云：「身沾雨露心難死，肉委泥沙骨始香。」美漢就逮時，句云：「義重有頭供短劍，道窮無子讀藏書。」遺妹云：「父魄有靈應傍汝，君恩爲重暮愁余。」從容就義，而又吐屬大雅，惜未得其全篇。

周冰持稚廉，宿來先生孫也。著有《容居堂詩詞》。《送林霞水歸里》云：「潦倒林公子，無家苦食貧。萬山遷客夢，匹馬異鄉身。梧葉銅谿雨，笳聲鐵甕春。傷心韓信傳，一飯屬何人。」冰持少以《錢塘觀潮賦》知名。惜迹類清狂，年未三十即卒。嘗署門聯云：「論家世如閣帖官窑可稱舊矣，問文章似談箋顧繡換得錢無。」箋、繡皆其松郡産也。或云冰持好食生蝸牛。

徐雨峰中丞士林，山東文登人。丁外艱後，再起江蘇布政。以養母辭，上不許，慰遣之。問：「何日起程？」對曰：「臣一肩行李，僕從數人，明日便可就道。」上咨嗟久之。嘗知安慶府，陞去。《舟中述懷》云：「盈尺爰書手自披，平反容易墨淋漓。四更猶自燒殘燭，依舊青鐙黄卷時。」「但有窮檐關夢寐，更無風月繫心情。窗前歲歲春光去，花落花開未識名。」「荒衙久已絶苞苴，琴鶴閒情亦淡如。結習未忘一事在，移官添得壓肩書。」其清節可想。又有《詠雪羅漢》句云：「誰知伏虎降龍手，原是冰清雪淡人。」真自爲寫照。

《豐溪存稿》者，唐末詩人吕從慶字世膺所著也。其先大梁人，廣明中，避地於歙，後徙旌德之豐溪。遺詩四十五篇，子姓繁衍，世世寶藏。嘉慶初，裔孫築巖司馬墉昆季刻以傳世。《春日書懷》云：「豐溪村内野人居，隱終南山對敝廬。花下小橋春策蹇，竹中深徑夜歸漁。無名正可驕王謝，有句還能繼庾徐。醉罷濁醪鄰客散，一番清夢又蘧蘧。」《寄弟》云：「函罷家音又拆看，添書絶句報平安。豐溪漁叟生涯定，明月清風一釣竿。」又《賊警》云：「不知調國者，何以慰時匆。」《醉卧田間謝里人扶歸》云：「陷溺今方衆，君還有意無。」味其詩意，蓋雖隱於漁釣，而心固未嘗忘世者也。洪稚存太史嘗序其集，而並綴以長古云：「君詩四十有五篇，流傳九百十八年。豐溪因此占居籍，百歲尚識開封遷。人丁至萬户至千，前後南北圍墳田。清明歲歲上先冢，十里路外飛香烟。千年家法尤堪效，不用西方化人教。牲牢奠罷布路回，墳頭從不飛紙灰。君不見司空表聖羅昭諫，唐末英英義聲見。詩人豈藉詩句傳，大節所在尤昭然。豐溪處士心内傷，末路自比陶柴桑。天平山，王官谷，糾嶺栅峰同岝粤。九原數子如可作，笑殺陵陽杜荀鶴。」

鮑思遠歷，上海諸生。有《贈偷兒》句云：「嗟君自肯喪名節，愧我不能通有無。」看似迂腐，而其實仁人君子之言也。

李石帆刺史廷儀，任亳州時，滁州張竹軒、懷寧潘蘭如皆在署中。從政之暇，倡和無虚日。石帆自刻其《杏瓊齋詩集》，又爲竹軒、蘭如刊詩以傳，真風雅好事。嘗記其《秦宫》云：「脂水溶溶漲渭南，祖龍東下肯停驂。八荒狼藉遭騎虎，六國逡巡僅飼蠶。空見車前刑假父，不聞海上返童男。揶揄秋鬼驪山側，猶唱花樓酒未酣。」《漢武帝》云：「金莖高峙掌巍巍，天意乾封露正晞。王母不隨方士至，星精已擁細君歸。樓船浪急難回棹，金屋人多更益幃。寂寞石麟斜卧處，柏梁臺上野花飛。」議論奇偉，膾炙人口。其他佳句如《詠柴》云：「好向勞薪求别味，誰從焦尾識真桐。」《詠醋》云：「秀才氣味三分在，閨閣風流一半宜。」《園居》云：「喜聞玄理邀僧話，厭聽爭聲禁僕棋。」「栖鷺樹留千點雪，插雲山截半身青。」又：「醉後不知身入畫，蹇驢馱上小溪橋。」《望西嶽》云：「雲裹醉眠人在否，松濤猶作睡鼾聲。」可採者甚多。

先君詩集，凡稍涉游戲者，皆命汰之。潯等不敢盡棄，謹録一二于此。《嘲聾》云：「相逢何事笑相迎，款語偏難彼此傾。欲博回頭須萬唤，誰同入户論三聲。自云琴得無絃趣，不信雷能以夏鳴。最是諠譁隨處有，怡然静坐揔忘情。」《留齒》云：「甘苦相依斷乳初，忽形離異感何如。剛來不吐情知悔，落後重生事總虚。但願排牙同仗馬，奚妨伴食視中書。莫因髮秃援爲例，短髮絲絲尚可梳。」

潁州有二寧，一榕隝崇禮，一止齋問禮，耳其名久矣。嘗于《蕭雪蕉集》見其詩。後得太倉彭甘亭集，又見多與兩人酬唱之什，益悉其人品學術，輒爲神往。兩人皆有《雪蕉集》題詞，兹録其近體四章。榕隝云：「耳目繁蕪久未鉏，新詩示我快何如。搔時似倩麻姑手，樂處焉知惠子魚。荷芰可珍頻集製，肥磽不問但菑畬。所塹相説非相長，更遜繙吟宛委書。」「好詩端可慰離群，紅錦詞書白練裙。吾黨名山心匪石，古來才士氣凌雲。徽之足下原無忝，李穆車中亦孔云。繡出鴛鴦三十六，也應瘦損沈休文。」止齋云：「白葦黄茅一望收，門牆廣大可同遊。斯人自賦思無斁，爾客偏嘲渙有丘。莫述里門方朔頌，且憑樽酒最高樓。駝驚馬腫尋常事，羯鼓何須問玉枹。」「貧女繅絲涕欲滂，畏行寧復避提筐。薄帷不詫河間柳，出户偏驚陌上桑。織就付離投縞紵，愁來只自繡鴛鴦。金針辛苦從今事，莫爲他人作嫁裳。」

彭甘亭《小謨觴館詩集》有寧止齋一詩，《以近日詩學派别感懷柬甘亭》云：「野水吟蛙未可聽，與君携手覩滄溟。荆人小刼夸三户，蜀道雄開仗五丁。黏齒雪分花屐白，隔簾山入酒樓青。傾懷敢惜銀條原注：潁州酒名。賞，處士南臺夜有星。」甘亭和云：「引商流徵世誰聽，或以牛涔擬象溟。學海有人窮步亥，榛叢得路闢神丁。門臨皎鏡餐湖渌，瞳翦金波照汗青。便欲相從乞津筏，少微遥指伍喬星。」

江浙人盛酒多用瓦罌。其破損者纍纍，或以築堤，或以甃岸，皆横口向外，嚮無人道及。王儕嶠太守蘇《潤州遇雨》五律云：「北固山無恙，歸來艑慢摇。小舟穿水榭，窄店占官橋。卧罋横扶岸，垂枝倒弄潮。難尋許丁卯，郭外雨瀟瀟。」始用之。

山東新泰縣羊流騆，有北平何琴立題壁詩云：「路轉平岡一帶斜，短籬雞犬見人家。青帘店裏黄粱飯，紫石牆頭白枳花。同向天涯連草榻，誰于秋水悟《南華》。今宵各有還鄉夢，明發離愁恐又加。」嘉慶初，李和叔太史鼎元奉使路經，謂其饒有風致，和之。惜未見。

明張左虞元凱，吴縣人。家世武勳，喜談詩。王弇洲推爲酒人之雄，以其詩比之沈始興、曹竟陵，夷然不屑也。殁後，弇洲得其行卷讀之，始悔知之未盡。爲詩一章，屬其子焚之殯宫。著《伐檀集》十二卷。《郊外》云：「野望曉蒼蒼，川原喜載陽。雲飛山動影，露濕草生光。柳下尋元亮，花間遇仲長。攜來一壺酒，開與故人嘗。」《冬閨》云：「庭樹紛紛霰作花，北風吹捲入窗紗。天山積雪無歸路，不是征人不憶家。」

橄欖，一名餘甘，原取其味美于回。而明孫大雅《食橄欖》詩云：「碧雲高葉樹亭亭，雨打風披子更深。到口真如覓幽句，急搜佳處已難尋。」似又不以爲然。大雅《滄螺集》詩一卷，文五卷，汲古閣重刊。然予記《輟耕録》前係大雅序之，而此集不見，豈遺之與？

譚友夏小詩多可誦。如：「姊欲養鸚哥，問妹妹不許。笑姊一何癡，鸚哥能言語。」又：「閒坐妝樓下，買花不買葉。客從何處來，戲郎兼戲妾。」然是鄭衛之音。

「霜遲秋養樹，寒早夜攻人」，明蘇人王亦房留句也。又：「故交久約尋非易，貧士初心諱亦難。」「貧士驕人猶勝諂，庸流愛我不如憎。」蓋有異才而不遇者。著《澗上集》。陳伯璣允衡嘗評選之。伯璣謂集中「官留幸舍歸應緩，僕厭名山道屢迂」，「出門輕重憑官異，遠道悲歡與僕均」，多以「僕」對「官」，有輕薄意，恐未必然也。

《二酉園詩集》，沔陽陳玉叔文燭著。只七古、五律二體，前後卷多殘失。七古頗得工部氣味，五律亦老。《席上贈張別駕》云：「正有蓴鱸想，逢人是季鷹。風塵雙短劍，尊酒一孤燈。浪迹曾三楚，豪華失五陵。不知關塞上，勳業許誰能。」《送友之南都》云：「羨爾乘新水，扁舟五月開。久推鸚鵡賦，今上鳳皇臺。佳麗三山地，繁華六代才。平生懷建業，早晚下江來。」集中多與謝茂秦往來詩，知其爲同時人。

李蠡塘太史《遊桃塢》詩並諸老和章，已載前卷矣。茲檢舊簏，復得數詩，補録之。楊睦堂表伯藼云：「尋紅問緑趁芳游，半在郊原半在洲。到眼鳶魚真活潑，隔籬花柳自疎稠。同來野寺參空色，暫憩山莊簡應酬。太史採風先得句，春風滿座爲淹留。」徐儷璠表姑丈宗璵云：「暖風吹渡共優游，喜過沙灣踏鷺洲。最是桃源蹊徑熟，何妨蘭槳往來稠。高懷不讓流觴禊，雅韵還同擊鉢酬。應比輞川傳盛事，常于摩詰畫中留。」祝春塢世伯聲項云：「尋芳漫説武陵游，棹過西河杜若洲。沙路遠迷紅霧擁，山莊小憩緑陰稠。日兼花氣熏衣袂，風遞鶯聲入倡酬。美景盡歸摩詰畫，一時佳話箇中留。」

葯坡詩話卷六

六安王潯楚泉氏輯

鄞縣黄仲友先生定文，嘗仿李西涯樂府，詠《左傳》事實，音節古雅，多出新意。摘録數章，以見一班。《營菟裘》云：「營菟裘，吾將老，魯爲君皮君不保。息姑姑息可奈何，恨不誅讒畀蒼昊。翬帥師，履霜不戒堅冰滋。翬納幣，薄薄鉀車載驅至。有兄不得歸菟裘，阿同碌碌甘包羞。」《舍與夷》云：「舍與夷，問與夷。寡人有願先君知，馮也怏怏非吾兒。生不願相見，死恨不得相禁持。願托大夫靈，下報先君慈。可憐十年十一戰，宣公無情穆公怨。」《大豕行》云：「貝丘原頭風颯颯，大豕銜人作人立。强弓勁箭挽不前，眼見彭生來拉脅。齊諸兒，人頭畜鳴豕爲徒。豕人不見屠雄狐，恨不并封爾婁豬。」《息夫人》云：「鬱鬱春陰復春雨，桃李無言淚如縷。迴看過牆枝，雙雙青子垂。吁嗟乎！解語花枝空不語，一笑君王已塵土，又見宫邊陳萬舞。」《兩社謡》云：「父有母，爲魯夫人，文在手。兒手有文兆友名，兩社功成爲公輔。從左叶。母有宫，獻六羽，兒爲小宗八佾舞。」《作三軍》云：「命晉侯，作三軍，鴟張便執天子臣。作二軍，滅耿魏，女戎勃興公室廢。作三軍，伯且王，而五而六而三行。舍新軍，半天子，六卿勢成晉已矣。」《此子才》云：「此子才，夫人頓首啼聲哀。子不才，桃園兵起將軍迴。一壺飧，得靈輒，將軍禄米堆滿室。不及鉏麑知有一，千載難逃史臣筆。」先生以孝廉官江蘇同知。刻有《東井詩鈔》。

仲友先生弟和石孝廉定衡，亦有《石軒詩鈔》。《蠟梅花》用高青丘《梅花》詩韵，云：「雅詠何人繼《玉臺》，試拈舊韵賦新裁。美人月下金釵重，高士山頭蠟屐來。色相未除曾染露，山谷詩：「色染薔薇露。」國香不落漫收苔。蠟梅抱樹不落，與梅花異。花前莫打催春鼓，占得先春一餉開。」《秋夕憶家仲兄廣東》云：「瀕淮山色古彭城，客舍東頭住士衡。四海論交終落落，一行作吏定錚錚。都門斜日三年別，粤嶠秋風萬里情。忽聽南飛雙燕去，裁書自對短燈檠。」

徐莘叟太史有《和大佛寺樓壁上邗江女史》詩三章云：「縹嶺深深深幾重，欻來人世覓雌雄。欲償前度三生債，遍歷天涯萬劫空。詩句猶留禪榻畔，香魂疑落畫圖中。掃眉才子知何處，孤負鮫綃淚揾紅。」「西湖秋色自年年，問渡湖頭憶采蓮。天外難憑魚雁去，人間未許姓名傳。巫山有意隨堪賦，金屋無緣不是仙。多少斷腸吟不盡，隋堤烟雨正綿綿。」「重鎸日月事非遥，一望鈿車路已迢。句裏投桃人似玉，夢中行雨鹿爲蕉。情隨芳草年年緑，筆帶啼痕字字嬌。只恐姮娥奔月去，浮家難上五雲橋。」女史何人，豈亦有才無命者耶？讀太史詩，覺深情溢於楮墨，惜未見其元唱。

黄蘭圃先生廷珍，慷慨負義，而天性尤摯。其尊人官温州衛守備，緣事戍新疆。先生省親凡三次。卒邀恩綸，奉老親歸鄉里，人皆稱爲黄孝子。其初出塞也，伯父秋崖公嘗贈以詩云：「風烟黯淡促征輪，絶塞寒銷旅客魂。祇爲八方歸版籍，不辭萬里奉晨昏。龍沙雪暗關山路，刁斗聲清月夜屯。莫慮投荒羈驥足，君恩行見出都門。」

先伯爲諸生時，梁階平相國督學皖省，嘗亟賞之，目爲錦繡才人。乃久之始舉己亥鄉試，而卒滯春官。甲寅，家大人捷南闈，覆試江寧。伯父病中猶有詩云：「廿載青衫意已闌，而今始得慶彈冠。撤開席帽秋風苦，重把秦淮子細看。」「吟鞭遥指石城東，紅樹風清驛路中。待得雁行歸故里，春光兩兩到南宫。」乃越日竟逝，此詩遂成絶筆。稿藏篋中，至今未忍卒讀也。先伯諱與今相國儷笙先生名同，又同舉秋試，而升沈判然。

韓昌黎《符讀書城南》詩，樊注云：「城南，公別墅。符，公之子。」近長洲顧氏本注云：「按公墓誌及《登科記》，公之子曰昶。登進士第在長慶四年。此云符，疑即昶之小字。」似不敢遽定之詞。其實以符爲昶小字，已見宋張淏《雲谷雜記》。又張文昌《祭退之》詩有云：「子符奉其言，甚於親使令。」退之不聞有別子，是符爲昶小字固已無疑。獨元李冶《敬齋古今黈》謂爲其姪，不知何據。然以張詩觀之，可知其謬矣。

王樓村殿撰有前、後《蜀宫詞》各十二首，言前蜀小徐妃嘗遊青城山，題詩後被害於秦川驛。復投生於青城徐氏，前後皆號「花蕊夫人」。故其詩云：「青城花蕊舊題詩，環佩魂歸夜月疑。證得隔生文字業，重磨螺墨寫新詞。」是兩「花蕊」皆徐姓，且能詩也。惜投生事不知所據何書，《十國春秋》未之采録。

桐城王悔生大令灼《過隨園》云：「池外青山池上樓，斷橋衰柳曳殘秋。江南迹尚談熙載，剡曲情誰似子猷。名輩狎徒嗟雨散，舞場歌席付川流。卅年踏遍金陵陌，蠟屐今來始獨遊。」隨園先生在日，凡往來投贈者，推尊未免過當，此詩可謂恰肖身分。悔生又有《過于少保祠》云：「六師土木慘蒙塵，濟變誰爲託國人。白髮安危憂社稷，赤心生死表星辰。血飛北闕天無色，魂返西湖草不春。隔浦鄂王祠墓近，龍旂陰雨散青燐。」

五河閨秀張佩蘭，著《閨香集》二卷。有句云：「待將脂粉閒抛却，化作中天五色雲。」佩蘭，孝廉某女。生時，母夢蘭花二十四朵，因名。長，適姑子蕭用之。用之從父宦遊，經歲不歸。女獨居母家，悒悒成病而卒，年甫二十有四。恰符夢蘭之數，亦奇。

王姻母張孺人字松閨，有賢名，而工詩，不欲人知。程子石冶汝蘷，其外孫也。嘗以《緑窗吟稿》見示，愛其《雨後》絶句云：「鳩呼宿雨迴，風送痴雲去。繡罷下堦除，明月照高樹。」語殊冷雋。又《蒼苔》云：「雨後空階緑未删，捲簾遥見石班班。誰人罷繡曾經過，留得弓鞵月一彎。」《萱花》云：「送梅雨洗碧天匀，寶色香浮麝火熏。記得美人榴樹下，淡黄衫子緑羅裙。」《荷包牡丹》云：「名錫荷包綴牡丹，化工新製現奇觀。括囊似欲收春去，緘口應知出笑難。暗貯麝臍香細細，輕裝珠顆露漙漙。薜衣蘿帶還須佩，願擷芳莖雜杜蘭。」荷包牡丹，詠者甚少，以其難於舉似，且無故實也。惟李冠十甲有云：「鼠姑秘馥小園春，纖影垂垂別一新。時共米囊呈麗景，慣隨書帶綴芳辰。縈烟願結王孫佩，拂露疑從少女紉。無限天香藏内裏，開緘惟待探花人。」可謂細膩風光。其《過楚霸王廟》云：「虞兮一曲壯心寒，恃勇從來定鼎難。只識宗臣能舞劍，那知國士已登壇。關中金鼓聲俱杳，壁上戈矛鐵盡殘。蓋世拔山渾不見，空餘英氣壓狂瀾。」《金陵雜興》云：「選勝多因明月夜，臨波半是美人樓。」《別友》句云：「人生得意惟知己，天下傷情是別離。」皆可誦。冠十早擅文譽，試輒冠軍。戊午闈卷，主司密圈甚多，忽將詩中「水立雲垂」字大抹，棄之。題係《曉策六鼇》，限四支韵。殊不可解。

華亭朱茂才奕有《當歸花》詩云：「偷將名號並花王，朱粉施來淺淡妝。醉面低垂魚子纈，絳羅小簇麝香囊。半眶別淚淹春雨，一點芳心吐艷陽。夢斷深閨鄉信杳，可知情緒對淒涼。」蓋當歸花，即荷包牡丹，故首句言其名，四句寫其狀。

明人陳忱有《閱羅隱詩》，句云：「餘杭山水役精魂，末世才人眼界昏。憔悴感恩依尚父，可憐尚父事朱溫。」合肥周海樵先生大槐見之，云：「此詩刺譏錢鏐是矣，而於隱則未中其疾也。」因作詩正之：「詩人讀詩不讀史，論古茫如烟霧裏。偶得一察便矜誇，那知地下方冷齒。當時昭諫勸討梁，史載其語何煌煌。舉兵縱使竟無濟，退爲東帝猶相當。奈何交臂甘事賊，爲羞終古不可量。平生故國遭遺棄，名字未入登科記。尚爭大義無怨尤，言雖弗用人嗟異。新鼂江上氣沈沈，幻出才人江東吟。恰逢大盜正移國，偏霸相依非素心。門外豈欣屯虎旅，市廛曾笑話啼涔。憔悴感恩漫摭掎，盲者之道黑白耳。不見同時羈旅人，荆南亦有前進士。」予按唐末詩人惓惓本朝，見之吟詠者，惟羅昭諫與司空表聖數人而已。昭諫《中元甲子駕幸蜀》四律有云：「幾時睿算殲張角，何意愚人戴隗囂。」又：「縱饒犬彘迷常性，不奈豺狼幸此時。」末章有云：「静憐貴族謀身易，危惜文皇創業難。不將不侯何計是，釣魚船上淚闌干。」此何如忠悃，特書生無權，空寄諸浩嘆耳。忱詩非惟不讀史，並亦未嘗讀詩也。海樵，歲貢生，舉孝廉方正。雖籍廬陽，而與予外家一脈，亦舅氏行也。生平以古文名，詩不苟作，集中只存古近體五十七首，固皆高唱。

詠史詩須切中當時事理，不在故爲翻案及别出新奇議論。上海廪生李健林枝桂《讀史》五古云：「唐家甘露變，千古同悲歎。宦寺一横流，衣冠盡塗炭。君看陳尸者，豈盡訓注誕。事定天子聞，深宫備妍粲。嗟哉孝本女，宫中序魚貫。乃有直諫者，詞亦誠侃侃。不思此宵人，欲將忠愛斷。深恐女入宫，直以忠佞判。細剖宸旒前，君心一朝换。大姦真若忠，成此無忌憚。閒窗讀青史，使我憤扼腕。」此詩所云，似太離奇矣。按甘露之變實訓、注等妄誕，不足任事所致。斯時朝廷是何景象，文宗尚有閒心求女色以備妍粲乎？又按李孝本係宗室子，時官御史中丞，亦以此事見殺。其女入宫，或仇士良等之意。時諫者爲魏謩，乃魏鄭公孫。史稱其挺挺議論，有乃祖風烈，豈可斥爲大姦。且帝聞謩諫，即出孝本女，其詔並有「備灑埽於内，非日聲妓；恤宗女之幼，不爲漁取。然疑似之間，不可户曉」云云。而「序魚貫」句是何等語？後漢張綱云：「豺狼當道，安問狐狸？」當時仇士良等窮兇極惡，文宗明知之，而無如何。其他又何忠佞之欲判，即判之何益？近學博姜孺山先生兆翀，選刻《國朝松江詩鈔》。體例精當，固必傳之本，而此篇誤載，殆未深考。

壬寅八月，滁州張竹軒葆光自六買舟之霍邱。中途遇風雨，蛟水驟長，漂泊兩晝夜，得一村莊暫息。夜間雷雨更大，其莊復圮。遇救，偃伏一茅茨中，共飢餓七日，始獲生。集中有五古一篇紀其事。予嘗以淠河近在城闉，平日往來，視同兒戲，誰知氾溢時，其兇如此，讀之令人震懾。惜篇長不能備録，兹録其《懷人》句云：「江閣夜來冷，孤衾夢裏家。故人應悵望，芳草滿天涯。曉起聽疎雨，春愁似落花。離居易生感，不願遺瑶華。」《六安道中》云：「村落帶林巒，穿雲徑屈盤。野人能焙茗，幽草自生蘭。猨嘯谷風轉，松陰石氣寒。客懷一蕭散，行路不知難。」《懷于書嵒葛菱溪》云：「木落汀洲秋景殘，相思目斷楚雲端。無多知己頻傷别，如此風光獨倚闌。荻渚鴻來書未達，松窗人静月生寒。論文苦憶同門友，飛鳥孤雲可慨歎。」

閨秀李孟華振昀，汪稼門中丞子奂之室也。《詠白蓮》二律甚佳，云：「白石圍塘護玉沙，瑩光初涌妙蓮花。明波晶晶浮香雪，皓影亭亭落素霞。居士臺前修净業，美人溪上浣輕紗。臨風欲語嬌無似，堤外依微夕照斜。」「星河初轉夜方長，贏得冰簾入檻涼。素女清姿依翠幌，洛川秀項耀明璫。月盈蓼渚閒鋪粉，風動蘭橈恰受香。秋水無言鷗夢穩，露花點點濕珠囊。」懷遠許叔翹所望和之，有云：「伊人如玉無凡艷，秋水爲神有妙香。」幾於花、人夾寫矣。

旌德吕某依商舶浮海，至安南，遂留不歸。子涵清，名烈金，欲就賈迎之歸，而未逮，因構望雲樓以見志。有詩一卷，遥祝其父五旬句云：「海上有籌須滿屋，天涯無恙蚤還鄉。」六旬云：「五十無由親膝下，六旬依舊望天邊。」

明妓卞玉京嘗欲委身梅村祭酒，而祭酒不欲。後遂轉徙淪落以死，祭酒旋亦悔之。集中《感舊》諸詩往往見意，如云：「記得横塘秋夜好，玉釵恩重是前生。」即指玉京也。

青浦諸生林宗孟如璋，少耽吟咏，尤愛《玉臺》、《香奩》等體。惜年未三十卒。有《春遊雜感》四章云：「棗花簾底漾文魚，春到江南二月餘。正是尋芳風日好，玉樓人倦午晴初。」「柳韠鶯嬌色色妍，馬嘶金埒杏花天。東風莫道無情緒，惹得晴絲裹翠烟。」「柔波曲曲板橋通，一帶紅欄入望中。眼底春光看不了，最銷魂是落花風。」「半篙新水漲魚鱗，陌上緗桃占盡春。折得一枝紅欲語，眼中花是意中人。」

宋吴曾《辨誤録》載查拱之知袁州，秋試進士，以「黄華如散金」爲題，蓋取《文選》詩「青條若總翠，黄華如散金」也。舉子多以秋景賦之，惟六人不失詩意，由是只解六人。余謂此究查詭僻之過。以秋試而命春題，黄華字又恰與菊切近，是有心使人錯誤。且安知非查誤出此題，後方自悟非秋景耶。

唐裴思謙及第後，爲紅牋名紙十數幅，詣平康里宿焉。詰旦，一妓贈詩云：「銀缸斜背解明璫，小語低聲賀玉郎。從此不知蘭麝貴，夜來新惹桂枝香。」余記《唐摭言》，思謙藉仇士良威勢，迫脅試官高鍇，取一第。想平日奴顔婢膝於宦寺之門，其不爲妻妾所羞者幾希。乃衹炫榮於平康中，博妓人趨奉，可鄙之甚。

石守道《慶曆聖德詩》斥夏竦爲大姦。後緣事，竦欲掘守道墓以洩忿，賴杜衍奏得免。故歐陽公《讀徂徠集》詩有云：「當子病方革，謗詞正騰喧。衆人皆欲殺，聖主獨保全。已埋猶不信，僅免鑿其棺。此事古未有，每思輒常歎。」後閲《續夷堅志》，金泰和中，守道墓竟崩。諸孫具棺葬骸骨，其心如兩手合抱，已化爲石，真異人哉。

新婦出嫁，例有婦人隨往，貼身服侍，及指引禮節，名曰「伴婆」。甘泉林蘭癡蘇門詩云：「冰人月老幣先將，兩美相逢總過牆。惟有伴娘親切甚，直陪神女到高唐。」可云妙題妙詩。按俗諺：「新人進了房，媒人丢過牆。」豈此語竟通行，而詩前二句用之耶。

蘭癡爲芸臺先生舅氏。著《邗江三百吟》，記維揚山川風俗。有《隋煬帝墓》云：「波咽雷塘激浪麤，重來《水調》認江都。秋風已失彭城澤，春草偏生皇子湖。白骨那愁金鏡好，黄腸終與玉鉤俱。可憐禪智山門路，如霰楊花糁夜烏。」

海寧楊小梧本，字寫趙松雪，兼工繪事。嘉慶初，官和尚灘巡檢，後捐縣丞。流寓淮揚，病歿壽州。孫不庵克依爲刻其《暢古堂詩鈔》。《蕭縣道中》云：「乍出彭城道，長堤一望中。水浮蕭子國，山壓項王宫。瘦石穿雲起，晴霞帶日烘。鄭陂應不遠，試問白頭翁。」《懷蕭雪蕉》云：「西風一夜響林皋，客枕頻聽感二毛。百里關河飛白雁，天涯詩酒滯青袍。時逢歲晚尤應惜，名在深山不用逃。欲叩柴門尋仲蔚，蕭條三徑又蓬蒿。」《春草》云：「黛螺難染淺還深，吹徧和風緑意侵。撲蝶不愁苔徑滑，墮釵時倩小鬟尋。可無好夢消長晝，欲報春暉有寸心。鸚鵡洲邊懷楚客，有人簾裏正高吟。」他如《秦郵夜泊》云：「珠光明入夜，湖水碧粘天。」《悶坐書懷》云：「客途人易老，秋夜雨偏多。」《途遇弟簡哉將赴東河》云：「執手乍疑還是夢，開顔差喜竟成名。」《新秋舟次》云：「鴉陣慣隨帆影亂，詩情閒共酒旗飄。」《移寓鳳山僧舍》云：「一徑斜陽僧入定，滿山黄葉客吟詩。」《别印潭和尚》云：「多情應笑貪雞口，相送常忘過虎溪。」《自述》云：「不是世情終不合，老年人少少年多。」皆妙。

無爲謝子城裔宗與合肥吴菊坡克俊至交。菊坡每到無爲，必主其家。嘗有悮傳菊坡凶信者，無何而菊坡至，喜賦云：「如泥爛醉忽聞聲，報到君來倒屣迎。夢寐慣驚神恍惚，寒暄無語淚縱横。一年春盡空花鳥，四海人多幾弟兄。此後相逢漫相别，莫憂薪米累吾生。」子城弔古詩尤多佳製。《鄴中》

云：「漳水東流落日沈，當年曾奉翠華臨。局翻新莽謀偏巧，名襲周文意更深。金殿不知天子命，銅臺猶結美人心。平原踏遍青青草，到底西陵何處尋。」《隋宫》云：「楊柳青蘋著處風，繁華往事問隋宫。城中絲管何年歇，鏡裏河山一笑空。舊苑草飛螢火緑，迷樓花落燕泥紅。多情剩有邗溝月，照到雷塘尚半弓。」又《張麗華》云：「《玉樹》歌殘何處尋，青溪月色夜沈沈。捐軀已决從君死，不信胭脂井不深。」

廬州釋野蠶有《春草詩》，云：「緑淺香柔絶點塵，亂如絲復叠如茵。閲殘野火千秋劫，鬥盡東風六代人。池上有誰還得句，江南無此不成春。和烟和雨年時路，知否王孫最愴神。」又句云：「人間詩草無關税，江上狂徒有酒名。」俗姓宋，本諸生，緣事出家。亦工畫。「老屋夜深雨，亂山秋後鐘」，亦野蠶句。姨弟黄鶴峰嘗誦之，謂情景孤冷，真方外人語，在家不知也。

雙聲叠韵之名起自齊梁，古人無是也。然考《詩經》及《文選》所載詩文中字，不可枚舉。可見音節原係出於自然。然叠韵易知，而雙聲知之者少。《南史·謝莊傳》：「王玄謨問：『何者爲雙聲？何者爲叠韵？』莊曰：『玄、護爲雙聲，磝、碻爲叠韵。』」「玄護」一作「懸瓠」，與磝碻並地名，皆當時戍守争戰之所。玄謨係邊將，故以此答之。向晤松江徐恕堂朝俊，伊注唐陶山先生《家塾蒙求》，疑「玄護」不得爲雙聲，謂當係「无護」之譌。「无」與「元」近似，必人誤爲避廟諱字，而改寫本體耳，蓋自以爲得之。無論「无護」非雙聲，按《南史》刻於明季，已作「玄護」，且他書引此説者甚多，從未有云「无護」者。或又謂《苕溪漁隱叢話》作「互護」爲是，而不知「互護」又係叠韵，而非雙聲。蓋「互」正是「玄」，宋人亦避此字，因闕筆而譌爾，而漁隱不知。總之，於雙聲之道昧昧矣。

六朝以來，及唐宋諸名家，無不知雙聲叠韵之學。温飛卿有《李先生别墅望僧舍寶刹雙聲》詩云：「栖息消心象，檐楹溢艷陽。簾櫳蘭露落，鄰里柳林凉。高閣過空谷，孤竿隔古岡。潭庭同淡蕩，髣髴復芬芳。」東坡《戲和正甫一字韵》詩云：「故居劍閣隔錦官，柑果薑蕨交荆菅。奇孤甘挂汲古綆，僥覬敢揭鉤金竿。已歸耕稼供藁秸，公貴幹蠱高巾冠。改更勾格各蹇吃，姑固狡獪加閒關。」温詩每句爲雙聲。此所謂「一字」者，竟體只一聲也。蓋此體亦不始坡公。庾子山嘗有二章云：「貴館居金谷，關扃隔藁街。冀君見果顧，郊間光景佳。」「高階既激澗，廣閣更交柯。葛巾久乖角，菊徑簡經過。」其由來遠矣。然温詩「空谷」之「空」非雙聲，疑有悮。

梁武帝嘗爲五字叠韵詩云：「後牖有朽柳。」命朝士同作。劉孝綽云：「梁王長康强。」沈約云：「偏眠船舷邊。」庾肩吾云：「載七晦礙埭。」徐摛曰：「臣昨祭禹廟，殘『一斛熟鹿肉』。」何遜用曹瞞故事云：「暯蘇姑枯盧。」吴均沈思良久，竟無所言。帝愀然不悦，俄有詔云：「吴均不均，何遜不遜，宜付廷尉。」事見《堯山堂外紀》。而肩吾、何遜二語費解。「七」與「暯」非韵，疑是「乂」與「膜」之譌。予謂此體亦不甚難，吴均能僞撰《西京雜記》，何竟窘於五字。

明何文淵知温州，有永嘉民兄弟争財，訟於郡。文淵判其狀云：「衹緣花底鶯聲巧，致使天邊雁影分。」兄弟感泣而去。此所謂詩可以興也。使第質言之，曰：「汝惟聽信婦言，所以兄弟不睦。」吾知鬩牆之釁，必不能遽弭已。文淵去郡日，又有句云：「行囊不載温州物，惟有民情滿腹中。」

施肩吾，唐元和十五年進士。以洪州西山十二真君羽化之地，慕其真風，高蹈於此，故其所著名《西山集》。而《直齋書録解題》有肩吾《西山群仙會真記》、《鍾吕傳道記》等卷。以曾慥《集仙録》稱吕巖之後有施肩吾者，撰《會真記》，謂别是一人。予意此蓋道家者流假託爲之，非必有兩「肩吾」也。肩吾詩，何光遠《鑑誡録》謂其奇麗冠於當時。然所稱如「荷翻紫蓋摇波面，蒲瑩青刀插水湄」，「烟粘薜荔龍鬚軟，雨壓芭蕉鳳翅垂」，及「花眼綻紅斟酒看，藥心抽緑帶烟鉏」，皆太火氣。惟《上禮部侍郎陳情》云：「晴天欲照盆難及，貧女如花鏡不知。」爲可誦耳。

隋時，黎陽王德祖家林檎樹生癭，大如斗。三年朽爛，剖之，得一兒。七歲能語，因名林木梵天，後改名梵志。曰王家育我，可姓王也。《太平廣記》載其事，並云嘗作詩示人，甚有義旨。予向疑之，因求其詩不可得。後見皎然《詩式》有王梵志《道情》詩云：「我昔未生時，冥冥無所知。天公强生我，生我復何爲。無衣使我寒，無食使我飢。還你天公我，還我未生時。」東坡集載王梵志詩：「城外土饅頭，餡草在城裏。」《澹齋外言》有梵志詩云：「多買田園廣修宅，四鄰買盡猶嫌窄。雕墻峻宇無歇時，幾日能爲宅中客。」玩此三詩所云，甚有義旨，信不誣也。而何光遠《鑒誡録》載劉自然託生爲黄知感家驢事，云：「故王梵志曰：『欺枉得錢君莫羡，究竟還是輸他便。不信但看槽上驢，只是改頭不識面。』」此詩義旨與前三詩近似。但此事在唐末，非梵志所及見，豈又一梵志與？抑隋時先有其事，而梵志曾詠之與？

《南州異物志》云：「交阯甘蔗，取爲飴餳益珍，煎而暴之，凝如冰。」楊誠齋詩：「亦非崖蜜亦非錫，青女吹霜凍作冰。透骨清寒輕著齒，嚼成人迹板橋聲。」非蓋今所謂冰糖也。只宜銜之使化，予雅不喜小兒輩嚼之成聲，豈知誠齋寫出却成佳詩。江蘇人呼爲水晶糖。

表兄黄敵廷裳裔，試用湖北縣丞。嘉慶初，從事軍營，以勞瘁卒於荆州。繼室楊孺人，海粟表伯次女也。時居漢陽館次，聞變殉烈。楚人士爲啓徵詩文甚夥。後旅櫬歸，山長黄左田先生弔之云：「吾宗有烈婦，殉節在荆門。夫以賢勞死，身寧涕淚存。萑苻猶喘息，江漢永聲吞。丹旐歸來日，清辭慰旅魂。」

左田先生喜表彰幽隱。吾六明季有女婦四人，死節甚烈，州乘失其姓名，《明史》亦祇載其一。先生嘗以樂府四章分詠之，云：「獻賊陷六歲壬午，佑聖宫前遇一女。女貌嬌如花，賊騎擁之上馬。揮馬撾女，口罵不絶。汝有桃花馬，我有桃花血。汝肉啖我我不嚼，賊碎刃之罵不絶。」一「城上女，如弱柳，城下賊，如猘狗。女投城濠賊争取。竹竿尚有節，女心死已決。賊以長竹鉤取之，女乘間復投深處死。城河清且深，可以茹我心，長竿雖長非河深。」二「負販妻，色殊美。夫身雖微賤，義不從賊死。賊殺之，罵不已。吁嗟！此婦可愧二臣之男子。」三「少婦匿重樓，賊退官兵搜。逼之不肯從，强之惟有頭。頭墮口翕張，目眥裂有光。殺人如草官兵狂，大驚失色走且僵。此婦何減張睢陽。」四

明熹宗張皇后善楷書。蔣之翹《天啓宫詞》云：「風沈銀蒜繡簾長，祇奉隃麋供女皇。請得素馨宣貢紙，《洛神》摹却十三行。」又有云：「薺花漫醮芝麻水，百子池邊暗卜油。」時宫中諱帝嫌名，呼油曰芝麻水。之翹，秀水人。詞共一百三十六首，備記宫中瑣事及客、魏惡迹。

金時有妓張秦娥，頗能小詩。賦《遠山》云：「秋水一抹碧，殘霞幾縷紅。水窮霞盡處，隱隱兩三峰。」其後流落，大定進士劉昂贈以詩云：「遠山句好畫難成，柳眼才多總是情。今日衰顏人不識，倚爐長聽煮茶聲。」又：「二頃山田半欲蕪，子孫零落一身孤。寒窗昨夜瀟瀟雨，紅日花梢入夢無。」秦娥爲之泣下。昂，字之昂。官至左司郎中，時稱其詩得晚唐體。

陸酣桐先生諱之瑛，字崑源，晚又號長髯浪仙。與湘人、桂園兩先生至交，文名亦相埒。僅以明經終，書畫琴棋皆工絶。余爲先生孫壻，侍先生時。先生年近八旬，兩目已盲，猶於日中爲摸山水長卷，並題云：「青山如骨水如心，門掩松濤暑不侵。爲有籠鵝王内史，乘槎策杖共相尋。」先生少壯喜揮擢遊歷，吴越間足迹殆遍。後卜居東郭外，四壁蕭然，恃筆墨爲資，嘯歌不輟，真名士風也。先生將殁時，屬潯輓詩。嗟乎，潯生也晚，烏足以知先生。爲謹賦四律，記後二章云：「金閶明月廣陵雲，踏徧江南八十春。放鶴每乘高士興，脱驂時贈故交貧。才名到處推三絶，餘藝猶堪了十人。不有奚囊詩句在，雪泥鴻爪記誰真。」「富貴浮雲豈足求，豪華轉瞬付東流。一椽老卧袁安雪，三徑香酣栗里秋。出户淵淵金石調，此行渺渺鳳鸞儔。從今繞郭芙蓉水，凄絶羊曇灑淚遊。」

「道心静似山藏玉，書味清於水養魚」，近人鮑雅堂句。予喜誦之，每爲人書之對聯。

嘉慶乙丑，館於北鄉董氏，晤合肥沙晴初明。長身鶴立，議論風生，老布衣也。示予近稿，惜只記其《萬壽菊》句云：「人隱山中忘甲子，花開籬下傲羲皇。」晴初兼工詞賦。每入場爲人捉刀，藉潤筆爲橐中貲。近聞其入學，年應七旬外矣。

《隨園詩話》謂崔念陵進士詩才極佳，惜有五古一篇，責關公華容道放曹操，此小説演義語，何可入詩？然隨園《費宮人刺虎行》，雖史有其事，而中間模擬處，如「一刀初刺虎猶縱，三刀四刀虎不動」等句，皆就世俗戲劇上寫狀。看似警策，亦不免墮俗體。

《退于詩稿》，五律最老。《冬杪懷夏湘人》云：「遥憶穹廬客，氈牆何處棲。塵黄山遠近，草白磧高低。醉月人猶舞，騰風馬亂嘶。防身長劍在，欲出問東西。」「地僻窮荒服，星迴指季冬。出關人易老，歸路雪長封。沙漠八千里，軍臺廿七重。書生專管記，一爲給更庸。」《送王岷軒省親粤西》云：「有懷歌不寐，定省事南遊。浩氣吞雲夢，文星過斗牛。鴛鴦依水國，翡翠聚炎州。珍重胡威絹，清風舊治裘。」先生姓程氏，名密，退于其外號也。以拔貢優等，分發山東知縣，歷署縣佐，有聲，行補闕矣。因母病告歸，大吏留之不得，咸歎其孝。楠村學博，先生次子也。爲刻此稿，大興朱竹均先生序之。

霍山令潘人龍際雲《清芬堂集》有《題李清照漱玉詞》云：「易安閨中彦，文采超群英。一卷《漱玉詞》，皎如珠光瑩。名父李格非，賢夫趙明誠。鴻編金石富，瘦影梅花清。夫子仕數郡，澹泊無俗營。首屏金翠飾，耳厭笙歌聲。洎年四十九，池陽偕歸耕。其時所天殞，蕭然白髮生。流離温台衢，事迹昭然明。厥後又四年，乃跋《金石》成。匪直桑榆景，益勵冰雪情。齊姜年就木，杞梁哭崩城。如何好事者，妄欲誣令名。綦書與李録，毋乃語不經。德州辨其冤，闡幽炳日星。」易安更嫁事本荒誕，余亦有辨，載在别集。因前卷閔夫人、劉夫人二詩，譏其有才無行，尚沿舊説，未删，故讀此詩，特録之。人龍，溧陽人。庶常，改官縣令。

潘令又有《題朱淑真斷腸詞》云：「幽棲一卷《斷腸詞》，家世文公擅淑姿。誰把盧陵真本誤，柳梢月上約人時。」此辨亦好。《斷腸詞》前，現有《紀略》一篇，稱爲文公姪女。而《生查子》一闋，實係歐陽公詞，不知何人竄入淑真集内。女子即無耻，斷未有以淫蕩之行自見之吟詠而不諱者。此與花蕊夫人道中詞「此去朝天，只恐君王恩愛偏」句，皆輕薄子妄爲污衊，當墮犂舌地獄也。

關箖亭先生詩，余前已采録數首矣。兹見霞生所刊《舊雨山房詩集》，再録兩章，以見一斑。《題陳借亭光琫千頃一葉圖》云：「天風吹浪蹴孤舟，海色蒼茫一氣收。涉險逾知書要讀，曠觀只借酒爲酬。胸中浩渺吞千頃，眼底波濤過十洲。我亦無篷無棹者，半生潦倒任悠悠。」《春寒》云：「九九消寒欲盡時，嚴威有力尚如斯。瓦瓶凍裂梅花冷，稷雪成堆鵲語癡。老屋一鐙餘焰小，荒城殘柝報更遲。明朝痛飲屠蘇酒，任爾東風面上吹。」又絶句云：「飢來喫飯困來眠，夏著單衫冷著緜。耐老耐窮兼耐辱，太平時節散神仙。」「飢來喫飯困來眠，水在軍持月在天。但向此中參小乘，竹窗茶竈欲安禪。」「飢來喫飯困來眠，蝶化莊周夢亦圓。尚有機心銷未盡，棊聲花韵午時天。」「飢來喫飯困來眠，不羨花筵與酒筵。擬伴緑蓑操舴艋，一篙棹入五湖烟。」人能常誦此四詩，心中得多少受用。

冬夜常苦足冷，老年尤甚。頃見張石父先生二詩，寫其苦況，真先得我心。五律云：「卧豈吟《梁父》，攣跧膝對膺。憑誰借暖玉，酷似履堅冰。獨把牛衣擁，空將馬帳稱。不知霜雪夜，僵踣幾山僧。」七律云：「半生慣作單眠客，未似連宵慙凍魂。陽轉五更同鐵石，膝分兩截界寒暄。江魚獨旦目無眴，海燕孤栖夢不温。譬欲松脂凝琥珀，可堪寒沍蝕松根。」先生本名亮乾，號在山，已見前卷。此幅自書小楷，又名諒健，號石父，不知何故。

戴先生衡《竹屏剩稿》板刻猶存，後人不知何物，已燒燬若干片。有客過其家，見之，諭令勿燬，爲刷數部，而出詩二卷、文一卷，詩幸殘闕尚少。其《目擊弘光朝事》云：「《霓裳》夜舞促銀籌，大匠經營更不休。拈與後來好圖畫，瓊臺負女卧糟丘。」「賢王左右瞰江流，淮北河南指顧收。莫道吴山將立馬，曲中天子自無愁。」「片席朝廷百蠹叢，史公孤瘁在師中。成仁取義經思稔，成敗休論袛鞠躬。」《步韓公碩獻自壽韻》云：「每到玄亭豁所聞，析來疑義賞奇文。静揮麈思從黄絹，遥領山光卧白雲。陵谷沈碑原自妄，門藩置筆亦徒勤。何如一局長松下，笑視蝸頭蠻觸勳。」「古田爲政舊垂聲，謡詠歸來短髮生。林下坐消鼉蟹頌，人間安望鳳鸞鳴。竟同皋鶴憑烟老，羞學珠驪取徑精。梅福有心原嶽嶽，一從仙隱静中平。」公碩，亦號夢嬾。順治乙酉舉人，官古田令。古文及制藝皆有稿行世。制藝詞華古艷，人或謂爲尤、王體。不知尤、王尚在先生後也。

吴雲士鳴鏞，國初詩老吴漢槎後人。道光初，以舉班官六安學司訓，多得士心。有《五十自述》詩云：「少博微名壯不如，清芬孤負一牀書。夢遊慣引三山去，鏖戰終慙八陣疎。贏得春風來講幄，尚叨舊雨勸公車。鄭虔顧影頹唐甚，空憶長林試馬初。」原注：向有春林試馬圖小照。「木天無分占清華，此地權當謝永嘉。冷署薙烟頻構屋，閒庭鉏月遍栽花。愛憑梨棗聯文社，月課佳文，隨時付梓，名曰「欣賞」。勤採輶軒學史家。余連歲續增《六安州志》。蝴蝶上堦春又到，齊山試問雨前茶。」逾年卒于任。同人立其位，附祀明知州邵公祠内。

葯坡詩話卷七

六安王濤楚泉氏輯

楊蘭如先生志信蚤年詞館，洊歷東藩，故生平詩文多雍容華貴。即晚謫諸什，悽楚之音，亦不失和平中正，其韵度勝也。《初到張城口號》云：「卅載隆恩荷聖朝，罡風吹忽下雲霄。北來邊塞千峰峻，南望君門萬里遥。春盡尚餘冰叠叠，夜深唯聽馬蕭蕭。行囊撿點無多物，衹有殘書味尚饒。」「記得操觚翰墨場，登壇誰不姓名揚。鳳池早領三清職，烏府曾陪十道行。出綰銀章鉏大薤，漸持玉節種甘棠。而今都付春婆夢，眼看桑榆下夕陽。」

嘉慶丙子秋，滿洲敬廉階別駕文權署六安，聽斷明敏，民情肅然，惜只三月，便謝篆去。時蘭如方伯已久歸籍，詩以送之，云：「金風乍轉記蕭晨，竹馬歡迎太守新。共説任延年尚少，旋驚黄霸治如神。」「匡時自合多良吏，借郡還欣有惠人。翹首龍山增瑞色，一秋景物託陽春。」「分符向忝析津東，轉漕曾經識太翁。原注：予守天津時，令祖官浙省糧道。相晤舟次，訂交甚摯。喜見英材承世閥，並教晚景坐仁風。歌興五袴來何暮，道返雙旌去太匆。把袂臨歧休悵結，他年瞬晤黑頭公。」時送行詩甚多，頗有佳者，而此二詩尤雅切。

含山張花村鳳翎，詩有異材。《題徐一蟾霜天射虎圖》云：「虎嘯霜天風滿林，徐郎飛馬出遥岑。書生敢作驚人事，從此南山虎盡喑。」《梅塢》云：「短籬亞水影横斜，疑是羅浮賣酒家。霧重香濃衫袖薄，欲和涼月化梅花。」花村好簪梅，而性孤介。隨園先生嘗欲招之不得，曰：「何物梅花秀才，令人想殺。」花村又嘗有句云：「小宴杏花花應記，鴛鴦叱撥鷫鸘裘。」歿後唐花笠承翰弔之云：「招魂可有鶴歸來，僵煞梅花瘦秀才。小宴杏花花不肯，桃花山下一棺埋。」桃花山，花村葬處。

通州汪春亭化鵬《詠燈花》有云：「青生孤館愁同結，紅到三更喜亂猜。」語極靈雋可喜。

有徐荔村者，《客遊如皋歲暮寄内》云：「短景荒荒歲又闌，西風心與鼻俱酸。依人自笑馮驩老，作客誰憐范叔寒。寫到家書千點淚，算來歸計十分難。此身只當從軍死，累爾青鸞鏡影單。」陶學博國果夫人顧得此詩，讀之淚下。曰：「邑有斯人，忍令其流落不歸耶。」因首典簪珥，勸學博約同學醵金以贈。此所謂詩能感人也，而顧夫人高誼尤不可及。荔村名麟趾，秀水監生。

年伯陳桂堂先生廷慶，藏石一具，肖並蒂雙荔，上覆葉一，陰有「寶晉齋」及「殿中之寶」兩印。康起山孝廉愷繪之爲圖，並附長句云：「夫餘國中石似松，虬枝謖謖生清風。江東廟前石如竹，疏葉蕭蕭掃空緑。扶輿精氣結撰奇，一拳又見雙荔支。綴以並蒂覆以葉，形似神似兩得之。其高三寸廣半尺，皴紋縐瘦間蒼白。不從臨海水邊移，疑向閩山樹頭摘。其陰鎸記識米老，寶晉齋連殿中寶。想自宣和御賜來，齋前蕉菊同流藻。古華大史顛米儔，摩挲故物珍琳璆。色香味兼惟此石，雖有鮮實無庸求。我來拜石石不動，容我諦觀手親捧。絳囊忽訝媧皇遺，齒疾應增太真重。不知此石産何代，海嶽以前更幾載。休嫌才質遜玲瓏，研山已渺仇池碎。離離雙實堪形橅，似頑不頑大巧儲。請公繼起香山叟，朝士相逢好贈圖。」馮星實鴻臚應榴題云：「豪氣不除湖海士，半生跌宕惟文史。前年載石辰溪歸，箭鏃丹砂分一匭。揭來示我異石圖，離文絶品天然模。將毋玉環香魄久未散，融入山骨復化傾城姝。寶晉齋，殿中寶，蹤迹流傳姑勿考。但思剖之吸玉漿，定比陳紫藍紅江緑好。太守啞然笑，可漱不可餐。不如留作充飢餅，待與香山圖並觀。」又李味莊觀察廷敬云：「古華太守雅好奇，圖書彝鼎窮搜披。堆盤鮮荔不暇啖，笑捧古石呼荔支。荔之形質異衆果，膚皴皮縐蒙玉肌。兹石文理似靈璧，江藍紅緑土不宜。白圖蔡譜擇尤雅，山靈意匠非人爲。一葉雙苞蒂還並，不惟形肖神得之。天然秀潤無彫琢，米顛展拜復何疑。洞天一品列絶頂，椿杉掩映甘露滋。憶昔輕舟下清遠，爲尋挂緑原注：荔支名出廣東始興李氏園中。争驅馳。中有連理酷類此，曾挹晨露攀高枝。日晷纔移色香變，紅塵千里亦何爲。此石流傳七百載，詩人相對涎空垂。乃知物貴得神理，吟詠亦自沁心脾。海國尤物良難致，何必鹽侵蜜漬矜貪癡。」古華，亦桂堂先生外號也。時阮芸臺中丞撫浙，先生以鄭板橋《柱石圖》爲其湘圃封翁壽，且有詩云：「何年懷得東方核，寶晉齋頭與結鄰。」蓋封翁所藏有桃核石，知先生欲配荔石爲清供，因慨然持贈。故起山孝廉又爲寫《荔桃合璧圖》，名流題詠尤夥。有閨秀王倩二絶云：「玲瓏枝葉覆銀鉤，仙荔渾疑摘樹頭。只合摩挲難飽啖，米顛含笑玉環愁。」「寫入丹青偏有偶，阮公割愛贈蟠桃。一拳聞説綏山得，雖不能仙也足豪。」

桂堂先生詩喜疊韵。嘉慶初，唐陶山方伯仲冕署奉賢令，先生有餅糕之餽。方伯謝詩，偶拈「饞」字韵。先生即疊和四章云：「萬里行穿從事衫，停雲海上住春帆。論文尊酒波瀾闊，説餅詞章口輔饞。驛館舊題徵畫壁，江邨新約訪梅嵒。使君才藻騰蜚久，麗正鴻篇稱玉函。」「薰香未替舊朝衫，看到衡峰便轉帆。供絹木奴空榷稅，出鱸水伯幸知饞。關心食雁辭邊郡，隨意看雲住陝嵒。近日凡心聊蕩滌，《黃庭經》護紫泥函。」録二。方伯旋又答和四章。自是兩人順逆五叠，凡有篇什，皆用此韻。先生多至一百三十餘首。刻有《詩饞》一帙，真出奇無窮。前載吴穀人四六小引，亦佳絶也。

陶山方伯《曉發中牟》有云：「雊雉緑烟滋宿莽，飯牛紅雨種新苗。」寫景如繪。其「饞」字韻諸詩，向在桂堂先生處曾讀一過，惜未鈔録。只記其《假涇南司寇故第試邑童子》云：「立鵠今朝髦士合，換鵝當日道人饞。」又有云：「拗折花枝無俗韻，倒餐蔗尾有餘饞。」以桂堂先生嘗倒叠前韻，並有拗律一首也。

乙卯鄉試，許蓮依先生嗣容以第四名出績溪令梁名克讓房。後數年，梁謝事至六，州刺史留閱試卷，案發，第一爲王禮門履中，即蓮依外甥也。禮門謁見，呈以五律四章，其第三章云：「冰鑑分江表，雲程憶渭陽。棘闈針芥合，蕊榜姓名香。宅相羞無忌，群空辱九方。龍門千尺峻，小子亦升堂。」此四十字，層折甚多，而一氣流轉，字字老當，可謂五字長城。

予每見友朋零篇剩句，必代爲録存。李蕊宫明經若桂《金陵雜詠》云：「渡蘆清梵臨江寺，照水紅燈近郭樓。」汪潄芳明經書勳《秫菊》云：「九月風光開爲我，一年辛苦瘦如君。」鄧瑞軒茂才述曾《早行》云：「亂鴉投樹客投店，殘月在天人在途。」李南莪茂才邦琳《登西梁山》云：「白沙千尺浪，紅蓼一江秋。」

汪浣雲學博哲和劉愛堂《詠柳》句云「牆頭青眼欲窺誰」，殊得柳之神。又黃海鷗布衣惟懋《秋閨》

句云：「妾本我愁不爲秋。」家野苹茂才兆南《采桑詞》云：「春風一路粉痕香。」皆膾炙人口。

豆芽最蔬中清品，從未見有吟咏之者。偶閲《寒夜録》，得明人董蘿石一律，録之：「蕪蔞亭後得褒封，金甲銀鉤奪化工。濾盡宿泉冰有骨，種成深盎土無功。秋涵素質瓊絲脆，水泛殘衣黛粒空。野蔌紛紛登俎豆，憑誰爲薦玉玲瓏。」蘿石年六十有八，北面陽明先生，亦奇人也。

松郡泗涇女子周淑英，諸生魯璠女。父卒，母老，無兄弟，不願適人，易男妝，訓學以養母。母終，殯葬成禮。服闋，年四十卒。有輓之者四絶云：「孝烏反哺本天真，巾幗叢中竟有人。千古北宫留樣在，環瑱拋却換儒巾。」「一卷殘編手自披，敢同韋幔絳紗垂。旁人那解傷心處，還道前村有女師。」「幾年孝養志彌堅，直送萱幃到九泉。馬鬣一封兒事了，夜臺還願侍親前。」「頑脂俗粉也飄零，不櫛書生姓氏馨。冷落芳魂應不散，一抔墳草總青青。」

國初遺老吴日千騏，華亭人。明諸生。有《楊白花詞》云：「金陵春盡日，楊花飛滿天。東皇太乙竟何在，坐令爾輩恣狂顛。長干女兒淚如雨，傳語楊花且教住。本是我家池上生，何忍飛騰渡江去。」姜儒山先生云：「古詞《楊白花》悵其南來，此則恐其北去，可謂巧于立言。」

庚午秋，秦淮燈舫中，張引生眷一乳鶯校書，口占《滿江紅》一闋，使歌之云：「幾曲青溪，招舟子、飄來一葉。正可意，乍凉天氣，新秋時節。扇角斜支雲鬢妥，檀痕側看春纖撥。坐船頭，添箇小雙鬟，三人恰。　倒鏡影，橋如月。拖練影，波如雪。更燈攢翠鳳，香焚寶鴨。繡閣遥聞鶯燕語，珠簾高映胭脂屑。十三樓、姊妹一齊看，笙歌歇。」事越十餘年，引生幾不復記憶。己卯冬，訪倪仙霞燮于蕪湖，同人爲消寒會。時酒録事十人，有名卿鬟者，尤娟慧，矢口即歌此調。問之，曰：「此曲傳遍江南，奴所最愛，故歌輒先之。惜不知製曲人耳。」仙霞大笑，指引生曰：「此即王之涣也。」卿鬟凝睇久之，斂衽而拜。因連奉三爵，引生大醉，有「玉人忽唱當年曲，引得狂奴笑口開」之句，並寫《醉花圖》以識佳話。

引生舉癸酉孝廉。戊寅冬，初遊六安時，寓楊召林穉園書室。余以小照《書城坐擁圖》屬題，一夜成駢體序文千餘言，並烏絲小楷書就，真捷才也。自後館吾六垂十年。值余連次大病，每惓惓顧問，不啻骨肉。其丙戌場後出都，嘗爲余畫石，並題云：「曾讀《書城坐擁圖》，歌聲如磬出蓬廬。毛錐鑿破雲根室，好貯名山萬卷書。」「三年瓢笠滯燕臺，落日遥岑憶舊苔。爲愛輞川烟雨畫，殘衫破帽又重來。」「故人多病似休文，衹可怡情卧白雲。莫任牀堆千萬紙，乞書煩惱右將軍。」引生又有句云：「芸窗有劍雞譚快，紙帳無花蝶夢閒。」爲人傳誦。

含山唐花笠承翰，詩文有奇氣。惜以事謫戍，至晚年方赦回。殁後，門弟子爲刻詩集一卷，然不及十之一耳。《不寐》云：「不寐數寒柝，霜飈徹夜號。旅情當歲晏，客路正江皋。身世朋儕盡，江湖笑語勞。敝裘猶耐冷，起對月華高。」《憶天門山》云：「兩朵天門水一灣，廿年缾鉢幾時還。怪禽且喜得幽地，野鹿誰憐思故山。桐不成琴甘作爨，石難論價只餘頑。東風不定東歸約，小火紅爐莫放閒。」《寄引生六安》云：「風入虚堂夜氣深，燈前作札伴蛩吟。浮沈自愧衰頽狀，老病難忘故舊心。千里關山頻入夢，十年桃李已成陰。望君好釀屠蘇酒，遥指山城策杖尋。」

予于前卷已記王梵志之詩矣。兹閲《梁谿漫志》，又得數詩，備記于此。其一云：「欺誑得錢君莫羡，得了還是輸他便。來往報答甚分明，只是换頭不换面。」始知《鑒誡録》所載，特改竄後二句以附會劉自然轉生爲驢事，殊不知二人時代不相值也。又：「多置田莊廣修宅，四鄰買盡猶嫌窄。雕牆峻宇無歇時，幾日能爲宅中客。造作田莊猶未已，堂上哭聲身已死。哭人盡是分錢人，口哭原來心自喜。」又五言絶云：「衆生頭兀兀，常住無明窟。心裏爲欺謾，口中佯念佛。」「世無百年人，强作千年調。打鐵作門限，鬼見拍手笑。」「勸君休殺命，背面彼生嗔。喫他他喫汝，循環做主人。」「他人騎大馬，我獨跨驢子。回顧擔柴漢，心下較些子。」又：「家有梵志詩，生死免入獄。不論有益事，且得耳根熟。白紙書屏風，客來即與讀。空飯手捻鹽，亦勝設酒肉。」

岑嘉州古詩沈雄透闢，造語奇險，可謂别開生面。近體亦佳，然間有落套者。《和賈舍人早朝》云：「獨有鳳皇池上客，《陽春》一曲和皆難。」《和王員外雪後早朝》云：「聞道仙郎歌《白雪》，由來此曲和人稀。」兩結句意境不殊。《送宇文舍人出宰元城》云：「縣花迎墨綬，關柳拂銅章。」《送胡象落第歸王屋》云：「野花迎短褐，河柳拂長鞭。」《送鄭少府赴滏陽》云：「青草迎袍色，晴花拂綬香。」《和杜相公初發京城》云：「野鵲迎金印，郊雲拂晝旗。」又《和賈舍人早朝》云：「花迎劍佩星初落，柳拂旌旗露未乾。」皆「迎」、「拂」二字對，但不比《劍南集》「如」、「似」之多耳。

祖詠詩：「終南陰嶺秀，積雪浮雲端。林表明霽色，城中增暮寒。」賀黄公《載酒園詩話》謂此詩有盛名，而嫌一「增」字。題係《終南望餘雪》，餘雪者，殘雪也，不應雪殘而寒始增。潯謂其實不然。蓋雪正落時多不甚寒，惟雪晴後必大寒，故俗有「霜後暖，雪後寒」之諺。詩之佳處，正在切情景，黄公何未之思耶。

桐城朱芥生年伯雅，一字歌堂。與同邑張昜園大令敏求，爲詩多講格調，步趨明七子，蓋其邑先輩劉海峰先生宗法也。昜園《送桂賡堂之錦州》云：「薊門東望古榆關，紫塞沙平匹馬間。海畔城連孤竹國，雲邊路繞萬松山。鳴笳落日心空壯，倚劍秋風鬢欲班。此去棄繻憑遠略，鄉心休問大刀環。」歌堂《北征雜詩》云：「鄒衍宫前大道開，燕丹橋下朔風哀。連天古磧沙如雪，動地渾河水似雷。俊鶻明駝紛曠野，驚蓬斷藿莽層臺。誰憐襆被關山客，獨擁長轅萬里來。」《薊門客感》云：「游子天涯未得歸，都門九月更添衣。秋風碣石黄榆落，夕照洋河白馬飛。兵氣一時銷隴蜀，捷書萬里達京畿。乾坤處處堪漁隱，偏憶江南舊釣磯。」皆不愧何、李嗣響。

昜園大令，乙卯孝廉。曾兩任奉賢，皆以憂去。然詩才實勝吏才，格律之中緯以情韵，且善于用典。《金陵》云：「奇貨群居鼎革秋，南都半壁自無愁。湖山對酒平章醉，花月裁箋狎客遊。虎踞豪强争作鎮，羊頭竈養總封侯。如何城破蒼黄日，不勸降帆出石頭。」「紫禁笙歌徹夜歡，選優密勑孔都官。近郊烽火飛書急，小部梨園倚醉看。可惜阿麼好頭頸，誰言叔寶有心肝。洛陽宫殿空荆棘，幾見仙人泣露盤。」此蓋咏弘光事，而隋、陳二主一聯，可謂儗必于倫。又《南宋》云：「諸將何勞議北征，班師久已壞長城。無情一片西湖水，不許君王憶汴京。」《鷙鳥行》云：「南山有一隼，百鳥栖不穩。北山有一鴞，百鳥無完巢。我從山中來，腰弓復挾矢。朝射健隼摧，暮射老鴞死。鷙鳥除兮百鳥喜。吁嗟鷙鳥雖不仁，實亦百鳥群，殺之太盡毋乃天公嗔。我豈不畏天公嗔，紛紛燕雀何聊生。安得鷙鳥化爲鳳，我有弓矢終不用。」此詩用意尤佳。

唐花笠喜提唱後進。嘗咏圍爐詩，謂「榾柮」字頗難屬對，命趙星符茂才春元吟之。趙成二句云：「爆栗儘宜添榾柮，支鐺還任暖醍醐。」花笠首肯。旋亦自得句云：「且喜傳薪增氣焰，好從點雪悟工夫。」蓋寓意以勗之也。星符又有《詠柳絮》句云：「不寒天氣仍飄雪，絶瘦腰肢早脱棉。」爲花笠所賞。故花笠歿後，星符嘗有詞輓之，《金縷曲》云：「湖海歸來蚤。降不盡，元龍豪氣，争推此老。却有春風吹四座，桃李成陰不少。還酷愛，嘘枯植槁。可惜門牆依傍淺，但皋比幾度留鴻爪。移情處，滄波渺。浮名黑白多顛倒。方信得，靈光獨峙，無乖品藻。敢謂中郎曾一聽，便詡焦桐音好。嗟鶴在，羊公已杳。怕過昭關山下路，先生墓在焉。賸晚烟斜日迷芳草。忒畫出，凄凉稿。」

隋晉安郡守穆肅，任滿還都。至將樂縣，聞國變，投水殉難，士民爲葬於縣之金溪水南村。其事不見正史，僅載邑乘，云江南人，亦不知係何郡縣。合肥吴菊坡克俊過其墓，嘗爲詩弔之，云：「穆公埋骨水南村，遺恨千年碧血存。五馬載馳丹闕遠，錦帆難返逝波昏。甘從湘澤沈魚腹，剩有梅花繞墓門。邑乘雖傳青史逸，滿身香雪拜忠魂。」菊坡言其地多古梅，有大至合抱者。前後約十里餘，生香不斷，鄧尉、孤山猶未足比。穆公藏魄于此，真得死所矣。

菊坡負義氣，友人孫不庵克依以事戍閩，菊坡間關與伴，留閩數年方回。老境坎坷，奔走四方。嘗歲暮至六，張引生遇之旅邸，爲題畫石贈云：「結根樹骨隱浮槎，點綴柴門百樣花。懊惱歲寒風雪裏，被誰鞭著走天涯。」然菊坡詩則益佳矣。姑録數首以見一班。《蘇小墓》云：「柳色認錢塘，波紋學繡裳。年華鶯暗換，蘭露泣徒芳。遍踏青青草，深埋鬱鬱香。翻嗟宋陵寢，金盌玉魚凉。」《又見》云：「又見西風起白蘋，碧天無際水雲輕。鄉園事怕閒中憶，秋病詩多枕上成。庾信江關託詞賦，龐公烟雨待躬耕。故人白首三千里，淒絶驪歌第一聲。」《秦淮晤王小鶴》云：「羊石分襟客夢孤，淮南握手促征途。人從别後三年見，詩到真時一字無。原注：小鶴寄余詩，三年因循，未及奉答。閒裏光陰憑浪擲，醉中天地任狂呼。六朝金粉秦時月，又寫青溪雅集圖。」《紅線》云：「曉角吹殘晝燭微，安危此際繫青衣。詞人莫唱銷魂曲，但得功成合早歸。」《贈佩香校書》云：「雲母窗虚寶蒜垂，幽蘭風裏話偏遲。一泓秋水雙彎雪，親見華清出浴時。」此固其少時句也。

三言詩最難得佳，而在叙事尤甚。惟蔣心餘《李貞女》一章，曲折調鬯，姿致横生，實爲奇構。云：「李止玉，金谿人。簪蓍簪，服練裙。誰家女？縣令孫。誰家婦？周氏子。訂姻盟，笄而字。夫廷燄，丙子亡。女未嫁，神暗傷。明年聞，祖姑卒。姑早殞，舅久出。女欲往，經紀之。室無人，女何歸？閲八載，志弗移。閉深闈，難得闚。上日月，下冰雪。女中央，共光潔。歲癸未，族人議。遣素車，迎女至。成婦禮，終厥志。見于廟，祖宗涕。嫁未嫁，無同異。廷燄居，新橋涘。止玉居，珊珂里。水粼粼，燄不明。珂珊珊，玉有聲。女未亡，心永貞。我作詩，清風生。」

張篠園大令大凱，需次京師既久，寄懷家鄉諸好，有云：「長安西笑出山林，僂指全非直到今。往日賓朋應念我，故人僮僕亦知音。頻年作客心殊倦，兩地論交思益深。慚愧翻飛猶斂翮，天涯消息總浮沈。」「偶因排悶學行歌，五夜纏綿入睡魔。巧笑未能迷下蔡，名場終許遜陽阿。流年坐失殊容易，白日閒消奈爾何。觸手牙籤探未了，爲人作嫁忒蹉跎。」後揀發廣東，屢署大縣。嘗書扇寄予，寫其《晉史雜詠》八律，想見公餘吟嘯之樂。並云：「所蓄硯材及圖書石甚多。將以分贈。」乃歸計未成，竟不得意以卒，可爲浩嘆。鄧六舟宗彝有詩弔之云：「同門同榜社同遊，望斷蠻烟廿八秋。詩誦清風藏篋底，夢回明月照梁頭。無官猶得如元亮，有子何須似仲謀。丹旐幾時纔北轉，海雲渺渺淚頻流。」

六舟自題其詩集曰「鼠腊」，蓋不敢以璞稱也。《葺東園小亭》云：「略剪茅茨整竹欞，小橋曲曲水青青。原多謝氏生香樹，不羨王家自雨亭。薄醉擊壺歌《白紵》，迎涼移案寫《黃庭》。鍵關何必深山好，藜榻於斯坐管寧。」《將之宿松學博任》云：「名場忽忽卅餘年，往事思維一惘然。屢散千金如沃雪，却看兩榜似登天。官情秋水初澄後，客思春燈未放前。正恐臯比麋廩粟，敢云末路困英賢。」《出京道中口號》云：「草意初蘇緑吐芽，麥田撥土聚農家。南來一事先堪喜，多見青山少見沙。」

關氏多詩人，霞生元煇、楓墀仁輔兩集尤富。霞生《贈桐城姚某》云：「駐馬梅心驛，相逢細雨中。談詩名士癖，問菊隱人風。野店寒新重，秋山淡遠空。旗亭拚一醉，話别莫匆匆。」《乙丑下第歸題在平驛壁》云：「桃花人面半依俙，崔護重來事已非。獨有青青門外柳，長條猶送使君歸。」又：「淡掃蛾眉自出塵，六宮何處著天人。歸來獨倚妝臺笑，仍是雲英未嫁身。」霞生刻有試帖及律賦行世。成進士後，選博白令，惜一載即卒。

霞生伯兄恬民元熙，有雋才。甫弱冠，即得奇疾，類佯狂，然間遇平時，亦如痴呆狀。然質以經史冷僻處，皆能誦其元本。有《述懷》句云：「今非昨更覺非非，良願平生萬事違。苔徑不鉏花放少，柴門深閉燕來稀。量慳久闕新稌酒，身賤常耽舊布衣。一點名心猶未冷，問人秋試與春闈。」又：「造物忌才真可惱，妖魔困我到如今。」其自命固自不凡。有妹工書法，善詩，兼通制藝。適楊召林，伉儷甚篤。亦以奇疾早逝。

楊介坪中丞于辛酉會試已大挑一等，分發湖北矣。旋捷南宮，入詞館。後點學使，及簡放巡撫，皆不出此省，洵乎食禄有方也。其校士襄陽，時童試，案欠一卷未發。檢至三更，得一卷足之，乃米生之哲，元章後人也。後來謁呈家藏墨刻數種。中丞有詩酬之，云：「芹香初擷慰先賢，墨寶親承絳帳前。昨夜應看虹貫月，清光分得米家船。」

介坪詩鈔音節和雅，風格最近中唐名家。如《霍山迎水寺》云：「石級縈環路幾經，閒將謝屐此中停。門迎泚水清如鏡，山拱衡峰翠作屏。修竹四圍疑鳳舞，長松五鬣仿龍靈。春光轉眼波含緑，又放林巒萬點青。」《曉行》云：「緑楊紅杏曉風天，愁思無端觸景牽。寒意未銷村酒薄，春光偏逐野花妍。關心淮雨逢三月，迴首燕雲又一年。落拓浮蹤頻悵望，青山白水是前緣。」《枝江道中》云：「丹陽渡口曉風催，百里洲邊幾溯洄。巫峽西通巴水曲，大江東注楚雲開。寒鴉古木懷王塚，落日荒烟庾信臺。多謝故人頻置酒，桂花香裏日追陪。」又《試院中示棗生諸姪》有云：「但願無慙清白吏，任人笑汝叔真癡。」其清節可想。

秀水金筠泉孝繼語人願化絶世麗姝，爲張船山執箕帚。無錫馬雲題燦《贈船山》有「我願來生做君婦，只愁清不到梅花」之句。船山嘗戲爲二律以謝兩人云：「飛來綺語太纏綿，不獨青娥愛少年。人盡願爲夫子妾，天教多結再生緣。累他名士皆求死，引我痴情慾放顛。爲告山妻須料理，典衣早蓄買花錢。」「名流爭現女郎身，一笑殘冬四座春。擊壁此時無妒婦，傾城他日盡詩人。祇愁隔世紅裙小，未免先生白髮新。宋玉年來傷積毀，登牆何事苦窺臣。」

桐城方損齋太史保升授徒霍山，時吳菊坡遊霍，出其浙遊諸詩示之。損齋爲題四絶云：「如君豈合老巖阿，於越勾吳足嘯歌。撿點三唐《篋中集》，好詩畢竟看山多。」「燕子磯頭一櫂開，直登雁宕與天台。更經觀海波瀾闊，方是人間絶頂才。」「憶共奇峰展畫圖，當年題句久模糊。二分明月依然在，尋到紅橋夢有無。」菊坡向繪有《紅橋尋夢圖》。「攜得新詩返汝陰，他山仍戀故山深。料應振策浮槎頂，流水聲中抱膝吟。」損齋戊辰會試，出謝太史學崇房。楊介坪太史時亦分房，與謝比鄰。謝閲卷中忽發嘆，介坪云：「先生何爲長嘆？」謝云：「吾閲一卷甚佳，薦必高中。然吾欲得英少，恐此人已老耳。」介坪正色云：「是何言耶。君少年科甲，不知場屋艱苦。若係老手，尤當呈薦。」薦之，果中房首。榜發，來謁，詢以鄉科，云：「癸卯。」則謝是年始生也。方後知其事，故于介坪先生亦致師誼云。

壽州孫石舟蟠，精刻石，而韵語亦佳。《温州遊江心寺過王梅溪讀書處》云：「江心鐘梵小山孤，遺迹人猶仰大儒。廿載學成窮性命，一朝書上悚奸諛。已欽事業留鐘鼎，况是文章重典謨。城内蘿峰當日第，荒凉菜圃半楹無。原注：明大學士張璁第在城中，今菜園矣。」《能仁寺紀夢》云：「日來名境恣窮搜，夢裏蘧蘧亦勝遊。插海峰巒蒼翠滴，倚天樓閣紫雲浮。纔逢仙侶同乘鶴，更與漁人共泛舟。何事一聲烟外磬，驚回胡蝶又莊周。」《登岳陽樓》云：「岑樓百尺據崚嶒，杜老奇懷快乍登。放眼烟波八百里，天風人語最高層。」「一片玻瓈接混茫，君山濕翠宛中央。神仙怪底曾三醉，絶妙人間一酒場。」《十五里橋望壽陽城郭》云：「策蹇中途夕照殘，山城雲物耐人看。亦知風景原如故，久客初歸似改觀。」著有《南遊小草》及《浪遊》、《悽響》兩集。五七古才情恣肆，尤美不勝收。翁固以富稱兩淮間，而詩如此。古人云「窮而後工」，豈通論與？

何長人先生慶元，萬曆進士第二名。余現所住廳樓，相傳即先生讀書樓。嘗以部郎差往河工，後淮上立有七賢祠，先生與焉。《明詩綜》言有《蘧來室稿》，今僅得殘本二卷。《過河宿小店》云：「一舸桃花水，滔滔萬古新。飄風吹旅鬢，霽月照愁人。茆店塵初滌，萍蹤酒共親。慈闈顔漸遠，目斷幾沾巾。」《寄張鳳皋並問鳳逵民部》云：「都門交臂各風烟，雲樹遥遥又一年。雁足北來春夢杳，龍光東表德星懸。愛將濁酒談清夜，愁折江梅寄遠天。爲問阿連詩中律，還朝索取帝京篇。」《送楊大洪之官常熟》云：「邯鄲夢遠若爲求，世諦餳膠不自由。大造無私金在冶，小人有母雪蒙頭。漢廷射覆從吾好，葉縣尋真任爾遊。獨羨海虞佳山水，天教仙尹擅風流。」

霍山程药臺鉅駟《題桃花源圖》云：「仙居原只在塵寰，兩岸桃花水一灣。有客獨探溪上路，外人誰識洞中山。衣冠猶見周秦際，雞犬無聞漢魏間。重叩巖扉嵐翠鎖，笑他百二倚函關。」药臺晚年喜仿方盇山詩，故善道眼前情景。《貧況》云：「傲霜枝放菊横斜，黄葉門堆處士家。乍冷牀添新稻草，小春餅插早梅花。妻開緑醑封缸酒，僕候紅爐活火茶。漫道居貧無樂事，孳孳爲善即榮華。」

葯臺爲灌雲先生子。嘗侍宦粤西，又隨辦銅差滇省。其《憶舊》有云：「最喜昆明六月天，風凉早晚尚衣棉。不知炎暑爲何節，福地曾經住二年。」其他如：「老木藤絲挂積雲，石浪盤松影路隨。」「樵擔轉藕花，香引釣船行。」皆可誦。葯臺伯兄藕堂明經鉅駷，詩賦尚雕刻，尤見匠心。試院中或謄清不完，每以草稿録取。

城南夏氏書齋有繡毬一株，枝幹遒古，蓋兩百年物。每到春季，花開若山。嘉慶初，其族錦堂先生承恩館于其地。黄左田宫保初至六安，嘗過之，有云：「書舍城南半畝寬，繡毬花老出檐端。我來可惜過三月，不見玲瓏玉萬團。」次年花時，其家請賞花。宫保復賦云：「羅浮山下梅花片，吹落千村萬村遍。東風一夜團作毬，抛向君家小庭院。庭院如斗不可堆，騰空幻作冰花開。我行花下膚欲粟，疑有春雪當頭來。爲語主人好看守，莫使天風撞玉斗。」

向讀書楊氏雙桂軒，同學十餘人，惟程午亭汝萃與余年最少，亦最相得。午亭英氣勃勃，材具甚優。舉辛酉拔萃科，取校録，意其前程無限，乃四十外遽卒。嘗搜其遺詩，不可得。昨偶檢敝篋，見其手藁二律，不啻與故人重晤，且感且喜。《賀楊介坪表兄館選》云：「屈指清和節已深，爲君春榜最關心。原注：時自湖南回至武昌，見會試録。喜見芳名遊杏苑，馳思御試過桐陰。至桐城，始聞入庶常。輕舟重向江干泊，健步專將邸報尋。逢人便問家園事，艷説初添新翰林。」「一從束髮志超群，共信詞垣足張軍。十載京都扶大雅，卅年夢寐寄斯文。第三廳静摛華藻，尺五天高焕錦雲。誰向風前追驥足，上林春色許平分。」

太倉王蓬心太守宸知永州府，治尚簡静。而民間疾苦所在，風化所關，悉心籌畫。畢秋帆宫保贈詩有云：「讀書物受和平福，學佛人多歡喜緣。」後乞歸，宫保留之，有「只恐歸來斷爨烟」之句，其清節可想。

琉球亦多詩人。徐澄齋葆光太史向使其國，有正議大夫蔡文溥贈詩云：「特簡名流使異方，銜書丹鳳出仙鄉。風雲萬里馳星節，龍虎雙符壯海疆。聖代頒封唐典禮，鮫人被服漢冠裳。殊邦未拜日邊客，舉國先傳姓字香。」紫金大夫阮維新送行云：「病卧經年欲退耕，喜逢大典結朝纓。風儀方仰天家使，姓字偏知太學生。枯樹逢春榮有色，征帆催客去無情。橋門石鼓摩挲遍，舊識煩君一寄聲。」又紫金大夫程順則有云：「張騫槎自天邊轉，蘇軾文從海外傳。」

鮑閬苑爲鯤，詩才、書法皆不落凡徑。出貢後，薄遊上都，名譽斐然。以爲人不自矜貴，卒無所遇而返。哭其師王春谷先生作霖句云：「口授不忘經四載，心喪何止在三年。」又有《古松》、《古梅》各十五律，人多傳鈔。春谷亦以宿學老于明經，身後始選丹徒訓導。子印湖德潤，登賢書，官縣令。陸愛古心誠，酣桐先生堂姪。以古學名，詩賦流布最廣。有《咏梅》句云：「瘦惟我共何嫌冷，清畏人知不厭貧。」「疏影不隨流水去，香心只許白雲知。」伯子瑞林桂林，青年食餼，未及貢，早卒。其季子紫垣茂才桂星，詞華亦富，能世其學，予壻也。

嘉慶初，王春谷、程午亭、關霞生與予等詩文之會，多在張荔衫蔚春六筍齋中。每一脱稿，即簽之牆壁。久之，固亦居然詩世界也。荔衫制藝多奇氣，似李石臺、張譽并諸家，而詩特清婉。其《路經黄村官舍》云：「畿南官舍我師門，萬柳青青護萬村。隔院沙尋龍阜迹，前津水接鳳河源。風傳棠芾同思愛，人頌茭衣不畏奔。滿路謳歌驚過客，願書輿誦補前恩。」蓋茘衫爲許蓮依弟子。蓮依先生曾官南路同知，故過之有感也。嘗題予《書城坐擁圖》，其次章云：「披圖艷羨畫中人，著述頻年已等身。修到琅嬛真有福，揮成珠玉不長貧。一燈楚雨三更夢，半壁吳山滿座春。我記小窗曾接讌，鑪香嬝嬝問前因。」茘衫以優貢舉京兆教習，期滿歸里候選。爲人功名之志既鋭，又鑽研經籍過苦，中年即兩耳重聽，旋殞其生。著有《六官駢萃》及《選青堂文稿》行世。

吴友竹士松，常熟人。嘗隨其父淡泉幕游六安，同人多爲讌會。後淡泉失館，困卧柘皋以終。友竹落魄，重游至六。寓北外皋陶祠，託堪輿爲生。而自守介介，不妄交接，舊友惟予與黄鶴峰數人而已。有《維楊懷古》云：「百尺迷樓不可尋，雷塘楊柳自成陰。文忠風景山堂麗，閣部衣冠墓草深。商賈生涯工煮海，繁華人物善揮金。奚囊空有瑶琴在，孤抱何時遇賞心。」他如《步月》云：「野寺鐘敲雲外響，柴門犬吠月中聲。」《寄友》云：「書來異地憑歸雁，詩寫離懷爲早鶯。」皆佳。

葯坡詩話卷八

六安王溥楚泉氏輯

霍邱竇霽堂觀察國華，性耽吟咏。先守南康，後巡肇羅。官署郵程，每多佳什。《出使安南道中》云：「清況真無際，欣從萬里經。沙迴遥岸白，山抱落帆青。樹影迷高下，江聲入渺冥。嚴更傳午夜，點點夢中聽。」《答和劉樸石太史見贈》云：「琅函萬卷列幽居，石室金庭總不如。好古手常編玉簡，未秋人已戀鱸魚。神仙豈必蓬瀛住，草野何妨冠蓋疏。轉怪捲簾迎俗吏，聯吟深契笑談餘。」《漫賦》云：「消受仙山五度春，羅浮那得有紅塵。自來安拙無機事，便是爲官亦散人。梨雨慣驚垂老夢，楊花偏上苦吟身。故園親友應相憶，冷落溪橋舊釣綸。」皆灑脱可喜。

劉樸石太史彬華，番禺人。《贈霽堂觀察》云：「又枉高軒慰索居，秋風初起病相如。論詩幸得窺全豹，換酒何須解佩魚。原注：承惠酒。冰柱雪車吟興減，小山叢桂宦情疎。懷中賦草今猶在，慚愧殷勤問訊餘。公屢詢出山之期。」

霽堂著有《挹青堂詩集》。其嗣君瀛舫守謙、春坡守愚暨令孫文甫榮昌諸詩，亦附刻集後。瀛舫《客中夜雨》云：「寒風夜半透窗紗，旅館殘鐙照枕斜。怪煞無情蕉葉雨，聲聲不放夢還家。」《感賦》云：「東風摇曳繡簾斜，幾扇紅窗半脱紗。春到小樓人不見，共誰消受一園花。」又《和廣陵女史杜采芙題壁韵》有云：「名士從來無好夢，美人幾得有良緣。」又：「有怨海棠偏著雨，無依楊柳怎禁風。」皆極警策。春坡《即事》云：「嚦嚦鶯聲繞畫欄，芳華記得去年看。雲歸翠岫心猶戀，人醉春風夢不寒。楊柳絲長波易蘸，桃花艷重露難乾。無端匹馬江南道，又買新愁壓繡鞍。」文甫《暮春》云：「春去未成去，東風戀舊痕。蝶愁花減夢，鶯老柳銷魂。孤調彈多咽，離思積更繁。惟餘河畔草，猶自緑迎門。」《憶江南舊遊》云：「夢逐香風墮白門，畫船簫鼓月黄昏。絮當飛處難尋緒，花到嬌時易斷魂。雲雨已成千載恨，江山猶帶六朝痕。應知別後相思淚，洒向平流作浪翻。」可謂一門風雅。

蔣氏，含山茂才蔣欽臣妹。有《過昭關》一律云：「覆楚復親讎，當年氣吐不。英雄知父子，臣道失春秋。山自無今古，祠誰定去留。不知經此者，又白幾人頭。」真唐音也。又《送外》云：「曉起肅行裝，丁寧泣數行。魂隨珠淚斷，夢逐馬蹄忙。殘月留單影，孤衾拂半牀。別離無近遠，門外即他鄉。」年三十外卒。病中有句云：「病骨久爲夫子累，淚痕空對北堂流。」氏適黄姓，以鏨銀爲業，固非其偶，而未嘗有幾微嫌怨意。《水曹清暇録》亦載其事，以爲箍桶匠，非也。

張女士亦含山人。以父教能詩。適王姓，伉儷甚篤。乃五載而寡，未幾氏亦病歿。趙星符茂才從其戚王綺坡得遺稿數帙，爲録而傳之。《暮春即事》云：「嚦嚦鶯聲話綺櫓，詩情棖觸韵頻拈。沈吟忘却歸巢燕，斜睇多時候捲簾。」《夫君久病不愈》云：「厭厭竟日卧深閨，憔悴容顏足慘悽。九曲迴腸愁萬斛，向郎言笑背郎啼。」同邑朱静生孝廉家庚題其集云：「埋玉難回有恨天，墓門深鎖白楊烟。生來薄命空花殞，死去吟箱剩草傳。字字珍珠湘女淚，聲聲哀雁蔡姬絃。劇憐揉麝成塵後，猶有餘香貯錦箋。」「劍墜龍潭遠莫探，誰從霜裏擷優曇。零膏收拾王元伯，青眼流傳趙渭南。柳絮歌殘人已杳，桃花箋濕露猶含。司勳本是傷春客，爲爾沈吟掩卷三。」

仁和陸小雲應宿，嘗與鄧瑞軒同客六合，酬唱極歡。瑞軒歸里，小雲贈別云：「江館相逢鄧仲華，招攜看遍古棠花。雄文直欲狂吞海，少作猶勞癖嗜痂。一夕西風催別袂，四川黃葉打征車。樽前我亦天涯客，送爾還家倍憶家。」小雲爲子才先生外孫，知其詩學之淵源遠矣。

徽州布衣程漢雯錦，老而工吟。在六安，主汪雨庵紹恭家。刺史吳邵庵、司馬周韵柯多與倡和。《留別周霽亭》云：「鶯花正好馬頻嘶，知己何堪頓別離。心醉東風遊子路，神傷南浦故人詩。三春送我還家處，午夜思君入夢時。千里蒼蒼雲樹遠，莫辭雙鯉寄相思。」又《歸裝》有云：「千里程途三載客，半肩行李一囊詩。」年七十外卒。無子，雨庵爲經紀其喪，送歸，並以餘金贍其老妻。

雨庵精賞鑑，藏蓄古玩及名人書籍、字畫甚夥，而尤以友朋爲性命。故往來吾六者，若常州董晉卿士錫、懷遠許叔翹所望、含山張引生開來、旌德張杏邨元榜，聞雨庵之名，無不願交恐後。惜年逾五十遽卒，不免華屋山丘之嘆，殊爲風雅恨事。壬辰冬，杏邨重遊六安，弔之云：「露冷霜凋宿草枯，捫碑欲向夜臺呼。重陰飛雪無乾土，遥奠臨風少束芻。擬拜雨庵墓，爲雪阻，不果。百歲與君同盡耳，六年知我再來無。待尋馬鬣憑驢背，忍見山莊舊酒罏。」引生和云：「燕臺冷落習池枯，空向山丘灑淚呼。祗有寡妻憂斷杼，竟難才子副生芻。孔融宴會當時盛，任昉交遊死後無。賴汝渡江尋舊夢，猶能對雪哭黃罏。」蓋引生館六安久，雨庵相待尤摯。故昨冬去六，留別詩九章中有《別雨庵墓》一章云：「桃花潭上別孤墳，可惜斯人竟絕群。曾感黃金分鮑叔，並無寶劍挂徐君。今朝猶見一抔土，此後空思萬里雲。

獨下寒烟回首望，紙灰風葉亂斜曛。」纏綿愷惻，真令人不堪卒讀。

余未識杏邨，引生嘗誦其《登象州城》詩云：「城闕烽烟静，星河抱影清。一身家萬里，十月夜三更。故國逢饑饉，良朋半死生。來朝象江上，我欲問歸程。」時年逾弱冠，而詩律之老如此。道光乙酉，始相晤州司馬萬彈峰年淳署中。時彈峰正著《易拇》，聘以校録也。然其在彈峰署，及後館晁子羲亭處，皆不得意以去。有《寫懷》句云：「緤馬何如學豢龍，萬金不當五花封。入林文黨争投斧，適越梁鴻枉賃舂。旅食消磨新苜蓿，家山冷落瘦芙蓉。昨宵一枕還鄉夢，書味森嚴酒味濃。」「驚心三十八年冬，回首雲山幾萬重。但有奴知蕭穎士，更無人敚郭林宗。成心已具胸中竹，妄想須蠲腹上松。粤嶠燕臺曾一瞬，不堪霜雪憶行蹤。」

長洲韓其武駢有《嫁女》一律，向曾見之，未知其妙也。適余有姪女出室，事後翻閲及之，真覺情景逼肖。詩云：「鼓吹盈庭燭焰紅，悲啼聲雜笑言中。乘龍但願逢佳壻，賣犬何妨作乃翁。舊服盡搜慈母篋，新妝旋换別門風。梁家眉案張家黛，莫負當年育汝功。」韓著有《補瓢存稿》。

《過庭録》載有《題扇上小兒迷藏》詩云：「誰剪輕紈巧織絲，春深庭院作兒嬉。路郎有意嘲輕脱，惟有迷藏不入詩。」其實《小兒詩》「匿窗肩乍曲」，此即迷藏事，特無迷藏字樣耳。按路德延《小兒詩》五十韵，摹寫嬌穉之態，其意蓋譏朱友謙也。至宋張師錫追次其韵，爲《老兒詩》，非不曲盡情狀，言外則無餘旨矣。

明羅景綸《猫捕鼠》詩：「陋室偏遭黠鼠欺，狸奴雖小策勛奇。拖喉莫訝無遺力，應記當年骨醉時。」此蓋用武則天害王后及蕭良娣事。然本文云：「願阿武爲老鼠，吾爲猫兒，生生扼其喉。」似「拖喉」宜仍從史作「扼喉」爲有力，不然則字誤也。

明尚書彭華字彦實，有《明妃曲》云：「抱得琵琶不忍彈，胡沙獵獵雪漫漫。曉來馬上寒如許，信是將軍出塞難。」用意深婉，惜《列朝詩選》只録此一章。

邵未齋先生知六安時，楚帆尚書自昌尚以諸生侍養。在任多與州人士往還，後雖宦達，每遇六安人，必爲之改容。嘗題黄牧原先生小照云：「一散雲蹤遂古今，披圖重對黯秋陰。登樓尚記王蒙筆，入座真忘子敬琴。霍六甘棠迷舊恨，上林春色感初心。文章氣誼千秋在，珍重天邊子鶴音。」蓋柳溪姨兄惟愚朝考入京，以圖請題也。

嘉慶初，黄左田先生掌教六安賡颺書院。去後，嘗寄懷同學諸人云：「爲憶淮南舊草堂，小窗冉冉緑生香。冬青樹下新移竹，抽筍今年合過牆。」「茅屋牆東月未圓，故人三五坐前檐。而今一例都如夢，茶熟詩成獨捲簾。」至荷兩朝知遇，晉位宫保，榮顯極矣，而每惓惓六安不置。其《予告將歸題寄楊召林穉園書舍圖》云：「淠西曾識舊林泉，一别揚雲倏卅年。寄語君家好兄弟，陶潛今已賦歸田。」「結社呼朋往事休，青山縹緲畫圖收。摩挲那禁添悲哽，我是當年一子由。原注：圖爲家兄所寫。」「名園讌罷緑生苔，中有蓬門爲我開。一舸到家春泛急，好隨梅柳渡江來。」召林接奉此詩，嘗與予議，欲請先生真箇渡江一遊，乃因循未果。召林旋即殂謝。更無好事其人，而先生年逾大耋，恐亦出遊爲難。此事第託諸空言矣。噫！

孔東塘《桃花扇傳奇》，串合既佳，詞亦雅麗。即下場詩亦有絶佳者。如：「月落烟濃路不真，小樓紅處是東鄰。秦淮十里盈盈水，夜半春帆送美人。」豈非七絶中妙品？

古今人詩有不約而同者。宋周端臣云：「一庵自隱古城邊，不是山林不市廛。落月滿窗霜滿屋，卧聽宰相去朝天。」近懷寧丁芷溪先生田澍有句云：「曉鐘催去朝天客，過巷車聲枕畔聽。」

古名人亦有不拘小節者。明顧文康鼎臣，爲封公晚年婢出孽子，父母不禮之。苦貧，讀書古寺中，暇則與群兒無賴者盜鄰狗烹之，薪盡則揖木偶羅漢供爨。又陸大行起龍，初年攻苦僧舍，亦偷狗供饌，以伽藍代炊。嘗有詩云：「夜半犬羹猶未熟，伽藍再取一尊來。」顧與陸皆吴人，同負才名，特一宰相一庶寮耳。然陸詩亦有典。《傳燈録》載丹霞禪師過慧林寺，遇天大寒，取木佛燒火。院主訶之，師以杖子撥灰曰：「吾燒取舍利。」主曰：「木佛何有舍利？」師曰：「既無舍利，可再取兩尊來燒。」詩蓋用此。

諸城劉文正公嘗見韋約軒先生謙恒詩文，歎曰：「非惟才人，亦正人也。」故左杏莊中丞輔《題約軒集後》云：「勳業重君國，文章得性情。風惟操正始，品久定諸城。獨負千秋望，相期再歲生。師資知有自，敢忘一經横。」蓋左以癸丑會試，出萊陽初頤園先生彭齡房，而初又約軒督學山東所薦士，故末句云。

杏莊中丞歷官安徽州縣多年，治極嚴正，而詩多有風致。《偶成》云：「江南草長雨如烟，中酒情懷似去年。惆悵河橋風不定，落花吹滿釣漁船。」《紀夢》二絶云：「醒時歌舞醉時休，水面迴廊花上樓。樓影沈沈花向夕，晝衣吹落不曾收。」「窈窕房櫳燈影遮，細香如縷颺輕紗。屏山圍得春如許，應有碧桃無數花。」

嘉慶庚辰，湖北通山農婦成許氏，割肝治姑病，姑愈而婦無恙。邑令上其事，以格于例，只大吏旌之，而弗獲奏請。姨弟黄鶴峰明經惟恭時在介坪學使幕，爲《孝感歌》以表之云：「孝婦生長農家子，淑慎聲名溢鄉里。蓬鬢布裳荆爲釵，目不識字生質美。寒機暑織修女紅，問安常向雞鳴起。田間務閒貿布絲，夫隨翁出遠方市。忽然姑患肝病危，淹淹一息卧牀笫。葠苓罔效輾轉號，三日不入一勺水。孝婦倉皇計莫施，暗籲蒼穹求代死。轉恐徒死病未瘳，剖肝醫肝或有理。奏刀砉然左脇開，取肝一葉登諸几。須臾異香滿室生，衣帶淋漓血不止。創深纏畢痛俱忘，調作羹湯雜瀡髓。殷勤勸慰姑親嘗，姑果笑説甘且旨。霍然病去扶杖行，孝婦欣然色乃喜。舉家未覺姑未知，奇方不載青囊裏。越日衽邊漬血痕，幼子驚哭問所以。丈夫歸來更再詢，孝婦低顔答唯唯。吁嗟乎！婦肝果作續命湯，姑年遂登延壽紀。至性格天天可迴，芳名千載光閭史。吾願天下作婦人，知有通山成許氏。」

兒時見先輩儀型古樸，及鄉里一切往來，皆淳厚多而浮薄少，回憶不禁憮然。昨見桐城方墨卿諸集，《與樸巖夜話鄉先輩感賦長律》，知今昔之殊，到處皆然，爰録之云：「先輩吾猶及，吁嗟足式程。抗懷存古道，所在近人情。言語羞夸詐，周旋矢樸誠。緼袍賢者服，野藿富家羹。層累階惟土，綢繆竹作甍。《唐風》看似儉，《周禮》體能精。婚冠儀文洽，烝嘗祀事明。愛深行葦葉，孝奏白華笙。求水門聽叩，通財廩可傾。豻肥無失德，醯乞不沽名。講讓聯鄉里，爲仁輔友生。忠言兼善道，小慧戒群行。豈有難知暴，無蹔久敬嬰。廉隅同砥礪，風教共搘撑。回首衣冠邈，傷心墓隴平。湯盤悲滅迹，孔瑟慟銷聲。小子將何述，私衷每自驚。與君共衰老，對語淚沾纓。」墨卿又《跋武陵源記後》云：「千家巢許結爲鄰，洞口桃花歲歲春。便值唐虞居亦好，如何却説避秦人。」翻新得妙。

嚴冬友掌教廬陽書院時，有《賞繡毬花》二律，同人屬和者甚衆，然終以原唱爲佳。云：「誰將圓社變芳叢，欲狀翻愁繡未工。依檻愧無珠絡索，當歌須按玉玲瓏。團來飛絮浮蹤似，點就春霜老態同。見説朱門人不愛，只栽桃杏鬥妖紅。」「筇支時向曲闌巡，一歲韶光賸此辰。笑挽白雲栖畫棟，細將明月認前身。漫從瑶圃思陳迹，好與梨花共暮春。莫怪芳晨遊屐少，雪窗深處本離塵。」惟次首第二句人皆疑爲不祥，是年冬友果卒，竟成詩讖。

懷遠許叔翹所望《大澤鄉弔陳勝塚》云：「篝火狐鳴兆楚西，山東並起望雲霓。風盤大澤翔鴻鵠，鹿走中原震鼓鼙。獵獵蟲沙三尺劍，昏昏將相一丸泥。殘山賸骨留英魄，滿眼蓬蒿石馬嘶。」余嘗讀史，《詠陳勝》云：「篝火狐鳴事竟真，沈沈夥涉氣無倫。輟耕隴上徒虛語，漫把輕言殺故人。」後與叔翹晤，互觀詩集，至此二章，彼此不禁大笑，以首句用事不約而同也。然叔翹固奇士，詩其餘技，而奇傑之氣亦非時流所易及。其《過訪隨園贈簡齋先生》云：「六朝烟月秣陵關，座領春風四十年。人望唐花簪隱吏，是曾瀛海謫神仙。婉情楊柳思長信，絕調琵琶抱輞川。居也同鄉寓同國，相逢兩地信天緣。余本籍亦杭州。」「秋風破浪過長江，聞道隨園兩字香。袖我樊川《燕將録》，來尋杜老浣花堂。東山女妓皆絲竹，西竺宮商叶鳳皇。千里畏人殊自笑，奈君筆底有珠光。」末二句似謙而實傲。

叔翹《蔬園詩集・詠古》有云：「羽檄星馳下錦城，西南烽火又頻驚。霜戈夜指王羆塚，雪帳宵移李愬營。焚郭招降甘縱敵，期門受箭太驕兵。少陵儘有安邊志，仗劍空懷萬里行。」「妖星三載照秦疆，刁斗無聲夜起芒。共識欃槍明象緯，空懸弧矢指天狼。寒罏尚可揮仁扇，敗鼓那堪補智囊。日暮悲笳何處是，澤鴻飛雁盡移防。」或問此指何代事？余謂此詩成于嘉慶初年，正是教匪滋事，而領軍者畏縮，多失機宜。叔翹素負韜略，無所假手，故激而有言，名爲詠古，實感今耳。後鳳廬道誅平宿匪，叔翹實與謀。又胡果泉中丞備禦豫匪時，叔翹亦曾率鄉兵以從，中丞多資其碩畫，固有效可稽，非第紙上談兵者比也。

關霞生《客感》云：「秋色忽已暮，游子尚天涯。冷月一庭水，濃霜萬樹花。名争蝸有角，人似燕無家。寸禄未能養，高堂兩鬢華。」鄧六舟《早行口占》云：「落落秋霄幾箇星，筍輿安便似吴舲。不辭簾捲西風冷，要看灤臺插漢青。」二詩因菊坡每每談及，故並録之。

伯兄于東澧補諸生，早卒。嘗與同人和無名氏《美人風箏》韵云：「莫妬身輕輪燕子，玉京此去好承恩。」時押「恩」字韵者，皆遜其藴藉。

桐城方子固夢松，年十五，《別秦淮》句云：「寄語青溪小姑子，送儂歸去更無郎。」袁簡齋亟賞之。

趙甌北《梓澤園》詩云：「一代豪華擅此園，朝朝暮暮最銷魂。美人絶色原妖物，亂世多財是禍根。浮白觴前猶舞影，落紅枝上忽啼痕。樓頭一擲終佳話，能博蛾眉死報恩。」三四語誠爲名句，人多傳誦。然和州倪琴甫夔亦有《弔石季倫宅》云：「七尺珊瑚八寶牀，明珠十萬買紅妝。並無勳德高僚寀，安用豪華逼帝王。金谷樓臺原上草，美人名字海南香。自從血濺胭脂雨，終古啼鵑怨夕陽。」項聯亦警絶也。琴甫爲人樸吶，而詩文則錦心繡口，尤善集蘭亭。予與張引生交往多年，後琴甫來六，贈予對聯云：「爲會稽後人，古詠今情，時流竹趣；是引生知己，同群異地，樂叙蘭言。」可謂巧極。

寫美人易，寫病美人難。嘗讌集某處，有女校書頗娟慧，而適抱微痾，倪琴甫贈以詩云：「桃花臉色深紅褪，荷葉衫痕皺緑多。錦繡屏風簫管地，不禁憔悴奈卿何。」又記曹雪芹贈某校書云：「病容憔悴勝桃花，午汗潮回熱轉加。猶恐意中人看出，强言今日較差些。」皆妙。若晏秋水孝廉《題病昭君圖》云：「一杯酥酪强沾唇，毳帳攤開月滿身。到底玉顔銷不盡，照來猶勝漢宫人。」此則寄興尤高，不第寫其姿致矣。

晏秋水宗望，含山人。《詠新鶯》云：「花慵纔發柳纔舒，便送新聲到敝廬。好夢乍回携酒處，枯思剛觸作詩餘。學調銀葉輕尤甚，笑比金衣固不如。稱得小名嬌似汝，緑窗人約破瓜初。」《春閨詞》云：「紫蘚緣階一半侵，井桃紅濕倍關心。楊枝枉費無邊緑，遮得珠簾似海深。」「取次園林傍晚行，避人偷學趁花鶯。不防阿母頻頻唤，却被檀郎識小名。」

江陰女子，忘其姓氏，有句云：「莫以奴比花，奴願爲花葉。花或褪其紅，葉不損其碧。不然爲花枝，葉脱枝不折。」

青溪校書侯蕙生，風神淡逸，詩詞尤佳。戊午秋試，吴菊坡見其《閒倚》一絶云：「閒倚危闌受夕吹，河橋西畔柳陰垂。豆花落盡誰家院，人立斜陽打鴨兒。」擊節稱賞。而蕙生亦極傾心于菊坡。未幾，爲程也園比部强置金屋，非蕙生意也。又爲大婦不容，一載放歸，竟鬱鬱以卒。其將歸程時，以絹幅親繡一詞寄菊坡云：「郎非薄倖，紅粉從來多薄命。一自辭郎，便覺無人話短長。　離情萬縷，幽窗一夜空堦雨。郎脱青衫，妾著青衣願也甘。」後菊坡再訪青溪，埋玉已久，弔之云：「繡帕香殘錦字斜，驚心兩度换韶華。依稀門鴨闌邊路，庭院西風落豆花。」蓋不勝扼腕。菊坡又嘗誦蕙生句云：「窗裏銀燈窗外雨，錦衾多少不眠人。」

刑部庫中有吴逆畫像，平原董寄廬太史元度，嘗爲長歌紀之云：「鬚髯如戟目如炬，英風勃勃上眉宇。是誰下筆開生面，馬中赤兔人中吕。滇南開國異姓王，身冠諸侯兒尚主。飛揚跋扈據胡牀，左右貂璫列宦豎。服之不衷爲身災，小帽方袍類首鼠。桀驁好鬥老不馴，羽族閒看張旗鼓。此豈軍國重事耶？目動頤張勢何武。天生逆獍具反相，衡湘垂死兵戈舉。六州有鐵鑄不得，一錯天誅爾自取。子孝臣忠竟若斯，地下何詞對死父。天府猶藏王莽頭，蛛網牽絲罥塵土。剖符析珪安在哉，老革朝廷豈負汝。君不見同時更有孔定南，赫赫凌烟大箭羽。」寄廬少以《春柳》詩得名，著有《舊雨草堂詩集》。

寄廬由翰林改官，知江西安遠縣。一載即罷，爲無題詩以寄意云：「盈盈曉起拜尊嫜，即日新人泣下堂。眉嫵未容夫婿畫，羹湯寧待小姑嘗。豪門華選千金飾，高髻時宜一尺妝。破涕祇應成冷笑，青溪仙子本無郎。」《留别安遠紳士》云：「整頓征帆黯别魂，况逢秋色老郊原。官方敢諱書生拙，輿論偏徵古道存。半晌黄粱餘夢影，一年鴻爪記泥痕。他時倘趁春明便，曼倩祠前問蓽門。」

張船山繼室，林西崖觀察女，亦有才貌。船山嘗爲寫小照，夫人戲題一絶云：「愛君筆底有烟霞，自拔金釵付酒家。修到人間才子婦，不辭清瘦似梅花。」船山和云：「妻梅許我癖烟霞，彷彿孤山處士家。畫意詩情兩清絶，夜窗同夢筆生花。」真閨中雅話。

張船山《題同年石琢堂夫人蔣小照》云：「班管雲箋妙入神，曇華偶現女郎身。只將餘慧教夫壻，已是瓊林第一人。」

皮日休詩：「明朝有物充君信，櫂酒三瓶寄夜航。」注：櫂酒，見沈約集。《酒譜》引之，「櫂」作「播」。字書無此字。又《南史·劉杳傳》：「杳在任昉座，人餽昉榣酒，字作榐。昉問此字是否，杳曰：『非也。』葛洪《字苑》從木旁肴。」《酒譜》引之作「榣」，字書無此字，疑皆訠劂之訛。然《字典》：「榣」，直忍切，音診。木名，汁可爲酒。「櫂」，式荏切，音沈。不言可爲酒。豈櫂酒即榣酒，以音相近借用與？《字彙補》引《山海經》云：「櫂木煮其汁，味甘可爲酒。」今《山海經》無此語。

李雨村編《全五代詩》，有趙氏《寄情》一律，云：「春風白馬紫絲韁，正值蠶眠未采桑。五夜有心隨暮雨，百年無節待秋霜。重尋繡帶朱藤合，更認羅裙碧草長。爲報西遊減離恨，阮郎纔去嫁劉郎。」趙，南海人。房千里初上第，遊嶺徼，納爲妾。房回京，進士韋滂納之，故趙寄房詩云云。據《登科録》，千里，太和初進士，下距五代八十餘年。滂，會昌二年進士，距五代亦六十餘年。不知雨村何以誤編。

《山家清供》云：「山藥，名薯蕷。秦楚間名玉延。」陳簡齋謂玉延取香色味以爲三絶。陸放翁詩「久緣多病鍊雲液，近爲長齋進玉延」是也。王岐公《華陽集·和蔡樞密山藥》云：「鳳池春晚緑生烟，曾見高枝蔓玉延。」今本訛「正延」，而人不知。

壽州蕭雪蕉景雲以書名久矣。而其實詩才更勝書法。所著《招鶴堂集》，不名一家，皆自見心得。古體如《短歌行寄薛柳邨》云：「肥田種大麥，薄田種小麥。大麥小麥前後黄，麥黄開割堆滿場。打麥聲裏客乍到，餉客餉農全家忙。客醉忽别歸城去，夜夜夢繞打麥處。」《贖衣人舟爲風阻》云：「贖衣城南六十里，天寒風大船阻水。夜半老親凍不眠，起呵僵手撫兒子。兒子無衣難奉親，空慚守道甘飢貧。明月在天星在户，照此風吹堂上人。風師不送船亦可，莫更吹親但吹我。我病不惜親堪憐，諸弟依親度歲年。」近體如《感賦》云：「拔劍寒空外，千金欲付誰。關河催歲月，霜雪鍊鬚眉。獨射深山虎，頻搴上將旗。果能如李廣，未厭數終奇。」《睦州秋夕登閣》云：「水氣散高閣，秋聲低暮空。霜鳴千户杵，星閃一江風。遠客驚遥夜，勞機悵冥鴻。何人吹鐵笛，流響釣臺東。」《感興》云：「壯志銷沈髮漸疏，湖山清興幾成虚。才非王粲還爲客，愁過虞卿未著書。驛路花開春氣黯，酒樓人去雨聲徐。浮雲變滅東風裏，回首翻憐入夢初。」《六安山道中》云：「雙河繚繞萬峰蹲，何處庭堅古廟存。隔水茶烟團作市，滿山蘭氣鬱成村。天連豫楚光難斷，地接江淮勢欲吞。七十二流過峽石，峽邊誰識草堂尊。」《小園雜詠》云：「昏夜光騰萬點青，仰觀真自笑沈冥。山林螢火都高致，飛近天河作客星。」前首收有自負意，末首有菲薄人意。要之，詩之佳，正不在此。

曹穀生，原名振鏞，後改名鳴鑾。人多風趣，詩亦如之。《老儒》云：「斷簡殘編裏，秋風哭一生。文章餘敝帚，風味飽寒檠。考古語多僻，論才心未平。當年同輩在，衮衮半公卿。」《老友》云：「方信論交久，垂髫直到今。江湖千里夢，金石兩人心。話舊有同感，得閒時便尋。通家小兒女，堂下拜深深。」可謂情景逼真。

穀生曾官貴池學博，忽來六安，爲人司鹽筴。時鹽務久疲酬應，已形支屈，而家鄉親友又以其身處脂膏，咸思借潤。故嘗有句云：「平時只説求人苦，那識人求苦更多。」越數年，復選寧國司訓。以去雞口牛後之喻，必有思之而自爲首肯者。

鄧瑞軒集中，《敗荷》詩最佳。云：「珍惜秋蓮墜粉紅，魚兒懶戲葉西東。一陂香冷凄凄露，萬柄聲乾瑟瑟風。漁婦病慵青鏡暗，江妃舞罷翠奩空。江皋佇立間凝處，記取伊人宛在中。」「池上行吟幾度過，瞥教顧影弔烟波。愁紅怨粉都如此，碎雨零烟奈若何。畫艇喧闐人去後，黄蘆蕭瑟雁來多。西湖縱説寒光好，一幅烟圖付釣蓑。」又：「正自有心憐子苦，更將何面比郎嬌。」皆妙。

夏龍門鼎詩才甚捷。有《喜晤許蘭坡鈺回里》二絶云：「渴悰四稔逢歸騎，談笑于今總性真。不似長安輕薄少，騰騰香艷帶京塵。」「阿兄家信仗君郵，原注：家兄青堂時在京邸。得箇平安慰九秋。醉把茱萸思報李，一枝簪擬插君頭。」龍門字寫懷素，中年遘疾，忽類佯狂，然書法益佳。蘭坡工畫蘭，在太學肄業，高麗貢使嘗以佳紙易其數幅而去，後署蕪湖學博。

程午亭校録汝萃喜諧謔，每啓口，合座爲之絶倒。予嘗目之曰：「潘郎不在，一席無歡。」其閫君徐係杭人，故《贈内》詩有云：「荆釵細數杭州路，西子湖邊却睡魔。」同人每樂誦之。

予與午亭未弱冠時，即時相過從。其家懸有對聯云：「麗句妙于天下白，雄才隽似海東青。」兩人不識「海東青」爲何物。其嫂楊孺人在房中笑云：「此鷹之小而俊健者。好兩箇秀才，《遼》、《金史》都未讀乎？」不覺面頰生赬。蓋孺人爲選拔楊肇敏先生名擢女，與予亦中表誼，信知家學淵源。

潁上曹明經淇，性無他好，耽爲詩。與蒙城趙孝廉崇謙相友善，而兩人者又皆交于全椒王小鶴明經城。曹字號山，趙字地山，嘗合刻《二山詩鈔》，小鶴所選訂也。號山五言尤工。《晚步》云：「濃雲覆瓦屋，斜陽上高樹。一一飛鳥還，徐徐清風度。稍契静者幾，而無弋人慕。空翠撲人衣，庭堦生白露。」《冬日雜吟》云：「木落邨墟静，牛羊自爲群。被褐幾農父，向暖依柴門。今歲稻粱好，因以肥雞豚。出粟易筒布，兒女早畢婚。」又：「終歲馳周道，近日方閉廬。風塵良足愧，補讀昔年書。覽之不盈卷，心復馳江湖。浩漫不自得，清歌釃酒壺。」頗有陶、韋風味。

趙地山工古文，兼繪事，而詩最佳。《貧女詞》云：「東施穿綺羅，西施曳綦縞。分鏡照容顔，媸妍難自保。妾本貧家女，生小儉梳妝。亦知當晚嫁，並少嫁衣裳。舊時諸姊妹，一半出閨房。未聞依姑舅，勝于傍爺娘。翩翩冶遊子，見妾桑陌頭。自詡族貴盛，願言託蹇修。非無五雙璧，非無十斛珠。以此相誇耀，視妾當何如。妾貌艷于雪，妾心寒似鐵。妾自有門楣，妾終有儔匹。」《題曹號山老圃秋容圖》云：「吹落西風雁背霜，疏籬一夜染新黄。重陽節過秋將老，三徑人來影亦香。白鬢青衫憐楚客，緑橙紫蟹憶江鄉。遲君五畝柴桑宅，幾點殘山帶夕陽。」《懷方三退軒》云：「去年風雪滯江干，索笑寒梅共破顔。偏向羈人分縞紵，却先遊子賦刀環。夢隨蘭槳波三折，愁對藜牀屋半間。今夜思君明鏡裏，新霜一樣鬢毛班。」退軒名捷，霍山人。亦有吟癖，與余至好。

康熙間，六安學正王戒庵御，太倉人。文肅公錫爵從子。以鄉薦來任，擢房山知縣去。學務窮理，著有《證我箋》、《先賢學記》等書。州志載其《學約》、《戟門記》、《雙節傳》，而詩未之及。近于婁東詩派見其《攬山堂集》。《送曾青瑛之粱山》云：「子固文章在，頻年歎客蹤。一尊開緑野，萬里指臨卭。天曠江聲遠，猨啼樹影重。今宵須盡醉，莫問五更鐘。」今研雲司訓寶仁，即戒庵族孫，言先生稟氣特厚，寒冬不冠，卒年九十三。

布衣張君龍山翕，長余約三十歲，與余爲忘年交，甚篤。工畫梅竹，每畫必題詩，亦洒脱可喜。惜間有率意處，致累其畫，而自不知。家徒壁立，耻於干謁。其孤潔有類枯僧，人品固不可及。

瘂孝子，姓余，六之東鄉人。生而瘂，故無名字。幼隨母乞，稍長傭工以養。田家栽種、刈割諸事，例有魚肉，孝子絲毫不嘗，必儲以遺母。甲戌歲旱，無工可傭。母老且瞽，負以行乞。母殁，哀毁，衆爲具棺殮。孝子負土成墳，夜宿墳旁，風雨不避。吾友聶后河敏琢嘗爲之傳，並系以長古。壬戌冬，同人爲臚其事上聞，奉旨旌表。更爲徵詩，刻《旌孝録》一卷。王禮門明經三言一章云：「孝子瘂，人共憐。瘂子孝，人共傳。默默意，浩浩天。丐力竭，子職全。孺慕篤，盡其年。至性事，豈在言。丐且瘂，孝克敦。予非瘂，孝焉存。談名教，負親恩。」楊心齋詠其守墓云：「孝子不離母，母死常守墓。守墓墓無廬，後鄰里爲搭草棚。墦間安若素。烈風雷雨時，人或畏天怒。天怒瘂不驚，兒避恐母懼。魂夢必相依，罔或離旦暮。日日涕泗漣，奚待感霜露。」

楚南閨秀周芸芝《留别鄭雅蕙女史》云：「酴醿花下碧沉沉，一曲驪歌别思深。料得明朝梳洗罷，倚闌兩地各霑襟。」芸芝，某觀察女。雅蕙，新安人，蘭圃别駕女。時俱隨宦江西，故相倡和。雅蕙有《寄慰七姊》句云：「酸言聽去腸千結，楚語吟來淚幾垂。」

道光五年，桐城出異獸食人。三五爲群，出没無常，延及舒、廬、霍山等處。或謂爲貔貅，或疑爲虎狼。獲而剖其腹，五臟俱無，惟一腸自喉直通其後而已。廖鍾隱大閶明府時罷官寓居桐城，據《神異經》辨之，知其名爲「渾敦」，並紀以詩云：「東方《神異經》，紀獸窮崑崙。獸名曰渾敦，饕餮之仲昆。空居没常所，出入山之根。見惡必狐媚，欺善肆狼吞。胸中何所有，肝胆無一存。有腸亦云直，不能容雞豚。毛長四足短，走過騏驥奔。耳目雖了了，聞見皆昏昏。今年古桐鄉，此豸當道蹲。從者乃豺虎，往往巡孤村。受害至婦孺，十室九閉門。荒原有落日，祇聽人招魂。自春徂秋後，爲毒難具論。嗚呼帝鴻氏，有子又有孫。」

李南荍那琳喜爲風情詩。有友人自霍山來，極道霍妓文芳之美，出佳箋索詩遥贈。南荍走筆成四絶，云：「無邊春藹苧蘿村，百里香雲未易親。我是想花癡宋玉，每聞花處便凝神。」「曉日熏爐裹宿烟，簾開衡岳對娟娟。一痕寫出蛾眉秀，人與山容若箇妍。」「脂粉奩常翰墨偕，風流知是薄村娃。日長睡覺桃笙夢，幾度清吟點繡鞵。」「綺句新傳便面初，翩翩遥擬近香裾。何時小跨青驄馬，來訪枇杷花下居。」

方子瓊田匯《題瘂孝子旌孝録後》一律，命意甚高。云：「冷炙殘杯見性真，大書深刻表貞珉。薦紳賴爾光文筆，風教居然在僇民。鴉噪寒雲雙淚血，草香貧骨九原春。平生不屈侯門項，酹酒難忘拜此人。」瓊田以制藝名，其精微處直逼先正。己亥魁墨雖爲人傳誦，非其至者也。嘗以詩稿呈座主黄樹齋先生爵滋，先生選取甚多。今記其三。《盆魚》云：「託身如此亦區區，游泳居然婢妾俱。不識人間有池沼，何心更與説江湖。」《春闈下第詠昭君》云：「掖庭慷慨請和戎，一曲琵琶紫塞風。不把黄金買延壽，從來傲骨誤英雄。」「陰山一去無消息，粉黛三千總等閒。寄語君王須著眼，莫憑圖畫認紅顔。」

樹齋先生全集未刊，瓊田嘗以其《北行遊草》一帙見示。余最愛其《送秋》四首，云：「一笛西風唤奈何，秋光又向眼前過。樓臺何處無明月，星漢如今已逝波。旅夢斷隨紅樹遠，騷心冷比白雲多。階前怕聽寒蛩語，孤負家山舊薜蘿。」「高丘遠海一銷魂，夕照千邨與萬邨。大筆何人森老氣，寒林從此識歸根。廣陵月帶潮聲隱，廬岳雲隨雁影昏。無限燕臺搔首地，秋心寥落共誰論。」「天涯無處不悲秋，况值秋歸百感投。遼海千程勞客燕，吴江一夢冷問鷗。素娥宫殿留清怨，青女關河起暮愁。昨日登臨山色裏，蕭蕭風葉滿高樓。」「今夕今朝總不殊，閒居争奈客情孤。吟窗菊影依人瘦，鄉國梅花到夢無。江上琵琶憑送客，城頭風雨過催租。敝裘留得春偏在，合與消寒擁酒爐。」又《玉山旅舍》云：「旅榻下孤樓，危軒倚急流。溪風一夜響，殘夢尚扁舟。」

豆花詩最難得工，惟葉耕雲一律甚佳：「棚角霽凉雨，摇摇引蔓齊。軟拖花瑣碎，疎綴院東西。風顫露初下，蛩吟月未低。時還約鄰叟，閒話坐蔬畦。」又《柳枝詞》云：「金屋深藏待問津，何愁嬌小未成春。能無也似門前柳，學弄腰肢便可人。」「蠟炬成灰玉化烟，漁郎歸去又經年。春來只有纖纖柳，緑到兒家繡閣邊。」「桃花潭上小樓前，軟拂簾櫳細鎖烟。借問天涯何處有，風流能似汝當年。」蓋皆有意中人借題寫之。

常州陸劭文徵君耀遹掌教六安。上巳日，芷江先生牡丹盛開，邀同馬湘洲棠、王研雲兩學博，及令姪琴舫太史賞花。劭文詩云：「何須曲澗覓流杯，高會名園接屐來。賞雨乍停鳩婦唤，聚星剛趁鼠姑開。汝南月旦推先輩，江左風流總逸才。花底相逢從醉倒，夕陽催客不知回。」「蘭亭佳日竹林遊，珍重高陽選勝流。百五韶光春未老，重三禊約客能留。隨花開徑成香國，洗葉裁詩當酒籌。我羡醉翁清興好，騷壇文福幾生修。」劭文喜藏碑刻，向游幕秦中，搜羅甚富，皆精心考證，爲之跋尾。年近七旬，病體厭厭，而披尋不倦。余亦嘗以老病積唐，捨繙閱即無能自適爲言。劭文云：「君可知我等心何似？乃自鳴鐘中關紐，轉環不能自已。」余歎爲確比。惜未幾選阜寧教職，旋卒于任。嗟乎！劭文之鐘壞矣。余之鐘又將十年，猶不知自危，奈何。

葯坡詩話卷九

六安王㝷楚泉氏輯

曹唐《小遊仙》云：「行廚侍女炊何物，滿竈無烟玉炭紅。」竊疑玉不可爲炭，炭何堪比玉？雖曰遊仙，似太無理。後閱《杜陽雜編》載會昌元年，夫餘國貢火玉三斗及松風石。火玉色赤，長半寸，上尖下圓，光照數十步，積之可以然鼎。則知世固有其物也。

康熙庚戌蔡崑暘啓樽公車過淮安，謁山陽令邵某，其鄉人也。邵批名刺云：「查明回報。」蔡怒而去。至京，遂狀元及第，題絶句於扇寄邵云：「去冬風雪上長安，舉世誰憐范叔寒。寄語山陽賢令尹，查名須向榜頭看。」事見《池北偶談》。然予記《堅瓠集》載明楊克之守勤會試，道出維揚，適一同窗友宰縣，遂投刺告假資斧。友批「查名」二字，遂狼狽而去。次春，聯魁天下，因爲詩貽友云：「蕭蕭行李上長安，此際誰憐范叔寒。寄語江南賢令尹，查名須向榜頭看。」二事相同，詩亦只易數字。疑本楊事，而人又附會於蔡耳。

國初韓戎部詩，字聖秋，三原人。有姬某氏，好臨摹晉唐人法帖，獨廢鍾繇書。韓詰所以，曰：「季漢正統，關侯忠義，而斥以賊，狂悖甚矣。書雖工，何足道。」韓有詩記其事云：「誰知太傅千年後，敗闕端從戎路開。」

《山左詩鈔》淄川王樛《晚秋夜坐》云：「惟應告聖主，歸老白雲邊。」「告」字以平聲用。按《漢書·

高帝紀》：「高祖嘗告歸之田。」服虔曰：「告，音如『嗥呼』之『嗥』。」此蓋從古音也。又《和高念東八音詩》云：「匏瓜纍纍堪充膳。」而「纍纍」字經史所載皆係平聲。《禮・樂記》、《玉藻》、《史記・孔子世家》。此以仄用，不見所本，疑悞。

沈方舟用濟詩：「北風獵獵水茫茫，多謝吴門鼓枻娘。鐵鹿長檣四千里，送人夫壻早還鄉。」鐵鹿，人多不知爲何物。按古詞：「鐵鹿長檣子。」蓋以鐵爲轆轤而拘帆者。

杜牧之《赤壁》詩：「東風不與周郎便，銅雀春深鎖二喬。」自來膾炙人口。《彦周詩話》謂孫氏霸業，繫此一戰，宗廟丘墟皆置不問，乃獨愴情妓女。方岳《深雪偶談》譏之，云與癡人言，不應及夢是也。然二喬乃喬公女，爲伯符與公瑾所娶，彦周並未云妓女，岳何污衊之甚耶。

漁洋山人少時與兄考功同上公車。每到郵亭，輒題素壁，率不存稿。後往往從友人口中得之，怳惚如夢，不忍割棄。嘗略記于所著《池北偶談》中。如：「河口花明錦纜春，砑繚綾子領邊巾。不知何事牽儂思，欲叠紅箋賦洛神。」云徐隱君東癡嘗誦此詩。「不見湘中舊汜人，西園蘭石愴如新。低佪十五年前句，衹有蛛絲絡暗塵。」云彭少宰羨門誦之。「往迹流傳本事詩，廿年如夢不堪思。重來頭白風情盡，誰記巡檐繞柱時。」云汪叔定耀麟誦之。「趙北燕南水四圍，此中避地可忘機。垂垂芡實迎秋熟，拍拍鷗群接翅飛。蟹舍都連黄篾舫，釣人相映緑蓑衣。淮南小別今三載，魚稻珠湖願竟違。」云曹祭酒禾誦之。潯嘗謂《漁洋精華録》名篇鉅製甚多，而早年諸句，尤見性情，耐人玩味，如此數篇，固可誦也。然篇中或云「十五年前」，或云「廿年如夢」，蓋皆郵亭題句，而非盡少年上公車時。至「趙北燕南」

一律，似亦在爲揚州司李後也。

「風迴邸閣聞鈴馱，日落關山見戍旗。彷彿夢中尋蜀道，打包身度棧雲西。」此亦漁洋題壁句。徐健庵嘗誦之，且題其右云：「古驛斜陽聽鐸聲，分明棧路蜀山行。讀君題句成先讖，天遣才人過錦城。」

合肥吳栗村克寬與難弟菊坡俱有詩名。菊坡住宅中棄，栗村嘗過之，感賦云：「蓬門近接市門開，作客年年住幾回。枯樹劇憐春後發，好花盡是手中栽。半生鳩共營巢拙，六載駒嫌過隙催。幾度到門仍竚立，險將蹤迹誤莓苔。」

「夜凉如有雨，院静似無僧」，宋潘逍遥句，東坡嘗亟稱之。逍遥名閬，蓋慕賈閬仙之爲人，故《憶閬仙》云：「風雅道何玄，高吟憶閬仙。人雖終百歲，君合壽千年。骨已西埋蜀，魂應北入燕。不知天地内，誰爲續遺編。」味其語，頗有鑄金之意。又《寄陳希夷》云：「不信先生語，剛來帝里遊。清宵無好夢，白日有閒愁。世態既如此，壯心應已休。求歸歸未得，吟上水邊樓。」逍遥舉進士，後嘗坐事亡命，觀此詩，固不無犯時忌也。

「老我無心出市朝，東風林壑自逍遥。一犁好雨秧初種，幾道寒泉藥旋澆。放犢曉登雲外隴，聽鶯時立柳邊橋。池塘見説生新草，已許吟魂入夢招。」此月泉吟社所取第一羅公福詩，題爲《春日田園雜興》。公福乃託名，實三山連文鳳也。原評謂衆傑作中求其粹然無疵，極整齊而不窘邊幅者，此爲冠。《池北偶談》以當日品題未允，移置第二十一名。然越數百年翻前人舊案，似乎可以不必。

王昆翁廷宰，嘉定貢生。順治初，官六安訓導，遷沅江知縣。沅江在洞庭西，當五溪下流。水族頗繁，人以網罟爲活。縣無城郭，開門即見魚蠻子與鷗鷺，出没于烟濤中。昆翁嘗有句云：「半是居民半沙雁，不知何事也除官。」又：「割得水雲剛半畝，此官合唤作漁翁。」

吴江釋明照，字漏雲。俗姓陳，太史沂震次子。早年因家難祝髮，晚居上海之鐸庵。其壻某持浙憲，不屑依託也。著《漏雲詩草》上下卷。佳句如：「雲净江天碧，邨孤日月寒。」「骨瘦寒先覺，年衰起漸遲。」「白首向人貧有骨，青山愧我夢無緣。」「數聲幽鳥此中意，幾處青山别後心。」「冉冉碧雲空舊夢，飄飄黄葉認前身。」「偶尋圃事諳生趣，喜值園丁與立談。」「一夕西風生白髮，半樓殘月夢青山。」俱可摘頌。

「白藕著花風已秋，不堪殘睡更迴頭。晚雲帶雨歸飛急，去作西窗一夜愁」，此宋趙德麟細君王氏所吟句也。德麟時鰥居，因見此篇，遂與之爲姻。王叔明蒙，趙文敏甥也。有《宫詞》云：「南風吹斷采蓮歌，夜雨新添太液波。水殿雲廊三十六，不知何處月明多。」《静志居詩話》謂此王旬字子宣事，非王叔明。仁和俞友仁見之，嘆賞曰：「此唐人得意句也。」遂以妹妻之。此二人一以詩得夫，一以詩得婦，真所謂二十八字媒也。又高季迪婦翁周仲建有疾，季迪往候之。仲建出《蘆雁圖》命題。季迪賦云：「西風吹折荻花枝，好鳥飛來羽翮垂。沙闊水寒魚不見，滿身風露立多時。」翁曰：「是子求室也。」擇日以女歸焉。此蓋有妻而未娶，因之得娶。詩之爲用如此。

《桃花扇傳奇》於秦淮諸妓多貶黜，鄭妥娘尤甚。其實鄭名如英，字無美，妥其小字也。如皋冒伯廖嘗集無美及馬湘蘭、趙今燕、朱泰玉諸作爲《秦淮四美人詩》。無美有《閨怨》云：「曲曲迴廊十二闌，風飄羅袂怯春寒。桃花帶雨如含淚，只恐多情不忍看。」其文采固亦不可多得也。

孟友之宗獻大定三年鄉、府、省、御四試皆第一，號「孟四元」。見《金史·楊伯仁傳》。《中州集》載其《閏九日》詩有云：「俚諺難逢兩寒食，閏餘今值小重陽。」小重陽，他書未見。

《願學堂詩集》二卷，臨潼周星公燦著。音節高壯，不減唐人。《送龔扶萬守永昌》云：「瀾滄江上武侯臺，萬里山川百戰開。炎地諸蠻天外盡，春風五馬日邊來。沙飛驛路經烽火，月照荒郊半草萊。此去盤根君莫厭，白厓鐵柱紀雄才。」《送朱季多給諫分守湖北》云：「禁院飛花滿御溝，美人悵別鳳皇樓。奏書左掖推遺直，開府荆南鎮上游。雲黯龍山朝度馬，風清鶴澤夜停舟。題詩還憶秋曹客，好寄新篇到薊丘。」《憶家》云：「家在灞陵東復東，郊原百里古新豐。門迎渭水春流碧，座對驪山晚照紅。宫闕多存秦代址，衣冠猶有漢時風。自慚清署叨微禄，三載鄉關只夢中。」《謁孟子廟》云：「丹垣緑樹畫森森，古殿秋風敞夕陰。歷聘齊梁陳王業，直排楊墨正人心。機堂俎豆崇賢母，廟中有機堂，祀孟母宣獻夫人。闕里宫牆近孔林。慙愧後生真自棄，嶧山絶緒到如今。」其他佳構甚多。玩集中知嘗以衡文獲罪，至甲辰宥歸，庚戌復蒙恩賜還。亦多有與阮亭、荔裳輩往還之什，而今人竟不能舉其姓名。

星公《揚州雜詠》云：「平湖十里古邗溝，白鳥朱荷水面浮。六月南風吹不定，徵歌日在木蘭舟。」王西樵謂「吹不定」三字寫得旖旎。

戚笑門玾，泗州人。詩多奇警。《宿浦口城》云：「僕馬渡江城，勞勞客倦征。山圍寒樹影，浪走大江聲。旅思銷殘酒，孤吟逼短檠。自慚年四十，蝸角累浮名。」《花朝寄懷周元亮先生》云：「江上雙魚遠，高人住舊京。好山深酒債，歸雁了江聲。官罷詩名在，身還食客生。花朝淮水月，應與秣陵明。」《獨居》云：「扃户無相問，居鄰恕我貧。書殘難代枕，犬病懶迎人。僕僕移花倦，昏昏夢酒頻。草堂新燕子，不似舊來親。」《宿六合題旅舍壁》云：「雨後斜陽好，征衣濕更乾。問程江路近，繫馬酒旗寒。緑樹藏孤邑，青天壓破鞍。前途有知己，行路莫辭難。」餘如《秋村》云：「螢燈分草出，雁路劈霜開。」《曉行》云：「早鴉秋樹日，寒菜小田霜。」《懷友》云：「酒寒僮受夢，蟲響月司花。」《野寺》云：「湖陰庵影暗，苔氣佛身荒。」《苦雨》云：「燈枯尋卧蚤，薪濕授餐遲。」《秋懷》云：「晚風疎徑草，秋月引鄰簫。」《贈法藻上人》云：「心空詩似水，人淡骨如仙。」《送客》云：「小市山根酒，秋人驢背風。」皆工于鍊字，戛戛生新。是集不見首尾，只五律一體，約四百餘首，與前周星公集，俱從友人破書簏中檢得。其爲卷數甚多，不知係何人彙刻。

「劍江春水緑沄沄，五丈原頭日又曛。舊業未能歸後主，大星先已落前軍。南陽祠宇空秋草，西蜀關山隔暮雲。正統不慚傳萬古，莫將成敗論三分。」此詩楊升庵見之武侯祠壁間，不知其姓氏。或題後云：「子美未必過之，然何必與古人校。」味其詞，自是高唱。

詩人善謔。白樂天以張祜「鴛鴦鈿帶拋何處，孔雀羅衫付阿誰」句爲款頭詩。祜以樂天「上窮碧落下黄泉，兩處茫茫皆不見」爲目連變。《本事詩》。貫休詩：「竟日覓不得，有時還自來。」宋人嘲爲失猫詩。《堯山堂外紀》。羅隱《紅梅》詩：「天賜燕脂一抹腮，盤中風味笛中哀。雖然未得和羹用，曾與將軍止渴來。」楊升庵云：「却似軍官宿倡謎。」《升庵文集》。宋程師孟知洪州，于府中爲静室，自愛之，無日不到，題詩于石，有：「每日更忙須一到，夜深常自點燈來。」李元規見而笑曰：「此無乃登溷詩乎。」《東軒筆記》。皆妙于形容。然升庵稍覺深文。

「海估帆乘錦浪飛，綃宫夜取萬珠璣。翻身驚起蛟龍睡，血污清泠竟不歸。」「偃月堂空罷舞塵，靖安坊冷怨佳人。芙蓉蓮子隨他去，不及當年石季倫。」此楊升庵《海估行》二章也。不知所指何人。意深警，而詞亦古艶。録之以爲世之爲海估者鑑。

詩人賞鑑往往不一。《頤庵居士集》二卷，宋四明劉應時良佐撰。前載放翁、誠齋二序。放翁摘其佳句云：「頗識造物意，長容吾輩閒。」「日宴猶便睡，犬鳴知有人。」「世事不復問，舊書時一看。」「一夜催花雨，數家鄰水村。」「青山空解供望眼，濁酒不能澆别愁。」「覓句忍飢貧亦樂，鈔書得味老何傷。」謂前輩以詩得名者，何以加，信然。誠齋亦賞數句，至云：「睡魔正與詩魔戰，窗外一聲婆餅焦。」似涉俗韵，殊不見其佳矣。

《秋閨夢戍》詩一百首，虎關將家婦馬氏所吟。莆田宋比王珏客越，得之于荒村老屋中。見「芳草無言路不明」句，爲之興嘆，録而傳之。題曰《香魂集》。其詩云：「夫重封侯妾愛輕，漫歆琥珀戀寒更。游魂自苦人何在，芳草無言路不明。彷彿玉關傷舊别，徘徊油幕訂新盟。夢回檐馬迎風處，猶似沙場劍戟聲。」余幼時記家舊書簏中有此全稿，惜字畫潦草，不知珍貴，今渺不可得矣。

方爾止《寄林翁茂之》云：「積雪初晴鳥晒毛，閒携幼女出林皋。家人莫怪兒衣薄，八十五翁猶綈袍。」「綈」字只平聲一讀，此以仄用，不知何本。

宋張芸叟《畫墁録》載其《題黄陵廟》五律一首，最佳。云：「青草仍殘照，黄陵一望中。壁書遷客淚，簾卷過湖風。斑竹痕猶淺，蒼梧恨莫窮。年年秋水上，瑶瑟伴驚鴻。」但「淺」字義猶未顯，儻易一「漬」字，似較勝。

《本草》言桃杏核中雙仁者有毒，食之殺人。余憶東坡在黄州，遇張從惠吉老生日，適有新桃，食之，見雙仁。坡戲爲獻壽詩云：「終須跨箇玉麒麟，方丈蓬萊走一巡。敢獻些兒長壽物，蟠桃核裏有雙仁。」若如《本草》言，豈不與獻壽意大相反。

王峰紫有《秋柳》二律，逢人喜索和。予嘗至其寓齋，見有和章句云：「寒生野店青旗影，怨入離亭玉笛聲。」極賞之。問其人，乃巢邑趙雙南也。時寓城西善慶庵，遂與余及關霞生訂交，往來最稔。惜其人太羸瘦，境尤坎坷，别後竟夭天年。名庚，一字酉山。同人爲刻《酉山詩鈔》若干首。《凉夜》云：「凉雨洗空碧，舉頭殘月生。頽垣蟲語亂，秃樹鳥巢明。夜静露初下，天低河欲傾。披襟動遐思，秋氣正淒清。」《岑寂》云：「西風下黄葉，坐久覺衣單。白露散空碧，銀河生薄寒。長吟聊自放，獨酌不成歡。明月憐岑寂，還來照石闌。」《秋夜吟》云：「雨散碧天雲氣輕，山城擊柝報初更。疎林乍響野風動，遠水忽明寒月生。鴻雁聲中詩思冷，菊花香裏酒懷清。秋窗獨坐默無語，一卷《離騷》對短檠。」他如：「笠響下黄葉，衣凉生白雲。」「野雲沾屐重，山雨上衣多。」「山門迎曉日，石磴轉秋雲。」《詠苔》云：「破壁無心成古篆，空階隨意疊青錢。」皆佳句也。

西山《登六安城樓》云：「落日淮南雁叫哀，皋陶祠内暮鐘催。劉安雞犬隨雲去，六蓼河山繞郭來。黄葉有聲秋雨散，白沙無際暝烟開。探奇未便登衡霍，獨上高樓首重回。」亦高唱也。又其「感懷有文章，傳到布衣難」之句，讀之令人浩歎。予記《明史》張可仕選《布衣詩》一百卷。周亮工《書影》載徽人閔景賢輯有明三百年布衣之詩，顔曰《布衣權》，搜羅可謂廣矣。今都不聞有見其書者，信乎傳之難與。

黄松溪鶴，布衣也。以書畫隱于市，喜吟咏。其奇闢處，往往出人意表。學博吴雲士先生鳴鏞，向嘗與唱和。其《擬尤西堂六如詩·如露》云：「蒹葭人遠老江干，過雨霏霏警露團。堯舜也難盛寶甕，神仙徒笑捧金盤。卅年青眼逢秋洗，萬里雄心對汝寒。空羨明珠歌湛湛，風清月淡五更殘。」《咏緑珠》云：「慷慨捐軀自古難，樓頭一擲忍摧殘。多因十斛珠情重，原當無雙國士看。」《麻城道中》云：「踏青歸去已春三，衣上浮雲色蔚藍。一嶺山花紅兩地，半開湖北半江南。」《寓言》云：「鮫人潛織費工夫，一幅輕綃價五都。輸與風塵真痛惜，不知枯淚盡成珠。」《曉行見桑婦》云：「地瘠野郊荒，花幽風露香。巫山有雲雨，不灑采桑娘。」他如：「花經雨潤紅凝眼，草到春深緑上詩。」「日落霞紅天著色，山深松翠路生香。」「蓼花恣放無人渚，鷗鳥憨浮不繫船。」「讀書每得三更味，過雨剛逢六月寒。」「垂柳緑藏沽酒市，落花紅上釣人蓑。」「脱略每慙忘客姓，清狂偏喜記人詩。」「還債艱如龍蜕骨，忍飢愛學豹留皮。」「古道人稀黄葉滿，空山秋老白雲生。」語皆多創獲。稿甚富，惜不肯割愛，且紙墨太不精潔，難以繙閲，聊爲檢出如此，其實遺珠尚多也。

霍山女士朱坤然，諸生良驥女。適俞姓，早寡。著《瓊花樓小草》，格律高壯，不似閨閣口吻，亦無過于慘戚，諸什大約皆未寡前稿也。《擬唐人閨怨》有云：「玉帳牙旗古月支，全憑錦字寄相思。十年憔悴紅顔老，不是金閨二八時。」「塞垣遥隔萬重山，日見黄河九曲灣。待得葡萄充歲貢，已教人老玉門關。」《題未央宫瓦硯》云：「大風雲起，四海一家。未央宫殿，千古豪華。摩挲殘瓦，望古情賒。琢以爲硯，珍藏書院。可憐漢鼎化秦灰，鴛鴦猶得依黄卷。」

坤然《讀桃花扇傳奇即集本書詩詞句題二十八絶》尤佳，兹録數章，云：「一行衰柳帶殘鴉，烟雨南朝换幾家。無數樓臺無數草，偏憐素扇染桃花。」「燕子吴歈早擅場，脅肩媚貴半間堂。中興不用親征戰，也步金堦抱笏囊。」「纔洗塵顔著衮裳，朝朝楚夢雨雲牀。一生魂在巫山洞，鼙鼓旌旗何處忙。」「東風引入洞中天，一樹桃花似往年。泥落空梁簾半捲，花枝不照麗人眠。」「中原復社附清流，朝市紛紛報怨仇。指馬誰攻秦相短，乾坤付與杞人憂。」

徐鏡溪水部，通籍後多年未曾迴里。其天才絶艷，詩文著述不知若何之富。向只見《寄同人感懷八章》，有云：「水汨荆襄捍未平，無端星隕鄂王城。田園有夢身難去，江漢無情月自明。清節兩朝知聖主，丹心終古繫蒼生。誰憐策馬西州路，只有羊曇淚暗傾。」此首專輓介坪中丞也。第三句蓋實情，中丞晚年每每談及舊游文酒之樂，欲告歸而未果云。

直隸州州同專與舉班，非吏例兩途可選。吾六近年涖此任者，若周韵柯起瑶、萬彈峰年淳兩先生，皆極風雅，迥殊俗吏。韵柯先生曾署理學正，州人士往來尤稔。時仕族舊家間有嫌隙，每以匿名詩詞互相謗訕。先生以爲此人心風俗之憂，故其陞任保安也，猶留詩數絶，諄諄勸誡。詩云：「地有傳人里社光，如何善善不從長。以矛攻盾紛紛起，挑動干戈翰墨場。」「直言人過感人深，何必詼諧入笑林。一部麟經褒貶筆，絶無一字著機心。」「性情得正探詩源，月露風雲已贅言。莫學灌夫頻駡座，大傷雅道又埋冤。」「伐異黨同成錮習，匿名揭帖有專條。漢唐禁寺清流禍，多半生花筆所招。」「士淳民樸有題名，七載觀風快慰生。已與諸公通骨肉，那能痛癢不關心。」居心之厚可感。彈峰先生邃于《易》，著《易拇》一書，又輯有《洞庭志》，亦喜吟詠。

亳州彭荚庭茂才鳳來著有《仙舫詩鈔》。《擬唐人宫詞》云：「長夏宫闈景倍幽，雲峰直接望雲樓。徘徊恐被君王見，不敢先登最上頭。」向熊春庭在亳，多與之游。春庭嘗爲余誦其詩，僅記其一云。

宋太宗愛楊徽之詩，選十聯寫于御屏，故梁周翰有句云：「誰似金華楊學士，十聯詩在御屏風。」予嘗訪其十聯未得。昨閲《澠水燕談録》，見之，備書于後。《江行》云：「犬吠竹籬沽酒客，鶴隨苔岸洗衣僧。」《寒食》云：「天寒酒薄難成醉，地迥樓高易斷魂。」《塞上》云：「戍樓烟自直，戰地雨長腥。」《嘉陽川》云：「青帝已教春不老，素娥何惜月常圓。」又云：「浮花水入瞿塘峽，帶雨雲歸越嶲州。」《哭江爲》云：「廢宅寒塘水，荒墳宿草烟。」《元夜》云：「春歸萬年樹，月滿九重城。」《僧舍》云：「偶題岩石雲生筆，閒繞庭松露濕衣。」《湘江舟行》云：「新霜染楓葉，皓月借蘆花。」《宿東林》云：「開盡菊花秋色老，落遲桐葉雨聲寒。」又《楊升庵集》云：「新霜、皓月一聯，徽之自謂此句有神助。」

「北固樓前一笛風，斷雲飛出建昌宫。江南二月多芳草，春在濛濛細雨中。」此宋僧仲殊詩，見《侯鯖録》。今朱竹垞《静志居詩話》載爲明人沈懋孝詩，只次句云「碧雲飛護建康宫」三字不同，殆誤。《桃花扇傳奇》載弘光殿前對聯：「萬事不如盃在手，一年幾見月當頭。」云王孟津所書，此恐必無之事。然二語常諷誦在口，不知出自何人。昨閲《静志居詩話》，始知爲長洲朱存理句。云：「朱在荻扁王氏教讀，與主人晚酌罷，主人入内，適月上，朱得此二語，喜劇發狂，大叫扣扉，呼主人起，誦之。主人亦大擊節，取酒更酌。明日更請吴中善詩者賞之。」朱字性父，即撰《鐵網珊瑚》及《野航漫録》等書者。

「漢家有通儒，窮經三十年。腰下鮮尺組，囊中無一錢。出門逢高車，呵者當其前。問之彼爲誰，牧兒新助邊。」明江陰諸生陳體文《雜詩》。此必當時情事，故借詠古出之。然質而言之，「助邊」二字直可云報捐而已，一笑。

王百穀有《邊警》一律云：「琵琶洲上香山澳，來往初通海上艖。漸習文書諳漢語，别居城郭慕中華。餘甘却載西商舶，吉貝先歸市令家。島寇須防勾引漸，斧斤莫待翦萌芽。」余覽説部諸書，常意百穀一詞人。肆情聲妓已耳，豈知後二百餘年禍害，彼已先慮及之。嗟乎！焰焰不滅，炎炎若何，涓涓不壅，終爲江河。居廟堂任封疆者瞶瞶，一介儒生徒深事外之憂，獨且奈何哉。

杜詩多雄渾，獨《蜀相》一律三四語近弱，且似空套。細按之，乃得其義，惜前代注家皆未之及。階前碧草雖幽，自得春陽正氣，猶之西蜀雖僻處一隅，自得帝王正統。隔葉黄鸝蓋指華歆、王朗等輩。彼屈身曹氏，謬以爲不世遭逢，其實皆僭僞臣子，空烜赫一時，豈若孔明克與帝臣王佐比烈。不然，以讀破萬卷之才，何忽爲此閒句了事？明錢塘張綱孫謂杜詩七律能用比興，他人雖極工鍊，不過賦爾。其殆見及此類與。

先君司鐸奉賢時，與陳桂堂年伯、張勖園大令唱和甚夥。後數年，唐述山先生來掌教肇文書院。先君病體已漸增，吟情頓減矣，而述山不知也。其《早春寄懷》云：「雪痕消後曙光遲，想見黄紬曉夢甜。愧我官休儕學究，羨君吏隱比郎潛。地饒野圃先嘗韭，城枕滄瀛不道鹽。幾輩層闉競參謁，青旂翠蓋擁華簷。」六句微有含諷意，先君只據常情答之。其鹽字韵云：「吴江歸棹裝憑石，洱海循聲味勝鹽。」蓋述山名祖樾，曾以孝廉任滇省知縣，歷陞提舉回籍，伊得之大喜。

述山在滇久司銅局，後又有運銅之差。嘗戲用銅字爲《滿江紅》二闋以解嘲。云：「局守羈栖，惱三載、銅腥作惡。誰料得、六州一鑄，竟成大錯。銅羽因風隨上下，銅人泣露憑漂泊。笑英雄、末路祗分香，悲銅雀。腰間劍，霜鋒削。匣中鏡，青花灼。效關東大漢，銅琶競作。椎破銅山莫拯寠，印拋銅綬還遭縛。盼歸鞍、高唱白銅鞮，襄陽樂。」「萬里投荒，訝絶徼、鬭鄰銅壁。干甚事、連檣巨舸，衝炎遠適。峽指銅鑼急漲洶，灘高銅柱懸厓劈。仗一龕、斗大拓蓬窗，安眠食。天隨子，江湖客。玄真子，烟波宅。剩藥爐茶竈，書籤筆格。朝警銅鉦醒客夢，暮敲銅斗依官驛。羨家山、銅井接銅坑，梅花白。」

洞庭葛震父有《題村廟》一絶云：「古木陰中冷廟荒，鄰雞飛過矮茅牆。銖衣半濕桃花雨，蠨蛸絲綱夕陽。」「蛸」字，所交切，無仄聲。此以仄聲用，不知何本。又《客中立春》云：「四日新年一日春，新春還是舊年人。山中有屋何曾住，逢著梅花便結鄰。」亦佳。見周櫟園《書影》。

明妓卞敏，玉京道人妹也。有畫蘭一幅，嫣然獨絶，爲人寶藏。鎮洋彭甘亭兆蓀嘗題三絶句于上，云：「粉印螺香一尺綃，棗花簾下想垂髫。如何便解靈修怨，不寫東風荳蔻梢。」「關心阿姊説桃根，曾著黄紇入道門。似替伊人寫秋照，藕絲冠底淡眉痕。」「舊院風流話水天，青溪紈素半飛烟。亭亭一朵秋花影，尚在恒河浩劫前。」畫題「崇禎癸未中秋後一日」，蓋其時年方十四五云。

《苕溪漁隱叢話》載《神仙傳》王方平鞭蔡經背事，云：「皇祐中，江西有一事類此。或《題麻姑壇記》以嘲之，曰：『五百年來别恨多，東征重得見青娥。擘麟方擬窮歡樂，不奈閒人背癢何。』」按此宋李泰伯詩，見《旴江集》。前題「王方平」三字，未必皇祐中復有事相類也。

《杜詩逸事》云：「甫十餘歲，夢人令採文石于康水。覺而問人，此水在二十里外，乃往求之，見峩冠童子，告曰：『汝本文星典吏，天使汝下謫爲唐世文章。雲誥已降，可於豆壠下取。』甫依其言，得一石，有金字，文云：『詩人本在陳芳國，九夜捫之麟篆熟，聲振扶桑享天福。』」似此甫亦謫仙人也。然一生潦倒風塵，所謂享天福者安在哉？

元微之詩：「蕊珠深處少人知，網索西臨太液池。浴殿曉聞天語後，步廊騎馬笑相隨。」注：網索在太液池上。學士候對，歇于此。

「凄凉池館欲栖鴉，彩筆無心賦落霞。怊悵後庭風味薄，自鋤明月種梅花。」「送客歸來月滿檐，梅花微笑隔疎簾。酒醒今夜銀屏冷，沈水熏爐旋旋添。」右宋劉武子翰絶句二首，見《居易録》。近年場屋多以「自鉏明月種梅花」題課士，閲此始知所出。然鮮于伯幾《困學齋雜録》載江漢先生趙復有《自遺》詩云：「醉乘鸞馭到仙家，彩筆雲箋賦落霞。老去空山多寂寞，自鉏明月種梅花。」先生當後于武子，不知此詩偶用其句與？抑無心暗合與？然先生生平專講程朱之學，詩首句用仙家字，疑不似先生語，恐《雜録》誤記他人之詩也。又先生字仁甫，《録》云「字仁復」，亦非。按此條本書重出，後條云「字仁甫」。

王原吉逢曾仕元季，至明初屢薦不起。著《梧溪詩集》七卷，多表彰節烈，及推揚高才碩德，有温柔敦厚之致。惟《題二喬圖》似微含諷刺，云：「並看兵書白象牀，半生鴛被拆寒霜。英雄自伐蛾眉斧，不痦齊王聘采桑。」殆謂伯符、公瑾以二喬夭折。予意兩人皆天生奇傑，修短或自有數，非必由色愛然也。

俗尚紫姑仙，似荒誕不足信，然亦間有可取者。如《緑雪亭雜言》載江州朱原虚爲學究，有詩名。父歿，原虚匿父所遺綾錦十餘篋，逐二弟居外，流離不振。一日，鄰人召紫姑仙，原虚在座，請曰：「聞仙姑能詩，幸見教。」即降筆云：「何處西風夜捲霜，雁行中斷各悲凉。吴綾越錦成私篋，不及姜家布被香。」原虚得詩惶恐，乃召二弟還，與之完娶，教之儒業成名。似此有裨人倫風化，得不令人欽佩。

梁崔鴻《詠劍》詩曰：「寶劍出昆吾，龜文夾采珠。五精初獻術，千户竟論都。匣氣衝牛斗，山形轉鹿盧。欲知天下貴，持此問風胡。」此見《太平御覽》三百四十四卷。崔鴻當即撰《十六國春秋》者，北魏人，非梁人，而詩亦通首平仄諧適，非陳隋以上所有，豈其誤歟？

沈春湖巢生未弱冠即以文名。而慷慨好義，排難解紛，魯仲連固天下士也。不多爲詩。昨偶得其

《書懷》近句，急録二章云：「人海浮沈四十春，半淪涸轍半迷津。久無長劍華纓夢，剩有欹松瘦鶴身。同學儒冠多已誤，舊時軒冕亦非真。不須惆悵平生事，隨分勾留自結因。」「衰歲歸來萬事休，何緣逐日爲人謀。一腔血付枯肝木，七尺軀如泛駕牛。形不役心中自廣，剛能制欲外何求。聰明已愧年時盡，垂老奚堪感百憂。」味詩意，微覺衰颯，其實不然。雖年近六旬，而氣豪興會，光彩照人，不啻四十許也。春湖同胞六人，俱蜚聲庠序。春湖居末，以優貢生兩官縣令，皆丁憂歸。舜卿太史巍皆行四，癸酉解元，丁丑進士。禹卿大令義皆行五，壬午進士。與國初全椒吴氏昆仲五人，而四名國對，戊戌榜眼，官侍讀，五名國龍，前癸未進士，官給諫，行次相同，而皆孿生，其事甚奇。

關素心步蟾、熊小岩可式，兩人固僚壻也。皆喜究養生家言。素心兼嗜《説文》，家早落，屏居同山沖麓，以布衣終。小岩精地理，中歲即不應省試，後亦移居同山。素心有詩集，張引生孝廉序之。小岩稿甚多，《贈素心》云：「吾愛素心子，山居遠市囂。甘貧非爲拙，嗜懶却緣高。聽雨吟清興，看花醉濁醪。家風耕與讀，暇即課兒曹。」又《與李南苃話秦淮往事》云：「紅牙低拍倒金尊，争把風流醉裏論。贏得十郎衫袖在，妒人偏剩桂花痕。」

關楓墀仁輔，宿儒鐘五先生煌季子，亦素心兄弟行，皆與余至好。《過彭澤有懷陶令》云：「輕帆一棹出江潯，彭澤城邊日半沈。山腹樓臺明入畫，渡頭桑苧密成陰。美人香草千秋思，野鶴孤雲百歲心。歸去文章空兩晉，吴中誰與嗣芳音。」又嘗夢登高閣得句云：「嵐氣欲收山外雨，天風忽起澗中音。」

道光乙未，李蘭卿觀察攝臬吴中，立蘇文忠公專祠。落成後，爲作八百生辰，觴詠交歡，誠爲盛事。顧湘舟致書王研雲學博索詩，研雲先生寄以二律云：「老屋初新香火緣，後賢芳軌續前賢。蝎磨已歷彭籛歲，鶴化重追景祐年。北闕三言光史册，南飛一曲韵神絃。鴻名千古知常在，合使人間號作仙。」「鄉園觴詠借公名，臘盡年年盞共傾。千里關山辭故侣，三吴風雅盛賢卿。簪裾絡繹賓朋滿，星斗光芒歲月更。是日立春。怪底武陵真好事，過江覓句逮鯫生。」研雲詩各體皆工，而五古尤擅長。兹録其一。《兒輩多植盆菊示勵》云：「天上有鞠星，小正余曾學。月令有黄華，小戴汝所讀。其色配中央，不事炫朱緑。其品宜淡交，相與伴薖軸。在晉彭澤令，五斗辭官禄。歸來三徑開，愛此秋英馥。在宋韓魏公，相業何卓卓。晚節媲寒花，有詩可三復。我家世澤長，遠祖溯文肅。在明世廟時，累疏遂初服。南園問梅花，東圃種勺藥。亦復廣菊畦，對此娱晨宿。是能理性情，豈惟侈名目。物固以人傳，歷歷炳前牘。汝欲效囊皓，囊皓尚可作。汝欲衍清芬，清芬尤待續。培養得其宜，儼比松柏族。不然種雖良，毋乃被蟲剥。以物况諸人，斯理觀之熟。書此待汝思，汝須自敦勖。」

連年江水泛溢，無、巢一帶被禍尤酷。嘗有百年舊居頃刻如掃，并婦女流落有不堪問者。程子仲昭世煜有《黄鶯兒》二闋云：「儂本是良家，稻孫樓、天一涯。驚濤怒捲江天下，便零落塵沙，便墮落烟花。爺娘夢裏鄉關乍，髻雙了、嬌羞怎慣，九歲學琵琶。」「病語憶綢繆，坐窗前、夜雨秋。可憐影比梅花瘦，聽葉落颼颼，更蛩語啾啾。佛前願卜何時就，任沈浮、一生九死，死不葬青樓。」仲昭爲楠村先生曾孫。天才雋異，試輒冠軍。行文有生龍活虎之勢。年僅廿六遽卒。同人哀其詩文，爲刻《仲昭遺稿》。有《完璧歸趙歌》最佳。

「關中俯視氣雄渾，東走黄河九折奔。二十八星捫井鬼，五千餘仞叩天閽。蓬壺落雁浮杯水，金掌鳴雞上海暾。我欲騎龍訪毛女，蓮花春浸洗頭盆。」此海州詩人湯仁山國泰女清玉，字紫筠，《華山吟》也。雄渾蒼老，直追李、杜。又《讀木蘭傳》云：「爲父勤勞報國忠，女兒如此是英雄。不知天地生男子，更有何勞替乃翁。」《題修仙圖》云：「伐毛洗髓幾經秋，煉汞燒鉛未肯休。人世始知勤有益，神仙一懶也難修。」《論詩》八首録三云：「六代宫懸正五音，音乖那得律和聲。須知天籟存天壤，雕琢原非古性情。」「若與抄胥講性靈，翻欣飣餖是詩人。豈知三百葩經句，有我方驚妙入神。」「雲行蒼昊鳥鳴春，一様天然始得真。却笑癡蠅鑽故紙，有何甘苦口津津。」識趣之高卓，議論之正大，皆自舒心得，非尋常閨秀所能彷彿。聞紫筠生三歲尚不能言，偶中秋玩月，凝視久之，忽呼曰：「月也。」由是能言。仁山教以經史，皆能通曉。使或得一中壽，詩境烏能量其所至。乃十七歲遘病，二十而終。其平日寫情寫景，無非性真流露，而在紫筠，則皆可從略。至病中憶父慰母諸什，悱惻纏綿，尤令人不堪卒讀。

仁山詩集甚富，未刊。在六行李匆匆，僅讀一過，未及採録。題余小照長古，滔滔汩汩，七百餘言，真才人之筆。《紫筠軒詩略》五卷，乃紫筠身後同人助刊。江鄉文士爲題詞者，約五十餘人，若皆欲附之以傳。丁樸庵嗣楩云：「文章行義兩兼難，古調班姑手獨彈。展閲遺編生敬畏，尋常女史莫同看。」原注：集中諸什大半有關名教。「繡餘苦志學吟哦，翻怪才多壽不多。鏤血嘔心詩一卷，而翁忍使竟消磨。」仁山方欲梓其全集。太倉錢叔雲襄云：「人間真有女相如，妝閣吟成倦繡餘。太息曇花才一現，仙風吹返七香車。」「阿翁雅望重經生，痛女難禁老淚傾。留得雪泥鴻爪迹，左芬徐淑共知名。」桃源盧錦文煥云：「三年病劇苦吟哦，語摯情真句不磨。當日新詩和淚寫，人將淚眼看詩多。」「經術精深世事諳，居然危坐正襟談。看他字字關風化，拾取遺編補二《南》。」有説紫筠身後曾降乩，諸處皆有詩寄念親闈。吾謂紫筠其人其詩俱足千古，虚渺之事又不足論也。

葯坡詩話卷十

六安王潯楚泉氏輯

壽州孫不庵克依有《送春》句云：「九十春光如轉環，迎春又見送春還。問春畢竟歸何處，只在羈人兩鬢間。」不庵博覽載籍，而尤用力于詩。嘉慶丁卯，忽以事謫戍閩南，五載始放歸。蓋詩人多窮，而不庵生長華膴，天必使之流放悲憂，以發其輪囷鬱勃之氣。所著《湘雪軒詩》，具見魄力。其《中秋對月懷鄉試諸好》云：「紫峰閣上一輪秋，銀漢涓涓静不流。六代繁華清照裏，百年風露大江頭。舊遊佳境吟空在，獨夜高牆淚未休。苦憶諸君騰劍氣，光芒争向斗牛浮。」此詩蓋其正被繫時也。又《謁岳墓》云：「南枝猶抱宋時春，恨煞雷轟半檜身。原注：墓前有檜樹一株，爲雷擊半死。地下銜哀朝二聖，殿中無獄殺孤臣。千秋徒跪姦形貌，五國難銷舊苦辛。若使窮沙有頑鐵，通天罪又鑄何人。」

自六安之楚省，多由英、霍二邑，山嶺重疊，路頗荒僻。熊介臣太史嘗經其道，有口號云：「地處萬山中，如居古大蒙。相逢皆鴂舌，所向盡蠶叢。東澗才雲霧，西崖已雨風。僕夫愁日暮，走卒歎途窮。急下千層嶺，忙投一畝宫。門旁穿狗竇，牀後砌雞籠。瓦罐充燈盞，泥壺算箸筒。當壚撑健婦，倚柱坐家翁。甕底無鹽米，廚間缺蒜葱。款賓煎白水，索價揀青銅。滿望前村好，誰知到處同。五丁留憾事，胡弗再施工。」荒山情狀，一經戲筆出之，令人絶倒。

介臣天資超卓，識力過人。在比部十餘年，多所平反。《答友人書詢近況兼及西曹公事》云：「別來面目尚無殊，不敢高歌但守迂。瑞鷟祥麟深愛惜，城狐社鼠勇驅除。文章早謝新花樣，意氣全非舊酒徒。曉日當窗閒對鏡，輕霜已染數莖鬚。」《旅店答老儒》云：「泉明歸去子陵休，冠蓋林中莫細求。錢虜夢棺先夢糞，菜傭披褐忽披裘。終南有徑猶嫌拙，大諫同名竟不羞。愛爾儒巾留故我，何須喋喋説鳴騶。」近官臺灣，由太守晉觀察，加臬司銜。德政甚多，番民賴之。昨見寄來古文數篇，體大物博，駸駸入韓、蘇之室。想海外山川風土，必多奇情雋旨見之吟詠，未知何日歸來，俾同人得快讀也。

太倉城内南園，明太傅王文肅公退老之所。亭臺花木，猶多存者。内老梅一株，形尤古異，名曰「鶴梅」，又名「一隻瘦鶴舞」。相傳文肅手植。道光辛丑，爲風摧折。詩人周亦泉煜不忍鄉先達遺跡就湮，爲繪圖徵詩，刻《鶴梅詩存》二卷。嘉定葛鐵生其仁二律云：「古幹槎牙歲月長，忽驚摇落惜瓊芳。即看素壁虛留影，無復黄昏動暗香。蜕骨有時悲夢幻，返魂少術感滄桑。可堪好事懷周昉，一夕西風鬢更蒼。」「花時結伴賞花前，咫尺南園問鶴仙。三百年來春總好，一千里外夢常牽。婆娑生意何緣盡，寂寞芳姿豈易傳。拍檻有人吹鐵笛，隨風化去自蹁躚。」梅在吕仙祠内。昭文周子馨炳奎絶句云：「落花風緊一株摧，贏得江城玉笛哀。從此城南風雪裏，有誰携酒跨驢來。」「冰綃一幅寫春痕，逝水難招冷月魂。寄語園丁好培護，定教他日茁靈根。」研雲學博寶仁，文肅裔孫也。亦泉嘗寄《鶴梅圖》徵詩六安。許丈芷江嗣雲、楊心齋誠、楊葆卿宜之及余，與鄧子晉侯康齡、彭子杏田維榆皆有題詠，以多長篇，不備録。時桐城房掖垣聚五在六，爲駢體序文一篇，尤佳。

周亦泉初攻制舉業，後隱于賈，而不廢吟詠。嘗往來吴越間，詩名噪甚。刻有《寄閒小草》。《九日寄友》云：「秋老北窗涼，山空橘柚黃。關河淹久客，風雨又重陽。令節成蕭瑟，故人殊渺茫。一尊誰共把，籬菊自生香。」《光福道中》云：「小艇篷窗兩面開，浪花如雪打風桅。濕雲一片生清晝，無數青山送雨來。」其他如：「水闊鷗隨浪，灘高鷺立風。」「修竹引風微雨後，遠山沈日晚涼初。」「哀樂事生中歲感，雨晴天費一春忙。」皆妙。

河工廳員，向例以身家殷實者爲入格，故皆以貲選。嘉慶二十二年，命大挑知縣，分發三河，于是河工始有正途。道光十二年，命内閣、翰詹、科道、六部各保送一員，召見，揀發東南兩河學習，于是河工始有清班。徐鏡溪啓山以工部主事學習東河，留補同知，祥符、中牟兩大工，皆分司其事。甲辰冬，牟工合龍。後五日除夕，桐城孫杏艭别駕瑞昌、歙縣汪秋巘明府桂、衛輝王槐軒明府揆一輩，凡十有二人，集鏡溪蘆棚中度歲。秋巘首唱一律云：「慣把屠蘇客裏傳，河壖備職度新年。雙堤漸少垂簾水，萬柳初舒化日天。景物一官聊復爾，士民三省已欣然。師承何幸逢徐孺，兩月春風坐我先。」鏡溪和云：「沙村遥聽漏聲傳，醉酌屠蘇又一年。萬里魚龍趨正瀆，三春鴻雁喜青天。但謀詩酒真良策，便立功名亦偶然。好趁清時尋釣舫，歸期定在杏花先。」杏艭等皆有和作。翊日，喧傳省會，好事者因繪《迴瀾鏡唱圖》，亦一時盛事也。

許子雨堂恩溥，蘭坡學博鈺子。早孤，母楊孺人教之成立。青年食餼，詩古文詞，逼近六朝。僅昌谷之年，遽赴玉樓。孺人，予表伯筠村封翁女。只此一子，慘悼異常，將其筆墨書史鎖置箱籠約廿餘年，始行檢視，而生平手蹟斷爛已盡，求如昌谷溷餘，且不可得矣。兹從其壻胡石臞茂才繼斌，得其小詩數章，録之。《三場望月》云：「月華紅處綺雲收，照澈長空萬里秋。矮屋夜闌人不寐，天風吹樂下高樓。」《病中》云：「意致綿綿小睡纔，怯風窗扇莫輕開。午餐今日宜何物，阿母幾番斟酌來。」「心無著處只愁虚，得遣沈痾便自如。一半醫方半詩稿，牀頭尺許亂堆書。」「慨慨竟負好年華，萬事無緣似出家。可有前生香骨在，而今瘦已到梅花。」

程水秋遠大、闕廉臣世恩，皆雨堂在時共酬唱者。一日飲于其家，水秋過醉，用肩輿送回。雨堂母慮其致病，而僕婦等又多嬉笑之。雨堂曉之云：「此詩人常事。唐李太白不且在『長安市上酒家眠』乎？」次日，水秋酒醒如常，恐雨堂家致念，復來相訪。纔入門，小僮嚴翼大聲飛報曰：「昨李太白來矣。」合室粲然。廉臣有《哭雨堂》三十絶，極哀艷。

胞伯祖仞千公樹森，幼有雋才，未弱冠卒。先曾祖見其遺詩數首，因刻之，以寄慟悼，板不知何時歸于許氏。先君及伯叔輩從未言及，蓋不知有其事也。前歲，許氏檢雨堂書籍，得此板，知爲余家物，送還。板刻于康熙丙子，越道光壬寅，一百四十七年矣，而完好如故，亦異事也。《詠史》云：「猇亭一炬失情親，降款翻輸洛水濱。地下阿瞞應笑語，生兒竟把仲謀臣。」又二絶云：「坐看雲外遠峰高，把盞臨風進濁醪。縱是疎狂饒野趣，何如鍵户讀《離騷》。」「霜郊紅樹勝春花，落葉飄飄映晚霞。更有山容青似黛，天然點綴野人家。」

甲午、乙未間，吴菊坡常在六安。葉耕雲鉏邀同許丈芷江嗣雲、胡也莊燾、鄧六舟宗彝及余，與程水秋遠大、石冶汝蘐爲閒吟詩社。每佳晨令節必聚，聚必有詩。數年來積詩四帙，將另付梓。水秋、石冶皆舊從余遊。耕雲嘗即社中人爲《八友吟》，氣味醇古，頗似顏延之《五君詠》，除與余有過情，餘皆切肖，可謂傳神之技。如詠芷江云：「遂初拓精舍，娱情經籍間。目有即時樂，口無拂意言。邊幅雖不修，高致誰追攀。耄期禮南極，鳳雛初著冠。」兩嗣君皆試用廣文。冶莊云：「好名急生理，磊落難其曹。小節初不拘，大義良能操。勇行弗思患，臨事常偏勞。吟嘯任心性，曠達非粗豪。」葯坡云：「明德守中和，養素愛空谷。希風尚姬孔，束身慎幽獨。了無近俗情，雅有鑄人術。隸農病夏畦，見之且清穆。」六舟云：「析理洞時務，億事無不中。才器固非常，風度亦殊衆。如何謝鐸歸，室家仍屢空。遣興託蟲言，刻有《四蟲軒詩文》。妙香聊自供。」菊坡云：「腹笥班馬富，手筆徐郭流。懷寶適用晦，守道非無謀。結交重三益，傾蓋思千秋。良朋戍閩嶠，慷慨甘同遊。」石冶云：「好古拙趨時，抗宗重承啓。懷德不懷怨，善怒亦善喜。瘦硬書通神，清腴詞瀝髓。一嘯出南陔，心目明于水。」水秋云：「心净映澄波，藻華艷春岫。舉止渾若愚，循循奉師授。雨過小山青，蘭香客去後。簾垂茗一卮，著書消白晝。」耕雲自云：「識淺性孤癖，去非非去無。耕雲字去非。語輒中時忌，安能常燕如。囊傾堦蘚滿，力盡庭荆枯。撫懷幸不辱，時來賢士車。」

水秋亦有長古紀事云：「老人星照盛唐城，城中神仙皆地行。道光乙未月春仲，石林高齋集耆英。追隨几杖愧未與，遲我一月依典型。醉經書屋上巳後，看花再集招同賡。狄監欠年叨與會，君貺最後許列名。昔時淮上讌五老，年過五十稱小生。鐵冶亭先生《五老讌集詩》：「笑我行年過五十，對君才入少年場。」小生何幸附末席，居然身被華衮榮。四座鬚眉雪同皓，滿堂朱履花前明。芷江先生七十七，絳縣甲子數奇零。吟邊花底興不淺，藁書細字蠅頭清。也莊先生七十五，高談常使四座驚。有時忽作想像語，意匠別創《南華經》。葯坡吾師六十九，好古信古如老彭。奇書在手忘貧病，校讎夜坐每三更。六舟先生六十七，持盃看劍意縱横。著書娱老紀軼事，染米五色傳閒情。著有《五色米傳奇》。菊坡寓公六十三，畫中有詩詩無聲。誰知此老情深深，不詩不畫亦纏縈。耕雲先生年週甲，詩搴選體推錚錚。囊空無錢性好客，豪情勝概相支撑。吾家阿梅五年長，鐵筆古勁詩峥嶸。幼小忘形到爾汝，邇來頭白如友朋。後之視今猶視昔，當以二阮呼二程。會主尚齒務真率，酒巡無算不飛觥。諸老既老天逸老，我雖未老安老能。所願洛中李元爽，芷江先生齊其齡。尚有盛會六十載，我今自視猶孩嬰。」

許琴舫太史前軫《遊大明湖》絶句云：「蓼花蘆絮滿汀洲，百頃明湖一色秋。水繞城壖山繞郭，濟南風景足夷猶。」「鐵公遺廟枕湖陰，歷下亭高踞水心。詞客不來秋易老，空餘夕照挂疎林。」「紅牙按拍侑壺觴，《水調》隨風作嫩凉。詩興正狂清景絶，笙歌如沸月如霜。」「荻港中分水一條，羊燈點點認歸橈。澄波滑笏風初定，恰似秦淮早晚潮。」時爲山東主試，詩即試畢後作也。琴舫與尊公蓮依先生鄉、會名次甚奇。蓮依中乙卯江南榜第四名，琴舫乙酉順天榜第二百四名。琴舫聯捷成進士，中三十九名，蓮依向戊辰會試在二百三十九名。喬梓各差二百名，造物何其太巧。

楊葆卿監丞宜之嘗舟泊裕溪，欲往金陵。夜聞東風狂吼不止，遂取道巢河歸里。詩云：「咫尺江南在眼中，石尤撩亂雨濛濛。轉圜在我天無那，彼岸回頭即利風。」評者謂末二句可以悟道，可以醒世，信然。又《巢湖夜泊》云：「驚心歲晚思紛紜，滿目蕭疎日又曛。閒倚篷船斜望處，半湖明月半湖雲。」亦可誦。

葆卿舉癸酉京兆試。先以副車官翰林院孔目，才名藉甚。時修《大清會典》，院中諸公皆推葆卿爲總纂。書成，陞國子監丞，蓋超擢也。所著《横經室詩草》甚富。《舟泊無爲》云：「秋色斜陽外，停舟古渡濱。浮蹤原是寄，連舸忽成鄰。試訪離鄉客，偏多逐利人。州名何所爲，我欲問前津。」《秋江夜泛有懷徐鏡溪水部》云：「客路秋江夜，行舟不計程。潮生雙槳活，月照半帆明。寄想人千里，時聞雁一聲。挑鐙愁獨寐，清夢到蓬瀛。」《題廖鐘隱大令聲聞圖》云：「雙鳧踏遍楚江春，藉甚循聲入聽頻。慧業原來羅漢果，廿年聊現宰官身。五千元解通真諦，十二梵經證夙因。堪笑群聾吹馬耳，生公說法尚津津。」葆卿與難弟月岩恒之孝廉，皆先君門人也。

汪蕃園啓英，予表甥也。早歲即以古學受知汪瑟庵學使，而屢困秋闈。前歲庚子，其子壽山蟠春乃與尹子堯堂賓銈、陳子圜生爲萬同登賢書。蕃園鄉居，每到城，必過余深談。其《山居即事》云：「物外結茅茨，悠然臨碧水。窗櫺四望開，風物何清美。泉流石自横，雲行山仍止。非有静者心，焉識静中理。」《自遣》云：「滿湖春水碧于油，滿眼春山翠靄浮。月二三更晴若晝，雲千百里澹如秋。貪眠擬借遊仙枕，選勝頻登古佛樓。一片詩情渺何處，隨風吹入荻蘆洲。」他如《金陵雜詠》云：「樓頭人醉三更月，江上雲横六代山。」「遠岸碧疑隨浪去，好山青欲過江來。」《野宿》云：「夜深鬼哭前朝塚，日暮僧敲破廟鐘。」佳句甚多。

壽山詩筆極健。《過十二連橋》云：「十二闌干十二橋，一橋一曲似南朝。岸縈芳草知春到，人近樓臺要福消。古驛碑多迷姓字，長虹氣欲上雲霄。數來已得揚州半，可有人吹碧玉簫。」《出都留別堯堂同年》云：「與君聯袂入都門，去住無常各斷魂。盛氣最爲才子病，高情休向俗人論。鄉心迢遞憑詩寄，客况牢騷共酒吞。轉瞬青雲屬吾子，故園龍爪已痕深。」三四語有規戒，尤得風人之旨。

喻氏與余家世篤交誼。鍾靈先生啓宗少先君子數歲，潯等呼之爲叔。字寫李北海。望子甚切，乃四十外遽卒，子簡齋心芬補弟子員，以廪貢試用教職，先生皆未及見。簡齋與子韞生廪膳本珍，亦皆以壯年殁。簡齋屬纊時，有句云：「慘餘心血埋黄壤，話到科名付白雲。」可想其生平抑鬱。

許丈芷江喜言壽，有術者謂其年可百齡，故《七十自壽》有云：「尚有光陰三十載，星家推測未全非。」王右圃先生見之，謂其以百歲自任，又只以百歲自限，嘗戲爲數章贈之，有云：「春月秋花共醉醒，凡君閲歷我先經。漫將百歲誇高算，我到其間百二齡。」「百歲豈真數盡頭，如何劃此作鴻溝。與君努步桑榆景，不過秦關且勿休。」又：「却笑先儒無遠志，期頤以後不書年。」迨芷江八十，右圃已就養山東，長君敬權時知濱州。只寄對聯一副，款落：「芷江仁弟大人九帙開第，八二老人愚兄王宗徽拜祝。」時以爲佳話。

道光壬辰，王右圃先生年七十有六，有《重遊泮水》詩云：「記得垂髫入泮時，春風沂水盡壎篪。昔年童冠今安在，賸有羸軀兩鬢絲。」「杖鄉杖國遞分年，跬步難逾小戴篇。禮注今應參活筆，扶藤許到聖人前。」先生與先君子同案入學，舉甲寅京兆試，又爲同年，歷官福建、湖北知縣。

重宴鹿鳴、宴瓊林，必早年科甲，而又壽考，此爲盛事。至重遊泮水，世亦多喜言之，總以壽命之延，非可强而致也。尤難者，許亭蔭太封翁年臻九十，中間曾再遇入學之年。後芷江丈以丙申入學，七十八歲再遇丙申，爲《兩世重遊泮水》詩云：「芹藻香生再問津，蓼莪愴感溯前因。凄然歲序懷辛酉，倏爾光陰又丙申。闔郡傾心緣兩代，後賢屈指只三人。原注：先君子辛酉入學。後辛酉入學者今亦只存三人。招邀繼起賡同調，恰喜閒吟會正輪。」是日，並會同社諸好故也。

芷江上五世，或副貢，或歲貢、優貢，皆上舍生。至芷江，以廩貢任太湖司訓。其長君淡鄰銳、次君金臺鋼，亦皆以廩貢署潛山、蒙城兩學，故家懸有「七葉明經」扁額。淡鄰亦喜爲詩，其《潛陽吟草》有云：「宦味犓嘗同嚼蠟，鄉心難斷是遊絲。」淡鄰子湘東恩淥，予門人也，亦有詞賦名，現以教職試用皖省。是明經且不止七葉矣。

余七十賤辰，因有鼓盆之戚，概辭稱祝。汪子瑞生良翰恐余過傷，邀同詩會諸好及同門數輩，設宴鎮安樓上竟日，芷江先生預成二律攜至，同人以次屬和。詩另集存。先一夕，胡也莊漏深未寢，其閫君勸寢，有「養養精神好做詩」語，也莊大喜，即用此七字爲起句，成一律云：「養養精神好做詩，鎮安樓上酒盈卮。萬家曉起炊烟處，四野秋光入座時。人慶古稀吟社樂，句妨新詠拙才遲。今宵打點明朝事，詩酒豪情肯負誰。」余讀之有感，即步元韵云：「勸養精神好賦詩，閫君扶醉酒千卮。最難軟語三更候，正是齊眉八袠時。也莊七十六，闔君七十九。拄杖登樓來得得，當筵琢句肯遲遲。山荆曾忝金閨契，惱我從今勸有誰。」蓋亡室與也莊尊閫亦閨中夙好也。

也莊喜爲口頭詩，雖傷率易，然往往有真性情流露其間。其七十誕辰，含山張引生用芷江丈詩意，贈以對聯云：「種竹蒔花，尚有三十載賞心樂事；吟風弄月，好添五七言信口歪詩。」也莊大喜，蓋兩人皆胸襟洒脱故也。也莊嘗云：「試問引生此對文，儻易一人，敢贈之否？」

程石冶講六書，工鐵筆，而尤喜爲詩。《憶黄鶴樓寄楊潤生用澥》云：「廿年餘别楚江樓，風景依稀憶昔遊。空際帆檣雲夢遠，望中烟樹漢陽秋。仙人舊迹迷黄鶴，過客遺蹤付白鷗。憑眺定應多綺句，煩君一寄豁吟眸。」《贈夏西田》云：「風雪蕭蕭逼歲闌，梅花香透客窗寒。友如知己關心切，事到因人著力難。吴市卒稀簫漫品，孟嘗門閉鋏休彈。隋珠在握寧常困，取次春光放眼看。」石冶屢躓小試，久不到場屋，年五十，忽應試古學，蓋望子春士長森甚切，恐其場中又爲人代倩也。題出《文選》，石冶賦獨晰源委，高擢第一，春士亦録取，遂父子同案入泮。覆試時，吏呼其名「汝薆」之「薆」誤作「暖」音，石冶正之。學使云：「名字不宜好異，此字即改從言可已。」石冶回云：「字書無此字。」學使云：「《國風》不有之乎？」石冶云：「『焉得諼草』，上無草頭。」學使無語。後問知，與楊介坪先生有中表誼，大喜，使刻圖章數方，帶之行篋。任滿到京，晤介坪云：「吾在六安，幾爲令表弟所窘。」學使汪巽泉先生守和也。

彭子杏田維榆與方子瓊田，皆博覽群書，能爲散行文字。杏田早歲受知州刺史劉莊年燿椿先生，後陞他府，考事必延之閲卷，蓋兼重其人也。杏田不甚爲詩，其長子元紱有雋才，惜年僅踰冠，遽卒。如《題畫册滄海日》云：「百川滄海匯，萬里縱觀瞻。鯨舞山埋浪，雞鳴日弄丸。乾坤回首小，今古盪胸寬。誰共高樓客，憑闌放眼看。」《瀟湘雨》云：「帝子今何在，瀟湘記舊名。清秋澗水落，暮雨峽雲横。

簌簌風揺竹，迢迢漏轉更。江干餘老屋，聽此不勝情。」其平日詩詞若有自知，往往露其機緘。《中秋望月》云：「彈指韶光二十秋，紅塵小劫寄勾留。洞庭波上思前契，瓊玉山頭感舊遊。一世捫襟凌北海，幾迴搔首望南樓。滄江擬放扁舟去，烟水蒼茫散我愁。」又《秋日漫書》有「風吹曉角欲霜天，夢落人寰二十年」之句，豈其生卒固非偶然歟？

聯詩會時，余連年館汪子右臣良弼處。凡遇會題，亦命擬稿，呈閱諸老。以其年甫弱冠，吐屬清新，且愛置書籍，親近老成人，故後來每會必使與席末焉。其《嘗稻》云：「入口饒清氣，田家早薦新。有年堪飽腹，不辨愧閒身。刈壟黃雲護，堆盤白玉勻。三餐真味好，何必羨嘉珍。」《劚芋》云：「劚向白雲隈，相將食芋魁。欲知君子味，豈定嬾殘煨。宰相十年兆，仙人五嶺回。紫芝同一色，飽啖亦悠哉。」他如《咏扇》句云：「清風惠我原多爽，明月如君肯暫忘。」《鏡》云：「何處更添空外我，須知原是箇中人。」《牀》云：「半窗涼月窺人候，一枕秋風得句初。」皆爲諸老所賞。

王小鶴城嘗寄余詩扇，小楷精絶，皆自書。五古《蘭言》云：「孤標閟山澤，性匪爲人芳。忽辭衆草伍，來登君子堂。灌溉豈不渥，根株亦已傷。美心惜韶華，努力楊馨香。服媚減真意，晼晚懷故鄉。春風吹遠夢，迢迢沅與湘。」《牡丹初花枕上聞風雨》云：「春風久忘晴，春欲辭之去。賸此一叢花，力挽春光住。天意本妒花，更觸雨師怒。狂飈助蕩摇，急陣恣傾注。艷影受烟欺，香骨憑泥汙。惆悵惜春人，花幡那能護。判與讓春歸，雨晴春已暮。花開能幾時，花落知何處。空復抱春眠，春夢何曾駐。」小鶴，全椒人，優貢。惜未一面，遽殁。

潁、鳳間，農器有名「麥扇」者，用以刈麥甚便，向來文人未嘗道及。方瓊田見之，爲之歌曰：「柳丫生拗箕口張，麻繩疎穿麂眼方。當脣嵌刃如脣長，三尺不足二尺强。老鬮作繭桑蔭陌，負向田頭來拍麥。北人以用鐮爲割麥，用扇爲拍麥。一人推之縮頸鴉，一人挽之赴壑蛇。乾聲策策錐畫沙，快勢發發風捲花。駢頭迎倒鬅鬖髟，婦子輪抱登牛車。朝隴西，暮隴東，黃雲連村一掃空。倚杖何人嫗與翁，場頭守視落日紅。急催耞板食新麫，栖汝梁間汝事了。」寫來情事如繪。昔秧馬賴東坡詩始傳，是器其將籍瓊田傳乎？

吴菊坡在六安，予門人輩多樂與之遊。伊亦多忘年下交，嘗與江子青士筠刻有《閨中時令竹枝詞》各三十首。今記青士四首。《撲蝶》云：「生憎小婢太嬌癡，不分雙飛蝴蝶低。故把金泥扇子撲，教他牆外各東西。」《端陽》云：「釵符艾虎石榴枝，鬢底簪來日午時。祝得子如九子糉，更教續命繫長絲。」《曝衣》云：「嫁衣曝處尚如新，羅綺年來懶著身。豈是繁華故屏却，家常樸素最宜人。」《添香》云：「博議書成費翦裁，雙偎紅袖伴妝臺。添香耐得三更冷，儂本生來解愛才。」妙皆士女情景，不涉淫艷一流。

晁星門貽端，吾友梅生明經燕彤猶子也。以優貢用知縣，不赴選，惟讀書教子爲事。尤長于詩，《自題小鵝湖漁隱圖》云：「小隱隱山林，大隱隱朝市。我家近城郭，聊爲中隱士。仰觀太虚清，俯鑒一湖水。浩蕩即天機，活潑皆妙理。良時不可棄，閒情偶寄此。毋謂此中人，將老烟波裏。」《江中望采石磯》云：「東去大江流，波翻采石頭。遥思謝眺宅，相近謫仙樓。山激寒潮怒，風狂夜月愁。會須凌絶頂，橫覽十三州。」《過湯陰謁岳忠武廟》云：「誓搗黄龍氣已吞，獄成三字竟難翻。君王不恤朝廷小，部曲空陳主將冤。南渡江山何處是，故鄉俎豆至今存。階前古柏森森立，丞相祠堂一例尊。」集中多以考據入詩，其精確處，風骨直逼昌黎。嘗搜索前代晁氏諸名人著述，彙刻《晁氏叢書》，此尤不朽之業。

文字之緣，若有定數。予姪松茂累取古學，進佾生，年歲三十，而艱于泮遊。戊戌冬，大興徐稺蘭先生青照署篆六安，到任即行考事。每得松茂卷，贊不絶口，遂冠全軍入學。嘗以詩扇詒松茂，蓋先生壬辰分校南闈舊句。兹録二章，云：「簿領勞形已十春，忽教翰墨締前因。分曹恰類登瀛客，膺聘還如入幕賓。好把金鎞頻刮目，漫言妙筆總通神。明珠大小知何限，魚目由來易混真。」「焦桐入爨倩誰聽，願乞朱衣暗效靈。卷别官旗先記號，房分左右尚稱經。偶逢墨彩眉俱舞，恍讀丹書口不停。每至曲終長嘆息，幾人詠到數峰青。」

楊體之欲仁，巢縣人。工制藝，於《四書》義時有創解。以進士官縣令，不合上司，罷歸。昨掌教本縣巢湖書院，爲《八十自壽》詩。用工部《秋興》八首韵。有善扶乩之術者，諸生請仙人賜和。不數時，八首和成，真異事也。體之詩録二云：「鹿鳴宴罷宴璚林，百里雷封氣象森。兩鬢雪霜猶健步，滿門桃李漸成陰。銜杯且效長鯨飲，伏櫪羞稱老驥心。生事摶沙眠未穩，幾回枕上數寒砧。」「昔日知交今白頭，文章事業自千秋。西窗話雨聯新句，大海乘風感舊愁。飛倦知還憐野鶴，情多無那付閒鷗。白雲紅樹尋良約，鴻爪泥痕遍九州。」仙詩録二云：「千秋著述重儒林，掃盡陳言筆幹森。倚馬雄才空海内，换鵝書法小山陰。三生夙慧根仙骨，一貫真傳證道心。別有虞絃聊寄興，不堪人聽漢宮碪。」「天風吹雨入樓斜，卅載重逢感歲華。烏鵲南飛君對酒，大江東去我浮槎。亘天奇氣文淵劍，震地英聲易水笳。一自蓬萊山上別，幾經春月與秋花。」餘皆超脱不凡，不備録。仙云與體之有舊，未知信否。

夜長不寐，嘗于枕上成句云：「數盡蝦蟆枕上更，華胥何計問郵程。私心直欲祀宜檞，善夢神。咒語徒勞驅攝精。夜睡咒見《志雅堂雜抄》。豈是鰥魚原醒目，夏季喪偶。誰彈柏鳥竟忘鳴。求仙倘學庚申守，似此三彭那得行。」余以頸聯用事稍僻，汰不欲存。鏡溪水部云：「此可入《詩話》。」從之。

甲辰歲，予重逢入學之年，自維碌碌，原可無詩，而芷江丈再三慫恿，因成四律。乃芷江只見其三，遽歿，令人歎然。今録首章云：「黌宮曉啓集群英，周甲迴看動昔情。棘院宏規初拓地，州試院舊隘，時買民房增建落成。玉堂仙客正登瀛。蘭如方伯是春館選。如流白日真難挽，再展青袍似隔生。稍喜龍頭還健在，雪泥同證話長庚。」謂同案晁琹門水部係州試首卷。現年七十有九，長予一歲。次章尾句云：「只爲中丞曾筆記，隔秋争索賀筵開。」表兄介坪中丞年譜誤記予壬寅入學，故前歲同人即以「重遊泮水」扁額見贈。時和者佳章林立，英邑金左泉源遠後二律云：「欲問青天首一搔，解嘲終竟有誰嘲。歐蘇高誼皆名士，孔李通門亦世交。品重自應邀鳳誥，筆簪何用到螭坳。遥知清福先生備，鐙下書編尚未抛。」「桓榮一樣拜恩濃，不用蒲輪不倚笻。偶出林間應似鶴，遂來雲外尚如龍。皋封地勝文星聚，武陟峰高秀氣鍾。曾見宮袍游皖郡，前歲太湖李學士榮歸，重遊泮水。惟公追得泮橋蹤。」又含山張引生遠寄一律云：「圜橋觀聽路重經，天許文星又壽星。茁水芹芽仍泛紫，染衣柳汁復彈青。品尊魯國靈光殿，步入虞庠養老庭。

寄語風流賢太守，丹崖好勒宋纖銘。」

奉賢有舊學署在松郡城内，地與華亭學緊鄰。先君子每因事至郡，故與華學往來尤稔。前任鎮洋吴君竹鉤本，後任通州李先生望峰如林，皆極風雅。望峰以名進士任知縣，降級甘就教職。年七十餘，日爲小楷不輟。竹鉤喜吟咏，潯嘗與唱酬，惜未久以艱去。如《初夏泛舟》云：「半晴半暖麥秋天，一葦凌波意渺然。碧草亂迷翹鷺渚，緑蒲深罨釣魚船。漫沽濁酒澆愁壘，閒聽村歌當雅絃。擬學玄真常泛宅，篷窗跂脚日高眠。」《拜陳忠惠公即卧子墓》云：「黄門蹈海竟捐身，歷劫重瞻馬鬣新。季世文章還大雅，勝朝名節有完人。黿峰壇冷春無色，虎樹亭空夜有神。三世箕裘悲斷絶。公後至曾孫斬然。爲公渾淚欲沾巾。」竹鉤壬子孝廉，後改名籥。復司鐸江寧。身後同人爲刻《竹鉤詩稿》。其實在松郡詩甚多，此二章外，所貽余者尚有十數首，今皆不在集中。

先君以乙亥冬仲歿于奉賢學署，至次年五月潯始得扶柩歸里。諸門生哀輓送行，頗多篇什，今略記一二。宋時帆三桀云：「驚心弧宿掩寒芒，凶問俄傳淚數行。進學人方資博士，下招我更怨巫陽。一氊冷宦成終局，兩袖清風滯辦裝。原注：師屢有歸志，以艱資斧未果。魂魄有知堪告慰，承家世業富青緗。」「槐柳同成列市陰，師門我最受恩深。頑金詎中青錢選，下里頻充白雪吟。歲科試五次，師皆以桀名舉報優行。時見班文窺豹管，屢投繡譜度鴛針。師嘗以詩文詞曲等稿命爲校勘。平生知己鍾期感，思入悽絃欲碎琴。」「年來歎逝等平原，謂吴稷堂、陳桂堂、唐述山三師先後物故。惟幸靈光殿獨存。夏屋萬間叨廣庇，春風十載沐餘温。師資自奉人經後，士行方知道德尊。無那不堪回首處，又從天問續招魂。」顧嘏亭瑞林云：「淒風苦雨透疏櫺，一夕皋比痛隕星。古學源流遺正軌，人倫矩矱失前型。文章報國留餘澤，儒素傳家但抱經。何待蓋棺才論定，蒼盤清德久心銘。」「平生説士甘于肉，門外時停問字車。剛爲留賓商質庫，又看分米助雕書。杜陵廣厦冰霜裏，白傅長裘雨雪初。併作先生胞與念，不愁南阮橐無儲。」楊仁之錫鑣有句云：「事可原情常出力，悦非以道莫相干。」皆實從所有事寫出。

奉賢宋氏多耆儒，以余所見，一雪莊玉詔、一霖巖玉潤、一心山玉藻，皆老諸生。雪莊古貌古心，著有《歐舫蠡測》，所言皆本地水利田糧，及有關風教諸事。霖巖亦方正，有古風，即時帆尊人。心山人品高雅，精藝菊。霖巖篇什甚多，惜未鈔録，只記贈先君子句有云：「北上燕臺争問字，南來馬帳快談經。」

潁上汪静涵炳寰，艮山侍講令叔。以選拔歷任繁昌、婺源教諭，亦甲辰歲重遊泮水。有詩云：「遊泮曾經六十年，讀書皓首困青氊。繁陽秉鐸同陶鑄，婺邑衡文共琢研。株守鄉園匏永繫，翹瞻臺閣境殊懸。采芹憶值春猶小，銘佩師恩振拔連。原注：甲辰入泮，乙巳補廩，己酉選拔。」「學殖趨庭訓誨諄，宗工試律踐前因。原注：先君曾言汝能入泮，堂名可用「學殖」。及入試，正場詩即以「學猶殖」命題，無心暗合。敢云一介綿先業，聊用三餘啓後人。喬梓重逢芹藻擷，小兒泰基亦于是年入泮。春秋屢易甲庚新。光陰荏苒成今昔，厲志還儲席上珍。」其前章第六句，以芝軒相國亦是年重遊泮水，有詩寄艮山屬和也。

向年詩會中題，會外諸子亦多佳什。楊子恬毅堂《黄嬌》云：「甕拆紅泥賭一蕉，麴生風味者般饒。能將正色群仙愛，頓使閒愁萬古銷。從事玉杯常足樂，封侯金印莫相驕。淵明采菊經秋釀，比似鵝兒若箇嬌。」汪壽山蟠春《青奴》云：「紅袖添殘寶鴨香，此君清浄得專房。相思淚是前身帶，避暑情難一日忘。最解虛心供枕簟，別尋幽夢到瀟湘。須知消受平安福，總爲人生有熱腸。」程春士長森《朱履》云：「不羨飛霞駐玉峰，追隨杖履樂雍雍。登梯會展青雲步，捧杖先陪赤舄蹤。靸向紅塵欽矍鑠，踏來紫陌視春容。侯門座上三千盛，如此芳型未易逢。」宋和齋甄陶《紫芝》云：「絶巘巉巖別有天，採芝曾到白雲邊。餐來那問丹砂訣，茹後應成紫府仙。入譜新聲纔一曲，在山秀氣已千年。須知救世爲靈藥，莫向終南作隱賢。」

會余醉經書屋嘗有《秋柳》、《秋草》二題，會外和者尤多。關廉臣世恩《秋草》云：「水色清泠石氣蒼，天涯到處飽經霜。才人稿易新花樣，壯士名成古戰場。此後應知蛇蚓結，自來不識蝶蜂狂。行吟澤畔臣憔悴，終戀荃蘅一味香。」黄仲才人俊《秋草》云：「葉落山涯又水涯，儭來那辨路三叉。新愁重叠增騷客，舊夢依稀憶謝家。波影凉侵前渡遠，笛聲凄逐晚風斜。歸根莫爲凋零惜，野燒痕看爛若霞。」汪瑞生良翰《秋草》云：「寒到秋原草欲枯，山程一望冷雲鋪。美人秋水相思渺，游子紅橋舊夢孤。三月鶯花空記憶，六朝金粉半模糊。來年翠染烟蕪裏，重寫山光入畫圖。」汪右臣良弼《秋柳》云：「飽經膏雨影毿毿，斜拂微拖緑正酣。旖旎腰肢慵日午，惺忪眉意記春三。寒鴉啼暮飛樓北，新雁迎秋渡漢南。一自灞橋人去後，炎凉風味已粗諳。」方朗秋其潤《秋柳》云：「一曲凄迷賦楚騷，烟絲風影首頻搔。笙歌別館人新瘦，車馬長亭客自勞。舞罷腰肢猶戀白，歸來門巷欲荒陶。年年底事輕離別，空向江城聽暮濤。」又《秋草》云：「青溪曲曲記迴環，殢粉迷香習未删。過眼那堪南浦路，傷心最是六朝山。天涯黯淡征鴻遠，古道蒼茫匹馬還。珍重瀛洲相識處，春風影裏共幽閒。」

跋

《詩話》十卷，葯坡夫子所著。夫子慨鄉先生之流風餘韵不聞於後，零章斷句將就湮没，於是有《詩話》之輯。廣搜博采，手自鈔撮。紀往事，録遺文，正譌誤。而前代名人及近今士大夫軼事閒情，名篇鉅製，得於聞見者，亦間及焉。欲使斷珪殘璧流播人間，舊雨晨星表著當世，用心爲綦勤矣。藁藏篋笥，久飽蠹蟫。同里徐鏡溪水部，夙耽風雅。其先世月鹿考功、莘叟太史兩先生，尤與夫子家世篤姻誼。偶閲此卷，恐其放失，亟取付梓人，誠盛舉也。或謂詩話小品，非有用之文。夫虞廷賡歌，《尚書》記之。列國大夫賦詩，《左氏》記之。非詩話之濫觴乎？梁鍾仲偉分古今人爲三品，唐人有唐詩本事，宋人繼之，詩格、詩式、詩評、句圖，論述不一。至歐陽氏始有詩話之名，司馬涑水續之，後來遂盛。輯者無慮百數十家，要皆不外匡説解頤之義，使人感發興起。詩之有話，顧可少歟？或者又謂今人之詩，安能與古人比？不知在心爲志，發言爲詩，所謂道性情者也，豈古人有性情，今人獨無性情乎？既有詩，即有話。興觀群怨之旨，固無古今之可分矣。刻既竣，鏡溪屬記其年月，余謹識之如此。

道光二十有六年歲次丙午，暮春之月，水秋程遠大。

（吴忱、楊焄點校）